시교육의 해체와 재구성

— 여성시, 사이버시 그리고 텍스트 가치평가 활동 교육 —

시교육의 해체와 재구성

— 여성시, 사이버시 그리고 텍스트 가치평가 활동 교육 —

남 민 우

도서출판 역락

저자소개

남 민 우(南旼祐)

1972년 충남 서산에서 출생하여 서울대학교 사범대학 국어교육과 및 동 대학원 국어교육과(교육학박사)를 졸업하고 현재 한국교육과정평가원에 재직 중이다.

주요 논문으로는 「기교주의 논쟁에 대한 문학소통이론적 연구」와 「텍스트 가치평가 활동을 위한 시교육 연구」, 「현대시교육과 성장시」 등이 있으며, 주요 저서로는 『문학교육의 역사와 성장의 시학』 등이 있다.

시교육의 해체와 재구성

— 여성시, 사이버시 그리고 텍스트 가치평가 활동 교육 —

인 쇄	2006년 10월 25일
발 행	2006년 10월 31일
지은이	남민우
펴낸이	이대현
편 집	박소정
펴낸곳	도서출판 **역락**
	서울 성동구 성수2가 3동 301-80
	(주)지시코 별관 3층
	전화 3409-2058, 3409-2060
	FAX 3409-2059
	홈페이지 http://www.youkrack.com
	이메일 youkrack@hanmail.net
	등록 1999년 4월 19일 제303-2002-000014호

ISBN 89-5556-503-8-93810
정 가 18,000원

*파본은 교환해 드립니다.

이상하고 엉뚱하며 게으른,
혼자 있기 좋아하고 탈도덕적이며 비사회적인,
자기 세계를 만들고 허물기를 반복하는,
그러나 유희 정신과 호기심, 심미적 의식으로 가득찬
학습자들을 위하여

·
·
·

머리말

너를 본다, 장미여,
사람들이 절대로 읽지 않을
세세한 행복의 수많은 페이지들을 담은
살짝 펼쳐진 책이여, 마술의 책이여,

바람이 불면 열리고,
두 눈 감고도 읽을 수 있는 책이여…
똑같은 생각들을 가졌음에 당혹해하며
나비들이 거기에서 빠져나오는구나.

            ― R.M. 릴케(김진하 옮김), 장미 Ⅱ

이 시를 처음 본 후 한참을 지니고 다닐 때는, 필자가 박사 논문의 주제를 찾아 방황하던 시절이었다. 그 때 필자는 중심이 아니라 주변에 관심을 두고 있었다. 시교육으로 좁혀 말하자면, 이미 많은 사람들이 소중하게 생각하는 시보다는, 아직은 소수의 사람들만이 관심을 두고 있는, 그러나 곰곰 생각해보면 더 많은 관심과 가치가 부여되어야 할 그러한 시들에 주목하고 있었다. 이것은 필자의 성향이나 운명 때문인지도 모른다. 필자의 이러한 성향이나 운명이 편하기만 했던 것은 아니다. 취향과 관심의 공유가 대인 관계를 얼마나 용이하게 해 주는가! 필자는 그런 점에서 늘 불편했다. 그래서 '여기는 아닌 것 같다, 나는 어울리지 못할 것 같다'는 생각에 몸도 마음도 무거워하곤 했다. 하지만 이 시를, 정확히는 이 시의 마지막 두 행을 보았을 때, 필자는 참으로 내 자신이 가벼워지는 듯한 느낌을 갖게 되었다. 구원받았다랄까?

이처럼 시는 '나'를 구원해 주곤 한다. 필자에겐 세상 만물 중 시만큼 구원의 마력을 지닌 것이 없어 보인다. 더욱 중요한 점은, 하나의 시가 모든 이들을 구원하지는 못한다는 사실, 그러므로 각각의 사람들에게 이 힘을 발휘하는 시들은 '다르다.' 그리고 시가 아닌 경우도 있다. 그런데 학교에서 배우는 시들은 누구를 구원하기 위한 시일까? 그리고 몇몇 시들에 대해서는 왜 그토록 열심으로 분석하고 해석해 보도록 하는가? 그 과정을 통해, '운명적으로' 우리들 각자는 서로 다른 사람들임에도 불구하고 '제도적으로' 우리들 각자는 서로를 닮아간다. 평화와 행복은 하나가 될 때만 가능한가? 오히려 그 하나가 평화와 행복을 '강요하는 경우'도 있지 않은가? 하나가 되지 않으려는 사람들, 이상하고 엉뚱한 사람들이 어쩌면 나비가 아닐까?

요컨대, 시교육은 '운명적 하나'와 '제도적 하나' 사이의 균형추 역할을 해야 한다고 생각된다. '제도적 하나'만이 유일한 하나됨의 길이 아니라는 사실을 인식하고, 근본적으로 다양한 시들에 관심을 두어 교육함으로써 더 많은 사람들이 각자 스스로 구원받을 기회를 주어야 한다. 이 책은 시로부터 얻게 된 이러한 생각들에 기초한다.

___ 국어교육과 아이러니스트

"글이란 무엇인가? 사람들은 어떤 글을, 왜 좋아하는가? 그 근거는 타당하며 지속되어도 좋은가? 역사를 초월하여 모든 사람들이 좋아할 만한 글은 있는가? 사람들이 어떤 글을 좋아하고 싫어하는 것은 사회문화와 어떤 관계가 있는가? 글의 사회문화적 기능은 무엇인가? 글의 가치를 결정하는 논리는 합리적인가? 아니면 특정한 사람들의 선호가 보편적 가치로 변용된 것은 아닌가? 학교에서 활용되고 있는 글들의 가치는 과연 보편적인가? …"

이 시대의 사회문화적 가치 구조는 해체와 재구성의 과도기를 겪고 있다. 문자 시대가 가고 디지털 시대로 전환하고 있다. 더불어, 글에 대한 기존의 관념을 재구성할 것을 강력히 요구하고 있다. 이 책의 논의들은 이와 관련된다. 물론 모든 장르와 유형의 글들에 대해 논의를 펼친 것은 아니다. 시에 한정하여, 시의 가치를 객관적으로 평가하려면 어떠한 관점에서 어떠한 원리와 방법에 의거해야 하는가를 규명하고 여성시(feminist poem), 사이버시(cyberpoem)의 가치를 논하였다. 그리고 이 시들의 가치 구조에서 볼 때 시교육의 문제점이 무엇인지 논의하고, 시교육에서 새롭게 주목하고 활용해야 할 시들을 제안하였다. 이 과정에서 문제 해결의 방법은 '탈근대적 가치론'과 '사회기호학의 텍스트론'으로부터 도출하였다.

이처럼 시에 초점을 둔 논의이지만, 여기서 논의된 바가 다른 장르와 유형의 글에 대해서도 확장되어 적용될 수 있다고 생각한다. 물론, 이 책의 논지나 주장에 대해 혹자는 부정하고 혹자는 식상해 할 수도 있다. 전자의 반응은 글에 대한 관점의 차이로부터 비롯한다고 하겠다. 그런데 차이가 곧 부정의 이유가 될 수 없음이 이 시대의 사유방식이라고 생각한다. 20세기까지의 지배적 사유방식은 '정상/보편/…/정답'과 '비정상/일탈/…/오답'의 이항(二項) 구조로 구성되어 있었다. 하지만 21세기는 '차이의 근원성'을 인정하는 '차이들의 사유방식'을 갖기를 요구한다. 차이를 부정의 이유로 쉽사리 설정하던 20세기의 사유방식이 전제적(專制的)이었기 때문이다. 따라서 이 글은 차이를 발견하는 분들에게, 다른 사유방식의 기회를 제공할 수 있을 것이다.

후자의 반응은 이 책의 논제가 이미 지난 세기말에 쟁론되었던 것이며, 어느 정도 익숙한 것임을 잘 알고 있기 때문이라 하겠다. 분명, 1980-90년대에 정전 논쟁은 활발했으며, 이 책 역시 이와 깊이 연관되어 있다. 그러나 '국어교육 내'에서 이 문제는 '타오르다 꺼져버린 불꽃'과 같다. 충분히 논의되지 못했으며 국어교육의 실제를 변화시키는 데 결정적인 기여를 할 기회도 적었다. 때문에 재점화(再點火)될 필요가 있다. 재점화시키면서 이 책은 1990년대 이후 사이버 문화의 형성과 관련된 사이버시를 포함시키고, 기존의 연구들이 착목하지 않았던 탈근대적 가치론과 사회기호학의 텍스트론을 활용함으로써, 논제의 범위를 넓히고 관점 역시 다르게 설정하려 했다.

이러한 논의를 통해 필자가 무엇보다도 강조하고 싶었던 것은, 주체의 새로운 표상인 아이러니스트(Ironist)에 관한 논의이다. 아이러니스트를 주체의 새로운 표상으로 제시한 사람은 탈근대적 철학자 리처드 로티(Richard Rorty)다. 아이러니스트의 특징을 그는 '철학자답게' 난해한 듯 평이하게, 평이한 듯 난해하게 설명하고 있는데, 필자가 주목한 특징은 '아이러니스트가 자기 언어와 정체성에 대해 의혹하는 사람, 어떤 행위나 신념을 정당화하는 최종적 언어마저 회의하고 그것을 재규정하려는 사람, 최종적인 해결을 가능케 하는 언어를 자기는 갖고 있지 않다는 점을 과감히 인정하는 사람, 가치중립적 보편적 언어가 따로 있다고 생각하지 않는 사람, 낡은 언어를 재서술함으로써 문제를 해결하려는 사람'이라는 점이다.

요컨대, 아이러니스트는 지식을 생산하고 가치를 창조하는 과정에서 자기 언어의 재구성, 자기 정체성의 재구성을 가장 먼저 실천하려는 사람이다. 따라서 아이러니의 수사법을 잘 쓰는 사람 또는 타인에 대해 시니컬하거나 풍자적인 인간과는 무관하다. '타자의 언어'는 의심하지만 '자기의 언어'는 의심하지 않는 사람과도 무관하며, '타자의 가치'는 상대화하면서 '자기의 가치'는 절대화하는 사람과도 무관하다. 아이러니스트를 가벼운 사람으로 오해할 수도 있다. 신념도 없고 확신도 없으며 최종적 언어도 없어 보이기 때문이다. 그러나 아이러니스트는 그 신념과 확신, 최종적 언어가 '갇힌 시공간'에서의 신념이나 확신, 최종적 언어는 아닌가 반문하게 만든다는 점에서 생산적이다. 또한 아이러니스트는 우리의 사회문화 속에서 '필연으로 굳어져버린 우연', '진리로 승격된 의견', '가치로 변용된 취향', '확고한 인과관계로 굳어져버린 두 우연한 사건' 등등을 다른 언어로 표현하려 한다는 점에서 '언어의 세계를 넓히는 사람'이다. 기이하게도 **아이러니스트는 '언어가 세계의 토대'임을 확신하는 사람** 같다. 바로 이런 점에서 국어 교사나 연구자는 아이러니스트들이 되어야 하는 것은 아닌가 생각한다. 요컨대, 이 책은 시를 가르치고 국어교육을 연구하는 분들에게, 아이러니스트에 대해 생각해 보고 그것이 언어의 세계를 넓힐 수 있는 주체인지 판단해 주길 원하는 책이다.

___감사의 말

이 책은 필자의 첫 책이다. 아직도 부족한 점이 많지만, 여기까지 오는 데 많은 분들의 도움이 있었다. 이 자리를 빌어 그분들께 충심으로 감사드리고 싶다.

우선, 어린 시절 필자에게 직접 말과 글, 수를 가르쳐 주신 아버지, 늘 기도로써 삶의 길을 밝혀주시는 어머니께 깊은 감사의 말씀을 드린다. 두 누이와 매형, 그리고 동생들에게도 고맙기가 한이 없다. 또한 초등학교 시절 내 삶을 가장 많이 기록하고 평가하며 그 때마다 따끔한 충고와 깊은 사랑을 보내주신, 지금은 고인이 되신 이종천 선생님께도 감사를 드린다.

사실, 필자가 시를 즐겨 읽기 시작한 시기는 대단히 늦어서, 겨우 대학에 와서야 많은 시들을 찾아 읽기 시작했다. 시와의 대화를 가능케 해주고 방법을 알려주셨던, 그래서 이렇게 시교육에 관한 책을 쓰는 데 이르기까지 많은 도움을 주셨던 선후배님들이 있었다. 그 때의 그 느낌으로 회상하여 보면, 시의 재미를 알게 해준 사대문학회 선배 장현동, 김진하 형, 대학원을 알려주고 대학원에서 공부하길 권하여 주신 정재찬 선배님, 박사과정 중 부족한 논문을 쓸 때마다 격려와 충고를 보내 주신 최지현 선배님, 늘 곁에서 충고해 주는 김정우 형, 그리고 시교육 연구를 함께 하며 값진 말씀을 나누어주신 최미숙, 유영희 선배님과 후배님들, 박사논문을 쓰면서 함께 논문을 검토하고 토론하여 준 주세형 학우 등의 도움이 컸는데 그분들에게 고마움을 전한다.

대학의 은사님들께도 충심으로 감사를 드린다. 꼬박 12년 동안 학부와 대학원을 다녔던 필자는 졸업하기까지 너무나 많은 일들을 기억한다. 부족한 사람이 더 많이 후회하고 더 많이 기억하듯이… 그래서 감히 은사님들의 존함을 직접 쓰기가 주저된다. 필자의 부덕과 비재를 좀더 값진 것으로 바꾸어 보답하는 길 뿐이리라.

아내에게는 말로 다 표현할 수 없는 고마움을 느낀다. 그리고 2002년 11월 23일 새벽 3시 평온한 잠 속에서, 필자가 박사논문의 주제를 결심하는 데 결정적인 미소를 보내준 딸 지호에게 사랑한다고 말해주고 싶다.

아마도 이 책은 결혼 이후 필자와 아내, 지호 곁에서 많은 도움을 주고 계신 장인, 장모님께 바쳐야 하겠다. 두 분의 도움이 없었다면 필자가 계속 공부할 수가 없었을 것이다.

끝으로, 필자가 올해 봄부터 연구의 기회를 갖게 된 한국교육과정평가원에서 새롭게 뵙게 된 많은 선생님들께도 감사를 드린다. 그리고 필자의 부족한 글을 흔쾌히 출판하여 주신 역락출판사 이대현 사장님과 편집부 선생님들께도 감사의 말씀을 드린다.

차 례

시교육의 해체와 재구성

- 여성시, 사이버시 그리고 텍스트 가치평가 활동 교육 -

평가를 통해서 비로소 가치가 생겨난다.
그리고 평가한다는 것이 없으면 사물을 즐기는 일도 헛된 것이 되고 말리라.
— Nietzsche, F.(1883-5 : 99), 『짜라투스트라는 이렇게 말했다』

제 1 장

서론 : 가치평가 활동과 시교육

나는 텍스트를 생산한다. 그러므로 나는 존재한다.
그리고 나는 내가 생산한 텍스트이다.

1. 가치평가 활동 교육의 필요성

이 연구는 '텍스트[2] 가치평가 활동'의 원리를 규명하고, '텍스트 가치평가 능력'을 신장시키기 위한 시교육의 체계화를 목적으로 한다. 또한 이 연구는 시교육의 방향 전환에 관해 다음과 같은 세 가지 주장을 펼치고자 한다. 첫째, 시교육은 해석 활동과 가치평가 활동 간의 균형을 회복해야 한다. 둘째, 시교육은 여성시(feminist poem)나 사이버시(cyberpoem)와 같이 기존의 가치구조에 대해 비판적인 시, 새로운 사회문화적 변화를 반영하는 시 등을 포괄해

---

1) Scholes, Robert., *Semiotics and Interpretation*, Yale UP, 1982, p.4.

2) 라틴어 동사 'textere(織物을 짜다)'에서 파생된 텍스트(text)의 일상적 사전적 의미는 '원문·본문·textbook의 준말' 등 다양하다. 본 연구에서 이 용어는 두 가지 의미로 사용된다. 첫째, 실체론적 차원에서 텍스트는 '한 단어로도 여러 개의 문장으로도 성립하는 의사소통적 단위'를 지칭한다. 둘째, 문학이론적 차원에서 텍스트는 수용미학과 후기구조주의적 관점에 따라 '작품(work)' 개념을 대체하는 용어로 사용된다. 자기충족적 완결성을 지녔다고 상정되어 왔던 '작품' 개념과 달리 텍스트는 문학텍스트의 구조적 불완전성·의미의 불확정성 등을 전제하며 독자의 능동적 역할·저자의 권위에 대한 거부·문학적 소통구조의 역동성을 강조한다. 고영근, 『텍스트이론—언어문학통합론의 이론과 실제』, 아르케, 1999, 제1장 ; Eagleton, T.(김명환 외 공역), 『문학이론입문』, 창작과비평사, 1983(1986) ; 김경용, 『기호학이란 무엇인가』, 민음사, 1994, 제8장.

야 한다. 셋째, 시교육이 문화다원주의(multiculturalism) 모형에 입각하여 실천되어야 한다.

본 연구가 이러한 주장을 제기하는 까닭은, 우리 사회와 문학계가 탈근대적 디지털 시대로 전환하면서 문학의 소통 방식은 물론 가치구조의 심대한 변화를 겪고 있기 때문이다. 실제로 1990년대 우리 문학계의 화두는 여성문학이었으며 90년대 중반 이후에는 사이버문학이었다. 여성문학과 사이버문학은 근대 사회와 문학에 의해 형성되었던 가치구조와 상당한 차이를 보여주고 있다. 이에 따라 시와 문학은 물론 인간에 대한 관점 역시 많은 변화가 발생했다. 시교육의 대상인 학습자들 역시 새로운 사회문화적 맥락에 영향받아, 교사가 그 정체를 파악할 수 없는 새로운 세대가 되었다. 모든 교사들이 그렇다고 할 수는 없지만, 많은 교사들은 지금도 자신들의 과거를 바탕으로 현재의 학습자들의 생각과 행동을 짐작한다. 이러한 짐작이 사실은 오해에 가까운 경우가 많다. 학습자와 교사 간의 이해와 공감이 전제될 때 교육이 성공적일 수 있음은 상식이다. 그런데 사회문화적 변화가 급격하다보니 학습자와 교사간의 이해와 공감이 이루어지지 못하고 있는 것이다.

더욱이, 시교육은 사회문화적 변화에 능동적인 대응을 했다고 보기 어렵다. 오히려 가르쳐야 할 항구적 가치와 의미를 지닌 시텍스트는 불변하며 학교에서의 시교육은 바로 그러한 시텍스트들을 중심으로 이루어져야 한다는 생각을 견지해 왔다. 이러하다 보니 시교육이 활기를 상실하는 문제가 발생하고 있다. 심지어, 학교에서 배우는 시는 '억지로 배울 수밖에 없는 시'일 뿐이고 '뭔가 흥미롭고 가치 있는 시'는 '학교 밖에 있다'는 막연한 반발심이 확대되고 있다. 시교육은 '학교에서 이루어지는 활동'으로 갇혀버린 것이다. 이러한 상황을 타개하기 위해서는 시교육의 내용과 방법을 변화시키지 않으면 안 된다. 이 연구에서 주장하는 바는 그러한 변화를 위한 제언에 해당한다.

그렇다면, 왜 하필 가치평가 활동에 대한 연구를 통해 시교육의 새로운 방향을 모색하려 하는가? 이는 국어교육의 최근 동향과 시교육에서 가치평가 활동이 지니는 본래적 위상을 고려할 때 인식될 수 있다.

최근에 국어교육은 멀티미디어 시대의 사회문화적 변화에 대처하기 위해, 다양한 미디어 텍스트들을 읽고 쓸 수 있는 복합문식성(multiliteracy) 신장에 주목하고 있다. 이에 따라 국어교육에서 활용하는 텍스트의 범위는, '표면적으로 보면', 정전(canon)에 한정되지 않고 대중문화 텍스트, 영상 텍스트, 디지털 텍스트 등으로 확장되고 있다. 이제는 '국어 교과서에 수록된 텍스트는 당연히 훌륭한 것이다'라는 생각을 가질 수 없게 된 것이다. 바로 이러한 변화가 '과연 어떤 텍스트가 가치 있는 텍스트인가?'라는 근본적 질문을 국어 교실에 제기한다. '텍스트 가치평가 능력'의 중요성이 자연스럽게 부각되는 상황이다.

문제는 이 질문의 해결 과정이 아직은 전통적 방식에 의존하고 있다는 점이다. 복합문식성을 신장시키기 위해 다양한 텍스트들을 활용은 하지만, 학습자의 관심을 유발하기 위한 소재 이상의 의미를 부여하지 않거나, '복합문식성=비판적 문식성'이라는 관점에서 바라보게 하는 경향이 강하다.[3] 달리 말해, '册은 읽기 어렵지만 가치 있다. TV나 인터넷은 재미 있게 볼 수 있지만 그 가치가 의심스럽다. 따라서 학습자들은 비판적 사고력이 요구된다.'는 보호주의적 관점이 지배적이다. 하지만 이것은 한계를 지닌다. 가치는 탈역사적(脫歷史的)이지 않으며, 보편적 가치가 선험적으로 주어져 있는 것도 아니기 때문이다.

오히려 가치는 가치평가 활동에 의해 창조된다. 가치평가를 통해 비로소 가치가 생겨나는바, 가치의 구조는 재구성될 수 있다. 따라서 학습자는 '가치 창조자'로서 가치평가 활동의 기회를 부여받아야 한다. 학습자들이 교실에서 경험해야 할 바는, 기성의 가치구조를 명징하게 인식하고 내면화하기 위한 활동이 아니라, '가치평가의 원리'를 인식하고 활용하여 가치를 창조할 수 있는 능력을 획득하는 활동이어야 한다. 보호주의적 방식은 이러한 창조적 활동의 기회를 약화시킬 수 있다.

---

3) 정현선, 『다매체 시대의 국어교육과 문화교육』, 역락, 2004, 제10장.

비판적 교육이론가인 P. 맥러렌이 강조하듯, 이러한 창조적 활동의 기회를 강화하기 위해서는, 학습자에게 '권한부여(empowerment)적 상황'을 제공할 필요가 있다. 권한부여적 상황이란 "학습자 자신의 역사(개인사), 언어, 문화적 특성을 존중하는 지식 및 사회적 관계로 구성되는 상황"으로서, 학습자로 하여금 "우리(성인, 교사)가 적절하다고 여기는 지식을 비판적으로 학습하게 함으로써 자신과 세계에 대한 이해를 확장하고, 그에 따라 우리가 당연시하는 삶의 방식을 변형시킬 가능성에 대한 믿음을 강화하는 과정"[4]인바, 가치평가 활동을 능동화시키기 위해서는 이러한 상황이 제공되어야 한다.

둘째, 가치평가 활동으로부터 출발해야 하는 까닭은 시교육에서 가치평가 활동이 차지하는 본래적 위상에 의해서도 드러난다. 이 점을 파악하기 위해서는 몇 가지 개념들 간의 관계를 재검토해야 하기 때문에, 앞의 문제보다는 다소 긴 논의가 필요하다. 그 몇 가지 개념들이란 가치평가, 감상, 해석, 비평 등이다.

가치평가(evaluation) 활동은 텍스트의 가치 유무를 판단하고 여러 텍스트들간의 상대적 우열을 비교하는 활동으로 규정된다.[5] 가치평가는 타당한 기준(criterion)을 필요로 하는 활동이며, 기준에 비추어 어떤 것은 권장하고 어떤 것은 배제하는 기능을 한다. 흔히 가치평가와 감상(appreciation), 해석(interpretation), 비평(criticism) 등을 유사한 것으로 보기도 하지만, 엄밀한 관점에서는 서로 구별된다.

우선, 감상과 다른 개념들이 대별된다. 감상은 관조적 태도로 대상의 미적 가치를 즐기는 행위인 반면, 가치평가와 해석은 그 감상 과정을 반성함으로써 대상에 대한 이해를 고양시키는 이차적 의식적 행위이기 때문이다. 가치

---

4) McLaren, P., *Life in School : An Introduction to Critical Pedagogy in the Foundations of Education*, Longman, 1994, pp.193-4.

5) Beardsley, M.C., *Aesthetics : Problems in the Philosphy of Criticism*, Harcourt Brace, 1958, X장 ; Strelka. J., *Problems of Literary Evaluation*, The Pennsylvania State UP, 1969 ; Dickie, G.(오병남 · 황유경 옮김), 『미학입문』, 서광사, 1971(1983), 5부 ; Wellek, R. & Warren, A.(김병철 역), 『문학의 이론(제3판)』, 을유문화사, 1963(1982), 18장.

평가와 해석은 대상에 대한 비판적 이해란 점에서 비평의 두 축을 이룬다. 이처럼 감상만이 다른 개념과 구분되는 것은, 감상이 예술작품에 대한 가장 전통적인 관점에 기초하고 있기 때문이다. 즉 감상은 독자보다는 작가, 작품의 우위성을 강조하는바, 독자로 하여금 위대한 작가나 작품에 대한 의심보다는 존경을 요구한다. 그리고 그러한 태도로 작품의 아름다움과 가치를 직관적으로 느껴보기를 요구한다. 이러한 관점 때문에, 20세기 초 비평의 시대가 열리자, 감상을 강조하던 전통적인 사람들은, 비평은 작품의 가치를 손상시키는 것이며 미적 예술작품의 본성과 어울리지 않는다고 강력한 거부 반응을 보이기도 하였다.6)

그런데 비평의 두 축인 해석과 가치평가 역시 구분된다. 해석이 주로 작품의 구조와 의미를 기술하고 분석하는 활동인 반면, 가치평가는 '좋다, 나쁘다' 등을 포함하여 작품에 대한 주관적 반응을 객관화하는 활동이기 때문이다.7) 그런데 이러한 차이는 간과할 수 없는 중요성을 내포한다. 논리적 시간적 차원에서 볼 때 해석은 가치평가 활동에 선행한다고 여겨지지만 정작, 해석 활동의 존재 근거 및 방향성은 가치평가 활동에 의해 제약되기 때문이다.

P. 헤르나디가 언급했듯, 해석은 '작자는 전달하고 텍스트는 감추고 독자는 밝혀 낸다'는 세 가지 원칙을 전제하며 이루어지는 활동, 달리 말해 '작품은 스스로 자기를 설명하는 요소가 적다'는 가정 하에 작품의 의미를 현현(disclosure)시키는 활동이다.8) 해석 활동은 텍스트에 존재하는 비문법적 표현들이나 초사전적 의미가 야기하는 의미론적 낯섦 때문에 요구된다.9) 대개 그 낯선 요소들은 문법과 사전에 비추어 보아도 의미가 투명하게 드러나지 않는 애매성을 띠고 있다. 시텍스트는 해석 활동이 필연적으로 요구되는 대표적인 텍스트이기 때문에 시텍스트에 대한 고도의 해석 방법이 발달해 온

---

6) Stolnitz, J.(오병남 옮김), 『미학과 비평철학』, 이론과실천, 1960(1991), 12-13장 ; 윤여탁, 「감상」, 서울대국어교육연구소, 『국어교육학사전』, 대교출판, 1999, pp.11-12.
7) Olsen, S.H(최상규 옮김), 『문학 이해의 구조』, 예림기획, 1978(1999), 6-7장.
8) Hernadi, P. ed(최상규 옮김), 『비평이란 무엇인가』, 예림기획, 1978(1998), p.14.
9) 박이문, 『예술철학』, 문학과지성사, 1983, pp.89-104.

것은 필연적인 사태였다.

또다른 측면에서도 해석 활동의 필요성이 제기된다. 비문법적 초사전적 낯섦과는 다른 차원의 낯섦이 존재하기 때문이다. 앞서 논의된 '공시적(共時的) 낯섦'과는 다른 '통시적(通時的) 낯섦'이 존재한다. 인간은 '현재'에 의해서만 구성된 시간 체계 속에서 사는 것이 아니라 '과거'와 '미래'라는 시간들이 공존하는 복합적 시간 체계 속에서 산다. 특히 '과거'라는 시간의 존재는 '통시적 낯섦'의 근원이 된다. '통시적 낯섦'을 존재 가능케 한 것이 기억의 저장 기술인 '문자(쓰기)'의 발명에 의해서임은 주지하는 바이다.

문자(쓰기)는 과거를 보존하기만 하는 것이 아니라, 기호(언어)와 대상(의미) 사이의 소격화를 근본적으로 추동시킨다. 구어는 상황 의존적이어서 곧바로 의미와 결합되는 경향이 강하지만 문자는 상황을 벗어나려는 경향성을 지닌다. 리쾨르는 이 점을, '텍스트로 인해, 의사소통 행위에 근원적으로 야기되는 시간적 소격화(Verfremdung)'[10]라고 규정한다. 여기서 소격화란 '말해진 것(the said, 의미)' 안에서 '말하는 것(the saying, 사건으로서의 담화)'이 시간적으로 분리되는 현상을 의미한다. 이미 우리가 무언가(지시대상)에 대해 말(담화)하는 순간, 사건으로서의 담화는 그 무언가로부터 멀어진다. 말(담화)이 시간적 소격화를 일차적으로 발생시킨다면, 텍스트 생산 과정은 이러한 소격화를 더욱 가속화시켜 사건과 의미의 분절화를 강화한다. 텍스트는 그 자신을 생산하면서 동시에 의미론적 '낯섦'을 발생시키는바, 필연적으로 해석을 요구한다.

텍스트는 '자율성'과 '스타일'이라는 요소가 부가되면서 그 낯섦을 증폭시킨다. 예를 들어, 문학텍스트는 그것이 생산되었던 시공간으로부터 직접적 관계를 설정할 수 없는 독특한 자율성을 지닌다. 시공간을 가리키는 수많은 직시사(diexis)나 특정한 인물, 대상을 가리키는 대명사들을 지닐 수 있으나 이는 오히려 혼란을 야기한다. 자율성을 지닌 텍스트에서 지시대명사나 직

10) Ricoeur, P(윤철호 옮김), 「소격화의 해석학적 기능」, 『해석학과 인문사회과학 : 언어, 행동 그리고 해석에 관한 논고』, 서광사, 1981(2003).

시사들이 가리키는 것을 그대로 받아들일 수 없기 때문이다. 더욱 복잡한 요인은 '스타일'이다. 텍스트는 생산 과정 중에 그것이 어떤 저자(author)의 것인지를 말해주는 스타일을 지니게 된다. 하지만 일정한 자율성을 획득했기 때문에 실제적인 그 저자의 흔적을 '지운다'. 저자의 이름이 주어진다 할지라도 텍스트의 의미가 곧바로 현시되지 않는다.

이것은 해석이, 모든 분열된 것의 재결합 활동 즉 복원 활동임을 말해준다. 복원으로서의 해석은 소격화로 인해 파괴된 원초적인 귀속성(Zugehörigkeit), 텍스트가 생산되었던 최초의 맥락을 밝혀야만 하는 것이다. 이를 통해 해석은 '해석자가 말하는 것'과 '텍스트가 말한 것'을 최대한 동일화함으로써, 즉 해석자(의 주관)를 사라지게 함으로써 텍스트 그 자체 또는 텍스트 생산자 그 자신이 다시 말하도록 하는 '다시 말하기(re-saying)'[11] 활동이다. 시텍스트에 대한 전통적인 해설들이 '이 시는 ~을 말하고 있다'라든지, '이 시인은 ~이라 말하고 있다'라는 식으로 구성되는 데서도 해석의 특징이 뚜렷하게 부각된다. 그런데 '다시 말하기'는 이념적 지표일 뿐 달성될 수 없는 목표이다. 해석은 수용 가능한 근접적인 번역이다.[12] 사라진 '원초적 귀속성'을 재구성하는 것이 불가능하기 때문이다.

문제는 시교육이 모든 텍스트들을 다시 말하게 하지 않는다는 점이다. 시교육에서 '실제적인' 해석 활동은 항상 '가치 있는 시텍스트'로 여겨지는 정전(canon)에 한정되는 경향이 강하다. 왜 이러한 현상이 발생하는가, 다시 말해 왜 시교육은 '제한적 해석 활동 교육'이어야 하는가? 선택된 텍스트가 해석 기술이나 방법을 학습시키기에 가장 적절하다는 공학적 답변은 일면적이다. 궁극적인 이유는 '해석공동체의 사회적 필요성'[13]에 있다. 즉 학습자(개별자)로 하여금 '문화적 동질성'을 지닌 주체(민족적 주체와 같은 공동체적

---

11) Ricoeur, P(윤철호 옮김), 「텍스트란 무엇인가 : 설명과 이해」, 앞의 책, p.290.
12) Mailloux, S(여홍상 역), 「해석」, Lentricchia, F & Mclaughlin, T. eds(정정호 외 공역), 『문학 연구를 위한 비평용어』, 한신문화사, 1990(1996), p.145.
13) 송무, 『영문학에 대한 반성』, 민음사, 1997, pp.351-357 및 pp.372-374.

주체)를 형성시키려는 목적 때문이다.

여기서 해석 활동과 가치평가 활동 간의 사회적 관계가 존재함을 알 수 있다. 따라서 해석과 가치평가 활동의 관계는 다음과 같이 복합적이다.

	논리적 차원 : 전제와 귀결	
해 석	시간적 차원 : 선후	가치평가
	사회적 차원 : 선택과 배제	

가치평가의 기능과 목적은 앞서 말한 대로, 작품에 대한 평가자의 주관적 반응을 객관화하는 활동이며, 특정 텍스트에 대한 권장(선택)이나 배제이다. 가치평가 활동의 궁극적 목표는 정전의 형성에 있다. 이 정전은 특정한 사회와 문화가 진지하게 받아들이는 텍스트일 뿐만 아니라 그것에 대한 해석 방법마저도 통제하는 것으로서, 특정한 사회가 자신의 사회적 가치구조를 유지하기 위해 구성한 전략적 산물(strategic constructs)[14]이다. 이 정전이 해석공동체 형성의 핵심적 자료가 된다. 따라서 해석 활동은 가치평가 활동에 의해 제약 받는다. 때문에 가치평가 활동과 해석 활동 간의 관계는 시간적 논리적 관계로만 설명될 수 없다. '해석 이후에 가치평가가 이루어진다'는 관점은 두 활동 간의 사회적 관계를 도외시함으로써 그들 간의 관계에 대한 오인(誤認)을 낳을 뿐이다.

바로 이 지점에서 특정 텍스트를 대상으로 한 해석 활동 중심의 시교육이 지니는 모순이 부각된다. 정전이란 해석이나 가치평가의 산물만이 아니다. 그것은 해석 활동을 규정하고 제한하는 기준이며 지배적 가치구조를 표상하고 재생산하는 문화적 도구이다. 때문에 정전에 대한 시교육은 R. 오만이 지적한 바와 같은 문제를 야기할 수 있다. 그는 "표준(정전)을 설정한다는 것은

---

14) Kermode, F., "Institutional Control of Interpretation", *The Art of Telling*, Harvard Univ. Press, 1983, pp.168-184.

언제나 이데올로기적 책략에 참여하는 것이며, 한 계급이나 집단의 이익과 가치 기준을 일반화하여 그것을 만인의 이익이나 가치 기준인 양 제시하는 일이다.”라고 지적하면서, “비평가는 ‘나는 그 작품을 좋아한다’라는 진술이 ‘그 작품은 위대한 작품이다’로 변형되는 과정에, 눈에 보이지 않는 세력 관계가 작용할 수 있음을 주의해야 한다”고 강조한다.15) N. 프라이의 견해처럼, 정전은 그것을 높게 평가했던 비평가 자신이 속한 시대의 유행, 특정한 세대의 취향일 수도 있는 것이다.16)

이 모순의 존재로부터 가치평가 활동의 중요성이 드러난다. 교사나 학습자는 해석하고 이해해야 할 시텍스트가 과연 가치 있는 것인가, 정전으로 여겨지는 시텍스트가 표상하는 사회적 가치구조는 과연 타당하며, 미래 사회에 있어서도 교육하고 학습할 만한 가치가 있는 것인가 자문하지 않을 수 없다. 또한 기존의 정전을 정당화했던 가치평가 방법의 타당성과 합리성에 대한 지속적인 회의를 전개하지 않을 수 없다. 이러한 반성을 통해 시교육 또는 시 자체의 존재 이유를 인식하지 않는다면, 시교육은 맹목적이거나 기계적 활동으로 끝나버릴 수 있기 때문이다.

따라서 가치평가 활동은 비평 활동의 하위 범주이기만 한 것이 아니다. 가치평가 활동은 교사나 학습자에게 시교육의 정당성과 목적을 성찰하게 하고 그것의 지속적 재구성을 추동하는 근본적인 토대이다. 그러므로 시교육은 ‘해석 활동’과 ‘가치평가 활동’ 간의 균형을 회복할 필요가 있다. 문학비평은 가치중립적 해석 활동의 객관성뿐만 아니라 가치평가 활동 자체의 객관성을 확보할 경우에만 그 존재 근거가 마련될 수 있는바,17) 시교육 역시 가치평가 활동을 전경화하지 않을 수 없다.

이처럼 그 중요성이 심대함에도 불구하고, 기존의 시교육이 취하고 있는 가치평가 활동 교육의 내용과 방법18)은 많은 문제점을 지니고 있다. 대표적

---

15) Ohmann, R., 「비평의 사회적 기능」, Hernadi, P. ed(최상규 옮김), 앞의 책, p.249.
16) Frye, N., "Contexts of Literary Evaluation", Strelka, J. ed, 앞의 책, p.19.
17) 김영희, 『비평의 객관성과 실천적 지평』, 창작과비평사, 1993, p.15.

인 문제점들을 크게 세 가지로 제시하자면 다음과 같다. 첫째, 시텍스트의 가치평가 원리나 기준 자체에 대한 반성과 탐구의 기회를 제공하지 못하고 있다. '인식적 미적 윤리적 관점에서 문학의 가치를 판단하는 기준과 원리를 이해한다.'고 언급되지만 정작 문학텍스트를 평가할 때 객관적이며 타당한 기준과 원리는 무엇인지 막연할 뿐이다. 더욱이 근대적 체계가 재구성되고 있는 과도기적 상황 하에서[19] 기존의 원리와 기준들이 지속적 타당성을 지니는지 성찰하고 탐구할 기회가 요청되는데 이에 대한 관심이 부족하다.

둘째, 가치평가의 '차이와 갈등' 현상에 대한 교육 내용 역시 부각되어 있지 못하다. 가치는 갈등 상황의 해결 기능을 수행하기도 하지만 동시에 갈등을 유발하는 가장 대표적인 원인이기도 하다.[20] 시텍스트의 가치평가 활동 역시 갈등적 속성으로부터 자유로울 수 없다. 이 점이 시교육에서 부각되지 못했던 까닭은 시교육이 근대적 인식론과 가치론에 대해 회의하지 않았기 때문이다. 하지만 탈근대적 인식론과 가치론이 확대되고 있는 상황에서 가치평가의 '차이와 갈등'에 대해 무관심할 수는 없다.

셋째, 시텍스트에 대한 가치평가 활동의 구체적 절차가 불분명한 상태이다. 교육과정은 기본적으로 위계적 절차적 속성을 지닌다. 따라서 학습자가 어떤 능력을 향상시키기 위해 수행하고 경험해야 할 활동은 절차적 과정의 모형을 지닐 필요가 있다. 하지만 기존의 시교육을 살펴보면 '주체와 맥락에 따라 작품의 가치를 평가한다' 등의 선언적 수준에 멈춰 있을 뿐이다. 시텍스트의 어떤 요소들이 가치를 함축하고 있으며 시텍스트에 대해 어떠한 분석 방법과 과정을 거쳐 가치평가 활동을 전개해야 하는지 등이 불분명하다.

---

18) 관련 사항들은 『국어』의 교육과정 중 '문학' 영역의 내용 항목들과, 『문학』의 교육과정 중 '내용체계 (4) 문학의 가치화와 태도' 부분에 집중적으로 나타나 있다. 대표적인 교육 방법으로는 '가치 탐구 학습법'이 제시되곤 하는데, 이것은 문학텍스트의 내용에 반영된 윤리적 사회적 가치에 집중하도록 하는 한계를 지닌다. 가치 탐구 학습법이 윤리교육에 근원을 두고 있기 때문에 어쩌면 자연스럽기까지 하다. 그러나 문학텍스트에 대한 가치 평가 활동은 내용과 형식 모두를 포괄할 필요가 있다.
19) 김욱동 편, 『포스트모더니즘과 포스트구조주의』, 현암사, 1991.
20) Haydon, G., *Teaching about Values : A New Approach*, Cassell, 1997, pp.41-49.

이 연구는 이러한 문제점을 해결함으로서 가치평가 활동의 원리를 제시하고, 이를 바탕으로 기존의 시교육을 해체하고 재구성할 수 있는 방향을 제시하고자 한다.

2. 가치평가 활동 교육의 연구사와 새로운 방향

▌가치평가 활동 교육에 관한 연구사

가치평가 활동 교육에 관한 선행 연구를 검토하면서 가장 먼저 확인할 수 있는 기이한 점은, 문제의 중요성에 비해 연구 성과물이 많지 않다는 사실이다. 이런 현상의 원인은 시교육을 포함한 문학교육 연구가 텍스트의 구조와 의미에 대한 해석 활동에 집중하여 왔기 때문이다.[21] 또한 문학교육의 실천 역시 정전 텍스트에 집중됨으로써 연유된 문제였다.[22] 이것을 전형적으로 보여주는 사례는 제3차 교육과정기 『국어3』(pp.202-7)에 수록되었던 송욱의 「'님의 침묵' 전편 해설」이다. 송욱은, "이 시집은 두말할 것 없이 '헤아릴 수 없는 깊이를 지닌' 사랑의 시로서 엮은 것이다. … 문제는 그 '헤아릴 수 없는 깊이'를 解明하는 일이다."[23]라고 밝히고 있는바, 이런 태도가 시교육을 해석 활동에 집중하도록 유도했던 것이다. 물론 지금의 시교육은 텍스트에만 집중하지는 않는다. 그럼에도 불구하고 정전에 대한 해석 활동이 시교육에서 중핵을 차지한다는 점에는 큰 변화가 없다.

또 다른 원인은 지난 반 세기 동안 전개된 문학이론의 전반적 경향에서도

---

21) 해석에 대한 집중 현상은 문학교육 연구가 본격화된 이후 주요 경향 중 하나였는데 이에 대한 지적은 최지현, 「현대시교육론의 반성과 전망」, 김은전 외, 『현대시교육론』, 시와시학사, 1996 및 구인환 외, 『문학교육론(제3판)』, 삼지원, 1998의 부록 참고. 두 논저에서 검토하지 못한 최근까지의 연구 논저들도 거의 비슷한 경향을 지닌다. 이 점은 '문학(교육)의 내용과 이데올로기 연구→문학 작품의 해석, 향유, 수용 방식 연구→문학에서의 글쓰기 방식 연구'로 변하여 왔다는 지적을 통해 알 수 있다. 김정우, 「시 해석 교육 내용 연구」, 서울대박사학위논문, 2004, p.9.
22) 정재찬, 「현대시 교육의 지배적 담론에 관한 연구」, 서울대박사학위논문, 1996.
23) 송욱, 『님의 침묵 전편 해설』, 일조각, 1974.

찾을 수 있다. 지난 50여 년간 문학연구 영역에서 발견되는 특이한 현상 중 하나가 바로 '문학적 평가'에 관한 연구 즉 가치평가와 관련된 전반적인 문제틀이 회피되어 왔다[24]는 점이다. 그 원인은 무엇보다도 '제도로서의 문학연구'가 대학 내에서 학과(學科)로서 인정받기 위해 추구했던 전략적 선택의 영향 때문이었다.

학문의 전범(典範)이 되어버린 자연과학의 영향과 20세기 초부터 철학계를 지배하기 시작한 논리실증주의의 영향 아래, 가치평가는 사실에 대한 증명 가능한 진술이 아니라 개인적 감정의 정서적 표현에 불과하다는 견해가 지배적 관점이 되었다.[25] 때문에 제도로서의 문학연구가 확고하게 인정되기 위해서는 '가치평가'라는 '혹'을 적절히 떼어내는 시술(施術)이 필요하다는 주장이 대두되었다. 문제의 해결은 '분업의 논리(비평과 학문의 구별)'라는 큰 틀에 의해 이루어지는 듯했다. 즉 엄격성을 결여한다고 여겨지는 가치평가를 핵심적 계기로 내포하고 있는 문학'비평'과, 문학의 구조와 의미를 가치중립적으로 기술하는 학문으로서의 문학'연구'를 변별하고자 한 것이다.

하지만 이러한 분업 논리는 전통적인 인문주의적 이상과는 모순적이었기 때문에 많은 비판에 직면했다. 주목할 만한 점은 신비평이 이 문제 해결에 있어서 매우 중요한 기여를 했다는 사실이다. 신비평은 '비평으로서의 설명(Explication as Criticism)' 즉, 시에 대한 설명은 곧 비평이자 평가라는 논리를 정교하게 제공[26]함으로써 논리실증주의의 비난을 극복하면서도 전통적인 인문주의적 이상을 결합시키고자 했다. 윔샛은 '피상적 정서표현론(emotivism)'과 '피상적인 과학적 가치중립주의'를 모두 지양하기 위해서는 정교한 읽기 방법을 제시할 필요가 있다고 판단하였으며, 그러한 정교한 읽기가 결국엔 정당한 가치평가에 이르는 길을 보장해준다는 논리를 세웠던 것이다. 이로

---

24) Smith, B.H., *Contingencies of Value : Alternative Perspectives for Critical Theory*, Harvard UP, 1988, pp.17-29. ; Connor, Steven., *Theory and Cultural Value*, Blackwell, 1992, pp.8-33.
25) 길병휘, 『가치와 사실』, 서광사, 1996, 제4장.
26) Wimsatt, W.K., Jr., *The Verbal Icon*, UP of Kentucky, 1954, pp.235-251 ; B.H. Smith, 앞의 책, p.20.

써 신비평이 가치평가를 배제하지 않으면서도 과학적 신빙성을 갖춘 문학연구가 가능하다는 관점을 확립했다고 평가된다.

그런데 B.H. 스미스가 지적하듯이 이러한 과정은 사실 '가치평가의 묵시화'를 낳았을 뿐이다. 즉 가치평가와 해석의 융합이 아니라, 해석에 대한 가치평가의 종속을 낳은 것이다. 더욱이 가치평가의 묵시화는 문학이론 내부에서조차 N. 프라이에 의해 '가치평가 배제론'으로 경직화되어 갔다. 예를 들어, N. 프라이는 '애매한 입장'의 신비평과 달리 가치평가는 전적으로 문학연구에 부적절하다고 보았다.27) 체계적인 지식구조를 확립하기 위해서는 '그럴 듯한 헛소리' 즉 아무 대중없고 감상적이고 편견에 찬 가치판단은 문학연구에서 배제되어야 한다고 강조했다. T. 엘리엇이『비평의 기능』에서 말했듯이, "현존하는 기념비적인 문학작품들은 그 작품들 자체 속에서 이상적 질서를 형성"하고 있는바, "그 질서를 규명하는 것이 비평, 그것도 아주 근본적인 비평의 기능"28)이라는 주장을 강화한 것이다. 비평은 개개인의 취미의 역사와는 무관한 것으로서, '현존하는 기념비적인 문학작품들이 지니고 있는 자체 내적 질서'를 규명하는 것이라고 못박으면서, 통상 '해석과 가치평가'가 결합되어 있다고 여겨지는 비평의 개념을 '연구(scholarship)로서의 비평'으로 축소시키려 한 것이다.

이처럼 문학이론의 전반적 경향과 정전 중심의 시교육 방식이 결국은 가치평가의 원리에 대한 주제적 연구를 약화시켜 왔다.29) 그러나 가치와 가치

---

27) N. 프라이는 가치평가를 지향하는 문학연구는 추구될 수 없다고 하면서, 문학연구는 오로지 '지식'만을 추구해야 한다고 보았다. Frye, N., "Contexts of Literary Evaluation", J. Strelka ed., *Problems of Literary Evaluation*, The Pennsylvania State UP, 1969, p.14.

28) Frye, N.(임철규 옮김),『비평의 해부』, 한길사, 1957(2000), pp.72-3.

29) 물론, 독자반응이론·수용미학·해체주의·문화론·창작교육론 등의 영향으로 문학교육이 탈정전적 경향을 띠게 된 점은 어느 정도 인정할 수 있다. 그러나, 이들이 정전 교체에 미친 실질적인 영향력은 미미했다는 것이 본 연구의 판단이다. 더욱 중요한 점은, 표면적으로는 해석과 가치평가 활동에서의 '독자의 능동성'을 강조했을지언정, 종국적으로는 '정전적 해석과 가치'로 지양되기 위한 방법적 단계로 설정되는데 그친다는 점, 따라서 정전의 교체와 가치평가 활동 원리의 재구성에 대한 적극적 모색은 뚜렷하지 못했다는 점에서 비판할 수 있다.

평가에 관한 연구들이 전무했다고 말할 수는 없다. 시교육을 포함한 문학교육 연구들 중 크게 세 가지 부류에서 관련된 논의들이 발견되기 때문이다. 첫째는 문학텍스트 감상 활동의 핵심적 내용으로 '가치 탐구' 또는 '가치 체험'을 논의한 연구들이 주목된다. 대표적인 연구로는 윤리적 가치의 탐구[30]와 심미적 체험으로서의 감상의 원리 연구[31]를 들 수 있다. 그런데 이들 연구는 문학텍스트 전체의 가치를 평가하는 활동이라기보다는, 윤리적 또는 심미적 가치의 개념을 둘러싼 논의에 집중되었다고 하겠다. 특히 소설텍스트 속 인물의 행동이나 갈등적 상황이 지니는 윤리적 가치 문제를 평가하는 활동에 집중되었거나, 갈등 양식으로서의 소설텍스트 감상의 핵심 원리로서 가치 지향성을 논했다는 특징을 지닌다.

둘째, 문학교육과 학습자의 도덕성 발달 간의 관련성에 관한 논의[32]가 주목된다. 이런 관점은 '윤리적 인격을 갖춘 인간의 양성'이라는 문학교육의 기본적 전제와 관련된다는 점에서, 피상적으로 보면 새로울 것이 없어 보인다. 하지만, '교과교육의 분과주의적 관례'에 의해 소홀히 다루어진 문학의 윤리성 및 '윤리적 실천'으로서의 문학교육의 성격을 부각시키고 구체적인 교육방법을 논의했다는 점에서 큰 의미를 지닌다. 달리 말해 윤리성보다 심미성만을 문학의 고유한 속성으로 한정하는 태도는 그릇된 것이며, 윤리성을 강조하는 것이 문학교육의 고유한 독자성을 희석시킬 수 있다는 우려 역시 근거 없음을 밝혔다는 의의를 지닌다.

사실, 심미성[美]과 윤리성[善]은 서로 다른 두 종류의 가치이기도 하지만, 가치가 지니는 기본적 속성인 '더 좋은 것에 대한 지향성'을 공유하고 있다는 점에서 동일성을 지닌다. 포스트모던 미학자인 W. 벨슈가 "분과 순수주의와 분과 분리주의는 진부한 전략이 되었다"고 비판하면서 '미/윤리학Ästhet

---

30) 강승남, 「소설의 가치 탐구 수업 방안 연구」, 서울대석사학위논문, 1991.
31) 김중신, 『소설감상방법론 연구』, 서울대출판부, 1995.
32) 우한용, 「문학교육과 도덕성 발달의 의미망」 ; 정채찬, 「문학교육과 도덕적 상상력」 ; 최경희, 「문학 경험이 아동의 가치 형성에 미치는 영향」. 이상의 논고들은 한국문학교육학회, 『문학교육학』제14호, 2004 참고.

/hik'이라는 통합적 학문이 수립되어야 한다고 주장했듯이, 심미적 영역 내에 이미 윤리적 경향이 내재되어 있다. 문제는, 이 점을 도외시하고 두 가치를 지나치게 별개로 논의한 근대적 패러다임에 있는 것이다.[33]

셋째, 문학비평 그 자체에 대한 관심을 제기한 연구들이 주목되는데, 이것은 문학텍스트의 가치평가 기준에 대한 논쟁들이나 비평의 원리를 연구했다는 점에서 이 연구의 주제와 많은 부분 공통점을 지닌다. 이들은 주로 문학비평사적 논쟁을 다루거나 비평적 글쓰기 또는 비평 담론 생산 방법을 다룬 연구들[34]로 대별할 수 있는데, 문학성을 규정하는 가치평가 기준들이 어떻게 논쟁되어 왔는지, 문학텍스트의 가치를 정립하고 비판하는 글쓰기의 구성 원리는 어떠한지 주목하고 있다.

그런데 이러한 연구들은 정전 또는 문학사적으로 높은 가치를 부여받았던 텍스트들을 대상으로 하고 있다는 점에서 새로운 가치구조를 지니고 있는 텍스트들에 대해서는 크게 관심을 두지 않았다. 때문에 텍스트 가치평가 원리가 '현재적 맥락'에서 재정립될 필요가 있다는 점을 간과하고 있다. 서구의 경우, 가치평가의 문제가 새롭게 대두된 배경이 기존의 정전 체계에 대한 비판 즉 정전 논쟁(canon debate)과 밀접한 연관이 있다는 점[35]을 상기해보면, 정전에 한정된 논의들은 비(非)정전 텍스트들이 야기하는 첨예한 문제의식을 놓치고 있는 것이다. 따라서, 가치평가 활동의 원리에 대한 새로운 탐색이 필요하다.

▌가치평가 활동 교육 연구의 새로운 방향

그렇다면, 어떠한 관점과 방법에 입각하여 새로운 탐구를 시도해야 할까? 우선, 정전과 비정전까지 포괄하여 연구 범위를 확장해야 한다. 이것은, 지난

---

33) Welsch, Wolfgang(심혜련 옮김), 『미학의 경계를 넘어』, 향연, 1996(2005), pp.114-143.
34) 임경순, 「비평교육에 대한 일고찰」, 『선청어문』제25집, 서울대국어교육과, 1997 ; 졸고, 「기교주의 논쟁에 대한 문학소통이론적 연구」, 서울대석사학위논문, 1998 ; 김동환, 「비평적 에세이 쓰기」, 『문학과교육』제7호, 문학과교육연구회, 1999 ; 김미혜, 「비판적 읽기교육의 내용연구」, 서울대석사학위논문, 2000 ; 김성진, 「비평 활동 교육의 내용 연구」, 서울대박사학위논문, 2004.
35) 송무, 앞의 책.

세기말에 확산되었던 문학의 위기 담론들36)이나 디지털 시대의 문화 담론들37)을 살펴보면 자연스럽게 요청되는 바이다. 또한, 새로운 비평의 원리를 탐구하려는 문학이론들,38) 정전에 대한 학습자들의 무관심을 극복할 수 있는 방법은 탐구하려는 문학교육연구들39)을 살펴보아도 마찬가지이다. 따라서, 본 연구는 정전 텍스트들40)뿐만 아니라 그것이 표상하던 문화에 대해 비판적 입장에 서 있거나 그것과 구별되는 새로운 문화를 기반으로 하는 텍스트들까지 포괄하여 논의를 전개하고자 한다. 이를 통해, 정전의 가치와 그것의 정립을 가능케 했던 기존의 논리뿐만 아니라 그것에 대한 비판이 야기하는 가치 갈등 현상을 넘어설 수 있는, 정당한 가치평가 활동의 원리를 재정립하고자 한다.

R. 윌리엄즈가 한 시대의 문화적 지형도를 분석하면서 제기했던 문제들도

---

36) 소광희 외,『현대의 학문체계』, 민음사, 1994 ; Easthope, A.(임상훈 옮김),『문학에서 문화 연구로』, 현대미학사, 1991(1994).

37) Heim, M.(여명숙 옮김),『가상현실의 철학적 의미』, 책세상, 1993(1997) ; Flusser, V.(윤종석 옮김),『디지털 시대의 글쓰기』, 문예출판사, 1992(1998) ; Lévy, P.(전재연 옮김),『디지털 시대의 가상현실』, 궁리, 1995(2002) ; Lévy, P.(김동윤 외 옮김),『사이버문화』, 문예출판사, 1997(2000) ; Landow, G.P.(여국현 외 옮김), 『하이퍼텍스트 2.0』, 문화과학사, 1997(2001) ; 배식한,『인터넷, 하이퍼텍스트 그리고 책의 종말』, 책세상, 2000 ; 유현주,『하이퍼텍스트-디지털미학의 키워드』, 연세대출판부, 2003.

38) 이선이 편저,『사이버문학론』, 월인, 2001 ; 김재국,『사이버리즘과 사이버소설』, 국학자료원, 2001 ; 김종회・최혜실 공편,『사이버문학의 이해』, 집문당, 2001 ; 최병우 외,『다매체 문화와 사이버소설』, 푸른사상, 2002 ; 김진기 외,『사이버소설의 미적 구조와 세계관 연구』, 박이정, 2004 ; 김종회 편,『사이버 문화, 하이퍼텍스트 문학(이론편)』, 국학자료원, 2005.

39) 김대행,「매체언어교육론서설」,『국어교육』97집, 한국국어교육연구회, 1998 ; 윤여탁 외,『시와 함께 읽는 시론』, 태학사, 2002, pp.273-310 ; 박인기 외,『국어교육과 미디어텍스트』, 삼지원, 2000 ; 박인기,「사이버공간의 문학교육」,『문학과교육』제15호, 문학과교육연구회, 2001 ; 최지현,「인터넷에서의 청소년문학 생활화 방안」,『문학교육학』제9호, 2002.

40) 포괄적인 의미에서 정전은 각종의 '詞華集, 대표시선집' 등의 讀本에 수록된 시텍스트들을 총칭한다. 그러나 이 연구에서는 국어 및 문학교과서에 그동안 수록되어 왔던 시텍스트들을 대표적인 정전으로 여긴다. 최지현,「한국 현대시교육의 담론분석」, 서울대석사학위논문, 1994 ; 정재찬, 앞의 논문, 1996 ; 윤여탁,「교재 구성을 위한 현대시 정전」,『리얼리즘의 시정신과 시교육』, 소명출판, 2003 ; 박기범,「제7차 교육과정에 따른 문학 교과서의 내용 분석 연구」,『문학교육학』제11호, 2003.

이와 상통한다.[41] 그에 의하면 특정한 한 시대의 문화는 '지배적인 것'과 '잔여적인 것' 그리고 '부상(浮上)하는 것'이 공존한다. 지배적인 것이란 굳이 설명을 요하지 않는 것으로, 우리가 대체로 가치 있는 것으로 인정하는 대상들이다. 이에 비해 잔여적인 것이란 과거의 것과는 구분되는 대상들로서, 지배적인 가치구조에 포함되지 않으면서도 그것에 대해 대안적 또는 반대의 입장에 있는 대상들을 말한다. 부상하는 것은 말 그대로 새로운 물질적 변화에 기초하여 떠오르는 존재들로서, 지금의 시점에서는 네티즌과 같은 새로운 문화적 주체들이 생산하는 대상들이라 할 수 있다. 이러한 문화적 지형도는 '지배적인 가치'와 '객관적이며 타당한 가치'가 과연 동일하다고 볼 수 있는지, 그것이 지속적인 가치로서 받아들여질 수 있는지에 대한 비판적 성찰을 제기한다.

때문에, 본 연구는 지배적 범주에 속하지 않는 두 범주의 시텍스트들에 주목한다. 첫째, '잔여적 범주'에 해당하는 시텍스트들로는 1970-1990년대에 쓰여진 여성시 텍스트들[42]을 대상으로 한다. 1970년대 이후 페미니즘이 확산되면서 쓰여진 여성시 텍스트들은 전대의 여성시들과 달리 남성 중심의 지배적 가치구조나 기준에 대해 적극적인 비판을 보여준다. 주지하듯 페미니즘은 남녀 간의 성별 분업이 '합리적'이기보다는 사회문화적 구성물로서의 성정체성(gender)에 기반한 비합리성을 내포하고 있다고 비판한다. 페미니즘문학 역시 '문학 속에서·문학에 의해서' 이루어지는 성차별 문제를 중심으로 '여성의 정체성 문제, 정전의 형성 과정, 미학적 평가가 갖는 정치성의

---

41) Williams, R(이일환 역), 『이념과 문학』, 문학과지성사, 1977(1982), pp152-159.
42) 대상시인들에 대해서는 '참고문헌' 목록 참고 대상 시텍스트의 선택은 최근 발간된 두 편의 여성대표시선집인 김승희 편, 『남자들은 모른다』(마음산책, 2001)와 맹문재·김남석 공편, 『페미니즘과 에로티즘 문학』(월인, 2002)을 참고하였다. 여성시에 대한 연구로는 고정희, 「한국여성문학의 흐름」, 『열린 사회 자율적 여성(또 하나의 문화2)』, 평민사, 1986 ; 김경수 외, 『페미니즘과 문학비평』, 고려원, 1994 ; 정영자, 『한국여성시인연구』, 평민사, 1996 ; 김현자, 『한국시의 감각과 미적 거리』, 문학과지성사, 1997 ; 김현자 외, 『한국여성시학』, 깊은샘, 1997 ; 김현자·이은정, 「한국현대여성문학사－시」, 『한국시학연구5』, 2001 ; 이상경, 『한국근대여성문학사론』, 소명출판, 2002 ; 정끝별, 「여성성의 발견과 '여성적 글쓰기'」, 명지대인문과학연구소 편, 『문학 속의 여성』, 월인, 2002.

문제'를 제기한다.[43] 여성시 텍스트들은 정치적 의식의 문화적 실천 형태를 지향하게 되었고, 성적 불평등을 만들어내고 재생산시키는 사회적 구조 및 심리적 기제들을 인식하고 변화시키려는 이중적 양상을 보여준다. 이처럼 1970년대 이후 여성시 텍스트들은 기존의 가치평가 원리나 기준들의 기원(起源)에 대한 '계보학적 비판'을 개진시킴으로써, 어떠한 방향에서 가치평가 원리가 재구성되어야 하는지 성찰하게 한다.

하지만 지배적 가치구조를 비판하는 여성시 텍스트가 전적으로 옹호될 수 있는 것만은 아니다. 페미니즘 자체가 정치적 속성을 띠고 있는바, 일정한 편향성과 당파성을 내포하고 있기 때문이다. 정당한 가치평가라면 정치적 편향성과 당파성으로부터 벗어나 균형적 시각을 확보할 필요가 있다. 따라서 여성시 텍스트에 대한 가치평가 논의는, 어떻게 정치적 당파성이나 편향성을 극복하면서도 객관적인 가치평가에 이를 수 있는가라는 문제를 제기한다.

둘째, '부상하는 범주'에 해당하는 시텍스트로는, 1990년대 이후 디지털 시대의 도래와 함께 형성된 사이버문화를 형상화하고 있는 사이버시(cyber-poem)를 대상으로 한다.[44] 이들을 '디지털 시텍스트'라 명명할 수도 있지만, 그러할 경우 HTML이나 멀티미디어를 기반으로 하여 생산되는 하이퍼텍스트적 시나 멀티포엠 등과 변별되지 않을 수 있다. 기존 연구들이 지적하듯, 디지털 환경에서 시쓰기는 두 가지 유형으로 나타나고 있다. 즉 가상현실의 문제를 형상화하되 문자를 매체로 하는 유형과, HTML이나 멀티미디어와 같은 디지털 매체를 적극적으로 활용하여 하이퍼텍스트적 시 또는 음성·문자·영상이 결합된 멀티포엠을 생산하는 유형이 그것이다.[45] 사이버시는 전자의

---

43) Morris, Pam(강희원 옮김), 『문학과 페미니즘』, 문예출판사, 1993(1997), pp.13-27.
44) 대상시인들에 대해서는 '참고문헌' 목록 참고. 디지털 문화의 부상에 따라 발생한 현대시의 변모 양상에 관한 연구로는 김양희, 「매체의 변화에 따른 시 변화 양상 연구」, 한양대 박사학위논문, 2002 ; 김종회, 「사이버 문학의 시대적 성격과 세계관」, 『한국문학논총』제32집, 2002 ; 최동호·이성우, 「디지털 시대의 새로운 문학 환경과 글쓰기 방법론 연구」, 『한국시학연구』제9호, 한국시학회, 2003 ; 이혜원, 「디지털 시대와 시의 대응 방식」, 『어문학』제86호, 한국어문학회, 2004.
45) 김양희, 앞의 글, pp.76-116. 물론 이 이외에도 기존 시텍스트들이 사이버공간에 탑재되어

유형에 속한다 하겠다.

이 연구가 사이버시에 한정하는 이유는 그것이 '과도기적 자의식'을 강하게 지니고 있기 때문이다. 하이퍼텍스트적 시나 멀티포엠은 기본적으로 시의 디지털화를 적극적으로 표방하면서, 문자 기반의 시텍스트들에 대한 단절을 추구한다. 따라서 문자 기반의 시텍스트 및 문화 전반에 대한 비판에 경사(傾斜)되어 있다. 그러나 사이버시는 글쓰기 환경의 디지털화를 수용하면서도 그것이 과연 가치 있는 것인지 회의하고 자문한다. 때문에 가치론적 실천의 차원에서 사이버시는 다른 디지털 시텍스트들에 비해 좀더 복합적이고 신중하다.

사이버시들은 서정시 형태를 띠면서도 과감한 형식 실험을 추구하며, '현실세계와 가상세계의 혼재, 기계화된 인간과 인간화된 기계(사이보그)의 정서, 단일한 자아가 아닌 다중적 자아의 내면세계' 등을 형상화하고 있다.[46] 일찍이 모더니즘시가 추구하였던 문명비판적 경향과 같이 디지털 시대의 미래에 대한 종말론적 묵시록적 비판의 경향을 지니고 있다. 한편 사이버시는 텍스트성에 대한 새로운 비전을 제시하기도 한다. 사이버시는 비선형적이고 무한한 상호연결성 및 쌍방향성, 탈중심성을 지닌 하이퍼텍스트처럼, 중심과 주변·위계질서 그리고 선형성(線形性) 등에 기초한 근대적 텍스트성의 한계를 넘어서려는 경향[47]이 있다. 또한 사이버시는 디지털 문화의 핵심적 현상이라 할 수 있는 가상화(virtualization)[48]의 가치를 주목케 한다. 육체와 언어, 현실을 가상화시켜 새로운 차원으로 재구성하는 사이버문화가 인간에게 어떤 의미와 가치를 지니는가를 탐색하는 것이다.

이처럼 사이버시는 과도기적 자의식을 내포하면서 문자 문화와 디지털 문화 모두에 대한 성찰을 형상화한다는 점에서 다른 유형의 디지털 시텍스트

소통되는 유형이 존재한다. 하지만 이것은 시의 수용 과정 상의 변화만을 의미한다는 점에서 새로운 유형의 시텍스트라 할 수 없다.

46) 최동호·이성우, 앞의 글.

47) Landow, G.P.(여국현 외 옮김), 앞의 책, pp.54-75.

48) Lévy, P.(전재연 옮김), 『디지털 시대의 가상현실』, 궁리, 1995(2002).

보다 가치론적 문제를 탐색하기에 적절하다. 사이버시는 가치 그 자체의 본질과 관련한 논점들 즉 가치는 우연적인가 아니면 선험적인가, 기존의 가치평가 원리나 기준이 지속적인 타당성을 지닐 수 있는가, 그것들이 재구성된다면 어떠한 방향성을 지녀야 하는가 등의 문제를 성찰하게 한다.

본 연구는 이들 시텍스트를 대상으로, 근대적 가치론과 탈근대적 가치론, 사회기호학적 텍스트 이론에 대한 비판적 재구성을 통해 텍스트 가치평가 활동의 원리를 탐구하고자 한다. 이에 대한 상론은 2장에서 이루어질 것이므로 여기서는 개략적인 논의에 한정하기로 한다.

기존의 가치평가 원리는 대개 근대적 가치론(axiology)[49]의 영향 하에 정립되었다. 20세기를 '비평의 시대'라고 하는바, 이 말은 그 이전의 문학텍스트에 대한 해석과 가치평가가 인상주의적 주관주의적 경향을 보였다는 의미이기도 하다. 즉, 20세기 이전의 가치평가 활동이 과학적 분석과 개념을 토대로 한 활동이기보다는, 사회적으로 권위 있고 현명하다고 인정되던 사람들에 의해 직관적으로 이루어졌음을 의미한다. '권위적 판단'의 시대라 할 수 있는 이 시기에, 행인지 불행인지는 몰라도 권위적 판단에 대한 의심은 그닥 강하지 않았었다. 저명한 작가가 어떤 문학텍스트를 위대하다고 평가하면 그것에 대해 일반인들이 쉽게 동의하곤 했던 것이다. 하지만, 20세기 들어 인쇄술의 발전과 함께 '신문과 잡지, 책'이 대량 생산되면서 지식인층의 경계가 허물어져, 많은 사람들이 '지식인적 지위'를 획득하게 되었다. 이에 따라 동일한 대상에 대해서도 다종다양한 평가가 내려지면서 혼란이 벌어졌다. 이와 같은 문제적 상황을 극복하기 위해 비평은 객관주의에 대한 열망에 빠져버렸는데, 이것을 해소시켜 준 것이 근대적 가치론이다.

실상, 근대적 가치론은 19세기 초에 독립적인 철학 분과로 정립되었다는 점에서 그 역사가 짧다. 그런데, 객관주의에 대한 시대적 열망에 부응하려는 소명 의식 때문에 시대적 오류를 범하고 만다. 이러한 문제점을 지적하고 나

---

49) 근대적 가치론의 역사적 전개 과정에 대해서는 Hessen(진교훈 역), 『가치론』, 서광사, 1959(1992) 및 이대희, 『가치론의 문제와 역사』, 정림사, 2001, 제1장.

온 것이 탈근대적 가치론(value theory)50)이다. 탈근대적 가치론에 의하면, 근대적 가치론은 객관적 보편적 과학성을 '정립하지 못했으며, 그 실제에 있어서는 특정한 주체들의 관점을 보편화하고 타자들의 관점은 병리화했다. 그들의 가치평가 활동은 정치적 사회적 속성을 은폐했을 뿐이다. 이러한 비판에 의해 가치평가 활동의 패러다임은 경쟁적 국면을 보여주고 있다. 본 연구는 이와 같은 상황을 비판적으로 성찰함으로써 가치평가 원리를 재구성하고자 한다.

본 연구에서 텍스트의 가치를 분석하기 위해 취하고 있는 사회기호학(social semiotics)51)은 M.K. 할러데이의 비판적 언어이론을 바탕으로 형성된 비판적 기호학이다. 사회기호학은 소쉬르의 언어이론을 근간으로 형성된 주류 기호학과 달리, 텍스트와 사회적 가치구조가 내재적 관계를 지닌다고 본다. 사회기호학에 의하면, 모든 텍스트는 관념적 기능체계(the ideational), 대인적 기능체계(the interpersonal), 텍스트적 기능체계(the textual)라고 불리는 세 가지 기능체계가 항상적으로 결합되어 있는 존재이며, 각각의 기능체계의 선택과 결합은 언어논리(문법)에 의해서만이 아니라는 사회적 가치구조에 의해 결정된다. 따라서 텍스트의 가치구조는 세 가지 기능체계를 통해 암시되며 텍스트 가치평가 활동은 이들에 대한 분석을 통해 이루어져야 함을 시사한다.

또한 사회기호학은 정신분석학52)처럼, 텍스트 생산 과정이 꿈—작업(억압,

---

50) Smith, B.H., 앞의 책 ; Fekete, John. eds, *Life after Postmodernism —Essays on Value and Culture*, Macmillan Education, 1988 ; Connor, Steven., 앞의 책.

51) Halliday, M.A.K., *Language as Social Semiotic : The Social interpretation of Language and Meaning*, Edward Arnold, 1978, 제1, 6, 7장; Hodge, R. & Kress, G., *Social Semiotics*, Cornell UP, 1988 ; Hodge. R, *Literature as Discourse : Textual Strategies in English and History*, Polity Press, 1990 ; Lemke, J.L., *Textual Politics : Discourse and Social Dynamics*, Taylor & Francis, 1995.

52) 정신분석학은 텍스트가 단순히 메시지만을 전달하거나 언어논리(문법)에 의해 구성되는 평면적 존재(이성이나 의식만이 지배하는 존재)가 아니라고 본다. 텍스트는 정신 구조를 구성하는 의식(이성)과 무의식(상상력)의 역학작용적 공간으로서 표면구조와 심층구조로 나뉠 수 있다는 관점을 제시한다. 사회기호학이 '변형' 개념에 주목하는 데에는 이와 같은 정신분석학적 텍스트관의 영향이 크다. Eagleton, T.(김명환 외 공역), 앞의 책, 제6장 ; Marcuse, H.(김인환 옮김), 『에로스와 문명』, 나남, 1962(1988) ; Easthope, A.(이미선 옮김), 『무의식』, 한나래, 1999(2000).

응축과 대체)과 유사하다고 본다. 텍스트 생산과정은 언어사용자가 잠재적 선택항들로부터 특정한 항목을 선택함으로써 시작되지만 그 과정은 사회적 가치구조의 역학작용에 의해 변형(transformation)된다. 꿈의 근본적 사고들이 의식의 검열을 통과하기 위해 응축(condensation)과 전치(displacement)의 원리에 의해 변형되어 나타나듯이, 지배적 가치구조 외의 가치구조를 표현하려는 텍스트들은 변형의 과정을 거친다. 이러한 관점은 텍스트의 가치구조를 규명하기 위해서는, '표면적(선택된) 텍스트'뿐만 아니라 '심층적(배제된) 텍스트'에도 주목해야 함을 시사한다.

　이러한 연구 방법에 따라 제2장에서는 근대적 가치론과 탈근대적 가치론 간의 논쟁의 의미, 사회기호학적 관점에서 텍스트의 가치구조를 분석하는 방법을 논의함으로써 텍스트 가치평가 활동의 원리를 재구성한다. 본 연구는 '차연적 가치론(差延的 價値論)의 관점에서 연대성(solidarity)의 확장을 최종적 기준으로 하는 아이러니스트적 대화의 원리'가 새로운 가치평가 원리가 되어야 함을 논증할 것이다. 제3장에서는 제2장의 논의를 바탕으로 여성시와 사이버시의 가치구조를 분석 평가함으로써 시텍스트에 대한 객관적 가치평가 활동의 실천 모형을 제시하고, 시교육에서의 정전체계가 왜 '문화다원주의'적 모형에 의해 재구성되어야 하는지 논의한다. 이를 바탕으로 제4장에서는 가치평가 활동에 대한 시교육의 체계를 논의한다. 가치평가 활동의 새로운 원리에 입각할 때, 학습자들은 어떠한 구체적 단계를 거쳐 가치평가 활동을 수행해야 하는지, 그리고 가치평가 활동을 위해 어떠한 전략을 취해야 하는지 제시할 것이다.

제 2 장

텍스트 가치평가 활동의 원리

아이러니스트…
자신의 가장 핵심적인 신념과 욕구들의 우연성을 직시하는 사람,
핵심적인 신념과 욕구들이 시간과 기회를 넘어선 그 무엇을 가리킨다는 관념을
자발적으로 포기해 버릴 만큼 충분히 역사주의자이고 명목론자(nominalist)인 사람

1. 차연적 가치론과 가치평가 활동

1) 가치평가 활동에 대한 전통적 관점

가치평가 활동의 타당한 원리를 규명하기 위해서는 전통적 관점들이 어떤 문제점을 내포하고 있는지 검토할 필요가 있다. 가치평가 활동에 대한 문학 예술론의 전통적 관점들[2]은 가치평가에 관한 다음 문제들을 어떻게 해결하고자 하는가에 따라 구분될 수 있다. 첫째, 무엇이 가치평가의 기준이 될 수 있는가? 둘째 그러한 기준이 과연 가치를 평가하는 데 있어서 타당성을 지니는가? 전통적 관점들을 박이문(1983 : 6장)은 세 가지로, G. 딕키(1971 : 5부)는 일곱 가지로 구분한 바 있다. 그 구분의 상세화 정도가 다를 뿐 검토

---

1) Rorty, R.(김동식 · 이유선 옮김), 『우연성, 아이러니, 연대성』, 민음사, 1989(1996), p.22.

2) Beardsley, M.C., *Aesthetics : Problems in the Philosophy of Criticism*, Harcourt Brace, 1958, X장 ; Strelka. J., *Problems of Literary Evaluation*, The Pennsylvania State UP, 1969 ; Dickie, G.(오병남 · 황유경 옮김), 『미학입문』, 서광사, 1971(1983), 5부 ; Wellek, R. & Warren, A.(김병철 역), 『문학의 이론(제3판)』, 을유문화사, 1963(1982), 18장.

대상은 크게 다르지 않으므로, 여기서는 박이문의 논의를 중심으로 살펴본다. 그에 의하면 전통적 관점들은 ① 대상의 특정한 속성을 기준으로 보는 관점 ② 평가 주체의 반응을 기준으로 보는 관점 ③ 주체가 대상이 지니고 있기를 기대하는 기능(機能)을 기준으로 보는 관점으로 대별된다.

첫 번째 입장은 객관주의적 입장이다. 이 입장은 우리가 '가치 있는 텍스트'라 인정하는 텍스트들에서 발견할 수 있는 어떤 속성들을 기준으로 해야 한다는 입장이다. 그런데 이런 입장은 텍스트가 지니는 어떤 속성 예를 들어, 강열한 이미지나 구성상의 균형 등은 사실(fact)일 뿐 가치(value)일 수 없다는 점, 달리 말해 사실적 속성이 곧 가치와 등치될 수 없다는 문제를 해결하지 못한다. '이것은 가치가 있다.'라는 문장은 대상의 어떤 속성을 서술하는 것이 아니라 주체의 정서적 반응을 서술하는 것이라고 규정하는 논리실증주의자들이 이러한 비판을 제기한다. 실제로, 여러 가지 속성을 공유하고 있는 두 텍스트의 가치가 상이하게 평가되는 현상을 객관주의는 설명할 수 없다. 또한 기준 도출의 근원인 '가치 있는 텍스트들'이 탈역사적, 탈사회적으로 동일한 것도 아니다. 따라서 속성들은 텍스트의 가치를 입증하기 위한 충분조건이 아니라 필요조건에 불과하다.3)

두 번째 입장은 상식적으로 통용되는 주관주의적 입장뿐만 아니라, 가치평가 활동의 특성을 정서(emotion)와 연관지은 논리실증주의적 견해까지 포괄한다. 이들은 어떤 텍스트에 대한 주체의 반응에서 가치평가의 기준을 구해야 한다고 본다. 가치는 어떤 대상이 지닌 속성이나 특질이 아니라 그것에 대한 사람들의 반응(좋다 · 나쁘다 등)을 의미하기 때문이다. 따라서 주체의 수만큼 상이한 가치평가가 존재한다는 상대주의적 입장으로 귀결된다. 하지만 이 역시 문제점을 지니고 있다. 텍스트에 대한 가치평가가 개인에 따라 극단의 무정부적 상대성을 지닌다면, 문학사나 예술사를 통해 입증되는 공

---

3) 객관주의는 가치평가 활동를 '기계적 활동'로 변질시킬 수 있으며, 어떤 객관적 기준에 의해 '높은 점수'를 받았어도 지루하고 흥미 없는 작품이 야기하는 문제를 해결할 수 없다. Stolnitz, J.(오병남 옮김), 『미학과 비평철학』, 이론과실천, 1960(1991), pp.363-383.

통적인 가치평가 현상이 발생하지 않아야 한다. 그러나 실상은 정전 텍스트처럼 일정한 시대에 걸쳐 특정한 사회와 문화에서 공통적으로 고평 받는 텍스트가 존재한다. 이런 점에서 상대주의 역시 전면적인 타당성을 지닐 수가 없다.

세 번째 입장은 M. 비어즐리의 도구주의적 가치평가론(the instrumentalist theory)을 지칭한다. G. 딕키(1971)나 박이문(1983)은 모두 M. 비어즐리의 가치평가론을 높이 평가하는데, 그것은 객관주의나 주관주의가 지니고 있는 문제점을 어느 정도 해소해 주기 때문이다. 비어즐리 역시 객관주의자들처럼 가치평가의 기준은 예술작품의 특징에서 찾아야 한다고 생각한다. 그러나 객관주의자들과는 달리 어떤 단일한 특징을 전일적 기준으로 삼아서는 안 된다고 생각한다. 객관주의가 부적절했던 까닭은 어떤 '단일한 기준'을 찾으려 했다는 데 있다. 어떤 장점이 될 만한 특징을 다른 특징들로부터 고립시켜 논하는 방식은 잘못이라는 것이다. 따라서 기준을 찾기 위해서는 두 가지를 고려하면서 접근할 필요가 있다. 첫째, 어느 예술작품의 특징 A는 다른 특징 B, C를 함께 구비하고 있을 때 비로소 장점이 될 수 있다는 조건 둘째, 그러한 특징들의 조합 중에서 어떤 조합은 일반적 기준이 되지만 다른 조합들은 국부적 기준에 지나지 않는다는 조건이 그것이다. 이를 통해서 그는 가치평가의 1차적 기준으로 '통일성(unity), 강렬성(intensity), 복잡성(complexity)'이라는 특성―복합체를 제시한다.[4]

그런데 왜 이러한 조합적 특성들이 가치평가의 기준이 될 수 있는가? 그는 대상에 대한 가치평가는 '그 대상에 대해 기대되는 기능(機能)'에 달려 있다고 본다. 예를 들어, 예술 작품은 '미적 경험'을 제공하는 기능을 지닌다고 여겨진다. 따라서 예술 작품의 가치는 그 작품이 얼마만큼 미적 경험을 제공

---

4) Beardsley, M.C., 앞의 책, pp. 462-470 ; Dickie, G.(오병남 · 황유경 옮김), 『미학입문』, 서광사, 1971(1983), pp.205-212. 통일성은 구성 상의 일관성이나 조화를 의미하며, 강렬성은 내용의 영향력, 구성의 밀도, 내용의 독창성을 의미하며, 복잡성은 내용과 주제의 폭과 깊이를 말한다.

할 수 있는 잠재적 능력(capacity)이 있는가에 따라 평가되어야 한다. 좀더 일반적으로 말해 가치평가의 기준은 '목표 실현의 도구인 기능적 능력'이라 규정되며, 이에 따라 가치평가가 이루어져야 한다고 본다.

　문제는 예술작품의 기능적 능력을 어떻게 확인할 수 있는가이다. 비어즐리는 미적 경험의 특성을 규정함으로써 이 문제를 해결하고자 한다.[5] 그는 '미적 경험'이 '일반적인 경험'과 구분될 수 있다고 생각한다. 미적 경험은 산만하고 느슨한, 단속적(斷續的)이며 끝이 없는 일상적 경험과 달리 '집중성, 강렬성, 긴밀성, 완결성, 복합성'을 지니고 있기 때문이다. 이 중에서 집중성은 미적 경험의 주체에게 해당되는 특성이고 나머지가 미적 대상물이 지니는 속성으로 볼 수 있는데, 긴밀성과 완결성은 통일성으로 포괄할 수 있으므로 결국 미적 경험은 '통일성, 강렬성, 복잡성'이라는 세 가지 특성을 지닌다. 미적 경험이 이와 같은 특질을 지닌다면, '통일성, 강렬성, 복잡성'을 지닌 예술작품은 '논리적으로는' 미적 경험을 산출할 수 있는 능력이 있다고 볼 수 있다. 이러한 논법에 의해 그는 앞서 내세운 1차적 기준이 가치평가의 일반적 기준이 될 수 있다고 주장했다.

　M. 비어즐리의 이 같은 논의는 상당한 시사점을 제공한다. 그가 주장했듯이, 예술작품의 가치평가는 대상과 주체의 상호작용 과정이며, 여기서 핵심적인 것은 '대상에 대해 기대되는 기능'이라고 보아야 하기 때문이다. 하지만 문제가 완전히 해결되었다고 할 수는 없다.[6] 예를 들어, 텍스트의 통일성과 미적 경험의 통일성은 별개의 차원일 수 있으며, 또한 통일적이고 강렬하고 복잡한 텍스트가 반드시 미적 경험을 낳는다고 볼 수도 없기 때문이다. 매우 단순한 예술작품이 오히려 고도의 미적 경험을 낳을 수 있다는 점이 이를 말해준다. 더욱 핵심적인 것은 어떤 대상이 지니고 있으리라 기대하는 '기능(機能) 자체가 시대에 따라 사회문화에 따라 변할 수 있다'는 점이다. 사회문화에 따라 기대되는 기능이 변한다면 어떤 특정한 기능만을 가치평가

---

5) Beardsley, M.C., 앞의 책, pp.524-543.
6) Dickie, G.(오병남·황유경 옮김), 앞의 책, p.213 ; 박이문, 앞의 책, p.168.

의 항구적인 기준으로 설정할 수가 없기 때문이다. 그런데 정작 비어즐리는 미적 경험의 보편성을 확신하면서 특정한 기능을 보편적인 기능으로 정립하는 듯한 모순적 태도를 보여주고 있다.

이처럼 전통적 관점들은 여전히 타당한 가치평가 원리를 제시하는 데 성공하지 못하고 있다. 물론 비어즐리의 도구주의적 가치평가 이론은 상당한 시사점을 준다. 하지만 앞서 지적한 바처럼 그는 자기 모순을 보여주고 있다. 그가 자기 모순에 빠진 원인은 가치의 본질과 개념에 대한 파악에 있어서 특정한 관점에 갇혀 있기 때문이라 할 수 있다. 그가 특정한 관점에 갇혀 있다 함은 가치의 본질과 개념에 대한 근대적 가치론과 탈근대적 가치론 사이의 논쟁을 살펴보면 좀더 분명해진다. 이후에서는 가치에 과한 근대적 가치론(axiology)[7]과 탈근대적 가치론(value theory)[8] 사이의 논쟁을 비판적으로 살펴보고, 이를 바탕으로 가치평가 원리의 재구성을 위한 발판을 마련하기로 한다.

2) 근대적 가치론과 탈근대적 가치론

가치는 흔히 어떤 대상이나 상태가 지닌 '뛰어난, 유용한, 바람직한 특질'로 정의되며, 인간의 행동을 제약하거나 자극하는 기능을 한다고 논의되지만, 그 본질과 개념이 명확하지는 않다. 더욱이 가치는 신념, 규범, 욕구, 관심, 선호 등과 혼동되기 십상이다.[9] 그러나 가치와 관련된 인간의 행동에 대

---

7) 근대적 가치론은 D. 흄과 I. 칸트에서부터 시작되어 19세기 말 R.H. 로체에 의해 독립적 학문으로 정립된 후, M. 쉘러의 현상학적 가치론에서 정점을 이루었다고 논해진다. Hessen(진교훈 역), 『가치론』, 서광사, 1959(1992) 및 이대희, 『가치론의 문제와 역사』, 정림사, 2001, 제1장.

8) 탈근대적 가치이론은 '가치의 우연성' 테제를 주장하면서 등장한 것으로 미학, 윤리학, 문학이론에서의 포스트모더니즘·페미니즘·문화이론과 밀접한 관계를 지니고 있다. Fekete, John. eds, *Life after Postmodernism —Essays on Value and Culture*, Macmillan Education, 1988. ; Smith, B.H., *Contingencies of Value : Alternative Perspectives for Critical Theory*, Harvard UP, 1988, pp.17-29. ; Connor, Steven., *Theory and Cultural Value*, Blackwell, 1992, pp.8-33 ; *New Literary History V.32 N.4*, 2001.

9) Rokeach, M., *The Nature of Human Values*, The Free Press, 1973, pp.17-22.

한 경험과학적 연구에 의하면, 가치는 '사회적으로 공유된 지속적 신념'이다. 가치는 욕구(요구)로부터 기원하기에 특정한 대상을 선호하게 하지만, 욕구 중에서 사회문화적 정당성을 획득하기 위한 '인지적 변형'이 이루어진 것이라는 주장이다. 이러한 가치는 사회적 규범을 형성하기도 하지만, 분명히 규범과도 구별된다. 규범이 활동 양식에 대해서만 기준 기능을 하는 반면, 가치는 어떤 존재의 이상적 궁극적 상태를 제시하는 기능까지 한다. 가치는 ① 인간의 활동 양식(mode)이나 ② 존재하는 사물의 궁극적 상태(end-state of existence)에 대한 어떤 욕구나 신념, 선호 중에서 사회적으로 공유된 지속적 신념(a enduring belief)이다. 때문에 가치는 ① 선택 상황에서 기준으로서의 기능 ② 갈등 해결과 의사 결정에 대한 일반적 청사진으로서의 기능 ③ 특정한 목표와 방향으로 활동를 추동하는 동기부여 기능을 한다.[10]

이처럼 '가치의 기능'에 대한 이해는 어느 정도 명료한 수준에 이르고 있다. 그러나 문제는 가치의 기능이 곧 가치의 본질이라 할 수 있는가이다. 아리스토텔레스가 일찍이 언급했듯이, '어떤 대상의 본질은 그 대상의 궁극적 기능'이다. 하지만 M. 비어즐리의 도구주의적 가치평가론을 논하면서도 언급하였듯이, 어떤 대상의 기능은 유동적일 수 있다. 따라서 어떤 대상의 본질을 기능과 동일시할 수는 없다. 따라서 가치의 본질을 규명하기 위해서는 '가치의 존재 양식 문제', '가치의 기원 문제' 등에 대해서도 살펴볼 필요가 있다. 어떤 대상이든 그 자체의 존재 양식이나 기원이 규명되지 않는다면 그 것의 본질을 완전히 이해했다고 말할 수 없기 때문이다. 이러한 측면은 가치가 인간의 행동에 대해 가지는 기능과는 별개로 보아야 한다.

그런데 이 문제는 가치론에서 가장 논쟁적인 부분이다. 근대적 가치론과 탈근대적 가치론의 대립도 이 점에 집중되어 있다. 먼저 근대적 가치론을 살펴보자.

근대적 가치론은 방법론적 선험주의를 배제시키면서, '가치 현상' 그 자체

---

10) Rokeach, M., 앞의 책, pp.7-17.

를 살펴 그로부터 가치의 본질을 파악하고자 한 현상학적 가치철학에서 정점을 이룬 것으로 언급된다.[11] 근대적 가치론에 의하면 가치 현상은 세 가지 국면 즉 가치체험, 가치질(價値質), 가치이념으로 구성되며 이들을 모두 살펴보아야 한다. 그렇지 않을 경우 가치 심리주의나 가치 자연주의(가치를 사물화하는 경향)에 빠질 수 있기 때문이다.[12]

가치체험의 계기로 볼 때, 가치는 이성이나 오성에만 의존하지 않고 체험되는 비감각적 관념적 대상이다. 비감각적 관념적 대상이지만 그것은 직접적 방식으로 우리의 주관에 의해 체험된다. 그럴 수 있는 것은 우리의 주관이 '가치에 대한 지향 의식'을 내재하고 있기 때문이다. 하지만 이 점만을 배타적으로 강조하면 가치를 심리적 현상으로만 환원할 위험성이 있다. 가치 현상의 또다른 측면인 가치질(價値質)의 측면을 보지 않을 수 없다. '가치 있다'는 말은 항상 '어떤 사물이 가치 있다' 또는 '어떤 상태는 가치 있다'는 말이기 때문이다. 따라서 가치는 그 어떤 것이 지니고 있는 특질이기도 하다. 그러한 특질은 인간적 본성의 특정한 욕구들을 충족시켜 준다. 물질적 가치는 물론 윤리적 미적 종교적 가치들 모두 인간의 특정한 욕구들을 충족시켜 주는 어떤 대상의 특질이다.

그런데 '어떤 것이 가치 있다'는 판단은 존재론적 판단과 두 가지 점에서 구분된다. 첫째, 칸트로부터 언급되었듯이 존재론적 판단은 자연계의 질서를 판단하는 것이며 이 과정은 주관에게 어떠한 쾌·불쾌의 감정도 유발하지

---

11) 근대적 가치론에 지대한 영향을 미친 현상학은 지금도 가치론의 발전에 주도적 역할을 하고 있다. 가치론에서 현상학의 방법론적 지배성에 관해서는 Hart, J. G. & Embree, L. eds, *Phenomenology of Values and Valuing*, Kluwer Academic Publishers, 1997. 흥미로운 점은 '가치론이 윤리학의 꼬리로 출발했지만 실천의 목표를 조명함으로써 몸체(윤리학) 그 자체를 흔들 수 있는 꼬리가 되어야 한다.'고 생각하고 있다는 점이다. Hessen(1958 : 218) 역시 가치 개념에 의해, 아리스토텔레스에서 칸트에 이르는 과거의 윤리학―재화 윤리학, 목적 윤리학, 형식 윤리학―이 근본적 혁신을 이루었다고 주장한다. "고대 윤리학은 '가치'와 '가치판단'에 관해서 말하지 않고 '선'과 '재화'에 관해서 말했다. … (그런데) 도대체 무엇이 선(악)을 선(악)으로 만드는가? (가치윤리학에 의해) 그 대답이 구해졌다. 그것은 가치라고. … 이렇게 해서 가치 개념은 (근대)윤리학의 초석이 되었다."

12) Hessen, J.(진교훈 역), 앞의 책, pp.35-52.

않는다. 가치와 사실은 구별되는 것이다.[13] 둘째, 가치 판단은 언제나 누구(주관)와 연관되기에, 가치는 '항상 어떤 사람에게 있어서의 가치'이다. 따라서 가치란 가치를 느끼고 있는 '주관과 관계되는 사물의 특성'이다.

하지만 이것이 가치 판단의 무한한 상대성을 의미하는 것으로 오해되어서는 안 된다. 그것은 가치이념의 계기 때문이다. 가치이념이란 당위(sollen)의 기초를 제공하는 가치, 보편적 타당성을 인정받을 수 있는 가치—정의, 진실, 아름다움 등—의 존재 현상을 말한다. 가치는 주관과 관계된다는 점에서 주관성을 지니지만 개인적 상대성만을 지니지 않는다. 비유컨대, 특정한 한 개의 사물을 두 사람이 공유할 수는 없지만 정신의 공유는 가능하다는 점, 그러한 정신에 의해 감득되고 체험되는 가치가 가치이념이다. 이 가치이념이 곧 객관적 가치이다.

그러나 과연 객관적 가치가 존재하는가? 근대적 가치론에 의하면, 객관적 가치의 현존은 현상학적 존재론적 문화철학적 방식으로 입증될 수 있다.[14] 현상학적 방식이란 우리들의 가치 체험과 가치 생활에서 비롯되는 자각에 근거한다. 우리는 주관적 평가와 욕구를 넘어선 객관적 가치와 가치 규범이 의식에 현상하는 것을 체험한다. 우리는 가치와 규범을 어겼던 것을 비판하기도 하고 후회하기도 한다. 이런 체험 자체가 객관적 가치의 존재를 입증해 준다. 또한 객관적 가치는 존재론적으로도 입증된다. 이것은 인간의 보편적인 정신적 본성과 연관된다. 모든 인간은 동일한 정신 구조를 지니고 있고 그러한 정신 구조에 의해 자기 완성을 위해 노력한다. 이 과정에서 목표나 지표로서 요구되는 것은 주관적 가치라 할 수 없다. 따라서 객관적 가치가 존재한다고 말할 수 있게 된다. 끝으로 객관적 가치는 문화의 현존으로부터 입증된다. 문화는 객관적 가치의 현존을 전제로 하지 않으면 존재할 수 없다. 모든 문화는 인간 주체의 가치를 구체화하고 실현한 것이기 때문이다. 이처럼 누구나 인정하는 문화가 있다는 사실은 객관적 가치가 있음을 의미

---

13) 길병휘, 『가치와 사실』, 서광사, 1996, 2부.
14) Hessen, J.(진교훈 역), 앞의 책, pp.49-51.

한다.

객관적 가치가 존재한다는 사실은 가치의 존재 양식에 관한 중요한 특성을 말해준다. 즉 가치는 항상 '위계적 구조' 속에서 존재한다는 점이 그것이다. 이와 관련하여 M. 쉘러는 가치의 본성 중 하나가 '가치들의 선천적 위계 질서'라고 주장15)하였으며, 헤센은 '① 정신적 가치들이 감각적 가치들보다 우위에 있다 ② 정신적 가치들의 등급 내에서 윤리적 가치가 논리적 가치나 미학적 가치보다 더 높다(윤리적 가치는 무조건적 타당성과 보편성, 전체성의 특징을 지니므로) ③ 종교적 가치가 최고의 가치(모든 가치들은 이 거룩한 가치에 의해 설립되기 때문)이다.'16)라고 규정하였다. 가치들은 다양하지만 그러한 가치들의 세계는 객관적(정신적, 종교적) 가치를 중심으로 하여 위계적 구조를 이루어 존재한다는 것이다.

요컨대 근대적 가치론에 의하면, 가치는 관념적 정신적 주관적 속성을 지니지만 사물의 특성이 인간과의 상호작용 과정 중에 인간의 사회문화적 욕구를 만족시킬 때 현시(顯示)된다. 그러한 가치들은 '위계적 구조'를 이루면서 존재한다. 위계적 구조를 지닌 채 가치가 존재하기 때문에 '더 높은 가치'가 인간의 행동에 대한 자극과 제약에 있어서도 우월적 기능을 지닌다. 그리고 가치들의 세계에서 가장 정점에 위치하는 가치는 종교적 가치이다. 때문에 가치는 인간으로 하여금 숭고한 목표를 추구하게 만든다. 이상적 목표에 대한 열정, 완전한 것에 대한 욕구, 그리고 미래지향적 목적론적 사고를 갖게 함으로써 세계관의 형성을 가능케 한다. 즉 '세계의 의의'에 대한 물음을 핵심적 문제로 내포하고 있는 세계관을 구성케 함으로써, 인간으로 하여금 이상적 세계의 실현에 개입하도록 한다.

---

15) 그는 가치의 본질로서 선천성(인간의 의식 여부와는 독립적으로 존재함), 실질성(현상계에서 실질적으로 존재함), 가치질(실체로서가 아니라 어떤 특질로서 존재함) 등을 제기했다. 금교영, 『막스 쉘러의 가치철학―가치의 현상학』, 이문출판사, 1995 ; Scheler, M(이을상·금교영 역), 『윤리학에 있어서의 형식주의와 실질적 가치 윤리학』, 서광사, 1916 (1998).

16) Hessen, J.(진교훈 역), 앞의 책, pp.89-93.

분명 이들의 논의는 많은 부분 타당성을 지닌다. 실제로 대다수의 사람들은 근대적 가치론이 묘사한 바대로 가치 현상을 체험한다. '더욱 가치 있는 가치'를 지닌 무언가를 지향하며, 그에 따라 대상의 가치를 평가한다. 하지만 모든 인간이 정신을 구유하고 있다 할지라도, 인간은 누구나 다 동일한 가치평가를 내리는가? 실상은 그렇지 않다. 가치평가의 상대성은 엄연한 사실이기 때문이다. 따라서 근대적 가치론은 가치들의 세계에 대한 보편적 일원론을 정립하려 한 나머지, 객관주의의 오류를 반복하고 있다. 이처럼 근대적 가치론이 가치의 '객관성'만을 과도하게 강조하게 된 배경에 대해 J. 듀이는, '확실성에 대한 탐구 지향'으로부터 유래된, '모종의 절대적이며 초월적 가치에 대한 신념'에 지배된 결과라고 지적한다.[17)

가치의 본질을 규명하기 위해서는 오히려 '확실성에 대한 신념'으로부터 벗어날 필요가 있는데, 이것은 '가치의 기원'에 관한 문제를 통해 인식될 수 있다. 즉 '가치의 선험적 소여성, 달리 말해 가치는 의식 여부에 무관하게 존재한다, 대상의 변화에 의해 가치는 변화하지 않는다'는 관점을 자명하게 받아들이지 말아야 한다. 탈근대적 가치론은 '가치의 기원'을 문제 삼음으로써 이러한 신념으로부터 벗어나는 길을 제시한다.

가치의 기원을 문제 삼는 탈근대적 가치론은 일찍이 니체로부터 비롯한다.

> 평가하는 것은 창조하는 것이다! 너희 창조하는 자들이여, 들어보라. 평가하는 것 자체가 평가된 모든 사물들의 보배이며 보석이다.
> 평가를 통해서 비로소 가치가 생겨난다. 그리고 평가한다는 것이 없으면 사물을 즐기는 일도 헛된 것이 되고 말리라. 이 말을 들어라, 너희 창조하는 자들이여!
> 가치의 변화 – 그것은 창조하는 자의 변화이다. 창조자가 되지 않을 수 없는 사람은 언제나 파괴한다.
> 처음엔 여러 민족들이 창조하는 자들이었고, 나중에 가서야 비로소 개

---

17) Eames, S.M.(조성술 외 옮김), 『실용주의』, 전남대학교출판부, 1977(1999), pp.173-184.

인이 창조하는 자가 되었다. 실로, 개인이란 것 자체가 아직은 가장 최근의
창조물인 것이다.

　… (중략)

　이제까지 천 개의 목표가 있었으니, 천 개의 민족이 있었던 까닭이다.
다만 이 천 개의 목에 씌울 한 개의 쇠사슬이 아직 없을 따름이니, 하나의
목표가 없는 것이다.

　그러나, 말하라 나의 형제들이여, 인류에게 아직도 목표가 없다면, 인류
그것 자체도 또한 – 아직 없는 것이 아닐까 –.18)

'천 한 개의 목표들'이란 표제가 붙은 이 장에서 니체의 핵심적 주장은,
가치가 결코 선험적으로 존재하지 않는다는 데에 있다. 가치는 가치평가에
의해서 경험적으로 발생하는 것이기 때문이다. 즉, 가치를 정립하는 평가의
주체인 민족들, 그리고 개인들은 헤아릴 수 없는 숫자로 존재하며 그것을 추
상할 수 있는 '인류'는 존재하지 않기 때문이다. 이것을 니체는 '천 한 개의
목표들'이라는 비유로써 논증하고 있다.

　니체의 주장은 실상 근대적 가치론과 동시대에 제기된 것이었다. 하지만
그의 견해는 가치론의 발전 과정에서 주변화 되었는데, 그것은 가치론이 출
발될 당시의 학문 내적 과제, 즉 가치론을 철학의 한 영역으로서 정립하는
문제를 어렵게 만드는 '위험한 내부의 적'과 같았기 때문이다. 그의 가치론
은 '가치 회의(상대)주의'로 규정되면서 기존의 가치 질서를 전복하는 파괴
적 가치론으로 경원시되거나, 또는 '인간은 만물의 척도'라고 주장한 프로타
고라스의 낡은 주장의 번안 정도로 치부되었던 것이다.

　하지만 니체의 가치론을 부정하면서 정립된 근대적 가치론은, 비판되기에
충분한 '위험한 논리'를 구성하였다. B.H. 스미스는 근대적 가치론이 '정상
적 가치'와 '병리적 가치'라는 이원적 가치 구조를 정립함으로써, '타자를 병
리화(the pathologizing of the Other)하는 담론적 효과'를 낳았다고 비판한다.19)

---

18) Nietzsche, F.(최승자 옮김), 『짜라투스트라는 이렇게 말했다』, 청하, 1883-85(1984), pp.99-100.
19) Smith, B.H., 앞의 책, pp.36-42.

근대적 가치론에서 가치는 언제나 '위계적 질서 속에 존재'한다. 이와 같은 위계적 구조가 가치의 존재 양태를 기술하는 차원에서는 큰 문제를 유발하지 않는 듯하지만, 문제는 어떤 대상에 대한 가치평가의 구체적 국면에서는 상당한 문제를 발생시킨다. 예를 들어, 민족적 차원에서는 타민족의 가치를 병리적 가치로 규정하게 할 수 있는바, '민족중심주의적 문화 논리'의 바탕을 마련해 준다. 특히 근대성의 지정학적 기원에 해당하는 서구의 제국주의 논리를 정당화한다는 점에서 문제적이다. 또한 개인간의 차원에서는 특정한 개인에게 평가적 권위를 제공하는 한편 타인들에 대해서는 자신의 가치를 부정하고 권위적 가치를 내면화하도록 요구하게 된다.

그런데 '누가, 언제 가치평가를 하는가'에 관한 근본적 질문을 제기했을 때 드러나듯이, '가치는 비순수하고 평가는 우연한 것'[20]이다. 근대적 가치론은 '가치 이념'의 매개논리를 '발판' 삼아 이러한 사실을 은폐한 채, 특정한 개인이나 민족에 의해 정립된 가치를 '정상' 또는 '기준'으로 자연화하면서 타자들의 가치를 비정상적 일탈적 가치로 위계화하는 관점을 일반화 했다. 하지만 니체가 지적하였듯이, 그러한 발판 즉 '천 개의 목표들을 아우를 수 있는 한 개의 목표'는 '아직' 존재하지 않는다. 그럼에도 불구하고 근대적 가치론은 '우리'라는 수사적 인칭대명사 또는 '평가 주체의 인칭을 생략한 진술의 연속체'를 구성함으로써 특정한 민족과 개인의 가치를 '특정한 우리의 가치' 속에 비대칭적 강압적으로 식민화함으로써, 이러한 문제를 은폐하였다.

이와 같은 논리나 전략의 기원은 멀리, 미적 가치판단에 관한 D. 흄과 I. 칸트에서부터 비롯되었다고 할 수 있다. 주지하듯, 근대 이후 새롭게 탄생한 것 중의 하나가 '취미'였다. 이 취미라는 말은 미추를 구별하는 능력, 또 그러한 구별의 기준들을 '(인간의) 직접적인 감성을 통해 이해하는' 새로운 인식능력을 지칭하는 것으로서 미적 가치론의 핵심적 문제였다. 그것은 '神 또

---

20) Smith, B.H., 앞의 책, p.3.

는 자명하면서도 완전한 세계'에 대한 고전적 패러다임이 붕괴하면서, '스스로 규범과 질서를 입법할 수밖에 없는 근대인'의 필연적 상황의 도래와 함께 제기되었다. 이런 상황은 공동체에 중대한 위협을 낳았다. 神이라는 외재적 절대적 존재가 사라지자 다양한 개인들이 전면에 부각됨으로써 그들 간의 상호작용이나 의사소통이 불가능해지는 역리적(逆理的) 상황이 발생하였기 때문이다. 이런 상황은 필연적으로, 개인간의 '소통 가능성'과 '결속 가능성'의 토대를 새롭게 정립하기를 요구하였는데, 그러한 요구가 가장 강렬하게 대두된 영역이 '감성(선호)의 영역'이었고 그 문제를 해결하기 위해 탄생한 논제가 '취미'였다.21)

D. 흄은 그의 유명한 「취미 판단의 기준에 대하여」(1757)에서 이러한 가공할 상황을 해결하고자 시도하였다. 그는 먼저, 선호나 판단의 개인적 다양성뿐만 아니라 문화적 다양성을 인정하는 급진적 경험주의(원칙적 상대주의)의 입장으로부터 출발한다.22) 예를 들어, 스코틀랜드 사람은 이탈리아 음악의 맛을 알 수가 없으며 따라서 '모든 감정은 정당하다'고 인정한다. '감정은 자기 자신 밖의 그 어떤 것도 가리키지 않으며, 사람이 그 감정을 인식하는 곳 어디에서나 항상 실재적이기 때문이다. 이와 달리, 오성의 모든 규정들은 정당하지 않다. 그 규정들은 그 자신 너머의 어떤 것과 관계를 맺고 있기 때문이다.' 이처럼, 흄은 감정의 정당성을 '감정의 본래성, 내재성'에서 구한다. 이것은 神으로 상징되는 외재적 규범으로부터 소통과 상호작용의 토대를 구하는 방식과는 전혀 다른, '내재적 기원으로부터' 규범을 정립하려는 자율적 방식이란 점에서 근대적이었다.

그런데 이 지점에서 묘하게도 개인적 감정을 넘어서는 '취미의 기준'이 초월적 보편적으로 존재한다는 결론이 도출된다. 즉, '모든 나라 모든 시대에 보편적으로 즐거움을 주는 것과 관련된 어떤 의견의 일치가 인간 본성(내

---

21) Ferry, Luc.(방미경 옮김), 『미학적 인간』, 고려원, 1990(1994), pp.12-29.
22) 김문환, 『근대미학연구(1)』, 서울대출판부, 1986, pp.49-60 ; Smith, B.H., 앞의 책, pp.55-64 ;
    Ferry, Luc.(방미경 옮김), 앞의 책, pp.77-89.

부)에 존재한다'는 논리적 전환이 이루어진다. 2천 년 전에 아테네와 로마의 사람들에게 즐거움을 주었던 호머가 파리와 런던에서 여전히 감탄의 대상이 되고 있다는 사실이 그러한 '초월적 미의 기준'의 증거로서 제시된다. 이로써 흄은 가치의 급진적 상대주의라는 근대적 문제 상황을 현상적으로 인식하였음에도 불구하고 그 해결의 논법은, 보편적 기준의 초월성을 인정하는 고전주의로 귀결되고 있다. 이러한 모순적 논리는 '모든 개인의 취미가 똑같이 가치 있는 것은 아니며 어떤 보편적 감정을 소유한, 선호되어 마땅하다고 존중될 만한 특정한 사람들'이 존재한다는 주장, 즉 '선입견(불건전한 감성)'과 차별되는 '자연스러운 보편적 교양(건전한 감성)'이 존재한다는 주장으로 나아간다. 뤽 페리는 흄의 이러한 논의가 결국은 '미적 귀족주의'에 해당하며, 그것은 '규범(취미의 기준)'과 '특정한 취미를 지닌 사람'을 동일시한 오류를 범하고 있다고 지적한다.

I. 칸트는 『판단력 비판』(1790)에서 취미의 문제를 다룸으로써 근대적 가치론, 특히 미학과 윤리학의 상호 독립성이 인정되는 특수 가치론의 원형적 논리를 마련해 주었다고 평가된다.[23] 미적 가치판단은 일체의 정치적 경제적 관심과 무관하지만 감각적 쾌의 판단이나 선에 관한 판단은 그러한 관심과 결합되어 있다는 가치론을 제시함으로써, 미적 가치의 자율성을 확립하였기 때문이다. 칸트 역시 흄과 마찬가지로 판단의 개별성, 다원성을 인정하는 데서부터 출발한다. 그러나 역시 흄과 마찬가지로 그러한 개별성과 다원성이 초래하는 소통불가능성을 극복할 수 있는 토대를 논증하려 하는바, '취미판단의 무관심성 요구'와 '공통감(共通感)의 원리'라는 두 가지 공리를 내세운다.

무관심성 요구에 대한 그의 논의는, 정상적인 미적 가치평가가 이루어지기 위해서는 관심으로부터 벗어난 관조적 태도를 취해야 한다는 관점과 연관된다. 이에 대해 B.H. 스미스는, 말 그대로 현상학적 방법으로 미적 가치

---

23) Kant, I(이석윤 역), 『판단력비판』, 박영사, 1790(1974) ; Smith, B.H., 앞의 책, pp.64-72 ; Ferry, Luc.(방미경 옮김), 앞의 책, 제III장 ; 김문환, 앞의 책, 제4장.

평가의 행위를 관찰할 때 드러나듯, 갸치와 가치평가는 불순하고 우연하다
는 반명제를 내세우면서, 이러한 '무관심성의 요구'가 환상에 불과하다고 비
판한다. 그런데 칸트의 공통감 논의는 이와는 다른 성격을 지니고 있다. 이
것은 흄의 '취미의 보편적 기준'과 유사한 듯하지만 그렇지는 않다. 흄은 소
위 고전(古典)의 존재 사례를 통해서, 또는 그러한 고전에 대한 심리학적 반
응을 근거로 하여 '취미의 기준'을 상정하고 있지만 칸트는, 인식의 전달가
능성의 조건과 마찬가지로 '감정의 보편적 전달가능성의 필연적 조건'으로
서 공통감을 상정한다.24) 인식과 판단은 어떤 것이든 보편적으로 전달될 수
있는 것이 아니면 안 되듯이, 가치판단 역시 전달 가능성을 지녀야 하며 그
것의 토대로서 공통감을 상정할 수 있다고 주장한다.

　여기서 공통감은 일상적 상식이나 신념과는 다른 것이다. 공통감은 어떤
것에 대한 타당한 인식과 판단의 능력(common capacity for shared cognition)이
자 보편적인 인지적 도구(a universal cognitive apparatus)25)이며 이것은 오성에
게만 있는 것이 아니라 감정에도 있으며, 원리적으로는 모든 인간에게 있는
능력이자 도구로서, '선험적 주관성'의 일종이다. 어떤 대상에 대한 가치판단
이 언제나 주관적이면서도 다른 사람에게 전달될 수 있다는 사실은 바로 이
러한 공통감이 존재한다는 의미라고 해석한다. 흄은 '특별한 소수자'만이
'정상적 가치'를 판단할 수 있는 능력이 있다고 보았던 반면에 칸트는 그러
한 능력이 누구에게나 편재한다고 보았던 것이다. 이로써 지식이나 판단의
객관성과 보편성, 따라서 소통가능성이 보장될 수 있는 형식적 근거가 있다
는 낙관적 인식론과 가치론을 펼치고 있다.

　흄과 칸트의 취미 판단에 대한 논의는 약간의 차이가 있으나, '보편적 기
준'이나 '보편적 판단 능력'이 존재한다고 봄으로써 은연중 '보편적 가치'의
존재를 인정하는 공통점을 지니고 있다. 하지만 B.H. 스미스와 같은 탈근대
적 가치론자들은 그러한 '보편적 가치'가 존재 불가능하다고 주장할 뿐만 아

---

24) Kant, I(이석윤 역), 앞의 책, pp.100-103.
25) Smith, B.H., 앞의 책, p.70.

니라, "어떤 주체에게 藥일 수 있는 가치가 반대로 타자에게는 毒일 수 있다 (The-Other's Poison Effect)"는 부정적 주장을 편다. 특히 이것은 다문화적 가치현상,[26] 정전적 가치(canonical value)와 비정전적 가치(noncanonical value) 간의 정치적 갈등현상에서 두드러지게 나타난다.[27] 흄이나 칸트가 말하고 있는 보편적 기준으로서의 규범적 가치나 순수 가치는 객관성이나 소통가능성을 열어놓는 것이라고 형식적으로만 규정될 수 있는 문제가 아니다. 그것은 타자의 취향이나 가치를 특정한 주체의 취향이나 가치로 대체할 수도 있는 정치적 문제, 즉 '가치(평가)의 정치학'의 대상들이다.

이처럼 '가치의 선험성', '가치 인식의 보편적 타당성'에 대한 비판의 근저에는 탈근대주의의 '주체의 재발견'[28]이 놓여 있다. 주체는 상황에서 벗어날 수 없으며 늘 '특수한 상황 속의 주체(a situated subject)'이다. 주체는 특정한 사회의 시민으로서, 부모로서, 여성/남성으로서, 자산가/무산자로서 또는 교사로서 대상의 가치를 평가한다. 주체는 상황 속에 놓여 있기 때문에 고정적인 것이 아니라 유동적이다. 또한 대상 역시 주체에 의해 구성된 대상의 측면만을 볼 수 있다는 점에서 유동적이다. 유동적 주체와 유동적 대상의 상호관계적 작용에 의해 정립되는 가치는 복잡한 역학적 체계에 의해, 근본적으로 '우연히' 구성되는 산물이다. 가치는 개인적 경제체계의 역학적 산물(the

---

26) 도덕적 가치와 관련한 인류학적 보고가 이러한 사례이다. 문명 세계에서 금지된 안락사에 대해 에스키모인들은 '노인이 보다 행복한 세계로 옮겨가는 것으로 생각하기 때문에' 허용한다. 또한 장애유아 유기에 대해 누에르족들은 '장애유아는 우연히 인간으로 태어난 아기 하마로 믿기 때문에' 강물에 조용히 흘려 보낸다. Sterba, J.P.(배석원 옮김), 『윤리학에 대한 3가지 도전—환경주의·여성주의·문화다원주의』, 서광사, 2001(2001), p.20.

27) Smith, B.H., 앞의 책, pp.24-27 및 pp.72-77.

28) 흔히 탈근대주의(postmodernism)는 주체를 부정하는 것으로 여겨진다. 하지만 탈근대주의의 주장은 '주체의 존재론적 조건에 대한 비선험적 관찰을 통한 주체의 재발견'이다. 부정된 것은 '보편적 주체'이지 '주체' 그 자체는 아니기 때문이다. 이런 분별은 '탈근대적 주체'의 등장을 가능하게 하는 기본 조건이기 때문에 매우 중요하다. 즉, '보편적 주체'가 아니라 '주체 그 자체'가 '죽었다'는 데 동의한다면 '탈근대적 주체론'은 있을 수 없기 때문이다. 김욱동 편, 『포스트모더니즘과 포스트구조주의』, 현암사, 1991 ; Giroux, H.A, "Rethinking the Boundaries of Educational Discourse : Modernism, Postmodernism, and Feminism" in Myrsiades, K. & Myrsiades, L.S. eds, *Margins in the Classroom : Teaching Literature*, Univ. of Minnesota Press, 1994.

product of the dynamics of pesonal ecnomic system)인 것이다.29) 따라서 내재적 가치와 외재적 가치의 구분은 무의미하다. 그러한 역학체계를 구성하는 요소들은 ① 주체의 생리적 심리적인 다양한 욕구나 관심, ② 그러한 욕구나 관심을 충족시켜 줄 수 있는 물질적 심리적 자원들, 그리고 ③ 주체와 대상이 포함된 상황으로 구성된다. 이들은 상호 독립적이면서도 상호 제약적이다.

근대적 가치론은, 보편적 가치가 선험적으로 존재하며 인식 가능하다는 전제 하에 그것의 인식을 위한 형식논리적 방법이나 요건을 탐구했을 뿐이다. 탈근대적 가치론에서 볼 때, 근대적 가치론은 가치 주관주의(상대주의) 또는 가치 객관주의(절대주의) 그 어느 편에 서 있든지 간에, '재현주의 모형(representational models)'에 해당한다. 즉, 주관주의는 주관이 느낀 가치를 표현(재현)한 것이 가치라고 본다는 점에서, 역으로 객관주의는 사물 속에 존재하는 선험적 가치를 재현한 것이 가치라고 본다는 점에서, 가치를 실체화(hypostatizing)하는 재현주의적 오류를 범하고 있다.

요컨대, 탈근대적 가치론은 가치의 기원에 대한 문제를 제기함으로써, '가치의 계보학'을 통해 가치의 우연성을 주장한다. 또한 '천 한 개의 목표를 아우를 수 있는 한 개의 목표'는 아직 존재하지 않음에도 불구하고, '보편적 가치'를 주장하는 논리 뒤에는 '가치평가의 정치학'이 내포되어 있음을 폭로한다. 이들이 보기에, 가치의 선험성이나 보편적 가치라는 개념은 '가치평가의 정치학'을 은폐하는 장막에 불과하다. 타자의 가치를 병리화하는 근대적 가치론은 그러므로 재구성될 필요가 있다는 것이다.

3) 차연적 가치론과 아이러니스트적 대화의 원리

지금까지 근대적 가치론과 탈근대적 가치론의 논쟁을 살펴보았다. 두 가치론은 가치의 기능에 대해서는 의견의 일치를 보이지만, 가치의 존재 양식이나 기원에 대해서는 상당한 관점의 차이를 보여주고 있다. 이와 같은 상황

---

29) Smith, B.H., 앞의 책, pp.30-36.

을 지켜보면, 가치의 본질에 대해 '현재로서는' 확정적으로 말하기 어렵다. 가치평가 활동의 원리에 대한 논의 역시 상황은 마찬가지이다.

그러나 논의의 해결 방법이 전혀 없는 것은 아니다. 이를 위해서는 '가치는 주제의 사회문화적 욕구를 충족시키는, 대상의 사회적 기능이다'라는 대전제를 인정하면서, 다음 두 가지 전향적 관점을 통해 문제를을 전환할 필요가 있다. 첫째, '가치평가가 가치를 창조한다'는 관점이 요구된다. 객관적 가치가 가치평가보다 선행한다는 관점은 주체의 상황성과 차이를 간과하게 만듦으로써 근대적 가치론처럼 '타자의 병리화'를 가져올 수 있기 때문이다. 근대적 가치론은 객관적 가치의 선차성(先次性) 명제를 확장하였다. 그러나 이런 주장은 객관적 가치를 인식하기 위한 형식논리적 방법의 탐구만을 강조하고, 인식 주체의 실제적 조건을 간과하게 만든다. 또한 유동적이며 비사물적인 가치를 실체화, 사물화할 위험성도 있다. 설혹 객관적 가치가 있다 할지라도 그것에 대한 인식이 경험적으로 불가능하다. 인류학이 말하듯 문화는 사회마다 다르며 심지어 동시대의 문화도 다층적이기 때문이다. 더욱 중요한 점은, '인간은 보편적 정신을 공유한다'는 주장도 객관적 가치의 현존성을 보증할 수 없다. 정신은 '발명된 것'이기 때문이다.[30]

둘째, 가치의 우연성과 보편성, 상대성과 객관성 등을 대립적으로 보지 않아야 한다. 가치는 그 실제에 있어서 우연적이면서도 보편적이며 상대적이면서도 객관적일 수 있다. 또한, 가치평가는 상대적이고 불확정적이기만 하다고 생각한다면 문제를 해결할 수 없다. 이와 관련하여 S.P. 모한티는[31] 주체의 상황성에 기초한 상대주의도 문제라고 비판한다. 탈근대적 가치론은

---

30) Rorty, R.(박지수 옮김), 『철학 그리고 자연의 거울』, 까치, 1979(1998), pp.45-46. 로티는 '정신은 발명된 것'이지 선험적 보편적으로 인간에게 소여된 것이 아님을 강조한다. 전통적 철학은 정신을 '인간에게 고유한 인식 기관(능력)'으로 생각하면서, ① 자신을 오류 없이 알 수 있는 능력 ② 육체에서 분리되어 존재할 수 있는 능력 ③ 비공간성을 지닌 것 ④ 보편을 파악할 수 있는 능력 등으로 규정한다. 그러나 이 관점은 정신이 대상을 파악할 때 언어가 매개적 작용을 한다는 사실을 간과하게 만든다. 언어가 우연적 자의적이기에, 정신이 대상을 파악한 어떤 결과는 우연적일 수 있음을 말할 수 없게 만드는 것이다.
31) Mohanty, Satya P., "Can Our Values Be Objective? On Ethics, Aesthetics, and Progressive Politics", *New Literary History V.32 N.4*, 2001.

인간의 원죄(인식의 무능력)를 재생산 시키는 신학(神學)과 같다고 지적한다. 그것은 좀더 나은 지식과 가치를 정립할 수 있는 관심과 그렇지 않은 관심 간의 차이를 구별하지 않고 있기 때문이다. 중요한 것은 보편성과 상황성, 객관성과 주관성, 무관심적 관조와 편견 간의 구분이 아니다. '편견들 간의 차이'에 대한 분석을 통해 어떤 '편견'이 지식의 확장과 문제의 해결에 '더욱 생산적인가'를 구분하는 일이다.

이 두 가지 전향적 관점을 통해, '객관적 가치가 무엇인가'라는 과거의 문제틀을 버리고, '객관적 가치를 창조하기 위한 합당한 언어적 활동의 원리는 무엇인가'라는 새로운 문제틀을 취해야 한다. 이러한 문제틀 전환에 있어서 R. 로티의 연대성(solidarity) 개념과 대화의 원리[32]는 중요한 시사점을 제공한다.

로티는 극단적 상대주의를 극복할 수 있는 버팀목은 '우리 의식we-intentions'으로서의 연대성이라고 주장한다. 이것은 편견을 제거하거나 혹은 베일에 감추어져 있던 심오한 무엇(우리의 공통적 본성)을 캐냄으로써 인식될 수 있는 하나의 사실이 아니라, 지속적 대화를 통해 창조해야 할 목표이다. 이는 '우리 아닌 낯선 사람들을 고통 받는 동료들로 볼 수 있는 상상력'에 의해 우리가 성취해야 할 그 어떤 것이다. 이러한 상상력을 갖기 위해, 우리가 사용하는 '언어, 자아, 우리 공동체'의 역사적 우연성을 인식할 수 있어야 한다. 이 과정은 주체의 고립적 반성이라는 '내적 언어 활동'이 아니라 '낯선 사람들과의 대화적 언어 활동'에 의해 전개되어야 한다.[33] 이 대화적 상상력이 그들과의 '차이의 우연성'을 극복하는 유일한 동력이기 때문이다. 진정으로 상대주의가 옳다면, 차이도 우연적이지 결코 절대적일 수가 없다. 따라서 낯선 사람들을 포괄한 우리-의식의 확장은 불가능하지 않으며, 그 우리-의식에 기초할 때에만 문화적 상대성이나 가치평가의 상대성도 극복될 수 있다.

---

32) Rorty, R.(박지수 옮김), 앞의 책, 제8장 ; Rorty, R.(김동식·이유선 옮김), 『우연성, 아이러니, 연대성』, 민음사, 1989(1996), 제4장, 제9장.

33) Rorty, R.(김동식·이유선 옮김), 앞의 책, 제1장, 제2장. 로티는 언어와 자아 그리고 공동체의 '우연성'을 강조함으로써 객관주의를 거부할 뿐만 아니라 '차이'의 절대화를 낳는 상대주의 역시 거부하고 있다. 모든 것이 우연하다면 차이도 우연일 뿐이다.

이와 같은 로티의 주장에 대해 두 가지 의문을 제기할 수도 있을 것이다. 첫째, '우리 의식'에 대한 물음에 앞서, '자아' 또는 '나'에 대한 물음이 해명되어야 한다는 지적이다. 그러나 정신분석학에서 말하듯이, '나'라는 기호의 지시대상은 나르시시즘적 관점에서 '이상화된 自己'에 대한 동일시의 산물만이 아니라, '나'를 부르는 모든 타자들이 '이상화한 나'와의 동일시의 산물이기도 하다.[34] '나'를 정의하기 위해서는 "다른 사람들이 그를 보듯이, 주체가 자신을 '그'로서 바라볼 수 있는 바로 그 지점"에 대한 파악이 동시에 이루어져야 한다. '나'에 대한 질문이 결코 '우리'에 대한 질문에 앞서거나 별개가 아닌 것이다.

둘째, 로티의 주장을 자문화중심주의로 타락할 수 있는 '공허하고 위험한 것'에 불과하다고 비판할 수 있다. 이에 대해 로티는, 이 슬로건(연대성)을 제대로 독해하는 올바른 방법은, 우리가 현재 가지고 있는 것보다 더 폭넓은 연대성의 의미를 '창조'하도록 우리 스스로에게 권유하는 것이라고 말한다. 그릇된 독해의 방법은, 그런 연대성이 우리에 앞서서 존재하는 어떤 것이라고 생각하면서 그것을 '인식'하도록 권유하는 방식[35]이라고 비판한다. 그가 말하는 '연대성'은 '맹목적 자문화중심주의'의 결과물이 아니라, '반어적 입장에서의 자문화중심주의'에 의해 창조되어야 하는 그 무엇인 것이다.

그가 말하는 아이러니스트란 ① 어떤 활동나 신념을 정당화시키는 최종적 언어(좋다, 나쁘다 등의 가치어)에 대해서도 근본적인 의심을 지속하는 자 ② 이 근본적 의심을 해결할 수 있는 언어를 자신이 갖고 있지 않다는 점을 인정하거나 그러한 최종적 어휘도 새롭게 창안하려는 자 ③ 해결의 방법은 결코 중립적 보편적 메타-언어를 통해서 또는 현상에서 실재(reality)로 가려는 노력을 통해서가 아니라, 낡은 언어와 결별하고 새로운 언어와 놀이하는 방식 즉 낡은 언어를 새롭게 재서술(再敍述)함으로써 가능하다고 보는 자를 뜻한다.[36]

---

34) Easthope, A.(이미선 옮김), 『무의식』, 한나래, 1999(2000), pp.87-117.
35) Rorty, R.(김동식·이유선 옮김), 앞의 책, p.355.

그는 문학비평literary criticism이 이러한 언어놀이의 전형이며 그 근원은 '청년 헤겔의 변증법'이라고 주장한다. 놀랍게도 그는 "변증법은 결코 논증적인 절차나, 주관과 객관을 통일시키는 방식이 아니라 단순히 하나의 문예기법, 한 용어에서 다른 용어로 매끄럽고도 재빠르게 옮겨감으로써 놀라운 형태 전환gestalt switches을 산출하는 기법"[37]이라고 해석한다. 여기서 문학비평이란 단지 문학텍스트에 대한 비평만을 의미하지는 않는 까닭에, 기존의 문학비평이란 용어로는 이해할 수 없다. 로티의 표현대로 하자면 '보들레르와 마르크스' '엘리엇과 트로츠키' 등등 낯선 인물들과 낯선 영역들 간의 언어가 교직되는 곳이다. '문학'이라는 영역 개념이 '철학' 또는 '사회과학'과 대립되지 않는 것이다. 이러한 아이러니스트가 되어야만 상황적 주체들은 자신들 사이의 우연성, 차이, 상대성을 극복하고 연대성을 확보할 수 있으며 그러한 연대성이 곧 객관적 가치가 된다는 것이다. 요컨대, '가치평가 활동의 원리'는 다음과 같이 재구성되어야 한다.

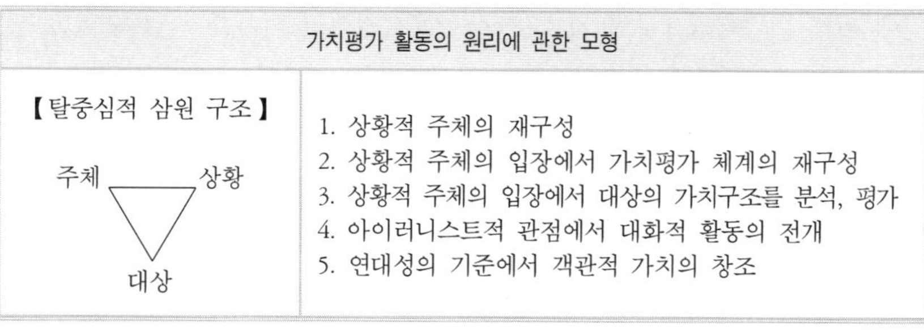

이처럼 가치평가 활동은 '연대성'을 최종적 기준으로 하면서 상황적 주체

---

36) Rorty, R.(김동식 · 이유선 옮김), 앞의 책, p.146. 로티는, 아이러니스트는 형이상학자들과 대립적 위치에 있는 주체들이라고 규정하는데, 형이상학자들이란 항상 언어나 정신을, 저 밖에 있는 그 무엇을 재현하고 표상하는 것이라 보는 사람들이다. 가치의 갈등이나 인식의 혼란 역시 '대상(진리, · 가치 등)이 무엇인가'를 규명함으로써 해소될 수 있다고 보는 사람들이다.

37) Rorty, R.(김동식 · 이유선 옮김), 앞의 책, pp.154-160.

들 간의 아이러니스트적 대화에 따라 전개되어야 한다. 가치평가 주체는 자신이 '상황적 주체'란 점을 인정하면서 자기의 언어와 정체성을 해체하고 재구성해야 한다. 그리고 어떤 대상의 가치평가와 관련된 기존의 기준들의 우연성을 인식함으로써 그러한 기준들로 구성되는 가치평가 체계를 재구성해야 한다. 이와 같은 준비가 이루어진 후, 대상의 가치구조를 분석하고 평가하는 과정에서 아이러니스트적 대화 활동을 전개함으로써, 연대성을 확장시킬 수 있는 대상의 특성을 객관적 가치로 창조할 수 있어야 한다.

이와 같은 가치평가 활동의 모형은 가치의 차연성(différance)[38]을 부각시킨다. 탈중심적 삼원 구조 하에서 가치가 우연적으로 창조된다는 사실은 궁극적 가치가 지속적으로 연기된다는 의미를 내포하기 때문이다. '이것이 가치이다'라는 발화 순간에 그 지시대상 [이것]은 변화하게 되는바, 지시대상(기의)과 발화(기표)는 서로 미끄러진다. 이런 점에서 보면, '가치'라는 개념은 기호와 같다. 즉 기호처럼 가치도 '기표(the signifier)로서의 가치'와 '기의(the signified)로서의 가치'로 구성되어 있다. 기표와 기의가 서로 항상 시간과 공간에 의해 미끄러짐으로써 기호가 궁극적 고정적인 의미를 지닐 수 없는 것처럼, 가치 역시 기표로서의 가치와 궁극적 기의로서의 가치가 어긋난다. 이 사실을 간과할 때 가치의 상대성만을 보거나 객관성만을 보게 되는 것이다. 따라서 가치가 차연성을 본질적 속성으로 지닌다는 사실은 두 가지 점에서 사고의 전환을 요구한다.

첫째, 가치평가의 '객관성' 개념은 실용주의적 의미에서의 '생산성'[39] 개념으로 이해되어야 한다. 전통적 지식론과 가치론은 의식 저편에 선험적으로 존재하는 객관적 실재와 절대적 가치를 '왜곡 없이 거울처럼 반영'할 때 지식이자 가치로 여긴다. 그러나 그런 선험적 고정성을 지니는 가치는 의식 저편에 존재하지 않는다. 가치는 '어떤 것이 가치 있다'고 말하는 순간 그 지시

---

38) 데리다의 '차연' 개념에 대해서는 Derrida, J.(김보현 편역), 「차연」(1968), 『해체』, 문예출판사, 1996 ; 이것을 가치론에 적용한 논의는 Connor, S., 앞의 책, pp.1-7.
39) Eames, S.M.(조성술 외 옮김), 앞의 책, 제12-13장 ; 김동식, 『프래그머티즘』, 아카넷, 2002.

대상과 미끄러지기 때문이다. 이러한 차연성을 간과하는 한, 객관주의적 관점은 타자를 쉽사리 병리화하면서 비생산적 비윤리적 효과를 유발할 수 있다. 또한 가치를 생성하기 위한 역사가 이미 완결되었다고 하는 관점을 강화시키면서, 주체에게 주어진 과제는 가치의 '발견'에 있다[40]고 제한할 수 있다.

그러나 가치의 실현과 창조의 역사는 결코 완결될 수가 없다. 가치는 차연될 뿐이다. 가치는 본질적으로 모순적 속성을 지니고 있기 때문이다. 예를 들어, '자유(라는 가치)를 부정할 수 없다'는 담론은 자유에 대한 비판적 담론의 생성을 억압한다는 점에서 자유와 모순적이다. '평등' 역시 다른 것보다 자신을 더 강조할 경우 평등 자신에 이율배반적이다. 그렇다면 가치에 관한 어떠한 기표도 고정적 기의를 가질 수가 없다. 바로 이 점에서 가치평가의 과정은 '차연적 가치론(the différanced value theory)'의 형태를 띠어야 함을 알 수 있다. 가치평가의 객관성은, 선험적으로 존재하는 객관적 가치와의 조응에 의해서가 아니라, 문제적 상황을 해결할 수 있는 가치의 창조적 생산에 의해 정초되는 것으로 이해되어야 하는 것이다. '거울로서의 철학'을 부정하는 로티의 핵심이 바로 이것이다.

둘째, 사회문화적 편견이나 이데올로기들에 의해 구성된 평가주체들이 어떻게 가치평가 활동를 전개하는지 논할 필요가 있다. 보편적 주체의 가치평가를 상정하여 그것의 형식논리적 원리를 밝히거나, '고립적 개인으로서의 주체'에 의한 가치평가를 현상학적으로 기술하기만 해서는 안 된다는 뜻이다. 탈근대주의자들이 밝혔듯이 보편적 주체들은 지향될 수는 있어도 현존한다고 말할 수는 없다. 또한 '고립적 개인으로서의 주체'도 '순수한 주관'의 또다른 환영(幻影)이다. 주체의 실제적 존재 방식은 '문화적으로 구성된 주체'일 뿐이다. 따라서 사회문화적으로 구성된 주체들의 가치평가 활동들의

---

40) R. 로티는 '창조'란 비유가 '발견'이란 비유보다 더 가치 있다고 강조하면서, 의식 저편에 실체로서 존재하는 진리에 대한 발견을 강조하는 합리주의자나 객관주의자들이 인간의 가능성을 제한하는 오류를 범한다고 비판한다. 이런 점에서 그는 문예비평적 철학의 중요성을 강조하고 있다. Rorty, R.(김동식 · 이유선 옮김), 앞의 책, 제4장.

차이가 '연대성'이라는 최종적 기준 아래 비교 검토되어야 한다.

이 과정에서 '우리-의식'에 대한 탐구는 민족성에 대한 담론으로 한정되거나 비약될 수 없음에 주의할 필요가 있다. 민족주의로부터 기원하는 민족성에 대한 담론은 '내부적 비동일성'을 망각시킴으로써 '상상의 공동체'를 구성하는 전략을 지니고·있기 때문이다.[41] 타자는 민족 외부에만 존재하는 것이 아니라 내부에도 존재한다. 달리 말해, 민족적 가치와 변별되는 '하위문화적 가치들'에 대한 기억을 되살릴 필요가 있다.[42] 하위문화에 해당하는 노동계급문화나 청소년문화, 여성문화 속에 작용하는, 민족 내부의 비동일적 가치와 가치평가 방식의 비교를 통해 '생산적 편견들'을 분별하는 작업이 요구된다.

2. 텍스트 가치평가 활동의 모형

앞서 논의한 바처럼, 가치평가 활동은 연대성을 최종적 기준으로 하여 아이러니스트적 대화를 통해 객관적 가치를 창조하는 언어활동에 의해 재구성되어야 한다. 이것은 모든 대상에 대한 가치평가 활동에 있어서 보편적으로 적용될 수 있는 원리라 하겠다. 그렇다면, 가치평가의 특수한 대상인 텍스트에 대해서는 어떠한 과정을 거쳐 이루어져야 하는가? 이 문제는 '① 가치평가의 특수한 대상인 텍스트의 개념, 텍스트와 가치와의 관계 문제 ② 텍스트의 가치를 분석하는 방법 ③ 상황적 주체를 재구성하는 방법 ④ 평가체계를 재구성하는 방법 ⑤ 객관적 가치 창조를 위한 언어활동 방법'의 구체화를 통해 해결될 수 있을 것이다. 이 문제들은 텍스트 관련 항목들과 평가주체 관련 항목들로 대별되는바, 논의의 편의상 텍스트 관련 항목을 먼저 살핀 후 평가주체 관련 항목들을 논하기로 한다.

---

41) Anderson, B.(윤형숙 역), 『상상의 공동체-민족주의의 기원과 전파에 대한 성찰』(개정판), 1991(2002), 제1장.
42) Williams, R(이일환 역), 『이념과 문학』, 문학과지성사, 1977(1982), pp.152-159.

1) 텍스트의 개념과 사회적 기능

가. 텍스트의 개념

먼저 텍스트의 개념부터 파악해 보자. 텍스트는 도덕적 미적 사회적 가치 등 인간적 가치를 언어화하고 있는 대상이기에 다른 평가 대상과 변별되는 특성을 지닌다. 텍스트는 가치평가 대상이면서 동시에 어떤 사람의 가치체계나 가치평가 활동 그 자체를 내포한 것이며, 물질적 대상이기도 하지만 동시에 정신적 표상물이기도 하다. 텍스트는 오래 전부터 다양한 학문 분야에서 연구되어 왔다. 문학과 언어학은 물론이고 역사학, 심리학, 사회학, 인류학 등의 주요한 대상이었다. 하지만 이러한 영역에서 텍스트는 주제적 대상이었다기보다는 자료적 위상을 띠고 있었을 뿐이다. 이와 달리 1960년대부터 기호학 및 화용론의 발흥과 함께 형성되기 시작한 텍스트언어학은 텍스트 그 자체를 주제적 대상으로 한다는 점, 간학문적 관점에서 텍스트에 대한 통합적 관점을 취하고 있다는 점에서 기존의 텍스트 연구 수준을 비약적으로 발전시켰다.[43]

텍스트언어학에 의하면, 텍스트는 개별 단어와 단어의 모임, 문장과 문장의 모임의 어떤 층위에서도 실현될 수 있는 언어의 실존 양식이다. 텍스트는 한 단어로서도 여러 개의 문장으로서도 성립할 수 있는 의사소통적 단위이다. 따라서 텍스트는 문장 이상의 언어학적 단위로 여겨서는 안 된다. 하지만 모든 언어적 연쇄체가 텍스트일 수는 없다. 만약 단어들이 무작위적으로 결합되어 있는 것이 있다면, 그러한 언어결합체는 의미를 파편적으로 내포하고 있을지라도 의사소통적 기능을 수행할 수 없기 때문이다. 때문에 모든 언어적 의미적 연쇄체가 텍스트는 아니며 몇 가지 요건을 갖추고 있을 때

---

43) 이에 대해서는 고영근, 『텍스트이론―언어문학통합론의 이론과 실제』, 아르케, 1999, 제2장 ; Beaugrande, R. de & Dressler, W.(김태옥・이현호 공역), 『텍스트언어학 입문』, 한신문화사, 1981(1995), 제2장 ; 김창원, 『시교육과 텍스트해석』, 서울대출판부, 1995 ; 이은희, 『텍스트언어학과 국어교육』, 서울대출판부, 2000 ; 김봉순, 『국어교육과 텍스트구조』, 서울대출판부, 2002.

텍스트로 규정될 수 있다.

　텍스트언어학의 대표적 이론가인 보그랑데와 드레슬러는 두 가지 차원에서 텍스트의 요건을 제시하고 있다. 텍스트는 그 자체의 구성적 차원에서 결속구조(cohesion), 결속성(coherence), 의도성(intentionality), 용인성(acceptability), 정보성(informativity), 상황성(situationality), 상호텍스트성(intertextuality)이라는 7가지 구성적 요건을 충족해야 한다. 또한 텍스트는 의사소통 과정에서의 기능성을 높이기 위해 효율성(efficiency), 유효성(effectivness), 적절성(appropriateness)이라는 3가지 제어적 요건을 충족하고 있어야 한다.[44] 전자에서 결속구조와 결속성은 소통적 단위로서 개별 텍스트 그 자체가 지녀야 할 언어논리적 의미론적 일관성을 의미하며, 의도성과 용인성, 정보성은 소통 참여자인 생산자와 수용자의 인지적 심리적 요구 조건에 대한 충족성을 뜻하며, 상황성은 소통 상황과의 적합성 그리고 상호텍스트성은 개별 텍스트가 지니는 유형적(장르적) 특성과 연관된다. 세 가지 제어적 원리는 텍스트와 비텍스트를 구별하는 일곱 가지 기준은 아니지만, 소통 과정에서 텍스트의 기능성을 높이는 데 필요한 요건들에 해당한다. 일종의 문체적 전략에 해당한다. 즉 이것은 텍스트성의 필수적 요건은 아니며 소통 과정의 목적을 원만하고도 인상적인 방식으로 성취할 수 있도록 요구되는 부가적 특성들이다. 그렇지만, 텍스트가 의사소통을 목적으로 생산된다는 점에서, 소통 상황의 목적과 텍스트와의 관계를 고려하게 하는 중요한 의의를 지닌다.

　그런데 이들의 논의는 텍스트를 가치중립적 관점에서 기술(記述)하고 만다. 가치론적 관점에서 볼 때, 텍스트성은 텍스트의 바람직한 상태를 나타내는 어떤 기준을 내포한다. 이것은 텍스트와 텍스트가 아닌 것을 구분하는 기능만이 아니라, 텍스트다움을 지닌 텍스트가 더 가치 있는 텍스트라는 관점을 전제하고 있다. 때문에 텍스트성은 텍스트를 규정하는 가치중립적 개념이라기보다는, 텍스트 생산 활동에 대한 처방적 신념들이자 텍스트의 궁극

---

44) Beaugrande, R. de & Dressler, W.(김태옥 · 이현호 공역), 앞의 책, pp.6-22 및 pp.50-51.

적 존재 상태를 지칭하는 가치의 일종이다. 이러한 사실은 전통적인 쓰기교육의 장을 살펴보면 쉽게 알 수 있다. 쓰기 결과물에 대한 분석적 평가 도구들[45]은 텍스트성의 구성적 원리들과 밀접한 연관성을 보여주고 있다. 장르 규범을 강조하는 형식주의 작문이론도 이와 연관된다.

그런데 전위문학 텍스트들은 이런 텍스트성을 거부하기도 한다. 예를 들어, 이상(李箱)의 시텍스트는 결속구조나 결속성을 의도적으로 거부하는 경우가 많다. 물론 통일성 일반을 완전히 부정하는 것은 아니다. 그러나, 전위문학 텍스트들은 기존의 텍스트성을 부정함으로써 그것이 현재 우리가 가장 선호하는 텍스트성의 하나에 불과하다는 역사적 우연성을 드러낸다.[46] 따라서 텍스트성은 가치중립적 특성이 아니라, 텍스트의 궁극적 상태 및 텍스트 생산 활동에 대한 처방적 신념에 관한 가치론적 논쟁의 대상으로 바라보아야 한다.

이처럼 텍스트언어학은 텍스트의 가치 문제에 특별한 주의를 두지 않는다는 점에서 한계적이다.[47] 오로지 텍스트와 비텍스트를 구별하는 객관적 기준은 무엇이며 소통 과정에서 그것이 어떻게 생산, 수용되는가에 대한 인지론적 가치중립적 관심에 집중할 뿐이다. 이것은 텍스트언어학이 인지심리학적 관점에 경사된 채, 텍스트성의 구성적 원리나 제어적 원리를 인지적 조작 및 전략의 심리적 과정으로 환원하고 있기 때문이다. 텍스트언어학이, '오랜 기간 동안 통사론과 의미론은 사람들이 통화상에서 문법과 의미를 사용하는 방식에 관한 고려없이 연구되어 왔다'고 비판한 점은 긍정적이지만, '우리는 텍스트를 창조하고 사용하는 수단을 책임지고 있는 인지적 조작들을 반영하

---

45) 최현섭 외, 『국어교육학개론』(제2판), 삼지원, 2003, pp.413-415.
46) Bürger, P.(최성만 역), 『전위예술의 새로운 이해』, 심설당, 1974(1986), p.94.
47) 텍스트이론을 적용한 국어교육 연구도 읽기나 쓰기 기능의 향상을 위한 전략적 방법적 지식에 주목하는 경향이 지배적이다. 이런 논의 속에서는 텍스트성의 역사성은 뚜렷하게 부각되지 않는다. 이은희, 앞의 책 ; 김봉순, 앞의 책. 이러한 연구들은 논설문이나 설명문의 텍스트 구조를 '안정적 상태'로 가정하고 그에 관한 지식을 활용하여 읽기(쓰기) 활동의 적절하고 유효한 전략을 교육적 지식으로 제공하려 한다. 현재 우리가 선호하는 텍스트성의 역사적 차원을 문제 삼지 않는 것이다.

는 절차적 모델(procedural model)을 수립해야 한다'[48]고 스스로 관점을 한정하는 데서 비롯한다. 이런 관점은 텍스트성을 탈역사화하면서 그것의 사회문화적 역사적 특성을 주목하지 못하게 한다는 점에서 비생산적이다. 앞서 제시된 텍스트성은 특정한 시기로서의 '지금', 특정한 가치체계를 지닌 '우리'가 선호하는 특성일 뿐이기 때문이다. 따라서 텍스트의 가치를 논하기 위해서는 텍스트의 개념에 대한 파악으로는 부족하다. '특정 대상의 가치는 주체와의 상호작용 과정 중 주체의 사회문화적 욕구를 충족시켜 주는 기능에 있다'는 명제가 시사하듯, 텍스트의 가치를 논하기 위해서는 그것의 사회적 기능 문제를 살펴보아야 하는 것이다.

나. 텍스트의 가치와 사회적 기능

텍스트의 가치 문제가 텍스트의 사회적 기능과 연관된다는 점은 J. 하버마스의 의사소통이론과 M.A.K. 할러데이의 비판적 언어학(critical linguistics)에 기초하고 있는 사회기호학적 관점(a socio-semiotic perspective)을 통해 좀더 분명한 이해가 가능하다.

하버마스는 의사소통의 본질을 '상호양해와 인격적 관계'를 수립하고자 하는 욕구[49]로 본다. 상호양해와 인격적 관계는, 도구적 합리성에 사로잡힌 전략적 활동의 주체가 타자를 대상화하여 자신의 목적 달성에 필요한 수단으로 바라봄으로써 형성되는 '대상적 관계'와 대립된다. '왜곡된 의사소통'이라는 말은 바로 이러한 '전략적 의사소통'를 가리킨다. 따라서 어떤 텍스트의 가치는 주체가 타자와 의사소통하면서 '상호양해와 인격적 관계'를 수립하는 데 기여할 경우 높이 평가될 수 있다.

그러나 이러한 설명틀은 텍스트의 기능과 가치를 단일화하므로 좀더 분석

---

48) Beaugrande, R. de & Dressler, W.(김태옥 · 이현호 공역), 앞의 책, p.46 및 p.66.

49) Habermas, J.(trans by McCarthy, T.), Communication and the Evolution of Society, Becon Press, 1979, 제1장 ; 한자경, 「하버마스의 의사소통적 합리성」, 이진우 엮음, 『하버마스의 비판적 사회이론』, 문예출판사, 1996.

적인 접근이 필요하다. 이와 관련하여 할러데이의 비판적 언어학에 기초하
고 있는 사회기호학적 관점50)은 주목을 요한다. 사회기호학에 의하면, 사회
적 활동의 산물인 텍스트와 사회적 가치구조는 내재적 관계를 지니고 있다.
텍스트의 근본적 구성 원리는 가치 중립적인 문법이 아니라, 사회적 가치구
조가 요구하는 사회적 기능이다. 사회적 기능은 '이미' 내재적으로 텍스트의
형식과 의미에 연결되어 있는바, 텍스트는 '항상' 맥락적(con-text)51)이다. 모
든 텍스트는 다음과 같은 세 가지 기능체계를 통해 다양한 사회적 기능을
수행한다.52)

첫째, 텍스트는 현실 세계에 대한 정보와 인식을 제공하는 관념적 기능체
계(the ideational)를 지니고 있다. 관념적 기능체계는 텍스트 자신을 생산하는
사회적 활동의 구체적인 종류를 나타내는 경험적 기능체계(the experiential)와
일련의 사회적 활동들 간의 다양한 관계(인과관계, 시간적 선후관계, 공간적
인접관계 등)를 나타내는 논리적 기능체계(the logical)로 하위 구분된다. 텍스
트는 이러한 관념적 기능체계를 통해 '지식과 신념의 형성'을 가능케 한다.
물론, 아주 단순한 정보에서부터 총체적인 세계관까지 그 지식과 신념의 질
적 양적 편폭은 다양하다. 명사, 동사, 접속사, 조사 등과 같은 언어학적 단
위들이 관념적 기능체계를 구성하는 기능소(機能素)들이다.

둘째, 텍스트는 그것이 생산되는 상황에 참여하는 사람들의 사회적 관계
와 역할, 태도 등을 드러내는 대인적 기능체계(the interpersonal)를 지니고 있
다. 관념적 기능소가 현실 세계에 대한 정보와 인식을 제공함으로써 지식과
신념을 형성케 한다면, 대인적 기능체계는 '정체성 형성'과 '사회적 관계 형
성'을 가능케 한다. 양태와 서법, 어미, 높임법, 인칭대명사, 어조 등의 언어

---

50) Halliday, M.A.K., *Language as Social Semiotic : The Social interpretation of Language and Meaning*,
    Edward Arnold, 1978, 제1, 6, 7장 ; Hodge, R. & Kress, G., *Social Semiotics*, Cornell UP, 198
    8 ; Hodge. R, *Literature as Discourse : Textual Strategies in English and History*, Polity Press,
    1990 ; Lemke, J.L., *Textual Politics : Discourse and Social Dynamics*, Taylor & Francis, 1995.
51) Halliday, M.A.K. & Hassan, R., 앞의 책, pp.3-14 및 p.49. 할러데이는 텍스트가 네 가지
    맥락(상황맥락, 문화맥락, 텍스트간 맥락, 텍스트내 맥락)을 지니고 있다고 규정한다.
52) Halliday, M.A.K.(1978), 앞의 책, pp.128-150.

학적(기호학적, 문학적) 단위들이 대인적 기능체계를 구성하는 기능소들이다.

셋째, 텍스트는 상황이 요구하는 사회적 기능을 수행할 수 있도록 자신을 특정한 유형의 텍스트로 구성하는 텍스트적 기능체계(the textual)를 지니고 있다. 이는 '상징적 조직화의 체계(the symbolic organization)'에 해당하는데, 어순의 관습적 패턴과 개인적 스타일, 수사적 기법이나 문법, 장르 규범 등 일종의 약호체계(code)가 바로 텍스트적 기능체계를 구성하는 기능소들이다. 중요한 점은, 앞서 두 가지 기능체계가 텍스트적 기능체계에 의해 그 기능이 현실화된다는 사실이다. 텍스트적 기능체계는 다른 기능체계들의 '바탕'인 것이다.

모든 텍스트가 이 세 가지 기능체계들을 지니고 있다는 사실은, 텍스트의 구성 단위인 '문장' 그 자체에 의해 증명된다. 모든 문장은 주어를 포함한 주어부(theme), 그 주어에 대한 또는 그 주어가 인식한 대상에 대한 판단을 서술하는 서술부(rheme)로 나뉘며, 그 둘을 결합하는 문법(grammar)을 지니고 있다. 여기서 주어부와 서술부의 존재가 각각 관념적 기능체계와 대인적 기능체계의 존재 근거가 되며, 문법의 존재가 텍스트적 기능체계의 존재근거가 되는 것이다. 세 가지 기능체계를 간단히 도표로 제시하면 다음과 같다.

구분		기능소
관념적 기능체계 (the ideational)	경험적 기능체계 (the experiential)	명사(시간, 장소, 사물), 동사
	논리적 기능체계 (the logical)	접속사, 조사
대인적 기능체계(the interpersonal)		서법, 양태, 인칭대명사, 어조
텍스트적 기능체계(the textual)		어순, 수사법, 문법, 장르 규범

이러한 논의를 바탕으로 N. 페어클라우는 텍스트의 사회적 기능을 세 가

지로 압축하여 제시한다.[53] 첫째, 텍스트는 사회적 정체성, 주체, 또는 자아를 형성하는 기능을 수행한다. 둘째, 텍스트는 인간들 사이의 사회적 관계를 구성하는 기능을 수행한다. 셋째, 텍스트는 사회나 인간에 대한 신념 체계와 지식 체계를 구성하는 기능을 수행한다. 이처럼 '정체성 형성 기능(the identity function), 관계 형성 기능(the relational function), 관념 형성 기능(the ideational function)'은 모든 텍스트의 기본 기능[54]인 것이다. 물론, 이 세 가지 기능들을 실현시키는 텍스트적 기능체계 즉 '장르구별적 기능' 역시 사회적 기능임은 말할 나위 없다. 따라서 텍스트의 사회적 기능들은 '정체성 형성 기능, 관계 형성 기능, 관념 형성 기능, 장르구별적 기능' 등 네 가지이며 이들은 항상 중층적 체계를 이루어 작용한다.

중요한 점은, 텍스트의 사회적 기능이 텍스트에 대한 사회문화적 욕구와 관련된다는 점이다. 또한 텍스트의 사회적 기능은 외재적 효과가 아니라 텍스트를 구성하는 구성적 원리라는 사실이다. 텍스트는 단순히 가치중립적 문법에 의해 구성되는 것이 아니라, 사회문화적 구조가 요구하고 허용하는 범위 내에서 자신을 구성하기 때문이다. 그리고 그러한 요구를 만족시킬 때 텍스트로서의 가치를 인정받게 된다는 점이다.

시텍스트의 기능과 가치 역시 이러한 관점을 취할 필요가 있다. 그것은 가치평가 활동과 관련된 오랜 논쟁을 논리적으로 해결해 줄 수 있기 때문이다. 문학텍스트의 가치평가는 '문학의 본질과 기능'을 대상으로 하여 이루어지는 것[55]이 당연한 것으로 여겨지지만, '본질과 기능에 대한 관점의 차이'

---

53) Fairclough, N., *Discourse and Social Change*, Polity Press, 1992, pp.62-72.
54) 텍스트의 기본 기능에 대한 논의는 K. Bühler(1934)의 3기능론(서술기능, 표현기능, 호소기능)으로부터 시작하여 다양하게 제안되어 왔다. 텍스트언어학에서는 화행이론을 수용하여 이 문제를 논하고 있는데, K. 브링커는 텍스트의 기본 기능으로 '제보기능, 호소기능, 책무기능, 접촉기능, 선언기능' 등을 설정하고 있다. Brinker, K.(이성만 옮김), 『텍스트언어학의 이해』, 한국문화사, 1992(1994), 제4장. 그런데 이러한 논의들은 실용문텍스트에만 한정되어 있을 뿐만 아니라 다소 산만하며 가치중립적인 기술(記述)에 그친다는 점에서 텍스트의 가치와 연관짓지 못하고 있다.
55) Wellek, R. & Warren, A.(김병철 역), 『문학이론(제3판)』, 을유문화사, 1963(1982), p.382.

로 인해 실제로는 갈등적 양상을 빚어왔다. 모방론, 표현론, 효용론, 구조론 들은 제각각 문학의 본질과 기능을 다르게 해석하면서, (당위적) 진실의 인식·자기표현의 진정성·전달된 가치의 사회적 효용성·구조적 완결성과 미적 체험 등등을 가치평가의 핵심적 기준으로 삼아 왔다.[56]

그러나 사회기호학적 관점에서 볼 때, "문학은 있는 그대로의 존재로서 존중되어야 하고 그 문학적 가치에 의하여 평가되어야 한다."고 주장한 관점 마저도 문학텍스트를 '있는 그대로' 본 것이 아니다. 기존의 관점들은 문학텍스트의 네 가지 기능 중 한 가지만을 특정화했거나, 문학텍스트를 구별짓는 텍스트적 기능체계만을 부각시켰던 것이다. 하지만 문학텍스트는 복합적 기능체계로 구성된 존재물이며, 네 가지 기능 모두를 대상으로 하여 가치 평가되어야 한다. 따라서 문학텍스트의 가치평가 체계는 다음과 같이 구성되어야 한다.

[문학텍스트의 기능과 가치평가 체계]

	텍스트 기능체계	가치평가 항목	가치평가 기준
문학적 기능	대인적 기능체계	정체성 형성 기능	차연적 가치론의 연대성
	대인적 기능체계	관계 형성 기능	
	관념적 기능체계	관념 형성 기능	
	텍스트적 기능체계	장르구별적 기능	

그런데 이런 주장이 그간 문학교육에서 자주 취하여 왔던 절충적 다원주의나 종합주의로 오해되어서는 안 된다. 지금까지 문학교육은 문학이론 또는 문학관 간의 이견이나 갈등을 노출하기보다는 다원주의적 종합주의적 방법을 취함으로써 그들 간의 실제적 관계를 은폐하는 경향이 없지 않았다.[57]

---

56) Abrams, M.H., *The Mirror and the Lamp*, Oxford Univ. Press, 1953, pp.8-29.
57) 정재찬, 『문학교육의 사회학을 위하여』, 역락, 2003, pp.163-175.

로티의 관점으로 말하자면, 그것은 '아이러니스트적 대화'를 추동함으로써 문학이론들 간의 차이의 우연성을 넘어 '낯선 타자에 대한 이해'로 나아가게 하지 않았다는 점에서 공허했다.

예를 들어, 신비평이나 형식주의는 문학 작품의 '미적 구조' 즉 텍스트의 '언어적 구성 요소들 간의 관계(질서, 포괄성, 다양성)'를 가치평가의 기준으로 제시[58]하였는데, 이것은 텍스트적 기능체계에만 주목한 관점이다. 대인적 기능체계나 관념적 기능체계가 발휘하는 사회적 기능에 대해서는 주목하지 못한바, 텍스트의 가치들을 온전히 살폈던 것이 아니다. 다른 문학이론들 역시 특정한 기능에만 한정된 채 가치평가 기준을 제시함으로써 유사한 문제점을 보여주었다.

사회기호학적 텍스트이론은 텍스트를 구성하는 문장의 기본적 속성에서 '문학적 기능'의 개념을 도출하고 있는바, 기존의 문학이론들이나 절충적 다원주의적 관점과 구별된다. 기존의 문학이론들이 작가의 '의도'나 또는 특정 독자로서의 이론가의 '관심'에 좌우됨으로써 텍스트의 특정한 기능만을 부각시켰다는 사실을 사회기호학은 논리적으로 입증해 준다. 따라서 문학텍스트의 가치를 평가하는 과정은 "복합적 기능체계로서의 문학적 기능"을 대상으로 이루어져야 한다.[59]

다. 텍스트의 기능체계 분석 방법

그렇다면 텍스트의 가치를 평가하기 위해, 텍스트의 사회적 기능들은 어떤 방법과 원리에 의해 분석해야 하는 것일까? 이것을 해결하기 위해서는 ⓐ 텍스트의 세 가지 기능체계가 현실화되는 과정의 특징 ⓑ 텍스트 속에 존재하는 기능체계의 구조적 질서가 지니는 특징을 살펴볼 필요가 있다.

먼저, 텍스트의 기능체계가 현실화되는 과정에 대해 살펴보자. 텍스트 기능체계의 선택은 텍스트 생산자의 개인적 의도에 의해 잠정적 선택이 이루

---

58) Wellek, R. & Warren, A.(김병철 역), 앞의 책, pp.387-392.
59) 이와 관련하여, 기능들 간의 '우선순위 문제'가 제기될 수 있겠는데, 이는 '2'의 나' 참고

어지지만, 궁극적으로 그것의 현실화는 텍스트가 생산되는 사회문화의 규제
적 역학에 의해 실현된다. 텍스트 생산 공간은 자유로운 실천 공간이 아니
다. M. 푸코가 말했듯이 선택과 배제의 역학이 작용하는 공간[60]인 것이다.
할러데이는 선택과 배제의 작용력이 '문화 맥락'에 기원한다고 말한다. 문화
맥락(context of culture)이란 어떠한 언어공동체든지 지니고 있는, '누가 어떻
게 무엇을 말할 수 있는가에 대해 문화적 규약'을 의미한다. 문화 맥락은 텍
스트에 가치와 의미를 부여하는 제도적 이데올로기적 배경이며 텍스트의 해
석을 제약하는 배경이다.[61] 이러한 문화 맥락은 상황 맥락(context of situation)
이라는 좀더 직접적인 맥락을 통해 텍스트의 선택과 배제 과정에 영향을 미
친다.

물론 이런 주장이 특별하다고 평가할 수는 없다. 그러나 할러데이의 논의
가 주목 받을 만한 까닭은, 문화 맥락이 텍스트의 어떠한 구성요소에 영향을
미치는지를 분석할 수 있는 방법틀을 제시한다는 점이다.

문화 맥락이 텍스트 구성요소 중 어떠한 구성요소에 영향을 미치는지를
이해하기 위해서는 상황(a situation) 개념에 주목할 필요가 있다. 하나의 상황
은 영역(field), 참여자(tenor), 양식(mode)이라는 개념적 범주로 분석될 수 있는
체계[62]이다. 영역(field)의 일차적 의미는 텍스트가 생산되는 공간을 뜻한다.
하지만 이것은 그 공간을 둘러싼 문화적 관습이라는 이차적 의미를 내포한
다. 그것은 어떤 장소에서 말할 수 있는 그 무엇, 즉 '관념적 기능체계'의 선
택을 제한하는 공간적 관습을 뜻한다. 교실 텍스트와 커피숍 텍스트의 내용
이 서로 다르다는 점이 영역의 이차적 의미를 입증해 준다.

참여자(tenor)란 텍스트의 생산과 수용 과정에 참여하는 사람들 간의 사회
적 관계 구조를 지칭한다. 이것은 텍스트의 '대인적 기능체계'의 선택에 실
질적인 영향을 미친다. 예를 들어 한국어의 존대법적 질서가 결코 언어 고유

---

60) Foucault, M.(이정우 옮김), 『담론의 질서』, 새길, 1993.
61) Halliday, M.A.K. & Hassan, R., 앞의 책, pp.38-43.
62) Halliday, M.A.K.(1978), 앞의 책, pp.142-145.

의 특성이 아니란 사실과 연관된다. 뿐만 아니라 '여성적 어법'과 같이 텍스트의 생산 과정에 규제력을 행사하는 관습도 이에 해당한다. 양식(mode)은 '텍스트적 기능체계'에 영향을 미치는 상황의 힘을 지칭한다. 구어적 상황과 문어적 상황에서 텍스트의 구성적 원리는 동일하지 않다. 이런 차이가 구술문화와 문자문화라는 서로 다른 가치구조를 지닌 문화를 형성하였다는 사실은 W.J. 옹이 상세히 규명한 바가 있다.[63] 또한, 디지털적 글쓰기가 일상화되면서 문자문화와 구별되는 디지털 문화가 형성되었다는 점은 양식(mode) 개념의 중요성을 인식시킨다. M. 맥루언이 지적한 바처럼, 언어사용의 매체가 독특한 문명과 문화를 형성하는 토대이기 때문이다.[64]

이처럼 문화 맥락은 텍스트의 세 가지 기능체계의 선택에 결정적인 영향을 미친다. 텍스트의 구성적 근본 원리는 언어(문법)의 논리가 아니라 문화 규범인 것이다. 구어적 상황에서 李箱의 시텍스트와 같은 텍스트를 생산하는 경우[65] 또는 어른과의 대화 상황에서 (卑語뿐만 아니라) 존대법적 요소를 누락한 텍스트를 생산하는 경우를 상상해 보면 쉽게 알 수 있다. 각각의 경우는 결코 긍정적인 가치평가를 받을 수 없는데 그것은 문화 요인들에 의한 것이지 텍스트 그 자체의 구조적 결함 때문인 것은 아니다. 따라서 텍스트의 기능체계를 분석하고 평가하는 활동은 항상 문화 맥락을 고려하지 않을 수 없다. 이것을 본고는 '문화맥락적 관점의 원리'로 명명한다.

그런데 문화맥락적 관점의 원리를 적용하기 위해서는 문화의 다원성에 주목해야 한다. 1절에서 언급했듯이, 한 사회 내에 존재하는 하위문화들이 다

---

63) Ong, W.J.(이기우·임명진 옮김),『구술문화와 문자문화』, 문예출판사, 1982(1996).
64) McLuhan, M.(김성기·이한우 옮김),『미디어의 이해』, 민음사, 1964(2002), pp.127-162.
65) 李箱의 시가 발표 당시 상당한 비난을 받았음은 주지하는 바이다. 김억마저도 '어린애 장난'이라고 힐난했다. 서준섭,『한국모더니즘문학연구』, 일지사, 1988. 이런 현상은, 구술문화와 (당시로서는 浮上하던 문화로 볼 수 있는) 근대적 인쇄문화 간의 충돌로 해석할 수 있다. 김억이 음악성을 강조하던 낭만주의에서 민요조 서정시로 전환하였지만, 그것은 음악성(구술성)을 강조하던 구술문화적 차원에서의 전환에 불과했다. 하지만 이상은 분석적이고 논증적인 근대적 인쇄문화의 정신을 본격적으로 제시한 최초의 시인에 해당하였던바, 불가피하게 충돌할 수밖에 없었던 것이다.

수 존재하기 때문이다. 하위문화들은 민족문화라는 개념으로 단일화하여 이해할 수 없다. B. 앤더슨이 지적하듯, 민족문화는 민족주의의 '기억과 망각'이라는 역학에 의해 창조되는 것이기 때문이다. 따라서 문화맥락적 관점의 원리란 여(남)성문화, 문자문화, 구술문화, 사이버문화, 청소년문화 등 '문화 다원성'을 전제한 원리임을 주목해야 한다.

이러한 문화 맥락에 의해 텍스트 생산 과정이 선택과 배제의 역학을 겪게 된다는 사실은, 텍스트의 구조적 질서가 크게 두 가지 유형으로 존재함을 암시한다. 즉 '유기적 텍스트'와 '분열적 텍스트'가 그것이다. 전자는 기존의 사회적 관계나 이데올로기에 대해 조응적 관계에 있지만, 후자는 그것에 비판적 관계에 있다. 물론, '분열적 텍스트'라 할지라도 그것은 텍스트이기 때문에 일정한 유기성을 지닌다. 하지만 표면적 유기성 너머에는 선택된 텍스트와 차이나는 거부된 텍스트를 지니고 있는 것이다. 따라서 분열적 텍스트의 기능을 분석하고 평가하는 활동은 선택된 텍스트만을 통해서 결정될 수가 없다. 선택된 텍스트 배후에 존재하는 거부된 텍스트의 재구성 과정을 동반해야만 완전해질 수 있는 것이다.

분열적 텍스트의 배제된 텍스트를 재구성하기 위해서는 선택된 텍스트를 꿈 텍스트와 같은 것으로 바라볼 필요가 있다. 정신분석학은 꿈이 응축(condensation)과 전치(displacement)의 원리에 의해 변형된다고 강조한다.[66] 프로이트는 억압(repression) 과정을 강조하면서, 표면적인 꿈-내용을 바탕으로 꿈의 의미를 해석하는 것은 부적절하다고 지적한다. 원형적 꿈-사고는 의식의 검열 작용을 피해 변형되기 때문이다. 꿈의 변형 작업은 응축과 전치의 원리에 의해 이루어진다. 응축이란 두 개 이상의 경험이나 사건(을 표상하는 기호)들이 하나의 기호로 압축되어 꿈 텍스트에 등장하는 현상을 말하며, 전치란 원형적 꿈 사고에서의 원래의 기호를 다른 기호가 대체하면서 꿈 텍스트에 등장하는 현상을 말한다.[67] 때문에 꿈은 '흩트러진 모자이크 조각들'처

---

66) Freud, S.(윤희기·박찬부 옮김), 「억압에 관하여」 및 「무의식에 관하여」, 『정신분석학의 근본 개념』, 열린책들, 1915(2003).

럼 혼란스럽다.

분열적 텍스트는 꿈－사고가 꿈－작업에 의해 변형(transformation) 되듯이 변형의 과정을 거쳐 생산된다.[68] 특히 텍스트 생산자의 의도가 사회의 규범이나 가치구조에서 배제될 법한 것일 때, 이러한 변형은 필연적이다. 물론 프로이트는 꿈의 동력으로서의 무의식을 성욕(sexuality)으로 환원하였지만 그렇게 환원적 관점을 취할 수는 없다. 사회적 규범이나 가치를 의식하여 표현되지 못하는 '의식적 변형들'도 수없이 많기 때문이다. 이것은 여성시 텍스트들과 같이 특정 사회의 지배적 이데올로기를 비판하려는 텍스트들에서 확인할 수 있는 바이다.

이러한 변형이 반드시 텍스트 생산자의 '의식적이고도 자발적인 변형'만을 의미하지는 않는다. 의식에 의한 무의식의 억압은 꿈에서만 나타나는 것이 아니라 농담, 실수 활동, (의도적인 망각뿐만 아니라) 왜곡된 기억 등에서도 나타나기 때문이다. 이 중에서 실수 활동가 암시하듯이, 의식적인 텍스트를 구성하는 과정에서 생산자도 의식하지 못한 채 이루어지는 변형이 존재한다. 따라서 텍스트 생산자가 의식하지 못하면서도 텍스트 속에 무의식적으로 남겨버린 흔적들이 존재한다. 프로이트는 이와 관련하여 "의식적 텍스트에도 빈틈이 많다."고 하였다.[69] 즉 텍스트의 빈틈들 '사이에' 또는 응축과 전치를 통해 변형된 단어나 문장들이 가리키는 '저편에' 또다른 텍스트가 존재한다. 이것은 '사장(死藏)된 텍스트the buried text'[70]라고 비유할 수 있는바, 선택과 배제의 과정에 의해 묻혀진 텍스트를 밝혀내는 것(excavation)이 필요하다.

분열적 텍스트들은 모두 이러한 응축과 전치의 변형 과정을 통해 생산된

---

67) Freud, S.(김인순 옮김), 『꿈의 해석(상)』, 열린책들, 1900(1997), pp.365-402 ; Easthope, A.(이미선 옮김), 『무의식』, 한나래, 1999(2000).

68) Hodge, R. & Kress, G., 앞의 책, pp.30-36.

69) Lemaire, A.(이미선 옮김), 『자크 라캉』, 문예출판사, 1970(1994), p.271.

70) Hodge. R, *Literature as Discourse : Textual Strategies in English and History*, Polity Press, 1990, pp.116-127.

다고 볼 수 있다. 구체적인 변형의 과정은 계열체적 층위(the paradigmatic)와 통합체적 층위(the syntagmatic) 모두에서 발생된다. 때문에 변형에 대한 해석은 계열체적 층위에서의 선택(어떤 단어를 왜 선택했는가)과 통합체적 층위에서의 선택(왜 그러한 순서의 결합 방식을 선택했는가)의 동기를 밝히는 과정에 해당한다. 그러한 변형의 분석은 '분열적 텍스트'의 기능체계 분석에 있어서 결정적이며, 그것의 변형 이전의 기능체계를 분석하는 데 중요한 방법으로 작용한다. 이것을 본고는 '중층적 관점의 원리'로 명명한다.

이러한 두 가지 특징들을 고려할 때, 텍스트 기능체계를 분석하고 평가하는 과정은 ① 텍스트의 기능체계와 그것의 선택을 결정한 (하위)문화맥락을 연결시키는 원리(문화맥락적 관점의 원리) ② 텍스트의 표면적 유기성에만 주목하지 않고 이면적 분열성에도 주목하는 원리(重層的 관점의 원리) 하에 전개되어야 함을 알 수 있다. 물론 후자의 원리는, 대상 텍스트가 '분열적 텍스트'인가가 선판단되어야 할 것이다. 예를 들어, 여성시는 남성중심주의에 의해 억압되어 왔다는 점에서 후자의 원리가 적용되어야 할 대상이지만, 사이버시는 반드시 그렇다고는 할 수 없다. 이처럼 두 원리는 대상 텍스트(의 배경문화)가 지배적 문화와 어떤 관계에 있는가에 따라 달리 적용되어야 할 것이다.

2) 상황적 주체와 가치평가 체계의 재구성

가. 상황적 주체의 재구성

평가주체로서 상황적 주체의 재구성 방법은 탈근대적 인식론이 취한 방법, 즉 '주체의 존재론적 조건에 대한 비선험적 관찰을 통해 주체를 재발견하는' 방법을 통해 이루어져야 한다. 앞서 말했듯이 이는 '주체의 부정'이 아니라 '주체의 재구성'이다.[71]

---

71) 윤효녕 외, 『주체 개념 비판』, 서울대출판부, 1999, pp.193-215. 윤효녕 등은 '사회적 주체'란 개념을 통해 새로운 주체를 구성하고자 한다는 점에서 본고와 같은 문제의식을 공

여기에서 근대적 주체 역시 근대적 방식에 의한 '주체의 개념 정의',[72]를 통해 구성된 산물, 즉 당대적 문제의 해결을 위해 창안된 역사적 구성물이었음을 상기할 필요가 있다. 근대적 주체 개념의 정의에서 핵심적 지위를 차지한 것은 '자율성'이었는데, 이는 神의 퇴거로부터 초래된 근대적 상황의 특수성과 연관된다.[73] 神뿐만 아니라 어떤 타자의 의견도 '자기 판단'의 확실한 근거가 되어줄 수 없다는 태도가 강화되었는데, 휴머니즘이나 개인주의로 표상되는, '인간의 존엄성에 대한 확신' 또는 '더 이상 분할될 수 없음(in-dividable)'의 의미를 내포한 '개인(Individual)' 개념을 통해 더욱 강화되었다. '개인'은 단순히 '한 사람'이라는 숫자적 개념이 아니며, '완전하고도 유기적인 통합적 단일체'라는 의미를 지닌 것이다.[74] 근대 사회는 개인에게 윤리적 차원에서는 상호배려의 태도를, 인식 차원에서는 자신의 자율적 독자적 판단력을 요청하였다. 이것이 문화적 영역에 확대 적용되면서 '독창성(originality) 또는 기원으로서의 저자(author)' 개념[75]을 생산하였다.

이처럼 근대적 주체가 근대적 상황의 문제를 해결하기 위한 역사적 구안물이었다면, 새롭게 정의되어야 할 주체 개념 역시 현재 탈근대적 전환기의 사회문화적 문제들에 착목하여 재구성되어야 한다. 그렇다면, 텍스트 가치평가 문제의 해결 주체인 상황적 주체는 어떻게 정의되고 구성되어야 하는가? 텍스트 가치평가 활동과 관련하여 가장 중요한 문제는 앞서 언급한 바처럼, 가치의 우연성과 상대성을 해결할 수 있는 객관적 가치의 창조 문제이다. 이를 위해 '아이러니스트적 대화의 원리'에 따른 언어적 활동이 요구된다. 따라서 상황적 주체는 이러한 언어적 활동을 전개할 수 있도록 정의되어야 하는바, ① 자기 정체성의 역사적 문화적 우연성에 대한 반성 ② 자기 언어의

유하고 있다.

72) 이진경, 『맑스주의와 근대성 : 주체생산의 역사이론을 위하여』, 문화과학사, 1997, pp.150-177.
73) Ferry, Luc.(방미경 옮김), 앞의 책, pp.12-29.
74) 박순영, 「개인」, 『우리말 철학사전3』, 지식산업사, 2003, pp.33-63.
75) Foucault, M.(김현 편역), 「저자란 무엇인가?」, 『미셸 푸코의 문학비평』, 문학과지성사, 1989, pp.250-256.

역사적 문화적 우연성에 대한 반성[해체의 단계] ③두 우연성과 사회적 역할 의식과의 연관성에 대한 반성[재구성의 단계]이라는 세 가지 방법적 원리에 의해 재구성되어야 한다. 앞의 두 가지 방법적 원리는 평가주체가 自己에 대한 지속적인 해체의 작업을 수행해야 한다는 공통점을 지닌다. 지속적인 해체가 필요한 까닭은 특정한 주체의 자기 정체성이 우연적[76]이기 때문이다.

자기 정체성에 대한 물음은 '근본적 답'이 있다기보다는 '우연한 답'이 있을 뿐이다. S. 프로이트처럼, "'나(자아)'라는 범주의 생성은 무의식과 의식의 역학적 체계에 의해 이루어진다"는 형식적 기술적(記述的) 답을 내릴 수는 있다. 하지만 이러한 과정에 의해 생산된, 각 개인들의 개인적 정체성의 '내용'은 우연적으로 구성된다는 말 이외에는 궁극적인 답을 얻을 수 없다. '나'에 대한 질문은 '남자', '한국인', '대학생' 이라는 답으로 해소될 수 없어도 주체는 바로 그 답에 의지하여, 자기 정체성을 지닌 것처럼 모종의 안정감 속에서 살아간다. 이렇게 '우연한 답'에 의지하여 안정적으로 살아가는 습관의 습득은, J. 라깡이 말한 거울 단계(mirror phase)의 상상적 오인(想像的 誤認)의 효과(效果)로부터 기원한다.[77] 생후 6개월에서 8개월 즈음의 어린아이는 거울 앞에 서서, 거울 속의 자기 '이미지'를 실제의 '자기'라고 생각하여 손으로 잡으려 하거나 심지어는 '거울 뒤를 살펴보기'까지 한다. 그러나 그것이 이미지(헛것)임을 알고 혼동스러워한다. 그럼에도 불구하고, 그 이미지가 헛것이긴 해도 '자기 것'임을 알고 다시 그것 때문에 '기뻐한다'.

거울 앞에서의 '신체적 동일시' 과정이 지니는 이러한 '상상적 오인의 변증법'은, 이제 언어의 도움을 통해 '정신적 동일시'의 과정으로 발전한다. 언어로 구성된 수많은 이데올로기들이 개인을 주체로 호명하고 구성한다.[78] 이데올로기 역시 '거울과 같기' 때문이다. 그것은 거울과는 달리 신체적 동

---

76) Rorty, R.(김동식 · 이유선 옮김), 앞의 책, 제2장.
77) Lemaire, A.(이미선 옮김), 앞의 책, pp.257-268.
78) Althusser, L.(이진수 옮김), 「이데올로기와 이데올로기적 국가기구」, 『레닌과 철학』, 백의, 1971(1991), pp.174-187.

일시를 부여할 수는 없지만, 오히려 그것보다도 더 강력한 정신적 동일시의 기쁨을 산출한다. 이러한 모순적이며 아이러니한 태도는, "'우리'는 누구이고 어떻게 해서 지금의 우리에 이르게 되었으며, 우리는 무엇이 될 수 있는가?"와 같은 물음 자체의 난해성에서 연유하는 것이다. 또한 이것은 인간 정신의 핵심적 원리와도 결부되어 있다. S. 프로이트는, 인간의 정신은 기본적으로 쾌락의 원리(the principle of pleasure)에 의해 작용한다[79]고 하였다. 이것은 정신적 긴장이 유발하는 혼란, 흥분을 회피하고 '안정'을 추구하려는 방향으로 정신이 작동함을 의미한다. 이러한 정신적 작동 원리와 조응하면서, '남자' '한국인' '대학생'이라는 답에 만족하고 마는 것이다. 즉 이 우연한 답에 의지하여 주체들은 더 이상 근본적인 난해한 질문을 던지지 않게 되는 것이다.

하지만 특정한 주체는 특정한 사회적 역할을 통해 해결해야 할 과제에 직면하고 있는 존재들[80]이다. 때문에, 해체된 자기(自己)를 사회적 역할 의식에 기초하여 재구성해야만 한다. 여기서 중요한 점은 '언어'가 바로 이러한 작용을 가장 효과적으로 수행한다는 사실이다. 로티가 '언어의 우연성'을 강조하는 이유도 이에 연유한다. 따라서 '상황적 주체'를 재구성하기 위한 방법적 원리의 핵심은 '자기 언어'에 대한 지속적인 해체와 재구성이다. 특히 가치평가의 주체로서 '상황적 주체'는 자신의 언어 중 수많은 가치어들, 로티가 최종 어휘(the final vocabulary)라고 부른 언어들의 우연성을 인정하고 그것에 대한 해체와 재구성 작업을 전개해야 한다. 즉, 언어 특히 가치어들의 사회문화적 '기원'에 관한 문제틀을 취할 필요가 있다.

우연한 것은 어떤 '시간적 공간적 기원, 사회문화적 기원, 특정한 집단으로부터의 기원'을 지니고 있을 수밖에 없으므로, 기원에 대해 묻도록 해야

---

79) Freud, S.(윤희기·박찬부 옮김), 「정신적 기능의 두 가지 원칙」 및 「쾌락 원칙을 넘어서」, 『정신분석학의 근본개념』, 열린책들, 2003.
80) Breger, L.(홍강의·이영식 옮김), 『인간발달의 통합적 이해』, 이화여대출판부, 1974(1998), 제10장.

한다. 더욱 중요하고 근본적인 질문법은, 그것이 언제부터 '기원 없는 선험적인 것으로서의 보편적 가치어가 되어버렸는가'를 물어야 한다. 달리 말해, '언제부터 그것이, 자기 정체성을 묻는 본성을 지닌 인간에게 있어서 거울(과 같은 이데올로기)의 기능을 수행하기 시작했는가?'를 물어야 한다.

이와 같은 상황적 주체 구성의 방법적 원리로 볼 때, 현재 국어교육의 '언어 활동'에 대한 교육 방식은 대단히 추상적이며 '난해'하기 그지없다. 텍스트에 대한 비판적 언어활동의 교육내용들로 분류되는 항목들[81]마저도 모두 '상황적 주체' 없는 활동들만을 요구하고 있는 현황인 것이다. '비판적 주체'와 같은, 특정한 정신적 태도를 지닌 주체들만이 호명되거나, 또는 '주체'라는 추상적 언어로만 학습자들을 호명하고 마는 것이다. 이와 달리 상황적 주체의 구성을 위한 언어활동은, '남(여)성의 입장에서, 노동자의 입장에서, 학생의 입장에서, 국어교육 연구자의 입장에서 비판적으로 텍스트를 이해하고 평가해 보라'는 문제틀을 취해야 한다. 그러해야만, 추상적 보편적 주체로 호명되어 수행하게 될 난해한 언어활동 및 그 난해성을 회피하기 위해 쾌락의 원칙에 지배 당하는 '거울의 변증법' 모두를 극복할 수 있을 것이다.

나. 텍스트 가치평가 체계의 재구성

그렇다면, '상황적 주체'의 입장에서 텍스트 특히 시텍스트의 가치를 평가할 수 있는 평가체계는 어떻게 재구성해야 하는가? 이를 위해서는, '텍스트의 가치평가는 그것의 기능을 대상으로 해야 한다'는 명제에 다시 주목할 필요가 있다. 이것은 평가체계의 구성에 있어서 일정한 제한점 즉 ① 평가주

---

81) 김혜정, 「텍스트 이해의 과정과 전략에 관한 연구」, 서울대박사학위논문, 2002, pp.135-6. 예를 들어, '[5학년] (바) 어휘 사용이 적절한지 알아보며 글을 읽는다. (사) 비유적 표현의 의미를 이해하며 읽는다.'라든지 '[10학년] (라) 표현의 효과에 대하여 평가하며 글을 읽는다. (마) 읽은 내용의 신뢰성과 타당성을 평가한다.' 등을 생각해 보면 알 수 있다. 어휘 사용의 적절성이나 비유의 의미는 상황적 주체들에 따라 얼마든지 달라질 수 있는 것이다. 그럼에도 국어교육은 그러한 주체들을 호명하여 언어활동을 수행하도록 기회를 주지 않는다.

체의 관심에 대한 제한 ② 텍스트의 기능에 대한 제한이 이 명제에 전제되어 있기 때문이다.

'평가주체의 관심에 대한 제한'이란, 1절에서 논한 바처럼 가치와 여타 유사 개념들 간의 구분이 선행되어야 함을 의미한다. 평가주체의 다양한 관심이나 욕구, 내면화하고 있는 규범을 아무 제한없이 평가체계 구성에 동원할 수는 없기 때문이다. 그렇다고 해서 이것이 칸트가 주장한 '무관심성'으로의 회귀를 뜻하지는 않는다. 오히려 미적 대상에 대한 무관심적 관조는 미학의 발달에 의해 관례화된 특정한 관심의 전경화를 의미한다.[82] 예를 들어 장미, 특정 국기(國旗), 처참한 사고 현장의 붉은 색들은 모두 색의 내용에서는 동일하지만 그 형식에서는 차이가 난다. 미학은 특정한 (장미의 '형태' 속에 들어 있는) 붉은 색이 '더 자주' 아름답다고 여겨지는 현상이 바로 '형식'의 기능성을 증거한다고 생각하면서 '형식에 대한 관심'을 전경화하는 관례를 확산시켰다. 이처럼 미학적 관례란 무관심한 관조가 아니라 '비무관심적 주목(the non-disinterested attention)'인 것이다. 때문에 '평가주체의 관심에 대한 제한'을 통해 평가주체의 적절한 주관적 요인을 전경화하면서, 산만해질 수 있는 주관성은 후경화할 필요가 있다.

이러한 제한은 근대사회 이후 형성된 사회문화적 토대가 개개인들에게 미친 영향 때문에도 요청된다. W. 벤야민은 영화 관객을 '산만한 시험관(試驗官)'[83]에 비유하면서 이 문제를 제기한 바가 있다. 기술복제시대가 도래하자 예술작품이 지니던 아우라Aura가 파괴되고, 대중들을 만나게 되었는데, 이런 전환은 예술작품의 생산자와 수용자 간의 역할 전환 가능성을 확대하였다. 문학계도 예외는 아니어서, '점점 더 많은 수의 독자가 필자의 입장에 서게 되는 경험'이 확대되어 산만한 시험관을 양산하였다. 문식성(文識性)의 대중적 확대라는 근대사회의 긍정적 산물이 동시에 새로운 문제를 낳았던 것이다.

---

82) Dickie, G.(오병남 · 황유경 옮김), 『미학입문』, 서광사, 1971(1983), pp.69-86.
83) Benjamin, W.(반성완 편역), 「기술복제 시대의 예술작품」(1935), 『발터 벤야민의 문예이론』, 민음사, 1983, p.229.

물론 이런 비유가 대중의 능력에 대한 불신에서 비롯한 엘리트주의적 편견이라고 비판할 수 있지만, 그렇다고 해서 '평가주체에 대한 제한'이라는 논점은 소멸될 수가 없다. 따라서 해결책은, '가치의 개념을 명확히 분별하는 일이 필요하다'는 리처즈의 말을 차연적 가치론(差延的 價値論)의 입장에서 재서술하는 길이라고 보아야 한다. 즉, 가치의 궁극적 기의는 지속적으로 연기된다는 전제 하에, 상황적 주체의 다양한 주관성 중에서 가치로 인정될 수 있는 것을 창조하기 위한 '아이러니스트적 언어 활동'을 전개해야 한다는 것이다. 요컨대, '평가주체의 관심에 대한 제한'이라는 방법은, 수많은 가치어들[84]의 우연성을 비판적으로 성찰하고 재구성하면서 주관성의 비가치적 요인들을 가치로 창조하는 언어적 활동을 전개해야 함을 의미한다.

다음으로는 '텍스트의 기능에 대한 제한' 방법을 살펴보자. 1항에서 언급한 바처럼 텍스트의 가치는 네 가지 사회적 기능들을 대상으로 평가되어야 한다. 그런데 특정 유형의 텍스트에 대해 가치평가할 때, 네 가지 사회적 기능들 간의 우선순위는 없는가? 예를 들어, "문학의 본질과 기능과 가치평가는 필연적으로 밀접한 상호 관계를 갖게 된다. 어떤 사물의 효용은 그 사물의 본질(혹은 그 사물의 구조)이 예정하고 있는 효용이 아니면 안 된다."[85]는 주장에는, 네 가지 기능들 중 장르구별적 기능과 같은 특정한 기능을 우선해야 한다는 관점이 전제되어 있다. 그러나 이러한 관점은 타당하다고 할 수

---

84) 우리가 문학텍스트의 가치를 평가할 때 사용하는 가치어들을 분류해 보면 크게 미적 가치어와 사회적 도덕적 가치어로 볼 수 있다. 전자가 형식 차원의 평가기준 기능을 한다면 후자는 내용 차원의 평가기준 기능을 한다. 전자의 가치어로는 '구조, 형식, 균형, 구성, 디자인, 통일, 표현(예술 영역의 공통적 가치어), 깊이, 움직임, 색조, 입체감(미술 영역), 리듬, 강세, 플롯, 인물(문학 영역), 조화, 분위기, 전개(음악 영역), 강렬성, 유기성, 복잡성, 진정성, 총체성, 정서, 저항성, 자유, 참여, 순수' 등을 들 수 있다. Richards, I.A.(이선주 역), 앞의 책, pp.26-33 ; 김준오(1994), 앞의 책, pp.19-27 ; Abrams, M.H., 앞의 책, pp.8-29 ; Beardsley, M.C., 앞의 책, 제10장. 후자의 가치는 더욱더 많은데 이에 대해서는 Rescher, N., *Introduction to Value Theory*, University Press of America, 1982, 제1장 ; 박용헌, 『가치교육의 변천과 가치의식』, 서울대출판부, 2002, 제8장. 특히 박용헌은 해방 이후 『국민윤리(도덕)』 과목을 통해 제시된 우리 사회의 가치어들을 실증적으로 논하고 있다.
85) Wellek, R. & Warren, A.(김병철 역), 앞의 책, p.382.

없다. 특정 장르의 본질이 선험적으로 결정되어 있기보다는 사회문화적 역사적으로 '구성되는 것'이기 때문이다.[86] 따라서 문학텍스트의 어떤 본질에 관한 R. 웰렉의 주장 역시 아이러니스트적 관점에서 제서술되어야 한다. 이를 위해서는 근대성의 산물인 '분과주의'의 오류를 인식할 필요가 있다.

근대적 가치론은 지나치게 분과주의적 형태를 발전시키고 정당화함으로써 윤리적 가치와 미적 가치를 분리시키는 오류를 범하였다.[87] 그리스 시대는 심미적인 것을 위험한 것으로 여겨 철학적이고 윤리적인 것의 규격 안에 억압하였다. 근대는 '자율성'의 가치를 전면에 내세우면서, 윤리적 가치에 대한 미적 가치의 자율성 역시 강조하였다. 예술작품의 가치평가는 예술에 고유한 자율적 기준(미적 가치)에 의해 이루어져야 한다고 강조하기 시작한 것이다. 문학비평 역시 예외는 아니었다. 윤리적 관점에서 문학텍스트를 평가하거나 사회적 정치적 내용을 중심으로 평가할 경우, '정통적인' 문학비평이 아니라 '범속한 윤리비평'이거나, 문학의 순수성을 제거할 수도 있는 '위험한 정치비평'으로 배척하는 거부감이, 근대 이후 지속되어 온 것이다.

하지만 이것은 근대적 가치론에서만 타당한 분과주의적 패러다임[88]이다. '심미적인 영역 내에 이미 윤리적인 가치가 내재'되어 있기 때문이다. 심미적인 태도는 보다 더 아름다운 것에 대한 '활동 지향성'을 함축한다. 윤리학적 관점에서 볼 때, 아름다운 것을 지향하는 심미적 활동은, 아름답지 않은 것을 지향하는 활동보다 더 善한 활동의 일종이다. W. 벨슈가 건축물에 비유하여 말했듯이, 윤리적이며 심미적인 담론들은 항상 이층성(二層性, Zweistöckigkeit)을 전제한 담론들로서, '상승적 명령'을 인간에게 내리는 담론들이다. 따라서 두 담론은 서로를 내포한다. 미학은 단순히 아름다움을 정의하는 학문만이

---

86) Ellis, J.M.(이승훈 옮김), 『문학의 이론』, 대방출판사, 1974(1982), p.54.

87) Welsch, Wolfgang(심혜련 옮김), 『미학의 경계를 넘어』, 향연, 1996(2005), pp.114-143.

88) 분과주의적 패러다임에 대한 비판이 포스트모더니즘의 중요한 경향이라는 점은 Giroux, H.A, "Rethinking the Boundaries of Educational Discousre : Modernism, Postmodernism, and Feminism" in Myrsiades, K. & Myrsiades, L.S. eds, *Margins in the Classroom : Teaching Literature*, Univ. of Minnesota Press, 1994, pp.17-23.

아니라 윤리학적 지향성을 이미 내포하고 있는 것이며 그 역도 마찬가지이다. 근대미학적 관점에서 문학적 기능과 윤리적 또는 비문학적 기능들을 구분시키는 관점은, 근대주의적 분과주의처럼 오류를 범할 수 있다.

요컨대, '텍스트의 기능에 대한 제한'에 있어서 특정 기능을 다른 것보다 우선하는 관점은, '문학의 본질'이 선험적으로 주어져 있다고 보는 패러다임 또는 '자율성'을 가치로 여기던 분과주의적 패러다임에서만 타당성을 지닌다. 문학의 본질은 사회문화적으로 구성되는 것이기에 선험적 주장을 펼 수는 없으며 또한, 미학적 담론 내에 전제되어 있는 윤리성을 고려할 경우, 미적 가치의 자율성을 주장할 근거가 없기 때문이다. 따라서 장르구별적 기능은 특정 텍스트의 유형(장르)을 구별하는 차원에서만 유효한 평가기준일 뿐, 텍스트의 가치 전체를 평가하는 유일한 기준이 될 수는 없다. 시텍스트의 가치평가 활동 역시 이와 같은 관점으로 전개되어야 하는바, '詩를 詩답게 하는 요소'의 가치에 대한 과도한 의미부여는 부적절하다. 따라서 시텍스트라 할지라도 그것에 대한 가치평가 체계의 구성은, 텍스트의 네 가지 사회적 기능 중 어떤 것에 우선순위도 부여함 없이 이루어져야 한다.

3) 객관적 가치 창조의 언어 활동

끝으로, 가치평가의 객관성을 창조하기 위한 언어활동은 어떻게 전개되어야 하는지 살펴보자. 이를 위해서는 로티가 제안한 '연대성 지향의 아이러니스트적 대화'를, ① 환대(歡待)의 원리 ② 자기 회의(懷疑)의 원리 ③ 창조성의 원리라는 세부적 준칙에 의해 재구성할 필요가 있다. 로티의 말대로 아이러니스트가 근대적 지식인으로부터 추상된 존재[89]라면, 탈근대적 상황에서의 문제들을 해결하는 데 한계를 지닌다고 보아야 하기 때문이다. 게다가 그 자신도 인정하듯이, '실재와의 조응'을 확증함으로써 진리와 가치의 토대를 세웠다고 생각하는 형이상학자(근대적 철학자들)에 비해, 아이러니스트는 '무

---

89) Rorty, R.(김동식 · 이유선 옮김), 앞의 책, p.172.

기력한 대안'의 소유자로 비춰질 수도 있기 때문이다.

우선, 객관적 가치 창조를 위해 대화 자체가 왜 필요한지, 그 토대를 확립할 필요가 있다. 이를 위해 J. 하버마스의 담론(discourse) 이론에 주목할 필요가 있다. 인간의 합리성에 대한 신뢰를 지속적으로 견지하고 있는 J. 하버마스마저도 진리는 대화를 통해 정립될 수 있다고 보기 때문이다.[90] 물론 그가 말하는 대화란 일상적 의사소통이 아니다. 일상적 의사소통은 어떤 진술이나 규범에 관해 그 타당성을 회의하지 않기 때문이다. 이에 비해 그가 담론(discourse)이라 부르는 특수한 대화는 모든 진술과 규범의 타당성이 회의와 논증의 대상이 된다. 그는 담론을 통해 진리가 정립되며, 그것의 근본적 동력은 모든 인간에게 주어진 '선험적인 비판적 인식관심'이라고 주장한다.

이러한 관점은, 아이러니스트 역시 '선험적인 비판적 인식관심'의 소유자라는 점을 논증해 줌으로써 그의 존재 근거를 마련해 준다. 분명, 아이러니스트는 자신의 토대가 되는 최종적인 어휘(the final vocaburary)에 대해서도 부정하고 의심하고 대체하려는 태도를 공개적으로 선언하는 존재[91]이다. 그는 어떠한 토대에도 의지하지 않겠다는, '독한 회의'에 대한 결연한 의지의 소유자이며, 자신이 주장할 모든 진술에 대한 어떠한 (전통적 의미에서의) 토대도 없다고 미리 실토하는 아이러니에 빠져 있는 존재이다. 실정이 이와 같다면 누가 그의 뒤를 따르겠는가? 하지만, 하버마스적 관점에서 볼 때, 아이러니스트 역시 '선험적인 비판적 인식관심'의 소유자라는 토대를 공유하고 있다. 그가 버리려는 토대는 사실, 로티 스스로 말하듯이, 낡은 어휘들을 토대로 하는 상식일 뿐이다. 그 상식을 버림으로써 열리는 아이러니스트적 대화는 담론의 공간이기에, 그것은 진리를 정립할 수 있는 생산성을 지닌 공간이다. 이로써 아이러니스트적 대화의 필요성과 토대를 이해할 수 있게 된다. 나머지 세 가지 준칙 역시 이러한 토대를 좀더 확고히 하는 데 기여하는

---

90) Habermas, J.(trans by McCarthy, T.), *Communication and the Evolution of Society*, Becon Press, 1979, pp.1-68. ; ______.(서규환 외 역), 『소통활동이론1』, 의암출판, 1987, pp.109-132.
91) Rorty, R.(김동식 · 이유선 옮김), 앞의 책, p.146.

것들이다.

먼저, 환대(hospitality)의 원리를 살펴보자. 이것은 '타자 중심의 윤리학'을 주장한 E. 레비나스의 주체성 개념 중 하나이다.[92] 그는 서양의 전통적인 철학이 자아 중심의 철학이며 전체주의 철학이라고 비판한다. 주체성을 단일한 차원으로 환원하여 기술하면서 타자를 배제하여 왔다는 것이다. 하지만, 그에 의하면 주체성은 두 가지 차원을 지닌다. 원초적 차원이 바로 향유(enjoyment)의 차원이고 이보더 좀더 높은 차원이 환대의 차원이다. 향유의 차원은 타자를 동일자, 즉 자기 자신으로 변형시키는 것을 본질로 한다. 이와 달리, 환대의 원리는 타자를 타자로서 유지시키고 인정하면서, 동시에 주체 자신마저도 유지시키면서 타자를 받아들이는 것, '소유하지 않는 것'을 본질로 한다. 이것은 주체 중심으로 세계를 동일화하려는 전체성에 대한 욕망과 대비된다. 오히려 타자, 낯선 것, 이물감을 주는 것을 '두려워 하지 않으면서' 환대하여, 향유의 차원을 초월하려는 욕망이다.

이러한 주장은 아이러니스트적 대화의 참여자들인 낯선 타자들에 대해 어떠한 태도로 언어활동을 해야 하는지 말해준다. 레비나스는 플라톤의 『향연』에서 언급된 자웅동체의 신화의 길을 따라서는 안 된다고 한다. 본래 하나였다가 둘이 된 존재들이 다시 잃어버린 것을 찾아 융합하려는 본성을 본질화하고 있는 이 이야기는 서양의 전통적인 철학을 지배해 온 것인바, 타자의 근원적 외재성(exteriority)을 용납하지 않으려는 주체 중심의 관점을 확산하고 있는 것에 불과하다. 타자는 자기 내부에 있다가 쪼개진 것도 잃어버린 것도 아니다. 본래부터 무한한 세계에, 자기 내면 밖에 존재하고 있었던 것이다. 타자를 용납하기 위해서는 바로 그 타자가 원천적으로 외재적 존재임을 인정할 필요가 있으며, 환대라는 윤리적 태도로 나타나야 한다. 이 준칙은 타자의 가치를 병리화하는 윤리적 오류로부터 벗어나게 해준다는 점에서 가치평가의 객관성을 정립하기 위한 언어활동의 첫 번째 토대이다.

---

92) Levinas, E.(trans by Lingis, A.), *Totality and Infinity*, Duquesne UP, 1969 ; Davis, C.(김성호 옮김), 『엠마누엘 레비나스―타자를 향한 욕망』, 다산글방, 1996(2001), pp.69-123.

환대의 원리는 주체 중심의 독백적 의식(언어) 활동의 허점을 지적한다는 점에서 긍정적이고 생산적이다. 그럼에도 불구하고, 아이러니스트적 대화는 개화될 수 있는 토대가 아직도 약하다고 볼 수 있다. '회의의 원리'가 필요한 까닭이 이 때문이다. 로티가 언급했듯 아이러니스트는, 자기의 근본적 토대인 최종적 어휘마저도 의심하고 회의하면서 새로운 어휘로 갱신하고 재서술하려는 태도를 지니고 있어야 한다. 실상, 자기 회의의 원리가 작용하지 않는다면 타자의 언어를 필요로 하지 않을 수 있다. 때문에 아이러니스트적 대화가 전개되기 위해서는 환대의 원리라는 타자 지향적 원리만으로는 부족하다.

물론, 이것은 데카르트의 주체(cogito) 개념에서도 언급되었던 회의의 원리와 유사하다고 볼 수도 있다. 그러나, 그것은 진정으로 아이러니스트적이지 못했다. 그것은 "주체는 감독 및 소유가 이루어지는 (이미 선재된) 선험적 자리이며, 경험과 속성을 자기 것으로 동일시한다(따라서 귀속시킨다). 소유는 동일시에서 비롯된다. 엄밀히 말해 데카르트의 '나는 생각한다. 고로 존재한다.'는 말은 '나는 생각한다. 고로 소유한다.'"이기 때문이다.93) 하버마스가 말하듯이, 대화의 근본적 동기와 욕망은 '상호양해와 인격적 관계'의 수립이다. 의사소통적 합리성은 이러한 욕망과 관심에 기초한 것이지, 타자를 주체의 욕망과 목적에 맞게 이용하려는, '대상적 관계'를 정립하는 도구적 이성에 기초한 것이 아니다. 아이러니스트가 대화의 토대로 삼아야 할 회의의 원리는 환대의 원리와 짝으로 작용하지 않으면 안 된다는 조건이 붙는다. 따라서 회의의 원리란 환대의 원리를 내포한 것이기도 하다.

끝으로, '창조성의 원리'에 대해 살펴보자. 이것은 아이러니스트적 대화가 끝없는 자기 해체의 과정만은 아님을 의미하는 원리이며, 객관적 가치와 진리를 정립할 수 있는 생산적 활동이란 점을 입증해 주는 가장 힘 있는 토대이다.

---

93) 윤효녕, 「데리다 : 형이상학 비판과 해체적 주체 개념」, 윤효녕 외, 앞의 책, p.31

아이러니스트적 대화는 낡은 언어를 재서술하면서 신어(新語)를 창조하는 활동인데, 그러한 신어는, 낡은 언어로부터 추론(推論)하여 만들어지는 것이 아니다. 도약성과 참신성을 지향하는 문학적 상상력에 기초하여 창조되는 것이다.94) 주지하듯 상상력에 의해 만들어진 참신한 비유는 낡은 것을 다른 것으로 대체하기만 하는 것이 아니다. '내 마음은 호수요'라는 비유에는, 대체가 아니라 새로운 무언가의 창조가 이루어지고 있다. 상상력은 철학에서 말하는 '거울로서의 정신'으로만 환원되지 않는다. 상상력은 이미 고정화되어 있는, 외재적으로 선험적으로 존재하는 대상에 대한 인식을 통해, 그 대상을 변형 없이 재현하는 차원에 그치지 않는다. 상상력은 대상을 변형하여 비유할 뿐만 아니라, 그러한 참신한 비유를 통해 새로운 세계를 창조하는 차원을 지니고 있다.95) 문학이 고평(高評)될 수 있는 이유도 이 때문이다.

이처럼 추리나 논리보다 상상력을 강조하는 아이러니스트는, 대상이 선험적으로 존재한다고 보지 않는다. 우리에게 '땅'과 같은 어떤 살아가야 할 토대가 필요하다면, 그것은 발견되어야 할 미지의 공간이 아니라 창조해야 할 무(無)의 공간이라고 생각한다. '우리—의식' 역시 선험적으로 결정된 것이 아니라 새롭게 창조되어야 할 목표라고 생각한다. 언어 역시 재현과 표상의 도구로 보지 않는다. 재현하고 표상할 대상이 없기 때문이다. 언어는 우연한 것인바, 그 우연한 언어가 세계를 창조한다고 본다. 요컨대, 창조성의 원리는 아이러니스트가 가치평가의 객관성을 정립하기 위해 어떻게 언어적 활동을 수행해야 하는지를 밝혀주는 가장 근본적인 토대라 하겠다.

---

94) Rorty, R.(김동식 · 이유선 옮김), 앞의 책, pp.43-58.
95) 우한용, 「문학교육에서 문화와 상상력」, 『문학교육과 문화론』, 서울대출판부, pp.45-56.

제 3 장

시텍스트 가치평가 활동의 실제

엄마는 늘 말씀하셨다 / 시야를 좁게 가져라 / 저 까만 우물을 향해 투신해라
— 김혜순(1985 : 120), 「엄마」에서

뿌리가 없다는 사실을 인정한 날 밤부터 잠이 오기 시작했다
— 이원(2001 : 20), 「실크로드」에서

나비를 응시하고 있는 애벌레 왈, "헤이, 절대 나는 너처럼 괴상한 꼴은 되지 않을 거야!"
— McLuhan, M.(1964 : 73), 『미디어의 이해』

1. 시의 사회적 기능과 평가주체의 재구성

1) 시의 사회적 기능의 재구성

2장에서 입론한 바처럼, 텍스트에 대한 객관적 가치평가 활동을 위해서는 차연적 가치론의 관점에서 아이러니스트적 대화를 전개해야 한다. 이런 준칙이 시텍스트에 대한 가치평가 활동에 대해 요구하는 바는 무엇보다도 시라는 용어의 해체와 재구성이다.[1] 더욱이 1990년대 이후 우리 사회와 문학

---

1) 이와 같은 해체와 재구성 작업은 결코 새로운 사건일 수가 없다. 오히려 근현대시는 항상 해체와 재구성의 지속 속에서 전개되어 왔다. 그러나, 正典 중심의 시교육은 시의 개념을 정태적 확정적으로 제시하려는 경향을 보이는바, 시의 역사적 역동성과는 모순적이다. 詩(의 사회적 기능)와 詩人(의 사회적 지위)이라는 용어의 해체와 재구성 작업에 있어서 대표적인 예로 김기림의 「시인과 시의 개념—근본적 의혹에 대하여」(『조선일보』, 1930. 7.24-30)를 들 수 있는데, 그는 여기서 "우리는 '시를 쓰는 시민'이라는 말 이외에 많은 오류를 내포한 시인이라는 개념을, 단어를 우리의 字典에서 말살하는 것이 당연하다고 생각한다."는, 대단히 파격적인 주장을 제시하기도 했다. 김학동 편저, 『김기림전집2 : 詩論』, 심설당,

계는 탈근대적 디지털 시대로 전환하였고 이에 따라 가치구조의 변화가 모든 국면에서 이루어지고 있다. 시문학계에서는 남성중심주의를 비판하는 여성시가 주목받기 시작하였고, 디지털 문화를 기반으로 하는 사이버시가 새롭게 등장하였다. R. 윌리엄즈의 문화적 지형도의 관점에서 보면, 시문학계는 지배적 위상을 차지하는 정전 시텍스트와 잔여적 범주에 속하는 여성시 그리고 새롭게 부상(浮上)하는 사이버시가 갈등적 관계를 이루며 공존하는 지형도를 띠게 되었다. 이것은 곧 시의 사회적 기능에 대한 기대 지평에 변화가 발생하고 있음을 의미한다. 따라서 현재 우리가 사용하고 있는 시(詩)라는 용어의 사회문화적 기원을 밝히고, 또한 시의 사회적 기능이 무엇으로 정형화되었는가 계보학적 비판을 전개함으로써 객관적 가치평가를 위한 새로운 틀을 마련할 필요가 있다.

우리가 통상 시라고 말할 때 연상하는 텍스트들은 대개 서정시 텍스트들이다.[2] 물론 서정시 외에 서사시나 극시 등의 하위갈래들이 엄연히 존재한다. 시교육 현장에서도 서사시나 극시에 관한 교육이 부재하지는 않다.[3] 그럼에도 '시=서정시'의 연상 방식은 일반에서나 교육 현장에서나 대단히 확고하다. 그것은 문학 전체를 대표하던 시가, 근대 이후 개인의 정서 표현을 중시하는 문학적 갈래의 하나인 시로 변화되어 오면서부터였다.[4] 시교육에

1988, pp.289-298.

2) 김준오, 『시론』(제3판), 삼지원, 1994, p.19.

3) 시의 갈래에 관한 교육의 문제점을 비판적으로 검토한 논의로는 이숭원, 「시교육에 도입된 이론적 지식의 문제점」, 『서정시의 힘과 아름다움』, 새미, 1997 ; 윤여탁, 「시의 갈래 어떻게 지도할 것인가」, 『시교육론Ⅱ』, 서울대출판부, 1998 참고. 전자에서는 시교육 현장에서 교육되는 지식들의 오류를 지적하면서 시의 갈래에 관한 지식을 바로잡고자 하였으며, 후자에서는 한국현대시의 역사적 하위갈래들의 분류에 관한 쟁점을 검토하면서 한국현대시의 갈래 구분의 교육적 의미와 방법을 논하고 있다.

4) 김은전 외, 『한국 현대 시사의 쟁점』, 시와시학사, 1996. 물론 '센티멘탈 로맨티시즘'에 대한 부정과 시적 창작에 있어서 주지적 태도를 강조한 모더니즘 계열의 시들이 1930년대 이후 형성, 발전하여 오면서 反서정의 경향을 추구한 것은 사실이다. 그러나 그 실상에 있어서는, 정서의 개입을 거부한 寫像派(이미지즘)든 문명비판의 주지주의든 간에 서정의 흐름으로부터 벗어나 있지 않았으며, 심지어는 자기가 부정하려던 센티멘탈리즘보다 더 센티멘탈하기까지 했다. 이에 대해서는 김기림, 「모더니즘의 역사적 위치」(『인문평론』, 1940.10), 김학동 편저, 앞의 책 ; 김유중, 『한국 모더니즘 문학의 세계관과 역사의식』, 태

서도 서정시가 정전의 주요 대상들이었음은 주지하는 바이다.

사정이 이와 같기에, 시텍스트에 대한 가치평가의 세부적 기준들 역시 '시=서정시'의 패러다임에 의해 구성되어 왔다고 하겠다. '시=정서의 표현'이라는 사회적 기능이 확고해짐으로써 그것을 가장 기능적으로 수행하는 서정시를 일종의 전범(典範)과 같은 시로 평가하는 구조가 확립된 것이다. 따라서 詩라는 용어의 해체와 재구성을 위해서는 서정시 개념의 해체와 재구성이 요구된다. 지금까지 제시된 서정시의 개념 규정들5)을 종합하여 보면 다음과 같다.

① 서정시는 '자아와 세계의 동일성'이라는 유기적 세계관에 기초한다.
② 세계와 자아를 동일화하고 종합하려는 상상력이 적극적으로 활용된다.
③ 동일화의 방법으로 동화(同化)와 투사(投射)를 적극적으로 활용한다.
④ 서정시는 연속적이고 역사적인 또는 서사적인 시간에 관심이 적고 '영원한 현재'라 할 수 있는 결정화(結晶化)된 경험과 비전을 형상화한다.
⑤ 결정화(結晶化)된 현재를 압축적으로 표현하기 위해 압축의 원리에 따라 언어가 조직된다.
⑥ 궁극적으로 서정시는 '대상의 재현'이 아니라 '자기 표현(self-expression)'이다.
⑦ 서정시는 언어를 수단이면서 목적으로 생각한다.
⑧ 이러한 태도로 시 속에 사용된 언어는 새로운 의미를 갖는 신어(新語)가 된다.
⑨ 새롭고 복합적 의미를 지닌 언어로 구성된 시는 이미져리, 은유, 상징, 원형, 아이러니 등의 조직원리로 구조화된다.6)

학사, 1996 ; 김준오, 「한국 모더니즘 시론의 사적 개관」, 『문학사와 장르』, 문학과지성사, 2000.

5) 물론 서정시의 개념 파악이 용이하지는 않다. 예를 들어, D. 람핑은 시에 대한 정의에 있어서 최종적으로 유효할 수 있는 주장은 '시는 行을 활용한 발화체다'라는 명제뿐이라고 지적했으며, R. 웰렉은 서정시의 개념을 규정한다는 것은 불가능하고 비생산적이므로 차라리 서정시'들'의 다양성과 그 역사를 연구하는 것이 합당하다고까지 하였다. Lamping, D.(장영태 역), 『서정시 : 이론과 역사』, 문학과지성사, 1994, pp.35-88 ; Wellek, R.(조광희 역), 「쟝르 이론 · 서정시 · 체험」(1970), 김현 편, 『쟝르의 이론』, 문학과지성사, 1987, pp.22-52.

서정시의 개념에서 핵심적 요소는 낭만주의적 개성론 및 휴머니즘의 인간관과 밀접한 연관이 있는 '유기적 세계관'이다.[7] 이것은 고전주의에서 말하는 '기계적(정형적) 형식의 통일성'과는 뚜렷한 차이점을 지닌다. '형식은 내용을 담는 그릇'이라는 고전주의적 이원론을 부정하면서 내용과 형식, 자연스러운 정서의 표현, 전체와 부분의 관계성, 전체성, 영원한 현재 등을 강조하기 때문이다. 서정시는 자아와 세계만이 아니라 시와 독자, 시텍스트 구성요소들 사이의 일치성을 호소하는 것이다.

하지만 '시=서정시'의 지배화 과정이 어떤 사회문화적 연관성을 지닌 것은 아닌가, 그렇다면 그것은 우연적인 것은 아닌가 하는 계보학적 질문을 던질 필요가 있다. 이와 같은 아이러니스트적 태도를 취할 때 가치평가의 객관성이 창조될 수 있기 때문이다. 시의 영역에서 서정시의 유기적 세계관이 지배화되는 과정이 특정한 사회문화적 기원을 지닌다는 점은 이미 여러 논자들이 제기하여 왔다.[8] 이들은 시텍스트를 자율적 탈맥락적 존재물로 보지 않고 그것의 생산 주체와 연관짓는 담론(discourse)으로 바라보면서, 시텍스트 속의 발화 주체로 기능하는 서정적 자아의 사회문화적 역사적 기원을 탈신비화한다.

T. 이글튼에 의하면, '유기적 형식(organic form)'은 19세기 자본주의 체제가 직면했던 사회적 갈등 문제와 밀접한 연관이 있다. 계급적 헤게모니를 확보하고 유지하고자 한 부르조아 계급은, 사회적 계급갈등과 개인적 이익의 충돌을 치유하고 통합할 수 있는 '유기적 사회상'을 제시할 필요가 있었다. 이를 위해 유기적 전체성(totality)의 모형을 예술에서 찾고자 하였는데, 이 때 낭만주의 시들이 가장 유력한 '문화적 해결책'으로 주목받게 되었다. 그것은 '분할 될 수 없는 전체로서의 개인'이란 개념(휴머니즘)과 '유기적 전체로서

---

6) 김준오(1994), 앞의 책, pp.27-40 ; 이승훈, 『시론』, 고려원, 1990, 제2부.

7) 김준오(2000), 「시의 형식과 이데올로기」, 앞의 책, pp.146-154.

8) Eagleton, T., *Criticism and Ideology : A Study in Marxist Literary Theory*, Verso, 1978, pp.102-110 ; Easthope, A.(박인기 역), 『시와 담론』, 지식산업사, 1983(1994), 제2장.

의 시'(낭만주의적 미학)란 개념을 융합시키고 있었다. 결코 개인을 부정하지 않으면서도 전체의 유기성을 강조하는, 미학적이면서도 사회관(社會觀)으로 전이하기에 용이한 특성들을 지니고 있었고, 부르조아들의 성향에 조응할 뿐만 아니라 사회적 문제 해결에 있어서도 기능적일 수 있었다. 이에 따라 유기적 형식은 시의 형식뿐만 아니라 '문학적 형식'의 전범(典範)이 되었고 사회를 바라보는 '지배적인 모형'이 되었다. 이처럼 유기적 형식 그 자체는 아닐지라도, 그것의 '사회적 기능'은 부르조아들의 계급적 이해관계와 밀접한 연관이 있는 것이다.9)

한국 시문학 및 시교육에서 유기체론의 성립 과정과 담론적 효과에 대해 계보학적 논의를 펼친 연구들도 주목할 만하다.10) 이들에 의하면, 한국시문학사에서 유기체론의 사회문화적 기원과 필요성은 한국적 특수성 즉 해방 후 본격적으로 요구되었던 민족공동체 건설에 필요한 '민족적 주체의 정립'과 긴밀히 연관되어 있었다. 구모룡에 의하면 유기체론의 지배담론화는, 그것이 원형적 사유방법이란 점에서 누구에게나 쉽게 공감을 획득할 수 있었다는 점, 따라서 계급투쟁과 같은 사회적 혼란을 지양하고 민족(民族)이라는 비개인적이면서도 집단적인 주체를 표상하는 데 가장 강력한 이데올로기가 될 수 있었다는 점, 더욱이 비유기적인 현실세계(파편적 문명)에 대립되는, 자율적이며 유기적인 공간으로서의 문학세계라는 관점을 확립함으로써 국문학 영역을 정초하는 데 효과적이었다는 점이 복합적으로 작용함으로써 가능했다.11)

때문에 서정시에 부여된 사회적 기능인 '개인의 진정한 정서의 표현'도 쉽사리 '민족적 정서'로 해석되는 현상이 빚어지게 되었다. 그것은 김소월이

---

9) A. 이스트호프은 모더니즘시가 이러한 유기적 형식에 도전하였지만 그것에 동화되고 말았음을 지적한다. Easthope, A.(박인기 역), 앞의 책, 제9장.
10) 한국문학사에서 유기체론적 문학관이 지배화되는 과정에 대한 연구로는 구모룡, 「한국 근대 문학유기론의 담론분석적 연구」, 부산대박사학위논문, 1992 ; 현대시교육에서 유기체론의 작용에 대한 연구로는 정재찬(1996), 앞의 글.
11) 구모룡, 앞의 글, pp.125-137.

나 김영랑, 윤동주의 서정적 자아들을 민족적 정서를 표상한 자아들로 독해하는 방법이 관습적이란 점에서도 알 수 있다. 실제로, 김소월의 한(恨)이 '私的인 恨'이 아니라 '民族的인 恨'으로 읽히는 관습,12) 윤동주의 고뇌가 민족의 고뇌로 읽히는 관습은 대단히 견고하다. 이와 같은 讀法을 통해 우리는 김소월의 시텍스트를 '다시 말하기'하면서 자연스럽게 김소월의 시텍스트에 대한 해석공동체의 일원이 된다. 또한 민족공동체의 주체들로 정립되는 동일시의 변증법을 체험하게 된다. 서정시가 '독백을 엿듣는 체험'을 제공한다 함은 사실 사적 고백(私的 告白)을 듣는 것이 아니라 민족적 주체(民族的 主體)가 되는 과정인 것이다.

그러나, 시의 사회적 기능이 '분할될 수 없는 개인(궁극적으로는 민족)의 진정한 정서의 표현'에만 한정될 수 있는가? 물론 개인적(민족적) 주체의 형성은 시의 지속적인 사회적 기능으로 추구되어야만 한다. 그러나 그것만을 강조하는 관점은 시가 지니는 사회적 기능을 매우 단순화할 수 있다. 특히, 민족주의가 특정한 측면(民族으로서의 공통점)에 대한 기억을 강화시키는 반면, 다른 측면(주체들간의 차이)에 대한 망각을 전제로 한다13)는 점은 시의 사회적 기능에 관한 관점이 재구성 되어야 함을 말해준다. 이스트호프가 지적하듯, 낭만주의 시론은 상상적 오인(想像的 誤認)에 의해 주체의 실제적 조건을 보지 못하게 할 위험성을 지니기 때문이다.14) 그것은 정서적 공동체를 구성하는 데에 효과적일 수 있어도, '주체들 간의 차이'를 인식하는 데에는 기능적이지 못하다. 즉 특정한 시텍스트들의 서정적 자아가 '남성적 주체'이거나 '문자 문화에 익숙한 주체'임에도 불구하고, 그 주체를 '영원하고도 보

---

12) 오세영, 『김소월, 그 삶과 문학』, 서울대출판부, 2000, p.22. 오세영이 언급했듯이, 「초혼」은 그의 가족(親叔姪이었던 김상섭)의 죽음을 애도한 개인적 비애에 지나지 않을 수 있다. 그럼에도 '사적 고백'으로 그의 「초혼」을 읽는 독자들은 거의 없다. 물론 이것은 J. 엘리스가 지적했듯이 문학이 지닌 탈맥락지향성(보편적 맥락구성의 경향성)의 효과로 볼 수도 있다.

13) Anderson, B.(윤형숙 역), 『상상의 공동체 : 민족주의의 기원과 전파에 대한 성찰』(개정판), 1991(2002), 제1장.

14) Easthope, A.(박인기 역), 앞의 책, 제8장.

편적인 인간'으로 오인하게 만들 수 있다. 또한 '차이에 대한 인식의 결여'는 우리로 하여금 진정한 의미의 '우리–의식'을 창조하지 못하게 함으로써, 가치 있는 시텍스트의 범위를 한정할 수 있다.

여성시와 사이버시 텍스트는 이러한 문제점을 의식화한다. '시의 사회적 기능'을 '개인적 정서 표현'와 동일시하려는 주체를 탈신비화하면서, 그 주체가 진정한 '우리–의식'이었는지 비판적으로 검토하길 요구한다. 여성시는 지금까지 생각했던 '우리–의식'이 과연 포괄성을 지니고 있었는지 계보학적 관점에서 비판해 보도록 요구하며, 사이버시는 미래에 대한 전망 하에 지금의 '우리–의식'이 과연 지속될 수 있을지 상상해 보도록 요구한다. 이처럼 계보학적 미래학적 관점을 의식화하는 여성시와 사이버시는, 특히 '언어(詩), 인간(정체성), 현실(에 대한 관념)'의 해체와 재구성이 이루어져야만 시텍스트에 대한 객관적 가치평가가 가능함을 인식시킨다.

2) 평가주체와 평가체계의 재구성

시텍스트의 가치를 객관적으로 평가하기 위해서는, 앞서 이루어진 '시'란 용어의 해체와 재구성뿐만 아니라 평가주체와 평가체계의 해체와 재구성이 요구된다. 즉 평가주체의 '상황성, 자기 언어와 정체성'의 사회문화적 우연성을 인식할 필요가 있다. 이것은 평가주체를 규정해 왔던 지배적 문화와 다른 문화들, 여성시와 사이버시의 기반이 되는 문화들의 차이를 인식함으로써 그것이 평가주체를 어떻게 해체하고 재구성하는지 파악해야 함을 의미한다. 이러한 과정을 거쳐 평가주체 및 가치평가 체계가 재구성될 때, 정전 시텍스트를 포함한 시텍스트 전반에 대한 객관적 가치평가가 가능해지기 때문이다.

가. 여성시와 평가주체의 재구성

여성시가 기존의 현실과 정체성, 그리고 그것을 정당화하는 언어의 우연성을 어떻게 해체하는지 파악하기 위해서는 페미니즘 문학이론에서 출발할 필요가 있다. 페미니즘 문학이론[15]은 근대적 주체 개념의 모순을 가장 적극적으로 비판하는 대표적인 담론이다. 이들은 근대적 주체 개념이 실상은 '남성 중심적'이라고 비판한다. 또한 남성중심주의의 사회적 구조 때문에 여성시는 자신의 고유한 가치구조를 형상화하는 데 상당한 어려움을 겪어 왔다고 주장한다. 따라서, 정전 시텍스트가 이상화하고 있는 서정적 자아의 정체성 및 그 기원에 대해, 성차(gender difference)의 개념을 도입함으로써 해체와 재구성의 가능성을 주장한다.

그런데 이들의 주장을 그대로 수용할 경우 (여성)시에 대한 가치평가는 상당한 어려움에 직면한다. 성차의 강조는 여성시에 대한 남성 독자의 이해불가능성을 증폭시켜, 여성시에 대한 평가는 결국 여성에 의해서만 이루어질 수 있다는 단절론을 형성하기 때문이다. 하지만 P. 모리스도 지적하듯이, '남성'이 여성적 가치를 인식하는 것이 불가능한 것은 아니며 다만 그것을 직접 경험할 수 없을 뿐이다. 필요한 것은 '경험의 간극'을 메우기 위해 여성적 경험을 공유하려는 노력이다. 또한 이러한 해체와 재구성 작업은 남성 주체뿐만 아니라 여성에게도 요구된다. 여성(女性)이란 용어 자체가 페미니즘이 비판하는 사회문화적 구성물, 즉 '남성중심주의적 거울'의 산물인바, 남성

---

15) 페미니즘은 성차(gender difference)가 남성과 여성 사이의 구조적 불평등의 토대라고 본다. 그러한 불평등은 생물학적 능력의 차이(sex) 때문이 아니다. 그것은 남성지배의 오랜 역사가 자연화한 사회문화적 허구라고 본다. 페미니즘은 '정치적 인식'으로서, 성적 불평등을 만들어내고 영속시키는 사회적·심리적 기제들을 인식하고 변화시키려는 과제를 핵심으로 상정한다. 페미니즘 문학이론은 '문학 속에서·문학에 의해서' 이루어지는 성차별을 문제삼는 문학적 인식으로서 '여성의 정체성 문제, 정전의 형성과정, 미학적 평가가 갖는 정치성의 문제'에 주요한 관심을 둔다. Morris, Pam(강희원 옮김),『문학과 페미니즘』, 문예출판사, 1993(1997), pp.13-27. 페미니즘 사상 일반에 대한 가장 포괄적인 저서로는 Tong, R.P.(이소영 역),『페미니즘 사상』, 한신문화사, 1998(2000) 참고. 한국여성문학운동의 역사에 대해서는 정영자,『한국 페미니즘문학연구』, 좋은날, 1999 ; 이상경,『한국근대 여성문학사론』, 소명, 2002 참고. 한국에서 여성문학이 '운동' 차원으로 전개된 것은 1984-5년 사이에『여성』과『또 하나의 문화』동인들이 결성되면서부터이며, 이후 1988년 7월 "한국여성문학연구회"가 창립되면서 비평이론과 창작 면에서 비약적 발전이 이루어졌다.

이나 여성 모두 이것으로부터 자유롭지 못하기 때문이다.

여성(女性)이라는 용어의 해체와 관련하여 첫번째로 주목할 대상은 여류(女流)란 용어이다. 여성시가 남성시와 변별되는 어떤 특질을 지니고 있다는 관점은 오래 전부터 제시되어 왔다. 그런데 대개의 문학적 담론들은 여성적 특질을 '긍정적'으로 인정하지 않았다. 이런 관점이 반영된 용어가 여류(女流)였던바, 그것은 '주변적, 보편성을 결여한 존재(시)'라는 부정적 함축을 지니며 사용되어 왔다.16) 때문에 초기의 페미니즘 문학이론가들은 기존의 평가적 담론들 및 정전을 비판적으로 재해석하는 데 집중하였다.17)

하지만 역설적이게도 이와 같은 작업 대상은 대부분 남성 작가들(의 텍스트들)이었다는 점에서, 물론 부정적인 의미에서이지만, 남성 작가들은 부각시키고 여성 작가들(의 텍스트)은 되려 소외시키는 결과를 낳았다. 이것은 '여성 정체성'에 대한 일정한 모델이 없이 그저 남성 작가들을 비판하는 목소리를 확산시켰다. 더욱이 그것은 자유와 평등이라는 정치적 의미를 넘어서지 못함으로써 남성과 여성의 갈등만 심화시켰다. 이런 경향을 비판하고 나온 페미니즘 이론가가 E. 쇼왈터였다.18) 그녀는 '독자로서의 여성'에 대한

---

16) '여류(시)'와 '여성(시)'란 용어의 미묘한 용법 차이에 대한 고찰로는 이숭원, 「산업화 시대 여성시의 전개와 성과」, 앞의 책, pp.40-43.

17) 특히 소설 장르를 중심으로 이루어졌는데, 이는 '서사의 관점'이 가장 대표적인 '남성의 관점'이란 특징 때문이다. 시는 중개자로서의 '서술자'를 지니지 않을 수도 있지만 서사는 필수적 요소로 지닌다. 그런데 그 서술자가 대개 남성들이었다. 따라서 많은 소설들은 '남성서술자의 관점'에 의해 세상만사를 이야기하고 있었고 이런 구조 속에서 여성숭배·여성혐오 등의 여성이미지 왜곡 등이 발생하였다. 페미니스트들이 비판한 정전들이 대개 '소설 또는 서사시'인 이유가 이 때문이다. Morris, Pam(강희원 옮김), 앞의 책, pp.55-60.

18) Showalter, E., *A Literature of Their Own*, Princeton Univ. Press, 1977, pp.3-36. 그녀는 19세기 초반에서 1960년대까지 영국의 여성소설을 연구하면서, 여성문학은 '남성의 양식을 모방하던 여성적인 단계(Feminine)'와 '남성을 비판하는 호전적인 여성주의자 단계(Feminist)', 그리고 '여성 스스로 정체성을 재구성하고자 하는 여성의 단계(Female)'로 발전하여 왔다는 가설을 주장하였다. 물론 쇼왈터는 이러한 시대구분이 단계적 직선적이라고 강조하지는 않는다. 세 가지 경향이 중첩될 수도 있을 뿐만 아니라 세 가지 경향 모두, 여성의 경험을 二流(the second rank)로 규정하는 문화적 역사적 세력에 저항하여 왔다고 지적하고 있기 때문이다. 또한 남근중심적 비평(phallic criticism)이 여성문학을 배제함으로써 전통을 형성하지 못하게 했고, '여성적 상상력(female imagination)'이라는 정형

연구만큼이나 '작가로서의 여성'에 대한 연구가 중요하다고 역설하면서, 기존 문학사에서 배제되었던 여성문학의 복원과 그들의 독자적 시학으로서의 여성비평(gynocriticism)에 대한 관심을 부각시켰다.[19] 이로써 저항과 부정의 페미니스트 비평을 넘어서 주체로서의 여성의 정체성과 그들의 가치구조, 여성문학의 독자성에 대한 규명을 지향하는 생산적 페미니즘 이론의 단초를 마련했다.

페미니즘 문학이론의 이러한 발전은 여성마저도 객관적 평가주체가 되기 위해서는 여성의 정체성과 그것을 정당화하는 언어의 해체와 재구성 작업을 수행해야 함을 말해준다.[20] 한국 여성시에 대한 가치평가의 주체가 되기 위해서도 이와 같은 관점이 요구된다. 특히 이 과정에서, '여성(남성)은 여성(남성)이기 때문에 여성시텍스트의 가치를 객관적으로 평가할 수 있다(없다)'는 관점은 미망(迷妄)임에 주의해야 한다.

두 번째로 우리가 해체하고 재서술해야 할 대상은, 한국 여성시문학사에 관한 일반적 견해뿐만 아니라 페미니즘적 견해 모두이다. 1990년대까지 한국 여성시문학사의 단계는, 김명순·나혜석 등 소수 신여성들에 의해 실험적으로 자유주의 페미니즘이 시도된 시기인 1920년대, 남성문학의 보호 아래 전통적 여성성의 특징을 형상화한 1930년대-1960년대, 여성적 의식의 자생적 발전을 보여주는 1970년대, 서구의 새로운 페미니즘 문학이론의 적극적 수용 및 변용 단계인 1980년대 이후로 나뉜다.[21] 대체로 1980년대 이후

적 개념을 형성하여 여성문학을 한정하였다고 비판한다.

19) Showalter, E.(신경숙 외 옮김), 「페미니스트 시학을 향하여」, 『페미니스트 비평과 여성문학』, 이화여대출판부, 1985(2004), pp.154-180.

20) 그럼에도 불구하고 시교육 현장에서나 연구에서 여성적 언어·정체성의 우연성에 대한 해체와 재구성의 논의는 활발하지 않은 편이다. 윤여탁·최미숙·유영희, 『시와 함께 배우는 시론(2판)』, 태학사, 2004, pp.206-217 ; 졸고, 「여성시의 문학교육적 의미 연구」, 『문학교육학』제11호, 2003.

21) 고정희, 「한국여성문학의 흐름」, 『열린 사회 자율적 여성(또 하나의 문화2)』, 평민사, 1986 ; 김경수 외, 『페미니즘과 문학비평』, 고려원, 1994 ; 정영자, 『한국여성시인연구』, 평민사, 1996 ; 김현자, 『한국시의 감각과 미적 거리』, 문학과지성사, 1997 ; 김현자 외, 『한국여성시학』, 깊은샘, 1997 ; 김현자·이은정, 「한국현대여성문학사-시」, 『한국시학연구5』,

여성시들은 내용상 크게 두 가지 범주로 분류된다. 가부장제 사회구조 하에서 여성이 구체적으로 체험하는 억압적 현실을 비판적으로 형상화하고 있는 부류들과 여성 특유의 생물학적 경험 —출산과 양육 등— 이나 심리적 경험 등을 표현하면서 여성적 정체성을 탐구하는 부류들이 그것이다.

그런데 이러한 역사적 발전 단계론이 과연 타당한가? 물론, 1980년대에 서구 페미니즘 문학이론이 적극적으로 수용되면서 그 전과는 다른 여성문학 단체들(『여성』 동인, 『또 하나의 문화』 동인)이 결성되었고, 이들에 의해 여성문학 운동은 집단적·의식적 실천이 가능해 졌으며 그 성과 또한 상당하다.[22] 그러나 그들이 제기했던 여성의 정체성들이 여성에 의한 여성만의 정체성 확장에만 경사(傾斜)되었던 것은 아닌가 의문을 제기할 수 있다. 여성시는 '여성 문제의 공론화'에만 성공했을 뿐 '사회적 문제의 여성화'에는 성공하지 못했다는 최근의 비판[23]은 이를 말해준다. 이것은 페미니즘적 관점을 절대시하지 않으면서 그것을 아이러니스트적 관점에서 재서술할 때, 여성시의 가치를 객관적으로 평가하는 것이 가능해질 수 있음을 알 수 있다.

끝으로 우리가 해체하고 재구성해야 할 대상은, R. 로티가 해체와 재구성의 핵심적 대상들로 언급했던 '정체성, 언어, 공동체'에 관한 의식들이다. 주목할 점은 페미니즘 문학이 이 세 가지 대상들을 '육체, 언어, 현실'이라는 핵심적 주제들을 통해 해체와 재구성의 작업을 시도하고 있다[24]는 점이다.

2001 ; 이상경, 『한국근대여성문학사론』, 소명출판, 2002 ; 정끝별, 「여성성의 발견과 '여성적 글쓰기'」, 명지대인문과학연구소 편, 『문학 속의 여성』, 월인, 2002.

22) 강은교는 『70년대』 동인에 참여했는데 남성 시인들과 함께였다. 여성동인지의 역사는 60년대 『靑眉』(63.1), 『女流詩』(64.9)로부터 비롯하지만 그들은 특별한 사회사상이나 문학운동이론이 부재했다. 이런 점에서도 페미니즘문학이론을 뚜렷이 지향하고 변혁적 의지로 결성된 80년대의 『여성』, 『또 하나의 문화』 동인은 과거와 구별된다고 언급된다. 정영자, 「한국 여성시단의 현황과 방향」, 『한국 페미니즘 문학 연구』, 좋은날, 1999.

23) 김영희, 「여성, 민족 그리고 문학에 관한 몇 가지 단상」, 『여성문학연구』, 한국여성문학회, 2003, pp.8-19.

24) Showalter, E.(박경혜 역), 「황무지에 있는 페미니스트 비평」, 김열규 외 공역, 『페미니즘과 문학』, 문예출판사, 1981(1988) ; 김미현, 『한국 여성소설과 페미니즘』, 신구문화사, 1996, pp.49-66.

여성시는 육체를 빈번히 언급한다. 그것은 여성 육체의 '차이'를 통해 여성에 대한 남성의 왜곡된 시각, 여성 고유의 신체적 정신적 경험을 주체적으로 형상화하려는 의도 때문이다. 이것은 문학에 있어서 남성만이 창조력을 지닌다는 남성중심주의에 대한 비판과 연관된다. 궁극적으로 이것은 사회 전반에서 남성(정신)과 여성(육체)의 가치론적 위계에 대한 비판으로 확장된다.

S. 길버트는 오랜 동안 지속되어 온 남성중심주의적 문학관이 부적절함을 지적한다.[25] 텍스트의 생산자는 흔히 아버지·조상·산출자·가장으로 비유되는데, 이것은 글쓰기의 도구인 펜을 남성 성기(penis)의 은유로 바라보는 남근(남성)중심주의적 사고에서 비롯된 편견이기 때문이다. 그런 편견 속에서 남근이 없는 여성은 글을 쓸 수 없는 존재로 여겨진다. 하지만 문학의 생산 과정은 '(남성적 주체가) 임신시키는 것'이기보다는 '(여성적 주체의) 잉태, 산고, 분만'과 훨씬 유사하다. 펜이 칼보다 강하다면 여성의 육체는 펜보다 더욱 문학적이다. 오히려 여성의 육체는 남근(penis/pen)을 대신하여 문학의 기원이 되는 것이다.

물론 이것은 서구적 문화 체계에서 더욱 전복적 효과가 있는 것처럼 보인다. 한국 근현대시사에서 지배적 시론이었던 순수시론(純粹詩論)은 시인을 '영감(靈感)의 잉태자(孕胎者)' 또는 '무명화(無名火)를 지키는 정녀(貞女)'로 바라보는 여성적 편향을 형성했기 때문이다. 하지만 이러한 편향은 식민지적 상황을 극복하기 위한 전략적 선택이었지 그 본질에 있어서는 남성중심

---

25) Gilbert, S.(김성곤 옮김), 「문학의 부권」, 김용권 외 공역, 『현대문학비평론』, 한신문화사, 1994, pp.609-631. '펜은 은유적인 남근(penis)인가?'라고 반문하면서 길버트는 '신이 세상을 낳았던(fathered) 것처럼 저자가 작품을 낳는다(fathers)'라는 가부장적 생각이 서구 문학을 지배해 왔고 그러한 비유는 작가―신―가부장과 동일시되는, 권위(authority)의 어원인 저자(author)라는 단어로 가시화되었다고 비판한다. 하지만, E. 쇼월터도 지적했듯이 길버트의 논의는 오히려 문학의 은유는 父性보다는 母性을 중심으로 구성되어 왔다는 사실을 간과한다. 이미 '문학의 잉태'란 비유가 18, 19세기에 서구에서도 보편화되어 있었기 때문이다. 그럼에도 이러한 여성 신체의 특수성에 대한 주목은 페미니즘의 중요한 출발점이 될 만하다.

주의적이었다.[26] 김윤식이 '여성콤플렉스(female-complex)' 개념으로 설명한 바처럼, 그것은 국가 상실이라는 사회적 위기 상황에서 선택된 전략이었다. 정녀(貞女)의 이미지는, 국가(國家)라는 더 큰 남성에 종속되고 영감(靈感)이라는 초월적 권위자에 순응하는 여성상과 연관되며, 국권을 상실한 남성이 국권 회복을 위해 '구원의 희생물'로 선택한 수동적 존재를 표상하기 때문이다. 여기에 '여성적 자의식'이 있다고 보기 힘들다.

페미니즘 문학이론에서 육체에 대한 관심은 또한 M.푸코의 『성의 역사』에서 전개된, 성적 욕망을 억압하는 '생체-통제권력(bio-pouvoir)'의 기원과 전개에 대한 고찰 및 여성 육체에 대한 통제권력의 역사에 대한 탐구[27]와도 연관된다. 푸코에 의하면, 17세기 이후 근대화의 과정에서 성적 담론의 억압기제가 발달하면서 여성과 아동의 육체는 가부장적 사회구조의 권력이 생산되고 작용하는 중요한 대상이자 공간이 되었다. 실제로, 남성중심주의 사회에서 여성들은 자신의 육체의 주인이기보다는 남성적 권력의 대상이 되어왔다. 동서양을 막론하고 여성의 육체를 제약하는 수많은 의복 장치(衣服 裝置)들이 발달해왔다는 점이 이를 말해준다.

이처럼 페미니즘문학이 제기하는 육체에 관한 재서술들은, 가정과 사회 전반에서 여성의 육체를 제약하는 다양한 사회적·문화적·물질적 요소들을 주목할 것을 강조한다. 이를 통해 육체와 정신의 관계, 여성과 남성의 관계에 대한 관념의 재구성을 통해 사회적 관계의 타당성을 회의하고 반문하게 함으로써 '우리-의식'의 확장 및 그를 통한 객관적 가치의 창조를 요구한다.

둘째 범주인 '언어'는 지배적 가치관을 전파하고 확산시키는 언어의 기능에 대한 여성시인들의 비판적 의식 및, '여성의 고유한 언어'에 대한 관심과 밀접한 연관이 있다. J. 라깡이 강조하듯이, 언어는 '아버지의 이름(법)'을 상징하는 것이자 그것 자체이기도 하다.[28] 개별적 인간이 성장하기 위해서는

---

26) 김윤식, 「한국시의 여성적 편향」, 『근대한국문학연구』, 일지사, 1973.
27) Foucault, M.(이규현 역), 『성의 역사1』, 나남출판사, 1976(1990), p.118 및 pp.145-170.

거울단계를 거쳐 상징계로서의 언어를 내면화하는 과정이 필연적인데, 이것은 남성이나 여성에게 모두 '어머니가 아닌 아버지의 언어'를 사용할 것을 요구한다. 이것은 선택의 여지가 없다. 따라서, 여성들에게 필요한 것은 남성의 언술 행위 안에서 발화하되 끊임없이 그것을 해체시키는 언어의 창조이다.

여성적 언어에 대한 관심은 프랑스의 포스트모던 페미니스트들인 H. 식수, L. 이리가레이와 J. 크리스테바 등의 '여성적 글쓰기(écriture féminine)'론에서 비롯한 것이다.29) J. 크리스테바는 '전(前)외디푸스 단계'를 설정하여 어머니와 아이의 관계가 아버지와 아이의 관계보다 선차적(先次的)이며, 그러한 관계 속에서 무정형 상태의 코라(chora)적 공간이 존재하고 이것이 상징계로서의 언어 체계와 구분되는 기호계로서의 언어를 가능케 하는데 바로 이것이 여성적 언어의 모형이 될 수 있다고 주장한다.30) 언제나 언어는 내재적으로 기호계와 상징계의 변증법적 대화적 관계 속에 놓이는바 그 경계의 언어를 추구해야 한다고 강조한다.

H. 식수는 '섹스트(sexts, sex와 text의 결합어)'라는 단어를 만들어서 목소리와 촉감까지 느낄 수 있는 여성적 글쓰기를 옹호한다. 남성적 언어는 시각 중심적이고 논리적 통일적인 반면 여성적 언어는 다감적 산종적(散種的)이기 때문에 '열려진 텍스트'를 지향한다고 주장한다. 그런데 그녀는 여성적 글쓰기와 남성적 글쓰기의 절대적 차이를 강조하기보다는 고전적 양성성의 개념(양성분리와 하나의 성에 통합하기)을 뛰어넘는 새로운 의미의 '양성적 글쓰기(그 차이를 인정하면서 자극하고 추구하기)'를 대안적 글쓰기로 강조한다.31) L. 이리가레이는 여성적 특성을 '액체의 논리(mechanics of fluids)'로 규

---

28) Lemaire, A.(이미선 옮김), 『자크 라캉』, 문예출판사, 1970(1994), pp.92-111. 이것은 근친상간의 금기를 세워놓은 아버지의 금지하는 역할('상징적 아버지'의 기능)을 의미한다. 라깡은 '상징적 아버지'의 이 기능을 강조하기 위해 아버지의 '이름'(父名, le nom du père)과 아버지의 '금지'(父命, le non du père)이란 동음어적 언어유희를 하기도 한다.

29) Morris, Pam(강희원 옮김), 앞의 책, 제5·6장 ; Wright, E.(박찬부 외 옮김), 「여성적 글쓰기」, 『페미니즘과 정신분석학 사전』, 한신문화사, 1992(1997), pp.123-127.

30) Kristeva, J.(김인환 옮김), 『시적 언어의 혁명』, 동문선, 1974(2000), pp.25-33 ; Oliver, K.(박재열 옮김), 『크리스테바 읽기』, 시와반시, 1993(1997), pp.31-61.

정하면서 남성적 논리인 '고체의 논리'와 대비시킨다. 그녀는 남성적 논리가 동일성의 논리에 빠져 있어 여성을 남성의 결손체로 규정하는 오류를 범하고 있다고 비판한다.[32]

이처럼 여성적 글쓰기의 차별성을 강조함으로써, 글쓰기에 대한 기존의 관념들을 해체하고 재구성하게 한다. 여성시뿐만 아니라 시 전반의 가치를 평가할 때 참조해야 할 언어의 이상적 상태나 규범이 재구성되어야 한다는 점, 즉 관습화되고 자동화된 언어로부터 벗어나야 한다는 점을 인식시킨다.

셋째 범주인 '현실'은 여성이 처한 내적 외적 현실(가부장제와 자본주의)의 우연성을 형상화하는 소재로 적극적으로 활용된다. 여성은 내부적으로 스스로를 주변인이나 타자로 느껴왔다. 중심으로부터 자신은 소외되어 있다고 생각한다. 가부장제나 자본주의 하에서 여성의 길을 딸·아내·어머니 등의 역할에 한정하는 외부적 현실 때문이었다. 여성시는 이러한 현실이 사회문화적 우연성을 지닌 것임을 강조한다. 사회적 구조의 우연성에 대한 재론을 통해, 여성의 자율적 정체성을 실현시킬 수 있는 대안적 사회구조를 탐구한다. 이것은 기존의 지배적 가치구조가 지니는 맹점들을 효과적으로 비판할 뿐만 아니라, 다른 여타의 사회적 변혁 운동의 확장에 기여[33]한다. 이 해체와 재구성 작업이 어떠한 방향에서 '우리-의식'이 확장되고 창조되어야 하는지를 제시하는 것이다.

---

31) Cixous, H.(박혜영 옮김), 『메두사의 웃음/출구』, 동문선, 1975(2004), pp.9-46.

32) Irigaray, L.(이은민 옮김), 『하나이지 않은 성』, 동문선, 1977(2000), pp.69-74.

33) 예를 들어, 1985년 결성된 『여성』 동인들은 다음과 같은 선언을 한다. "사회변혁에서의 여성대중의 선도적 역량을 현실화하여 여성의 이중적 억압을 해결하기 위해서는 가정이라는 굴레를 넘어 여성억압의 사회적 의미를 인식하고 나아가 우리 사회의 정치·경제·사회적 문제에 대한 통일적인 인식이 이루어져야 한다. … 이것이 의미하는 것은 여성문제를 좁은 영역에 가두어 남성에 대한 여성차별만을 문제로 삼는다거나, 사회변혁의 움직임을 추종하면서 여성문제라는 또 하나의 문제를 덧붙이는 식의 여성운동과의 철저한 결별이며 오히려 전체운동의 이념 자체가 전체성과 통일성을 지님으로써 현단계를 지양해야 한다는 근본적인 문제제기이다."『여성』, 창작과비평사, 1985, pp.2-3.

나. 사이버시와 평가주체의 재구성

사이버시(cyberpoem)는 하이퍼텍스트시(hypertextpoem) 또는 멀티포엠(multi-poem)[34])과는 생산 매체 및 소통과정 상에서 차이를 지닌다. 하이퍼텍스트시나 멀티포엠은 인테넷을 기반으로 하는 사이버공간에서만 그 전모를 감상할 수 있지만, 사이버시는 일반적인 시처럼 책(冊)을 통해 독자와 만날 수 있다. 물론 사이버시는 기존의 시들 중에서, 변형 없이 사이버공간에 탑재된 시들과도 구분된다. 이처럼 사이버시는 그 형태 면에서 과도기적 특성을 지니고 있기 때문에 두 문화에 대한 태도 역시 양면적이다. 사이버시는 문자시(文字詩)로서의 자기 외형을 해체하면서도 하이퍼텍스트적 특성을 비판적으로 수용함으로써 자기 자신의 정체성을 재구성하려는 과도기적 자의식을 지니고 있다.

그렇다면, (사이버)시에 대한 객관적인 평가를 위한 평가주체를 어떻게 재구성해야 하는가? 무엇보다도, 우리가 지금까지 자연스럽게 생각하던 인간의 정체성이나 현실의 개념이 '물질적 우연성'을 지닌 것은 아닌가 성찰해 보아야 한다. M. 맥루언이 지적하듯, '우리는 도구를 만든다. 그 다음에는 도구가 우리를 만든다.'라는 통찰에 주목할 필요가 있다. 문자문화는 시각적(視覺的) 감각만을 발전시키면서 16세기 이후 개인주의와 민족주의를 만들어내었지만 전기 문화에 의해 그것이 반전되고 있다. 더욱 중요한 점은 문자문화의 사고 방식에 자동화되어 있는 주체들은 '이성을 문자문화와 혼동'하는 관성으로부터 벗어날 수 없다는 사실이다.[35]) 때문에 문자문화와 더욱더 구

---

34) 하이퍼텍스트시와 멀티포엠에 해당하는 국내외 텍스트들에 대한 실증적 참고는 김종회 편,『사이버문화, 하이퍼텍스트문학 : 작품편』, 국학자료원, 2005 및 유현주,『하이퍼텍스트 : 디지털 미학의 키워드』, 연세대출판부, 2003, 제5-6부 참고. 주지하듯, 국내에서의 하이퍼텍스트시는 2000년 다수의 저명 시인들과 일반인이 참여, 김수영의「풀」을 기본 텍스트로 한 '언어의 새벽'이라는 하이퍼텍스트시를 공동 창작한 사례(http://eos.mct.go.kr, 현재는 운영중단)가 대표적이다. 또한 멀티포엠은 장경기 등이 주도하고 있는 한국멀테포엠협회(http://www. multipoem.com)에서 실험되고 있는데, 1996년에 멀티포엠 선언 이후 활발한 창작 활동이 전개되고 있다.

35) McLuhan, M.(김성기·이한우 옮김),『미디어의 이해』, 민음사, 1964(2002), p.46.

분되는 디지털문화와의 상호작용 결과물인 사이버시의 가치를 객관적으로 평가하기 위해서는 정체성, 언어, 현실의 '물질적 우연성'에 주목할 필요가 있다. 즉 인간의 특정한 심리적 경향—새로운 현상에 대한 '맹렬한 몰두'나 '두려움과 비난'—을 지양함으로써 사이버문화의 실상을 이해하고 평가하려는 태도[36]가 요구된다.

사이버문화는 사이버공간(cyberspace)을 배경으로 형성되는 새로운 문화이다. 사이버공간은 인터넷과 웹으로 구축된 '컴퓨터와 정보기억 장치들의 전 지구적 상호연결에 의해 펼쳐지는 개방된 커뮤니케이션 공간'이다. 때문에 사이버공간에서 형성되는 사이버문화는 '획일적 전체성 없는 보편성'을 본질로 한다.[37] 사이버공간은 중앙 컴퓨터가 없다. 오로지 여러 컴퓨터 시스템들이 각각 중심으로 기능하면서 상호작용하는 또하나의 시스템이다. 모든 것과 접속하고 모든 것과 상호연결되기 때문에 기술적 보편성은 증가하는 반면, 의미론적 불투명성은 증가한다. 이처럼 사이버문화는 '정전(正典) 텍스트라는 중심'을 지닌 획일적이며 보편적인 문자문화와 구분된다. 매체의 다양성(멀티미디어), 수많은 텍스트와의 연결성(하이퍼텍스트), 다수 참여자들 간의 쌍방향성을 특징으로 하는바, 그러한 특성을 지닌 텍스트를 이상적 텍스트의 모형으로 제시한다.

둘째, 가상(virtual)이란 용어의 일상적 기술적 의미의 재구성이 필요하다.[38]

---

36) Lévy, P.(김동윤 외 옮김), 『사이버문화—뉴테크놀러지와 문화협력 그리고 커뮤니케이션』, 문예출판사, 1997(2000), p.12.
37) Lévy, P.(김동윤 외 옮김), 앞의 책, pp.133-134 및 pp.157-172.
38) Lévy, P.(김동윤 외 옮김), 앞의 책, p.111.

구분		정의	예
A	일반적 의미의 가상	거짓, 환상, 비현실, 상상 가능한 것, 가능성	
B	정보처리의 의미에서의 가상세계	디지털 모델과 사용자에 의한 입력으로부터 계산 가능한 가능성의 세계	다음에 의해 각각 전달될 수 있는 메시지 총체 : - 글쓰기, 그림, 음악을 위한 소프트웨어 - 하이퍼텍스트 시스템 - 데이터베이스 - 전문시스템 - 쌍방향 대화형 시뮬레이션 등
	정보장치의 의미에서의 가상세계	메시지는 근접성에 의한 상호 작용의 공간이다. 거기서 탐색자는 자신의 표본을 직접적으로 통제할 수 있다	- 탐색자의 위치나 이야기의 '관점'에 따라 정보를 나타내는 자료의 동적인 지도 - 전자통신망에서 역할 게임 - 비디오게임 - 비행 시뮬레이터 - (헬멧 등으로 체험되는) 가상 현실 등
	엄밀한 기술적 의미에서의 가상세계	정보 모델과의 감각운동적 상호 작용에 의한 환상	- 재구성된 기념관 방문, 외과 수술 훈련을 위한 입체 안경, 데이터 장갑, 데이터 의복의 활용
C	철학적 의미의 가상	실재가 아닌 잠재적으로 존재하며, 거기에 있지 않은 채 존재한다	씨앗 속의 나무(실제로 자란 나무의 현실과 대립됨) 랑그 속의 단어(구체적으로 발음된 경우의 현실과 대립됨)

　　가상(virtual)이란 용어는 세 가지 영역에서 각기 다른 의미로 사용되고 있다. 그런데 일상적 의미(A)와 기술적 의미(B)는 가상의 의미를 말해줄 수는 있어도 가상의 기능과 가치에 대해서는 혼란만을 야기한다. 일상적 의미의 가상은 '거짓, 환상, 비현실'이라는 부정적인 의미와 함께 '상상 가능한 것' '가능성'이라는 긍정적인 의미가 혼재되어 있기에, 가상현실(virtual reality)을 형상화하고 있는 사이버시에 대한 오해만을 낳기 때문이다. 이와 달리 기술적 의미의 가상은 '이미 프로그램화되어 있는 경험'이라는 성격을 지닌다. 그것은 가상현실을 제공한다는 점에서 기술적 바탕이다. 하지만 그것은, 비

행 시뮬레이터라든지 비디오 게임 또는 데이터베이스 등의 매개를 통해 제
공되는 경험들이기에, 이미 기술적으로 누군가에 의해 처리된 정보들로 구
성된 경험들에 한정된다.

 하지만, 철학적 의미에서의 가상 개념은 가상의 기능과 '가치'에 주목하게
한다. M. 하임이 강조했듯이, 가상현실은 결코 일시적인 흥분이나 환각이 아
니다.[39] 그것은 우리가 상상할 수 있는 진정한 현실에 대한 지속적인 실험적
충동의 산물이며, 현재 우리가 살고 있는 현실에 대한 변형 의지의 산물이다.
그것은 우리의 경험에 대한 통찰을 제시하며, 기존의 어떠한 예술들보다도
'총체적인 예술'이 무엇인지를 구체화하는 것이다. 그것은 시각적 감각에만
호소하던 문학텍스트나 미술, 청각적 감각에만 의존하던 음악 등을 종합할
뿐만 아니라, 그 종합된 예술작품에 대한 수용자의 직접적인 조작과 참여를
가능케 함으로써 '실제적 수용의 폭과 깊이'를 강화한다. '모든 예술작품들은
본래 종합예술을 지향한다'는 사실을 가상현실들은 다시금 환기하는 것이다.
이처럼 가상현실은 실재(reality)와 대립되는 허구나 가짜가 아니라, 그 실재에
대한 체험과 통찰을 극대화하려는 것으로 이해해야만 하는 것이다.

 이 점은 '가상'이 '실재(reality)'에 대립하는 것이 아니라 '현실(actuality)'이
나 '가능(possibility)'과 구분된다는 사실의 중요성을 주목하게 한다.[40]

구분	잠복된 것(latent)	드러난 것(manifeste)
실질(substance)	가능(possible)	실재(réel)
사건(evenement)	가상(virtuel)	현실(actuel)

---

39) Heim, M.(여명숙 옮김), 『가상현실의 철학적 의미』, 책세상, 1993(1997), pp.179-206. M.
 하임은, 가상현실을 기술적으로 구현하도록 과학기술자들을 추동한 동기가 결코 수준 낮
 은 동기에 기초한 것이 아니라고 말한다. 그것은 기독교나 형이상학의 가장 숭고한 종교
 적 믿음이나 명령 즉 '진정한 실재'가 무엇인지에 대한 탐구, 비유컨대 성배(聖杯)에 탐구
 에 비유될 수 있음을 강조한다.
40) Lévy, P.(전재연 옮김), 『디지털 시대의 가상현실』, 1995(2002), pp.205-211.

위의 구분에서 중요한 것은 '실재와 존재의 차이'이다. 실재는 '여기 있는 것'이다. 그러나 존재는 '거기 있는 것'이다. 실재는 실질(물질)의 차원에 관한 개념이고 존재는 시간 개념이 내포된 사건의 차원에 관한 개념이다. 가상은 실재에 속하는 것이 아니라 존재에 속한다. 그것은 결코 존재하지 않는 것이 아니다. 존재(existe)란 말의 어원이 '밖에 있다(exister)'이듯이, 가상은 '잠재적으로 존재하는 것'이다. 가상은 능력이라는 뜻의 virtus에서 유래한 것으로서 현실적인 것으로 구현되려는 경향이 있지만, 실제적 혹은 형태적으로 '아직' 구체화 되지 않은 것[41]이다. 레비가 예를 든 것처럼, 씨앗 안에 존재하는 나무의 상태가 가상에 해당한다. 나무의 상태가 어떠하리란 것은 결정되어 있지 않다. 요컨대, 가상은 사건을 일으켜 현실화 되려는 어떤 속성이자 사건의 동기에 해당한다.

이로부터 또다른 중요한 사실, 즉 '가상과 가능의 차이'가 드러난다. 가능한 것은 이미 완전히 구성될 수 있는 비실체화된 실질이지만 모호한 상태에 머물러 있을 뿐이다. 비유컨대, 가능한 것은 설계도가 완성되어 있는 어떤 대상인바 그 본성이 변하지 않은 채 실체화될 수 있다. 그것은 잠재적인 실재이다. 때문에 '어떤 가능한 것의 실현은 창조가 아니다'. 하지만 가상은 창조와 연관된다. 그것은 저 밖에 존재하는 어떤 힘으로서, 사건을 통해 여기에 도래하려는 것이기 때문이다. 가능은 정태적인 개념이지만 가상은 동태적이고 역동적인 개념이다. 현실화(actualization)가 문제의 해결을 의미한다면, 가상화(virtualization)는 해결된 문제를 다시 문제화하는 과정, 달리 말해 모든 것의 현재적 정체성을 변화시키는 전형적인 창조의 과정인 것이다.

디지털 시대는 이 가상화의 역학을 그 어떤 시기보다 더욱 뚜렷하게 일으키고 있다. 때문에 디지털 시대에 있어서 인간의 육체(정체성), 언어(텍스트), 현실(관념)에 대한 우리의 개념들 역시 급격히 해체, 재구성되고 있다. 따라서 이것에 대한 이해가 없이는 (사이버)시의 기능과 가치를 객관적으로 평가할 수 없다 하겠다.

41) Lévy, P.(전재연 옮김), 앞의 책, pp.19-34.

사이버시에서 육체는 실로 가장 중요한 대상으로 등장하고 있다. 그것은 사이버공간에서의 주체가 탈육체성을 지닌다[42)]는 점에서 비롯한다. 백욱인의 비유처럼, '육체를 모니터 건너편에 남겨둔 채 모니터의 강을 건너 네트 속으로 들어가'지 않으면 사이버공간의 주체(cybersubject)는 구성될 수 없다. 그런데 이 '모니터의 강'은, 현실공간에서 육체에 각인된 정체성들을 망각하게 만드는 '레테의 강'이나 다름없다. 이 레테의 강을 건넌 주체가 사이버공간에서 경험하는 것은, '분열과 모순의 주체로 정립되는 과정'이다. 즉 가상주체는, '나는 수십 개의 조각들로 쪼개진다. 파편화된 나는 무엇(사이보그, 안드로이드, 게임 속의 가상인물, ID나 Avatar 등)으로든 될 수 있는 동시에 아무것도 될 수 없다.'는 분열과 모순에 직면하게 된다.

이처럼 사이버공간에서 주체는 탈육체성의 조건 하에서, 자기 자신의 정체성에 대한 무한한 변형을 꿈꿀 수 있는 기회가 확대된다. 반면, 정작 '나는 누구인가'에 대한 고정적 의미를 상실하게 된다. 중요한 점은, 현실적 주체의 정체성이 정신적 단일성에 의한 것이 아니라, 기실은 육체의 동일성, 반복성, 고정성 때문이었음을 깨닫게 한다[43)]는 사실이다. 이것은 인간 정체성 개념 구성에 있어서, '정신을 기반으로 하여 정체성을 구성하려던 패러다임의 모순'을 부각시킨다. 사이버시가 육체에 대해 빈번한 질문을 던질 수밖에 없는 것은, 육체의 중요성에 대한 새삼스러운 깨달음이며 동시에 '우리의 정체성에 대한 토대'를 새롭게 찾고자 하는 탐구 행위인 것이다.

둘째, 디지털 시대는 또한 '언어'와 '텍스트'의 개념 역시 해체하고 재구성한다. 먼저 '언어'에 관한 문제를 살펴보자. 디지털 언어는 문자 문화에 의해 형성된 언어 관념이 물질적 우연성을 지닌 것임을 말해준다. 주지하듯, 인쇄 매체의 언어들은 텍스트에 고정되어 있다. 책 자체가 파손되지 않는 한, 일

---

42) 백욱인, 「사이버공간과 사회문화적 정체성」, 『과학사상』, 2001.가을., pp.42-51.

43) 김선희, 『사이버시대의 인격과 몸』, 아카넷, 2004, p.15. 김선희는 사이버시대의 과학기술이 전제하고 있는 기본 사상이 '테크놀로지와 결합된 육체적 초월'이라고 하면서, 이것이 서구의 종교적 정신우월주의적 패러다임과 깊은 연관이 있음을 비판한다. 오히려 이러한 시대에 '육체'의 중요성이 부각된다는 점을 강조하는 것이다.

정한 고정성을 지닌다. 이런 사실은 사소(些少)한 것이 아니다. 그 물질성이 언어의 '의미론적 고정성'이라는 신화(神話)의 기술적 바탕임을 디지털 언어가 말해주기 때문이다.

언어의 고정적 지시성에 대한 가정은, 언어가 '언어 밖에 존재하는 실재'를 재현하는 것이라는 가정과 밀접한 연관이 있다. 그런데 사이버공간에서 언어는 그 자체 항상 가변성을 지닌다. 0과 1로 환원되는 비트로 표현되는 디지털 언어들은, 소리나 잉크와 같은 현실 공간에서의 언어와 달리 탈물질적이다. 따라서 언제라도 변형될 수 있다. 이 같은 차이는 간단한 문제로 끝나지 않는다. 그것은 언어의 형태적 공간적 고정성의 상실만이 아니라 의미론적 고정성도 동시에 파괴하기 때문이다. J. 보드리야르가 시뮬라크르(simulacres)의 시대라고 말했던, 재현할 대상이 없기 때문에 재현할 수 없는 '재현 불가능성의 세계'44)를 전경화한다.

이것은 '진실(의미)의 실종' 시대로만 해석될 수가 없다. 오히려 '언어에 관한 진실' 즉 '이미지(언어)들의 신성한 비지시성'이라는 진실이 도래하는 시대라고 보아야 한다. 디지털 언어는 언어의 기능이 지시성 또는 재현에만 고정되어 있는 것이 아님을 일깨운다. 디지털 언어는 언어 사용자에게 '언어 밖은 없다'는 경험을 형성시킨다. 그러면서 '언어가 사물을 존재케 한다'는 인식의 확장을 낳고, 언어가 창조성을 지닌 도구임을 깨닫게 한다. 달리 말해, '언어(철학)는 거울로서의 기능을 지닌다'는 패러다임이 아니라, '언어(철학)는 항상 다른 대안을 찾는 습관이다'45)라는 패러다임을 확산시킴으로써, 우리로 하여금 창조성에 대한 민감한 의식을 형성시킨다. 요컨대, 디지털 언어의 탈물질성과 비고정성은, '참'과 '거짓' 또는 '실재'와 '상상세계'을 대립시키는 패러다임이 비현실적임을 깨닫게 하는 것이다.

또한 디지털 시대는 텍스트의 '이상적 모형'에 대한 관념 역시 급격히 해체하고 재구성시킨다. 하이퍼텍스트는 책(冊)의 물질적 우연성과 한계를 전

<hr>

44) Baudrillard, J.(하태환 옮김), 『시뮬라시옹』, 민음사, 1981(2001), pp.9-28.
45) Heim, M.(여명숙 옮김), 앞의 책, pp.207-219.

경화46)하기 때문이다. 하이퍼텍스트는 디지털 기술이 낳은 최근의 우연하고도 새로운 산물이 아니란 점이 중요하다. 그것은 오히려 '이상적 텍스트에 대한 매우 오래된 열망',47) 즉 인간의 사고와 연상 방식에 가장 근접한 기계적 시스템에 대한 갈망과 연관되어 있다. 물론 기술적 차원에서 그것이 실체화된 것은 1945년 V. 부시가 개발한 MEMEX(MEMory EXtender) 시스템에서부터였다.48) 디지털 기술은 이러한 열망을 전세계적으로 실현한 것 뿐이다. 이렇게 실현된 하이퍼텍스트는 '텍스트 중의 텍스트이며 슈퍼텍스트'49)로서, 인쇄 기술이 미처 실현시키지 못했던 이상적 텍스트를 현실화시켰다. 때문에 인쇄기술에 의해 만들어진 책을 텍스트 가치평가의 최종적 기준으로 삼을 수 없게 된 것이다.

셋째, '현실' 관념의 해체와 재구성 문제를 살펴보자. 가상현실이 디지털 기술에 의해 실현되면서 현실에 대한 우리의 관념에는 두 가지 차원에서 변화가 이루어지고 있다. '물리적 현실'뿐만 아니라 '가상현실'이 존재함으로써 현실이란 용어의 의미가 확장되었음이 그 하나이다. 그러나 이보다 더욱 중요한 것은, 가상현실에 의해서 '진정한 현실'에 대한 우리의 관념이 지속적인 실험과 재구성에 개방되었다는 점이다. 앞서 가상 개념을 논하면서 강조했듯이, 가상현실은 가상화(virtualization)의 한 사례로서 '현실에 대한 실험'을 일상화하고 있기 때문이다.

M. 하임에 따르면 가상현실은 '시뮬레이션, 상호작용, 인공성, 몰입, 원격현전, 온몸몰입, 망으로 연결된 커뮤니케이션'이란 일곱 가지 개념으로 설명될 수 있는 세계이다.50) 그러나 '가상현실은 그것을 제공하는 컴퓨터가 아니

---

46) Landow, G.P.(여국현 외 옮김), 『하이퍼텍스트 2.0—현대비평이론과 테크놀로지의 수렴』, 문화과학사, 1997(2001), pp.54-75.
47) Heim, M.(여명숙 옮김), 앞의 책, pp.73-76. 하이퍼텍스트의 모형은 17세기 라이프니츠로부터 기원한다. 그는 '신적인 정신'을 표상할 수 있는 책에 대한 문제를 사유했는데, 이것이 컴퓨터 및 하이퍼텍스트에 대한 과학적 탐구의 추동력이 되었다.
48) Landow, G.P.(여국현 외 옮김), 앞의 책, pp.19-25 ; 배식한, 『인터넷, 하이퍼텍스트 그리고 책의 종말』, 책세상, 2000, pp.58-100.
49) Heim, M.(여명숙 옮김), 앞의 책, pp.64-65.

라 그것을 체험하는 주체에게 있다'고 생각한다면, 가상현실의 핵심 구성요소는 몰입(immersion), 탐색(navigation), 조작(manipulation)으로 볼 수 있다.[51] 앞의 두 가지 구성요소가 컴퓨터에 요구되는 것이라면 세번째 요소는 주체에게 요구되는 것이다. 이와 같은 세 가지 특징들은 가상현실이 사이버공간에 존재하는 것이 아니란 점을 말해준다. 가상현실은 물질적 현실공간에도 없을 뿐만 아니라 사이버공간에도 없다. 오히려 그것은 사이버공간과 상호작용하는 '주체들의 주관 속'에 있다. 따라서 '그 가상현실'을 있게 하는 디지털적 가상현실은 환각의 세계가 아니다. 디지털적 가상현실은 우리가 암암리에 전제하고 있는 이상적 세계를 가시화함으로써 그것을 검증하는 실험 대상에 해당한다.

디지털 기술의 참다운 의미는 머리 속에 막연하게 있던 현실 관념들을 가시화함으로써, 그것이 진정으로 추구할 만한 현실인지 검토할 수 있게 해준다는 데 있다. 가상현실은 우리가 실제현실이라고 여기는 현실 관념도 역시 '가상현실의 하나'임을 말해준다. 더이상, 소박한 실재론으로는 현실에 대한 관념을 구성할 수 없는 것이다.[52] 더욱이 그러한 검증 작업은 독백적 의식 활동에 의해 이루어지지 않는다. 인터넷이 허용하는 다양한 주체들의 실시간적 참여에 의해 집단적 검토를 가능하게 하기 때문이다.

이처럼 '현실에 대한 실험을 일상화'함으로써, 디지털 시대에 가치평가 활동은 현실에 대한 고정관념에 의존하여 전개될 수 없음을 인식시킨다. 때문에 (사이버)시 텍스트에 대한 가치평가 활동 역시, 그 세부적 기준을 기존의 서정시 중심적 패러다임으로부터 단일적으로 구성할 수 없게 되는 것이다. 현실마저도 실험되고 재구성되고 있는 상황에서, 시텍스트 역시 그것의 이상적 상태에 대한 실험이 지속적으로 전개되고 있다는 사실을 도외시할 수 없기 때문이다.

---

50) Heim, M.(여명숙 옮김), 앞의 책, pp.179-206.
51) 최면정, 「사이버공간에서의 가상현실」, 김종회 편, 앞의 책, pp.40-42.
52) Heim, M.(여명숙 옮김), 앞의 책, pp.207-219.

다. 시텍스트 평가체계의 재구성

이제는 시텍스트 가치평가 체계의 재구성 방법에 대해 살펴보자. 2장에서 논한 바처럼, 텍스트 가치평가 체계는 '평가주체의 관심에 대한 제한의 원리'와 '텍스트의 기능에 대한 제한의 원리'에 따라 재구성되어야 한다. 이 재구성 과정은 또한, 앞 절에서 논의된 바와 같이 해체되고 재구성된 시의 사회적 기능 및 평가주체 개념을 반드시 포괄해야만 한다.

전자의 원리에 의하면, 평가주체는 칸트적 무관심성의 상태에서 시텍스트의 가치를 평가하는 것이 아니다. 오히려 (상황적 주체로서) 평가주체는 차연적 가치론의 관점을 견지하면서, 자신의 관심 중에서 가치로 인정될 수 있는 관심에 바탕하여 평가해야 한다. 그런데, 앞 항에서 논의한 바처럼 여성시와 사이버시는 평가주체의 관심들이 남성중심주의적이거나 문자문화 중심적 관심에 제한될 수 없음을 인식시킨다. 가치가 될 수 있는 관심은 '주체의 차이들'에 따라 달라질 수 있는 것이다. 그러한 차이는 정체성, 언어, 현실에 대한 관념의 해체와 재구성을 요구한다. 따라서 정전 시텍스트뿐만 아니라 여성시와 사이버시를 포함한 시텍스트 일반의 가치를 객관적으로 평가하기 위해서는 정체성, 언어, 현실에 대한 기존 관념을 재구성함과 아울러 '시=서정시' 패러다임을 해체하고 재구성하면서 주관적 관심을 가치화하는 태도가 필요하다.

후자의 원리에 의하면, 텍스트의 가치는 텍스트의 네 가지 사회적 기능에 의해 결정된다. 중요한 점은 그 네 가지 사회적 기능들 간의 우선순위를 설정할 수 없다는 사실이다. 특정한 기능에 우선권을 부여하는 관점은, 문학의 본질과 기능이 선험적으로 주어져 있다고 생각하거나 문학의 자율성 및 미적 가치와 윤리적 가치의 분과주의를 주장하는 근대적 패러다임 내에서만 타당성을 지니기 때문이다.[53] 또한 네 가지 사회적 기능을 평가할 때 세부적 기준 역시 기존의 관념에 의거할 수 없다. 페미니즘 문학이론과 사이버문학

---

53) Welsch, Wolfgang(심혜련 옮김), 『미학의 경계를 넘어』, 향연, 1996(2005), pp.114-143.

이론을 고려할 때, '언어, 정체성, 현실'에 대한 관념들 역시 해체와 재구성의 과정을 거치고 있기 때문이다.

그런데 네 가지 사회적 기능들 중에서 장르구별적 기능은 나머지 사회적 기능들을 실현시키는 바탕이 된다. 시텍스트는 장르구별적 기능에 의해 형성되는 장르적 특수성을 바탕으로, 다른 사회적 기능들을 효과적으로 현실화시키는 텍스트이기 때문이다. 이것은 네 가지 사회적 기능들을 단순 나열하면서 평가체계를 구성하기보다는, 나머지 세 기능만으로 평가체계를 구성하되 항상적으로 장르구별적 기능을 고려하는 평가체계를 구성하는 것이 적절함을 말해준다.

또한 '텍스트의 기능에 대한 제한'이라는 후자의 원리는 텍스트의 내용 차원을 고려하여 거듭 제한될 필요가 있다. 텍스트의 형식 차원만을 고려하여 시텍스트의 가치평가 체계를 구성하기에는 비효율적이기 때문이다. 말할 나위 없이, 수많은 시텍스트들이 형상화하는 내용들은 무한하다. 그러므로 그 다양한 내용들을 텍스트의 세 가지 사회적 기능과 연결지어 범주화하는 작업이 요청된다.

이러한 내용 범주들로 가장 대표적인 것이 '육체, 언어, 현실'을 들 수 있다. 여성시와 사이버시가 제기하는 평가주체 재구성 방향을 논하면서 언급했듯이, 가장 핵심적인 해체와 재구성의 범주들이란 이 세 범주들기 때문이다. R. 로티 역시 해체되어야 할 세 가지 범주의 우연성을 '자아, 언어, 공동체'라 했는데 이 역시 '육체, 언어, 현실'이라는 내용 범주와 긴밀한 관계가 있다.[54]

이런 점에서 시텍스트의 가치평가 체계는, 그 사회적 기능과 형식(기능체계), 내용 차원을 모두 고려하여 다음과 같이 구성되어야 한다.

---

54) Rorty, R.(김동식 · 이유선 옮김), 『우연성, 아이러니, 연대성』, 민음사, 1989(1996).

[기능과 내용을 고려한 시텍스트 가치평가 체계]

	사회적 기능들	형식 범주	내용 범주	가치평가 기준
시적 기능	정체성 형성 기능 (장르구별적 기능)	대인적 기능체계 (텍스트적 기능체계)	육체 (언어)	차연적 가치론의 관점에서의 연대성
	사회적 관계 형성 기능 (장르구별적 기능)	대인적 기능체계 (텍스트적 기능체계)	언어	
	관념 형성 기능 (장르구별적 기능)	관념적 기능체계 (텍스트적 기능체계)	현실 (언어)	

여기서 주의할 점은, '육체'라는 내용 범주가 정체성 형성 기능과 가장 직접적으로 연관된다고 할 수 있지만, '단독적으로만' 연관된다고 볼 수는 없다는 점이다. 육체'에 관한 언어' 역시 정체성 형성 기능과 연관되기 때문이다. 다른 내용 범주들 역시 각 사회적 기능과 맺는 관계 역시 이와 같다. 또한 '언어'란 요소는 언제나 항상 각 기능에 작용한다는 점 역시 주의해야 한다. 장르구별적 기능이 다른 사회적 기능의 바탕이 되는 것과 마찬가지로 언어란 범주는 다른 내용 범주의 바탕이 되기 때문이다.

2. 여성시의 사회적 기능과 가치평가

이제는 지금까지의 논의를 바탕으로 여성시와 사이버시에 대해 가치평가 활동을 전개해 보기로 한다. 그런데, 세밀한 논의의 숲에 들어가기에 앞서 잊지 말아야 할 한 가지를 언급하고자 한다. 그것은 '텍스트 구성의 원리는 力學的 文法'이란 점이다. 즉 텍스트 분석은, 텍스트를 생산한 문화들(남/여성문화, 사이버문화, 문자문화)의 역학과 그 차이를 적극적으로 고려해야 한다는 사실이다. 그렇지 않으면, 객관적 가치의 창조는 억압될 수 있기 때문이다. 이 점을 고려하면서, 여성시에 대한 가치평가 활동을 전개해 보자.

1) 여성시의 정체성 형성 기능 : 정신(남성) − 중심주의 비판

'정신'은 '육체'와 분리될 수 없음은 자명하다. 그럼에도 정신보다 육체는 열등한 가치를 지닌 대상으로 규정되어 왔다. 근대적 가치론에서도 드러나듯, 최상의 가치는 언제나 정신적인 것 그 중에서도 종교적인 것이었다. 인식론의 측면에서도 육체는 배제의 대상이 되어오곤 했다. 감각이나 감정은 합리성과 이성에 비해 인식적 능력이 열등한 것으로 여겨져 왔으며 육체는 더더욱 합리성이나 이성과 무관한 것으로 여겨져 왔다.[55] 이에 따라 여성뿐만 아니라 인간의 정체성 역시 항상 '정신/육체의 비대칭적 구조' 달리 말해 '정신−중심주의' 패러다임 하에서 규정되어 왔다.

그런데 육체가 정신에 비해 열등한 것으로 치부된 것처럼, 여성은 남성에 비해 열등한 것으로 여겨져 왔다는 데에 문제가 발생한다. 남성은 정신적 사유가 가능한 존재로 규정되었지만, 여성은 이성적 사고 능력이 결여된 '육체적' 존재로 여겨져 왔기 때문이다. 아담과 이브의 신화가 말해주듯이, 절대적 가치인 종교적 가치의 세계(낙원)로부터 인간의 추방과 타락을 가져온 매우 위험한 것이 바로 여성이었다. 더욱이, 육체의 능력 측면에서도 여성은 남성보다 열등하다고 생각되어 왔다. 아리스토텔레스는 이런 근거에서, 여성이 남성의 예속을 받는 것이 정당하다고 논증하였다.[56]

문학 역시 가치 있는 것을 형상화하고자 할 때 육체와 여성을 온전한 대상으로 선택하지 않았다.[57] '아름다운 여성의 육체'가 모든 예술에서 곧잘

---

55) Johnson, M.(노양진 옮김), 『마음 속의 몸』, 철학과현실사, 1987(2000).

56) Aristotle(나종일·천병희 역), 『정치학·시학』, 삼성출판사, 1990, pp.48-51.

57) 아리스토텔레스 이후 문학은 흔히 '가치 있는 대상의 언어적 모방물'로 여겨져 왔다. 가치 있는 것을 모방할수록 그것의 가치는 더욱 높은 것으로 여겨졌기 때문에 과거의 문학·지배계급의 문학일수록 그 모방 대상은 신·영웅 등 '신분이 높은 남자주인공이나 그들의 가치 있는 행위와 감정'에 한정되어 있었다. 따라서 正典 중에는 '여성 그 자체'가 주인공인 서사물은 드물고 '성모 마리아'와 같은 성스러운 존재(이것이 변형된 기사로맨스나 공주이야기) 또는 풍자의 대상으로서의 '이브(타락한 여자/창녀)', 희생양으로서의 여성, 악녀 등 남성적 가치체계에 의해 변형된 여성 이미지들이 더욱 많이 선택되어 왔다. Michie, H.(김경수 옮김), 『페미니스트 시학─여성의 비유와 여성의 신체』, 고려원, 1987(1992).

등장했지만 그런 대상들은 정신적 가치라는 원관념을 표상하기 위한 보조관념이거나 남성의 욕망을 투사한 대상물에 지나지 않았다.[58] 여성 육체에 대한 기존의 언어와 이미지는 '여성 정체성(육체)의 왜곡'을 가져온 것이다. 때문에 페미니즘문학은 여성 자신에 의한 여성의 육체를 재현하려고 투쟁함으로써, 남성(정신)―중심주의적 가치구조의 해체와 재구성을 시도하여 왔다.

여성시는 여성의 정체성 해체와 재구성을 위해, 여성의 육체 중에서 특히 子宮을 핵심적인 소재[59]로 활용하고 있다. 子宮은 사회문화적 전통 속에서 다양한 신화적 모티브의 대상이었기 때문이다. 하지만 1980년대 이후 페미니즘 의식이 강하게 반영되면서 여성시는 신화적 차원에서 여성의 육체를 형상화하는 데 머물지 않고, 여성의 억압적 삶을 형상화하기 위해 탈신화화(脫神話化)하는 경향으로 변화되어 간다. 이러한 과도기적 단계를 보여주는 것이 강은교의 「자전(自轉)」 연작이다.

> 날이 저문다.
> 먼 곳에서 빈 뜰이 넘어진다.
> 無限天空 바람 겹겹이
> 사람은 혼자 펄럭이고
> 조금씩 파도치는 거리의 집들
> 끝까지 남아 있는 햇빛 하나가
> 어딜까 어딜까 도시를 끌고 간다.

58) Hayward, S.(이영기 옮김), 『영화 사전』, 한나래, 1996(1997). 여성 육체의 아름다움의 기준 역시 남성적 기준에 의해 규정된다. 특히, 영화에서 아름다운 여성의 육체가 남성 욕망의 투사 즉 '남성의 시선'에 좌우된다는 점은 '관음증' '응시'와 같은 중요 개념을 부각시키는 페미니즘 영화이론에서 비판되어 왔다.

59) 이은정, 「육체, 그 불화와 화해의 시학」, 김현자 외, 『한국여성시학』, 깊은샘, 1997, p.46. "많은 여성 시인들은 여성의 육체를 새로운 관심과 시선으로 주목하며 비유의 상상 구조의 체계 자체를 육체에서 빌어오고 있다. 임신, 출산, 수유, 월경을 비롯해 빈혈, 탈수, 구토, 멍, 생리통, 식욕부진, 배설 및 성충동과 성욕 등이 그것이다." 김미현(1996)은 해방전 여성소설에서 육체와 관련한 대표적 소재로 '자궁, 유방, 피부, 입술' 등을 살피고 있다. 그런데 본고가 판단하기에, 여성시에서 가장 압도적인 육체적 소재는 子宮이다. 이것은 시라는 장르의 특성(압축성)에 기인한다고 판단된다.

날이 저문다.
날마다 우리나라에
아름다운 女子들은 떨어져 쌓인다.
잠 속에서도 빨리빨리 걸으며
寢牀 밖으로 흩어지는
모래는 끝없고
한 겹씩 벗겨지는 生死의
저 캄캄한 數世紀를 향하여
아무도
자기의 살을 감출 수는 없다.

집이 흐느낀다.
날이 저문다.
바람에 갇혀
一平生이 落果처럼 흔들린다.
높은 지붕마다 남몰래
하늘의 넓은 시계 소리를 걸어놓으며
曠野에 쌓이는
아, 아름다운 모래의 女子들

부서지면서 우리는
가장 긴 그림자를 뒤에 남겼다.
　　　　　　　　　— 강은교(1974 : 11-2), 「신화적 자전(自轉) 1」

　　네 편의 이 연작들을 관류하는 발상은 여성과 지구를 동일시하는 神話的
패러다임[60]이다. 뒤에 상술하겠지만, 이러한 신화적 패러다임은 여성 정체성

---

60) 이러한 발상을 가장 명시적으로 보여주는 것이 「自轉2」이다. '생각에 잠겨 / 비스듬히 웃
　　고 있는 지구', '그렇다. 바다는 / 모든 여자의 자궁 속에서 회전한다.'에서 알 수 있듯이,
　　지구와 여성은 子宮에 의해 일체화되고 있다. 이를 바탕으로, '닫혔던 문이 열'리기를 바
　　라면서 '못 보던 (새로운) 아이'가 나타나는 환상을 제시함으로써 폐허 같은 지구의 부활
　　을 기원한다.

에 대한 가장 대표적인 외부적 투사물이다. 즉 여성 스스로 여성 자신의 욕망을 투사하여 여성의 정체성을 부여한 것이기보다는, 사회문화가 여성에게 부여한 정체성의 패러다임이다. 이러한 성격의 신화적 패러다임을 선택한 「자전」 연작에는 "生死, 落果, 落花, 廢墟" 등이 자주 등장하는데, 지구와 동일시된 여성은 현실을 비극적 관점에서 바라보는 신격적(神格的) 관찰자로 설정되어 있다. 그러한 설정을 통해 인간의 허무의식과 부활에의 기원을 형상화하면서, '구원의 상징=여성'이라는 신화적 모티브를 창조적으로 재맥락화하고 있다. 이런 이유로 「자전」 연작은 긍정적인 평가를 받아 왔다.

그런데 「자전1」은 여성에 대한 신화적 패러다임을 탈신화화(脫神話化)하려는 의식(意識)이 잠재되어 있다. 즉, 지구를 구원하는 신화적 존재로 여성의 정체성을 부여하려는 표면적 구조 이면에, 한국 여성의 사회적 현실을 비판하고자 하는 의식이 작용하고 있는 것이다. 그것은 여성에 관한 신화가 여성에게 숭고한 가치를 부여하는 듯하지만, 결코 여성의 현실적 모순을 해결하지 못한다는 점에 대한 여성적 자의식에 근거한다.

이것을 발견하기 위해서는 중층적 관점의 원리하에, 텍스트 '사이'에 생략되거나 압축된 흔적들을 찾아내 재구성할 필요가 있다. 그것은 「자전」 연작들이 선택한 텍스트적 기능체계의 중성적(中性的) 특성 때문이다. 예를 들어, 「자전1」의 텍스트적 기능체계는 기존의 시적 규범을 준수하고 있다. 행과 연의 구성 방식이 매우 낯익고, 정서의 절정을 암시하는 3연의 마지막 행과, 고조된 감정이 다시 침잠하는 4연은 마치 신라 향가의 낙구(落句)와 같아서 전통적인 형식 규범을 적극적으로 계승하는 듯하다. 문체도 '-ㄴ다'의 종결형을 반복적으로 사용함으로써, 남녀 모두가 공통적으로 자주 쓰는 중성적 특성61)을 지니고 있다. 이러한 특징들은 독자로 하여금 작가가 여성이라는 사실마저 자각하기 어렵게 만든다. 때문에 텍스트적 기능체계만을 살펴보면

---

61) 신현숙, 「시의 종결 형식을 통해 본 남성과 여성의 문체」, 박갑수 편저, 『국어문체론』, 대한교과서주식회사, 1994. 신현숙은 시의 마지막 문장만을 대상으로 남성과 여성 시인의 문체를 비교했는데 '-ㄴ다'는 공통적으로 가장 많이 쓰는 종결어미라고 보고한다.

여성적 자의식을 지녔다고 보기 어렵다.

「자전1」의 대인적 기능소인 '우리'라는 인칭대명사[62]는 이러한 해석이 재구성되어야 함을 요구한다. 관례적 해석들은 「자전1」에 '女子'란 시어가 반복되어 사용되었음에도 그것에 큰 비중을 두지 않은 채, '우리'가 성차(性差)를 초월한 인간 보편을 의미한다고 본다. 실상, 이런 해석이 있었기 때문에 이 시는 보편적 인간 경험(허무의식)을 형상화한 훌륭한 시로 높게 평가받아 왔다. 예를 들어, 김병익은 강은교의 시를 높이 평가하면서 이러한 해석 전략을 활용했다. 그는 "1930년대에 형성되기 시작한 여류 시단은 … 조국애로부터 절대자를 향한 갈구, 못 이룰 사랑에 대한 전통적 한, 괴로운 일상의 아픔에 이르기까지 … 다양함에도 불구하고 그들의 작품 대부분은 <여류시>란 명칭 안으로 귀속되어 왔다. … 강은교는 이미 <여류 시인>의 한계를 탈피하여 하나의 시인, 그것도 탁월한 시인"이 되었다[63]고 평가한다.

김병익의 해석 전략은 강은교를 '여류'라는 한정된 영토에서 구출하는 듯하지만, 다시 생각해 보면 그 '여류'라는 영토 자체의 가치에 대해서는 방치하고 있다. 여성시의 가치를 높게 평가하기 위해서는 또는 여성시가 높은 가치를 부여받기 위해서는 '주체의 성적 차이'를 언급하지 않거나 넘어서야 한다는 논리를 성립시키는 것이다. 강은교의 시가 중성적인 텍스트적 기능체계를 선택할 수밖에 없었던 것은, 이처럼 알게모르게 당대의 평가적 담론의 논리가 그 생산 과정에 '이미' 틈입해 있었기 때문이라 하겠다. 달리 말해, 여성은 여성의 언어로 말할 수 없었음을 암시해준다.

앞서와 같은 해석은 '우리'라는 인칭대명사를 너무나 안이하게 인간 보편으로 추상시킴으로써, 이 텍스트 속에 잠재되어 있는 여성적 자의식을 (어쩌면 보지 못한 것이 아니라 의도적으로) 침묵시킨다. 달리 말해, 특정한 주체(여성)의 현실적 문제를 허무의식이나 신화적 차원으로 변용시켜 버리는 것

---

62) 인칭대명사 문제는 페미니즘 언어이론에서 중요한 비판 대상이 되곤 한다. 이 점은 '언어'를 주제로 한 여성시 텍스트를 살필 때 재론하기로 한다.
63) 김병익, 「허무의 선험과 체험」, 강은교, 『풀잎』, 민음사, 1974, p.124.

이다. 이 침묵된 목소리를 재구성하기 위해서는 왜 하필 '아름다운 여자들' 앞에 '날마다 우리나라에'라는 직시사들(deixies)이 선택되었는가, '아름다운 여자들은 떨어져 쌓인다'와 같은 표현들이 왜 반복적으로 나타나는가에 대한 질문을 던질 필요가 있다.

이러한 텍스트적 기능체계의 선택은 '날마다 우리나라' 여성에게 벌어지는 부정적 사태의 사회적 원인을 암시하기 위해서라고 해석할 수 있다. '날마다 우리나라'는 장소만을 의미하는 것이 아니라, 여성을 '落果'로 만드는 원인의 총체물인 것이다. 즉 '날마나 우리나라(의 사회적 구조)에 (의해) 많은 여성들이 낙과처럼 삶의 의미를 잃어가고 있다'는 주장을 펴고 싶었으나, 그러한 주장이 당대로서는 쉽지 않았기에, 다만 '날마다 우리나라에'라고 애매하게 표현한 것이다. 이것은 「자전1」의 표면적 텍스트 이면에 '사장(死藏)된 텍스트'가 존재한다는 점을 말해준다. 당대에는 이러한 표현이 어려웠을 것이라는 점은, 이와 같은 해석이 최근에 와서야 공개적으로 이루어지게 되었다[64]는 사실에서 알 수 있다.

요컨대, 「자전1」은 텍스트 표면의 유기성과 달리 그 이면의 '사장(死藏)된 텍스트'와 상당히 분열되어 있는 텍스트이다. 신화적 패러다임의 수용, 중성적인 텍스트적 기능체계의 선택은 당대의 텍스트 생산 공간에 작용하는 역학 관계의 산물이었던 것이다. 반면에 그 역학 관계에 의해 배제되어 있던 텍스트는 ['우리'는 '여성'이라고 말하고 싶었던 텍스트] 라 하겠다.

페미니즘적 입장에서 보면 「자전1」의 형상화 방식은 매우 소극적이다. 그리고 여성적 자의식이 분명하게 있다고 확언하기도 어렵다. 그러나 1980년대 이후 페미니즘의 적극적인 수용이 이루어지면서 여성시가 육체를 형상화하는 방식은 급격한 변화를 보인다. 신화적 패러다임에 의존하지 않음으로써 여성 현실과 여성 정체성을 주체적으로 형상화하고자 한다. 먼저, 여성 현실을 형상화하는 방법의 전환을 살펴보자.

---

64) 맹문재 · 김남석 공편, 『페미니즘과 에로티시즘』, 월인, 2002.

너는 날 버렸지,
이젠 헤어지자고
너는 날 버렸지,
산 속에서 바닷가에서
나는 날 버렸지.

수술대 위에 다리를 벌리고 누웠을 때
시멘트 지붕을 뚫고 하늘이 보이고
날아가는 새들의 폐벽에 가득찬 공기도 보였어.

하나 둘 셋 넷 다섯도 못 넘기고
지붕도 하늘도 새도 보이잖고
그러나 난 죽으면서 보았어.
나와 내 아이가 이 도시의 시궁창 속으로 시궁창 속으로
세월의 자궁 속으로 한없이 흘러가던 것을.
그때부터야.
나는 이 지상에 한 무덤으로 누워 하늘을 바라고
나의 아이는 하늘을 날아다닌다.
올챙이꼬리 같은 지느러미를 달고.
    나쁜 놈, 난 널 죽여 버리고 말 거야
    널 내 속에서 다시 낳고야 말 거야
내 아이는 드센 바람에 불려 지상에 떨어지면
내 무덤 속에서 몇 달간 따스하게 지내다
또다시 떠나가지 저 차가운 하늘 바다로,
올챙이꼬리 같은 지느러미를 달고.
오 개새끼
못 잊어 !

— 최승자(1984 : 64-65), 「Y를 위하여」

봉건제하에서 여성은 말과 글에서 소외되어 왔다.[65] 근대 이후에도 이러한 침묵과 제약의 금기가 개선되지는 못했다.[66] 남성(문인들)에 의해 여성(문인

들)은 자신의 어법에 대한 '거세의 충격 체험'을 겪을 수밖에 없었기 때문이다. 즉 여성시인들은 '침묵'에서는 해방된 듯했지만, 남성들의 기준에 어긋나는 어법으로 말하고 쓰는 것은 여전히 억압되었다. 예를 들어, 김명순이나 나혜석의 시들은 '남성적 특성'을 보여주었는데[67] 이런 경향은 여성에게 부적절한 것인양 여겨지면서 거세되어 2세대 여성시인들인 노천명·모윤숙에게 계승되지 못하였다. 여성은 오랜 동안 거세의 공포를 앓아야만 했던 것이다.

최승자의 시는 거세 공포로부터 벗어나 있음을 보여준다. 특히, 「Y를 위하여」가 보여주는 텍스트적 기능체계와 대인적 기능체계의 변화는 주목할 만하다. 욕설이 사용되고 있고 청자를 '당신'이라 하지 않고 '너'라고 하고 있다. 사회문화적으로 형성된 여성어법[68]을 파괴하고 남성과의 사회적 관계 규범에 도전하고 있다. 그럼에도 불구하고, 그것이 여성 정체성의 우연성에 대한 고찰을 효과적으로 자극한다는 점에서 높이 평가할 수 있다. 이 시텍스트가 子宮을 소재로 하여, 여성의 사회문화적 내면적 현실을 전형적으로 형상화하는 데 성공하고 있기 때문이다.

그것은 두 가지 점 때문이다. 첫째, 이 시는 「자전」과 달리, '여성=지구'와 같은 신화적 패러다임에 의존하지 않고 있다. 여성에게만 발생할 수 있는 '여성적 경험(출산 또는 낙태)'의 실제를 사실적으로 형상화하기 위해 子宮이란 소재를 탈신화적 관점에서 활용하고 있다는 점이다. 또한 여성의 구체적

---

65) 이혜순 외,『한국 고전여성문학의 세계(한시편)』, 이화여대출판부, 1998, pp.9-16. "일반적으로 여성들이 작품을 상당수 저작했거나 개인 문집을 남겨 의식적인 문학 활동을 했던 것은 16세기부터로 볼 수 있으나 이 때에도 자신의 작품을 온전히 남겨 후대에 전하려는 노력을 한 여성들은 많지 않다. 이는 역시 글쓰기가 여성의 본분이 아니라는 사회적 관념을 뛰어넘지 못했고 오히려 시로 풀었던 자신들의 소회가 타인들에게 알려지는 데 대한 두려움에 기인된 것으로 보인다."
66) 김윤식, 「여성과 문학」,『아세아여성연구』7집, 숙명여자대학교, 1968, pp.106-107.
67) 최지현, 「한국근대시 정서체험의 텍스트적 조건 연구」, 서울대대학원 박사학위논문, 1997, pp.134-144. "김명순이나 김원주 등의 시가 어떤 면에서는 남성 시인들보다 충동적이고 이념적이며 男聲韻—그렇게 표현할 수 있다면—을 갖춘 詩作을 보여주었다."
68) 여성 언어의 특징 및 그것의 사회문화적 연관성에 대해서는 민현식, 「국어의 여성어 연구」,『아세아여성연구』34, 숙명여대 아세아여성문제연구소, 1995 참고.

경험 세계를 환유('수술대 위에 다리를 벌리고 누웠을 때')하면서, 남성의 정신적 육체적 폭력이 '여성적 의식'을 형성하는 계기임을 암시한다. 둘째, 이 시는 (다소 미약하긴 하지만) 해체시(解體詩)와 유사한 텍스트적 기능체계를 선택하여 여성의 (무)의식을 표현하고 있다. 사회적 가치구조에 억압되어 말하지 못하고 있는 여성 내면의 '사실'을 보여준다. '나쁜 놈, 난 널… 다시 낳고 말 거야'란 발화에 선택된 대인적 기능소, 그리고 이 발화가 텍스트 속에 배치하는 특징적 방식이 이러한 효과를 낳는다.

이러한 발화는 여성언어에 대한 기존의 가치구조가 결코 허락하지 않았을 선택 대상이다. 그것은 속말로나 품고 있어야 할 反여성적(사회적) 발화이다. 하지만 이 텍스트는 그것을 발화하고 있다. 발화하면서 그것이 앞서의 발화들과는 다른 성격을 지닌 것임을 보여주기 위해 행 배열을 다르게 하고 있다. 주지하듯 시는 인쇄 공간을 창조적으로 활용하여 새로운 의미를 구성한다.[69] 인쇄 공간에서의 차이는 의미의 차이를 유발한다. 일종의 해체시적 작법[70]을 원용하여 여성의 심층의식을 과감히 표현함으로써 여성 언어사적 혁신을 보여준다. 또한 텍스트의 끝에 와서는 텍스트 표면에도 과감히 공표화함으로써 무의식의 의식화를 보여준다. 즉 이 텍스트는 '그때부터(야)'-여성의 억압된 무의식을 의식화하려는 순간(시대적 분위기)-를 포착하고 적절히 형상화함으로써, 여성 주체가 자기 방식대로 자신의 육체에 관해 표현할 수 있는 자유의 공간을 확장시키는 데 기여했다고 평가할 수 있다.[71]

---

69) Riffaterre, M.(유재천 역), 앞의 책, p.14 ; 김준오(1994), 앞의 책, pp.75-79 ; Lamping, D.(장영태 옮김), 앞의 책, pp.51-59.

70) 분명 「Y를 위하여」는 이런 의식이 다소 미약하다. 하지만 『이 시대의 사랑』에 실린 다른 시들은, 해체시 경향을 강하게 보여준다. 그런데 그녀의 해체시적 경향에 대해서는 남성이 쓴 해체시에 대해서와는 '다르게 또는 미약하게' 문학사적 의미가 부여된다. 즉, 남성의 해체시는 대사회적 전언이 담겨 있는 것처럼 해석하지만 최승자는 '사랑을 매개로 한 실존(죽음)의식'의 표현으로만 해석한다. 또한 80년대 모더니즘 시사의 핵심으로 해체시를 설정하면서 (의도적이든 아니든) 그녀는 주변화된다. 이러한 데서도 한국시사의 남성 중심주의적 시각이 드러난다. 해체시에 대한 문학사적 논의는 이승훈, 『한국모더니즘시사』, 문예출판사, 2000, pp.299-347.

71) 물론, 여성 언어의 해방이 욕설이나 금기어의 자유로운 사용을 의미한다고 보는 것은 핵

　그런데, 이러한 텍스트적 기능체계의 의미심장한 선택이 우연히 일회적으로 이루어진 사건이 아니란 점을 인식하는 것이 중요하다. 두 가지 점에서 이것이 일회적이 아님을 알 수 있다. 첫째, 최승자는 자신의 무(전)의식적 발화를 암시하는 텍스트적 기능소들을 초기작부터 줄곧 보여준다. 굳이 명명하자면 '괄호말넣기' 방식을 통해 보여준다.

　　① 나는 한없이 나락으로 떨어지고 싶었다. (중략)
　　⋯⋯⋯⋯⋯⋯⋯
　　⋯⋯⋯⋯
　　⋯⋯
　　아 썅! (왜 안 떨어지지?)
　　　　　　　　－ 최승자(1981 : 27), 「꿈꿀 수 없는 날의 답답함」에서

　　② 떠날까요 떠날까요
　　파도는 묻는데
　　그 여자는 천천히
　　허공에 눕고 있었다. (중략)

　　(허공에 그녀를 방임해 놓은
　　사랑의 저 무서운 손!)
　　　　　　　　－ 최승자(1981 : 27), 「사랑받지 못한 여자의 노래」에서

　　③ 궁창의 빈터에서 거대한 허무의 기계를 가동시키는
　　하늘의 키잡이 늙은 니힐리스트여,
　　당신인가 나인가
　　누가 먼저 지칠 것인가
　　(물론 나는 그 결과를 알고 있다.

심을 빗나간다. 중요한 것은 여성이 자기 언어에 대한 사회문화적 억압기제의 우연성을 의식하면서 그것을 재편하려는 자의식을 갖게 되었다는 사실이다. 스스로 자기가 사용할 언어의 규범을 만들려는 것으로 해석해야 하는 것이다.

내가 당신을 창조했다는 것까지)
　　　　－ 최승자(1984 : 12), 「끊임없이 나를 찾는 전화 벨이 울리고」에서

④ (불길해. 오늘 밤 달빛이 불길해.
　우리 엄마 자궁 속에 검붉은 암 기운이 번지나봐.
　나 돌아가야 할 곳이 흔들려, 자꾸만 물결쳐)

　지금 내가 없는 어디에서
　내 친구는 내 친구의 친구와 히히덕거리고
　　　　　　　－ 최승자(1984 : 16), 「지금 내가 없는 어디에서」에서

⑤ (한밤중에 문득 잠에서 깨어날 때
　너희의 거울 속을 들여다보라
　거기, 이십 세기의 치욕인 내가
　너희에게 은은한 치욕의 미소를 보내고 있을 것이다.)
　　　　　　　　　　－ 최승자(1984 : 82), 「無題2」에서

⑥ 이제 전수할 슬픔도 없습니다.
　이제 전수할 기쁨도 없습니다. (중략)

　(꿈이여 꿈이여
　늙으신 아버님의 밑씻개여)
　　　　　　　　　　－ 최승자(1989 : 16), 「이제 전수할」에서

⑦ 시간의 사막 한가운데서
　죽음이 홀로 나를 꿈꾸고 있다.
　(내가 나를 모독한 것일까,
　이십 세기가 나를 모독한 것일까.)
　　　　　　　　　　－ 최승자(1989 : 20), 「어떤 아침에는」에서

　이와 같은 텍스트적 기능체계는 최승자의 시에서 다수 발견된다. 인용한

것들은 괄호 자체가 사용된 경우들만이지만 괄호를 사용하지 않고 인쇄공간
의 창조적 활용을 통해 전(무)의시적 발화를 텍스트 속에 다양하게 넣기, 즉
'결과로서의 텍스트'에 넣기를 방법화하고 있는 것이다. 그러한 표현들은 反
여성적 어법을 활용하거나 비실제적인 현상 또는 무의식적 체험들을 담고
있다. 이러한 텍스트적 기능체계는 90년대 여성시인들에 와서는 좀더 노골
화된다는 점에서, 최승자의 시텍스트들은 그 물꼬를 튼 시텍스트라 하겠다.

　다른 한편으로, 최승자는 여성시의 전통을 패러디함으로써 여성 현실을
형상화할 수 있는 자유의 공간을 더욱 확장하였다.

> 겨울에 바다에 갔었다.
> 갈매기들이 끼룩거리며 흰 똥을 갈기고
> 죽어 삼일간을 떠돌던 한 여자의 시체가
> 해양 경비대 경비정에 걸렸다.
> 여자의 자궁은 바다를 향해 열려 있었다.
> (오염된 바다)
> 열려진 자궁으로부터 병약하고 창백한 아이들이
> 바다의 햇빛이 눈이 부셔 비틀거리며 쏟아져 나왔다.
> … 중략 …
> 세계 각처로 뿔뿔이 흩어져 간 아이들은
> … 중략 …
> 야밤을 틈타 매독을 퍼뜨리고 사생아를 낳으면서,
> 간혹 너무도 길고 지루한 밤에는 혁명을 일으킬 것이다.
> 언제나 불발의 혁명을.
> 겨울에 바다에 갔었다.
> (오염된 바다)
>
> 　　　　　― 최승자(1984 : 50-51), 「겨울에 바다에 갔었다」에서

겨울 바다에 가 보았지.
未知의 새,
보고 싶던 새들은 죽고 없었네.
… 중략 …

기도를 끝낸 다음
더욱 뜨거운 기도의 문이 열리는
그런 영혼을 갖게 하소서.

남은 날은
적지만

겨울 바다에 가 보았지.
忍苦의 물이
水深 속에 기둥을 이루고 있었네.

　　　　　　　　　　　　　　　　－ 김남조(1967), 「겨울바다」에서

　패러디는 문학사와 분리해서 생각할 수 없다. 그 역도 진리다.[72] 때문에 문학사나 사회문화에 의해 정전으로 정위된 텍스트들이 패러디의 대상이 된다. 또한, 패러디는 패러디의 주체 자신이 인식하고 있는 문학사의 주류(主流)를 은연중 고백하는 행위이기도 하고 그것을 전복하는 행위이기도 하다. 그런데 남성 시인들은 기이하게도 여성 시인을 거의 패러디하지 않는다.[73] 설혹 있더라도 잘 알려져 있지 않다. 이것은 한국시문학사가 남성중심주의적이라는 한 징표이다. 이에 비해 최승자는 여성 시인을 패러디한다. 이것이

---

72) 김준오, 「문학사와 패러디 시학」, 김준오 편, 『한국 현대시와 패러디』, 현대미학사, 1996, p.14.

73) 포스트모더니즘이 문학계의 화두가 된 1990년대 이후 패러디론들을 살펴보면, 항상 패러디의 주체(황지우·박남철·장정일 등)도 패러디의 대상(김춘수·서정주 등)도 남성에 집중된다. 여성시인들은 패러디의 주체(고정희·김정란 등의 몇몇 시)로서만 부분적으로 언급된다. 그것도 남성시인을 패러디한 것만이 인용된다. 이것은 패러디의 편재성을 강조하기 위해서 여성시인들이 '도구적'으로 활용됨을 알 수 있다. 김준오 편, 앞의 책, pp.13-45.

지니는 여성문학사적 의미가 심대하다고 판단된다. 그러나 기이하게도 페미니즘 연구자들에게도 이 점은 부각되지 않는다. 이것은 은연중 문학의 주체가 남성이라는 점, 그 법통(法統)을 온순하게 계승하든 비판적으로 탈취하든, 언제나 법통 계승은 남성 사이에서만 일어난다는 인상을 여성 주체들이 내면화하고 있음을 말해준다. 따라서 여성시를 패러디한 최승자의 시는 남성·여성시인 모두에게 복합적 의미를 던진다고 평가할 수 있다.

김남조는 전후(戰後) 한국의 여성시를 대표하는 여성시인이다. 그녀가 남긴 여성시는 일종의 정전으로서 후대의 여성시인들에게 깊은 영향을 주었다. 그런데 김남조의 시는 불완전하고 궁핍한 존재의 부정적 본질을 인식하고 그러한 불완전성을 대타자(신·님·자연)에의 순응적 귀속으로 극복하고자 했다.[74] 또한 사랑의 시학[75]을 구축함으로써 다른 많은 후대 여성시인들에게, 여성시인이라면 사랑의 시를 쓰지 않으면 안 되는 듯한 또는 여성시에는 사랑이 핵심이라는 듯한 맥락을 형성하였다.

하지만 최승자는 그것이 환상과 관념으로의 도피임을 폭로한다. 겨울바다에 가서 최승자가 본 것은 어떠한 환상이나 관념이 아니라 처참한 여성 육체의 현실이다. 더욱이, 그 광경이 주는 충격을 종교적 관념에 귀의하여 초월하려 하지 않는다. 오히려 처참한 여성의 육체가 쏟아내는 사생아(私生兒)―이미 이 말에도 얼마나 많은 가치 전복의 의도가 들어 있는가!―를 통해 파괴를 꿈꾸고 혁명을 기도(企圖)한다. 이처럼 최승자는 여성시의 정전을 패러디함으로써 여성시의 맥락을 근본적으로 변화시킨다.[76]

이렇게 최승자의 시를 계기로, '이 때부터' 여성시는 여성의 육체를 바라보는 자기 관점과 자기 언어를 전유하게 되었다. 그러나, 여성의 정체성에

---

74) 김현자, 「페미니즘적 관점에서 본 한국 현대시 연구」, 앞의 책, p.310.
75) 정영자, 「김남조의 시세계―사랑 시학의 변모과정」, 앞의 책, pp.181-197.
76) 이러한 전복적 기획은 그녀의 첫시집인 『이 時代의 사랑』(1981)에서부터 '사랑'을 殺意 또는 自爆으로 규정(「사랑 혹은 살의랄까 자폭」)하고, 자기 자신을 '어둠의 자손' '태양에의 사악한 꿈'을 꾸고 있는 존재(「자화상」)로 규정하는 태도에서부터 발견된다. 한마디로 그녀는 전대의 여성시인들이 쓴 사랑의 시를 패러디함으로써 여성시의 새로운 차원을 개척했다고 평가할 수 있다.

대한 주체적 규정이 제시되었다기보다는, 여성 정체성에 대한 외부적 규제
와 억압을 비판하는 데 그쳤다는 한계를 지닌다. 전복을 꿈꾸지만 새로운 여
성이 무엇인지 말하지 못하고 있는 것이다. 다음 시텍스트는 이러한 한계를
넘어서, 여성 정체성에 대한 재구성의 방향을 제시한다는 점에서 높게 평가
할 수 있다.

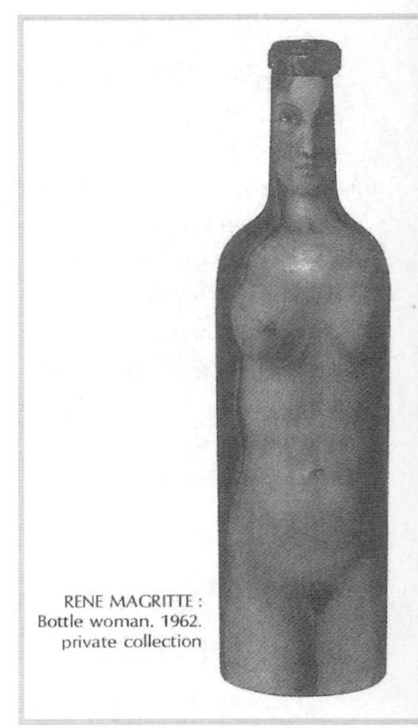

나도 내 몸에 꼭 맞는 유치장을 갖고 있다.
붉은 병을
프로이드 식으로 남성의 상징이라 하지 마시길
제발 성욕도 잡숩지 마시길
어떻게 내가 여자만인가
당신의 곧고 환한 마음을 들여다보는
등잔이면 안되는가
이 눈 이 얼굴 이 가슴의 트럼펫
제대로 되먹은 인간이고 싶은 고뇌를 불고 있다
수 세대에 걸쳐 이브와 아담의 칼을 쓰고 있다
인간은 인간이란 기호는
엽총에 장전된 총탄,
당신이 건드리기만 하면 순식간에 날아가버린다
후후
당신은 여지껏 환상을 보고 있었다.
어쩌면 生과 死란 없다

홀연히 사라질 나는
공중에 불타는 구름막대기

— 신현림(1994 : 14-15),「bottle woman」

　　초현실주의의 대표적 화가 중 한 사람인 R. 마그리뜨의「Bottle woman」
(1962)에서 모티브를 얻은 이 시는 기존의 여성시와 구별되는 텍스트적 기능

체계를 선택하고 있다. 그 차이점이란 언어와 그림이 결합되어 있다는 점만을 가리키지 않는다. 물론 그림과 언어가 결합되어 있는 형태도 파격적이라 할 수도 있으나, 초점은 그 외형적 형태가 아니다. 초점은 여성 육체(정체성)에 대한 담론—최승자가 주로 비판한 대상이라 할 수 있다—뿐만 아니라 여성 육체(정체성)에 대한 남성적 시각(視覺)의 부당성, 그것에 갇힌 여성의 허위의식의 비판, 그리고 여성 정체성의 새로운 규정에 있다.

시각(視覺)이 여성의 육체에 대한 남성의 가치판단에 결정적 기능을 한다는 점은 서사텍스트들이 여성 인물을 묘사하는 방식에서 두드러진다. H. 미키에 의하면, 여성 육체에 대한 회화의 다양한 비유적 기호체계들이 여성들을 제한하고 억압하여 왔다고 지적한다.[77] 이 시텍스트는 여성 육체를 억압하는 이러한 '시각의 편재성(遍在性)'을 비판한다. 이 시텍스트에 R. 마그리뜨의 그림(1962)이 선택된 이유가 여기에 있다. 파격적 구도(構圖)를 지닌, 여성 육체가 병 속에 갇혀 있는 이 그림은 아주 노골적(시각적)으로 여성 육체를 '토막난 듯이' 제시하면서 낡은 고정관념을 뒤흔든다. 그 고정관념의 기원은 우선 남성의 욕망의 시각에서 비롯한다고 지적한다. 남성의 욕망의 시각은 여성의 육체를 병 속에 가두어두는 기원인 것이다. 가두워 두면서 팔다리는 선택하지 않는다. 오로지 얼굴과 가슴과 그것만이 병 속에 담겨 있다. 마치 남성들이 '들고 다니다' 필요할 때 마시는 음료처럼, 여성의 몸은 병 속에 갇혀 있다. 이에 대해 이 시는 '어떻게 내가 여자만인가 / 당신의 곧고 환한 마음을 들여다보는 / 등잔이면 안되는가'고 묻는다. 여성은 남성의 욕망—또는 그것이 사회문화적으로 승화된 사랑일지라도—을 위한 도구로서의 '육체—물질적 존재'만이 아니라, 남성과 동격의 '정신적 인간적 존재'라는 점을 강조한다.

---

77) Michie, H.(김경수 옮김), 앞의 책, 제4장. 미키는 여성 육체에 관한 비유가 '성의 정치학'과 밀접한 연관이 있다고 지적한다. 상투어나 死隱喩, 제유 그리고 이중비유(수많은 여성을 그려낸 미술과 문학이 형성하는 비유적 기호체계—引喩)나 메타비유(비유 그 자체를 여성에 비유하는 논리—'修辭는 마치 한 여성처럼' 그 적합한 자리에 있지 않으면 타락할 수 있다는 J. 로크의 논리) 등이 그 대표적인 비유체계이다.

그런데 고정적 시선은 여성의 외부에만 존재하지 않는다. '반투명의 붉은 병'이라는 감옥을 연상시키는 그림이 선택된 이유가 여기서 드러난다. 그 반투명의 병은, 많은 여성의 내면 속에 자리잡고서 여성의 육체를 응시하고 조정하는 '내면화된 남성적' 정신을 시각화한다. 많은 여성들이 스스로 정신적으로 자명하게 받아들이는 성역할 고정관념을 시각화하고 있는 것이다. 주지하듯, 사회문화적 학습의 영향으로 인해 많은 여성들은 사랑이 그들의 인생의 전부인 것처럼 믿고 행동한다.[78] 사랑이 여성 인생의 전부'다'라는 생각은, 여성들이 어린 시절 '보는' 동화, 인형놀이[79]하면서 '보는', 여자 어린이의 미래를 고정적으로 구체화 물질화한 아름다운 인형, 중·고등학교 시절에 '보는' 로맨스소설, 삶의 지속 속에서 '보게 되는' 대중매체나 예술작품들을 통해 강화된다. 이것들은 읽기 위해 존재하는 것이 아니라 '보기' 위해 존재하는 것인양, 여성에 대한 고정적 이미지를 반복 재생산한다. 예를 들어, 여러 동화에서 끊임없이 나타나는 특징 중 하나는 '예쁜 소녀'에 대한 집착이다. 남자아이의 경우에는 용모 묘사가 거의 없으나 여자아이의 경우에는 예쁜 아이, 예쁜 얼굴, 예쁜 옷… 등이 쉴 새 없이 강조되고 있다.[80] 남녀 중

---

78) 장휘숙, 『여성심리학』, 박영사, 1996, pp.189-201 ; 이옥형, 「성 정체감」, 홍순정 외, 『여성심리학』, 교육과학사, 1997, pp.138-141.

79) 시간이 다소 흐른 통계이지만, 초등학교 여학생들이 가장 선호하는 놀이유형에 관한 조사(1996)에 의하면, 인형놀이는 6학년까지 항상 세 번째 안에 든다. 인형놀이 선호도는 3학년에 정점이었다가 고학년이 되면 다시 낮아지는데 이것은 소녀들의 사춘기 시작(10세 전후)과 밀접하게 연관됨을 뜻한다. 인형놀이는 생물학적 심리적 동요기, 따라서 '결정적 시기'에 정신심리적 경향을 좌우하는 것이다. 장휘숙, 앞의 책, p.131.

학년		1		3		5	
성별		남	여	남	여	남	여
응답 순위	1	운동	소꿉놀이	운동	인형놀이	운동	운동
	2	탈것놀이	운동	술래잡기	운동	오락게임	고무줄놀이
	3	로보트놀이	인형놀이	오락게임	선생님놀이	병원놀이	인형놀이

80) 페미니스트들의 주요한 비판 대상 중 하나가 동화와 로맨스소설이란 점도 이런 이유 때문이다. 정진경, 「창작동화에 나타난 고정관념과 차별의 문제」, 『여성해방의 문학(또 하나의 문화 3호, 1987)』, 또 하나의 문화, 1995, p.393.

고등학생들이 즐겨 읽는 로맨스소설은, 한 여성과 남성이 여러 가지 사회조건의 차별은 고려치 않고 오로지 사랑을 통해 결합한다는, 그야말로 '낭만적'인 사랑의 환상을 '보여' 주고 있다. 로맨스소설은 근본적으로 여성으로 하여금, 여성의 구원은 남성을 통해서 이루어진다고 생각하도록 하는 전제로부터 시작된다.[81]

그러한 텍스트들이 다루는 대부분의 주제는 사랑이야기이다. 그리고 낭만적 사랑에 대한 전형적인 스크립트를 제공한다. 스크립트(script)란 기억을 위한 일종의 체계화 전략으로서 일상적인 어떤 일이나 사건에 대해 가지고 있는 서사적 정신적 표상체계이다. 스크립트는 고정적 기억과 해석, 태도 형성에 효과적인 기능을 하는 정체성 형성의 언어적 기제이다.

낭만적 스크립트들은 어린·젊은 여성들에게 직선적으로 작용하기도 하지만 변형된 형태인 '말괄량이 스크립트'로도 제시된다. 성정체성 형성 과정에서 여성은 '위험한―사회적으로 그렇게 평가될 수 있는―남성성의 길'을 잠시 헤매더라도, 다시 '여성의 正(定)道'로 돌아와야만 한다. 말괄량이 소녀(tomboy) 길들이기 담론이 그러한 역할을 수행한다. 실제로는, 여자 같은 남자아이들(sissy)보다 남자 같은 여자아이들이 더 많다. 더 많기 때문에 말괄량이 소녀 길들이기 담론이 필요한 것이다. 생물학적 사실이 이와 같기 때문에 그리고 그러한 생물학적 사실이 지배적 가치구조의 관점에서 볼 때는 위험한 것이기 때문에, 정전 작가 셰익스피어는 물론이고 수많은 서사텍스트들이 말괄량이 길들이기 담론들을 확대재생산하고 있는 것이다.

이러한 변형된 스크립트는 상품화되기도 한다. 1977년 국내 최초의 여성 캐주얼 브랜드로 출시된 톰보이(TB)가 대표적이다. "1970년대는 여성파워가 강해지고 많은 여성들의 사회참여에 대한 의식이 높아지는 여성 해방의 시대였다. 이러한 사회적 배경 속에서 톰보이는 자유와 젊음의 상징인 티셔츠와 청바지를 젊은 여성들에게 감각적으로 제안했다. 기존의 다소곳하고 조

---

81) 민채원·김소연, 「중학생이 즐겨 읽는 로맨스 소설 분석」, 『열린 사회 자율적 여성(또하나의 문화2호, 1986)』, 또 하나의 문화, 1995, pp.248-249.

용한 여성 이미지보다는 사회참여에 적극적이고, 보다 활동적인 여성상을 대변하며 그 시대 젊은 여성들에게 사랑을 받게 되었다. 초창기의 톰보이는 도전정신, 창조정신으로 출발하였다."[82]

또한 대중음악으로도 확대재생산 된다. 최근 사례로는 2003년 발매된, 반남성적 메시지를 선동하는 '듯한' 국내여성 힙합가수 렉시(Lexury)의 Tomboy가 대표적이다. "말괄량이 / 날 내버려 둬 아무런 말도 내겐 필요 없어 / 넌 미치겠지 네 마음대로 길들이고 싶겠지 / 안돼 난 내 뜻대로 살고 싶지 / 그래 난 네 뜻대로 살지 않지 / 역시 난 흔한 여자 같지 않지 / 있지 난 지금까지 말해왔지 / 잘 봐 내가 위에 있어 / 머리 속에 있어 날 속이지 마…(하략)". 이러한 사례들은 그 진정성이 페미니스트들 사이에서 논란이 되고 있다. 많은 사례에서 볼 수 있듯이, 페미니즘 자체가 다른 이데올로기보다 더욱 쉽게 문화상업주의 논리[83]에 전략적으로 이용될 수 있다는 데에 페미니스트들은 우려를 표명한다. 그 약탈의 기원은 식민지 시대에 발간된 『여성』, 『신여성』 등의 여성지들에서부터이다. 세련된 옷과 자신감 넘치는 표정, 규방의 답답함을 벗어나 '거리'를 활보하는 다양한 사진들 속의 신여성들은 봉건적 가치구조나 지배질서로부터 여성을 해방하는 듯했지만, 문화상업주의가 만들어낸 환상을 각인시켰던 것이다.[84]

신현림의 시텍스트가 '투명한 감옥'을 문제 삼는 이유도 이 때문이다. 그림-언어 결합의 텍스트적 기능체계는 그러한 의도를 효과적으로 메시지화하기 위해 택한 전략, 즉 시각이 결정적이라면 시각으로 그것을 깨야 한다는 전략인 것이다. 그리하여, '나도 내 몸에 꼭 맞는 유치장을 갖고 있다'고 고백하면서도 이 시텍스트는 수 세대에 걸쳐 여성들이 '이브와 아담의 칼(枷)

---

82) (신)여성의 이미지를 어떻게 상품화하고 있는지에 대해서는 www.tomboy.co.kr에 게시된 회사 소개문 참조.

83) 이상경, 앞의 책, p.9. "한편으로 1990년대의 폭발적인 페미니즘 열기는 문학 연구의 '또 하나의 새로운' 방법론으로, 혹은 더 많은 고객을 끌어들이기 위한 문화상업주의와 맞물려 진행되면서, 억압에 저항하고 여성의 인간다움을 지향하는 '여성해방'이라는 본래의 의도는 희석되어가고 있는 듯한 느낌도 없지 않다."

84) 맹문재, 「일제 강점기의 여성지에 나타난 여성미용 고찰」, 『한국여성학』제19권3호, 2003.

을 쓰고 있다'고 비판한다.[85] 투명한 감옥으로부터 벗어나기 위해서는, 여성의 정체성을 어떤 '병 속에 갇힌 물체'로 고정화하지 말고 '홀연히 사라질 공중에 불타는 구름막대기'로 전환시킬 것을 요구하고 있다. 고정성과 유동성의 가치구조를 통해, 고정적 시각에 사로잡힌 남성과 여성 모두에게 던지는 전언을 효과적으로 형상화하고 있는 것이다.

그런데 '투명한 감옥'에 대한 비판적 인식은, 여성의 육체를 감추면서도 가두는 의복(衣服)들에 대해서도 확장된다. 옷을 입히는 것은 옷을 벗기는 것보다 더욱 명백하게 성적인 행위[86]이기 때문이다. 여성 의복에 대한 비판적 인식은 지금까지 의복을 지배했던 남성의 시각－정신적 질서가 아니라, 자율적이며 억압적이지 않은 시각－정신의 질서에 의한 의복에 대한 관심으로 볼 수 있다.

① 나를 만드는 모든 것으로부터 벗어나고 싶다

바람은 내 얼굴의 화장을 지우며 가고
해진 구두는 빛고운 물고기가 되도록 강가에 놔두고
옷은 훌훌 풀어헤쳐 인간을 벗은 옷의 의미를 느끼고
하늘하늘한 원피스만 입고 그리운 너에게로 가겠다
나와 흡사한 마음을 가진 너와 함께

오래오래 이곳에 살고 싶다

－ 신현림(1994 : 25), 「황혼제, 望祭」에서

85) 이런 점에서 이도령을 丹心으로 기다리는 칼(枷) 쓴 춘향이의 이미지(이야기)는 여성에게는 약이자 독약이라는 이중적 의미를 지닌다고 해석할 수 있다. 당대의 춘향은 스스로를 구원하려는 의지적 여성상이지만, 그것이 일제 시대 이후 지금까지 영화와 소설로 복제 확대재생산되는 과정은 또다른 칼을 씌우는 이미지(이야기)라고 볼 수 있다. 역사적으로 두 번 반복되는 것은 일종의 희극을 낳는다는 명제의 한 사례일 것이다.

86) Michie, H.(김경수 옮김), 앞의 책, p.165.

② 파스처럼 쑤시는
  브래지어를 벗고 빈몸뚱이 저를 그립니다
  자유로운 영혼과의 상봉이 그리우니까요
      - 신현림(1994 : 47), 「지루한 세상에 불타는 구두를 던져라」에서

③ 나와라 이 도둑놈들아
  옷고름을 갈가리 찢고
  두 폭 치마 벗어던지며
  용천발광하고 싶다가도

  문풍지가 한밤내 바르르 떨고
  하이얀 식탁보는 눈처럼 짜여지고
              - 김혜순(1990 : 109), 「레이스 짜는 여자」에서

④ 이 음악은 이제 너무 들었어요 지겨워요 (중략)
  윤전기는 쉴새없이 돌아가고
  비키니 입은 여자들이 공장 가득 쌓여 있어요
  어느쯤에서 태양이 타오르고
  어느쯤에서 장마가 시작되는지 난 다 외웠어요
          - 김혜순(2000 : 126), 「달력 공장 공장장님 보세요」에서

⑤ 아무리 접어도 모서리가 반듯해지지 않는다.
  다시 펴서 쓰다듬고 당겨본다. (중략)
  그리고 지금 부산한 내 손끝에서
  새옷으로 태어나려고.
  새옷인 듯 태어나려고.
  오래오래 살아 비스듬한 굴곡인 채로.
  내게 꼭 맞는 껴안음을 내게 주려고
  기다리는 따뜻한 몸처럼.

                  - 노혜경(1999 : 33), 「빨래의 힘」에서

이 시텍스트들은 여성시학이 의복(衣服)을 적극적으로 활용하여 의미와 가치를 창조하고 있음을 보여준다. 이른바 분노와 해방을 표현하는 기능체계를 통해 여성적 가치에 대한 암시의 패러다임을 구성하고 있다. 의복은 여성의 육체를 감추고 보호하는 단순한 물질적 존재가 아니다. 그것은 남성적 시각-정신의 질서를 표상하는 기호체계이며 반투명한 감옥과 동일시된다. 그리고 그것은 '달력'과 같은 다양한 문화적 매개물을 통해 교묘하게 확대된다. 또한 달력 등의 문화적 매개물처럼 의복 역시 공장에서 대량생산됨으로써 여성들에게 반복적으로 제공된다. ①~④의 시텍스트들은 이러한 억압구조에 대한 날카로운 인식과 함께, 억눌렸던 분노의 감정을 폭발시키거나 해방의 쾌감을 추구하기 위한 몸짓의 비유로 의복을 활용하고 있다.

또한 ⑤처럼 의복에 관한 여성적 노동의 창조적 가치를 발견하기도 한다. ①~④는 의복을 벗어버리거나 찢어버리는 행위를 통해 분노와 해방의 쾌감을 형상화하지만 ⑤는 창조의 길에 대한 추구를 보여준다. 그러한 창조의 길은 여성 자신의 실천에 의해서 가능하다는 전언을 전달하는바, '빨래'라는 여성적 실천을 창조의 방법으로 형상화한다. 빨래는 더러운 '때'를 벗기고 '모서리진' 상태를 회복시켜 '여성의 몸 그 자체와 꼭 맞는 옷'을 창조하는 실천을 상징한다. 빨래는 가족이나 남성을 위한 희생적 노동이 아니라 여성 자신의 새로운 옷을 창조하는 힘의 원천으로 변환된다. 이처럼 여성시텍스트는 육체와 함께 의복을 통해서도 여성에 관한 자의식을 발견하고 여성 억압의 현실과 해방의 구체적 대상을 제시한다. 의복은 육체와 마찬가지로 여성적 의식의 물질적 토대이자 억압의 대상임을 명제화하고 있다.

요컨대, 여성시는 여성의 정체성 및 육체에 대한 전통적인 관점을 재서술하도록 함으로써, 여성 정체성뿐만 아니라 인간의 정체성은 지금까지 정신(남성)-중심주의 패러다임이 규정한 것처럼 그렇게 고정적인 것이 아님을 의식해야 한다고 주장한다. 여성/남성 그리고 인간의 정체성에 관한 고정관념을 해체시키는 기능을 하고 있는 것이다. 이것은 '우리-의식'의 바탕이 되었던 기존 관념들이 우연적일 수 있음을 인식시켜 준다. 그리고 '우리-의식'의 바탕이 '정신(남성)—중심주의'였음을 규명함으로써, '—중심주의'에서 벗어날 필요가 있음을 제기한다.

2) 여성시의 사회적 관계 형성 기능 : 동일성 논리 구조 비판

여성시는 또한 사회적 관계의 정당성을 뒷받침하는 언어를 비판적으로 성찰함으로써, 우리가 자명하게 생각하는 사회적 관계의 비대칭성을 부각시킨다. 남성중심적 언어 구조의 필연성이 없다는 점을 인식시킴으로써 사회적 관계의 해체와 재구성의 필요성을 제기하는 것이다. 이러한 문제를 형상화하는 대표적인 여성시인은 김정란이다.

① 그는 딱딱하게 버티고 앉아 있었다

말들이 오갔다 말들 말들… 지랄같이

진저리나, 내 영혼 깊은 곳에서
세차게 도리질을 하는 말들,
또는 말의 뿌리

꺼져버려라, 이 늙을 줄 모르는 주책바가지야
나는 본질, 알맹이, 바탕, 등등에게
「엿먹어라」 하고 말했다

(글쎄 그렇다, 타고난 저 딱딱함을, 저 못말리는
자기 확신을 어쩔.것인가 백날 죽어도 그는 알아듣지 못한다)

나는 참고할 수 없는 본질들을 향해
제발, 이라고 빌었다, 부탁이야, 입 좀 닥쳐!
대강 해두자, 어쨌든 살아남아야 할 것 아냐!

나는 지쳐서 눈물이 펑펑 나왔다.

그가 <도와주쇼, 잘해봅시다> 하며
손을 내밀었다 나는 그의 손을 잡았다
그리고 우리는 대충 화기애애하게,
껄렁한, 이래도 저래도 마찬가지인 말들을
주고받았다……

그리고 말들 뒤에 나는 찌꺼기로

살아남았다
— 김정란(1992 : 16-7), 「돌 앞에서의 경험」

② 큰일이 터졌다!

왜냐하면, 달걀이 바위를 정말로, 실제로
때렸거든, 문제는, 그런데,

바위에 부딪쳐 깨진 달걀이 아니었어

문제는 아주 엉뚱하게 풀렸지

큰일이야! 왜냐하면,
달걀에 얻어맞은, 그 위에서 여지없이
달걀들이 깨어진, 그 큰 바위가

갑자기, 아이고 아파, 엄마 아버지, 나 아파, 흑흑
하고 울기 시작했거든, 저런, 가엾은 바위,

아주 많은 용감한 혀들이 나섰지, 아이구,

가엾어라, 호야하자, 호… 호… 호…
엄마가 이노옴, 하고 계란들을 혼내줄께

나는 알고 있었어, 불행히도, 또는 다행히도,
그 혀들이, 뿌리 부분에서 오래전부터 썩기
시작한 낡은 기둥에서 솟아오른 것들이라는 걸, (중략)

나는 쓸쓸하게 창가로 다가갔어,
어디, 먼 하늘, 어디, 다른 곳으로
여행을 떠나야할까봐

가짜의 삶, 가짜의 언어들, 그것들이
기대고 있는, 그것들이 아직도 끄떡없다고 생각하는
몇 천 년 묵은 기둥이 썩는 냄새

나는 숨이 막혀

— 김정란(1992 : 18-9), 「사건 X」에서

D. 카메론에 의하면 페미니즘 언어이론은 세 가지 경향으로 구별할 수 있
다.[87] 첫째는 性差의 연구로, 여자와 남자의 언어의 사용 방식은 다른 것인
가, 다르다면 그것은 무엇을 의미하는가 하는 문제를 다룬다. 이것은 여성의
언어사용 방식의 특수성이 무엇인지 기술하는 접근 태도[88]가 주류를 이룬
다. 둘째는 언어 속의 성차별의 문제로, 그 영향이나 성차별을 없애는 방법
을 연구한다. 특히 이 문제는 여성비하적 어휘의 개혁에 관한 실천적 문제를
제기한다. 셋째는 소외의 문제로, (주어진) 언어란 여성이 (자기) 경험을 표현
할 수 없(게 만드)는 '억압자의 언어'라는 문제를 다룬다. 이것은 우리가 사
용하는 언어 구조 자체가 여성에게 억압적인 것인가 아닌가 하는 좀더 심층

---

87) Cameron, D.(이기우 옮김), 『페미니즘과 언어 이론』, 한국문화사, 1985(1995), p.19.
88) 흔히 사회언어학의 연구 경향이 대표적이다. 국내의 사회언어학적 성별언어 연구에 대한
    검토는 민현식, 「국어의 性別語(genderlect) 연구사」, 『사회언어학』4권2호, 1996 참고

적인 문제에 해당한다. 두 시텍스트는 특히 세 번째 문제와 연관된다. 「사건 X」에서의 'X'란, 그 사건(언어로부터 여성의 소외와 관련된 사건)을 표현할 수 있는 언어가 여성에게 부재함을 의미하기 때문이다. 이것은 두 텍스트에 설정되어 있는 대립적 구조, 즉 '그=남성=말=본질/나=여성=찌꺼기=비본질(「돌..」)'과 '바위=남성=그를 보호하는 언어들=썩은 뿌리/달걀=여성(「사건X」)'을 통해 극명하게 나타난다.

페미니즘 언어이론에 의하면, 여성이 경험하는 언어적 소외는 '남성형 대명사의 보편화'로부터 비롯한다. 그런데 이 문제는 사회구조적 모순의 언어적 변형이다. 이것은 '여성을 보이지 않게 하는' 효과를 거두면서 우리의 언어 및 사회구조에서 중요한 기능을 수행한다.[89] 주지하듯 영어에서 'man'은 남성과 인간을 모두 지칭한다. 그러나 'woman'은 여성만을 지칭한다. 여성을 지칭하는 이 woman은, man과 달리 야성적 반문화적 특성(늑대인간)을 가리키는 'wo(e)-'가 여전히 붙어 있음으로 해서 여성이 남성보다 열등하다는 인식을 보이지 않게 영속화한다.[90] 우리말에서 少年이나 靑年은 문자 그대로라면 '나이 어린 사람'을 통칭해야 하는데, '나이 어린 남자'란 의미로 한정되어 쓰이는 경향이 더 강하다. 이에 반해 少女는 여성만을 지칭하지 '나이 어린 사람'을 통칭하지 못한다. 우리말은 아주 어린 시절에 여성과 남성의 비대칭적 관계를 정립하고 있는 것이다. 나이 어린 남자는 처음부터 인간으로 출발하여 인간으로 성장하지만 나이 어린 여자는 反(半)인간이었다가 인간으로 변신하는 형국이다.

이처럼 우리말이나 영어의 구조 속에서 여성에 관한 언어는 통칭의 자격

---

89) Cameron, D.(이기우 옮김), 앞의 책, pp.134-135.

90) woman은 고대 영어 'wifman(wif+man)'에서 파생되었다. 남성을 의미하던 말은 'weapman' 이었으느다. 그 결과 여성성은 열등한 특성으로 폄하되고 남성성은 보편적 인간성이 되었다. Tuttle, L.(유혜현 외 옮김), 『페미니즘 사전』, 동문선, 1986(1999), p.455. C.P. 에스테스에 의하면, 최초의 여성의 이름이 Eva였고 그것은 늑대(vae → woe)라는 말에서 유래하였다. woman의 어원은 바로 이 늑대(woe+man)이기 때문에 여성은 야성적 반문화적 존재로 폄시된다. Estés, C.P.(손영미 옮김), 『늑대와 함께 달리는 여인들』, 고려원, 1994, pp.11-46.

은 없이, 남성에 관한 언어라는 원형의 변형 또는 원형에 덧붙여진 어떤 부가적 기표의 위상만을 지닌다. 두 시텍스트는 바로 이러한 여성적 경험, '언어 속의, 언어에 의한 여성의 소외 문제'를 표현하고 있다. '말들 뒤에 나는 찌꺼지로 / 살아남았다'는 표현은 바로 이것을 상징한다. 따라서, 전통적인 해석 전략에 따라[91] '나'를 (이것은 분명 여성을 지시하는 것임에도) 보편적 주체로 해석한다면, 의도적으로 여성을 배제하려 해서라기보다는 우리의 언어 구조의 모순 때문에, 항상 '여성을 보이지 않게 하는 비대칭성'을 반복함으로써 여성을 소외시키는 효과를 낳는다.

페미니즘 언어이론이 제기하는 또다른 문제는 언어학의 연구방법이자 기술방법으로 확고하게 자리잡고 있는 이항 대립 문제[92]이다. 이항 대립은 언어학 속에서 특별한 지위를 지니고 있다. F. 소쉬르가 언어 구조의 법칙으로서 '대립'을 크게 강조하고 수많은 이항 대립적 구별을 세운 이래 많은 언어학자들은 음운론을 비롯한 언어체계의 분석에서 끝없는 이항 대립을 확고화하였다. 이런 이항 대립 분석틀로서 가장 문제적인 사례는 단어 의미분석에 대한 대표적인 모델인 성분분석(componential analysis) 모형이다. 이 모형의 목적은 단어의 의미를 가장 기본적이라고 생각하는 일련의 특징들로 환원하고, 각 특징에 대해서 + 또는 −의 가치를 가진다는 식으로 기술하는 것이다. 예를 들어, "man : [+male], [+adult], [+human] ; woman : [−male], [+adult], [+human]"과 같은 식으로 기술한다. 이러한 이항 대립적 기술방식은 두 단어 사이의 모순적 반의 관계를 확연히 드러내주며, 동시에 어떤 의미성분들은 공히 갖고 있기에 두 단어가 부분적 동의성을 지닌다는 점도 쉽사리 밝혀준다.[93] 그러나 어떤 의미성분을 어떤 근거에서 '바탕(+)'으로 설정하는가, 그것이 정당한가에 대한 필연적 토대를 찾을 수 없다.

페미니즘 언어이론이 비판하고 있는 부분이 이것이다. 왜 여성은 의미론

---

91) 강은교의 「자전1」에서 '우리'에 대한 전통적인 해석 전략들을 회상하면 쉽게 알 수 있다.
92) Cameron, D.(이기우 옮김), 앞의 책, pp.95-101.
93) 이익환, 『의미론개설』, 한신문화사, 1985, pp.78-82.

적으로 볼 때 '―남성'이어야 하는가? 이것은 자연스러운 것인가? L. 이리가 레이가 비판하듯이 이런 분석 모형은 동일성의 논리(logic of sameness)의 대표적 사례이다. 동일성의 논리란 남성과 여성이라는 두 가지 성적 존재를 끊임없이 동일한 하나의 성(sex)으로 와해시키려는 논리, 즉 A와 B가 공존하는 현실을 A와 '―A'로 구분되는 현실로 변형하려는 논리이다. 이런 동일성의 논리를 지닌 지배적 언어들은 '여성적인 것'을 항상 결핍이나 퇴화로 묘사하고 가치를 독점하고 있는 남성의 타자로 바라보게 한다.[94] 그녀에 의하면 동일성 논리는 플라톤으로부터 출발한 철학적 사고의 유구한 전통인바, "철학적 로고스의 지배는 주로 모든 타자들을 동일성 논리의 경제(經濟)로 환원시킬 수 있는 힘으로부터 생긴다. 그것은 스스로를 '남성 주체'라고 재현하는 체계 속에서 성차(性差)를 없애는 능력으로부터 만들어진다."고 비판한다

이것은 성차별적이라는 단순한 차원을 넘어서는 의미심장한 문제이다. 이 항대립 논리는, 실제로는 삼항대립일 수도 있고 그저 별개의 존재들일 수도 있는 존재들 사이의 관계를 동일성과 비동일성(A냐 ―A냐)의 틀로 바라보게 함으로써 '―A'의 가치를 폄시하게 만들 수 있는 가치론적 특성을 지니기 때문이다.[95] 일상적으로 우리는 '―A'에 대해 긍정적 가치를 부여하지 않는 사고방식을 지니고 있다. 때문에 어떤 것을 본질이나 바탕으로 설정하고 다른 것을 그것이 결여된 '―A'로 규정하는 방식은 결코 무비판적으로 받아들일 수 없는 문제이다. 탈근대적 가치론이 비판하는 근대적 가치론의 모순이 바로 이것이다. 또한 페미니즘 문학이 '탈중심주의적 경향'을 지닌다는 점도 이 때문이다. 「돌 앞에서의 경험」에서 '본질, 알맹이, 바탕, 등등'에게 '나'가 비난을 퍼붓는 까닭도 이 때문이다.

---

94) Irigaray, L.(이은민 옮김), 『하나이지 않은 성』, 동문선, 1977(2000), pp.69-74.
95) L. 이리가레이의 '동일성 논리'에 대한 비판은 J. 데리다의 해체론으로부터 강한 영향을 받은 것으로 평가된다. 따라서 그의 '동일성 논리' 비판은 남근(이성)중심주의적인 서구 형이상학의, 차이를 부정하는 냉혹한 보편화 의지에 대한 포괄적 비판의 의미를 지닌다. Morris, P.(강희원 옮김), 앞의 책, pp.190-197 ; Moi, Toril., *Sexual/Textual Politics : Feminist Literary Theory*, Routledge, 1990, pp.127-149.

주목할 점은, 두 시텍스트는 우리 언어의 이러한 모순을 비판하기 위해 상호텍스트성(intertextuality)[96]의 텍스트적 기능체계를 선택하고 있다는 사실이다. 즉, 왜 두 시들은 시이면서도 서사에서 좀더 빈번하게 활용되는 텍스트적 기능체계를 선택했는지 질문할 필요가 있다. M. 바흐찐에 의하면 모든 텍스트는 원론적으로 다른 텍스트와의 연관성 없이는 존재하지 않는다.[97] 그러나 텍스트 사이의 모든 관계가 다 상호텍스트적인 것은 아니다. 논리적인 관계들(부정, 귀납 등)이나 순수하게 언어학적 혹은 형식적인 관계들(어구 반복, 대구법 등)과 다른 관계의 유형이 존재하는바 그것이 바로 상호텍스트적 관계이다. 상호텍스트성은 텍스트 발화 '주체들 사이'의 의미론적이면서 가치론적인 관계로서, 그것은 두 주체 사이의 가치구조가 벌이는 대화를 뜻한다. 모든 텍스트는 내재적으로 여러 주체들의 발화들이 교직된 공간으로서, 다양한 의미와 가치가 충돌하기도 하고 변형되기도 하며 영향을 주고받기도 한다. 한마디로 텍스트는 여러 목소리들의 울림의 공간(多聲性, polylogue)이라는 특성을 지닌다.

그런데 바흐찐은 상호텍스트성이 강하게 작용하는 텍스트와 약하게 작용하는 텍스트가 있다는 논쟁적인 주장을 제기했다. 토도로프는 이러한 구분이 실패로 돌아갔다고 지적하지만 상호텍스트성을 기준으로 시와 산문을 구분한 바흐찐의 논의는, 역으로 상호텍스트성을 표나게 드러내려는 여성시의 사회적 의미를 설명하는 데 유효한 통찰을 준다.[98] 전통적으로 시는 상호텍스트성이 뚜렷하지 않은 텍스트이다. 시는 시인 자신의 발화만을 전달하는, 인용문이 없는 텍스트임에 반해서 소설은 타자들의 발화를 재현한다는 사실 때문이다. 시인과 그의 텍스트 사이에는 어떤 거리도 존재하지 않지만 산문가는 거리를 둔다. 산문가는 (이미 벌어진 사건에 대한) 언어를 재현하기 때

---

96) Kristeva, J.(eds by L.S. Roudiez), *Desire in Language : A Semiotic Approach to Literature and Art*, Columbia Univ. Press, 1980, pp.64-89.
97) Todorov, T.(최현무 옮김), 『바흐찐 : 문학사회학과 대화이론』, 까치, 1981(1987), pp.45-110.
98) Todorov, T.(최현무 옮김), 앞의 책, pp.87-91 및 pp.96-103.

문에 '이미 말해진 언어'와 그것을 재현하는 서술자 사이에 거리가 자연스럽게 발생한다. 따라서 시에는 상호텍스트성이 강하게 나타날 수가 없다는 주장이다.

이러한 관점은 하지만, 지배적인 시론을 그대로 인정할 때에만 유효하다. 전통적으로, 특히 낭만주의 시론 이후 시는 대상과 자아 간의 동화(同化)의 텍스트로 그리고 자아의 순간적 감정의 자연스러운 유로(流露)의 텍스트로 규정되어 왔다. 하지만 김정란의 두 시텍스트는 다양한 발화를 재현하고 있다. 「돌 앞에서의 경험」에서는 '나'와 '그'가 주고받은 발화들이 재현되고 있으며, 「사건X」에서는 '사건X'가 터진 후 '바위'와 '용감한 혀들(엄마)'의 발화들이 재현되고 있다. 재현되면서 각 발화들의 의미와 가치는 '나'에 의해 새로운 의미와 가치를 부여 받는다. 재현되는 타자들의 발화들은 '나'에 의해 풍자와 비판을 당하고 있다. 바위와 같던 근엄한 타자의 발화가 철없는 어리광대의 발화로 떨어지며, 다른 맥락에서라만 따뜻한 모성적 발화로 여겨질 '용감한 혀들'이 희극적인 조롱의 대상이 되고 있다.

이처럼 두 시텍스트는 상호텍스트성의 다성적 구조를 활용하여 세 가지 발화주체('나', '그', '용감한 혀들')의 언어들이 각기 다른 가치구조를 지니고 있다는 '언어적 현실'을 제시한다. 즉 상호텍스트성이라는 비(非)시적인 텍스트적 기능체계를 선택함으로써 언어(시, 사회적 관계)의 보편성이 허구임을 폭로한다. 보편적 언어가 있는 것이 아니라 서로 다른 가치구조를 지닌 이질적 언어들이 존재하는 것이다. 그런데, 불리하게도 여성은 모순적 언어의 현실 속에서, 속시원한 의사소통을 체험하지 못한 채 '대강 해두자, 어쨌든 살아남아야 할 것 아냐!(「돌..」)'라는 패배 의식에 갇히기 십상이다. 그렇기에 고독을 쉽게 느낄 수밖에 없는바, 그것은 '아주 용감한 혀들'이기도 한 모성적 주체의 언어가 '그'의 언어를 감싸고 있기 때문이다. 이질적 언어들의 이와 같은 역학적 관계 구조를 도시(圖示)하면 다음과 같다.

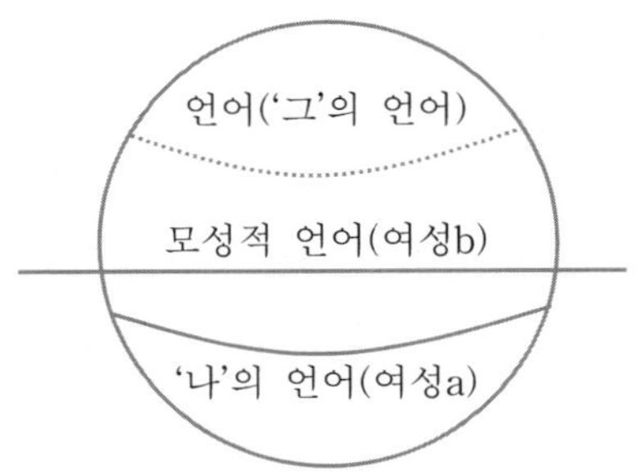

[이질적 언어들의 관계 구조(실선은 '단절', 점선은 '소통')]

　그림에서처럼 이질적 언어들이 존재하는 현실에서 특정한 가치구조의 언어인 '그'의 언어가 '언어'를 대표한다. 마치 남성형 대명사가 보편적 대명사로 기능하는 것과 마찬가지이다. 여성적 주체로서의 '나'는 이 언어에 대해 이중적 단절을 느낀다. '그'의 언어와의 단절은 물론이고 모성적 언어와의 단절도 느끼기 때문이다. 모성적 언어는 여성의 언어임에 분명하지만, '그'와 소통을 지향할 뿐만 아니라 달걀이 바위를 치는 전복적 사건 앞에서 '그'의 언어를 보호한다.

　그런데 이러한 역학 관계는 매우 중요한 함축을 지닌다. 이 역학 구조는 '나'가 여성으로서는 '그'의 언어와 소통할 수 없지만 '엄마'가 되어야만 '그'의 언어와 소통이 가능하다는 전망을, 여성의 운명으로 제시하기 때문이다. '나'는 '그'의 언어와 소통하려면 반드시 자신의 위치(여성a)를 부정하고 모성적 위치(여성b)에 서야만 한다. 이것이 '나'에게 이중적 단절을 가져다 준다. 그러나 '나'는 그 위치를 받아들이지 않는다. 모성적 언어의 '아주 용감한 혀들'이 '당장 썩어문드러질 제 살(여자)도 내몰라라(「사건X」)' 하면서 '그'의 언어와 함께 '가짜의 언어들'을 구성하는 것에 역겨움을 느끼기 때문이다. '나'는 숨이 막혀 '다른 곳'으로의 여행을 꿈꾼다.

　이것은 남성시 텍스트와 여성시 텍스트 사이의 뚜렷한 차이 중 하나를 드러낸다는 점에서도 매우 중요하다. 여성시들은 어머니에 대해 그리움을 표현하는 경향은 물론이고, 다음 예들과 같이 어머니를 부정하는 경향이 다양하게 존재한다.[99] 하지만 남성시에서는 '거의 전적으로' 그리움을 표현하는 경향만이 지배적이다. 우리가 정전으로 알고 있는 텍스트들에서 과연 어머니를 부정하는 남성시가 얼마나 존재하는지를 회상해 보면 이 '특별한 차이'를 확인할 수 있다.

> ① 나는 아무의 제자도 아니며
>   누구의 친구도 못 된다.
>   잡초나 늪 속에서 나쁜 꿈을 꾸는
>   어둠의 자손, 암시에 걸린 육신.
>
>   어머니 나는 어둠이에요.
>   그 옛날 아담과 이브가
>   풀섶에서 일어난 어느 아침부터
>   긴 몸뚱어리의 슬픔이에요
>
> — 최승자(1981 : 82-3), 「자화상」에서

> ② 그전엔 난 엄마가 아니었다
>   어렴풋한 기억 저편
>   나에게도 엄마가 있었다
>   두 눈이 전우주를 향해 열려 있고
>   손가락들이 해왕성 명왕성을 꼬집고 놀 때
>   나에게도 엄마가 있었다
>   나의 엄마도 나에게 엄마 행세를 했다 (중략)
>   엄마는 늘 말씀하셨다
>   시야를 좁게 가져라
>   저 까만 우물을 향해 투신해라
>
> — 김혜순(1985 : 119-20), 「엄마」에서

---

99) 김현자, 「적극적·창조적 모성과 삶 본능의 에너지」, 김현자 외, 『한국여성시학』, 깊은샘, 1997, pp.32-37.

③ 무얼까, 이 더위와 악취의 정체는 (중략)

그런데 누구일까. 내 안에서 자신있게 말하는 이 음성은? "그건 엄마
야, 그 무덤을 뛰어넘어야 해." 내 몸뚱이는 그 자신있는 목소리의 경쾌함
에 실린다. 나는 가볍게 그 무덤을 뛰어넘는다. 가볍게. 나는 전혀 엄마에
게 미안하지 않다.
　　　　　　　　　　　- 김정란(1989 : 95-113), 「엄마 버리기 또는 뒤집기」에서

여성시가 형상화하는 모녀 관계[100]는 매우 복합적이다. ①처럼 허무의식
에 사로잡혀 어머니와의 관계마저 단절하기도 하고 ②처럼 냉정하게 어머니
를 부정하기도 한다. 특히 ②는 어머니가 전우주를 향해 열려 있던 자신의
두 눈을 까만 우물에만 집중하도록 제약했다고 비판한다. ③은 이보다 더 극
단적으로 어머니를 악취나는 정체 모를 대상으로 설정하면서 아무런 죄의식
없이 어머니를 뛰어넘는다. 그러나 어머니를 부정하거나 혐오의 대상으로
형상화하는 남성시는 거의 존재하지 않으며 설혹 있더라도 가치 있는 것으
로 평가되어 보존·교육되지 않는다.

이러한 점들을 고려하면, 김정란의 시텍스트들이 선택한 상호텍스트성의
텍스트적 기능체계는 여성시학의 발전과정에서 중요한 이정표로 기억할 만
하다. 현실적 모순의 인식과 변화를 위해서는 그것의 지속과 유지에 언어,

---

100) 페미니즘에서 '모녀 관계'는 집중적 주목의 대상이 되어 왔다. 이에 대한 대표적인 설명
모형으로는 ① 융의 이론 ②L. 이리가레이의 수정된 라캉의 이론 ③ 프로이트 혹은 신
프로이트 이론 등이다. 대모신화에 대한 융의 원형 분석은 어머니와 딸의 연속성을 강
조하며 여성적 가치를 긍정하고 드높인다. 이리가레이는 모성계보학이 여성을 억압하는
대표적인 가부장제 논리라고 하면서, 딸은 어머니를 두 가지 유형(공포를 야기시키는 남
근적 어머니 또는 거세당한 어머니로서의 부정의 대상으로 보는 유형, 여성의 자율성과
주체성을 확대하기 위한 자매의식에 기초한 수평적 관계 모형)에서 본다고 지적한다. N.
초도로우 등 신프로이트학파는 여아는 어머니를 자신과 동일한 사람으로 여기기 때문에
어머니와 다른 자아를 지닌 존재로서 자기정립하는 과정이 남성보다 더 어렵다고 강조
한다. 그런데 모녀관계는 항상 '어머니로서'와 '딸로서' 보는 관점이 뒤섞여 있어서 복
잡한 양상을 지니게 된다고 한다. 이에 비해 남아는 어머니를 지속적으로 그리워하는
단일 모형을 유지한다. Wright, E.(박찬부 외 옮김),『페미니즘과 정신분석학 사전』, 한신
문화사, 1992(1997), pp.421-425.

특히 남성적 서사의 관점에 맹목(盲目)인 어머니의 언어가 어떠한 기능을 하는지에 대한 통찰을 입체적으로 전경화하고 있기 때문이다. 김정란의 시텍스트는 여성시텍스트들 사이에 암암리에 존재하던 모성적 언어의 모순을 '이질적 언어 구조' 하에서 형상화하는바, 언어가 보편적인 중립적 기호체계가 아니라, 특정한 가치체계를 지닌 이질적 언어들의 세계란 점, 그 중에서 모성적 언어의 보호 하에 특정한 언어가 세계를 독점적으로 재현하고 구성하고 있다는 점, 그렇기 때문에 '언어의 이질성'에 대한 명확한 인식이 전제되어야만 새로운 세계에 대한 상상이 가능하다는 점을 일깨운다. 이와 같은 텍스트적 기능체계의 출현은 사회적 구조의 변화를 암시한다. 바흐찐에 의하면 상호텍스트성은 이질적이고 원심적 힘으로서, 단일화 경향을 지니는 중앙집중적 권력이 쇠퇴하는 사회적 분위기의 출현과 밀접한 연관이 있기 때문이다.[101] 따라서, 여성의 내면적 외면적 '현실'은 변화를 겪어 왔고 겪을 것임을 말해준다.

요컨대, 여성시는 사회적 관계 형성에서 언어가 어떠한 기능을 하는지 통찰하게 한다. 또한 현재 우리가 자연스럽게 생각하는 사회적 관계 ─ 특히 남녀 관계 ─ 의 정당성을 입증하는 필연적 토대가 없음을 깨닫게 한다. 그것은 재정당화 과정을 통해 재구성되어야 하는 것이다. 이런 점들은 언어(사회적 관계)가 왜 해체되고 재구성되어야 하는지 회의(懷疑)해 보도록 추동한다. 즉 우리가 사용하는 언어는 자명하면서도 정당한 가치구조를 재현한다기보다는, 여성이라는 존재의 가치를 부정하고 주변화하면서, 특정한 언어가 세계를 독점적으로 재현하도록 만든다는 점, 그렇기 때문에 '언어의 이질성'에 대한 명확한 인식이 전제되어야만 새로운 세계에 대한 상상이 가능하다는 점을 자각시키는 것이다.

---

101) Todorov, T.(최현무 옮김), 앞의 책, pp.90-91 ; Bakhtin, M(전승희 외 옮김), 『장편소설과 민중언어』, 창작과비평사, 1975(1988), pp.21-27 및 pp.76-82. 바흐찐은 언어의 통일화를 지향하는 구심적 경향과 다양성을 지향하는 원심적 경향을 공존적 속성으로 설명하기도 하지만, 장르체계의 변화 과정에서 소설이 부상하는 단계를 역사적으로 설명하면서 사회역사적 변화와 연관짓고 있다.

3) 여성시의 관념 형성 기능 : 시간의 단일화 구조 비판

여성시는 여성의 현실과 관련하여 '가정'과 '사회'라는 두 공간에 집중하면서, 이러한 외적 현실이 여성의 내면에 어떠한 영향을 미치는지 형상화한다. 특히 지배적 현실의 구조가 어떻게 여성의 성장을 억압하면서 '단일한 시간 구조' 속에 여성을 한정하는지 비판한다. 이를 통해, 우리가 자명하게 인정하는 현실의 질서가 어떤 점에서 진정한 '연대성'을 창조하지 못하고 있는지, 따라서 어떻게 재구성되어야 하는지 인식시킨다. 먼저 가정에서의 여성의 현실을 형상화한 텍스트들을 살펴보자.

① 인당수에 빠질 수는 없습니다
  어머니,
  저는 살아서 시를 짓겠습니다

  공양미 삼백 석을 구하지 못하여
  당신이 평생을 어둡더라도
  결코 인당수에 빠지지는 않겠습니다
  어머니,
  저는 여기 남아 책을 보겠습니다

  나비여,
  나비여,
  애벌레가 나비로 날기 위하여
  누에고치를 버리는 것이
  죄입니까?
  하나의 알이 새가 되기 위하여
  껍질을 부수는 것이
  죄일까요?

  그대신 점자책을 사드리겠습니다

어머니,
점자 읽는 법도 가르쳐드리지요 (중략)
어디에도 인당수는 없습니다
어머니,
우리는 스스로 눈을 떠야 합니다
　　　　　　－ 김승희(1983 : 96-97), 「배꼽을 위한 연가5」에서

② 아버지, 그 집에
문이 두 개 있었다면
얼마나 좋았을까요?
당신의 문은 여닫힐 때
너무도 완강한 소리를 냈어요.
섣불리 바스락거릴 수 있는 건
나무들뿐인 것 같았어요.
방안에 누워 나는
참 많은 문을 냈었지요.
당신의 귀가 미치지 못할
그 문을 절대로 꿈꾸었지요.
나는 겁이 많아
대들기는커녕 난
당신 미간이 조금만 구겨져도
갈갈이 마음에 피흘렸지요.

밤이면 길들이 몸을 풉니다.
바람이 따뜻하게 타오릅니다.
나는 밤나들이를 좋아하는데요.
사내애와 함께가 아니라도요.
아버지 주무시지 않고
날 기다립니다.
그때, 아버지,
사랑으로였는지요?

　　　　　　－ 황인숙(1990 : 104-5), 「두 개의 문」

근대까지 이 땅의 서사텍스트들에서는 여성이 주인공이 된 경우는 극히 드물었고 여성의 개인적 성취가 허용되는 경우 역시 희소했다. 서사텍스트들은 결혼과 가정의 정립을 결말로 선택함으로써 여성들에게 요구되는 사회적 역할이 무엇인지 전달하여 왔다.[102] 여성에게는 주체적 '성장의 시간'을 허용하지 않고 다만 '공간의 이동'만을 허용하였던 것이다.[103] 그것은 여성을 주인공으로 한 서사텍스트에서도 마찬가지였다. 예를 들어, 여성영웅소설의 대표격인 『박씨전』 역시 당대 사회의 이상적 남성상의 모방에 불과했다.[104] 주지하듯, 서사적 관점은 의식하지도 못하는 사이에 텍스트가 제시하는 여러 가치들에 공감하도록 만드는 가장 강력한 수단 중의 하나이다. 수많은 서사텍스트들은 '남성적 관점'에서 쓰여졌음에도 불구하고 여성들이 남성적 가치를 자연스럽게 내면화하도록 기능하는, 가장 강력한 이데올로기적 기제[105]였다. 이러한 이데올로기적 기제가 필요했던 까닭은 가부장제의 성립과 유지에 여성의 희생과 억압이 필수적으로 요청되었기 때문이었다.[106]

가부장제의 본질과 기능은 어떠한 접근 방법을 취하느냐에 따라, 그것을 '본질화하느냐 역사화하느냐'라는 문제를 발생시킨다. 예를 들어, 근친상간

---

102) 김열규, 「페미니즘 문학비평론은 왜 생겼는가, 무엇을 하는가」, Kristeva, J. et al(김열규 외 공역), 『페미니즘과 문학』, 문예출판사, 1988, pp.6-10.

103) Kristeva, J.(김성곤 옮김), 「여성의 시간」(1979), 김용권 외 공역, 『현대문학비평론』, 한신문화사, 1994.

104) 물론 이러한 문학사관이 최근에는 새롭게 재구성되고 있음도 사실이다. 기존의 문학사들이 주목하지 못했던 17-9세기의 여성작가들을 통해 여성문학이 번성하였으며 독자적인 문체와 여권존중의 사상을 바탕으로 주자학적 가부장제를 비판하는 여성주의적 담론을 형성했다는 것이다. 정창권, 『한국고전여성소설의 재발견』, 지식산업사, 2002. 그럼에도 불구하고 '이러한 여성문학사는 근대화 과정에서 문학사에 편입되지 못하고 배제되었다'는 사실 자체가 더욱 중요하다. 마치 제1세대 신여성작가들이 거세되었듯이 과거의 여성문학이 거세되었던바, 그것을 가능케 한 근대적 서사담론의 여성억압 구조에 주목해야 한다.

105) Morris, Pam(강희원 옮김), 앞의 책, p.58.

106) Wright, E.(박찬부 외 옮김), 앞의 책, pp.477-481. 가부장제에 대한 대표적인 설명 모형들로는 가부장제와 사유재산(자본주의) 사이의 관계에 초점을 맞추는 사회역사적 관점, 성적 정체성 형성에 미치는 가부장제 가족의 역할에 초점을 맞추는 심리학적 정신분석학적 관점, 폭넓은 인류문화 속에서 친족 구조의 양상을 통해 가부장제를 설명하는 인류학적 관점으로 대별된다.

의 금기를 내면화시키는 외디푸스 콤플렉스가 문명화의 기본 전제라고 강조하는 프로이트와, '아버지의 이름(법)[107]'으로서의 상징계(언어)에 진입하지 않으면 인간이 될 수 없다고 강조하는 라깡의 정신분석학 이론들은 가부장제를 문명의 필연적 토대로 설정하고 있기 때문에, 가부장제를 본질화한다. 따라서 가부장제의 필연성을 어느 정도 인정하지 않을 수 없는 듯하다.[108]

그런데 한국 사회에서 가부장제가 확립된 것은 조선후기(17-8세기)였다. 물론 가부장제는 유교적 관념[109]에 그 뿌리를 두고 있기 때문에 그 기원은 더 앞선다고 볼 수도 있다. 유교의 여성관은 여성을, 남성을 떠받치는 토대가 되도록 규정하면서 남성은 국가 구성원인 民의 일원으로 본 반면 여자는 가족구성원의 일원으로 규제했기 때문이다. 하지만 정작 가부장제가 정착한 시기는 조선후기였다. 가부장제는 당시 조선사회에 예학이 발달하고 당쟁이 치열해짐에 따라 '문벌사회'가 도래하면서 요구되었다. 특히 상류사회에서 더욱 일반화된 가부장제는, 문벌가문의 유지와 종속을 위해 여성을 가문관리자로 정위하였고 그에 필요한 修身의 덕목을 제시하는 다양한 수신서들과 소설들을 통해 여성의 정체성을 정형화하였다.[110] 가부장제가 평민 가정에 일반화된 시기는 이보다 후대의 일인 것이다. 따라서 가부장제는 문명 성립의 필요조건일 수는 있어도 필요충분조건은 아닌 것이다.

김승희의 「배꼽을 위한 연가5」는 가부장제를 정당화하는 언어(『심청전』의 언어)로부터의 탈출을 형상화하면서, 가부장제의 역사성(우연성)을 부각시킨다. 인당수에 빠지지 않고 시를 쓰겠다는 선택, 책을 보겠다는 선택은 딸에게 '효녀'로서의 역할을 요구하는 가부장적 가치구조에 대한 이중의 거부 즉, 희생의 요구 그 자체에 대한 거부 및 금기의 영역인 문자활동(文字活動)

---

107) Evans, D.(김종주 외 옮김), 『라깡 정신분석 사전』, 인간사랑, 1996(1998), pp.152-3.
108) 이런 점에서 극단적인 성분리주의 또는 주권자로서의 남성의 지위를 여성으로 대체하려는 주장은 페미니즘을 조악한 이데올로기로 치부하게 만드는 역효과를 발휘할 수 있다. Hooks, B.(박정애 옮김), 『행복한 페미니즘』, 백년글사랑, 2002.
109) 박용옥, 「유교적 여성관의 재조명」, 『한국여성근대화의 역사적 맥락』, 지식산업사, 2001.
110) 정창권, 앞의 책, pp.31-47.

의 선택을 의미한다.

이러한 탈출 의지를 형상화하기 위해 이 시텍스트는 패러디에 가까운 텍스트적 기능체계를 선택하고 있다. 표면적으로는 '어머니'에 대한 '나'의 공손한 말씀으로 구성되어 있다. 하지만 우리가 알고 있는 『심청전』에서의 인물 구조를 상기해 보면, 이 시텍스트에서 '어머니'의 자리에는 '아버지'가 있어야 한다. 그럼에도 왜 이 시텍스트는 '어머니'를 선택한 것일까? 그것은 어머니의 언어도 아버지의 가치구조에 물들어 있다는 사실[111]을 강조하기 위해서라 하겠다. 즉, 심봉사의 맹안(盲眼)은 육체적 장애이지만 『심청전』의 언어를 '나'에게 전수하려는 어머니의 맹안(盲眼)은 정신적 장애임을 말하는 것이다. 따라서 '우리는 스스로 눈을 떠야 합니다'라는 진술은, 『심청전』류의 수많은 '남성적 서사의 관점'들이 형성한 맹안(盲眼)의 극복 의지를 표현하고 있는 것이다.

그런데 이러한 의지의 표명 과정에서 여성의 '내면적 현실'의 한 특성을 보여준다. 그것은 바로 '죄의식'에 사로잡혀 있는 여성의 내면적 억압 구조이다. '나'는 애벌레에서 나비로의 자연스런 성장을 추구한다. 이것은 결코 죄가 될 수 없다. 모든 남성 주인공에게 이러한 성장은 신화시대로부터 거듭거듭 필연적으로 요구되어 온 행위이다. 성장을 멈추는 남성은 오히려 사회적으로 평가절하된다. 하지만 여성인 '나'는 죄의식을 느낀다. 여기서 아버지의 가치구조가 제시하는 여성의 현실이 매우 협소하고 불공평하다는 사실이 드러난다. 아버지의 가치구조는 여성(딸)을 원초적으로 성장의 과정에 초대하지 않는 가치구조, 오히려 그렇게 하려는 여성에게는 죄의식의 징벌을 내리는 가치구조이기 때문이다.

이처럼 아버지의 가치구조가 협소하다는 사실은 「두 개의 문」에서도 나타

---

111) J. 라깡은, 아버지가 인류의 토대가 되는 법의 대리인으로서 인정되려면 먼저 그의 말을 어머니가 인정해야 한다고 주장한다. 아버지는 그의 말이 어머니에 의해서 인정받을 때에만 존재 가능하며 이를 통해서만 가족이 정상적으로 구성된다고 한다. Lemaire, A(이미선 옮김), 앞의책, p.137.

난다. 이 시텍스트의 관념적 기능체계는 아버지에 대해 느끼는 여성 주체의 내면(답답함·공포·탈출에의 욕망)을 형상화하기 위해 '현실의 문'과 '상상의 문'이라는 대립적 구조를 취하고 있다. 또한 텍스트적 기능체계는 아버지를 집 그 자체와 동일시되도록 구성되어 있다. 집의 유일한 문[家長]은 '여닫힐 때(마다) / 너무도 완강한 소리를' 낸다는 점, 자연을 제외한 모든 인간들에 대한 규제의 주체(나무들처럼 섣불리 바스락거릴 수 있는 '자연적 인간'을 허락하지 않는 주체)란 점, 따라서 자연으로서의 여성을 법으로 길들여야만 하는 주체(자연적 공간과 문명적 공간을 가르는 집 그 자체의 기능)란 점 등을 반복함으로써 집과 아버지를 동일시하도록 만든다.

여기서 왜 이 시텍스트는, 탈출의 출구를 의미하는 관념적 기능소로서 '창문'이 아닌 '문'을 선택하고 있는지 의문을 제기할 필요가 있다. 주지하듯 (서구의) 전통적인 문학텍스트들에서 '창문'은 사랑의 매개 공간으로 선택되어 왔다. 낭만적 로맨스 소설은 물론이고 비극적(아버지의 허락을 받지 않은) 사랑의 텍스트들도 항상 창문을 통해 사랑의 시작을 설정한다. 이러한 서사 구조 하에서 창문은 또다른 남성으로서의 연인과 관계를 맺어 또다른 집으로의 여성의 이동, 즉 딸에서 '아내'로의 정상적인 이동을 자연스럽게 매개하는 기능을 한다. 따라서 '창문→문'을 통한 여성의 이동은 여성에게 있어서 '딸→아내'로의 역할 변경에 지나지 않는다.

하지만, 창문을 경유하지 않고 '문', 그것도 아버지의 문이 아닌 '자신의 문'을 내고 밖으로 나가려는 의지('사내애와 함께가 아니라도')는 아버지의 말이 정해주는 현실로부터의 탈출을 의미한다. '나'는 기존의 가치구조가 강조하듯이, 아버지로부터 다른 남성으로의 이동(근친상간의 금기로 상징되는 가부장적 가치의 준수)을 받아들이기보다는 나의 가치구조로 구성된 공간('나만의 문'이 있는 집)으로 여행하려는 것이다. 이러한 의지를 품게되는 원인은 집(아버지의 가치구조)이 여성에게 있어서 숨쉴 틈 없는 공간이기 때문이다.

이러한 관점은 여성 역시 인간으로서 성장을 꿈꾸는 주체임에도 현실에 의해 그러한 성장에의 욕망이 억압당하고 있다는 관점과 연관된다. 남성의 언어와 가치구조는 어머니를 매개로 하든지 또는 직접 자신의 언어로 하든지 간에 여성을 '집'에 가두워 두거나 성장을 억압하려 한다. 가부장제는 근본적으로 여성에게 '변화의 시간'을 허락하지 않는 가치구조이다. 단지 여성에게는 '공간의 이동'만이 허락된다. 여성은 위기의 가정(아버지의 육체적 장애)을 복원하기 위한 희생(집에서 인당수로의 공간 이동) 또는 단 하나의 문을 통해 허락된 새로운 가정의 구성(집에서 또다른 집으로의 이동)만이 허락된다. 가부장제의 가치구조는 여성에게 '변화의 시간'이 없는 '반복과 순환'의 시간만을 허용하는 구조를 지니고 있는 것이다.[112]

　J. 크리스테바에 의하면, 여성의 정체성을 표상하는 문명적 시간 유형은, 주기·잉태 그리고 자연의 리듬에 순응하는 '영원한 반복성'과, 갈라진 틈이나 탈출구가 없는 상태로 존재하는 '기념비적 시간성'이라는 두 가지 유형이 존재한다. 그것은 기독교의 모성 숭배라는 종교적 믿음과 밀접한 연관이 있다. 반면에 남성의 시간은 직선적 목적론적 시간으로서 출발·발전·도달의 시간, 즉 역사의 시간 구조를 지닌다고 대비시켜 보이고 있다. 따라서, 가부장제 하에서 여성은 다양한 정체성을 지닐 수가 없다. 그럴 필요도 없고 또한 그것은 위험한 것으로 금기시되기 때문이다.

> 엄마, 엄마,
> 그대는 성모가 되어 주세요,
> 한국 전래 동화 속의 착한 엄마들처럼
> 참, 아니, 사임당 신씨
> 신사임당 엄마처럼 완벽한 여인이 되어
> 나에게 한평생 변함없는 모성의 모유를
> 주셔야 해요,
> 이 험한 세상

---

112) Kristeva, J.(김성곤 옮김), 「여성의 시간」(1979), 김용권 외 공역, 『현대문학비평론』, 한신문화사, 1994, pp.663-666.

> 엄마마저, 엄마마저…… 난 어떻게……
>
> 여보, 여보,
> 당신은 성녀가 되어 주오,
> 간호부처럼 약을 주고 매춘부처럼
> 꽃을 주고 튼튼실실한 가정부도 되어
> 나에게 변함없이 행복한 안방을
> 보여 주어야 하오,
> 이 험한 세상
> 당신마저, 당신마저…… 난 어떻게……
>
> — 김승희(1989 : 186-9), 「성녀와 마녀 사이」에서

이 시텍스트가 형상화하고 있듯이 여성이 성모(녀)가 되어야 하는 이유는 문명의 요구이자 남성의 요구이다. 그것은 여성 스스로의 욕구가 아니다. 언제나 남성들의 요구이다. 하지만 앞서의 두 시텍스트들은 이러한 요구를 거부하기 때문에 '변화의 시간' 즉, 개인적으로는 성장의 시간을 집단적으로는 역사의 시간을 찾아 집을 버리고 여행을 추구하려 한다. 이것은 여성이 자율적 존재로 탄생하기 위한, 그러면서도 남성의 시간을 전유하기 위한 의지의 표상이다. 이러한 가치구조는 여성의 영역을 사회의 영역으로 확장시킬 것을 요구한다.

이제는 여성시가 여성의 사회적 현실을 형상화하면서 무엇에 주목하는지 그리고 그에 따른 여성의 내면적 현실은 무엇인지 살펴보기로 한다. 이를 통해 여성시는 현실적 모순으로 인해 여성이 '분열적 내면'을 지니게 되었음을 제시한다.

> ① 해인이와 왕인이가
> 내 등 위에 올라타 앉아 있다
> 엄마는 낙타.
> (중략)

우울증에 신경질에 죄악 망상
파라노이아 증상까지 겹쳤어도
내가 사는 것은
내가 죽지 않고 가는 것은
내 등 위에 짐 지워진
두 개의 육봉 때문일까.
(중략)
나는 힘센 쌍봉낙타가 되어
뜨거운 사막 속을 가고 있다
다락처럼 무거워도
야근처럼 피로해도
엄마는 낙타.
쌍봉낙타는 더 힘이 세다.
　　　　－ 김승희, 「쌍봉낙타」에서 (『달걀 속의 生』, 1989, pp.118-119)

② 그리하여 나는 부글부글 끓어올라요
　　입김이 뭉글뭉글 솟아오르잖아요?
　　수많은 추억을 혼합하여 끓인 찌개처럼
　　돌아온 당신들이 쓰러진 나를
　　흰 식탁에 내려놓고
　　찬 숟가락을 확 들이밀 때까지
　　내가 이제 더 이상 볼 것이 없을 때까지

　　나는 시방 또 끓어올라요
　　　　－ 김혜순, 「내 詩를 드세요」에서 (『우리들의 陰畵』, 1990, pp.78-79)

③ 일하는 여자들이 받아쓰는 교양강좌 노트에는
　　직장의 꽃이 되어라
　　일터의 꽃이 되어라 …… 씌어 있다
　　일터의 여자들이 꽃이 되기 위해
　　손톱을 자르고 리본을 꽂고

얼굴에 지분을 바르는 동안
꽃 아닌 모든 것은 사자의 이빨이 된다
                 – 고정희(1992 : 134-6), 「여자가 되는 것은 사자와 사는 일인가」에서

④ 전문적으로 죽여주는 자리

그 의자에 앉기 위해 이력서의 빈칸을 채웠다.

키 : 상대에 따라 늘었다 줄었다
몸무게 : 잴 때마다 다름
나이 : 주는 대로 먹었음
주소 : 오늘 내가 거하는 곳
혈액형 : B형, 흥분하면 에이–B형으로 역류함
취미 : ?

뜨거운 반역의 피가 흘러
살아 꿈틀대는 너는
검은 금 밖으로
창백한 흰 종이 너머로
뛰쳐 나가고파

네 전공은 사는 것.
전문적으로 生을 탕진하라!
                       – 최영미(1998 : 40), 「전문직이란?」

    자본주의의 확대는 여성을 사회와 단절시키려는 성별분업적 가부장제의
해체에 일정한 기여를 하였다. 정치적 사회적 참정권을 요구하던 고전적인
자유주의 페미니즘[113] 단계에서 여성해방으로 미화된 여성의 사회적 진출은
물질적 생산구조의 변화와 밀접한 연관이 있었다. 하지만 자유주의 페미니

---

113) Tong, R.P.(이소영 옮김), 앞의 책, 제1장.

즘의 주장과 달리 여성의 사회 참여가 곧 여성해방으로 귀결되지는 못하였다. 오히려 여성들은 집에서도 직장에서도 장시간 노동해야 한다는 현실을 발견했을 뿐이었다.114) 이러한 현실은 여성들에게 특유한 심리적 현실을 가져왔는데 가정 내에서의 심리적 갈등과 불만, 사회에서의 차별에 대한 저항의식 등이 그것이다.

B. 훅스가 지적하듯이, 여성의 사회적 진출이 곧장 여성해방으로 귀결되지는 않지만, 그것은 여성들에게 긍정적 기회를 제공해 주기도 한다. '경제적 자기충족' 개념으로 설명되는, 남성으로부터의 경제적 예속으로부터 여성이 해방될 기회의 확대가 이루어지기 때문이다. 또한 사회적 진출은 여성들에게 자부심과 공동체 활동에서의 보람을 가져다 준다. 계급에 상관없이, 가정주부의 일만 하는 여성은 고립감과 고독감, 침울한 기분을 느낄 때가 많다. 직장 생활은 남녀를 막론하고 고용불안 등의 불안감을 주지만 동시에 참여자로 하여금 자기 개인보다 훨씬 커다란 어떤 것의 일부인 듯한 느낌을 주기 때문이다. 하지만 가정 안의 문제는 상당한 스트레스를 유발하면서도 해결책을 찾기 어렵다. 이로 인해, 사회적 진출이 즉각적이며 전면적인 해방을 가져다 주지 못하더라도 그것은 포기할 수 없는 기회로 여겨지게 된다. 이러한 모순은 여성들에게 개인적 자아 실현 욕구와 모성애 간의 갈등을 유발함으로써 '분열적인 내면' 상황을 형성한다.

김승희의 「쌍봉낙타」는 이 분열적 내면을 형상화하고 있다. 이 시에서 분열적 내면 상황은 관념적 기능소(우울증, 신경질, 죄악 망상 등)를 통해 잘 드러난다. 이것은 여성의 내면적 현실과 관련한 중요한 문제를 부각시킨다. 소위, 모성 신화에 대한 논쟁이 그것이다. 모성에 대해 페미니즘은 두 단계의 변화된 주장을 전개하여 왔다.115) 1970년대 초기까지 S. 파이어스톤의 『성의 변증법』116)에 주장된 바처럼, 성에 관한 자유를 강조하면서 '야만적인'

---

114) Hooks, B.(박정애 옮김), 「여성과 일터」, 앞의 책, pp115-125.
115) Tuttle, L.(유혜현 외 옮김), 앞의 책, pp.286-287.
116) Firestone, S.(김예숙 역), 『성의 변증법』, 풀빛, 1970(1983).

임신과 출산의 강제적 의무로부터 여성을 해방해야 하며 그것을 가능케 할 새로운 생체 기술에 대해 기대감을 표현하였다. 이 단계에서는 전적으로 출산 및 그로부터 생기는 모성을 '굴레'로만 규정하였다. 따라서, '여성은 본능으로서의 모성을 지닌다'는 관점은 파괴되어야 할 신화라는 극단론이 득세했다. 한국문학사에서 이러한 주장을 편 여성이 바로 나혜석이었다.[117] 하지만 파이어스톤 식의 관점은 여성을 남성과 동일(출산 능력의 부재)하게만 만들 뿐, 여성 고유의 가치를 긍정하고 드높이는 효과를 거둘 수는 없었다.

1970년대 중반 이후, '제도로서의 모성'과 '경험으로서의 모성'을 구분한 A. 리치[118]의 관점이 확산되면서 모성으로부터의 해방이 구체적으로 겨냥해야 하는 대상이 좀더 명확해졌다. 즉 여성을 억압하는 것은 경험으로서의 모성이 아니라 가부장제가 만들어낸 제도로서의 모성이라는 주장이다. 가부장제 하에서 여성은 출산의 결정권이 없었다. 여성은 낳을 준비가 되어 있어야 하고, 낳으면 육아를 전담해야 했다. 말하자면 출산은 가부장제 하에서 '강제노동'에 다름 아니었다. 더욱이 근대사회는 사회적 육아에 대한 공공시설이나 임산부에 대한 사회적 배려는 확대하지 않은 채, 출산하지 않거나 육아를 거부하는 여성에 대한 비난만을 강화시켰다는 데 문제가 있었다. 그러나 해방되어야 하는 대상은 출산과 육아를 강제노동화하는 가부장제적 모성이지 자율적인 출산과 육아 그 자체가 아니다. 출산과 육아의 모성은 여성에게 커다란 기쁨과 만족과 창조성을 줄 수 있기 때문이다. 이에 따라 '창조적 페미니즘'이 강조되기 시작했다. 김승희의 「쌍봉낙타」는 이러한 창조적 페미니즘의 가치구조를 표현한다.

그렇지만 창조적 페미니즘은 아직도 여성에게는 이상에 불과하다. 그렇기 때문에 여성 대부분은 우울증에 시달릴 수밖에 없다. 그것은 노동 개념 자체의 모순 때문이다. 여성시가 형상화하고 있는 근본적 모순이 바로 이것이다.

---

117) 이상경, 「나혜석의 여성해방론」, 『한국근대여성문학사론』, 소명, 2002, pp.187-190.
118) Rich, A.C.(김인성 옮김), 『더 이상 어머니는 없다 : 모성의 신화에 대한 반성』, 평민사, 1976(1996).

모든 인간의 활동이 노동으로 규정되는 것은 아니다. '취미'와 '노동'은 모두 인간의 활동이지만 서로 구분된다. 자본주의 하에서 노동에 대한 개념은 두 가지 기준에 의해 성립된다. 첫째, 사회적으로 유용하며 화폐로 그 보상이 주어지는 활동이 노동이라는 기준 둘째, '필요'에 의해 행해지는 것이되 개인적 필요가 아니라 사회적 강제가 작용하고 있는 특정 규율하의 활동이라는 기준이 그것이다. 노동은 항상 '강제적 외부적 규율'을 지닌다. 우리가 임노동으로 부르는 모든 활동들은 대체로 이런 특징을 내포하고 있다. 노동 개념이 이와 같기에, 여성의 활동는 노동으로 규정되지 못함으로써 여성적 활동의 가치를 소외시키고 있다.[119] 즉 현재의 노동 개념은 경제 중심적으로 구성되어 있어서 시장 영역 외부에 위치하는 자급적 생계 노동과 가정 내 노동을 제외시키고 있다. 여성이 실제로 수행하는 다양한 종류의 가사활동들이 이에 해당한다. 또한 현재의 노동 개념은 이성 중심적으로 구성되어 있어서 '감정 노동'이라는 개념을 성립 불가능하게 한다.

이것은 '이성/감정'의 이분법적 사고와 밀접한 연관이 있다. 일반적으로 여성성과 남성성에 관한 담론들은 남성을 이성적·능동적 존재로, 여성을 감정적·수동적 존재로 묘사하고 있다. 이러한 성별분할 논리는 여성들에게 '여성적 일'을 수행하도록 요구한다. 그런데 이 여성적 일이 인간의 감정 능력을 사용하는 일인 경우가 많다. 가정 내에서 여성의 활동들—자식·남편·부모 등에 대한 '뒷바라지(내조)' 활동—은 육체적 활동을 필연적으로 동반하지만 그 핵심은 심리적·정서적 보살핌이라는 데 놓여 있다. 하지만 '감정 능력'을 활용하는 활동은 노동으로 규정되지 못한다. '가사노동'이라는 개념[120]이 아주 뒤늦게 출현하였고 아직도 명확하게 자리잡지 못한 까닭이 바로 이성/감정의 이분법에 기초한 노동 개념의 협애성 때문이다.

김혜순의 「내 詩를 드세요」에서처럼, 여성들은 그러한 모순 때문에 '부글

---

119) 정고미라, 「노동 개념 새로 보기 : 감정 노동의 이해를 위한 시론」, 조순경 엮음, 『노동과 페미니즘』, 이화여대출판부, 2000, pp.15-41.
120) Tuttle, L.(유혜현 외 옮김), 앞의 책, pp.214-215.

부글 끓어오를' 수밖에 없다. 1970년대 이후 일반화되기 시작한 '가사분담'의 실천에 의해 그 고통이 감소되더라도, '여성적 활동'으로 규정되어온 가사활동 그 자체의 가치는 상승할 수가 없다. 중요한 것은, 고통을 얼마나 분담하느냐가 아니라 그 활동 자체의 가치를 긍정할 수 있는 노동 개념의 재정립이다. 이처럼 노동 개념의 재정립이 이루어지지 않았기 때문에, 여성 노동에 대한 여성 자신의 태도는 미묘한 양상을 띠게 된다. 즉, 대졸 여성이 더욱더 여성적 활동인 가사노동을 경시하는 태도를 지니고 있어서, 취업을 '강요된 현모양처상과 무의미한 가사노동'으로부터의 탈출구로 인식한다는 점이다.[121]

노동 현장에서도 여성의 소외는 지속된다. 고정희의 「여자가 되는 것은 사자와 사는 것인가」에서처럼, 여성에 대해 노동 현장에서는 '직장의 꽃'이 될 것을 요구하는 경우가 많다. 이것은 노동 개념의 요건 중 하나인 '외부적 규율'의 성격을 지닌다. 따라서 여성 활동을 '노동'으로 승격시키는 듯하다. 그러나 노동 그 자체와 직결되는 규율이 아니라는 데 모순이 있다. 이러한 모순이 과거지사(過去之事)인 것은 사실이다. 하지만 문제는, 가사노동뿐만 아니라 사회적 노동에 대해서도 여성의 태도가 미묘해졌다는 점이다. 즉 여성들은 여성 노동의 현실에 대한 '간파' 능력과 이에 따른 '전략'을 지니게 됨으로써, 여성의 사회적 노동을 개인적 자아 실현의 매개로 여기지 않는 경향이 발생했다는 점, '결혼은 굉장히 가치 있는 재생산―즉 노동 현실의 모순으로부터 자신을 해방시킬 수단'이라는 전략적 태도가 형성되었다는 점이다. 그러나 이러한 태도는 결코 가치 있는 태도라 할 수 없기에, '드러낼 수 없는' 전략이자 태도로 억압된다. 이 억압이 여성의 내면적 현실을 새로운 갈등에 부딪히게 한다.

---

121) 조정아, 「대졸 여성의 노동 경험과 직업의식 신화」, 조순경 엮음, 앞의 책, pp.235-237. 조정아에 의하면 여대생들은 전업주부에 대한 전통적 담론과 '커리어우먼' 같은 새로운 여성상·진보적 여성상의 새로운 담론의 상충 가운데서, 진지하게 자신의 미래를 고려하지 못한 채 전통에 반발하며 반대 방향으로 튀어나가는 경향을 보인다고 한다.

최영미의 「전문직이란?」에서 이력서의 항목 하나하나에 대해 재치 있는 응대를 하는 화자는 실상 '간파'와 '전략'을 지닌 여성 노동자이다. 그러나 그 간파와 전략이 정당한 것이 아님을 알기에, 그것의 근본적 토대인 현실에 대한 '뜨거운 반역의 피'를 느끼기도 한다. 고정희의 시텍스트에서 교양강좌 노트에 '꽃이 되어라'라는 규율을 받아적는 여성도 순응적인 듯하지만 결코 간파와 전략에 몽매한 여성 노동자는 아니다. 그러면서도 '사자'가 다시 되라고 요청하는, 시텍스트 전편에 흐르는 화자는 뜨거운 반역의 피를 강조하는 목소리를 느낀다.

주목할 점은, 고정희의 시텍스트에서는 이러한 이질적 목소리가 두 주체로 분리되어 있지만 최영미의 시텍스트에서는 한 주체 속에 '분리적 통합'의 형태로 나타난다는 점이다. 이것은 두 시텍스트의 생산 시점을 고려할 때 여성들의 내면적 현실의 변화를 증거한다. 즉, 점차 모든 여성들이 사회적 노동을 통해 강한 자아실현 욕구를 느끼지만, 또한 '꽃이 되라'라는 규율을 더욱 내면화하고 있는 자기 자신에 대해 '분열적 감정'을 갖게 되었다는 점이다. 이러한 분열적 감정은 그러나 일관된 정체성으로 통합되지 못하기 때문에 '전문적으로 生을 탕진하라!'라는 자학적 태도를 낳는다.

여성시는 이러한 현실을 비판하면서, 근본적으로 '동일성의 논리'가 핵심적인 억압기제임을 인식하게 한다. 때문에 여성시는 하나의 기준(대개는 남성의 기준)에 의해 대상을 설명하고 평가하는 가치구조로부터, '하나로의 위계적 통합'이 아닌 '하나이면서 둘인 하나'의 가치구조로의 전환을 지향하고 있다. '쌍봉낙타'의 형상은 강인한 모성애만을 상징하는 것이 아니다. 그것은 '나란히' 존재하는 '두 개이면서 하나'인 가치구조의 형상이기도 하다. '여자이면서 사자'여야 한다는 발화 역시 여자는 꽃(아름다움)이고 남자는 사자(용기)여야 한다는 '분할·닫힘'의 가치구조를 부정하고, H. 식수가 말하듯이 '메두사'를 긍정하는 가치구조를 지향하고 있다.

페미니즘적 정신분석학에 의하면, 남성들은 외디푸스 콤플렉스에서의 거세공포 체험 때문에 '여성이 되는 것(양성성)'에 대한 두려움을 지닌다. 바로 이 공포가 위계적 이항대립 구조 즉, 하나를 주체로 하나를 타자로 하는 가치구조를 낳는다. 하지만 '말괄량이 길들이기 담론'들이 반증하듯이, 양성성에 개방적인 여성들은 동일성의 가치구조 속에서는 '분열적 고뇌'로부터 벗어날 수가 없음을 인식하고 있다. 어떤 것도 주체가 아니며 어떤 것도 타자가 아님을 허용하는 가치구조가 인정될 때 여성은 '분열적 고뇌'로부터 벗어날 수 있기 때문이다. 양성이 되는 것에 두려움이 없는 여성 주체들은 "끝이 없고 주요 부분도 없는 채 그것이 하나의 전체라면 전체인 부분들로 구성되는 전체"를 원하며 "자신의 육체나 자신의 욕망을 군주화하지 않는" 가치구조를 지향하는 것이다.[122]

요컨대, 여성시는 여성에게는 성장의 시간이 허락되지 않고 공간의 이동만이 허용되는 가부장제를 비판함으로써, 우리가 자연스럽게 인정하여 왔던 공동체의 구성원리에 대해 비판의 시각을 제공한다. 가부장제는 남성중심주의적 사회구조만을 의미하지 않는다. 그것은 '동일성의 논리' 즉 두 개의 성(性)의 차이뿐만 아니라 모든 차이들을 부정하고 동일한 '하나'로 환원하는 논리의 사회적 번역체이다. 그 동일성의 논리는 '동일한 하나'가 아닌 것을 결여체로 규정하면서 가치폄하하는 논리이다. 여성/육체/물질/유색 등이 그러한 결여체들이다. 여성시는 그러한 동일성의 논리에 기반한 공동체가 우연성을 지닌다는 점을 부각시키면서 새로운 공동체 창조의 원리로 '비동일성의 논리'를 제시하는 가치구조를 강조하고 있는 것이다.

---

122) 박일형, 「함께 읽고 새로 써본 씩쑤의 '메두사의 웃음'」, 『여자로 말하기, 몸으로 글쓰기 (또하나의 문화9호)』, 또하나의문화, 1992, pp.354-359. Cixous, H.(박혜영 옮김), 『메두사의 웃음』, 동문선, 1975(2004), pp.9-46.

3. 사이버시의 사회적 기능과 가치평가

1) 사이버시의 정체성 형성 기능 : 정보론적 탈육체화의 인간관 비판

1절에서 언급하였듯이, 사이버시(cyberpoem)는 과도기적 특성을 지니고 있다. 그것은 문자 문화 특유의 '비판적 기능'과 '사이버시대의 현상'을 융합하고 있다.[123) 문자 문화만을 옹호하지도 않으며 그렇다고 사이버시대를 전적으로 찬양하지도 않는다. 사이버시대에 대한 태도를 기준으로 할 때, 사이버시는 사이버시대를 '비인간적 기계화의 시대'로 규정하면서 적극적으로 부정하는 유형과, 사이버시대의 변화를 적극적으로 수용하면서도 그 내부에서 사이버시대의 모순을 비판하는 유형으로 나뉜다.

그러나 두 유형 중 후자의 관점에 설 때 (사이버)시의 가치를 객관적으로 평가할 수 있다는 점에 주목할 필요가 있다. 사이버시는 두 가지 방향에서 인간 정체성의 해체와 재구성을 요구하기 때문이다. 첫째는 전자공학과 생명공학, 인지공학이 현실화하고 있는 '탈육체화 현상'의 부정성을 형상화함으로써 '과학기술적 인간관'의 해체와 재구성의 필요성을 말한다. 둘째, 사이버시는 기존의 인간관 역시 해체되고 재구성되어야 함을 강조한다. 原罪는, 첨단 과학기술이 아니라 기존의 인간관의 토대인 '정신/육체의 비대칭적 가치구조'에 있기 때문이다. 따라서 사이버시의 가치를 객관적으로 평가하기 위해서는 '낡은 유기적 세계관'[정신/육체(기계)의 비대칭적 가치구조]을 해체하고 '새로운 유기적 세계관'[탈중심적 관점에서의 정신－육체(기계)의 유기적 가치구조]을 구성할 필요가 있다. 여성시와 마찬가지로 '정신/육체의 비대칭적 가치구조'의 해체와 재구성을 강조하는 것이다. 그것이 전제되지 않으면, 사이버시대의 탈육체화 현상의 의미를 이해할 수도 없으며 그 문제를 비판할 수도 없음을 말한다.

먼저, 전자의 유형에 속하는 사이버시를 살펴보자.

123) 이혜원, 「디지털 시대와 시의 대응 방식」, 『어문학』제86호, 한국어문학회, 2004, p.369.

눈알을 끼워넣고 싸게 산 신장과
두짝의 허파를 꿰매고 손톱을 촘촘히
박어넣고 백만 가닥이나 되는 머리칼
일일이 심고 지붕에서 주워온 이빨들
깨끗이 닦아 망치로 두들기고
구겨진 십이지장을 잘 펴서 말리고
보라색 단추로 배꼽 만들고
장판 뜯어내 피부로 감싸고
뿌리 같은 건 없어 단절, 단절!!!
아무데서나 태어나버리는
하릴없는 아이들

— 서정학(1988 : 18), 「(1) 인조인간 18호」

인조인간은 유전공학과 인지공학, 전자공학에 의해 현실화되고 있는 대표적인 후인간(posthuman)의 실체이다. 인조인간은 크게 안드로이드(유전공학적 산물)와 사이보그(전자공학적 산물)로 구분된다.124) 이것은 인지공학적 산물인 인공지능(AI)이나, 사이버공간의 대리주체인 사이버자아들(ID, Avatar)과는 다르다. 인공지능이나 사이버자아들이 탈육체적일 뿐이지만 인조인간은 인간이 아니면서도 인간처럼 물질적 육체적 특성을 지니기 때문이다. 인조인간은 사이보그처럼 비유기성을 지니든 안드로이드처럼 유기성을 지니든 인간과 유사하다. 인간처럼 물질적 육체성을 지니며 일정한 정신적 기능을 수행한다. 이러한 인조인간을 현실화함으로써 사이버시대는 인간에게 충격을 주고 있다.

이러한 충격을 형상화하고 있는 서정학의 시텍스트는, 특정한 대인적 기능소들을 선택함으로써 인조인간에 대한 부정적 태도를 선명히 보여준다. M. 바흐찐이 말했듯이, 어조와 액센트는 언어를 통해 가치를 전달하는 데 있어서 결정적인 영향을 미치는 이념적 전략이다.125) 단지 어휘 자체의 의미

---

124) 김선희, 앞의 책, 제5장.

에 의해서만 가치가 전달되는 것이 아니라, 발화시의 어조와 액센트 역시 결정적인 역할을 한다. 이런 관점에서 볼 때 '눈알', '끼워넣고', '싸게 산' 등에서부터 '단절!!' 등의 관념적 기능소들에 실려 있는 화자의 어조는 부정적이다. 부정적 어조를 지닌 화자이기에 그에게는 인조인간이 '뿌리 같은 건' 없는 존재들, '아무데서나 태어나버리는' 존재들로 여겨진다. 이러한 관점에서 이 '하릴없는 아이들'을 생산해 내는 과학기술 문명을 비판하는 것이다.

하지만 이들의 기원은 무엇인가를 묻지 않을 수 없다. 이 기원이 밝혀져야만, 사이버시가 비판하는 가치구조의 정확한 대상이 선명해질 수 있기 때문이다. 인조인간은 결코 뿌리 없는 존재들이 아니다. 사실은 '정신/육체의 비대칭적 가치구조'에 기원한다. 인공지능이나 유전공학, 생명공학의 발전에 결정적인 영향을 미친 것은 육체를 경멸하는 오래된 사고방식이었다. K. 르네이트가 지적하듯이, '정신의 탈육체화'라는 태도는 육체를 오염된 존재, 타락한 영혼, 영원한 정신의 해방을 가로막는 장애물로 간주한 사고방식과 연관된다.126) 플라톤의 이데아론이 이러한 사고방식의 원형이다. 여성시를 논하면서도 살펴보았듯이, 육체는 정신에 비해 그 가치를 인정받지 못하여 왔다. 때문에, 인간의 불완전성을 표상하는 육체는 초월되어야 할 대상이었다. 다수의 종교들은 심지어 육체를 죄의 근원으로 규정하였다. 인조인간에 대한 꿈은 '정신/육체의 비대칭적 가치구조'를 정립한 철학이나 종교의 소산인 것이다.127)

'육체를 경멸하는 사고방식'의 승리는 사이버네틱스의 출현에 의해 현실

---

125) Bakhtin, M.M. & Vološinov, V.N.(송기한 역), 『마르크스주의와 언어철학』, 흔겨레, 1929 (1988).

126) Renate, K., "The Politics of CyberFeminism", in Hawthorne, S. & Renate, K. eds, *CyberFeminism*, Spinnifex Press, 1999, pp.185-212.

127) 사이버문학의 대표작으로 거론되는 W. 깁슨의 『뉴로맨서』에는 인간 육체를 '고깃덩어리 meat'에 불과한 것으로 여기는 사이버주체들이 등장한다. Gibson, W.(김창규 옮김), 『뉴로맨서』, 황금가지, 1984(2005). 흔히 종교가 과학을 부정한다고 여기지만, 이것을 일면적으로 받아들일 수 없음은 M. 하임에 의해서도 지적된 바이다. 구소련으로 하여금 우주탐사를 최초로 추진하게 했던 배경은, 러시아 정교 지도자 페도로프(1828-1903)의 사상 때문이었다. Heim, M.(여명숙 옮김), 앞의 책, pp.194-196.

화되었다. 노버트 위너가 『Cybernetics』(1948)를 출간하면서 정립한 것은 '정보적 세계관'이었다. 이것은 정보의 소통을 중심으로 동물과 기계를 통합해서 설명할 수 있는 이론을 개발하려는 의도를 품고 있었다.128) 사이버네틱스는 두 방향으로 발전해 갔다. 세상의 모든 것을 자동조절적인 체계로 이해하고 설명하는 '체계이론'이 그 하나이고, 인간처럼 생각할 수 있는 기계를 제작하려는 '인공지능학'이 다른 하나이다. 인조인간은 이러한 정신-중심주의적 인간관에서 비롯한 것이다.

그런데, 서정학의 시텍스트에 등장하는 화자는 인조인간을 매우 혐오스럽고 끔찍한 존재로 설정하고 있다. 화자는 은연중 인간과 인조인간을 구별하면서 인간을 우위에 두고 인조인간을 부정한다. 인조인간은 '기계덩어리'에 불과하다고 보기 때문이다. 문제는 이 관점이 기존의 인간관을 무비판적으로 반복한다는 점이다. 즉 '기계덩어리'라고 말하는 순간, 육체를 '고깃덩어리'로 바라보는 '정신-중심주의적 인간관'을 반복한다는 사실을 보지 못하는 것이다. 이러한 비판적 패러다임은 정작 무엇을 비판해야 하는지 불분명하게 만든다는 한계를 지닌다.

비판되어야 할 것은 인조인간이나 과학기술이 아니다. 오히려 '육체를 지닌 인간(human)'은, '육체를 초월하려는 정신'과 비교할 때, '인조인간'과 다름이 없다. '神=(절대)정신/인간=육체=인조인간'의 가치구조를 무비판적으로 반복할 수 없는 것이다. 따라서, 인조인간을 낳은 과학기술 문명을 비판하고자 한다면 인조인간의 위치에 서야 한다. 그러면서 육체성을 부정하는 가치구조를 비판해야만 한다. 김선희가, 사이버시대는 역설적으로 몸의 중요성을 일깨우는 시대라고 규정하면서, <몸은 인격의 구성요소>임에도 과거의 인간관이 이 점을 몰각하고 있었다고 비판하는 이유도 이 때문이다.129) 로봇은 '(정신-우월주의적) 정신의 자녀'인 것이다. 우리가 인조인간을 보면

---

128) 홍성태, 「사이버리즘의 시대-탈육화, 가상현실기술, 그리고 사이버자본주의」, 『문화과학』제26호, 2001, pp.13-29.
129) 김선희, 앞의 책, 제7장.

서 그것에 혐오감을 표할 때, 우리는 정신—중심주의를 반복하고 있음을 인식할 필요가 있다. '육체적 인간'으로서 우리가 비판의 위치를 찾는다면 그것은 '인조인간'이다. 이원의 다음과 같은 시텍스트들이 이 점을 정확하게 포착하고 있다는 점에서 높이 평가할 수 있다.

① '너'가 있어 호흡했던 세월의 공기를 '너'에게 다시 보낸다 내려야 할 곳을 한참 지나와버린 곳까지 끌고와 헉헉대며 이곳에서 보낸다 끝까지 가지 못한 길의 한 모퉁이에서 놓쳐버렸던 나의 발이여 한줌의 공기여 나는 그 순간의 '나'를 눌러 그 세월을 프린트하기 시작한다 간혹 빛바랬거나 지워진 곳들도 있다 호흡을 중단했던 곳에서는 잠깐 프린트가 중단되기도 한다 그러나 심장이 그곳들을 기억한다 잠시 그 세월의 심장 속에 '나'를 담근다 캄캄한 한가운데로 시간의 커서가 내려가고 있다 온몸이 차다 숨이 막힌다 닿아야 할 그곳에 닿기 전에 기어이 종료 키를 누른다 캄캄한 모니터 화면 속으로 수평선이 무너지고 있다 그 수평선 속의 공기인 매듭을 '너'에게 보낸다

— 이원(1996 : 11), 「PC -서시」

② 내 몸의 사방에 플러그가
　　빠져나와 있다
　　탯줄 같은 그 플러그들을 매단 채
　　문을 열고 밖으로 나온다
　　비린 공기가
　　플러그 끝에 주렁주렁 매달려 있다
　　곳곳에서 사람들이
　　몸 밖에 플러그를 덜렁거리며 걸어간다
　　세계와의 불화가 에너지인 사람들
　　사이로 공기를 덧입은 돌들이
　　둥둥 떠다닌다

— 이원(1996 : 12), 「거리에서」

이원의 두 시텍스트가, 서정학의 시텍스트와 뚜렷하게 차이나는 점은 사이버적 존재들을 '하릴없는 아이들'로 보지 않고 '너' 또는 '사람들'로 본다는 점이다. 두 시텍스트의 대인적 기능체계는 후인간들을 '육체적 인간'인 우리와 등가적 위치에 놓고 있는 것이다. 그러면서 관념적 기능체계는 '물질들(몸)'에 주목한다. '공기', '심장', '(차가움을 느낄 수 있는 감각적 어휘들로서의) 온몸이 차다, 숨이 막힌다' 그리고 '탯줄 같은 (내 몸의) 플러그', '비린 공기', '공기를 덧입은 돌들'과 같은 비(非)관념적 대상들을 부각시키고 있다. 그러면서 이러한 물질들에 대한 어떤 평가를 내리려는 관념들은 극도로 배제되어 있다. 탈물질화(탈육체화)된 관념이 아니라 물질(몸)의 중요성을 부각시키는 것이다. 즉 물질(몸)을 평가절하하거나 규정하려는 도구화하려는 관념을 버리고 물질을 새롭게 보아야 한다는 태도를 형상화하고 있다.

더욱 중요한 것은, 이렇게 사이보그(cyborg)[130]화된 사람들의 에너지를 '세계와의 불화'라고 규정한다는 점이다. 여기서 '세계'란 물질적 세계가 아니다. 그것은 '물질, 육체, 유색(인종), 여성'을 '관념, 정신, 무색(백인), 남성'보다 열등하다고 규정하는 '위계적 가치론'의 세계이다. D. 해러웨이가 말하듯이, 사이보그는 결코 폄시되고 부정되어야 할 존재가 아니다. 사이보그는, 위계적 가치론이 구성한 낡은 정체성을 해체하고 '육체적 인간'인 우리가 새롭고도 올바른 정체성을 재구성하기 위해 '한번쯤 되어야 할 존재'이다. 사이보그는 탈성차(postdender), 탈편견, 탈차이의 가능성을 열어놓은 존재이면서도 '균질적 획일적 전체론'을 경계하고 '연결(연대)'을 갈망하는 존재이다. 따라서 그것은 후인간의 시대에 인간의 새로운 정체성을 재구성할 수 있는 백지(白紙)에 관한 창조적 비유이다.

사이보그의 출현이 가능해진 20세기의 시대는 우리로 하여금 세 가지 핵

---

130) 사이보그(cyborg)의 사전적 의미는 몸의 일부나 장기 등을 전자 장치나 기계 등으로 개조하여 생리 기능을 크게 강화시킨 인공적 인간을 뜻한다. 로봇이 다소 순수한 전자 기계의 특성을 지니고 있다면, 사이보그는 생물학적 요소가 가미된 것이다. 이 사이보그란 용어는 cybernetic orgarnism의 준말에서 왔다. 김선희, 앞의 책, p.174.

심적인 범주의 해체와 재구성을 요구한다.[131] 첫째, 인간과 동물 사이를 구별하려는 관념들의 해체이다. 인간과 동물을 확실하게 분리시켜줄 수 있는 것은 아무것도 없다. 그리고 그런 구별을 이제는 필요로 하지 말아야 한다. P. 싱어가 말했듯이, 동물의 지위를 자꾸만 낮추려는 인간-동물 구분론은, 되려 '인간들 사이의 차이'를 '인간/비인간(동물화)'로 전이시킬 수 있는 위험성을 지닌다. 그것이 인간에 대한 인간의 폭력을 정당화하는 '폭력적 윤리'의 심성이다. 동물과 인간을 구별하려는 논리는 언제나 특정한 인종과 성(性)의 인간만을 인간으로 한정하려는 논리로 변질될 수 있다.[132] 둘째, 동물-인간(유기체)과 기계 사이의 경계를 그으려는 담론의 해체이다. 이러한 이분법은 유물론과 관념론의 낡은 갈등을 재생산할 뿐이다. 사이보그 출현 이전의 기계는 인간이 아니었다. 따라서 인간과 기계의 구분은 확고했다. 하지만 사이보그의 출현은 기계와 인간의 구분이 과연 가능한가를 재문제화한다. 셋째, 물리적인 것과 비물리적인 것 사이의 구분의 해체이다. 사이보그는 인지공학의 산물인데, 인지공학은 인간 정신의 과정을 시뮬레이션한다. 시뮬레이션된 정신(시각화된 것)과 두뇌 속의 비가시적 정신이 과연 구별될 수 있는가를 사이보그는 되묻는 것이다.

이원의 시텍스트는, 우리가 사이보그를 '하릴없는 아이들'이 아니라 '너'라고 부를 때, 인간 정체성의 재구성이 가능함을 인식시킨다. '그들'이라고 타자화하여 부를 때, 인간은 위계적 가치론을 반복할 뿐만 아니라, 궁극적으로는 '탈육체화 현상'으로서의 과학기술의 한계를 비판할 수 없게 되기 때문이다. 그러므로, 서정학의 시텍스트에서 '단절!!'이라는 발화는, '육체적 인간'이자 사이보그적 존재로서의 우리가, 우리의 육체성을 폄시하지 않으면서 과학기술을 비판하는 항의 또는 절규로 소리내어야 하는 것이다. 이러한 인식의 전환을 통해, 인간 정체성을 '육체-정신' 구조로 재구성할 때 다음과

---

131) Haraway, D.(임옥희 번역), 「사이보그를 위한 선언문」(1992), 홍성태 엮음, 『사이보그, 사이버컬처』, 문화과학사, 1997, pp.147-159.
132) Singer, P.(황경식 · 김성동 옮김), 『실천윤리학(2판)』, 철학과현실사, 1993(1997), 제3장.

같은 사이버시가 형상화하는 문제적 상황을 비판할 수 있게 된다.

> 그곳에서 나는 갑자기 멈추어 선다 막힌 세계
> 너머에는 광활한 신대륙이 펼쳐지고 있겠지만 창은
> 금방 벽이 되어 내 앞에 선다
> 진공 포장되어 장기 보존되고 있는 것이
> 나일 수도 있다
> 오래 저장된 게임이
> 나일 수도 있다
> 그러나 나는 정보가 아니어서 의자에 엉덩이를
> 높고 허리를 의자의 등받이에 바싹 붙인다
> 내 몸이 닿아 있는
> 세계에서는 여전히 땀냄새가 난다
>
> — 이원(2001 : 45-47),
> 「나는 검색 사이트 안에 있지 않고 모니터 앞에 있다」에서

인간다움 즉 인간의 정체성은 인격(人格)이란 개념과 밀접한 연관이 있다. 그런데 전통적인 인격의 개념은 항상 탈육체적이었다. 인격에 대한 명시적이고 체계적인 정의는 중세의 보이티우스(Boethius)에 의해서였다. 그는 인격을 '이성적/합리적/지성적 본성을 지닌 개별적 실체'라고 정의했다. 이 같은 인격 개념은 인간(human being)이라는 생물학적 실체 개념과는 달리, 어떤 속성을 만족시킬 때의 인간만으로 한정하는 경향이 있다. 그런데 그러한 속성들은 대개가 정신적 속성이나 가치들이었다.[133] 물론 이러한 인격 개념은 인간으로 하여금 더 높은 가치의 세계에 참여하도록 함으로써 인간의 발전에 긍정적 기여를 하여 왔다.

이와 같은 인격 개념은 사이버자아들이 활동하는 사이버공간이 현실화되면서 재구성되어야 할 필요성에 직면한다. 위 시텍스트에서처럼 사이버공간

---

133) 김선희, 앞의 책, pp.30-41.

은 '나'를 '프로그램화된 어떤 비육체적 존재'로 설정할 수 있다. 이것은 N. 위너의 사이버네틱스 이후 인간을 '정보'로서 규정하려는 인간관의 확대판이다. 인공지능 고안자들은 정신/마음/지능과 몸의 분리 가능성 및 정신의 탈육화 가능성을 신봉한다. 그들은 인간의 마음이 일종의 컴퓨터 같은 계산기계라고 생각한다. 또한 유전공학적 인간관은 인간을 유전자 단위로 환원하여 설명하려 한다. 전자공학적 인간관 역시 인간을 기관이나 세모 등 미세단위로 해체하고 조립할 수 있는 기능적 부분들의 집합으로 묘사한다. 인간을 몸에 근거하여 규정하지 않는 것이다. C. 스프링거가 요약적으로 말하듯이, "인간은 인공지능에 의해 모의(模擬)될 수 있고 테크놀로지 속으로 흡수될 수 있는 순수한 두뇌적 실체"[134]라는 관념을 지니고 있는 것이다.

몸의 소외 혹은 몸으로부터의 도피 현상으로 요약되는 이러한 인간관은, 역설적으로 인간이 '신체적 신분확인 가능성'에 의해 그 정체성과 인격을 규정할 수 있다는 관점을 부각시킨다. 인공지능, 사이버자아를 인간과 구별할 수 있는 유일한 길은 신체성 여부이기 때문이다.[135] 사이버공간에서의 사이버자아들에게 우리가 도덕적 책임을 묻는다면 그것은 누구를 향한 것인가? 사이버자아 그 자체가 인간이기 때문에 도덕적 책임을 물을 수 있는 것이 아니다. 그것은 사이버자아가 신체성을 지닌 한 인간의 대리적 자아이기 때문에 도덕적 책임을 물을 수 있는 것이다. 요컨대, 인간다움으로서의 인간 정체성은 '육체'를 제1의 토대로 규정하지 않을 수 없다.

이와 같은 새로운 정체성 개념에 입각할 때에만, 위 시텍스트에서 '그러나 나는 정보가 아니다'는 말의 가치를 인식할 수 있다. 이것은 정보론적 인간관의 한계를 지적하면서, 인간 정체성 규정이 왜 육체를 포괄함으로써 정신—중심주의로부터 벗어나야 하는지 깨닫게 한다. 즉 인간은 정신만을 지니고 있기 때문에 고상한 존재가 아니라, 몸을 지니고 있기 때문에 인간일 수 있다. 인간 규정의 제1의 토대는 정신이 아니라 육체이다.

---

134) Springer, C.(정준영 옮김), 『사이버 에로스』, 한나래, 1996(1998), p.63.
135) 김선희, 앞의 책, pp.68-74 및 pp.80-87.

이처럼 사이버시는 정신－중심주의 인간관에서 폄시되던 몸의 위상을 재확립한다. 동시에 사이보그와 같은 인조인간의 존재론적 위상을 재론하게 함으로써, '인간/동물, 정신/육체, 무색(인종)/유색(인종), 남성/여성'의 위계론적 가치구조가 근본적인 모순이지, 과학기술 그 자체가 모순이 아님을 선명히 한다. 과학기술은 육체를 폄시하는 인간관이 육체로부터 인간을 해방시키기 위해 발전시킨 정신적 산물이기 때문이다. 역설적이게도, 그러한 정신－중심주의는 자기발전의 첨단적 산물인 사이버공간을 현실화함으로써 자기모순에 직면하게 된 것이다.

2) 사이버시의 사회적 관계 형성 기능 : 탈중심적 관계 모형의 지향

사이버시(cyberpoem)는 문자시(文字詩)와 생산 매체가 동일하지만, 그것과는 달리 텍스트의 이상적 상태에 대해 개방성을 지닌다. 문자시는 선조성(線條性), 통일성을 텍스트의 이상적 요소로 생각[136]하지만, 사이버시는 하이퍼텍스트적 특성을 일정 부분 긍정적으로 수용한다. 이러한 차이는 텍스트의 구조와, 그 특정한 구조의 텍스트를 생산해내는 사회문화 구조 간의 상동성(homology)을 부각시키면서, 사회적 관계의 이상적 상태에 대한 개념을 해체하고 재구성해 보도록 자극한다.

문자문화 텍스트는 획일적이며 중앙집중적이고, 기원(저자) 중심적인 관계 구조를 텍스트의 이상적 모형으로 전제하고 있는데 이것은 근대적인 사회적 관계 구조와 유사하다. 반면 하이퍼텍스트는 무한한 연결성을 지니기에 비획일적, 탈중심적, 탈기원－쌍방향(작독자wreader)적인 관계 구조를 텍스트의 이상적 모형으로 전제하면서 사회적 관계 구조의 변화를 추동하고 있다. G. 랜도우는 이것을 '하이퍼텍스트의 정치학'으로 규정한다.[137]

---

136) 문자시의 시대가 되면서 시의 텍스트성 즉 詩性이라는 개념이 고정화되었다는 점을 주목할 필요가 있다. 이에 대해서는 김양희, 앞의 글, p.49.
137) Landow, G.P.(여국현 외 옮김), 앞의 책, pp.395-400.

　물론 ﬙을 기반으로 하여 생산되고 소통되는 사이버시는 하이퍼텍스트성을 완전히 구현할 수는 없다. 하지만 사이버시는 하이퍼텍스트가 존재하는 사이버공간과의 상호작용적 경험을 형상화한다는 점에서 하이퍼텍스트적 경향을 불가피하게 수용하지 않을 수 없다. 사이버시가 과도기적 시형태라는 점에서, 그 수용 양상은 두 가지 경향 즉 과학기술 시대에 대한 비판을 드러내기 위해 수용하는 경향과 하이퍼텍스트성의 창조적 변용을 위해 수용하는 경향으로 나타나고 있다.

　전자의 경우는 1980년대 해체시가 추구했던 형태파괴적 경향의 확대로 볼 수 있는데 다음과 같은 사이버시가 대표적이다.

우리들 뿌리는 튼튼하던가
우리들의 아이들은 내일도 안녕한가
우리들의 새로운 신은 명령을 내리신다

<δλςπ σξνμλεμφδμσ εκ ςνρδξΤεκ
αηεν ρλρΠδμλ ωηφηεμφδλεκ
δλςπ;νχξ ρλρΠφμφ δξατνρνλ τνδ;ονκφκ>
이게 무슨 망발이실까
좀더 쉬운 말씀으로 들려주세요
우리의 새로운 신은 천천히 입을 여신다

<dlwp sjgmlemfdms ek wnrdjTek
ahen rlrPdml vhfhemfdlek
dlwpqnxj rlrPfmf djatnrgl tndqogkdufk>
하늘이 무겁게 내려앉는다
먼저 언어가 사라지고
이어 색깔과 소리, 종이가 사라지고
지상의 풍경들이 조금씩 흐려진다
핵폭탄이 터지지도 않았다

오존층이 완전히 찢어지지도 않았다
드디어 그분은
우리의 무지를 보고 진노하신다

그러자 모든 움직임이 멎고
돌과 벌레만을 남긴 채 인간의 시대가 끝난다
　　　　　　　　　　　　　　 － 정한용(1994 : 87-89), 「‖‖‖‖‖‖‖‖‖‖‖‖」에서

　　1980년대 한국시의 중요한 흐름이었던 해체시는 '끔찍한 근대성의 파산'을 형상화하는 데 주목하였다.[138] 해체시는 '광주항쟁'으로 압축되는 한국의 근대 정치체계의 모순 비판에서부터 도시문명의 잔혹성, 그리고 이성중심주의에 대한 비판에 이르기까지 현실에 대한 전면적인 부정과 희화화(戱畵化)를 시도하였다. 현실의 부정성에 침묵하는 전통적인 서정시 또한 부정하기 위해 형태 파괴, 언어규범 파괴 등이 적극적으로 이루어졌다. 이 시텍스트 역시 해체시의 흐름을 계승하고 있다. 형태 파괴적인 텍스트적 기능체계의 선택은 그러한 비판적 의도를 암시한다. 다만, 해체의 대상이 디지털 기계이자 그것의 모태인 과학기술에 한정되었다는 점에서 차이를 지닌다.[139]

　　즉 디지털 기계와 과학기술이 '인간의 시대'의 종말을 가져올 것이라는 메시지를 전달하기 위해, 기계－신의 가치구조를 표상하는 '비(非)언어'와 인간적 가치구조를 표상하는 '언어'라는 이항대립을 설정하고 있다. 인간적 가치구조(언어)의 소멸은 제목에서부터 암시된다. 바코드 형상의 제목은 그 뜻을 알 수 없다. 그것이 담고 있는 것은 인간적 체험이 담겨 있는 '의미 있는

138) 이승훈, 『한국모더니즘 시사』, 문예출판사, 2000, pp.299-347.
139) 최동호·이성우, 「디지털 시대의 새로운 문학 환경과 글쓰기의 방법론 연구」, 『한국시학연구』제9호, 2003, pp.364-365.

언어'라기보다는 대상의 특성을 디지털 정보로 환원하고 있는 '정보적 기호'
에 불과하다. 그것의 정보를 해독하기 위해서는 디지털 기계가 불가피하게
요청된다.

　이것을 현대문명의 과잉기계화라 부를 수 있을 것이다. 달리 말해, '정보
론적 인간관'의 현신(顯神)인 컴퓨터의 편재성으로 인해, 기계의 도움 없이는
인간이 활동할 수 없는 상황이 창조된 것이다. 이러한 창조는 양면적이다.
기계가 없던 시대의 한계를 극복하게 해 주었다는 점에서 창조이지만 오히
려 기계에 종속되어야만 하는, 인간의 지위 하락 현상이 발생했다는 점에서
파괴이다. 이 시텍스트가 비판하고자 한 바는 바로 이러한 역설적 상황이
다.140)

　그런데 사이버시의 정체성 형성 기능을 논하면서 언급했듯이, 이 시텍스
트처럼 '인간 : 기계'의 대립구조에 입각하여 디지털 시대를 비판하는 것은
'인간은 한 번쯤 사이보그가 되어야 한다'는 사이보그 선언의 의미를 간파하
지 못한다는 점에서 높이 평가할 수 없다. 또한 해체시가 주는 충격만큼 인
식 상의 전복적 효과도 크지 않다. 해체시에서 언어 파괴는 그야말로 '전복
적 파괴'였다. 1980년대 해체시가 쓰여질 상황만 하여도 인쇄기술에 의한 시
텍스트의 생산이 일반적이었다. 구식 기계인 인쇄기는 컴퓨터와 같은 디지
털 속성을 지니지 못하기 때문에 유연성이 없었다. 조판 과정 역시 더디고
기계적이었기에 非언어들을 표현하는 데 제약이 많았다. 따라서 冊을 통해
소통되는 해체시는 인쇄기라는 구식 기계의 근대성이 지니는 모순을 전복하
고 파괴하는 데 효과적이었던 것이다.

　하지만 이 시텍스트의 생산 과정을 고백하는 시인의 말을 통해서 알 수
있듯이, 인쇄기가 쉽사리 표현하지 못했던 非언어는 디지털 시대에 와서 생
산이 용이해졌다. '언어'나 '非언어' 모두 디지털 시대에 와서는 세계에 출현

---

140) 시인의 설명에 의하면, 이 시텍스트에 쓰인 엉터리 희랍어와 영어는, 컴퓨터 자판을 희
　　랍어와 영어로 바꾼 뒤 한글의 자판배열에 따라, <이제 너희들은 다 죽었다 / 모두 기계
　　의 포로들이다 / 이제부터 기계를 엄숙히 숭배하라>고 타자한 것이라 한다.

할 가능성이 동등해진 것이다. 비언어를 생산하는 행위는 해체시의 시대처럼 전복적 의도나 엄숙한 지성을 필요로 하지 않는다. 그것은 컴퓨터 자판으로 간단히 조작만 해도 가능한 유희적 생산물이기도 하다. 바로 이 점에서 디지털 시대의 창조적 가능성을 주목하지 않을 수 없다. 유희는 또다른 창조의 가능성을 내포하기 때문이다.

인쇄시대의 인간들은 기술적 한계[141]로 인해 非언어가 표상하려던 어떤 의미들 또는 가치들을 쉽게 표현할 수 없었다. 사회적 관계 구조와 연관지어 말하자면, 인쇄기계와 같은 '정상적 언어'의 확고부동함으로 인해 '비정상적 언어'가 표상하는 사회적 관계에 관한 관념들은 억압될 수밖에 없었던 것이다. 그러나 디지털 시대는 이 억압된 목소리의 출현을 가능하게 한다. 정상적인 확고부동한 언어만이 冊이라는 권위적 존재가 될 수 있는 것이 아니라, 비정상적인 언어나 주변화된 언어도 쉽사리 冊이 될 수 있기 때문이다. 책의 권위는 과거와 같은 위상을 지닐 수 없게 되는 것[142]이다.

이런 점에서 디지털 시대의 창조적 가능성을 인정하면서 하이퍼텍스트성을 적극적으로 수용하는 또다른 유형의 사이버시가 생산된다고 하겠다. 디지털 시대의 하이퍼텍스트를 생산, 소통시킬 수 있는 언어(HTML)와 토대(WWW)의 창조는 구텐베르크의 혁명[143]만큼이나 전복적이고 창조적일 수 있기 때문이다.

---

141) 기술적 한계뿐만 아니라 '권한의 한계'에 대해서도 생각해보지 않을 수 없다. '인쇄기'라는 기계에 대한 접근권을 지니고 있던 사람은 제한되어 있었다. 문자문화 시대는 筆寫시대에 비해 '책의 범람'을 가져왔지만 '책의 생산권'마저 확대했던 것은 아니다. 그러나 디지털 시대의 '개인용컴퓨터'는 텍스트의 생산권을 급격히 확대했다. 이런 이유로 '책의 종말'을 유토피아적 관점에서 긍정하는 목소리가 존재하는 것이다. 그 목소리들에는 과학기술의 신봉자들뿐만 아니라, 사실 억압되었던 타자들의 목소리도 포함되어 있음을 주목해야 한다.

142) 디지털 시대에 책의 위상 변화에 대해서는 배식한, 『인터넷, 하이퍼텍스트 그리고 책의 종말』, 책세상, 2000, pp.144-156.

143) Landow, G.P.(여국현 외 옮김), 앞의 책, pp.48-53. 구텐베르크 혁명이 중세적 가치구조를 근대적 가치구조로 전환시켰다는 점의 중요성에 대해서는 이미 맥루한도 지적한 바이다.

뿌리가 없다는 사실을 인정한 날 밤부터 잠이 오기 시작했다 두 다리는
뿌리가 아니라는 사실을 길이 확인시켜준 다음날부터 꿈이 찾아오기 시작
했다 꿈의 뿌리는 몸에 있고 몸의 뿌리는 꿈에 있다는 사실을 다리가 말한
다음날부터 먼 곳이 보이기 시작했다 어디든 갈 수 있다는 사실이 나다 세
계는 푸르거나 검다는 것을 인정한 다음날 아침 신발을 신었다 누가 원하
는지 문밖에는 공기가 지천으로 깔려 있다 나는 푸른 세계의 한 부분에도
속해 있다 문을 열어젖히고 밖으로 걸어나왔다 나는 모래와 길의 세계에도
속해 있다 나는 어디에서도 접속 가능하다

─ 이원(2001 : 20-25), 「실크로드」에서

이 시텍스트는 물질적으로는 하이퍼텍스트적이지 않으면서 정신적으로는
하이퍼텍스트적이다. 이 시의 텍스트적 기능체계는 전통적인 문자시와 다름
이 없다. 그러나 그러한 문자시 형태의 기능체계를 통해 전달하는 가치구조
는 하이퍼텍스트의 긍정적인 가능성에 기반한다. 즉 '뿌리 없음'에 대한 긍
정을 통해, 정한용의 시텍스트에서처럼 암울한 우려('우리들 뿌리는 튼튼하
던가')와 결별한다. '뿌리 없음'은 두려운 현실이 아니다. 뿌리 없기 때문에
역으로 '어디든 갈 수 있'고, '어디에서도 접속 가능'해지기 때문이다. '뿌리'
에 대한 강박관념, 어떤 고정적 정체성의 기원에 대한 강박관념은, 실상 그
것이 '중심'을 설정하는 정신으로 변질될 수 있기 때문에 해체하고 재구성해
야 한다는 점을 이 시텍스트는 강조하고 있다.

이러한 정신이 사이버시가 하이퍼텍스트성의 긍정적 가치로 추구하는 바
이다. 들뢰즈와 가타리는 이것을 '(상상적) 유목민의 정신nomos'에 해당하다
고 하면서, 근대(의 텍스트)의 중앙─중심주의를 초월할 수 있는 새로운 사
회적 관계 모형으로 강조한다.[144] 들뢰즈의 유목민이란 실제적 유목민을 의
미하는 것은 물론 아니다. 그것은 아직 존재하지 않는 가상의 유목민으로서,
모든 공간을 자기 영토화하고 대상을 포획하려는 근대적 정치학의 주체들인

---

144) Deleuze, G. & Guattari, F.(김재인 옮김), 『천 개의 고원』, 새물결, 1980(2001), 제12-13
　　장 ; 배식한, 앞의 책, pp.107-119 ; 유현주, 앞의 책, pp.74-79.

'정주민'과 대비되는 존재이다.145)

데리다가 비판하듯이, 근대의 문자문화를 지배했던 정신은 이성logos 중심주의적 패러다임에 기반하였다. 그런데 그것은 항상 영토를 사유화하는 정치적 역학작용을 낳았다. 데카르트의 '자기동일적 주체'로 설정되는 근대적 이성은 '나는 생각한다, 그러므로 존재한다'라고 주장하지만, 그 주장은 '나는 소유한다, 그러므로 존재한다'라고 변질될 위험성을 지녔다. 그것은 항상 중심을 설정함으로써 그 중심과 동일하지 않은 대상들을 타자화하여 복속시킨바, 중앙집중적인 근대국가와 제국주의적 정신을 산출해 냈다.146)

근대적 이성이 이와 같은 문제점을 지니고 있기 때문에 들뢰즈와 가타리는 유목민적 정신이 새로운 패러다임이 되어야 한다고 주장한다. 그리고 이러한 유목민적 정신에 조응하는 이상적인 책의 형태를 그들은 리좀(Rhizome, 뿌리줄기식물의 땅밑 줄기)에 비유한다.147) 이들에 의하면 책에 대한 모형은 지금까지 두 가지가 지배적이었다. 첫째는 '뿌리-책' 모형이다. 이것은 '뿌리'라는 '하나'로부터 두 개의 줄기가 나오고, 그 두 개의 줄기가 네 개의 가지가 되는 듯한 나무 모형으로 책을 바라보는 사유방식이다. 그렇기 때문에 항상 '뿌리-근원적 통일성'을 전제하면서 '본래부터 여럿인 가지-근원적 다양성'은 이해하지 못하는 모형이다. 이것이 고전적인 책의 이미지였다. 더욱이 이것은 세계가 그와 같아야 한다는 이미지와 결합됨으로써 중앙집중적인 사회 질서를 정당화하는 기능을 하여 왔다. 둘째는 '어린뿌리 또는 수염뿌리-책' 모형이다. 이것은 다양성을 강조하는 듯한 현대인의 최근 모형이다. 하지만 이 모형이 강조하는 다양성은 표면적 다양성일 뿐이다. 언제나 뿌리의 통일성은 과거나 미래 또는 가능성으로서 존속되어 있다. 표면적 다양성보다 더 높은 층위에 통일성으로서의 '하나됨'의 층위를 가정하고 있기

---

145) Patton, P.(백민정 옮김), 『들뢰즈와 정치 : <앙티외디푸스>와 <천의 고원들>의 정치철학』, 태학사, 2005, pp.280-294.
146) 윤효녕, 앞의 책, pp.31-43.
147) Deleuze, G. & Guattari, F.(김재인 옮김), 앞의 책, pp.11-55.

때문이다.

앞서의 두 가지 모형은 결국 중앙집중주의의 세계관을 강화해 왔던 근대적 모형들이다. 따라서 이들은 언제나 사회적 관계를 불합리하게 정당화할 위험성을 내포하고 있다. '리좀―책' 모형은 이와는 다르다. 그것은 하나의 점, 하나의 질서를 고정시키는 나무나 중심뿌리와는 전혀 다른 모형으로 책을 바라보게 한다. 뿌리줄기식물의 땅밑 줄기 즉 리좀은 땅밑에서 지속적으로 뻗어나가되 그 상층에 어떤 통일성의 층위를 지니지 않는다. 이 점에 착목하여 이들은 텍스트 역시 ① 연결접속의 원리 ② 다질성(多質性)의 원리 ③ 다양체의 원리 ④ 절단하고 분할하는 기표에게 권력을 주지 않으려는 탈기표화의 원리 ⑤ 원본의 존재를 긍정함으로써 사본의 가치를 폄하하는 논리를 거부하는 원리 등으로 구성되어야 한다고 강조한다. 다섯 번째 원리는 '지도제작의 원리와 전사(轉寫)의 원리'로 구분하기도 하는데, 중요한 점은 이 모형에서는 원본의 존재가 부정된다는 점이다. 책은 원본으로서의 세계를 본뜬 사본(寫本)이 아니라는 것, 오히려 책은 새로운 영토를 그려내는 지도와 같은 것이라는 관점이 중요하다. 이러한 모형은 '여럿'을 '여럿'으로 유지하기 위해 하나 즉 그 여럿들의 차이를 없애고 통일하여 '하나의 텍스트'로 만들려는 '하나'의 정신을 뺌(N―1)으로써 구성될 수 있다. 따라서 다양성과 차이의 근본성을 인정함으로써 이 모형은 탈근대적 길을 제시해 준다.

G. 랜도우는 하이퍼텍스트가 그것에 가장 근접한다고 본다. 사이버시가 무한한 연결성을 지니는 하이퍼텍스트의 긍정적 가능성을 찾는 이유는 하이퍼텍스트의 탈중심성이 탈근대적인 사회의 모형이기 때문이다. A. 이스트호프도 비판하였듯이 전통적인 문학'작품'의 관점은, 들뢰즈가 텍스트에서 뺄 것을 요구한 그 '하나의 정신'을 텍스트의 중심에 설정함으로써 통일성·유기성을 부여하려 했다.[148] 문자텍스트는 종이 위에 박힌 글자처럼 고정적 실체화하면서 탈맥락적 성격, 자기충족적 성격, 자율적 사물성을 지닌 것으로

---

148) Easthope, A.(임상훈 옮김), 『문학에서 문화연구로』, 현대미학사, 1991(1994), pp.20-39.

여겨지게 되었다. 바로 이러한 텍스트성이 문자문화의 물질적 우연성을 탈역사화하고 본질화하려는 정신이란 점에서 비판될 수 있다. 그것은 구술문화에서 생산되는 텍스트들을 텍스트에 미달한 것으로 보며, 또는 문자문화 내부에서 그것을 해체하려는 비유기적 아방가르드적 텍스트를 주변화한다. 다른 것들을 미달한 것으로 보거나 주변화하는 텍스트들이기에, E. 레비나스가 비판하였던 전체성(totality)의 사회적 관계 모형을 일반화하는 데 기여했던 것이다.149) 더욱이 그것은 자족적 탈맥락성을 지니기에 다른 것과의 연결성을 부정하면서 독창성(스스로 기원이 됨)이라는 신화(神話)를 낳았다. 근대적 이성을 전파한 문자문화가 중세 이전의 신화적 주술적 비합리적 정신을 비판하면서 합리성을 주장하였지만, 스스로 지니고 있는 신화성(神話性)에는 맹목이었다.

이처럼 하이퍼텍스트성의 창조적 가능성을 수용하는 사이버시는 사회적 관계 모형의 대안을 제시함으로써, 기존의 근대적 사유에 기반하고 있던 사회적 관계의 물질적 우연성을 탈신비화한다. 그 대안적 모형이란 들뢰즈가 말하듯이 'N−1'의 텍스트이다. 다양성을 다양성으로 유지시킴으로써 중심 없는 텍스트는 독창성이나 고유성, 기원되기를 멈추고 사유권을 주장하지 않는 정신을 전파함으로써, 우리로 하여금 문자문화의 '닫힌 텍스트'에서 넘어설 수 있게 한다. 니체가 강조했듯, '천 개의 목표를 아우를 수 있는 한 개의 목표'는 현재 없다. 그 한 개의 목표는 실체로서 어딘가에 숨겨져 있는 것이 아니라, '뿌리 없음'으로서의 인간으로 하여금 '어디든 갈 수 있게 하는' 근원적 힘이다. 그 힘은 가치를 영구히 차연시키면서 다양성들의 역학을 낳는 세계, 따라서 중심이 없는 사회적 관계들로 구성된 세계를 창조할 수 있게 만든다. '뿌리 없음'과 '연결과 접속'을 강조하는 사이버시는 이러한 사회적 관계 모형의 확산 및 새로운 연대성의 확장을 가능하게 할 수 있는 가치구조를 내포하고 있는 것이다.

---

149) Levinas, E.(trans by Lingis, A.), *Totality and Infinity*, Duquesne UP, 1961(1969) ; Davis, C.(김성호 옮김), 『엠마누엘 레비나스−타자를 향한 욕망』, 다산글방, 1996(2001), pp.69-123.

3) 사이버시의 관념 형성 기능 : 세계의 탈프로그램화 지향

사이버시(cyberpoem)는 가상현실 체험을 형상화함으로써 현실에 대한 관념의 해체와 재구성 방향을 성찰하고 있다. P. 레비가 언급했듯이, 디지털 기술과 사이버공간은 신체, 텍스트, 세계를 모두 가상화함으로써 종국적으로는 인간 그 자체를 가상화한다.[150] 예를 들어, 여전히 텍스트는 존재하지만 책의 지면(紙面)은 사라진다. 텍스트는 책의 지면에서 벗어나 디지털 기술이 만들어 놓은 무한한 사이버공간을 떠돌 수 있게 되었다. 이러한 변화는 신체나 현실에게도 마찬가지로 벌어지고 있다.[151] 2절에서 논한 바처럼, 가상화란 단순히 '헛것의 제작기술'이 아니다. 그것은 '원본(본질, 현실)/사본(그림자, 허구)'의 이항대립적 구분을 해체하고 재구성할 것을 요구하는 '재문제화의 역학'이다. 가상화는 '해결된 문제를 다시 문제화하는 과정, 모든 것의 정체성을 변화시키는 창조적 과정'이다.

그러나 사이버시는 현실에 대한 관념 형성 기능 면에 있어서도 과도기적 자의식을 보여준다. 즉 사이버시는 가상화 작용의 빛과 그늘을 함께 제시함으로써 해체되는 과정뿐만 아니라 재구성의 방향을 암시한다. 서정학의 사이버 시텍스트는 디지털 기술에 의해 만개된 '게임의 시대'에 주목함으로써, 가상화 작용이 인간과 세계 간의 관계를 어떻게 변화시키며 그것이 또한 어떻게 재구성되어야 하는지 적절히 형상화하고 있다.

POPULOUS*

프로그램에서; 나의 역할은 신이다
신의 종족 곧 나의 인간들을 번성시켜야 한다
악마의 종족 인간들 적을 물리쳐야만 한다
많은 성과 마을들을 지어야만 한다

---

150) Lévy, P.(전재연 옮김), 앞의 책, 제5장.
151) Lévy, P.(전재연 옮김), 앞의 책, p.71. 신체, 텍스트, 현실의 가상화에 대해서는 제2-4장.

바닷물은 위험하다 나의 종족들에게 그것은 치명적이다
나는 땅을 / 산을 깎아내려 평지를 만든다 종족들은 그곳에 집을 짓는다
그리고 번영을 누린다 그들은 꿈꾼다 난 느낄 수 있다
모니터 가득 그들의 존재 흰 점을 늘리는 꿈
그것, 많은 점수를 받을 수 있다
(중략)
이곳은 이제 나의 세계가 된 것이다 점수가 나오고 곧 악마의 신은
키워드를 가르쳐준다 씨익 악마처럼 웃으며 다음의 세계로 가는
열쇠이다 이 세계는 곧 지나간다
VILLAGE : 56
CASTLE : 38
KNIGHT : 5
SCORE : 10300

또 다른 세계 방식은 같다 (세계의 존재 방식의 비밀)

* ⓒ 1989, 1990, 1991 ELECTRONICS ARTS.
ⓒ 1989, 1990, 1991 BULLFROG.
— 서정학(1998 : 76-9), 「컴퓨터, 꿈, 키보드」에서

게임 체험을 형상화한 이 시텍스트는 컴퓨터 게임이 인간의 의식에 미치는 긍정적 부정적 요인들을 암시한다. 우선, 컴퓨터 게임이 인간 의식에 미치는 영향이 절대적이 되었음을 암시하기 위해, 게임 설명문 텍스트 속에 그 게임을 해 보았던 주체의 의식을 삽입시켜 구성한 텍스트적 기능체계를 선택하고 있다. 즉 이 시의 본문은 게임 설명서의 외형 속에 시적 화자의 목소리를 넣고 있는 것이다. 어쩌면 게임 광고용 텍스트 그 자체일지도 모른다. 이처럼 게임설명서를 닮아버린 텍스트적 기능체계를 선택함으로써 컴퓨터 게임이 인간에게 강력한 영향을 미친다는 사실을 제시하고 있다.

주지하듯, 가상현실이 현실화되면서 전면적으로 부상한 것 중의 하나가

시뮬레이션 게임이다. 전기 시대의 게임들은 평면적이고 단순한 대결 구조만을 지녔을 뿐이었다.152) 전자 게임들은 모의적(模擬的) 창조의 경험을 제공하지 못했다. 반면 디지털 시대의 컴퓨터 게임은 모의적 창조의 경험을 전면적으로 확산시켰다. 모의적 창조의 과정은 디지털 시대의 게임들인 어드벤쳐 게임, 시뮬레이션 게임, 그래픽 머드 게임에 편재한다. 더욱이 그러한 창조 경험 과정은 개인적으로만이 아니라 집단적(협업적/대결적)으로 이루어진다.

이 편재하는 게임들을 통해, 인간은 창조주 神의 위치를 경험할 수 있게 되었다. 신이 아니면서 신의 흉내를 내게 되는바, 그러나 그것은 '나'가 느끼듯이, 결코 신성모독(神聖冒瀆)이라는 엄중한 의식을 동반하지 않으며, 즐거운 유희로만 받아들여진다. 또한 세계 창조(존재)의 원리는 신비로운 비밀로 여겨지기보다는, 게임 속에서 '키워드(열쇠)'를 건네받듯이 쉽사리 찾아낼 수 있는 것 정도로 받아들여진다. 모든 세계의 존재 방식의 '비밀은 없다는 비밀'을 열쇠처럼 받아들게 된 것이다. 이처럼 게임은 우리로 하여금 神을 경험하게 한다. 그 창조 경험의 결과는 숫자들로 분명하게 표시되고 모니터를 통해 시각적으로 구체화된다. 게임을 통해 인간은 神적 주체가 되는 것이다.

여기서 가상화 현상 속의 빛과 그림자들이 발견된다. 그 모순들은 각각 ① 정보화의 역리 ② '윤리적 감각 상실'의 역리 ③ '반복으로서의 창조'의 역리 또는 '가능화된 가상화'의 역리로 명명될 수 있다. 이 중에서 세번째 모순은 가상화 현상의 빛/어둠이기에 모순 그 자체이며, 긍정적 가상화의 방향을 암시한다는 점에서 가장 중요하다.

'정보화의 역리'란 정보론적 세계관의 모순과 연결된다. 모든 사물의 본질을 0과 1로 환원하고자 하는 정보론적 세계관은, 사람/동물/기계가 모두 숫자로 표현될 수 있다는 점에서 동일하다고 본다. 정보론적 세계관은 곧 '동일성의 논리'의 세계관인 것이다. 모든 것을 동일화해야만 정보화할 수 있고 디지털화함으로써, 가상세계에서 그 정보를 빠르게 전파할 수 있기 때문이

---

152) 게임의 종류 그리고 전기시대의 전자게임과 디지털시대의 컴퓨터게임의 구분에 대해서는 최병우 외, 『다매체문화와 사이버소설』, 푸른사상, 2002, pp.207-214.

다. '동일성의 논리'는 모의적(模擬的) 창조 경험을 제공하는 게임을 매개로 해서도 확산된다. 앞서의 시텍스트에도 나타나듯이 '모든 세계는 같다'는 의식을 심어주기 때문이다. 그러나 '동일성의 논리'를 확산시키는 게임은 인간으로 하여금 세계의 '차이' 즉 '어떤 세계가 더 가치 있는가'라는 문제에 대한 처리 능력을 감소시킬 수 있다. 가치는 근본적으로 '더 낳은 것'과 '그렇지 않은 것'이라는 이층성(二層性)을 전제한 '차이의 논리'의 세계에 속하기 때문이다.153)

이와 관련하여 M. 하임의 '의미 감소의 법칙'에 주목할 필요가 있다. 그는 '인간은 의미를 처리하지만 컴퓨터는 정보를 처리한다'고 강조한다.154) 인간이 의미를 갖고 있는 어떤 대상에 집중하고 관심을 기울일 때는 컴퓨터와 같은 엄청난 속도를 낼 수 없다고 지적하는데, 여기서 의미란 가치에 가깝다. 이에 반해서 컴퓨터는 우리가 기록하는 모든 것을 자동적으로 정보로 변형시켜 빠르게 전달한다. 게임 속에서 가상세계의 건설은 모두 정보로 이루어지는 활동이다. 이러한 대비를 통해 알 수 있듯이 인간의 영역과 컴퓨터의 영역은 차이가 있다. 인간은 가치를 처리하지만 컴퓨터는 정보를 처리하는 바, '모든 세계는 같다'와 같은 정보론적 세계관은 타당하지 않다.

이것을 정보화의 역리(逆理)라 할 수 있는바, '빠른 것은 느린 것을 처리할 수 없다'는 사실을 말해준다. 분명, 시뮬레이션 게임을 비롯한 가상세계는 창조적 경험을 인간에게 줌으로써 세계에 대한 고정 관념을 변화시킨다. 하지만, 그것은 빠른 것(정보)을 처리할 수 있는 능력을 고양시키지만, 느린 것(가치)을 처리할 수 있는 능력은 감퇴시킨다. 사이버시가 정보화 시대에 세계 관념의 재구성 방향의 제1원칙으로 제시하는 것이 바로 이것, '정보화의 역리에 대한 비판적 자세'라 하겠다.

둘째, '윤리적 감각 상실'의 역리를 살펴보자.

---

153) Welsch, Wolfgang(심혜련 옮김), 『미학의 경계를 넘어』, 향연, 1996(2005), pp.114-143.
154) Heim, M.(여명숙 옮김), 앞의 책, pp.41-42.

아이라는 기표를 불렀더니
아이가 그림자까지 붙이고 나타났다
아이에게 아이스크림을 내밀었더니
입이 생기고
다섯 개의 꼼지락거리는 손가락이 생긴다
아이스크림은 아직 녹지 않았다
아이는 금방 생겨난 입으로 깔깔거린다
아이스크림은 받지도 않고 계속 깔깔거린다
그사이 녹아내린 아이스크림이
아이의 그림자에 달라붙었다
그림자를 손으로 찍어보니 달다
아이의 그림자만 뜯어먹고
아이를 지웠다
흔적도 없다
아이에게 주려고 했던 방한복만
덩그마니 남았다

— 이원(2001 : 93), 「아이라는 기표를 위한 상상」

가상현실은 '지시대상 없는 기표'를 만들어냄으로써 '실재/이미지' 또는 '본질/비본질'이라는 낡은 이항대립을 해체한다. 그것은 소박한 실재론이자 자기동일적 주체철학의 패러다임에 해당한다.[155] 그러나 이러한 해체의 대상은 '실재'에 대한 인식론적 차원의 문제이다. 결코, 창조된 기표와 창조된 가상세계의 가치를 평가하는 차원의 문제가 아니다. 앞서 밝힌 바와 같이 대상에 대한 정보를 처리하는 활동은 컴퓨터의 영역에 속할 수 있다. 하지만 가치를 평가하는 활동은 인간의 영역에 속한다. 이원의 시텍스트는 바로 이러한 차이, 즉 인간적 활동으로서의 가치평가 활동과 컴퓨터적 활동으로서의 가상 창조 활동간의 차이를 간과하는 것이 어떤 위험을 초래할지를 경고하고 있다.

---

155) 윤효녕 외, 앞의 책, 제2장 ; Heim, M.(여명숙 옮김), 앞의 책, p.210.

‘아이’라는 대상은 가치론적 영역의 대상이다. 기술시대의 생태학적 윤리의 제1원칙으로 ‘책임의 원칙’을 제안한 H. 요나스는 ‘아이’가 책임의 원초적 대상이라고 강조한다.156) 책임의 원칙이란 두 가지 당위의 개념을 함축한다. 그 무엇이 지속적으로 존재(할 수 있게) 해야 한다는 ‘존재 당위’와, 그 대상에 대한 우리 인간의 행위가 어떠해야 하는지에 대한 ‘행위 당위’가 그것이다.

그러나 이 개념을 좀더 확장하여 적용할 때, ‘아이’에 대한 우리 인간의 책임의 원칙을 다할 수 있음을 인식해야 한다. 그렇지 않을 경우 ‘윤리적 감각 상실’의 역리에 빠질 수 있기 때문이다. 즉, ‘기표’라는 사물에 대해서까지 책임의 원칙을 확대 적용해야 한다. 우리 인간은 가상현실에서 기표 역시 그 자체로 존재할 수 있는 권한을 지닌다고 인정해야 한다. 그것은 ‘아이’와 같은 대상을 지시하는 수단으로서만 존재한다고 여겨서는 안 된다. 달리 말해 기표를 ‘아이’의 模寫物 또는 寫本이라고 폄하해서는 안 된다. 이것이 가상현실 시대에 ‘기표’라는 사물에 대한 인간적 책임의 방향이라 할 수 있다. 이원의 시텍스트의 중반부(1-11행)까지, 시적 자아가 ‘아이라는 기표’를 ‘아이처럼’ 대하는 모습이 이와 연관된다.

이것이 전제될 때 진정으로 책임의 원칙을 확대 적용할 수 있다. 즉 기표 역시 ‘아이’라는 대상에 대한 윤리적 책임을 면할 수 없다고 요구할 수 있는 것이다. 책임의 원칙을 확대 적용한다 함은 바로 이것을 의미한다. 인공지능이나 사이버자아에 대한 윤리적 지위를 재규정함으로써 사이버공간을 윤리적 차원으로 변화시킬 수 있는 방법이 이것이다.157) 따라서 기표 역시 ‘아이’에 대해 어떻게 행동해야 하는지 그 책임을 숙고하지 않을 수 없다.

문제적 상황은 후반부에서 나타난다. ‘아이의 그림자만 뜯어먹고 / 아이를 지웠다’는 기표는 아이가 ‘흔적도 없다’는 사실을 말해주는 동시에, ‘방한복

---

156) Jonas, H.(이진우 옮김), 『책임의 원칙 : 기술 시대의 생태학적 윤리』, 서광사, 1984(1994), pp.226-234.

157) 사이버자아의 인격적 지위에 대한 논의는 김선희, 앞의 책, 제6장.

만/ 덩그마니 남았다'는 윤리적 책임감을 제기하기 때문이다. 이 시텍스트가 '아이를 위한 상상'이라는 제목을 선택하지 않고 아이'라는 기표를 위한' 상상이라는 제목을 선택한 이유는, 이처럼 기표에 대한 윤리적 책임감 역으로 아이에 대한 기표의 윤리적 책임감을 강조하기 위해서인 것이다. '윤리적 감각 상실'의 역리는 가상현실을 '헛것으로서의 가상'이라고 생각하는 두 가지 관념들 즉 '낡은 상식'과 정보론적 세계관을 평면적으로 받아들이는 관념에 의해 발생한다는 사실을 사이버시는 강조하는 것이다. 가상현실에서의 가상들은 가상이 아닌 것이다.

셋째, '반복으로서의 창조(가능화된 가상화)'의 역리에 대해 살펴보자. 앞서 말했듯이 이것은 정보화의 단점이자 장점을 말해준다.

첫째날

해가 지기도 전에 별이 하나 떴다 그 옆에 새가 발자국을 콱 찍었다 둘 다 반짝거렸다 그 사이로 시간의 두 다리가 묻힌다 더 이상 별은 떠오르지 않았다 이해되지 않는 모국어 같은 순간이 있다 (중략)

셋째날

낮이 되어도 몸을 지우지 못하는 달이/ 하늘 밖에 떠 있다/ 창들이 화분을 허공에 내놓았다 내 앞으로/ 시간이 사람들을 이쑤시개처럼 쑤시며 지나갔다 (중략)

일곱째날

휴일이었다/ 시간이 되감기 버튼을 눌렀다
— 이원(2001 : 27-9), 「시간에 관한 짧은 노트1」에서

첫번째 역리를 바탕으로 추론할 수 있듯이, 가상공간에서의 창조는 '반복

으로서의 창조'로 변질될 수 있다. 그것은 정보론적 세계관 및 정보처리 매체들이 제공하는 가능성에 갇혀 있기 때문이다. P. 레비가 지적하듯, 진정한 가상화는 '가능'과 구분된다.[158] 가능은 실현 가능하지만 아직 실체화되지 않은 것인 반면, 가상은 '저 밖에 존재하는 어떤 힘'이다. 가능은 밑그림이 이미 그려진 것 따라서 프로그램화된 것에 불과하다. 게임을 통한 가상세계 창조는 언제나 이러한 '가능'의 세계에서 멈춘다. 따라서 게임 속에서의 창조는 진정한 창조가 아니다. 이원의 시텍스트가 말해주듯, 그것은 '되감기'로서의 창조에 해당한다.

하지만 '프로그램화된 가상현실' 즉 '가능화된 가상화'의 역리의 긍정적 가치는 두번째 역리와 결합되어 새로운 인식을 가져다 준다. 즉 '가상현실≠현실'이라는 낡은 상식은 '윤리적 감각 상실'의 역리를 낳는바, '가상현실=현실'이라는 패러다임으로의 전환을 요구한다. 이렇게 변화된 인식에 의할 때, '현실=프로그램화된 가상현실'이라는 새로운 인식을 제공한다. 이런 관점에서 볼 때, 우리가 현실이라고 생각하는 그 현실은 프로그램화된 현실 즉 창조가 아닌 반복으로서의 '가능성의 세계'에 불과하다. 따라서 현실은 가상화, 즉 재문제화로서의 가상화가 이루어져야 할 대상이다. 이것이 우리 인간에게 '뭔가 대안적인 것을 찾는 습관'을 갖도록 요구[159]하는 가상현실의 긍정적 가치인 것이다.

요컨대, 사이버시는 가상현실을 형상화함으로써 그것의 모순뿐만 아니라 현실의 모순 또한 제기함으로써 해체와 재구성이 양면적으로 전개되어야 함을 인식시킨다. 이것이 사이버시가 갖는 관념 형성적 기능의 가치라 하겠다. M. 맥루언의 '미디어는 메시지다'라는 명제[160]는 '포섭과 상승의 원리'를 내포한다. 즉 새로운 미디어의 출현은 과거의 미디어를 '내용으로 포섭'

---

158) Lévy, P.(전재연 옮김), 앞의 책, pp.19-34.
159) Heim, M.(여명숙 옮김), 앞의 책, p.218.
160) McLuhan, M.(김성기·이한우 옮김), 앞의 책, pp.72-81 ; 이지훈, 「사이버공간을 보충하는 미학적 공간」, 『철학과현실』제60권, 2004, pp.215-229.

하면서 그것을 미학적 차원으로 '상승'시킨다. 가령 인쇄매체는 과거의 매체였던 필사기술을 내용으로 포섭하면서 서예라는 예술적 성격의 것으로 재정립했다. TV나 영화는 소설을 내용으로 포섭하면서 새로운 영상적 미학물로 전환시켰다. 맥루언이 강조하듯이, 다른 매체와의 이종교합(異種交合)이 창조의 열쇠이다. 시와 현실이 창조적이기 위해서는 문자와 디지털, 현실과 가상현실이 이종교합하지 않을 수 없는 것이다. 사이버시의 관념 형성적 기능의 최종적 가치는, 그 스스로 이종교합의 산물로서 창조성을 증명하는 데 있다 하겠다.

4. 시텍스트의 객관적 가치 창조

가치평가 활동의 최종적 단계는 연대성을 궁극적 기준으로 하여 시텍스트의 가치를 평가하는 아이러니스트적 대화의 단계이다. 4절에서는 여성시와 사이버시가 과연 연대성을 확장시킬 수 있는지, 그럼으로써 객관적 가치를 창조하고 있다고 평가할 수 있는지 논의한다. 이를 통해 시교육에서 지향해야 할 아이러니스트적 대화의 방법과 시의 객관적 가치, 새로운 정전체계 구성 방법을 모색한다.

1) 아이러니스트적 대화와 연대성

가. 여성시에 대한 아이러니스트적 대화

1절에서도 언급하였듯이, 페미니즘 그 자체는 재서술의 필요성을 지니고 있다. 물론, 페미니즘은 독백적 입장에서 자신의 주장만을 펼쳐왔던 것은 아니다. 당대의 다른 문학주체들과의 대화와 갈등 속에서 자기발전의 방향을 모색해 왔다. 그럼에도 불구하고 페미니즘에 영향을 받은 여성시는 다음과 같은 이유로 비판되어 왔으며 이것이 아이러니스트적 대화에 개방되어야 하는 이유라 하겠다.

> '민족'이라는 이름이 내부의 문제를 은폐하고 그 해결을 봉쇄할 위험을
> 지니고 있다면, 그런 문제 중 중요한 하나가 바로 여성에 대한 차별과 억
> 압인 것이다. … (그러나) 민족국가라는 틀은 물론이고 민족주의조차도 여
> 성을 억압하는 힘이기만 한 것은 아니었다. 아시아를 비롯한 제3세계 지역
> 에서 여성운동이 민족주의 혹은 민족해방 운동과 연대하는 경향을 보였다.
> 민족주의 운동은 여성들이 주체화되고 여성문제를 개선하는 데 중요한 통
> 로가 된 것이다. … 여기서 흥미로운 점은, 90년대 후반에 접어들면서 '여
> 성들 사이의 차이'에 대한 강조가 여성이론계를 휩쓸다시피 했는데, 유독
> 문학 논의에서는 그런 기미가 별반 보이지 않고 여성들간의 공통점 즉 '여
> 성적 차이'에 여전히 집중할 뿐이라는 점이다.[161]

이처럼 여성시가 민족주의라는 거대담론에 의해 은폐되었던 '여성적 차
이'와 여성에 대한 억압적 현실을 드러내는 데 기여했지만, 민족주의처럼
'여성 내부의 차이'를 무시하는 거대담론이 되어버린 모순을 지닌다. 또한
여성시가 남성중심적이라는 이유로 민족주의와 대립하는 것이 결코 타당하
지 않다. 이러한 문제점은 다음과 같은 두 여성시에서 여실히 드러난다.

> (A) 나는 무의미시 순수시의 시대에
> 순수시를 쓰지 않았고
> 참여시의 시대에도
> 참여시를 쓰지 않았다(쓰지 못했다).
> 나는 80년대 한국시사의
> 알 라 모드
> 해체시의 시대에도
> 해체시를 쓰지 않았고(못했다)

---

161) 김영희, 「여성, 민족, 그리고 문학에 관한 몇 가지 단상」, 『여성문학연구』제9호, 한국여
　　성문학학회, 2003, pp.15-19.

> (중략)
> 아무튼, 언어가 나의 아멘이었지.
> (중략)
> 한국문학사 앞에서
> 나 오늘 한 마리 쥐벼룩
> 여류 쥐벼룩(이곳에서 방점은 매우 중요하다)
> 구원은 없더라도
> 아멘을! 멈출 줄 모르는 아멘을!
> 멈출 수가 없으니…
> — 김승희(1989 : 46-9),「내가 없는 한국문학사」에서

> (B) 여자들은 저마다의 몸 속에 하나씩의 무덤을 갖고 있다.
> 죽음과 탄생이 땀 흘리는 곳,
> 어디론지 떠나기 위하여 모든 인간들이 몸부림치는
> 영원히 눈먼 항구,
> 알타미라 동굴처럼 거대한 사원의 폐허처럼
> 굳어진 죽은 바다처럼 여자들은 누워 있다.
> — 최승자(1989 : 49),「여성에 관하여」에서

물론 (A)는 반어적으로 해석할 수도 있다. 한국문학사가 남성 문학주체들이 주도한 문학적 실천에만 특정한 명칭들(무의미시에서부터 민중시까지)을 부여한 반면, 여성시에 대해서는 정당한 평가에 인색한 채 '여류'라는 공허한 말로 단순히 처리해 버리는 태도를 비판하는 시라고 말이다. 하지만, 그러한 비판 속에 고백되는 분명한 사실은, 여성시가 공적 문제나 담론을 형상화하는 데 소극적이었다는 사실이다. 즉, 페미니즘을 적극적으로 표방한 여성시들은 '여성의 문제'를 사회적 쟁점화하는 데는 성공적 기여를 했지만 정작 '공적 문제를 여성화'하는 데에는 실패했다[162]고 평가할 수 있다. 김영희

------

162) 여성들이 적극적으로 공적 문제의 주체가 되어야 한다면서, 여성의 의식 전환을 주장하는 견해가 당시에도 제기되었었는데, 이러한 주장들이 시적 성취로 폭넓게 연결되지는 못했다는 데 문제가 있다. 조형,「인간해방운동의 구조—성과 계급」,『열린 사회 자율적

가 지적했듯이 페미니즘 문학과 여성시가 '사적인 것은 정치적인 것이다'라는 메시지를 전파했다는 점 그리고 그런 메시지를 지속적으로 유지해야 한다는 점은 인정되어 마땅하다.

민족주의를 비판하는 근거로 그것이 '여성적 차이'를 도외시하거나 여성적 억압을 묵인해 왔다는 점은 분명 비판되어야 한다. 그러나 민족주의가 반드시 여성문학에 대해 부정적 영향을 미친 것도 아니란 점, 더욱 중요한 것은 '민족'이라는 개념은 연대성의 창조에 있어서 비껴갈 수 없는 것이란 점에서 '민족문학으로서의 여성시'가 마땅히 추구되어야 했다. B. 앤더슨이 말하듯, 민족주의는 분명 '상상적 공동체'이다. 그러나 바로 그러한 주장이 공동체는 주어지는 것이 아니라 상상력에 의해 창조되는 것임을 말해준다. 따라서 여성시 역시 공동체의 창조를 위한 상상에 참여해야 한다.

또한, 여성시는 여성 내부의 차이에 대해서 민감했는가에 대해 자기회의를 수행하지 않을 수 없다. 민족구성원들 사이에 차이가 있다면 여성들 사이에 차이가 있는 것이며, 어떤 여성에 대한 억압의 근원은 '남성'이라는 단일한 용어로 치부될 수 없다. '여류'란 용어가 문학 영역에서 여성적 차이를 간과하게 만드는 작용을 했다면, 역으로 페미니즘이 사용하고 있는 '남성'이라는 용어는 페미니즘 내부에 존재하는 맹점, 즉 '여성에 의한 여성의 억압'을 보지 못하게 하는 이데올로기적 용어이기 때문이다.

(B)는 바로 이런 맹점을 가장 극명하게 보여준다. '여성들'이란 용어는 '인간'이라는 용어만큼이나, 여성들 내부의 차이를 보지 못하게 하는 이데올로기적 효과를 낳는다. 여성들은 모두 억압받는 동료들일 뿐인가? 그 억압의 원인은 남성·가부장제·자본주의 등으로 획일적으로 명명될 수 있는가? 물론 (B)는 여성의 억압상을 고발함으로써 남성·가부장제·자본주의 등을 비판하려는 의도는 없다. 다만, 여성들 간의 연대성을 창조해 내려는 데에 의도가 있다고 하겠으며 그 때문에 일정한 가치를 지닌다. 하지만, 남성중심주

여성』, 또하나의문화, 1986.

의적 언어 속에서 '인간, 우리'란 인칭대명사가 여성적 차이를 보지 못하게
했듯이, 페미니즘적 언어 속에서 '여성'은 '여성들 간의 차이'를 보지 못하게
할 수 있다. 따라서 여성시 역시 공동체에 대한 상상과 창조 과정에 있어서
민족주의와 동일한 오류를 범하고 있다.

　기이하게도, 창조적 공동체의 비전에 대한 탐구는, 적극적인 페미니즘의
도입에 따라 극복되었다고 여겨지던 70년대의 강은교의 시들에서 더 강렬했
다. 주지하듯 「우리가 물이 되어」와 같은 시텍스트는 굳이 여성시라고 볼 수
가 없다. 이 시에서의 '우리'는 독자의 성별을 초월하여 동일시할 수 있는
정체성을 지녔기 때문이다. 이러한 경향은 1980년대 이후의 여성시인들 중
에서 고정희와 같은 민중적 여성시에서만 엿보인다[163]는 점은 매우 아쉬운
점에 속한다. 특히 고정희의 시적 경향이 여성들 사이의 차이에 대해서도 민
감한 인식을 보이면서, 다음과 같이 공동체에 대한 상상과 창조에 민감했다
는 점은 높이 평가 받을 만하다.

　　　　울렁거려라
　　　　너를 내 가슴에 품고 있으면
　　　　물구나무 서서 매달린 희망
　　　　맑디맑은 눈물로 솟아오르고
　　　　너를 내 가슴에 품고 있으면
　　　　그리운 어머니
　　　　수백수천의 어머니 달려와
　　　　곳곳에 잠복한 오월의 칼날
　　　　새털복숭이로 휘어지는 소리 들리고
　　　　　　－고정희(1987 : 113-4), 「너를 내 가슴에 품고 있으면」에서

　역사에 대한 여성의 깊은 관심과 새로운 공동체에 대한 희망의 의지를 담

---

163) 송명희, 「고정희의 페미니즘시」, 『비평문학』제9호, 한국비평문학회, 1995 ; 박현정, 「고
　　정희 시 연구」, 이화여대석사학위논문, 2001.

고 있는 이 시는, 여성의 목소리를 유지하면서도 여성적 문제에만 집중하지 않고 있다는 점에서 긍정적인 평가를 내릴 수 있다. 또한 강은교의 시에서도 보이는 '여성=자연=구원'의 패러다임을 재맥락화하고 있다는 점도 주목된다. 신화적 상상력에 바탕한 전대의 여성시를 비판하면서, 좀더 직접적으로 여성의 현실을 묘사하려던 페미니즘적 여성시와 달리, 양자의 자연스런 융합을 보여주고 있기 때문이다. 아이러니스트적 입장에서 볼 때 창조는 대체가 아닌바, 비판되어야 하는 대상이 곧 사라져야할 대상은 아니란 점에 주의할 필요가 있는 것이다. 오히려 '창조적 재서술'이 더 요청된다.

70년대 이후 여성시 전반에 대해 거시적으로 살펴볼 때, 여성시가 '여성의 문제'만을 공론화하는 경향이 지배적이었던 것은 물론 아니다. 전통적으로 서정시에 요구되는 사회적 기능인 '개인의 정서 표현'을 소홀히 하지 않으면서 상상력과 지성의 확대를 낳았다는 평가를 받을 수 있는 시적 성취가 분명 존재한다. 하지만 운동으로서의 여성문학을 지향하면서 추구되었던 여성시, 특히 페미니즘적 경향의 여성시들은 다소의 편향을 보였던 것이 사실이다. 여성문학운동을 주도했던 중요한 주체들이었던 『여성』 동인들은 1985년 출범하면서 "여성문제를 좁은 영역에 가두어 남성에 대한 여성차별만을 문제로 삼는다거나, 사회변혁의 움직임을 추종하면서 여성문제라는 또 하나의 문제를 덧붙이는 식의 여성운동과는 철저하게 결별하고자 한"164)다고 했지만, 시적 실천에 있어서는 크게 성공했다고 평가할 수는 없다.

이러한 문제들은 여성시가 생태주의적 경향과 결합하면서 어느 정도 지양되고 있다고 평가된다. 생태환경이라는 인류 공통의 공적 문제를 여성시가 다룸으로써, '여성문제의 공론화'에만 편향되었던 여성시가, '공적 문제의 여성화'를 창조적으로 제시하는 대표적인 사례로 볼 수 있기 때문이다.

사실 이러한 변화가 가능할 수 있었던 것은, 페미니즘의 새로운 경향으로 등장한 생태페미니즘(eco-feminism)165) 때문이었다. 이를 통해 여성시는 '공적

---

164) 『여성』, 창작과비평사, 1985, pp.2-3.
165) 생태페미니즘에 대해서는 Tong, R.P.(이소영 역), 앞의 책, 제8장.

문제의 여성화'를 좀더 포괄적으로 전개하는 넓은 지평을 획득할 수 있었기 때문이다. 생태페미니즘 및 이에 기반한 여성시는 지금까지 남성중심적 이데올로기에 의해 추동되었던 산업화 시대의 문제들을 해결하는 데 있어서 새로운 힘을 제공할 수 있다는 견해[166]는, 여성문학이 새롭게 지향해야 할 공동체의 방향[167]이 무엇인지 그리고 여성시의 가치를 객관적으로 평가하기 위해 어떠한 기준을 취해야 하는지 암시해 준다. 이것은, 여성을 자연과 동일시할 수 있었던 신화적 사고체계에 기반하여 쓰여진, 페미니즘 이전 단계의 여성시에 대해서도 새롭게 해석하고 평가할 수 있는 관점을 제공한다는 점에서도 중요성을 지닌다.

나. 사이버시에 대한 아이러니스트적 대화

사이버시에 대해서는 다음과 같은 이유로 아이러니스트적 대화가 요구된다.

(A) 디지털 사회, 네트워크 사회, 사이버 사회라는 지식 정보 사회로의 이행은 분명 우리로 하여금 문화 환경의 변화와 함께 문화를 대하는 의식도 변모시켰다. … 그러나 그 기술의 축적에 따라 정보 이용자의 불평등이 초래될 뿐더러 정보의 생산과 유통을 통해 새로운 감시 사회가 도래할 위험성을 내포하고 있다. 이에 따라 정보 생산의 자율성과 개방성이 존재하는 사이버 문화 역시 정보 공유와 비판 담론과 같은 긍정적인 기능에도 불구하고 보이지 않는 힘의 논리에 노출될 수 있음을 간과해서는 안 된다.[168]

(B) 오늘날 시의 부재는 예민한 감각은 살아 있지만, 시적 방향이 제대로 가늠되지 않고 있다는 데 있다. 무엇을 어떻게 할 것인가에 있어서 그

---

166) 이숭원, 앞의 책, p.53.
167) 실제로 1990년대 말부터 여성시들은 뚜렷이 생태페미니즘적 경향을 드러내기 시작했다. 이러한 경향을 대표적으로 보여주는 여성시로, 김선우의 『내 혀가 입 속에 갇혀 있길 거부한다면』, 창작과비평사, 2000가 주목된다.
168) 박주택, 「현대시의 가상매체 체험과 그 비판」, 이선이 편, 『사이버문학론』, 월인, 2001, p.41.

어느 것도 제대로 정립된 것이 없다. … 밀폐된 시 의식에 갇혀 정신분열 증적 시가 거듭 복제되고 있다면, 시는 몇몇 정신불안 징후의 사람들의 자기 위한 거리로 전락하고 말 것이다. 시가 민족 공동체적 열망을 분출하는 첨단에 설 때 민중 시대와는 전혀 다른 디지털 시대의 선두가 될 수 있을 것이다.[169]

　(A)는 사이버사회가 '보이지 않는 힘'에 의한 '새로운 감시 사회'로서의 성격을 갖는다는 점을 보지 못할 때 발생할 수 있는 '위험한 미래(distopia)'를 지적하고 있다. 즉 사이버시가 비판의 대상을 좀더 명확히 해야 한다는 주장이다. (B)는 사이버시가 정신분열증적 현상을 거듭 복제하기만 할 뿐 어떤 방향성을 제시하지 못하는 경향을 비판하고 있다. 사이버시 역시 민족 공동체적 열망을 표현하는 데 주목하지 않는다면 詩로서의 기능을 상실할 수 있다고 지적한다.

　'보이지 않는 힘' 또는 '새로운 감시 사회'라는 비판적 의제는 사실 과학 기술의 유토피아주의의 함정을 지적하는 경우 곧잘 언급되어 왔다. H. 요나스는 심지어, '유토피아와 진보주의'가 인류에게 가장 위험한 이데올로기라고 비판했다.[170] 과학기술적 유토피아는 인간으로 하여금 노동으로부터 해방시키고, 빈곤을 추방하고, 심지어 진시황이 찾으려 했던 생로불사의 약을 만들어 줄 수 있는 것처럼 인간을 현혹함으로써 자기 발전을 구가한다는 것이다. 과학기술에 의해 뒷받침되는 '유토피아의 마법'은 '복지에 대한 약속'이라는 정치적 슬로건들로 나타나는데, 오히려 가장 책임있는 정치적 슬로건은 '상상할 수 없는 재앙에 대한 경고'를 하는 것이라고 강조한다. 산업사회는 이제 종말을 고했고 생명공학의 세기가 되었으며, '제2의 창세기'가 도래함으로써 우리에게 필요한 것은 생명공학 그 자체가 아니라 생명공학에 의해 생길 수 있는 위험을 예측할 수 있는 '예측생태학'이라고 주장한 J. 리

---

169) 최동호·이성우, 앞의 글, pp.346-347.
170) Joas, H.(이진우 옮김), 앞의 책, 제9장.

프킨 역시 비슷한 입장에 있다.[171]

　아래와 같은 시가 앞서 인용한 비판적 담론이 겨냥하는 사이버시의 문제적 현상이라 할 수 있다.

　1. 모니터, 혹은 二重 自我

한참 동안 어둡다가 무대가 서서히 밝아진다. 무대 가운데에 소파 하나, 그리고 양편으로 모니터가 두 개, 소파는 비어 있다. 모니터에는 계속해서 사람들의 얼굴이 지나간다. 무대 뒤의 벽면에는 큰 비디오 스크린. 소파와 모니터 두 개가 놓인 무대가 다시 거기 비추인다. 무대가 밝아진 후에도 계속하여 정적. 그리고 무대의 좌, 우측 끝에는 위로부터 길게 내리쳐진 휘장, 사람이 비치게 되어 있다. 거기 각각 한 사람씩 배치, 두 사람의 실루엣이 다음의 대화를 한다.

- 여보세요
- 여보세요
- 누구시죠
- 누구시죠
- 카드를 뽑아보세요
- 어느 쪽으로 봐도 목숨은 두 장이에요
- 방아쇠를 당기면, 탄환은 머리에 박힐 예정인가요?
- 카드를 뽑아보세요
- 탄환은 머리에 박힐 수도 있습니다
- 하지만 목숨이 두 장이라서
- 증식하는 이마주 쪽이라서
- 당신은 어느 쪽이지요?
- 공장은 이마주를 증식시킵니다

---

171) Rifkin, J.(전영택 외 옮김), 『바이오테크 시대』, 민음사, 1998(1999), pp.148-171.

- 그쪽입니까?
- 그쪽입니다
- 파편들 하나하나가 다 나타났다가 사라집니다
- 파편들 하나하나가 다 나타났다가요?
- 사라집니다. 매번 왔다가는 작별을 고하지요.
- 매번 왔다가요? 죽음입니까?
- 당신도?
- 당신도?

　　　　　　　　─ 성기완(1998 : 58-70), 「幻生, 혹은 죽음에 이르는 병」에서

　이 시텍스트는 사이버공간의 다중자아적 현실이 가져오는 정신분열증적 현상을, 연극적 상황에 빗대어 비판적으로 형상화하고 있다. 그러나 앞서 인용한 (A), (B)가 지적하듯이, 이 시텍스트는 무엇을 비판하는지 뚜렷이 제시하지 못하며 또한 어떤 비판적 방향성 역시 제시하지 못한다. 민족공동체적 열망은 당연히 찾아볼 수 없다. 따라서 시텍스트의 사회적 기능인 정체성 형성 기능 등을 충족시킨다고 평가할 수 없다. 다만, 사이버현실의 정체성 혼란 상황에 대한 인식을 제공할 뿐이다.

　그런데 이러한 문제점들에 대한 (A), (B)와 같은 비판들이 간과하고 있는 점은, 홍성태가 지적하듯이 사이버리즘을 전파하는 문화적 기제인 '공상과학영화'의 기능이다. 공상과학영화들은 탈육체화를 가능케 하는 첨단과학들 그리고 그것의 배후인 정보론적 세계관의 맹점을 비판하는 하나의 전형적인 담론이다. 하지만 공상과학영화들은 어떻게 왜 비판해야 하는지 '알려주면서도', 마치 또다른 공상과학영화가 나올 것임을 약속하듯이, 첨단과학기술의 발전은 지속되어야 한다는 메시지를 동시에 전달한다. 비유컨대, 한 편의 공상과학영화는 새로운 공상과학영화의 '예고편'으로서, 그 흥미진진한 새로운 영화를 보기 위해서는 과학기술이 발전되어야 한다는 데 '동의'하기를 요구한다. 그렇게 공상과학영화에 길들여짐으로써 우리는 과학기술에 대해 '적당히' 비판하는 것이며, 또한 생태위기에 어떻게 대처해야 하는지 미리 학습하

는 경험을 갖는 데 만족한다. "이런 상황에서 (공상과학)영화와 싸우기보다 영화를 옹호하는 이론들이 더 많이 나타(나게 되고) … 갈수록 그런 영화를 이론이 닮아간다."172)

시텍스트 역시 이와 유사하게 된다. 이미 공상과학영화에 나타난 사례들과 유사성을 지닌다. 따라서 비판적 효력이 그다지 클 수가 없다. 위 시텍스트는 가상현실에 대한 비판적 의도를 숨긴 채 독자의 상상력에 의해 그것을 채우기를 은연중 기대하고 있다. 하지만, 역시 그 비판적 상상력은 공상과학영화를 통해 이미 보았던 것이다. 이처럼 비판의 방향이나 결론은 이미 '프로그램화'된 일부에 지나지 않는다. 이런 점에서 사이버시에 대한 아이러니스트적 대화를 전개한다는 과제는 용이하지 않다.

그럼에도 불구하고 연대성의 창조를 위한 '사이버시에 대한 비판', 또는 '사이버시대에 대한 사이버시의 비판'은 지속될 필요가 있다. 이와 관련하여 최동호는 시의 기능을 충족시키기 위해서 시에게 요구되는 길은, 시가 멀티미디어화됨으로써 디지털 시대의 음유시가 되어야 한다고 강조한다. 특히 노래와 재결합은 핵심적이라는 것이다. 그것이 시가 공동체적 열망을 되살릴 수 있는 길이라고 본다.

그런데, 이런 방향이 문자시(文字詩)가 일반화되면서 발생한 '시인과 대중 간의 괴리'를 극복하기 위한 방향으로 일찍부터 강조되기도 했다는 점이다.173) 문자시 이전의 시는 '몸'과 소외되지 않았었다. 구술시대의 시는 시가무(詩歌舞)였기 때문이다. 그것이 문자시대에 시서화(詩書畵)로, 끝내는 시각적 감각만을 요구하는 인쇄시(印刷詩)로 경직됨으로써 시의 사회적 기능이 오히려 축소되고, 시의 항유계층이 계층화되고 분열됨으로써 오늘날과 같은 문제가 발생했다는 것이다. 이와 같은 문제를 해결하기 위해서는 시가 다시 구술시대의 종합예술이 되어야 한다는 주장이다.

이런 주장은 오히려 사이버시가 과도기적 형태를 벗어나 멀티포엠이나 하

---

172) 홍성태(2001), 앞의 글, pp.15-19.
173) 이에 대해서는 김양희, 앞의 글, 제2장 및 제3장.

이퍼텍스트 형태를 취할 때, 사회적 기능을 확대하고 충족시킬 수 있다는 결론을 낳는다. 때문에 사이버시에 대한 객관적 가치평가의 기준은 '낡은 것' 즉 문자시대에 확립된 '서정시보다도 더 낡은 시'에서 찾아야 한다는 역설적 결론이 나온다. 그러나 그러한 전환은 시의 형태에 대해서일뿐, 시의 내용이나 의식은 '서정시보다 더 비판적인 의식' 즉 '문화적 차이'에 대한 선명한 인식에 기초해야 한다. 요컨대, 사이버시대에 시의 사회적 기능을 충족시킴으로써 객관적 가치를 창조하기 위해서는 문자문화와 구술문화, 사이버문화의 이종교합(異種交合)이 필요하다174)는 결론에 도달한다.

다. 이중주(二重奏)로서의 아이러니스트적 대화

앞서 논의한 바처럼, 여성시와 사이버시 텍스트들은 모두 자기 맹점들을 지니고 있다. 이처럼 맹점들이 내재한다는 사실은 여성시와 사이버시로 하여금 자기 회의와 타자에 대한 환대를 통해 객관적 가치를 창조해야 함을 인식시킨다. 그렇다면 어떻게 맹점을 극복하고 객관적 가치를 창조할 수 있는가? '창조성의 원리'가 말해주듯, 창조는 대체가 아니다. 여성시를 사이버시로 또는 사이버시를 기존의 정전으로 대체하는 방식은 객관적 가치를 창조할 수 없다. 맥루언이 강조하듯, 객관적 가치의 창조는 이종교합의 방식을 통해, 자기 맹점을 타자의 빛으로 메울 때 가능하다. 이처럼 낡은 언어를 신어로 재서술하기 위해서는 '도약성과 참신성'의 허용이 요구된다.

이것은 정전 시텍스트의 가치를 여성시나 사이버시의 관점으로 분석하고 평가하는 방법 또는 여성시나 사이버시의 가치를 정전의 관점으로 분석하고 평가하는 방법을 의미한다. 즉 '여성시는 정전이다' 또는 '정전은 Cyberpoem 이다'와 같은 명제를 토대로 해야 한다. 대상 텍스트의 원초적 귀속성 또는 특정한 문화적 맥락을 밝혀 그 맥락 속에서 '다시 말하게 하기'보다는 그것이 현재적 맥락 또는 다른 문화적 맥락에서라면 말했을 법한 말을 할 수 있

---

174) McLuhan, M.(김성기 · 이한우 옮김), 앞의 책, p.80.

게 '다시 쓰기'해야 하는 것이다. 그러나 결코 이 '다시 쓰기'는 대체가 아니라 이종교합된 텍스트로서의 이중주가 되도록 해야 한다.

이것은 고대 그리스 비극이 현대 독자들이 접하는 것과는 전혀 다르게 당대 관중들에게 수용되었다는 것, 19세기의 독자가 읽는 춘향전과 20세기의 독자들이 읽은 춘향전은 사실상 동일한 텍스트가 아니라는 것, 텍스트는 움직이는 과정이지 정지한 대상이 아니며 20세기의 독자는 과거의 텍스트를 새로 구성해서 새롭게 써서 읽는다는 것[175]을 부정할 수 없기 때문이다. 마치 하이퍼텍스트가 20세기 말에야 겨우 출현한 것이 아니라 17세기 라이프니쯔 시대부터 아니 그 이전에도 가상으로 존재했었다는 점, 쌍방향성은 하이퍼텍스트에 의해서만 가능한 것이 아니며 작독자wreader의 출현은 고대부터 있었다는 점을 인정하는 관점에 의해서만 객관적 가치는 창조되는 것이다. 요컨대, 아이러니스트적 대화를 전개함으로써 객관적 가치를 창조하고 연대성을 확장하기 위해서는 사이보그 선언, 즉 '인간은 한번쯤 사이보그가 되어야 한다'는 명제를 받아들여야만 한다.

이와 같은 관점을 바탕으로 시텍스트의 객관적 가치를 창조하기 위한 활동은 다음과 같은 두 가지 세계관을 경계해야 한다.

    (A) 나비를 응시하고 있는 애벌레 왈,
       <헤이, 절대 나는 너처럼 괴상한 꼴은 되지 않을 거야!>[176]

    (B) 꿈과 리얼리즘 사이에서
       어느 것을 선택하지 못하고
       나는 늘 희미하였다. (중략)

       우리의 고통은
       마치 UFO처럼

---

175) 유종호, 앞의 글, p.23.
176) McLuhan, M.(김성기 · 이한우 옮김), 앞의 책, p.73.

> 서로 미확인된 상태로 머물렀고
> 산다는 건
> 가장 몽롱한 스캔들처럼
> 쉬잇 쉬 … 감추려고 하는
> 이상한 진실이었다
>
> — 김승희(1989 : 30-1), 「80년대」에서

말할 나위 없이, (A)의 애벌레는 자기 맹점에 갇힌 자의 우매함을 가장 잘 보여주는 비유이다. 애벌레는 자기 세계의 차원에 갇힘으로써, 실상 자기 자신의 미래상인 나비를 괴상하다고 평가한다. E. 레비나스가 지적하듯, '향유의 차원'에 갇힌 주체는 '환대의 창조성'을 보지 못하는 것이다. (B)는 우리로 하여금 '획일적 전체성'의 고통을 인식시킨다. 타당하고 진실한 그 무엇은 객관적으로 존재하기 때문에 그것을 발견해야 하고, 발견된 그것을 선택하도록 요구하는 것이 얼마나 잔혹한 고통을 인간에게 주는지 깨닫게 한다. 이런 '하나의 선택'을 강요하는 세계는 우리들 서로를 UFO로 만들 뿐이다. 그것은 호기심의 대상도 아닌, 자신의 진실을 타자에게 드러내기 어렵게 만드는 분위기를 낳게 하는 것이며, 그 분위기로 인해 각자는 고통을 겪을 뿐이다.

이 두 가지의 세계관은 아이러니스트적 대화와 객관적 가치의 창조를 불가능하게 한다는 점에서 지속될 수 없다. 이 세계관들은 타자들(타인들, 시간적 타자들 등)을 환대하지 못하게 할 수 있다. 또한 이 세계관들은 시텍스트의 가치를 평가하기 위한 활동으로서의 이중주를 울리게 하지 못하고 '다시 말하기'로서의 해석만을 고집하게 만들 수 있다. 궁극적으로 이 세계관들은 우리−의식이 선험적으로 존재한다고 '인식'하도록 강요함으로써 우리−의식의 확장과 창조를 불가능하게 한다 하겠다.

따라서 앞서의 두 가지 세계관을 넘어섬으로써 시텍스트의 객관적 가치를 창조하려는 활동은 시텍스트를 이중주화(二重奏化)하는 활동임을 알 수 있다.

또한 그러한 이중주화가 불가능하거나 그 가능성이 적은 시텍스트는 객관적 가치를 지니지 않거나 상대적으로 부족하다고 평가할 수 있다. 이중주가 불가능한 기능체계를 지닌 시텍스트는 '우리-의식'의 확장을 불가능하게 하는 텍스트이기 때문이다.

2) 문화다원성과 정전체계의 재구성

앞서와 같이 아이러니스트적 대화가 이중주가 되어야 한다는 사실은, 텍스트 가치평가 활동을 위한 시교육에서 정전체계가 새롭게 재구성되어야 한다는 결론을 제시한다. 기존의 정전 시텍스트들로만 구성된 정전체계 내에서는 시텍스트에 대한 객관적 가치평가 방법, 즉 이중주가 불가능하기 때문이다.

실상, 교과서에 수록된 정전 시텍스트에 대한 비판은 일찍부터 제기되었거나, 여성시나 사이버시의 관점이 아닌 다른 관점에 의해서도 제기될 수 있다. 다음과 같은 지적들이 대표적인 예이다.

> (A) 광복 이후 교과서에 수록된 詩들이 지닌 주된 주류는 크게 세 흐름으로 대별할 수 있다. 그것은 (1) 자연 친화적 정서를 통한 자연과 인간의 재발견에 관심을 둔 시, (2) 민족과 조국에 대한 도덕적 정서 함양을 위한 시, (3) 시의 본질적 미학을 기초로 한 순수 서정 형태의 시 등이다. 이러한 시들의 흐름은 민족과 자연, 그리고 인간에 대한 따뜻한 이해와 사랑을 주제로 하고 있다는 점에서는 매우 긍정적으로 판단된다. 그러나, 그 이면에는 인간의 개성과 사회, 그리고 역사적 삶이 갖는 사회적 의미 탐구에 대한 시적 기능이 결여되어 있음을 지적하지 않을 수 없다.[177]

> (B) 세대마다 자기 세대에 대해 상징성을 지닌 시인을 가지고 있음을 관찰할 수 있다. … 셰익스피어의 『로미오와 줄리엣』에는 "장미는 장미라는

---

177) 김수복, 「시와 정서의 교육적 기능 : 교과서 수록 시에 대하여」, 박붕배 외, 『광복40년의 교과서①-시』, 나랏말쓰미, 1987, p.306.

이름이 아니어도 향기로울 것이다"란 대사가 나온다. 이것은 우리가 동의할 수 있는 엄연한 경험적 사실이다. 그런데 최근에 영국 옥스퍼드대학의 에드먼드 롤스 교수 팀은 사물의 이름이 불러일으키는 연상 작용이 실제로 냄새를 느끼는 데 영향을 미친다는 연구 결과를 발표하였다. 장미를 호박꽃이라고 부르면 덜 향기롭게 느껴지지만 고약한 냄새를 풍기는 사물에 그럴듯한 이름을 붙이면 냄새도 나아진다는 것이다. … 예술사에서 거론하는 유명한 삽화가 있다. 1837년 베토벤의 삼중주와 픽시Pixis란 이의 삼중주가 함께 연주된 일이 있었다. 그런데 연주회 프로그램에 작곡가가 뒤바뀌어 있었다. 관중들은 픽시의 작곡이라고 되어 있는 베토벤 삼중주에 무반응이었으나 베토벤 것이라고 오해하였던 픽시 작품의 연주가 끝난 뒤에는 열렬한 박수를 보내었다.[178]

(A)는 정전 시텍스트가 주로 세 가지 경향에 한정됨으로써 시의 사회적 기능을 협소화했다고 지적한다. 즉 민족과 자연, 그리고 인간에 대한 따뜻한 이해와 사랑 그 자체는 시가 추구해야 할 가치들임에 분명하지만, 인간의 개성에 대한 탐구 또는 사회역사적 현실에 대한 인식 역시 강조되어야 할 시의 기능이라는 것이다. 이것은 본고가 1절에서 시의 사회적 기능의 재구성을 논하면서 언급한 것과 일맥상통한다.

물론 (A)는 80년대 말까지의 교과서에 수록된 정전 시텍스트에 대한 조망이다. 따라서 변화된 현실을 반영하지 못하는 듯하다. 그러나 90년대 이후 정전 시텍스트에 근본적인 변화가 있었는가 반문해 볼 때 (A)의 지적은 여전히 유효하다.[179] 표면적으로 볼 때 정전 시텍스트들은 ① 월북문인들의 문학사적 복원 ② 문학사적 평가가 완료되지 않은 80~90년대 시텍스트의 수록 ③ 학생 작품이나 키치시의 활용 등으로 인해 상당한 변화가 있는 듯하다.

하지만 그 심층을 살펴보면, 이전의 정전 시텍스트가 지녔던 세 가지 경향

---

178) 유종호, 「평가와 지적 유행」, 『시인세계』14호, 문학과세계사, 2005, pp.31-32.
179) 윤여탁, 「교재 구성을 위한 현대시 정전」, 『리얼리즘의 시정신과 시교육』, 소명출판, 2003 ; 박기범, 「제7차 교육과정에 따른 문학 교과서의 내용 분석 연구」, 『문학교육학』 제11호, 2003.

에서 크게 벗어났다고 할 수 없다. 예를 들어, 복권된 월북작가의 시텍스트 중에서 가장 고빈도를 차지하는 시텍스트가 정지용의 「향수」나 백석의 「여승」이었다는 점은 그렇게 충격적인 급전(急轉)이라 할 수 없다. 80~90년대 시들 중에서 고빈도를 차지하는 황지우의 「새들이 세상을 뜨는구나」 역시 서정시의 형태를 지닌 것은 물론이다. 민주주의에 대한 갈망을 표현한 시텍스트로서 (A)의 (2), (3) 경향 속에 수렴된다고 보아 무리가 없기 때문이다. 생태학적 위기를 초래하는 현대문명을 비판하는 시텍스트들 역시 (A)의 (1) 경향과 무관하지 않다.

또한 (B)는 정전 명명 주체의 세대성과 정전 인식 과정의 모순을 지적하고 있다. 즉 정전은 어떤 장미의 가장 아름다웠던 순간을 보았던 주체들이, 실제로는 '변화된 장미'를 계속 '그 시절의 장미'로 기억하는 것에 해당한다. '장미는 시들지 않는다'는 언명을 통해 '장미를 시들지 않게 하는 효과'를 거두고 있는 셈이다. 이것은 결코 이중주가 될 수 없다. 그것은 '다시 말하기'의 방법에 해당하기 때문이다. 또한 자기 자신의 맹점을 보지 못할 수 있다.

그렇다면, 정전체계는 어떻게 재구성되어야 하는가? 여성시와 사이버시 텍스트들은 '객관적 가치는 지배적 가치(문화) 너머에 존재할 수 있음'을 암시한다. 사실, 지배적 가치(문화) 및 그것에 의해 정당화되고 있는 사회구조에 대해 비판하는 시텍스트들은 여성시나 사이버시 외에도 얼마든지 찾아볼 수 있다. 현재 문학 교과서들에 가장 많이 수록된 신동엽의 「껍데기는 가라」는 물론, 대표적인 저항시로 교육되는 윤동주의 시 텍스트들도 엄밀하게 말해 당대의 지배적 가치구조를 비판했던 것들이다. '껍데기'는 객관적 가치를 은폐하고 그것의 현실화를 가로막는 당대 문화나 사회 현실을 상징하는 것이며, '거울'을 통해 찾으려 했던 것은 진정한 자아일 뿐만 아니라 인간의 완전성을 가능케 할 객관적 가치이기도 했다. 이처럼 지배적 가치구조와 객관적 가치를 동일시하지 않는 태도를 시텍스트 일반이 견지함으로써 형성된 것이 '비판적 담론으로서의 시적 전통'180)이다. 시가 존중되어야 하는 이유는 이러한 시적 전통을 통해 객관적 가치에 대한 인간의 지향 의식을 역동화시켜 주고 있기 때문이다.

이처럼 시 일반에서 확인되는 비판적 담론으로서의 시적 전통은, 문화가 일차원적으로 존재한다기보다는 다차원적으로 존재한다는 사실, 달리 말해 현존하는 지배적 문화만이 아니라 그 너머에 존재하는 문화에 대한 지향 의식을 강화시켜 준다. 이러한 지향 의식을 확장시키기 위해서는 정전체계가 문화다원주의(multiculturalism) 모형에 의해 구성되어야 함을 알 수 있다. 이 것은 문화가 단수(單數)로 존재하는 것이 아니라 복수(複數)로 존재한다는 사실을 뚜렷히 하기 때문이다.

그렇다면 문화다원주의 모형은 어떠한 특성을 지닌 것인가? 문화다원주의 모형은 본래 미국과 같은 다인종 사회에서 소수 인종에 대한 문화적 차별을 극복하고 문화적 민주주의(cultural democracy)를 구현하기 위해 교육에 도입된 모형181)이었다. 이 모형은 소수인종 출신 학생들 또는 '백인 남성'이 아닌 학생들이, 사회적 축소판으로서의 교실에서 자신들의 문화적 배경에 대한 정치적 주권(主權)을 행사하도록 허용함으로써 민주주의적 가치(democratic values)의 확산을 지향하는 모형이다. 따라서 이 모형은 특정 문화에게 주권을 준다든지 우선권을 부여하지 않고, 여성문화나 소수인종 문화와 같은 다양한 문화들 모두에 동등한 권한을 부여함을 기본 전제로 한다.

문화다원주의 모형이 이처럼 다인종 사회를 전제로 하여 도출되었다는 점에서, 단일민족 사회인 우리 사회나 시교육에 그대로 적용하기에는 무리가 따를 수 있다. 하지만 이 모형은 문화가 복수로 존재할 뿐만 아니라, 우리가 '文化'라고 하는 그 무엇의 밖을 지향하도록 하는 데에 매우 기능적인 관점을 제공한다는 의의를 지닌다. 특히 다음과 같은 두 가지 핵심 개념은 가치평가 능력을 신장시키기 위한 시교육에 매우 유용한 시사점을 준다고 평가

---

180) 윤여탁, 「이념 인식으로서의 문학 전통과 문학 학습」, 앞의 책, pp.273-279.
181) Sleeter, C.E. ed., *Empowerment throught Multicultural Education*, N.Y. State U.P., 1991. ; McLaren, P., Life in School : *An Introduction to Critical Pedagogy in the Foundations of Education*, Longman, 1994. ; Weiler, K. & Mitchell, C. eds., *What school can do : Critical Pedagogy and Practice*, N.Y. State U.P., 1992.

할 수 있다.

이 모형에서 가장 핵심적인 개념은 권한 부여(empowerment)이다. 권한 부여란 "학생들로 하여금, 우리(성인, 교사)가 적절하다고 여기는 지식을 비판적으로 학습하게 함으로써 자신과 세계에 대한 이해를 확장하고 그에 따라 우리가 당연시하는 삶의 방식을 변형시킬 가능성에 대한 믿음을 강화"시키려는 방법이다. 따라서 권한 부여의 교육방법을 강조하는 이들은, "학습자 자신의 역사(개인사), 언어, 문화적 전통을 존중하는 지식과 사회적 관계망"을 학습자에게 제공해야 한다고 주장한다.182) 그런데 이러한 권한 부여는 학습자에게 자기-확신감, 자긍심과 같은 것 이상을 심어주려는 것이다. 이것은 학생으로 하여금 능동적인 정치적 도덕적 주체로 형성시켜 줄 수 있는 환경이자 상태의 특질을 가리키는 것이기 때문이다. 권한 부여는 지식과 가치의 객관성보다는 상황성을 강조하며, 교실 밖 세계의 완전성보다는 불완전성을 강조한다. 따라서 권한 부여적 교육 모형은, 학습자가 특정한 문화에 입문(入門)하는 과정으로 교육을 바라보는 것이 아니라 불완전한 세계를 변형하고 좀더 완전하게 하려는 실천적 태세를 갖추는 과정으로 교육을 바라본다.

두번째 핵심적인 개념은 다양성(diversity)과 구별되는 차이(differences)의 개념이다. 문화다원주의는 피상적으로 볼 때 문화의 다양성을 인정하고 그것의 공존을 추구하는 모형처럼 보인다. 하지만 문화다원주의를 주장하는 비판적 교육이론가들은 그것이 결코 다양성을 느슨하게 허용하는 정치적 다원주의와 혼동되어서는 안 된다고 주장한다.183) 자유주의 이념에 기초하고 있는 정치적 다원주의는 다양성을 인정하면서도 그것을 넘어서는 초월적 규범(transparent norm)이 존재한다고 본다. 또한 그 초월적 규범이 다양한 차이들을 공존케 하면서도 결합시킬 수 있는 사회적 아교(阿膠) 기능을 한다고 믿는다. 하지만 실상 그 초월적 규범은 사회적 지배계층(host society)이 규범이

---

182) P. McLaren, 앞의 책, pp.193-194.
183) P. McLaren, 앞의 책, pp.285-291.

라고 생각하는 규범에 해당한다고 비판적 교육이론가들은 지적한다.

이와 달리 비판적 교육이론가들은 다양성보다는 차이(差異)의 중요성을 강조한다. 문화 체계는 마치 언어 체계와 같이 '차이의 체계'라는 것이다. 언어 체계와 같은 문화 체계의 구성소인 어떠한 문화도 의미나 본질의 총체적이고 선차적인 계기를 소유하고 있지 않다. 문화 체계를 구성하는 문화들은 서로 차이를 지닐 뿐이다. 사회적 아교(阿膠) 기능을 할 수 있는 어떤 특정한 문화는 존재할 수 없는 것이다. 따라서 어떤 초월적 규범에 의지하여 문화적 차이의 간극을 좁히는 접근법은 불가능하고, 문화적 차이를 번역(translation)하는 접근법이 요구된다는 것이다. 이것은 번역의 과정을 통해 기존의 문화들을 넘어서는 문화에 대한 창조의 과정을 의미한다. 번역된 것은 실상 두 언어 체계 즉 두 문화 체계 어느 하나에만 귀속될 수 있는 것이 아닌, 제3의 문화에 해당하는 것이기 때문이다. 번역된 것은 완전한 자국어가 될 수도 없지만 그렇다고 완전한 외국어인 것도 아닌 것이다. 이러한 번역은 이중주(二重奏)를 가능케 하는 방법이라 하겠다.

이와 같은 특징을 지닌 문화다원주의 모형은, 시텍스트에 대한 객관적 가치평가 활동을 위한 정전체계 재구성의 방향을 밝혀준다. 이 모형은 전통적인 교육과정의 모형인 '기념비적 문화의 전수' 모형과 구별된다.[184] 기념비적 문화의 전수 모형은 누구나 동의할 수 있는 가치를 내포한 문화가 존재한다고 바라본다. 가치평가 활동에 연관지어 보면 이것은, 시텍스트에 대한 객관적 가치는 그러한 기념비적 문화에 대한 문해력을 통해 발견할 수 있다는 관점이다. 그런데 이 모형은 객관적 가치를 실체화하고 고정화함으로써 가치의 본성인 차연성과 어긋나는 관점을 학습자들에게 각인시킬 수 있는 모순을 지닌다. 또한 기념비적 문화에 문외한일 수밖에 없는 학습자들과 그들의 실제적 문화를 文化에 미달한 것으로 바라보게 할 수 있다.

하지만 문화다원주의 모형은 청소년문화나 여성문화, 노동계급문화들 즉

---

184) 기념비적 문화의 전수모형에 대해서는 이기범, 「참여민주주의와 공교육의 의미」, 이돈희 외, 『현대사회와 교육의 이해』, 교육과학사, 1994, pp.366-371.

기념비적 문화와 구별되는 문화들의 차이(cultural differences)를 전경화하고 그것에 권한을 부여하면서 동시에 그것의 우연성을 반성케 하려는 모형이다. 기념비적 문화와의 거리 또는 차이는 결코 미달 또는 미성숙이 아니라, 객관적 가치 창조를 위한 아이러니스트적 대화의 동력에 해당한다고 보는 것이다. 이것은 선행 평가자(교사)에 의해 선택되고 전달되는 문화가 시텍스트에 대한 객관적 가치평가의 기준의 출처로서 받아들여지게 하기보다는, 다양한 문화들의 하나로 참조되도록 해야 한다는 의미를 내포한다. 문화다원주의는, 교사가 가치평가 활동의 전범으로 보여주어야 하는 것은 객관적 가치평가를 보장하는 특정한 문화적 실체가 아니라 자신의 가치평가 역시 '시간(時間)의 심판정(審判廷)'에 회부될 수 있다는 점, 따라서 학습자들의 가치평가 활동 역시 그러해야 한다고 보는 관점이다.

N. 프라이가 경계하였듯이, 특정한 비평가에 의해 행해진 가치평가는 비평가 자신이 속한 시대의 유행, 특정한 세대의 취향일 수 있다.[185] 이러한 지적이 진정으로 의미하는 바는, 가치평가에 관한 교육에 있어서 교사는 자신의 가치평가 결과가 과연 시대적 이월성을 지니는가 반문해야만 한다는 점일 것이다. '더 오래 지속될수록 더 높은 가치'라는 M. 쉘러의 주장 역시, 모든 가치평가 과정은 '가치의 시장'에 해당하는 시간의 심판정에 항상 개방적이어야 한다는 뜻이기 때문이다. 그런데 기념비적 문화의 전수 모형은 '시간(時間)'이라는 궁극적 평가주체의 자리에, 특정한 문화를 기념비적이라 평가하는 주체를 정위시키는 관점에 해당한다. 비유컨대, 기념비적 문화의 전수 모형은 가치의 시장에 기념비적 문화를 개방시키기보다는, 가치의 시장에 인위적인 간섭을 하려는 교육 모형인 것이다. 오히려 옹호해야 하는 것은 기념비적 문화라고 규정된 특정한 문화가 아니라, 궁극적 평가주체인 시간이어야 한다. 궁극적 가치는 차연된다는 사실에도 합당하기 때문이다.

문화다원주의 모형은 또한 가치중립적인 관점에서 문화들을 기술하는 인

---

185) N. Frye, "Contexts of Literary Evaluation", in edited by J. Strelka, *Problems of Literary Evaluation,* The Pennsylvania State Univ. Press, 1969, p.19.

류학적 문화다원주의와도 구분된다. 인류학적인 문화다원주의는 문화들의 상대성을 인정하는 단계에서 끝난다. 하지만 문화다원주의는 문화들의 상대성을 귀결점으로 하는 것이 아니라, 객관적 가치 창조를 위한 대화의 출발점으로 설정한다는 차이점을 지닌다. 문화들 간의 대화가 필요한 것은 그러한 대화가 확장된 우리-의식을 정립하는 데 기여할 뿐만 아니라 다양한 문화들이 文化임을 입증하는 데 필수적이라고 보기 때문이다. 어떠한 문화'들'도 타문화와의 대화를 통해 자신이 문화임을 증명할 필요가 있다. S. 코너 역시 문화'들' 간의 이러한 대화를 번역(translation)에 비유[186]하고 있다. 이처럼 문화다원주의 모형은 특정한 문화에 특권적 지위를 부여하기보다는 문화적 차이를 전경화하면서 번역의 과정에 비유할 수 있는 활동을 통해 제3의 문화를 창조하도록 하는 모형인 것이다. 즉, 특정한 문화만이 문화가 아니라 그들 간의 二重奏(번역)를 통한 제3의 문화 창조가 더 중요하다는 관점이다.

  이러한 문화다원주의 모형이 정전체계 재구성의 모형으로 적절한 이유는 우리의 문화 역시 결코 단일하다고 볼 수 없기 때문이다. 여성시나 민중시, 새롭게 쓰여지고 있는 사이버시 텍스트들은 문화적 차이들을 여실히 보여준다. 민족문화란 개념은 다른 민족문화와 비교할 때의 문화적 차이에 해당하지만, 그 민족문화 내부를 살펴보면 문화적 차이들이 부재하다고 말할 수가 없다. 문화적 단일성이 '지향되어야 하는 것'이라면 문화적 차이는 '실재하는 것'이다. 사이버시와 여성시에 대한 아이러니스트적 대화를 전개한 부분에서도 언급했듯이, 시텍스트의 객관적 가치를 창조하기 위해서는 민족문화(학) 개념에 의존하지 않을 수 없지만, 동시에 하위문화적 가치들을 표현하는 시텍스트들에 대해서도 관심을 두지 않을 수 없다. 민족문화는 그러한 하위문화들 간의 대화를 통해 창조되는 것이라고 보아야 하기 때문이다.

---

186) Connor, Steven., 앞의 책, pp.236-246.

제 4 장

시텍스트 가치평가 활동의 교육

시는 문화를 염두에 두지 않고, 민족을 염두에 두지 않고, 인류를 염두에 두지
않는다. 그러면서도 그것은 문화와 민족과 인류에 공헌하고 평화에 공헌한다.
― 김수영(1968), 「詩여, 침을 뱉어라」에서

1. 가치평가 활동 교육의 재구성

지금까지 논의한 바처럼, 시텍스트에 대한 가치평가 활동은 텍스트의 네
가지 사회적 기능 즉 정체성 형성 기능, 사회적 관계 형성 기능, 관념 형성
기능, 장르구별적 기능을 분석하고 평가하면서, '낯선 타자들을 고통 받는
동료들로 바라볼 수 있는 상상력'에 기초한 아이러니스트적 대화를 전개함
으로써 객관적 가치를 창조하는 활동이다. 객관적 가치는 선험적 보편적으
로 실재하지 않는다. 그것은 '발견'되는 것이 아니라 '창조'되는 것이다. 객
관적 가치는 '상황적 주체들'이 자신의 언어, 정체성, 관념의 우연성을 해체
하고 재구성하면서 대화를 통해 '우리―의식'으로서의 연대성을 확장시킬
때 창조된다. 즉 주체의 실제적 특성을 구성하는 사회문화적 차이들이 전경
화되고 이들 사이의 '이중주(二重奏)로서의 대화'를 전개함으로써 '이종교합
(異種交合)된 텍스트'를 생산하려 할 때 객관적 가치가 정립된다. 문화는 단
수(單數)로 존재하지 않고 복수(複數)로 존재하기 때문이다. 여성시(여성문화),
사이버시(사이버문화), 문자시(문자문화), 민중시(민중문화)들이 실재하는 것

이지, '시(詩)는 실재하지 않는다.' 궁극적 가치가 차연되듯이 '궁극적 시' 역시 차연되기 때문이다. 정전 역시 '지금 여기에' 실재하는 것이 아니라, 가상(virtual)으로서 '저기 밖에서 여기로 존재하려 하는 것'으로 보아야 한다.

가치평가 활동의 원리가 이와 같다면, 시텍스트에 대한 가치평가 활동 교육은 어떻게 실천되어야 할까? 4장에서는 시교육에서 가치평가 활동 교육이 어떻게 재구성되어야 하는지 그 방향을 논의하기로 한다.

본 연구에 의하면, 시교육에서 가치평가 활동 교육은 차연적 가치론(the différanced-value theory)과 문화다원주의(multicuturalism) 모형에 따라 전개될 필요가 있다. 이것은 전통적인 학교관의 비판적 재구성을 요구한다. J. 듀이가 말했듯이, 전통적인 의미에서 "학교는 학습자가 자연인으로서 접하는 기존 환경에서 무가치한 특성들을 될 수 있는 대로 제거하여 그것이 학습자의 정신적 습관에 영향을 주지 못하도록 조건화되어야 한다. 어느 사회든지 학습자의 정신적 습관에 방해가 되는 시시한 것들, 과거의 낡아빠진 유물, 적극적으로 해로운 것들이 있다. 학교는 환경으로부터 그런 것들을 제거하고 그렇게 함으로써 이상 사회 환경에서 그런 것들이 주는 영향을 될 수 있는 대로 소멸시키는 임무를 가지고 있다."[1] 이러한 전통적인 학교관은 학교가 학습자들이 경험하고 배워야 할 지식과 가치에 대해 일정한 통제와 조정을 해야 한다는 관점을 일반화하였다. 때문에 국가 교육과정에서 문학교육의 제재 선정과 관련하여 "한국 문학의 대표적인 작품을 읽고, 한국 문학사의 전통과 지향성을 이해한다."라고 강조하는 것은 매우 자연스럽다. 어찌보면 이것은 학교의 역할을 강조하고 교사의 전문성을 요구하는 매우 긍정적인 측면을 내포한다.

하지만 이것은 학교와 교사의 가치판단이 지니는 상황성, 우연성을 보지 못하게 할 수 있다. 또한 학교에서 배우는 문학텍스트의 가치 역시 우연적이며 상황적이라는 사실을 간과하게 만들 수 있다. 본 연구에서 분석 대상으로

---

1) Dewey, J.(이홍우 역), 『민주주의와 교육』, 교육과학사, 1916(1987), p.36.

삼았던 여성시와 사이버시의 가치구조에서 보면, 기존의 문학교육에서 활용하고 있는 한국 문학사의 대표적인 작품은 우연적 산물일 수 있다. 그렇게 평가한 주체는 남성중심주의적이거나 문자 문화에 익숙한 주체일 수 있기 때문이다. 이처럼 지배적 가치구조 밖에서 대상을 바라보는 기회가 마련되고 가치의 차연성이 적극적으로 인정되는 교육 상황이 가능해진다면, 특정한 문학텍스트를 탈시간적으로 '한국 문학사의 대표적인 작품'이라 지속적으로 교육할 수 없다. 그것은 한 순간 아름다웠던 장미를 영원히 아름다운 장미로 변환시키는 행위에 해당할 뿐이다. R. 오만이 지적했듯이, '표준을 설정한다는 것은 언제나 이데올로기적 책략에 참여하는 것이며, 한 계급이나 집단의 이익과 가치 기준을 일반화하여 그것을 만인의 이익이나 가치 기준인 양 제시하는 일'일 수 있다. 때문에 학교와 교사가 가치평가의 주권을 일방적으로 행사하는 일은 지양될 필요가 있다.

더욱이, 탈근대적 디지털 시대에는 학교를 인위적 환경으로 구성한다는 것이 거의 불가능하다고 보아야 한다. 문화와 지식의 전달 매체가 문자이던 시대에는 이것이 가능했을지 모른다. 그러나 문화와 지식이 디지털매체를 통해 신속하고도 다양하게 전달되는 상황에서는 그 통제와 관리가 쉽지 않다. 문화와 지식의 데이터베이스인 인터넷을 생각해 보아도 이 점은 분명하다. 이처럼 많은 학습자들이 이제는 다양한 문화와 지식에 접근할 수 있게 됨에 따라, 학교의 선의의 개입마저도 간섭으로 받아들일 수 있는 여지가 많다. 이런 점에서, 학습자 자체가 문화적 다양성의 주체가 되었으며, 이미 학교가 다양한 문화와 지식의 공간이 되었다는 점을 인정할 필요가 있다. 이러한 인정 하에, 교육이 취할 방법은 보호와 관리가 아니라, 다양한 문화와 지식의 공간에서 객관적 가치를 창조할 수 있는 활동의 원리를 제공하는 것이어야 한다. 이와 같은 교육 방법의 변화가 이루어질 때 객관적 가치 창조를 위한 이중주(二重奏)로서의 대화가 가능하며, 학습자가 수행하게 될 가치평가 활동 역시 생산적일 수 있기 때문이다.

물론 기존의 가치를 학습자들에게 가르쳐야 한다는 점이 전적으로 부정될 수는 없다. 가치의 교육이 일정 단계까지는 일방적이고 맹목적일 필요가 있음은 사실이다.[2] '착하게 살아라'와 같은 덕목들이 아동에게 제시될 때는 그 덕목의 상대성을 고민하게 할 필요가 없는 것이다. 하지만, 삶의 단계가 복잡한 단계로 전이되면서 명백하고 단순하게 여겨지던 덕목도 그 실천에 있어서는 '선택 상의 갈등'을 야기하는 경우가 많다. 도스토예프스키의 『죄와 벌』에서 라스콜리니코프가 직면했던 상황이 대표적인 예이다. 청소년기에 접어들면서 학습자는 지속적으로 가치 선택 상의 갈등 상황에 직면하게 될 가능성이 커지고, 학습자 스스로도 맹목적 순종을 벗어나 가치의 타당성과 정당성에 대해 회의하고 자문하려는 경향을 지니게 된다. L. 콜버그의 도덕 발달 단계 중 하나인 '후인습적 단계'로 접어드는 것이다.[3] 더욱이, 궁극적 가치가 지속적으로 차연(差延)된다면, 학습자들에게 기존의 가치를 내면화하도록 교육하는 것은 한계점을 지닌다. 그것은 특정한 가치가 기원하고 있는 특정한 시공간 속에 학습자를 가두는 형태가 될 것이기 때문이다. 따라서 시교육에서 가치평가 활동에 대한 교육은 차연적 가치론과 문화다원주의 모형에 입각하여 재구성될 필요가 있다.

이런 관점에서 볼 때, 현재 시교육뿐만 아니라 문학교육 전반에서 실천되고 있는 가치평가 활동 교육은 몇 가지 문제점을 지니고 있다. 콜버그의 용어대로 학습자들은 '후인습적 단계'의 인간이라 할 수 있는데, 시교육은 기존의 가치평가 기준이나 원리에 대한 비판적 성찰을 학습자들에게 제공하지 못하고 있다. 또한 새로운 시텍스트나 지배적 가치구조와 대립적 또는 대안적 가치구조를 지닌 시텍스트를 적극적으로 활용하고 있지도 않다. 따라서 이들 간의 가치 갈등 현상을 해결하기 위한 방법의 탐구 활동 역시 전개되지 못하고 있다. 본 연구가 제안하는 원리와 실천 모형이 시교육에 적절히 적용되기 위해서는 이러한 문제점들이 개선될 필요가 있다. 그러한 재구성이 이루어지기 위해서는 실천적 문제점의 원인들을 분명히 인식할 필요가

---

2) Rokeach, M., The Nature of Human Values, The Free Press, 1973, pp.1-16.
3) Kohlberg, L.(김민남 외 옮김), 『도덕발달의 철학』, 교육과학사, 1981(2000), pp.50-62.

있겠다. 그렇게 할 때, 가치평가 활동을 위한 시교육에서 학습자와 교사가 무엇에 역점을 두어야 하는지 명확히 인식할 수 있을 것이기 때문이다.

첫째의 문제점은 문학교육 그 자체에서라기보다는 읽기나 쓰기 등의 활동과 관련한 기능(技能)주의적 국어교육관의 부정적 영향에서 찾을 수 있다.[4] 즉 실증주의적 기능주의적 관점이 다소 왜곡되어 적용됨으로써 지배적 가치에 대한 비판적 사고 활동을 약화시키고 있다. 실증주의적 기능주의적 관점은 가치가 근본적으로 주관적 상대적인 것이기에 그에 대한 논의나 교육은 비효율적이며 심지어 특정 가치의 주입에 빠질 위험성이 있다고 생각한다. 이에 따라 가치를 지식과 기능에 비해 주변적 암시적 관심사로 설정하려 하는데, 학습 성취도 평가가 용이한 지식이나 기능교육과 달리 가치교육은 비형식적 잠재적 교육과정에서 다루어져야 한다는 주장이 대표적이다[5]. 이런 관점은 지배적 가치를 비판할 수 있는 활동의 기회를 약화시킬 뿐만 아니라, 궁극적으로는 지배적 가치를 암묵적으로 승인하도록 한다는 문제점을 지닌다.

둘째, 실증주의적 기능주의적 관점이 '전수로서의 교육관'[6]과 한 짝을 구성하여 가치평가 활동 교육을 제약했다는 데 또다른 원인을 찾을 수 있다. '가치는 주관적이고 상대적이기에 논하기 어려운 문제'라는 생각, 역으로 보면 절대적이며 보편적인 것만 교육될 수 있다는 관점이자 상대주의 그 자체를 부정하려는 생각은 전통적 지배적 가치의 묵인을 유도할 수 있다. 전수로서의 교육은 전통적 지식과 가치의 타당성을 당연한 것으로 인정하면서 그

---

4) 문학교육에서는 '비판적 읽기'나 '비판적 쓰기'와 관련한 논의가 이데올로기와 같은 특정 가치구조의 '내용'에 집중한다면, 소위 '국어교육'에서는 그것을 '메타적 언어활동'과 같은 추상적이고 인지주의적인 개념으로만 접근하는 경향이 발견된다. 사회문화적 이데올로기의 작용과 연관짓지 않는 것이다. 이런 점에서 '비판적 읽기' 개념을 '학제적 관점'에서 재구성하려 한 김혜정의 연구는 주목할 만하다. 김혜정, 「텍스트 이해의 과정과 전략에 관한 연구」, 서울대박사학위논문, 2002.
5) Fraenkel, J.R.(송용의 역), 『가치 탐구수업을 어떻게 할 것인가?』, 교육과학사, 1985, pp.12-18.
6) 이기범, 「참여민주주의와 공교육의 의미」, 이돈희 외, 『현대사회와 교육의 이해』, 교육과학사, 1996.

것을 전수하는 것이 교육의 역할이라고 본다. 특히 이 관점은 정전으로서의 문학텍스트를 실체화 고정화하는 경향과 연관된다. 물론 전수로서의 교육이 전혀 무시될 수는 없다. 그러나 전수 모형은 복합적 사고력이 발달하지 못한 단계에서는 효과적임에 반해, 고도의 가치판단력을 발달시키는 단계에서는 한계가 있다[7]는 점에 유의할 필요가 있다.

셋째, 전통적인 객관주의적 인식론 및 가치론의 영향에서도 그 원인을 찾을 수 있다[8]. 보편적 가치와 객관적 진리가 존재한다고 확신하는 객관주의적 패러다임은 기존의 가치에 대한 반성을 경화(硬化)한다. 진리와 가치가 객관적이며 불변한다면 그것의 상대성을 고려할 필요가 없기 때문이다. 그러나 객관주의적 패러다임은 많은 비판에 직면해 있다. 이미 과학철학계에서도 상당한 비판[9]이 전개되어 왔는데, 그럼에도 불구하고 이러한 관점을 쉽사리 벗어나지 못하는 데에는 객관적 가치나 지식을, 가치론적 실천과 탐구 활동의 '규제적 개념'으로 여기지 못하고, 그것을 실체화함으로써 '발견'하려는 태도가 관성화되었기 때문이라 하겠다.

넷째, 새로운 유형의 텍스트들에 대한 보수주의적 보호주의적 태도[10]에서도 그 원인을 찾을 수 있다. 최근에 국어교육 전반은 복합문식성(multiliteracy)에 대한 관심의 증가에 따라, 텍스트 활용 범위를 정전에 한정하지 않고 대중문화 텍스트는 물론 영상 텍스트나 인터넷 텍스트 등으로 확장하고 있다. 그럼에도 불구하고 학습자의 관심을 유발하기 위한 소재주의적 경향에 그치거나 기성 세대의 보호주의적 관습적 불신감에 기초하여 비(非)정전 텍스트에 대한 부정적 태도를 재생산하는 데 머물고 있다. 그런데 보호주의적 수동적 대응은 분명 한계를 지닌다. '부정과 폐기를 위한 활용'은 비정전 텍스트를 흥미 있게 생산하는 주체로 하여금 '긍정적 自己像'을 지니게 할 수 없고,

---

7) 남궁달화, 『가치교육론』, 문음사, 1997, pp.37-38 ; Fraenkel, J.R.(송용의 역), 앞의 책.
8) 정재찬, 『문학교육의 현상과 인식』, 역락, 2004, 제1부 ; 조화태, 「포스트모던 철학과 교육의 새로운 비전」, 이돈희 외, 앞의 책.
9) 장상호, 『Polanyi : 인격적 지식의 확장』, 교육과학사, 1994, pp.28-46.
10) Buckingham, D.(정현선 옮김), 『전자매체 시대의 아이들』, 우리교육, 2004.

그것은 곧 학습자의 창조성을 발현시키는 데 부작용을 낳을 수 있다. 비판적 교육이론가들은 이러한 관점의 부적절성을 설득력 있게 비판하고 있다. 따라서 '가치평가는 비판적이면서 동시에 창조적 기능을 지닌다'[11]라는, 가치평가 활동의 본질적 속성을 발현시키기 위해서는 이러한 문제점들이 수정될 필요가 있다.

2. 가치평가 활동의 수행 구조

앞서 지적한 문제점들을 지양하고 시교육에서 가치평가 활동이 적극적으로 실천되기 위해서는, 학습자들이 어떠한 수행 구조를 통해 가치평가 활동을 전개해야 하는지 명료화될 필요가 있다. 본 연구가 가치평가 활동의 원리를 재구성하면서, 텍스트 가치구조를 분석하기 위해 주목해야 할 개념이나 절차를 상론한 이유도 이 때문이다. 그런데 본 연구가 제안하는 원리를 학습자들이 그대로 실천하기에는 어려움이 있을 수 있다. 학습자들의 인지적 정서적 발달단계나 경험의 차이를 고려하지 않을 수 없기 때문이다. 이런 점들을 고려하여, 앞 장들에서 논증한 가치평가 활동의 원리와 수행 구조를 '① 자아정체성의 사회문화적 구성 ② 시의 사회적 기능에 대한 질문체계 구성 ③ 문장 환원법을 활용한 시텍스트 기능체계의 선택동기 분석 ④ 대화적 활동과 객관적 가치의 창조'로 재구성하고자 한다. 2절에서는 이러한 수행 구조하에서 학습자들이 구체적으로 어떤 활동을 전개해야 하는지에 대해 논의하기로 한다.

1) 자아정체성의 사회문화적 구성

가치평가 활동을 실천하기 위해서는 평가주체의 해체와 재구성이 요구된

---

11) Deleuze, G(신범순·조영복 옮김), 『니체, 철학의 주사위』, 인간사랑, 1962(1993), p.22.

다. 가치평가 활동은 주체 외부에 실재하는 객관적 가치를 발견하여 그것을 기준으로 텍스트의 가치를 재단하는 활동, 비유컨대 '재[尺]로 대상의 길이를 재는 활동'이 아니기 때문이다. 오히려 가치평가 활동은 상황적 주체들 간의 아이러니스트적 대화를 통해 객관적 가치를 창조하는 활동이다. 이런 점에서 학습자들 역시 가치평가 활동을 실천하기 위해서는, '가치평가의 기준이 무엇인가'라는 접근법을 취할 것이 아니라 '객관적 가치를 창조하기 위한 언어 활동의 방법은 무엇인가'라는 접근법을 취해야 한다. 이를 위해서는 '상황적 주체'로서의 학습자 자신을 해체하고 재구성할 필요가 있다.

이와 관련하여 발달 단계에 있는 학습자가 초점을 두어야 할 부분은 자아정체성(ego idendity)의 사회문화적 정립이다. 흔히 자아정체성은 자아에 대한 자기정의(self-definition) 및 사회적 요구의 적절한 통합 활동을 통해 구성되는 것[12]으로 이해된다. 그것은 '나는 누구이며, 무엇을 할 수 있고, 무엇이 되어야 하는가'라는 물음에 대한, 심리적 차원에서의 자기 답변의 산물이다. 이 과정에서 자극으로 주어지는 사회적 요구들을 자기 나름대로 재구성할 때 자아정체성은 형성된다. 따라서 자아정체성은 그 본질상 사회문화적 차원을 내포하며, 궁극적으로 그것은 평가주체의 심리적 바탕이자 사회적 주체의 원형[13]에 해당한다.

인간의 발달과정 및 정체성에 대한 대표적 연구가인 E. 에릭슨에 의하면 정체성은 기본적으로 '심리사회적 정체성'과 '개인적 정체성'으로 구분된다[14]. 심리사회적 정체성은 개인이 속한 사회나 집단에 대한 소속감을 의미하며, '나는 한국인이다'와 같은 언어로 나타난다. 개인적 정체성은 타인과 자신을 구별함으로써 얻게 된 자신의 고유성에 관한 정의이다. 또한, 개인적 정체성은 '개별적 정체성(personal identity)'과 '자아정체성'으로 구분된다. 개

---

12) 허혜경·김혜수 공저, 『청년발달심리학』, 학지사, 2002, 제4장.
13) Touraine, A.(정수복 외 옮김), 『현대성 비판』, 문예출판사, 1992(1995), 제3부 제1장 및 제3장.
14) 박아청, 『아이텐티티 탐색Ⅱ』, 중앙적성출판사, 1995, 제2장.

별적 정체성이 '나는 김○○이다'라든지 '나는 김○○의 아들이다'와 같은 자기동질성과 자기연속성의 근거 위에 성립되는 것이라면, 자아정체성은 이러한 정체성을 포괄하면서도, 사회적 환경의 자극과 내적인 욕구, 그리고 가치를 자기 나름대로 재통합하여 구성하는 정체성이다. 여기서 자아정체성 형성 과정에 가치가 개입함을 알 수 있는바, 가치평가 활동을 능동화하기 위해서는 여러 정체성 중에서도 '자아정체성' 구성에 초점을 두어야 함을 알 수 있다.

자아정체성 형성 과정에서 결정적인 기능을 하는 요인들은 '의미 있는 타인(significant others)'으로서의 부모, (부모의) 사회경제적 지위, 또래집단과의 상호작용, 성차(性差) 등이다. 부모와의 관계에 있어서 부모를 의미 있는 대상으로 '동일시'하는 과정이 전제되지 않으면 자아정체성이 형성될 수 없기 때문이다.15) 또한, 부모의 사회경제적 지위나 학습자 자신의 성차(性差)가 중요한 변수로 작용한다. 이것은 자아정체성 역시 사회문화적 기원 즉 우연성을 지닌다는 점을 말해준다. 궁극적으로 자아정체성 역시 해체와 재구성의 과정에 개방되어야 하는 것이다.

주목할 점은, 자아정체성 형성 과정이 '가족 내적 정체성' 형성 단계에서 '심리사회적 정체성' 단계로 나아간다는 점이다. 따라서 학습자가 자아정체성 구성 활동을 적절히 수행하기 위해서는 이 활동을 두 단계로 나누어 실천할 필요가 있다. 즉 학습자는 '가족 내적 정체성'을 구성하는 활동 단계에서 '심리사회적 정체성'을 구성하는 활동 단계로 전이하면서 자아정체성을 구성하는 활동을 전개해야 하는 것이다.

그런데, 심리사회적 정체성은 '사회적 역할의식'을 주요한 구성요인으로 한다. 여기서 역할의식을 활성화하기 위해서는 역할 개념을 '위치'나 '지위' 개념으로 한정하지 말아야 한다. U. 브론펜브뢰너가 강조하듯이, 역할 개념은 '주어진 위치나 지위를 갖고 있는 사람에게 기대되는 행동체계'라고만 보

---

15) Freud, S.(김정일 옮김), 「가족로맨스」, 『성욕에 관한 세 편의 에세이』, 열린책들, 1996, pp.57-61.

아서는 안 된다16). 그것은 주체가 다른 위치들에 대해 어떻게 대해야 할 것인지에 관한 '상호호혜성' 요인을 내포하고 있기 때문이다. 또한, 역할의식은 그 역할 담당자에게 권한을 더욱 많이 부여할수록 강화된다는 점도 도외시할 수 없다. 따라서 학습자는 '기대되는 행동체계'로서의 역할 개념과 '상호호혜성', 그리고 '권한에 대한 요구'를 적극적으로 주장하면서 자아정체성을 구성하는 활동을 전개해야 한다.

자아정체성 구성 활동에 있어서 끝으로 고려할 점은 자아ego가 세 가지 범주로 존재한다는 사실이다. J. 라깡에 의하면, '자아'는 세 가지 범주 즉 '실재의 나'와 '이상화된 자아ideal ego'와 '자아 이상형ego ideal'이 존재한다.17) 이것은 동일시의 역학이 두 가지 방향에서 작용하기 때문이다. 이상화된 자아는 주체가 자신을 대상들에 투사해서 그것들과 동일시하는 경우에 형성되는 것이다. 주체의 이상화된 자아는 "주체가 마음 속에서 자신을 기쁘게 해 주고 싶어하는 바로 그 지점에서 나타난다." 이에 비해 자아 이상형은 외부 대상들이 내향 투사될 때 나타난다. 즉 "다른 사람들이 그를 보듯이 주체가 자신을 바라보게 되는 지점에서 나타난다." '실재적 자아'는 말 그대로 '나'이다.

이런 관점에서 볼 때, 자아정체성은 학습자의 동일시 과정이 외투사되느냐, 내투사되느냐에 따라 달라질 수 있다. 여기서 객관적 가치평가 활동을 위한 자아정체성은 '자아이상형'이어야 함을 알 수 있다. 자아이상형은 타자의 시선 즉 사회문화적 요구를 고려함으로써 구성되는 자아란 점에서, 심리사회적 정체성에 가깝고 그것은 가치평가 활동의 최종적 기준인 '우리-의식'의 확장을 가능케 할 수 있는 자아정체성이기 때문이다. 그러나 자아정체성이 주체의 내적 욕구와 사회적 요구 사이의 능동적인 재통합에 의해 구성된다는 점에서, 자아이상형에 대한 강조가 타자의 시선에 대한 맹목적 추종을 의미하는 것이 아님에 주의해야 한다.

요컨대, 학습자가 가치평가 활동을 위해 자아정체성을 형성하는 활동은

---

16) Bronfenbrenner, U.(이영 역), 『인간발달생태학』, 교육과학사, 1979(1995), pp.15-39.
17) Easthope, A.(이미선 옮김), 『무의식』, 한나래, 1999(2000), pp.107-112.

다음과 같은 접근법에 의해 전개될 때 효과적임을 알 수 있다. 첫째, 전체적인 활동의 절차는 '개인적 정체성' 또는 '가족 내적 정체성' 형성 단계에서 시작되어 '심리사회적 정체성' 형성 단계로 나아가는 절차를 취할 필요가 있다. 또한 각 단계에서 학습자들은 '기대되는 행동체계'뿐만 아니라 그러한 위치에서 다른 위치의 존재들에 대해 취해야 하는 상호호혜성의 요건, 그리고 '역할에 대한 권한'을 고려하고 요구하면서 자아정체성 또는 자아이상형을 구성해야만 한다. 물론 이 두 단계가 상호융합적이라는 점은 분명하다. 하지만 자연스러운 자아정체성 형성을 위해서는 좀더 용이하고 기초적인 단계로부터 확장해 나아가는 접근법이 필요하다.

이러한 관점에서 볼 때, 학습자의 자아정체성 형성을 위한 시교육이 어떠한 시텍스트를 선정할 것인가, 그리고 그러한 시텍스트들의 위계적 구조는 어떻게 구성할 것인가에 대한 방향이 도출된다. 자아정체성은 역할의식의 강화와 밀접한 연관이 있고 또한 그러한 역할의식은 가족내적 역할의식에서 사회적 역할의식으로 확장되는 순서를 밟아야 한다면, 시텍스트의 선정 문제 역시 이와 같아야 하기 때문이다. 즉 '나는 내가 생산한 텍스트와 유사하다'는 말은 역으로 보면, '나는 내가 읽은 텍스트와 유사하다'[18]고 볼 수 있는바, 자아정체성 형성 활동을 위해 학습자는 역할의식의 문제를 형상화한 시텍스트에 주목해야 하는 것이다.

이것은 두 가지 경향의 시텍스트가 자아정체성 형성을 위해서는 부적절할 수 있음을 말해준다. 즉 ① 역할의식의 문제가 나타나 있지 않은 시텍스트 ② 저항시처럼 민족적 주체로서의 사회적 역할의식 문제를 지나치게 강조하는 시텍스트들이 그것이다. 두 경향의 시텍스트는 각각 시교육에서 중요한 의미를 지닐 수 있다. 하지만 자아정체성 형성을 위해서는 효과적이지 않거나 또는 자아정체성 형성의 방향을 경직화할 수 있는 한계를 지닌다고 보인다.

특히 후자의 경우는, 3장에서도 비판적 검토를 하였듯이, '주체의 차이'를

---

18) Scholes, Robert., *Semiotics and Interpretation*, Yale UP, 1982, p.4.

간과하게 함으로써 민족적 주체의 정체성만을 인위적으로 내면화시키는 데 집중될 수 있다. 이것은 자아정체성 발달의 자연스러운 과정을 누락함으로써 오히려 자아정체성 형성을 어렵게 만들 수 있다.[19] 이렇게 형성된 자아정체성은 성년기에 가서 그 기능을 상실하고 심리적 장애를 일으킬 가능성도 없지 않기 때문이다. 더욱이, A. 이스트호프가 비판[20]하듯이, 이것은 학습자 자신의 실제적인 조건을 보지 못하게 하는 상상적 오인(想像的 誤認)의 효과를 낳을 수 있다. 상상적 오인에 의해 구성된 민족적 정체성은, 자연스러운 자아정체성 발달의 결과가 아니기 때문에 그 토대가 허약할 수밖에 없다. 이와 같은 과정을 통해 형성된 자아정체성은 가치평가 활동을 주체적으로 전개하게 한다기보다는, J. 라깡 식으로 말하자면, 항상 대타자(the Other)[21]의 입장에서 하는 것에 불과할 뿐이다. 따라서 자아정체성 형성 활동을 위해 학습자가 참고해야 할 텍스트의 선정은 앞서와 같은 원리에 기초할 필요가 있다. 다음 두 시텍스트를 비교할 때 이러한 문제점들이 선명해진다.

> (A) 나의아버지가나의곁에서조을적에나는나의아버지가되고또나는나의아버지의아버지가되고그런데도나의아버지는나의아버지대로나의아버지인데어쩌자고나는자꾸나의아버지의아버지의아버지의……아버지가되느냐나는왜나의아버지를껑충뛰어넘어야하는지나는왜드디어나와나의아버지와나의어버지의아버지와나의아버지의아버지의아버지노릇을한꺼번에하면서살아야하는것이냐
>
> — 이상(이승훈 편, 1989 : 21), 「오감도 시제2호」

---

19) 이와 관련하여, 한국문학사에서 개인적 성장과 자각을 지향하는 '성장소설' 장르가 일찍부터 발전하지 못했던 원인을, '개인적 자아'보다 '집단적 자아'를 강조해 왔던 유교적 문화의 영향에서 찾는 김병익의 논의는 주목할 만하다. 김병익, 「성장소설의 문화적 의미」, 『세계의문학』, 1981.여름호.
20) Easthope, A.(박인기 역), 앞의 책, 제8장.
21) Bowie, M.(이종인 옮김), 『라캉』, 시공사, 1991(1999), pp.123-130.

　　(B) 휴대폰을 받다 얼굴이 떨어져 깨져버렸다 깨진 조각 하나를 들어 오
른쪽 팔목을 그었다 비틀린 혈관 하나 끊어지자 해가 땅에 뚝 떨어진다
(중략)

　　컴퓨터를 켜자마자 17인치 모니터가 얼굴을 진공청소기처럼 쭉 빨아 당
겼다 눈코입이 딸려 들어가고 가죽만 책상의 모서리로 흘러내렸다 미지근
한 가죽을 들어 신년 달력 옆에 걸어놓는다
— 이원(2001 : 65), 「자화상」에서

　　(A)는 '나는 누구인가'를 묻기보다는 '나의 역할은 어떠해야 하는가, 그리
고 왜 그러해야 하는가'를 묻고 있다. 이와 달리 (B)는 '나는 누구인가'를 물
을 수 없는 상황에 처한 디지털 시대의 '실재의 나'의 자화상을 형상화하고
있다. 물론, (A)의 시적 화자 역시 자신이 생각하는 자아정체성의 구체적인
내용을 제시하고 있는 것은 아니다. 오히려 이러한 '답없음' 자체가 학습자
들로 하여금 능동적 개입을 가능케 한다는 점에서 효과적이라 할 수 있다.
따라서 (A)는 학습자로 하여금 가족 내적 역할의식에 대한 문제를 제기함으
로써 자아정체성 형성 활동에 기여한다고 평가 할 수 있다.
　　하지만 (B)는 디지털 시대의 '실재의 나'의 모순적 상황을 인식시키는 기
능에서는 높이 평가할 수 있어도, 자아정체성 형성 활동을 위한 문제 제기에
있어서는 간접적이란 점, 그리고 역할의식 문제를 내포하지 않은 채 '나란
무엇인가'만을 추상적으로 제시함으로써, 사회적 요구와 개인적 욕구 간의
통합을 통해 형성되는 자아정체성의 역학을 표면화하지 못한다는 한계를 지
닌다. 이런 점에서 (B)와 같은 시텍스트는 자아정체성 형성 활동을 위해서는
적절하지 않다고 평가할 수 있다.
　　둘째, 자아정체성 형성 활동을 전개할 때 주체의 차이 요인들(성적, 사회
문화적 차이들)을 적극적으로 고려해야 한다. 즉 '나는 무엇인가'라는 문제
틀에서 '나의 차이가 나를, 나의 역할의식을 어떻게 구성하는가'라는 문제틀
로 전환할 필요가 있다. 2장에서 언급했듯이, 모든 실제적인 가치평가 활동

은 '나'가 하는 것이 아니라 '상황적 주체로서의 나' 즉 '남성/여성, 특정한 가족 내적 주체, 특정한 사회적 위치를 점유한 주체로서의 나'가 하는 것이기 때문이다. 따라서 자아정체성 형성 활동의 목표는 '나는 누구인가'에 대한 정립 활동이 아니라, '나의 차이가 나의 자아정체성을 어떻게 구성하는가'에 대한 정립 활동임을 주지해야 한다. '나는 누구인가'는 답할 수 없는 문제이다. 답이 가능할지라도 그것은 '신원확인'으로서의 '나는 박○○이다' 이상으로 나아갈 수 없다. 중요한 점은, 이러한 신원확인만을 알려주는 자아는 가치평가 활동의 주체가 될 수 없다는 사실이다.

이와 같은 자아정체성 활동의 의식적 추구는 다음과 같은 시텍스트에서 가치평가 활동과 관련된 중요한 문제를 발견할 수 있는 능력을 갖는 데 있다.

> (A) 징이 울린다 막이 내렸다
> 오동나무에 전등이 매어달린 가설 무대
> 구경꾼이 돌아가고 난 텅빈 운동장
> 우리는 분이 얼룩진 얼굴로
> 학교 앞 소줏집에 몰려 술을 마신다
> 답답하고 고달프게 사는 것이 원통하다
> (중략)
> 꺽정이처럼 울부짖고 또 어떤 녀석은
> 서림이처럼 해해대지만 이까짓
> 산구석에 처박혀 발버둥친들 무엇하랴
> 비료값도 안나오는 농사 따위야
> 아예 여편네에게나 맡겨 두고
>
>   − 신경림(1975 : 16-17), 「농무」에서

> (B) 우리에게 노동의 추억이 있는가
> 십 년 아니 삼십 년 노동을 해도
> 누가 그것을 그리운 추억이라 하는가

밥과 희망이며 목숨의 진한 흔적들이
어째서 아련히 돌아 보이는 추억의 누더기도 못되는가
- 백무산(1988 : 11-12), 「노동의 추억」에서

주지하듯 (A)는 민중의 암울한 현실을 형상화한 민중시의 正典처럼 평가되고 또한 교육되고 있다.22) 그러나 "비료값도 안나오는 농사 따위야 / 아예 여편네에게나 맡겨 두고"와 같은 표현을, 여성적 입장에서 주목한다면 이 시텍스트를 正典으로까지 높이 평가해야 하는지 의문을 제기할 수 있다. 물론 이 표현은 수사적 차원에서 그치는 것이지 실제로 여성을 폄하하는 관점을 시적 화자가 지녔다고 보기는 힘들다고 해석할 수도 있다. 하지만 페미니즘 문학이론가들이 지적하듯이, 남성 시텍스트 속에 여성에게 불쾌감을 줄 수 있는, 무의식적 관성적 표현들이 상당수 있다는 견해23)를 참고한다면, (A)에 흠결이 없다고 평가할 수는 없다. 따라서 객관적 가치평가를 위해서는 (A)에 내포된 흠결이 지적되고 이를 바탕으로 한 아이러니스트적 대화가 전개되어야 하는 것이다. 학습자가 자신의 사회문화적 차이를 적극적으로 고려하면서 자아정체성을 구성한다 함은 이러한 흠결을 볼 수 있는 안목을 지닌 주체가 됨을 의미한다.

(B)는 자아정체성 구성 활동에 있어서 또다른 고려사항을 인식시킨다. (B)는 '왜 노동이 추억이 되지 못하는가'란 비판적 의식을 형상화하고 있다. 노동 자체에 대한 사회문화적 편견에 대한 비판 그리고 그러한 편견을 내면화하고 있는 노동계급의 의식을 이중으로 비판하고 있는 것이다. 이것은 현재 시교육에서의 정전체계가 과연 (B)의 화자가 제기하는 문제를 해소할 수 있는 체계인가 반문하게 한다.

---

22) 고등학교 참고서에는 이 시텍스트에 대해 다음과 같은 고평(高評)만이 제시되고 있다. "70년대 농민시(혹은 민중시)의 대표적 작품으로, 피폐된 농촌의 현실과 농민의 울분을 사실적으로 보여준다. … 뿌리 깊은 좌절감과 울분을 농무의 신명이라는 역설적 상황을 통해 보여주고 있는 것이다."
23) 김미경·이영숙, 「현대시에 나타난 성차별언어」, 『여성해방문학』제3호, 또하나의문화, 1987.

현재의 정전체계는 (B)가 지적하듯이 '노동을 추억화'하지 못하게 하는 구도라고 할 수 있다. 민중의 현실 또는 궁핍한 민중들에 대해 인륜적 입장에서 온정주의적 태도를 보여주는 시텍스트들, 즉 (A)와 같은 '지식인 민중시'들은 다수 정전화되어가는 경향이 강하지만, 1980년대 이후 문학의 주요한 주체로 부상한 '노동자'의 시텍스트들은 '박노해'라는 상징적 인물을 제외하고는 주목받지 못하고 있다. 이러한 정전체계는 시문학사의 발전에 있어서, 여성시가 1980년대 전후로 변화되었듯이 노동시 역시 1980년대 이후 변화되었다는 사실24)을 부각시키지 못한다. 본격적인 의미에서의 문화다원주의적 정전체계라 할 수 없는 것이다. 따라서, 사회문화적 자아정체성을 형성시키기 위해서는, (B)와 같은 '노동자 노동시'가 정전체계에 포함되어야 하며, 이를 통해 학습자가 (A)의 한계를 비판할 수 있는 주체가 되도록 해야 한다.

2) 시의 사회적 기능에 대한 질문체계 구성

자아정체성을 구성하는 활동과 아울러, 학습자는 특정한 시텍스트의 가치를 평가하기 위해 평가체계를 구성해야 한다. 시텍스트에 대한 평가체계는 곧 시텍스트가 네 가지 사회적 기능을 충족시키느냐 여부를 판단하기 위한 체계이다. 그것의 최종적 기준은 연대성이며, 각 평가항목들은 네 가지 사회적 기능이다. 이러한 가치평가 체계를 구성하는 하부 원리는 '평가주체의 관심에 대한 제한'의 원리와 '텍스트의 기능에 대한 제한'의 원리였다.

학습자가 이러한 평가체계를 적절하게 구성하기 위해서는, 시텍스트에 의해 일차적으로 형성된 자신의 주관적 반응들을 시텍스트의 네 가지 사회적 기능과 연관짓는 질문 항목들을 체계화할 때 가능하다. 즉, 자신의 관심(반응)이 네 가지 사회적 기능과 연관되는가, 또한 그러한 기능이 충족된다는 판단을 내릴 수 있는가 등에 대한 질문들을 설정하고 이것을 체계화할 필요가 있다. 이렇게 자신의 관심과 시텍스트의 사회적 기능을 연관짓는 활동을

---

24) 맹문재, 『한국 민중시 문학사』, 박이정, 2001, 제3부.

통해, 자신의 반응에 대한 이차적 의식적 활동을 전개함으로써, 평가주체 자신의 관심에 대한 적절한 제한을 가할 수 있기 때문이다.

그러나 이런 활동에서 주의해야 할 것은 '주관적 관심'과 '가치'가 차원을 달리 하는 것이라고 보아서는 안 된다는 점이다. 가치는 관심들 중에서 사회 문화적 인정을 받은 것이지 관심과 무관한 것이 아니다. 따라서 관심을 배제하고 가치를 발견하려 하기보다는 '자신의 관심이 가치가 될 수 있는가, 그 것을 가치화하려면 어떻게 해야 하는가'라는 관점 하에 주관적 관심에 대한 제한 활동을 해야 하는 것이다. 비평 활동 교육에 대한 최근의 주장처럼, 감상 단계의 활동 즉 텍스트에 대한 일차적 반응으로서의 '인상 기술 활동'[25]을 전혀 배제할 수는 없는 것이다. 오히려 그것은 가치평가 활동을 본격화하기 위한 바탕으로서 적극적으로 권장되어야 한다.

이러한 질문체계 구성 방식은, 마치 독자반응이론에서 반응을 명료화하기 위해 탐사 질문을 던지는 활동[26]과 같다. 예를 들어, '이 시가 좋은 이유는 나의 정체성 형성에 도움을 주기 때문인가?' 또는 '이 시가 좋은 이유는 현실에 대한 인식을 심화시켜 주기 때문인가?'와 같은 질문을 던질 수 있다. 이러한 질문 활동을 체계적으로 제기하고 확인하기 위해서는 다음과 같은 질문체계를 구성하는 것이 효과적이다.

시의 사회적 기능	주관적 관심과 시의 사회적 기능과의 연관성을 판단하기 위한 질문
정체성 형성 기능	① 이 시의 주제는 정체성 형성 기능과 연관되는가? ② 이 시는 전체적으로 정체성 형성에 도움을 주는가? ③ 이 시의 어떤 부분(대인적 기능소)이 정체성 형성에 도움을 주는가? ④ 이 시는 타자의 정체성을 인식하는 데 도움을 주는가? ⑤ 이 시의 어떤 부분(대인적 기능소)이 정체성 형성에 도움을 주는가? ⑥ 이 시는 인간의 정체성 형성과 관련해 새로운 인식을 주는가? ⑦ 이 시의 어떤 부분(대인적 기능소)이 이러한 인식의 확장에 기여하는가?

---

25) 김성진, 「비평 활동 교육의 내용 연구」, 서울대박사학위논문, 2004, pp.117-122.
26) 경규진, 「반응 중심 문학교육의 방법 연구」, 서울대박사학위논문, 1993, pp.132-138.

사회적 관계 형성 기능	① 이 시의 주제는 사회적 관계 형성 기능과 연관되는가? ② 이 시는 전체적으로 사회적 관계 형성에 도움을 주는가? ③ 이 시의 어떤 부분(대인적 기능소)이 사회적 관계 형성에 도움을 주는가? ④ 이 시는 사회적 관계의 이상적 상태를 내포하고 있는가? ⑤ 이 시의 어떤 부분(대인적 기능소)이 그러한 이상적 상태를 암시하는가?
관념 형성 기능	① 이 시의 주제는 관념 형성 기능과 연관되는가? ② 이 시가 제시하는 지식과 관념은 현실 인식에 도움을 주는가? ③ 이 시의 어떤 부분(관념적 기능소)이 현실 인식에 기여하는가? ④ 이 시는 현실의 이상적 상태에 대한 관념을 내포하고 있는가? ⑤ 이 시의 어떤 부분(관념적 기능소)이 그러한 관념을 내포하고 있는가?
장르구별적 기능	① 이 시의 텍스트적 기능체계는 다른 사회적 기능을 실현시키는 데 기능적인가? ② 이 시는 전체적으로 볼 때 왜 이러한 텍스트적 기능체계를 선택했는가? ③ 이 시는 시의 형식에 대한 일반적 관습을 충족하는가? ④ 이 시의 어떠한 텍스트적 기능소가 그러한 기능을 하는가? ⑤ 이 시는 시의 형식적 가능성을 확장하는가? ⑥ 이 시의 어떠한 텍스트적 기능소가 그러한 기능을 하는가? ⑦ 이 시는 시의 형식적 아름다움을 느끼게 해주는가? ⑧ 이 시의 어떠한 텍스트적 기능소가 그러한 아름다움을 느끼게 해주는가?

이와 같은 질문체계의 하위 항목들은 이보다 더 많이 설정할 수 있을 것이다. 그런데 그러한 과정에서 주의할 점은 첫째, 하위 항목들이 평가주체의 주관적 관심과 무관한 채 시텍스트의 구조나 의미를 분석하고 확인하는 질문 항목들로 구성되어서는 안 된다는 점이다. 물론 그러한 질문 항목들은 시텍스트에 대한 이해에 분명 도움을 줄 것임에는 틀림없다. 그리고 시텍스트에 대한 심화된 이해가 적절한 가치평가를 논리적으로 보장해 줄 가능성이 높다는 점 또한 사실에 가깝다.

하지만, 그러한 질문들이 평가주체의 주관적 반응과 연관되지 않을 때, 그것은 시텍스트의 의미와 구조를 규명하는 해석 활동에 그칠 가능성이 크다. 즉 텍스트의 재기술(再記述)에 그치게 만드는 질문 항목은 평가주체의 주관적 반응을 활성화하거나 또는 그것의 표현을 가능하게 하지 못한다는 점에 주의할 필요가 있다. 올슨이 지적하듯, 비평 용어들은 '분류어', '분석과 해석어', '평가어'로 구성된다.[27] 학습자들은 텍스트와의 다양한 상호작용에서 요구되는 각기 다른 어휘들의 종류와 기능에 맞게 질문을 다르게 구성하는 접근이 필요한 것이다.

둘째, 장르구별적 기능에 대한 질문 항목들은 텍스트 속에서 그것의 존재 유무를 확인하는 단계에서 그쳐서는 안 된다. 장르구별적 기능소들은 나머지 세 가지의 사회적 기능을 효과적으로 수행하기 위해 선택되는 것이지, 특정한 텍스트를 다른 유형의 텍스트와 구별짓기 위해서만 선택된 것이 아니다. 따라서 장르구별적 기능소에 대한 질문 항목은, 그것의 존재 유무를 묻는 데서 그치지 않고 그것의 기능이 다른 세 가지 사회적 기능과 어떻게 연관되는지 규명하는 단계로 전이될 수 있게 설정해야 한다.

예를 들어, 서정시는 시인 자신의 '진정한 주관적 정서의 표현'이라는 사회적 기능을 부여받지 않았다면 서정시 텍스트의 진술 구조가 '엿들어지는 독백의 구조'를 선택할 이유가 없다.[28] 또한 시텍스트 속의 서정적 자아가 '나'라는 1인칭 대명사로 지시될 필요도 없다. 만일, 서정시가 시인 자신의 '진정한 정서'가 아닌, 다른 사람들의 정서를 대변하는 것이 주된 사회적 기능으로 요구되었다면 '그(들)'라는 3인칭 대명사로 지시되는 것이 더 효과적이기 때문이다. 그러나, 낭만주의 이후 현대시에 이르기까지 시에 부여된 지배적 기능이 시인 자신의 진정한 주관적 정서의 표현에 있기 때문에 '나'라는 인칭대명사와 독백의 구조가 더욱 빈번하게 나타나고 있는 것이다. 이런 점에서 장르구별적 기능에 대한 질문은 항상 나머지 세 가지 사회적 기능과 연관지어 제기될 필요가 있다.

셋째, 장르구별적 기능에 대해서는 또다른 점에서도 주의할 필요가 있다. 즉 그것의 사회문화적 우연성을 묻기 위해 역사적 관점에서 질문해야 한다. 이것은 시텍스트의 형식이 궁극적으로는 사회문화적 맥락에 의해 결정된다는 점, 그리고 그러한 사회문화적 맥락은 시텍스트 생산과 소통의 물질적 조건과 연관된다[29]는 점 때문이다. 사이버시에 대한 논의에서도 언급하였듯이,

---

27) Olsen, S.H(최상규 옮김), 『문학 이해의 구조』, 예림기획, 1978(1999), pp.239-244.
28) 김준오, 「진술 주체와 수용 주체」, 『문학사와 장르』, 문학과지성사, 2000, p.183.

문자시와 구술시의 형식은 다르며 문자시와 멀티포엠 역시 서로 다르다. 그것은 각 시텍스트가 생산되고 소통되는 물질적 조건이 다르기 때문인데, 이러한 물질적 조건의 차이는 장르구별적 기능소의 기능성을 판단하는 평가기준을 변화시킨다. 이 점을 간과하고 문자시를 시텍스트 구성원리의 전범으로 삼아 다른 문화적 토대에서 생산된 시텍스트의 장르구별적 기능을 평가하는 방식은 객관적이라 할 수 없다. 그것은 특정한 문화만을 진정한 문화로 고정화시킬 수 있기 때문이다. 따라서 시텍스트의 장르구별적 기능에 대한 질문 항목 구성과 관련해서는 항상 역사적 관점에서 접근해야 한다.

끝으로, 이러한 질문 항목 구성 활동은 육체(정체성), 언어, 현실에 대한 사회문화적 관념들이 어떠한가에 대한 조회를 병행하면서 전개될 필요가 있다. 3장에서 여성시와 사이버시의 가치를 평가하는 과정에서도 제시하였듯이 육체, 언어, 현실의 이상적 상태에 대한 사회문화적 관념들은 가치와 밀접한 연관이 있다. 할러데이가 언급했듯이, 텍스트의 의미와 가치를 부여하는 것은 문화적 맥락이다.30) 일반적인 텍스트의 가치를 평가할 때에도 소위 배경지식을 참조하는 활동이 필수적이듯이, 시텍스트에 대한 가치평가 활동 역시 배경지식에 대한 조회는 불가피하다. 그런데 이러한 배경지식에 대한 조회를 활성화하고 효율적으로 수행하기 위해서는 육체, 언어, 현실이라는 세 가지 내용 범주로 대별할 필요가 있다. 육체, 언어, 현실이라는 내용 범주들은 각각 정체성, 사회적 관계, 우리-의식의 특정한 경향을 형상화하기 위해 빈번하게 선택되는 대상들이기 때문이다.

3) 시텍스트 기능체계의 선택동기 분석

앞서와 같이 텍스트의 가치를 평가하기 위한 질문체계를 구성했다면, 학습자는 그것이 제기하는 문제들을 해결하는 활동을 전개해야 한다. 이것은

---

29) 유현주, 『하이퍼텍스트-디지털미학의 키워드』, 연세대출판부, 2003.
30) Halliday, M.A.K., *Language as Social Semiotic*, Edward Arnold, 1978.

시텍스트 기능체계의 선택 동기를 분석함으로써 시텍스트의 가치구조를 규명하는 활동에 해당한다. 이를 위해서는 텍스트 기능체계의 선택 과정이 지니는 역학성에 주목할 필요가 있다. 앞 장들에서 언급했듯이, 기능체계의 잠정적 선택은 생산자 개인의 의도에 의해 이루어지지만, 그것의 궁극적 선택은 사회적 구조와의 변증법적 관계 속에서 이루어진다. 사회적 구조는 '무엇을 어떻게 말할 수 있으며, 말할 수 없는지'를 규제하는, 텍스트 생산 과정에 내재적으로 작용하는 요인이다. M. 푸코가 말했듯이, 텍스트 생산의 공간은 선택과 배제의 역학이 작용하는 공간[31]이다. 이러한 선택과 배제의 역학은 텍스트의 계열체적 층위와 통합체적 층위 모두에서 발생한다. 따라서 특정한 텍스트가 생산되었던 사회문화적 구조와의 연관 하에서, 텍스트 기능체계의 선택 동기를 재구성하는 활동이 필요하다.

이러한 점에 주의하면서 텍스트 기능체계의 선택 동기를 분석하는 활동을 하기 위해 학습자는 다음과 같은 관점과 방법을 적용할 필요가 있다. 첫째, '심리적 환원주의'와 '사회문화적 환원주의'에 대한 경계이다. 즉 텍스트 기능체계의 선택 동기를 텍스트 생산자의 '심리적 동기'로 환원한다든지 '사회문화적 구조'로 환원해서는 안 된다는 의미이다. 텍스트의 생산이 주관적 의도와 사회문화적 구조의 역학에 의해서 이루어지는 것이라면, 텍스트 생산의 궁극적인 주체는 개인도 사회문화적 구조도 아니다. 앞 장들에서 언급한 '문화맥락적 관점의 원리'와 '중층적 관점의 원리'를 적용한다 함은 이러한 환원주의로부터 거리를 둘 때 가능해진다.

둘째, 학습자는 텍스트를 구성하는 모든 기능소들의 선택 동기를 해명하려 하기보다는, 가장 결정적인 기능소 즉 지배소(dominant)[32]의 선택 동기 해명에 집중할 필요가 있다. 김창원이 상세히 논한 바처럼, 시텍스트의 통일성과 결속성을 창조하는 배후 원리로 '지배 원리'를 상정할 수 있다. 지배 원리의 개념에 따르면, 텍스트의 여러 요소가 의미와 가치를 균질적으로 표상

---

31) Foucault, M.(이정우 옮김), 『담론의 질서』, 새길, 1993.
32) 김창원, 『시교육과 텍스트 해석』, 서울대출판부, 1995, pp.111-112.

하고 있다고 보는 것은 부적절하다. 텍스트의 각 기능소들은 각각 가중치를 다르게 지니고 있으며 그렇기 때문에 성층적 위계적 관계를 이루고 있다. 지배소란 이러한 성층적 위계적 구조를 이루는 핵(核)에 해당한다. 지배소는 시텍스트를 구성하는 다른 모든 요소들의 관계들을 활성화하며 일관성 있는 방향으로 이끌어 가는 중요 요소로서, 시텍스트의 통일성과 결속성을 창조한다. 시텍스트는 하나의 가치구조로서 그 나름의 위계 질서가 있어서 하나의 지배적 가치, 즉 지배소가 시텍스트의 전체 구조를 지행하며 나머지 구성 요소들에 영향력을 행사한다고 볼 수 있다. 따라서 지배소는 어떤 텍스트의 의미를 적합하게 해석하고 가치구조를 재구성할 수 있는 유의미한 출발점이 된다.

물론 '지배 원리'나 지배소 개념을 가정하는 것 자체가 문자 문화의 소산일 수 있다. 하지만 현재 시교육의 현실상, 문자 문화의 관례들을 전면적으로 부정할 수는 없다. 또한 하이퍼텍스트성을 적극적으로 지향하는 유형의 사이버시들에서도 지배 원리 또는 지배소를 재구성할 수 있다. 그것은 하이퍼텍스트 역시 '의미론적 방향 상실' 현상을 피하기 위해 상호연결성에 대해 일정한 제약을 가하는 실정[33]이기 때문이다. 하이퍼텍스트의 '연결의 원리'는 무한정의 상호연결성만이 아니다. 하이퍼텍스트는 그 이념상 '읽으면서 새롭게 쓰여지는 텍스트' 즉 독자마다 새로운 텍스트를 구성할 수 있게 그것을 개방하는 데 있다. 따라서 지배소는 고정되어 있다기보다는 독자 개개인에 따라 다르게 설정될 수 있다. 사이버시 역시 마찬가지이고 이러한 관점은 기존의 문자시를 읽을 때에도 확대 적용될 필요가 있다.

그러나 이러한 관점 자체가 지배소 개념의 교육적 유용성을 무화시키지는 않는다. 때문에 학습자는 지배소에 해당하는 기능소를 발견하여 그것의 선택 동기를 해명하는 데 역점을 둘 필요가 있다. 이를 위해서는 본 연구가 '문장 환원법'[34]으로 명명하고자 하는 방법을 적용하는 것이 효과적이라고

---

33) 유현주, 앞의 책, pp.23-33 ; 배식한, 『인테넷, 하이퍼텍스트 그리고 책의 종말』, 책세상, 2000, pp.20-25.

판단된다. 지배소를 단어 이하의 층위에서 발견하려 하기보다는, 그것을 문장 층위에서 발견하려 한다면 텍스트의 세 가지 기능체계와의 관련성 및 각 기능체계의 지배소를 효과적으로 발견할 수 있기 때문이다.

2장에서 언급하였듯이 사회기호학은 텍스트가 세 가지 기능체계를 지닌다는 사실을, 텍스트의 구성 단위인 '문장' 그 자체로부터 도출하였다. 즉 주어를 포함하는 주어부(theme), 주어 또는 그 주어가 인식한 대상에 대해 서술하는 서술부(rheme), 그리고 그 둘을 결합하는 문법(grammar)에 각각 대응하는 기능소들이 텍스트의 세 가지 기능체계를 구성하는 토대이다. 이렇게 볼 때 하나의 텍스트는, 주어가 포함된 인칭대명사 체계, 대상을 가리키는 명사 체계, 그 대상에 대한 판단을 서술하는 서술 체계, 그리고 이들을 연결하는 상징적 조직화의 논리로 환원될 수 있고, 그렇게 환원된 문장이 지배소에 가깝다고 할 수 있다. 달리 말해 특정한 시텍스트는, '인칭대명사 X1로 호명된 주체는, 그 자신 또는 대상 Y에 대해, 주체 자신 또는 다른 주체(X2)에게, Z라고 서술하고 있다'는 문장으로 환원될 수 있다. 여기서 Z는 서술 내용(Z1)과 서술 방법(Z2)을 모두 포괄하며 주의할 점은, Z2는 직접적으로 파악된다기보다는 다른 요소들을 종합하여 추리할 때 파악된다는 사실이다. 즉 Z2는 다양한 텍스트 유형에 대한 지식(장르체계에 대한 지식)을 동원하여야만 한다. 이를 도표화하면 다음과 같다.

---

34) 할러데이는 자신의 언어이론을 예이츠의 「레다와 백조」라는 시텍스트에 적용하였는데, 본 연구가 제안하는 '문장 환원법'은 이 논문에 기초하고 있다. Halliday, M.A.K.(Webster, J. ed), "The Linguistic Study of Literary Texts(1964)", *Linguistic Studies of Text and Discourse(Volume 2 in the Collected Works of Halliday, M.A.K)*, Continuum, 2002, pp.5-22. 이에 대한 비판적 논의로는 Widdowson, H.G.(최상규 옮김), 『문체학과 문학교육』, 예림기획, 1975(1999), pp.21-51.

[문장환원법에 의한 시텍스트 지배소의 발견 방법]

원텍스트	환원된 문장의 구성요소와 텍스트 기능체계 간의 관계		
	지배소(환원된 문장) : X1은 'X1 또는 Y'에 대해 'X1 또는 X2'에게 Z라 한다.		
	지배소의 구성 요소	발견 방법	텍스트의 기능체계
특정한 시텍스트	X(X1)−주어(화자)	텍스트 표면 구조에서 관련 요소들을 종합하여 도출	대인적 기능체계
	X(X2)−주어(청자)		대인적 기능체계
	Y−대상		관념적 기능체계
	Z(Z1)−서술 내용		관념적 / 대인적 기능체계
	Z(Z2)−서술 방법	'X, Y, Z1 + 장르 체계 관련 지식'을 종합하여 도출	텍스트적 기능체계

학습자는 이러한 방법을 적용하기 위해 X, Y, Z에 해당되는 텍스트 기능 소들을 구분하고 이것을 X, Y, Z의 체계로 구성할 필요가 있다. 그것은 시텍 스트가 각각의 구성요소에 대해 각종의 비유를 통해 다양하게 반복 변주하 기 때문이다. 학습자는 이와 같은 방법으로 지배소를 발견하고, 그것이 왜 선택(배제)되었는가 즉 '주어는 왜 X로 명명되었는가, X(Y)는 왜 Z1으로 서 술되었는가, X(Y)는 왜 Z2로 서술되었는가'라는 세 가지 문제를 '문화맥락적 관점의 원리'와 '중층적 관점의 원리'를 적용하여 해결하는 활동을 전개할 필요가 있다. 임화의 「海峽의 로맨틱시즘」을 대상으로 이러한 활동 과정을 살펴보자.

그의 발 밑,
하늘보다도 푸른 바다,
太陽이 기름처럼 풀려,
뱃전을 치고 뒤로 흘러가니,
옷깃이 머리칼처럼 바람에 흩날린다.

아마 그는
日本列島의 긴 그림자를 바라보는 게다.
흰 얼굴에는 분명히
가슴의 '로맨티시즘'이 물결치고 있다.

藝術, 學問, 움직일 수 없는 眞理 ……
그의 꿈꾸는 사상이 높다랗게 굽이치는 東京,
모든 것을 배워 모든 것을 익혀,
다시 이 바다 물결 위에 올았을 때,
나는 슬픈 故鄕의 한 밤,
홰보다도 밝게 타는 별이 되리라.
靑年의 가슴은 바다보다 더 설레었다. (중략)

'반사이!' '다이닛…'
二等 캐빈이 떠나갈듯한 아우성은,
感激인간? 脅威인가?
깃발이 '마스트' 높이 기어 올라갈제,
靑年의 가슴에는 굵은 돌이 내려앉었다.

어떠한 불덩이가,
과연 층계를 내려가는 그의 머리보다도
더 뜨거웠을까?
어머니를 부르는, 어린애를 부르는,
南道 사투리,
오오! 왜 그것은 눈물을 자아내는가?

정말로 무서운 것이…
불붙는 信念보다도 무서운 것이…
靑年! 오오, 자랑스러운 이름아!
敵이 클수록 승리도 크구나.

> 三等 先室 밑
> 똥그란 유리창을 내다보고 내다보고,
> 손가락을 입으로 깨물을 때,
> 깊은 바다의 검푸른 물결이 왈칵
> 海溢처럼 그의 가슴에 넘쳤다.
>
> 오오, 海峽의 浪漫主義여!
>   — 임화(1938 : 140-46), 「海峽의 로맨틱시즘」에서[35]

14연에 달하는 이 시텍스트를 한 문장으로 환원하면 '그는 일본행 배 안 풍경과 바다 풍경을 보며, 슬픈 고향의 별이 되기로 결심하고 있다'가 된다. 이 시텍스트에서 X 체계에 해당하는 것은 '그(나, 청년)'이며, Y 체계에 해당하는 것은 '일본행 배(안의 사람들과 사건들), 바다(의 양태)'이며, Z1 체계에 해당하는 것은 '그의 꿈의 내용, 바다에 대한 그의 반응, 일본행 배(안의 사람들과 사건들)에 대한 반응'이기 때문이다. Z2 체계에 해당하는 것은 환원된 문장의 주어가 '그'라는 점에서 우선 도출되는데, 일반적인 서정시라면 '나'가 선택되었어야 할 터이지만 '그'가 선택되었다는 것은 서사(이야기) 구조라는 점을 말해준다.

이렇게 지배소가 확인되면 각각에 대한 선택 동기를 해명하는 활동을 전개해야 한다. 즉 이 시텍스트는 왜 일반적인 서정시와 달리 '그'라는 인칭대명사를 선택했는가 달리 말해 왜 서정시가 아니라 서사구조를 내포한 서정시인가, 왜 일본행 배와 바다를 대상으로 선택했는가, 그는 왜 고향의 별이 되기로 선택했는가 등등에 대한 해명 활동을 전개해야 하는 것이다. 이와 같은 해명 활동을 통해, 이 시텍스트의 가치구조를 규명하고 또한 시의 네 가지 사회적 기능 중 어떤 것을 충족시키는가 해명함으로써 시텍스트의 가치를 평가해야 하는 것이다.

---

35) 이 작품은 처음에 『中央』 1936년 3월호에 「玄海灘」이란 제목으로 실렸으나, 일부 개작된 후 그의 첫 시집 『현해탄』에 「海峽의 로맨틱시즘」으로 수록되었다.

학습자가 이와 같은 방법에 의거해, 텍스트의 기능체계 선택동기 해명 활동을 거쳤다면, 이 시텍스트가 민족 현실에 대한 일정한 관념을 형성시키는 기능, 식민지 시대에 대한 청년의 정체성을 형성시키는 기능에 긍정적인 기능을 하고 있다고 평가할 수 있게 된다. 즉 민족주의적 가치구조 및 근대주의적 가치구조가 내포되어 있음을 알 수 있게 된다. 또한 서사 구조를 취함으로써 주관적 정서를 표현하는 서정시의 한계를 넘어, 민족 현실에 대한 객관적 이해를 가능케 하는 긍정적 기능을 하고 있다[36]고 평가할 수 있게 된다.

화자는 '그'를 '靑年'으로 호명하면서 민족의 역사에 대한 신념과 책임감을 부여하고 있다. 또한 그러한 신념과 책임감을 지녀야 하는 근거를 현실에 대한 객관적 묘사를 통해 형상화하고 있다. 즉 이 시텍스트는 현실에 대한 사실적 묘사력을 십분 발휘하면서도, 청년으로 호명하는 자연스런 과정을 통해 독자로 하여금 민족의 역사적 현실과 당위에 대한 관념을 형성시키며, '그'의 강렬한 욕구를 서술함으로써 독자 역시 '그'와 같은 정체성을 지녀야 함을 은연중 강조하고 있다.

구체적으로 살펴보면 첫째, 도일(渡日)의 목적을 구체적으로 제시해 줌으로써 정체성 형성에 대한 기능을 충실히 수행한다. '예술, 학문, 움직일 수 없는 진리' 등은 근대적 지식을 학습하고자 하는 모든 자에게 보편적 목표이자 과정에 해당한다. '그'는 그러한 학습 과정을 통해 사상(思想)을 획득하고자 하며, 그를 통해서 '슬픈 고향의 밤'에 밝게 타는 별이 되고자 하는 꿈 즉 식민지 조선의 해방, 노동자 농민의 해방을 실현시키고자 하고 있다.

둘째, 이 시는 '그'의 시선의 이동을 통해 압축적이고 상징적으로 민족 현실에 대한 인식을 심화시키고 있다. '그'는 갑판 위→이등 선실→삼등 선실로 공간적 이동을 보여주고 있다. 그러면서 각각의 위치에서 보게 되는 대상들을 사실적으로 묘사하고 있다. 갑판 위에서 '그'는 '하늘보다도 푸른 바다'라는 광대무변한 세계를 바라보면서, 그것이 근대의 보편성 및 무한한 가

---

36) 윤여탁, 『리얼리즘시의 이론과 실제』, 태학사, 1994 ; 김준오, 「서술시의 서사학」, 현대시학회 편, 『한국서술시의 시학』, 태학사, 1998.

능성을 상징하는 것임을 형상화하고 있다. 하늘이나 바다에 민족의 개념이 존재할 리는 만무하다. 더구나 아무도 소유할 수 없는 대상들이다. 바라다보이는 하늘이나 바다는 한 점 구름이나 높고 낮은 파도의 움직임이 있을 뿐, 그것이 특정한 민족에게만 접근 가능하거나 소유 가능한 것이 아니기 때문이다. 하늘과 바다는 근대 건축물들의 보편성, 획일성을 환기하는 것이라 해석할 수 있다. '그'는 균일하고 보편적인 근대 세계의 건축미에 압도당한 채, 갑판 위에서 그러한 의식에 갇혀 있다고 볼 수 있다.

그러나, 이등 선실로 공간을 이동하자마자 민족적 모순에 직면하게 된다. '반사이! 반사이! 다이닛(만세 대일본)'의 아우성을 묘사하면서 '그'는 '감격인가? 협위인가?'라고 묻고 있다. 군국주의 일본의 입장에서 이 소리는 감격이나 자기도취일 수 있겠으나 식민지 청년의 가슴에는 그것이 '脅威'로 들리는 공포적 사건에 해당한다. '靑年의 가슴에는 굵은 돌이 내려앉았다.'는 표현은 근대적 지식의 보편성의 세계에서, 구체적인 모순의 세계로 '그'가 낙하하고 있음을 말해 준다. '삼등 선실'로 내려가는 이 식민지 청년은 그리하여 자신을 포함한 민족의 현실과 민족 정체성에 직면하게 된다. '어머니를 부르는, 어린애를 부르는, 南道 사투리', 삼등 선실에 갇힌 피압박 민족의 구체적 목소리는 '그'의 현실 인식을 더욱 예각화함으로써 민족의 현실 인식 및 정체성을 획득하게 하며, 이와 같은 '그'의 변화 과정을 통해 독자 역시 추체험하도록 텍스트 전체가 기능하고 있는 것이다.

이와 같은 방법은 다음의 사이버시 텍스트를 대상으로 해서도 적용될 수 있다.

잉크 냄새가 밴 조간신문을 펼치는 대신 새벽에
무향의 인터넷을 가볍게 따닥 클릭한다
(중략)
나는 세계를 연속 클릭한다
클릭 한 번에 한 세계가 무너지고

한 세계가 일어선다
(중략)
나도 누가 세팅해놓은 프로그램인지 모른다
(중략)
검색어 나에 대한 검색 결과로
0개의 카테고리와
177개의 사이트가 나타난다
나는 그러나 어디에 있는가
나는 나를 찾아 차례대로 클릭한다
광기 영화 인도 그리고 **나**………**나**누고
………**나**오는…**나**홀로 소송……또**나**(주)…
나누고 싶은 이야기……지구와 **나**…………
따닥 따닥 쌍봉낙타의 발굽 소리가 들린다
오아시스가 가까이 있다
계속해서 나는 클릭한다 고로 나는 존재한다
— 이원(2001 : 42-44), 「나는 클릭한다 고로 나는 존재한다」에서

이 시텍스트의 지배소를 찾고 그것의 선택 동기를 해명하기 위해 문장으로 환원하면, '나는 인터넷 검색을 통해 나를 알고자 하나, <나>에 관한 수많은 관련 문서들이 나타나지만 나를 알 수 없다'일 것이다. 이와 같은 지배소를 바탕으로 학습자는 이 시텍스트(의 화자)는 왜 '나'라는 검색어를 선택했는지, 인터넷이라는 대상은 왜 선택했는지, 그리고 검색 결과에 해당하는 수많은 하이퍼텍스트들(의 연결node)을 시텍스트 속에 왜 그대로 제시하는 방법을 선택했는지 등에 대한 해명 활동을 전개해야 한다. 이러한 활동을 통해 학습자는 이 시텍스트가 정보론적 세계에 대한 비판적 가치구조를 지니고 있음을 알 수 있게 된다. 즉 이 시텍스트는 현실(디지털 시대)에 대한 관념 형성적 기능에 대해서는 긍정적인 평가를 받을 수 있지만, 정체성 형성 기능이나 사회적 관계 형성 기능에 대해서는 판단을 유보할 수밖에 없음을 알 수 있게 된다. 정체성 형성 기능은 '나는 무엇인가'에 대한 개인적 정체

성에 한정되는 물음에서 출발함으로써 '사회적 역할의식'을 내포한 정체성 탐구의 문제를 능동화하지 못하기 때문이다. 하지만 인터넷 검색 결과인 하이퍼텍스트를 그대로 시텍스트 속에 인용함으로써, 표면적으로 보면 서정시의 일반적 형태와 어긋나는 듯하지만 그러한 형태 파괴를 통해 시의 장르적 가능성을 확대한다는 점을 긍정적으로 평가할 수 있게 된다.

4) 대화적 활동과 객관적 가치의 창조

이제는 학습자들이 대화를 통해 특정한 시텍스트의 가치에 관한 객관적 가치평가 활동을 어떻게 전개해 나가야 하는지 살펴보자. 앞서 지적한 바처럼, 학습자들이 아이러니스트적 입장에서 대화를 실천하기에는 다소 무리가 따를 수 있다. 학습자들은 자아정체성 형성의 단계에 있는바, 자신의 정체성이나 가치관을 뒷받침하는 최종적인 어휘(the final vocabulary)를 확고하게 지닌 존재라고 볼 수 없기 때문이다.

하지만 1항에서 논한 바처럼, 학습자들이 구성하는 자아정체성은 사회문화적 차이를 지니게 된다. 학습자들의 자아정체성 구성 활동은 자신의 사회문화적 토대를 초월하면서 보편적 주체로 자기 자신을 정립하는 활동이 아니기 때문이다. 그것은 지향할 수는 있어도 불가능하다. 더욱이 '보편적 주체가 되었다 또는 될 수 있다'는 관점은 근대적 인식론과 가치론의 오류를 반복할 수 있다는 점에서 문제적이다. 학습자 개개인의 사회문화적 차이에 대한 상상적 오인을 낳을 수 있고, 그에 따라 학습자는 정상적인 자아정체성을 갖는다기보다는 대타자(the Other)에 종속될 수 있기 때문이다. 따라서 학습자들의 자아정체성의 실상은 사회문화적 차이를 지닌다는 점을 분명히 인식할 필요가 있다.

그런데 이러한 차이는 우연성을 지니는바, 그것에 전적으로 입각할 경우에는 객관적 가치를 창조할 수가 없다. 아이러니스트적 입장에서 자신의 자아정체성을 해체하고 재구성하는 활동을 엄격히 전개하지 않더라도, 학습자들은 필연적으로 타자와의 대화를 통해 차이의 우연성을 극복하고 연대성 (the solidarity)을 확장시킬 필요가 있다. 이를 위해 학습자는 아이러니스트적 대화의 세 가지 원리(자기 회의의 원리, 환대의 원리, 창조성의 원리)를 다음 과 같이 재구성하여 적용할 필요가 있다.

첫째, 가치 발견적 문제틀에서 가치 창조적 문제틀에 따라 대화적 언어활 동을 전개함에 있어서 세대론적 접근법을 취할 필요가 있다. 객관적 가치를 전제한 상태에서 시텍스트의 가치를 발견하는 접근법은, 그러한 객관적 가 치를 주장했던 과거의 가치평가 결과를 탈맥락화여 반복하는 방법에 그칠 수 있다. '장미는 아름답다'고 말한 주체의 정체성은 보편적인 것이 아니라 상황적이다. 학습자가 그 주체처럼 '장미는 아름답다'고 반복할 필요는 없다. 오히려 '장미는 계속 아름다울 수 있는가'라고 되물어야 한다. 즉 세대론적 관점에서 볼 때, 가치평가 활동과 관련하여 학습자에게 주어진 사회적 역할 은 가치를 확장하고 재구성하는 데 있다. 따라서 '장미는 계속 아름다울 수 있는가' 또는 '무엇이 새로운 가치를 창조하는가' 반문함으로써 가치의 차연 성을 전경화하여 변화된 사회문화적 맥락에서 요구되는 객관적 가치를 창조 할 필요가 있다. 그것이 새로운 세대인 학습자의 사회적 역할이기 때문이다.

둘째, 연대성이라는 최종적 기준과 관련하여 문화적 동일성을 선험적으로 전제하고 그것을 발견하려 하기보다는, 문화적 차이를 인식하고 그것의 우 연성을 넘어서기 위해 대화적 활동을 전개할 필요가 있다. 새로운 연대성의 창조가 필요하고 또한 가능한 까닭은 객관적 가치나 연대성이 선험적으로 실재하기 때문이 아니다. 칸트가 언급하듯이, 취미판단은 근본적으로는 주관 적인 것이기 때문에 소통 불가능하고 토의 불가능하다. 하지만 어떤 것을 아 름답다고 언명하는 사람은 모든 사람들이 그 대상에 자신과 같은 찬동을 보 내고 동의하기를 요구하는 욕망을 지니고 있다37). 이것은 가치평가 활동의 고유한 역학이다. 이로부터 학습자 역시 자유로울 수 없기 때문에, 객관적

---

37) Perry, L.(방미경 옮김), 앞의 책, pp.69-76 ; Kant, I.(이석윤 역), 『판단력비판』, 박영사, 1799(1974), pp.99-103.

가치와 연대성을 창조하려는 활동에 적극적인 참여가 요구된다. 즉 문화적 차이에 대한 인식이란 가치평가 활동에 있어서 문제의 발견에 해당한다. 사회문화적 차이로부터 발생하는 가치의 우연성, 차이, 갈등 현상은 학습자가 해결해야 할 가장 중요한 문제란 점, 그리고 그러한 우연성과 차이 역시 필연적이라기보다는 '우연적'이기에 대화를 통해 극복될 수 있다는 점에 주목해야 하는 것이다.

셋째, '문화적 기원을 달리하는' 텍스트 상호성의 방식에 의해 대화적 가치평가 활동을 전개할 필요가 있다. 물론 텍스트 상호성의 방식은 독자반응이론에서부터 일찍이 주장되어 온 것이다.[38] 독자반응이론에 의하면 여러 텍스트들 간의 비교 활동을 내포하는 텍스트 상호성 방식은 텍스트에 대한 학습자의 반응을 심화 발전시킬 수 있는 유효한 방법 중 하나이다. 이러한 방식은 가치평가 활동이 단일한 텍스트의 가치 유무만을 판단하는 활동이 아니라 비교 평가적 차원을 지닌다는 점에서, 가치평가 활동의 고유한 속성과 연관된다.

하지만 독자반응이론에서의 텍스트 상호성은 텍스트의 생산자 또는 그것이 생산되었던 물질적 토대의 문화적 다원성을 전경화한다고 볼 수 없다. 독자반응이론은 독자의 능동성을 강조하지만 '심미적 독서'로의 수렴을 지향한다는 점에서, 그 실상은 정전 텍스트의 범위 내에서의 능동성에 그치고 만다. 물론, '열린 텍스트(교재)관'을 주장하지만, 그것은 학습자들이 흥미를 지닐 수 있는 텍스트들—미디어텍스트나 키치 텍스트와 같은 대중적이고 좀더 친숙한 텍스트 또는 청소년문학 텍스트 등—에 대한 개방으로 한정된다.[39] 학습자가 흥미를 보이는 텍스트보다 학습자가 흥미를 보이지 않는—정전텍스트가 아니라—비(非)정전 텍스트의 도입을 불가능하게 할 뿐이다.

중요한 것은 '개방'이라는 신화(神話)의 실상에 대한 인식이다. 독자반응이론에서 강조하는 열린 텍스트관은, 객관적 가치의 창조가 왜 필요하며 연대

---

38) 경규진, 앞의 글, pp.151-157.
39) 경규진, 앞의 글, pp.93-101.

성의 확장이 왜 사회적으로 요구되는지 뚜렷한 인식을 가져다 줄 수 없다. 그것은 학습자들의 개개인별 반응이 지니는 사회문화적 기원을 성찰하지 못하게 하기 때문이다. 실제로 하위문화로부터 기원하는 시텍스트들, 노동시나 여성시뿐만 아니라 좀더 친숙한 키치 텍스트에 대해 학습자들은 자신의 사회문화적 차이에 따라 전혀 흥미를 보이지 않을 수 있다. 이런 상태에서 적용되는 텍스트 상호성의 방법은 문화다원성의 역학을 부각시키지 못하며, 따라서 학습자 개인의 반응의 심화 역시 궁극적으로는 '지배적 문화'를 넘어서지 못할 가능성이 크다.

따라서 텍스트 상호성의 방법은 문화적 다원성 및 주체의 사회문화적 차이성과 접목되어 실천되어야만 한다. 즉 가치평가 활동은 '나, 각자, 개인'에 따라 실천되기보다는 '나의 성(gender), 계급 등의 사회문화적 배경'을 전경화하여 실천되어야 하는 것이다. 이러할 때, 가치 갈등의 역학이 전경화될 수 있고 가치 갈등을 극복하기 위한 객관적 가치 창조의 필요성이 절감될 수 있기 때문이다. 가치 갈등의 원인을 '개인의 개성차'로 환원하는 것은, 2장에서 언급했듯이 개인주의적 주체의 환영(幻影)에 불과하다.

끝으로, 가치평가 활동이 입법적 능력(立法的 能力)을 발달시키는 활동으로 여겨지면서 실천되어야 한다. 칸트에 의하면 가치평가는 기본적으로 입법적 능력에 해당한다. 즉 '스스로 자신에게 어떤 규범을 정립시킬 수 있는 능력'에 의해 이루어지는 활동이다. 앞서 말한 대로 객관적 가치는 발견되는 것이 아니라 창조되는 것인바, 객관적 가치를 창조하기 위한 대화적 활동은 새로운 법령을 입법하는 활동에 비유될 수 있다. 달리 말해, 이미 선험적으로 전제되어 있는 객관적 가치나 기준에 대한 학습을 통해 학습자 자신이 무지 또는 백지 상태로부터 벗어나는 것이 아니라, 틈과 여백을 지녔던 가치평가의 기존 원리들 또는 백지에 다름 아니었던 가치평가 관련 논의들을 넘어서서 그 백지에 새로운 법령을 써야만 하는 단계가 최종적 단계임을 주지해야 하는 것이다.

대화적 활동은 분명한 산물, 즉 새로운 법령에 비유할 수 있는 새로운 가치나 가치평가의 기준을 창조하는 결과에 도달해야 한다. 이것은 '세계의 퇴거'가 심화되고 있는 포스트모더니즘의 사회적 맥락에서 가장 중시되어야 할 대화적 활동의 목표에 해당한다. 포스트모더니즘의 사회적 상황은 주관주의적 상대주의적 진리론, 가치론이 지배하는 상황이다. 이러한 상황에서 가장 요구되는 능력은 스스로 자신에게 어떤 규범을 정립할 수 있는 능력이며, 백지에 비유될 수 있는 현재의 상태에 무언가 새로운 것을 써넣어야 하는 능력이 요구되기 때문이다.

3. 가치평가 활동의 전략

전략은 목표 지향적 · 의식적 · 통합적인 인지적 과정의 산물로서 수많은 지식을 바탕으로 구성된다. 따라서 전략은 지식과 별개가 아니다. 전략은 언제 어떻게 지식을 활용하여 목표를 달성하고 그 절차를 수립할지 스스로 구성하는 태도이다. 3절에서는, 가치평가 활동의 원리와 수행 과정을 통합함으로써 '객관적 가치 창조'라는 목표 성취를 위해 학습자가 핵심적으로 초점을 두어야 할 전략을 '① 주관적 반응의 가치화 전략 ② 객관적 가치 창조 지향의 해석 전략'으로 나누어 제시한다.

1) 주관적 반응의 가치화

2장에서 논의하였듯이, 가치는 관심이나 욕망 등과 혼동되기 십상이다. 극히 개인적이며 일시적일 수 있는 '관심 표명 행위'와 '가치평가 활동'이 혼동될 수도 있다. 이런 점에서 객관적 가치평가 활동을 위해서는 '평가주체의 관심에 대한 제한'이 요구된다.

하지만, 가치는 관심이나 욕망과 완전히 단절된 것이라 생각해서는 곤란하다. 사실 욕망에 의해 가치의 작용이 나타나며 그것이 외적 대상에 대한 관심으로 현시되는 것이다. 따라서 욕망과 가치와 관심은 연속성(連續性)을 지닌다. 다만, 가치는 사회적으로 공유된 욕망이자 관심이란 점에서 여타의 욕망이나 관심과 구별되는 것이다. 학습자는 자신의 주관적 관심을 배제하고 가치를 발견하려 하기보다는 '자신의 관심이 가치가 될 수 있는가, 그것을 가치화하려면 어떻게 해야 하는가'라는 전략을 취할 필요가 있는 것이다. 따라서 주관적 관심이나 욕망을 사회적 공유성을 지닌 것으로 변용하는 활동 즉 가치화(valuing) 전략이 요구된다.

가치화 전략은 가치의 형성 과정에 대한 인식을 전제로 한다.[40] L. 래스와 M. 하민 등에 의하면, 가치는 자유로운 선택 상황에서 다른 대안보다 특정한 대안이 문제 해결에 더 효과적일 때, 즉 '선택의 결과가 긍정적이라고 예측될 때' 성립된다. 그리고 그것이 사회적으로 존중되고 반복적으로 행동화될 때 가치로서의 위상이 공고해진다. 이러한 단계를 그들은 '선택하기 → 소중히 여기기 → 행동하기'의 단계로 구분하고 있다. 이처럼 가치화 전략에 있어서 자신의 관심이 다른 관심들에 비해 문제 해결에 더 효과적임을 논증하는 활동, 그것을 소중히 여긴다는 점을 보여주고 행동하는 단계 즉 언어화하는 활동이 핵심임을 알 수 있다.

요컨대, 주관적 관심의 가치화 전략은 다른 주관적 관심보다 자신의 관심이 텍스트의 가치를 객관적으로 평가하는 문제에 있어서 타당하다는 점을 논증하는 전략, 자신의 관심이 일시적인 것이 아니라 존중될 만한 것임을 스스로 입증하기 위해 자신의 관심을 언어화하는 전략으로 세분할 수 있다. 다음과 같은 비평텍스트에서도 이러한 전략들이 나타나고 있음을 알 수 있다.

> 윤동주의 시를 다시 읽었다. 다시 읽어도 그의 시는 역시 호소력이 있다. **이 느낌**은 아주 오래된 것이다. 유년 시절, 내가 소슬하게 읊기를 즐겼던 작품은 「별 헤는 밤」이었다. … 왠지는 모르지만 "별"이라는 단어는 그것을 듣는 것만으로도, **나를 포함한 여드름 낀 청소년들**을 자못 설레게 하

---

40) 남궁달화, 앞의 책, pp.19-39.

는 부분이 있었다.

게다가 **별과 짝짓기된 단어들, 그러니까 '추억' '사랑' '쓸쓸함' '동경'
'시' '어머니'와 같은 것들은 사춘기적 몽상의 태반을 장악하고 있는 것**
이라는 점에서, 그 실제적인 체험 없이도 또는 시에 대한 정밀한 이해 없
이도, 자연스럽게 친화력을 느끼게 했던 것이다. 나는 이 점이 중요하다고
생각하는데, 요컨대 윤동주 시가 시어에 대한 학습 없이도 낭송될 수 있는
근거는 이 서늘한 낭만적 감성을 듬뿍 머금은 센티멘탈리즘에 있다고 보는
것이다[41] (강조는 인용자).

여기서 알 수 있듯이, 윤동주의 시텍스트의 가치를 평가하는 활동은 대상
시텍스트에 대한 주관적 관심('이 느낌')으로부터 비롯한다. 그리고 그러한
관심이 자신만의 관심이 아니라 다른 사람들('나를 포함한 여드름 낀 청소년
들')에게도 공통적이라는 사실을 언어화하고, 그럴 수 있는 근거와 이유('사
춘기적 몽상의 태반을 장악할 만한 시어를 내포하고 있다는 점')를 텍스트
속에서 찾아 논증하고 있다.

이처럼 가치화 활동은 주관적 관심을 적극적으로 언어화하는 전략, 그리
고 그 과정에서 자신의 관심을 일반화하고 그럴 수 있는 근거를 제시하는
전략을 핵심적 요소로 내포하고 있는 것이다. 이러한 전략적 활동을 비평적
활동이라 할 수 있다. 시텍스트를 포함한 모든 문학텍스트는 그 자체 가치를
지니고 있지만, 그것에 대해 독자가 평가하고 명명하지 않으면 객관화될 수
없다. '문학의 역사'란 사실 '비평의 역사'나 다름이 없는 것이다. 가치가 사
회적 공유성을 지니는 신념이란 특징도 시텍스트에 대한 주관적 반응을 언
어화하는 계기가 수반되어야 함을 말해 준다. 따라서 '주관적 관심의 가치
화' 전략은 시텍스트에 대한 자신의 반응을 논증하고 일반화하는 비평적 글
쓰기 활동의 전략과 다름이 아니다.

J. 헤센이 지적하듯이 어떤 대상의 가치는 개념이나 오성의 매개 없이도

---

41) 이명원, 「윤동주와 청춘의 비애」, 유종호 외, 『우리 시사에서 과대평가된 시인, 과소평가
    된 시인』, 『시인세계』제14호, 2005, pp.44-45.

직관에 의해 즉각적으로 체험될 수 있다.[42] 가치화 활동은 그러한 직관을 타자와 공유함으로써 사회적 인정을 획득하기 위해 언어화하는 단계로 나아가야 한다. 이것은 비평적 글쓰기의 발전사와도 유사하다. 주지하듯, 과학적 비평이 확립되기 전에는 인상주의적 비평이 비평적 글쓰기의 지배적 형태였다. 따라서 학습자들은 시텍스트에서 받은 인상을 언어화하면서 그것이 시의 네 가지 사회적 기능에 연관되는지를 반성하는 비평적 글쓰기로 지향해 나아가야 한다.

2) 객관적 가치 창조 지향의 해석

다음으로는 '객관적 가치 창조 지향의 해석 전략'의 의미를 살펴보자. 앞서도 언급한 바처럼, 가치평가 활동은 어떤 대상의 가치를 재단하는 활동이라기보다는, 객관적 가치를 창조하는 성격을 지닌다. 그러한 가치평가 활동은 '비판적이면서 동시에 창조적 기능을 하는 것'이다. 따라서 가치평가 활동은 탈신화화(脫神話化) 전략과 유사하다고 볼 수 있다. 즉, '특정한 시텍스트가 장미로 변화하는 신화'가 정립되는 과정의 기원을 살피고 그 기원 너머의 상태를 상상해 보는 활동이 필요하다. 이것을 '탈신화화 전략' 및 '창의적 해석 추구 전략'이라 할 수 있겠다. 먼저 탈신화화 전략에 대해 살펴보자.

> 事實이 神話로 탄생하는 것은 낯선 일이 아니다. **신화는 그 신화를 필요로 하는 사람들의 어떤 갈망을 충족시키기 위해 탄생한다.** 시간이 지날수록 신화는 더욱 화려해지고 사실은 더욱 초라해진다. … **해방 이후 우리 문학사는 일제말 암흑의 공백을 어떻게든 메워야 했다. 이육사는 그 암흑의 강을 건너게 해줄 징검다리였다.** 그는 신화 속의 비극적인 젊은이처럼 해방을 몇 달 앞두고 죽었으며, 또한 그는 신화가 되기에 충분한 이력을 갖추고 있었다. 「광야」는 그의 사후에 유고로 탄생하였다. 「절정」만으로 뭔가 부족했던 이육사에게 시 「광야」는 초인의 백마였다. … **해방 이후 길**

---

42) Hessen, J.(진교훈 역), 『가치론』, 서광사, 1959(1992).

은 혼란을 일시에 거두어줄 영웅이 없었다. … 문인들은 아무런 구심점이 없이 좌충우돌 남으로 북으로 흩어져 여러 단체들로 이합집산을 거듭하였다. … 4 · 19는 이때 소심한 시인들의 목소리를 거리로 끌어내는 데 결정적인 역할을 하였다. 그러다 5 · 16으로 모든 것이 원위치로 돌아가자 억압은 새로운 신화를 주조하였다. 김수영의 신화는 그 속에서 탄생하였다. 그러나 그의 시와 시론은 그의 죽음 후 한참 뒤에까지 왜소한 것으로 남아 있었다. 연보에 의하면 작고 특집 외에 그가 집중적으로 조명을 받은 것은 그가 죽은 2년 후인 1970년 『시인』이라는 잡지에 의해서이다. 이를 기점으로 서서히 그의 신화가 형성되기 시작한 것이다.[43] (강조는 인용자)

이와 같은 비평텍스트는 문학사의 몇 가지 신화들의 기원을 살피고 그것이 어떻게 사실보다 빛나는 신화가 되었는지 의문을 제기하고 있다. 사실, 문학사에서 정전에 해당하는 시텍스트들은 약간씩은 신화화되는 경향을 지닌다. 유종호는 이러한 현상을 일종의 '컬트(cult) 현상'이라고 지적한다.[44] 이런 접근법들은 신화화된 대상 텍스트나 시인의 가치를 새롭게 평가하게 한다는 점에서 비판적이면서도 창조적이다. 즉, 그러한 신화를 요구했던 당대적 욕망의 시효 소멸을 선언하면서도 동시에 새로운 욕망 및 그것에 조응하는 신화 창조의 길을 개방한다는 점에서 비판적이며 창조적인 것이다. 학습자는 탈신화화 전략을 취함으로써, 왜 특정한 시텍스트가 정전화될 수 있었는지 그것의 사회문화적 우연성을 인식할 수 있다. 동시에 신화 창조의 문법을 통찰할 수도 있는 것이다. 이것이 객관적 가치 창조 지향의 해석 전략의 한 가지라 하겠다.

다음으로는 '창의적 해석 추구 전략'을 살펴보자. 창조적 가치평가 활동은 특정 시텍스트에 대한 기존의 해석에 이의를 제기함으로써 가능하다.[45] 물론 새로운 해석을 제기하는 활동은 결코 쉬운 일이 아니다. 그러나 학습자는

---

43) 박현수, 「김수영의 신화」, 유종호 외, 앞의 책, pp.52-54.
44) 유종호, 「평가와 지적 유행」, 유종호 외, 앞의 책, p.31.
45) Olsen, S.H(최상규 옮김), 앞의 책, 제6장.

그 자체 새로운 해석 가능성을 담지하고 있는 존재라 볼 수 있다. 그것은 해석 활동이 항상 해석 주체의 주관성과 연관되기 때문이다.

그런데 창의적 해석을 통해 창조적 가치평가 활동을 전개하기 위해서는, 객관적 가치평가 활동의 언어적 원리들을 실천할 필요가 있다. 즉 해석 주체 역시 평가 주체처럼 자기 언어와 정체성, 공동체 의식에 대한 회의와 재구성의 과정을 거칠 필요가 있다. 그러한 재구성이 전제되어야만, 해석 주체는 다른 언어로 시텍스트의 새로운 가치를 창조할 수 있는 것이다. 주지하듯, I.A. 리처즈가 지적했듯이, 관습적 해석이 반복적으로 나타나는 이유는 해석 주체가 '습관적 반응(stock responses)' 및 '선입견'을 벗어나지 못했기 때문이다.[46)

습관적 반응과 선입견이란 달리 말해 자기 언어와 정체성에 대한 회의의 부재를 의미한다. 학습자는 정체성 형성 과정에서 지속적인 자기 회의의 태도를 견지할 필요가 있는 것이다. 그러한 태도는 우리가 문화적이라고 생각하는 어떤 문화의 너머에 대한 상상력의 견지로부터 나온다 하겠다. 마치, E. 레비나스가 제안하듯이, 해석공동체의 일원으로서 동일자적이며 전체적인 세계만을 상상하는 것이 아니라, 무한하며 흘러넘치는 타자들이 존재하는 세계를 상상하려는 태도를 견지함으로써 가능하다.[47) 어쩌면, 사이보그 선언에서처럼 인간은 한번쯤 사이보그가 되어야 하는 것이다.

---

46) Richards, I. A., *Practical Criticism : A Study of Literary Judgment*, Routledge & Kegan Paul LTD, 1929(1952), pp.313-15.

47) Davis, C.(김성호 옮김), 『엠마누엘 레비나스—타자를 향한 욕망』, 다산글방, 1996(2001), pp.69-123.

제 5 장

결론 : 스스로 항상 여백을 생산하는 시교육

사이보그 001 : 서정시를 옹호하는 캐릭터. 권력 실세. 전속 로봇이 베스트셀러용 시의 최종
　　　　　　　 점검을 늘 맡아주고 있다
　　　　　　　　　　　　　 … 중략 …
사이보그 008 : 고뇌하는 사이보그. 전복적, 불온적 언어를 꿈꾸는 이상론자. 일년에 반 이
　　　　　　　 상을 지구 밖 별에 머물며 다각도의 언어 실험에 몰두하고 마니아용 난해시
　　　　　　　 만 발표한다.
　　　　　　　　　　　　　 … 중략 …
(이하 추후 발표)

　　　　　　　　　　　　　　　　 － 이원(2001 : 136-8), 「2050년/시인목록」에서

　　이 연구는 탈근대적 디지털 시대로의 전환기에 시교육이 어떻게 재구성되
어야 하는지 그 방향을 탐구하려는 의도에서 시작되었다. 본 연구를 통해 필
자는, 시교육이 가치평가 활동 교육을 강화해야 하고, 지배적 가치구조와 조
응하지 않는 새로운 시텍스트들을 도입해야 한다는 점을 논증하였다. 또한
정전 중심의 실천 방식 그리고 이것이 수반하는 해석 활동 중심의 시교육
방식에서 벗어날 필요가 있다고 주장하였다.

　　가치평가 활동 교육이 강화되어야 하는 까닭은, 그것이 위기에 처한 시교
육을 활성화시키고 그 정당성을 새롭게 정초할 수 있는 활동이기 때문이다.
학습자들은, 우리들(기성의 가치구조를 내면화하고 있는 어른들, 교사들)이
가치 있다고 생각하는 시텍스트들을 '왜 배워야 하는가' 반문(反問)하곤 한
다. 이것이 시교육 위기의 근본적 원인이라 하겠는데, 이 문제를 해결하기

위해서는 '학습자 스스로 시텍스트의 가치를 평가해 보는 활동'을 제공하지 않을 수 없다. 그리고 그 활동은 지배적 가치구조와 조응하지 않는 새로운 시텍스트들까지 포함한 '이중주(二重奏)로서의 대화'의 형태를 취해야 한다. 시텍스트의 객관적 가치 창조를 위해서는 '지배적 가치'와 '객관적 가치'를 동일시해서는 안 되기 때문이다.

이에 본 연구는 여성시와 사이버시의 가치에 주목하였다. 여성시는 지배적 가치 구조가 '정신(남성)-중심주의', ' 동일성의 논리구조', '시간의 단일화 구조' 등에 기반하여 여성을 억압하는 사회적 현실을 정당화하고 있다는 점을 제시함으로써 지배적 가치구조 '밖'을 생각해 보도록 한다. 즉 여(남)성의 정체성, '우리'의 언어, 그리고 가부장적 사회 질서의 우연성을 회의해 보도록 한다. 이처럼 여성시는 새로운 언어와 정체성, 공동체에 대한 아이러니스트적 창조를 추동한다는 점에서 그 가치를 평가할 수 있다.

사이버시는 기존의 가치구조가 문자 문화로부터 기원한다는 점을 드러내면서, 문자 문화적 가치구조의 역사적 우연성을 비판한다. 문자 문화가 텍스트의 이상적 규범으로 전제하고 있는 '유기적 텍스트 모형'이 '중심-주변'의 사회적 질서를 정당화한다는 점, 그렇기 때문에 '근원적 다양성'을 긍정하는 '탈중심적인 텍스트 모형'으로 전환할 필요가 있다는 점을 시사한다. 그러나 사이버시는 디지털 시대를 무조건적으로 긍정하지 않는데, 그것은 디지털 문화가 '정보론적 탈육체화의 인간관'에 지배되고 있으며 '세계의 프로그램화 현상'을 초래하고 있기 때문이다. 이처럼 사이버시는 문자 문화와 디지털 문화 중 하나를 선택하도록 요구하는 것이 아니라 그 문제점을 비판적 인식할 수 있는 위치를 제공함으로써, '우리의 언어, 정체성, 공동체에 대한 지속적 재구성 작업'을 요구하는 긍정적 가치를 지니고 있다.

그러나 여성시와 사이버시가 긍정적 가치만을 지니고 있기만 한 것은 아니다. 여성시는 '여성문제의 공론화'에는 성공하고 있지만 정작 '공적 문제의 여성화'에는 소홀하기 때문이다. 사이버시 역시 디지털 문화에 대한 비판에 있어서 뚜렷한 방향성 제시나 공동체적 열망의 형상화에 소홀함으로써,

‘공상과학영화’적 차원에서의 비판에 멈추고 있다. 이러한 맹점들은 시의 사회적 기능을 충분히 발현하는 ‘진정한 시’가 아직 도래하지 않았음을 말해준다. 놀랍게도 ‘가르칠 만한 가치를 지닌 시’는 ‘아직’ 없는 것이다. 아이러니스트적 대화가 지속되어야 하는 이유가 이 때문이라 하겠다.

본 연구의 주장들은 결코 전통적 시교육의 전복과 단절만을 의도하는 것은 아니다. 그것은 객관적 가치를 창조할 수 있는 새로운 주체 모형으로 제시된 아이러니스트의 입장과도 어긋난다. 아이러니스트는 기존의 지식과 가치에 대해 철저히 회의하고 거부하기만 하는 것은 아니다. 자신이 ‘이해관계’나 ‘상황적 제약’으로부터 벗어나 있는 보편적 주체가 아님을 천명할 뿐만 아니라, 자신이 중립적이고 최종적인 해결책을 지니고 있지 않다는 점을 과감히 인정하는 아이러니스트는 과거의 언어를 새로운 언어로 대체하려는 데에만 함몰되지 않는다. 오히려 아이러니스트는 그 낡은 언어를 재서술함으로써 언어의 세계를 넓히려 할 뿐이다. 그의 목표는 가치평가 문제를 해결할 수 있는 새로운 최종적 어휘를 확정적으로 제공하려는 것이 아니다. 무한하게 언어의 세계를 넓히는 일 비유컨대, 리좀(Rhizome)처럼 언어가 뻗어나갈 수 있는 언어 활동의 공간을 창조하려는 것뿐이다.

따라서 아이러니스트가 실천하려는 시텍스트 가치평가 활동 교육 역시 ‘학습자 개인의 가치평가 능력의 신장’이나 ‘공동체적 차원의 국어문화의 고양과 발전’ 등등의 낡은 언어를 버리지 않고 그것을 새롭게 서술하려 한다. 즉, 시교육이 가치 있는 국어문화를 ‘계승’하고 ‘창조’해야 한다는 ‘사회적 역할의식’을 새로운 방법으로 활성화하려 한다. 이를 위해 낱낱의 시텍스트들의 가치를 평가하는 활동뿐만 아니라, 탈근대적 디지털 시대에도 지속될 시교육의 정당성을 정립할 수 있는 시텍스트들을 ‘새롭게 찾아내고 그것에 의해 구성되는 국어문화의 미래’에 관심을 둔다.

이러한 관심에 기초하여 아이러니스트는, 기존의 시교육이 가치평가 활동의 원리를 ‘직접적 방법’으로 교육하지 않은 채 정전을 통한 ‘간접적 방법’, 즉 정전적 가치의 내면화 방법을 넘어서지 못했다는 점을 비판하려 한다. 아이러니스트는 이미 다른 가치평가 주체들(어른들, 교사들)에 의해 이루어진 가치평가 '결과'를 반복하는 활동은 한계가 있다고 생각한다. 아이러니스트는 간접적 방법이 객관적 가치를 '창조'하는 기쁨을 주지 못한 채, '지배적 가치'를 '객관적 가치'로 동일시하도록 했다는 점, 그렇기 때문에 학습자들은 '지배적 가치의 내면화 과정에서 아픔을 더 많이 경험하고 있다'는 점에 주목하면서 이를 넘어서고자 한다. 넘어서기 위해, 1990년대 이후 출현한, 정전에 대해 비판적인 입장에 서 있는 많은 시텍스트들의 가치를 인식하게 함으로써, 학습자뿐만 아니라 모든 사람들이 지속적으로 자신의 '언어, 정체성, 우리—의식의 우연성'을 해체하고 재구성할 필요가 있음을 부각시키려 한다. 이것이 이루어져야만, 가치 있는 국어문화 창조라는 사회적 역할을 학습자들이 '자기 역할'로 떠맡으려 할 것이라 보기 때문이다.

따라서 전통적 시교육의 간접적 교육방법이 초래한 위기를 극복하기 위해서는, 정전적 가치와 다른 가치를 내포한 시텍스트들을 교실에 도입하고, 가치평가 활동의 원리를 직접적으로 교육함으로써 학습자 스스로 가치평가 활동을 전개하여 객관적 가치를 창조하는 기회와 주권을 부여해야 한다. 물론 기존의 정전들을 모두 폐기하자는 것은 아니다. 기존의 정전들은 과거를 이해하는 데 매우 중요한 자원들이란 점에서 부정할 수 없는 가치를 지니기 때문이다. '과거'는 단순히 '시간적 범주'라기보다는 '현재'의 사건들의 원인에 해당하는 '논리적 인과론적 범주'에 해당한다. 현재의 삶의 문제를 해결하기 위해서는 그 원인에 대한 이해가 선결될 필요가 있는 것이다.

하지만 모든 사건들이 인과론적 관계를 지닌 것은 아니다. 단순히 시간적 연쇄 관계를 지닌 사건들도 존재한다. '아침 식사 후에 학교에 갔다.'라는 진술 속의 두 사건이 그러한 예에 해당한다. 아침 식사 행위와 등교 행위는 인과론적 관계를 지니지 않는다. 그렇다고 등교 행위가 이루어지기 위한 논리적 전제로 아침 식사라는 행위가 요구되는 것도 아니다. 이것은 '현재'의 삶의 문제들을 이해하고 해결하기 위해서는, 그리고 그러한 문제적 상황에 내포된 가치 갈등의 해결을 위해서는 '현재' 그 자체에 대한 이해가 필요함을 말해준다. 기존의 정전들은 동시대의 사회문화 현상을 형상화하지 못하며 그것에 내포된 문제 상황을 해결해 줄 수 있는 가치기준을 보여주지 못하기에 비기능적이다. 따라서 학습자의 가치평가 능력을 신장시키기 위한 교육은 기존의 정전들에 의해 전일적으로 이루어질 수 없다. 정전 체계는 개방될 필요가 있고, 그러한 개방과 재구성의 과정에서 학습자의 창조적인 가치평가 능력을 발달시켜야 한다.

가치평가 활동의 원리에 대한 직접적 교육 방법은 따라서 '채워야 할 여백을 지닌 정전체계'를 전제로 한다. 그것을 정당한 방법에 의해 채우는 것이 가치평가 교육의 목표가 된다. 그러한 정당한 방법은 '확장 가능한 연대성을 지향하면서 이루어지는 아이러니스트적 대화'이다. 즉, 평가주체의 자기언어, 정체성, 우리-의식의 우연성을 전경화하면서 그것을 해체하고 재구성하는 언어활동이다. 이러한 언어활동을 활성화시킬 수 있는 열린 정전체계는 다음과 같은 특징을 지닌다.

첫째, 상황적 주체들에 의한 아이러니스트적 대화를 통해 형성될 열린 정전체계는 가치평가의 기준 역시 지속적으로 재구성되는 체계여야 한다. 보편적 가치평가의 기준을 확정적으로 제시하는 정전체계라기보다는, 가치평가 기준의 우연성을 인식하고 스스로 그 기준에 대해 회의하고 재구성하는 경향성을 지녀야 한다. 정전체계의 '열림'이란 바로 이러한 성격을 의미한다. 실상 지금까지 정전의 선정과 수립은 만인에게 인정될 수 있는 가치의 표상물을 찾는 강박적 노력이었다고 할 수 있다. 그러나 그러한 정전은 존재할 수 없다. 주체는 늘 상황적 주체에 해당할 뿐이며, 가치는 차연적이기 때문이다. 따라서, 상황적 주체로서 가치평가 주체는 아이러니스트적 대화를 지속적으로 전개할 필요가 있다.

둘째, 시교육의 정전 체계는 스스로 항상 여백을 생산하는 역학에 의해 구성되는 체계일 필요가 있다. 정전체계는 결코 자족적이고 완전한 자기동일성을 지닌 것처럼 여겨져서는 안 된다. 그것은 정전의 성립 과정이나 물질적 기반에 비추어 볼 때 타당하다고 볼 수 없다. 개인과 공동체가 기반하고 있는 물질적 토대가 변화된다면 개인과 공동체를 통합시키는 정전은 자연스럽게 변화되기 때문이다. 따라서 새로운 정전에 대한 요구는 오히려 정전 체계를 풍요롭게 하면서 그것이 지니는 본래의 기능을 더욱 활성화시킬 수 있다. 이런 점에서 정전 체계는 새롭게 생산되는 텍스트들에 대해 개방적일 필요가 있다.

셋째, 창조성의 사고 작용이 발현될 수 있는 체계여야 한다. 그것은 가치를 전달하는 데 목표를 두지 않고 상황적 주체를 통한 가치의 무한한 창조를 목표로 하기 때문이다. '가장 중요한 인간적 가치' 중의 하나가 '창조성'이란 점에 대해서는 대개가 동의할 수 있는 것이다. 그러한 창조성을 계발하기 위해서는 정전 자체가 제한된 반응만을 유발하는 방식으로 교육될 수가 없다. 정전 역시 비판에 열려 있어야만 하고, 오히려 그러한 비판이 정전에 대한 창조적 접근을 가능케 할 수 있다.

근대적 가치론이든 탈근대적 가치론이든 가치에 대한 공통적인 견해가 발견된다. 그것은 가치가 인간 행위의 이상적 양식 및 세계의 궁극적 상태에 관한 지표로서, 인간으로 하여금 이상적 목표에 대한 열정, 완전한 것에 대한 욕구, 미래지향적 목적론적 사고를 갖게 한다는 점이다. 그런데 차연적 가치론에서 볼 때, '진정한 가치'는 실체로서 현시(顯示)되기보다는 인간 행위를 추동하는 무한한 힘으로 느껴지고 작용하는, '인간 본성의 역학적 체계'이다. 시교육에서 가치평가 활동 교육은 가치와 인간 본성의 이러한 역학을 활성화하는 교육이어야 한다. 따라서 가치는 기호처럼 다루어져야 하지 실체로서 다루어져서는 안 된다. 우리가 '기표로서의 가치'와 '기의로서의 가치'를 혼동할 때, 그럼으로써 기표에게 특권을 부여할 때 인간 본성의 역학인 가치평가 활동은 멈추게 될 것이기 때문이다. 들뢰즈와 가타리가 리좀적 책이 가능하려면 '기표에게 권력을 주지 않아야 한다'고 강조하는 뜻도 이와 상통한다 하겠다. 요컨대, 시교육자는 '장미'를 실체로 다루지 말고 '기호'로 다루어야 한다. 정전 역시 언제나 '기호'로서 다루어야지 실체로서 다루어서는 안 된다.

요컨대, 시교육을 활성화시키는 방법은 여러 관점에서 모색될 수 있고 마땅히 그러해야만 한다. 이를 통해 시교육이 활성화되고 새로운 시 창조의 주체가 확대되길 기대해야 한다. 그렇다면, 앞으로도 지속될 시교육의 실천적 효과로 우리가 동의하고 기대할 수 있는 미래는 무엇일까? 그것은, '많은 학습자들이 2050년에도 아니 그 이후에도 다양한 시적 실천의 주체가 되려는 의지와 태도를 갖추게 하는 것'이리라. 물론 학습자들이 이와 같은 지향성을 포기한다 할지라도 사이보그가 대신할 수도 있다. 이원의 「2050/시인목록」은 이러한 상상적 세계를 형상화하고 있다. '시인은 없고 시는 존재하는 세계', 그런데 그러한 세계를 긍정할 것인가? 4장의 끝에서, 필자는 '모든 인간은 한번쯤 사이보그가 되어야 한다'고 주장하였다. 따라서 이런 세계에 대해 결코 거부감을 표할 이유는 없다. 하지만 '지금-여기'의 많은 사람들이 과연 이러한 세계를 긍정할 것인가?

다시 한번 제기하자면, '사이보그가 시를 쓰는 세계의 도래를, 지금-여기의 시교육은 어떻게 대응할 것인가?' 지금-여기의 시교육은 이 질문에 대해 답할 준비를 해야 한다. 많은 한계와 불투명성을 지니고 있는 이 연구가 시교육의 해체와 재구성을 주장하는 이유도 바로 이 때문이다. 사이보그에게만 시쓰기를 떠맡기지 않고, '인간과 사이보그 모두가 시를 쓰는 세계'를 창조하고 지속시키기 위해서는, 기존의 시교육은 해체되고 재구성되어야만 한다. 본 연구는 이에 조금이라도 기여하기를 바랄 뿐이다.

최초의 근대 여성시인, 김명순의 시세계와 문학교육

1. 문학교육과 여성시

　현대시교육 영역에서 여성시는 미미한 교육적 위상을 지니고 있다.[1] 이것이 문학교육적으로 문제적인지에 대한 논의도 거의 전무한 편이다.[2] 이처럼 여성시가 교육 대상으로서 과소(寡少)한 지위를 얻고 있는 까닭은 물론 현대시사에서 여성시가 지니는 문학사적 위상에서 찾을 수 있다. 해방 이전의 근

[1] 문학교육에서 '여성시'를 언급하고 있는 논의로는 윤여탁·최미숙·유영희, 『시와 함께 배우는 시론』, 태학사, 2001, pp.206~216을 주목할 수 있다. 그러나, 노천명으로부터 논의를 시작할 뿐, 현대여성시사의 원점부터 논하지 않고 있다는 점에서 한계가 있다. 이 글에서 필자는 '여성시'를 잠정적으로 '여성이 쓴 시'를 의미하는 것으로 사용하고자 한다. 이런 점에서, 김윤식이 「한국시의 여성적 편향」에서 언급하고 있는, 남성이 '여성 콤플렉스'에 의해 쓴 여성적 시는 '여성시'의 범주에 포함되지 않는다고 본다. 또한 '여성주의feminism'는 '여성 자신이 여성의 사회적 현실에 대해 주목하면서 남녀 동등권을 포함하여 보편적인 평등의 이념을 주장하는 사상'을 가리키는 것으로, '여성주의적 시'는 그러한 사상을 내포한 시로 보고자 한다. '여성시'에는 그러므로 '여성주의적' 시가 있는가 하면 그렇지 않은 시도 있다고 본다.

[2] 해방 이후부터 6차 교육과정기까지 국어교과서에 수록된 여성시로는 노천명의 '만월대(滿月臺)', '장날', '촌경(村景)', '푸른 五月', '사슴', 모윤숙의 '국군은 죽어서 말한다', '어머니의 기도', 김남조의 '낮잠', '겨울 바다', '설일(雪日)' 등이 있다. 열거된 작품들에서 알 수 있듯이 몇몇 여성시인의 작품들이 반복적으로 수록되었음을 알 수 있다. 7차 문학교과서에서는 여성시가 과거에 비해 다양하게 수록되어 있지만, 이러한 변화 자체도 주목되고 있지 못하다.

대문학사만을 살펴 보면, 여성 문인들의 수가 극소하다. 『한국근대문인대사전』에 의하면, 여성문인의 비율은 0.4%에 지나지 않는다.[3] 더욱이 순수한 여성시인의 비율은 이보다도 더 적게 잡아야 하는 실정이다. 아울러 문학사적 조명을 크게 받아온 여성문학, 그런 점에서 필연적으로 문학교육의 내용으로 포함될 만한 작품으로 평가된 것은 많지 않다. 해방전의 경우, 시에서는 모윤숙과 노천명, 소설에서는 강경애와 박화성에게만 문학사적 조명이 집중되어 나타나고 있다.[4]

이처럼 문학사적 비중이 낮기 때문에, 여성시의 교육적 위상이 미약하다는 점은 아무런 문제가 없는 것으로 보일 수 있다. 따라서, 제한된 시간 내에 일정한 학습목표를 중심으로 이루어지는 공교육의 장에서, 문학사적 의미가 불충분한 여성시 교육 논의는 낭비적인 것으로 치부될 수도 있다. 그러나, 더욱 체계화되고 있는 교육과정에, 왜 '여성시의 특징은 무엇이며 남성에 의하여 쓰여진 시와는 어떠한 차이점을 지니는가?'와 같은 항목들은 교육내용으로 설정되지 않는 것일까? 여성시의 특징은 학습되고 음미될 가치가 없는 것일까? 한국문학의 근대화 과정에서 여성 문학의 역할과 의미는 무엇이며, 문학교육의 미래상에 시사하는 바는 무엇인가? 여성문학을 중심에 놓고 진술되는 근대문학사[5]에 입각하여 문학사를 읽어보는 경험을 문학교육의 내용으로 설정해 보는 것은 의미가 없는 것일까?

여성시와 관련한 이러한 교육적 문제가 제기되지 않는 까닭은 무엇보다도, 근대문학사가 남성중심주의에 의해 구성되었다는 사실에 대한 비판적

---

3) 권영민 편, 『한국근대문인대사전』, 아세아문화사, 1990에 수록된 전체 문인은 385명인데, 이 중에서 여성문인은 18명에 지나지 않는다.
4) 백철, 『신문학사조사』(중판), 신구문화사, 1992(초판 1947, 9) ; 김윤식, 『한국근대문학사상비판』, 일지사, 1978 ; ___, 『한국현대문학사론』, 한샘, 1988 ; 김용직, 『한국근대시사 상·하』, 학연사, 1983, 6 ; ___, 『한국현대시사1·2』, 1996 ; 권영민, 『한국현대문학사1·2』, 민음사, 2002.
5) 정영자, 『한국현대여성문학론』, 지평, 1988 ; 김지향, 『한국현대여성시인연구』, 형성출판사, 1996 ; 최혜실, 『신여성들은 무엇을 꿈꾸었는가』, 생각의나무, 2000 ; 김현자·이은정, 「한국현대여성문학사—시」, 『한국시학연구』제5호, 2001 ; 이상경, 『한국근대여성문학사론』, 소명, 2002.

담론이 문학교육에서 제기되지 않았기 때문이다. 실상, 근대문학사가 남성중심주의적이라는 사실을 확증하는 논리에 대해서도 인색한 편이다. 그런 사실 확증 자체가 인정되고 반성되지 않기 때문에 여성시를 비롯한 여성문학의 교육적 의미에 대한 논의도 부재하다고 볼 수 있다.

페미니즘 교육철학자인 J.R. 마틴은 이러한 문제의 핵심을 '성적 차원에서의 인식론적 불평등성'이라 지적하고 있다. 즉, 역사적 서술이나 철학적 해석 등 지식 일반에 있어서 여성의 견해를 무가치한 것으로 무시함으로써 반영하지 않는 사회적 편견에서 비롯하고 있다고 보고 있다. 여러 학문 영역에서 여성의 인식론적 평등성의 이상이 지켜지고 있지 못한 양상은 첫째, 여성이라는 주제가 논의의 기본 주제에서 배제되고 둘째, 여성을 있는 그대로 이해하는 것이 아니라 남성적 관점에서 여성을 왜곡시키고 있고 셋째, 사회에서 여성적이라고 여겨지는 특성들의 가치를 부인하는 데에 근원 한다.[6] 여성의 견해가 인식론적으로 가치 있는 것으로 인정되지 못하는 상황은 곧 여성에 의해 쓰여진 문학에 대한 가치의 평가에도 그대로 적용되고 있다 하겠다. 이러한 편견이 지니는 비인간성, 비윤리성의 문제는 상론할 필요가 없을 것이다.

문제는 문학교육, 즉 새로운 문학적 주체를 양성하는 것을 목적으로 하는 활동에서도 이러한 편견이 지속되는 것이 정당한가이다. 여성에 대한 왜곡된 관점과 연관되는 '인식론적 불평등'에서 비롯된 문학사적 사실이나 그에 대한 지식을 무반성적으로 교육하는 문제에 대해서 이제는 적극적으로 재고할 필요가 있다고 본다. 이런 점을 고려할 때, 문학교육의 영역에서 여성문학의 지위가 과소하다는 사실은 그 근원에서부터 반성될 필요가 있다. 따라서 이 글에서는, 문학교육에서 여성시 교육이 여성시사의 발전 과정에 대한 체계적인 틀 및 여성시가 지니는 고유한 특질에 대한 인식 하에 교육되어야 한다는 관점에서, 여성시 교육의 의미와 방향에 대해 논의하고자 한다. 이를

---

6) Martin, J.R.(유현옥 역), 『교육적 인간상과 여성—이상적인 여성상 정립을 위한 탐색』, 학지사, 1985(2002), pp.18-19.

위해, 우선 근대문학사의 남성중심주의화 과정 및 근대교육의 남녀관이 지니는 문제점을 분석하고, 그러한 과정 속에서 주변화되었던 여성시의 특성 및 문학교육적 의미에 대해 논하고자 한다. 다만, 이 글에서는 문학사적으로 최초의 근대 여성시인으로 기록되고 있는 김명순(金明淳, 1896-1951)의 시[7] 만을 중점적으로 살피고자 한다.

2. 근대문학사의 여성문학 주변화의 논리

많은 근대문학사 연구서들은 사조(思潮), 사상(思想), 문단내의 문학운동 조직 등을 중심적인 서술 축으로 설정하고 있다. 사상이나 사조라는 큰 틀 내에서, 그리고 문학운동 조직과의 연관성 하에서 주목되는 작품들이 상대적으로 더욱 주목받는 체계와 서술 방식들을 취하고 있는 것이다. 사상이나 사조는 보편적인 것이므로 인종의 차이, 민족의 차이를 넘어섬은 물론 남녀의 차이를 넘어서는 것이다. 그러나 그러한 사상이나 사조의 온상(溫床)이자 물적 토대로서의 공론장(polis)[8]은 그 성격이 다르다고 하겠다. 문학사에서 이러한 공론장에 해당하는 것은 문단(文壇)이며, 문단에 대한 참여 가능성에 따라서 사상이나 사조를 꽃피울 가능성도 달라질 것임은 자명하다.

---

7) 필자가 김명순에 주목하는 까닭은 첫째, 기존 연구들이 지적하는 바와 같이, 김명순은 김원주·나혜석 등과 함께 근대여성문학사 제1기에 속하지만 양질 면에서 가장 뚜렷한 작품 성과를 보이고 있다는 점, 그리고 『청춘』지 현상문예응모제도를 통해 문단에 등장한 최초의 여성이라는 점 때문이다. 둘째, 김명순의 시에만 주목하는 까닭은 여성시인의 시 전반에 대한 주밀한 분석이 부족한 상황을 고려하였기 때문이다. 각각의 작품에 대한 정밀한 분석을 소홀히 한 채 이루어지는 여성시 일반론이 지니는 허점을 최소화하기 위한 선택이었으며, 그런 점에서 다른 여성시인에 대한 분석은 다른 기회로 미루고자 한다. 김윤식, 「여성과 문학」, 『아세아여성연구』제7집, 숙명여자대학교, 1968.

8) '공론장'은 '공중(公衆, 시민)으로 결집한 사적 개인들의 영역'으로서, 그리스 도시국가에서 자유시민의 참여공간을 가리키는 'polis'란 용어에 기원한다. 그리스 시대에 이 공론장에의 참여 가능성은 가정(家庭)을 중심으로 한 '사적 영역oikos'에서의 지위에 좌우되었는데, 이러한 역학관계는 근대 부르주아 시대에도 동일하게 유지되었다. 동양도 마찬가지였다. Habermas, J.(한승완 역), 『공론장의 구조변동』, 나남출판, 1962(2001), pp.64-5.

그런데 근대문학사에서 공론장으로서의 문단에 대한 참여의 가능성은 남성과 여성에게 동등한 것이었다고 볼 수가 없다. 이와 관련하여 근대문학사 초기에 발생한 세 가지 사건에 주목할 필요가 있다. 이 사건들은 문학의 근대화 과정에서 여성문학의 위치를 정립하는 데 중요한 영향을 미친 것이기 때문이다.

1) 최남선의 근대적 주체관

한국문학의 근대화 과정에서 여성문학이 어떻게 정립되어 왔는가를 살피기 위해서는, 우선 한국사회 전체의 근대화 과정에서 그것을 담당하도록 '기대된 주체'의 성격에 대한 해명이 이루어질 필요가 있다. 이 지점에서 근대적 사상을 최초로 주창하기 시작한 잡지 『소년』(1908-11)이 부각된다. 『소년』지의 발간 취지는 표지에 나와 있듯이 "우리 대한(大韓)으로 하야금 소년(少年)의 나라로 하라. 그리하야 능히 이 책임을 감당(堪當)하도록 그를 교육(敎育)하여라.", "금(今)에 황제(皇帝)는 우리 소년(少年)의 지력(智力)을 자(資)하며 아국역사(我國歷史)에 대광채(大光彩)를 첨(添)하고 세계문화(世界文化)에 대공헌(大貢獻)을 위(爲)코저 하오니 그 임(任)은 중(重)하고 그 책(責)은 대(大)한지라."로 요약될 수 있다. 이처럼 근대 국가 건설을 위한 근대화의 주체 양성이라는 교육적 취지가 핵심이었다.

여기서 '소년'이라는 호칭의 문제가 주목된다. 최남선의 신체시 「海에게서 少年에게」는 물론이고, 그가 주관한 잡지 『소년』의 제명(題名)까지 왜 하필 '少年'만을 호출하고 있는지에 대해 의문을 던질 필요가 있다. '소년'이라는 호칭은 그저 단순히 '새로운 세대'만을 의미할 뿐, 그 속에 '남성과 여성'에 대한 비대칭적 역학 관계는 내포되어 있지 않은 투명한 것인가? 이것은 '소년=남성'이라는 그의 관점의 표출에 해당한다. 그에게 여성은 근대적 주체로 뚜렷하게 여겨지지 않았던 것이다.

두 가지 사실이 이를 뒷받침한다. 첫째, 『소년』지가 지속적으로 근대적 주체의 모델로서 제시하고 있는 인물들은 '피터 대제'나 '나폴레옹'과 같은 '남성' 절대 군주였다. 23집까지 발간하면서 『소년』지는 근대 사회의 여성이 모델로서 추구할 만한 어떠한 '근대적 여성'도 제시하지 않고 있다. 『소년』지는 근대적 사상과 지식을 대폭 소개하고 있지만 그러한 지식을 인격화하고 있는 주체로 '남성' 절대 군주들을 모델로서 제시하고 있을 뿐이다. 이러한 틀 속에서도 물론 여성은 근대적 사상과 지식을 습득하는 것은 그리 어렵다고 할 수 없다. 그러나 문제는, 그러한 지식과 사상을 내면화, 인격화하여 "어떻게, 어떤 사람처럼 살아가야 하는지"와 관련한 정체성 획득은 용이할 수가 없다. 모델이 없는 상황에서 여성은 아주 막연하게 근대적 지식에 접근할 수밖에 없기 때문이다. 이에 반해 남성은 아주 선명한 정체성과 미래를 '볼 수 있다'게 되어 있다.

그렇다면, 최남선은 근대적 여성 주체 모델을 전혀 논외로 하고 있었던 것일까? 최남선은 이보다 10여 년이 지난 후에 자신이 생각하는 근대적 여성 주체 모델을 제시하고 있다. 그 계기 또한 내적인 것이 아니라 외적인 계기에 의한 것이었다. 1917년 최초의 여성잡지인 『여자계(女子界)』(1917-1920)가 창간되자 이에 대해 보낸 축사에서 그는 그가 생각하는 근대적 여성 주체 모델을 제시하고 있다.

『청춘』 제10호에 수록된 이 축사9)에서 그는 "여자의 인격을 논하고 혹 여자의 본무(本務)을 설(說)하며 혹 가정의 진의(眞意)를 삶히고 혹 결혼의 요체(要諦)를 밝"히고자 하는 최초의 여성 잡지 발간을 축하한다 하면서, 우선 그 편집 솜씨가 "정미(整美)함은 여성적 주밀(周密)이 과연 다르다"는 감탄과 아울러 "(수록된 여성의) 소설(小說)에서의 묘사가 극히 주도하고 극히 섬실(纖悉)하야 미상불 유염인(有髥人)의 필치(筆致)에 견주어 특색이 저절로 나타낫다"고 지적하고 있다. 이러한 의례적 발화는, 섬세함과 정밀함을 칭찬의 근거로 삼을 뿐만 아니라 남성과 견주는 방식에 의한 칭찬이라는 점에서 전통

---

9) 『靑春』 제10호, 1917.5, pp.11-12.

적인 여성관에 갇혀 있는 그의 여성관의 일면을 보여준다.

이어서 그는 여성의 문제를 공상적(空想的)으로 접근하지 말고 "「금일조선 (今日朝鮮)」이라는 사자(四字) 혹 「그 요구(要求)」까지의 칠자(七字)"에 입각하여 접근하라고 권고하면서 "아모를 배우기 전에 먼저 켈러 (여사)女史 - 여사(女史)의 정신(精神)을 배우라, 그러면 자각과 자임(自任) 있는 여자노릇 하기에 아모 부족함이 업슬가 하노라"라고 말하고 있다. 여기서 알 수 있는 바와 같이, 최남선의 근대적 여성 주체 모델은 바로 헬렌 켈러(Helen A. Keller, 1880 -1968)였다.[10]

주지하듯, 헬렌 켈러는 세계 최초로 대학교육을 받은 맹농아자로서 세계적 주목을 받았던 교육자이자 사회사업가 여성이다. 마크 트웨인이 '삼중고 (三重苦)의 성녀'라고 찬사를 보냈던 점에서 알 수 있듯, 그녀의 강인한 정신력은 모든 사람들에게 모범적 사례로 언급되어 왔다. 주목할 점은 최남선이 근대 신여성들이 지향할 모델로서 굳이 헬렌 켈러를 제시한 사실이 지니는 의미일 것이다. 그가 근대적 남성 주체 모델로는 '절대군주'를 내세운 반면 근대적 여성 주체 모델로는 헬렌 켈러와 같은 자선사업가를 내세웠다는 점은, 개화자강운동기 여성에 대한 담론들이 지니고 있었던 특징과 일맥상통한다.[11] 1905년부터 발행되기 시작한 여성 관련 잡지들 —『가뎡잡지』, 『자선부인회 잡지』— 에 발표된 담론들은 '여성의 자선심'을 핵심으로 하고 있었는데, 이러한 양상은 『여자계』가 나오기까지 지속되었다. 이런 담론들에서 상정되고 있는 근대 여성의 지위란 근대적 지식에 입각한 가정교육 담당자, 어려운 이웃을 돌보는 자선사업가에 국한되어 있었다. 이것은 사회 일반은

---

10) 같은 글에서 최남선은, "의표(意表)에 출(出)한 켈러 여사의 자술(自述)은 사람과 말이 아울러 제자(諸姉)의 권권복응(拳拳服膺)할 것인가 하노니, ~ 다만 켈러 여사보다 눈과 귀와 입의 자유를 더 가진 값이 있을만큼 자신상(自身上) 수양과 사회적 공헌이 있으면 쌍수를 들어 제자(諸姉)의 송축을 마지 아니하리로다."라고 언급하고 있다. '맹농아(盲聾啞)'란 사실을 언급하고 있다는 점에서, 여기서 말하는 켈러 여사란 바로 헬렌 켈러임을 알 수 있다. 또한 그녀의 '自述'이란 곧 그녀의 주저서인 『나의 생애』(1902년)를 말하는 것이라 하겠다. 그녀는 1937년에 일본 및 조선을 방문한 것으로 기록되고 있다.
11) 이상경, 앞의 책, 제2장.

남성이, 가정은 여성이 담당하는 것이 적절하다는 관념의 투영이라 하겠다. 결국 그에게 근대적 여성은 근대적 사상과 지식을 지니되 가정 안에 머물러야 하는 주체로 상정된 것이지, 남성과 마찬가지로 사회적 주체로 진출할 수 있는 존재로까지 상정된 것은 아니었다. 최남선의 근대적 주체관은 분명 남성 쪽에 기울어져 있었다고 하겠다.

둘째, 최남선의 근대적 주체관의 남성중심성은 그의 언어 사용법에서도 발견된다. 그는 새로운 근대의 주체를 호명하는 순간마다 반복적으로 '소년'이라고 말하고 있다. 이에 비해, 당대 지식인들 사이에 가장 대표적인 페미니스트로 인정되던 이광수[12]는 역시 '소년'을 중시하면서도 그 소년의 실체를 "지금 이십세 이내 되시는 여러 아우님들과 누이들이며, 장차 아름다운 조선의 땅을 밟고 나오실 여러 아드님과 따님들"[13]이라고 규정하고 있다. 최남선과 함께 『청춘』지 발간에 깊이 참여한 이광수의 이러한 언어 사용법과 견주어 볼 때, 최남선의 '소년'이라는 것은 소녀까지 포괄하는 '소년'이 아니다. 이것은 사소한 차이에 머무는 것이 아니다. 그가 바다[海]와 같은 우렁찬 목소리로 근대적 주체를 호명함으로써 시작된 근대 문학의 주체의 범위에는, 남녀의 비대칭적 역학 관계가 작용하고 있는 것이다. 근대 문학의 출발점에서 여성은 남성과 동등하게 호출되지 못한 것이다.

2) 여성문학의 성격 규정 : 근대적 사상의 결여

다음으로는, 최초의 여성문인인 김명순(金明淳)이, 근대문학 최초의 현상문예응모 제도를 선보인 『청춘』 제11호(1917년)를 통해 문단에 등장하는 과정에서, 선자(選者)였던 이광수로부터 받은 평가가 지니는 의미에 대해 고찰할 필요가 있다. 이것은 근대여성문학에 대한 최초의 평가이자, 당시 지배적 위치에 있던 남성 문인들이 여성 문학에 대해 어떠한 평가를 내리고 있는지

---

12) 송명희, 『이광수의 민족주의와 페미니즘』, 국학자료원, 1997.
13) 이광수, 「少年에게」, 『개벽』, 1922. 11.

를 말해주는 자료에 해당한다.

여성들이 근대문학의 주창자이자 대부(大父) 격에 해당하는 최남선에 의해 동등한 자격으로 호출 받지는 못하였으나, 근대문학의 주체로 등장하고자 한 여성들은 적지 않았다.[14] 『청춘』지에서부터 시작된 현상문예응모제도 및 잡지사의 원고 투고자들에는 다수의 여자들이 포함되었으며 그 대표적 존재가 김명순이다. 『청춘』지는 1917년 최초로 순수 문예응모제도(시조, 한시, 잡가, 신체시가, 보통문, 단편소설)를 선보임으로써 새로운 문인 발굴을 시도하였다. 제11호에는 처음으로 당선자들이 소개되고 있는데, 주요한(이 때의 필명은 朱落陽, 2등, 「마을집」)과 김명순(3등, 「疑心의 少女」)[15] 등이다. 이 대목에서 주목되는 것이 선자(選者)인 이광수의 선후평[16]이다.

이광수는 우선 근대적 단편소설의 요건으로서 첫째, 순수한 시문체(時文體)로 쓸 것 둘째, 소설을 여기(餘技)로서 보지 말고 신성한 사업으로 보는 진지한 작자적 태도를 갖출 것 셋째, 전습적(傳襲的) 교훈적인 구태를 벗을 것 넷째, 고대문학의 '이상적' 환상성을 벗어나 '현실적'일 것 다섯째, 신사상(新思想)을 지닐 것 등을 지적하고 있다. 또한 이광수는 김명순의 「의심의 소녀」가 특히 교훈적 구태를 말끔히 벗고 있으며 인물의 행동을 서술함에 있어 현실적이라고 높이 평가하고 있다. 예를 들기를, 「의심의 소녀」에서 여주인공 범네의 아버지 조 국장(趙局長)은 새로운 첩에 혹(惑)하여 부인을 죽게 한 냉정한 인간으로 설정되어 있는데, 그럼에도 불구하고 그가 대동강 가에서 우연히 범네를 보자 배를 타고 허겁지겁 달려오는 행동을 서술함으로써 현실성을 획득하고 있다는 것이다. 이것이 '악한은 처음부터 끝까지 악한 일 뿐이라는 고전소설의 평면적 원리를 극복'한 예라고 평가하고 있다. 그러

---

14) 여성의 문예잡지 투고율 또는 참여율을 가늠하게 해 주는 대표적인 사례는 황석우가 주관한 『조선시단』(1927-30)이 특집호로 꾸민 『청년시인백인집』(『조선시단』제5호, 1929)이다. 이 특집호는 남자, 여자, 학생의 시들로 삼분되어 편집되었는데, 삼자간의 비율은 동등하게 나타나 있다. 아울러, 『개벽』 등 당대의 문학적 소통의 매체로 기능하였던 잡지에의 여성문학 투고율은 그 질적 수준은 낮았을지라도 양적으로는 상당하였다.
15) 이 외 당선작은 李常春의 「歧路」(1등), 金泳杰의 「유정무정」(3등)이 있다.
16) 이광수, 「懸賞小說考選餘言」, 『청춘』제12호, 1918.3, pp.97-102.

나 주요한의 작품은 설교적 어투가 보인다고 지적하였다.

그런데, 넷째까지의 항목은 모두 형식적 요건에 해당한다. 이에 비해 다섯째 항목은 근대문학의 내용상의 요건을 말하는 것이다. 이것은 어쩌면 앞서의 네 가지 항목 전부와도 그 비중이 같다고 볼 수 있다. 아무리 형식적으로 근대적 면모를 갖추었어도 그 내용상에서 근대 사상이 없다면 반쪽에 지나지 않기 때문이다. 이러한 중요한 요건을 적실하게 갖춘 것으로 그는 주요한의 「마을집」(이광수는 이 작품을 계속 「農家」로 지칭하고 있다.)을 들고 있다. "신시대에 각성한 청년이 자기가 길녀난 구사회(舊社會)를 대할 째에 닐어나는 비애와 분만(憤懣)과 반항과 이를 가르처가랴는 약하나마 생기 잇는 희망과 이러한 것이 보입니다."라고 지적하면서 주요한의 「마을집」이 지니는 근대 사상성을 높게 평가하고 있다.

주요한의 「마을집」은 분명 이러한 사상성을 지니고 있다. 주인공 창호(昌浩)는 고향에 잠시 돌아와 머물다가, 자유연애를 통해 만난 여인과의 결혼을 용납하지 않고 문벌 좋은 집안의 여자에게 결혼을 시키려는 부모를 둔 친구의 고뇌를 듣게 되며, 타락한 남편을 둔 고모의 애절한 사연을 또한 목격하게 된다. 이런 두 사건을 통해 창호는 봉건적 구제도의 모순에 절망하며 새로운 세계에 대한 갈망을 드러낸다. 마지막 부분에서 그는 고향이 답답하다고 '숨이 맥히는 듯'하다고 웅변조로 말하고 있다. 이런 점에서 「마을집」은 다른 소설에 비해 뚜렷한 신사상을 내포하고 있다고 볼 수 있다.

문제는 이광수가 나머지 당선자들, 즉 이상춘과 김영휴의 작품에 대해서는 사상이 없다고 언급하였으나 김명순의 작품에 대해서는 그러한 사상성 유무조차 '언급하지 않고 있다'는 점이다. 「의심의 소녀」는 이미 부인은 세 번, 첩은 열 번이나 바꾼 조 국장이 또다시 첩을 들이자 이에 절망한 범네의 어머니가 자살하는 이야기를 내용으로 하고 있다. 그리고 어머니의 죽음을 목격한 범네가 집을 뛰쳐나와 외조부 황진사와 함께 방랑길에 오르게 된 이야기를 그리고 있다. '불상한 어머니의 불상한 아해?'로 끝나는 이 소설은 그 내용상 처첩 갈등을 그린 고전소설과 유사하다. 이런 점에서 「의심의 소녀」

는 신사상을 담고 있지 못하다고 볼 수 있다.

그러나 봉건제도의 여러 모순 중에서 양반 남성의 축첩(蓄妾) 제도를, 그러한 제도의 가장 큰 피해 당사자인 여성의 입장에서 다루고 있다는 점을 고려하면 「의심의 소녀」가 지니는 봉건 제도에 대한 비판적 의식은 매우 절실한 것이다. 근대 문학 초창기에 다시금 김명순이 이러한 문제를 제기하고 있다는 것은 그녀가 철저히 봉건 제도의 악습, 특히 여성에게는 정조를 강조하고 남성에게는 그것을 묻지 않는 도덕적 이중성에 대해 비판적 의식을 지녔음을 말해 준다. 그럼에도 불구하고 이광수가 「의심의 소녀」를 신사상이 없다고 평가한 것은 표피적인 판단이거나, 아니면 축첩 제도의 문제점에 대해 공감하면서도 그러한 문제를 여성이 정면으로 지적하는 방식에 대해서는 애써 외면한 처사라고 볼 수 있다.

3) 여성주의의 배제

다음으로 검토할 대상은, 근대시문학사의 초기 국면에 대한 최초의 결산이라고 할 수 있는 『조선시인선집』[조태연(趙台衍) 편, 朝鮮通信中學館, 1926]이, 여성시로는 유일하게 포함한 김명순의 시를 어떻게 정위시키고 있는가이다. 이것은 당대의 여성시 중 무엇을 대표적인 것으로 바라보았는가를 말해주는 자료에 해당한다. 때문에 이를 통해 여성시에 대한 당대의 일반적인 기대지평을 재구성할 수 있다. 더욱 주목할 점은 이 시선집이, 이후 여성시의 대사회적 수용 방식의 예형(豫形)적 기능을 한 것으로 평가할 수 있다는 점이다.

이 시인선집에는 28명의 시인들의 대표작들이 수록되어 있는데, 김명순이 유일하게 여성시인으로 포함되어 있다. 여기에 수록된 작품들은 「追憶」, 「거룩한노래」, 「萬年青」, 「五月의 노래」, 「언니의 생각」 등 다섯 편이다. 이 시들은 대체로 순수한 서정적 세계를 노래하고 있는 것들이다. 문제적인 것은 김명순의 시세계가 결코 이것으로 한정될 수 없는 복합적 경향을 보여주었다는 점이다. 그럼에도 불구하고 유독 순수한 서정적 세계의 작품들만을 선정하였다. 이것은 근대 여성시에 대한 기대지평을 특정한 방향으로 제한하는 데 결정적인 기여를 한 기제라 평가할 수 있다.

이러한 선별 방식은 1947년 및 49년에 간행된 백철의 『신문학사조사』에서도 그대로 나타나고 있다. 주지하듯 이 책은 근대문학사 교육에 있어서 지대한 영향을 미친 책이다. 백철의 『신문학사조사』는 우선, 김명순을 '사조(思潮) 밖의 시인'으로 설정하고 있다.17) 이 저서에서 '사조'가 문학사 기술의 중핵적 기준으로 작용하고 있다는 점을 고려하면, '사조 밖의 시인'이라는 평가는 이미 가치절하의 효과를 낳고 있다. 그러나, 김명순의 시는 결코 사조 밖의 것이라 할 수 없다. 여성주의(feminism)를 근대적 사조의 하나로 인정한다면, 김명순은 결코 사조 밖의 시인이 될 수가 없다. 그러나, 백철이 상정한 "몇 개의 근대적인 사조들"에는 여성주의가 포함되어 있지 않기 때문에 김명순을 '사조 밖의 시인'으로 정위시킨 것이다. 이것은 이광수가 김명순의 「의심의 소녀」에 대해, '사상이 없는 것'으로 평가한 것과 궤를 같이하면서, 여성주의 및 여성시의 주변화를 낳은 계기가 되었다고 하겠다. 그런데, 그는 '사조 밖의 시인' 김명순의 작품 중 「蒼穹」(『조선문단』, 1925.5)을 가작(佳作)이라 평하고 있다. 이 시 역시 순수한 서정적 정서를 노래하고 있다. 백철에 의해 부각되는 김명순의 시적 경향 역시 순수한 서정적 정서이다.

더욱이 이러한 서술 방식은, 여성문학사의 전개 과정을 중심적으로 살피고자 한 중요한 시도로서 평가받는 김윤식의 「女性과 文學」18)에서도 유사하게 나타나고 있다. 이 논문은 근대 여성문학사의 시대 구분을 시도한 점, 김명순·나혜석 등 초기 여성문인에 대해 남성문인들이 남겨 놓은 풍문을 넘어 객관적으로 여성문학을 살피려 한 점에서 미덕을 지니고 있는데, 그럼에

---

17) 백철, 앞의 책(중판), 1992. pp.235-241. "몇 개의 근대적인 思潮들을 놓고 二○년대의 詩人·作家들을 배열해 보아도 그 중에는 암만해도 그 몇 개의 테두리 속에 들어오지 않는 사람들이 있다. 여기 追記하는 卞榮魯·南宮壁과 女流詩人 金明淳 같은 사람들이다."
18) 김윤식, 「여성과 문학」, 『亞細亞女性研究』제7집, 숙명여자대학교, 1968, p.102.

도 불구하고 그 역시『조선시인선집』에 인용된 다섯 편의 시와 백철이 언급한 「蒼穹」, 도합 6편의 시만을 통해 김명순의 시적 특질을 규명하고 있다. 그러면서, 그는 이 시들이 '동시대의 시와 비교해 볼 때, 시의 구성, 언어감도 및 전체적인 통제력에 있어서도 손색이 없는 아름다움을 풍겨주고 있다.', '순수한 감정을 드러낸 퍽 승화된 시'라고 고평하고 있다.

　이처럼『조선시인선집』및 백철, 김윤식의 논저에서 부각되고 있는 김명순의 시적 경향은 '순수한 서정 세계의 표현'이다. 그러나, 김명순의 전체적인 시적 경향은 이처럼 한 가지로 수렴될 수 있는 성질의 것이 아니다. 그럼에도 왜 김명순은 '순수한 서정 세계'에 갇히게 된 것일까? 그것은 앞서 최남선이 근대의 주체에서 소녀를 배제하고 이광수가 김명순의 소설에는 사상이 없다고 확정하고 있는 맥락과 상통하는 것이다. 이러한 문학사적 기술의 논리는, 여성은 '곱고 아름다운 서정의 세계'에 있기를 암묵적으로 바라는 사회적 요구의 반영물이자, 그러한 특징만을 두드러지게 부각시킴으로써 그 기대를 '이후의 독자들'에게 정향시키는 효과를 낳은 것이라 하겠다. 김명순의 시세계의 전모(全貌)를, 선입견 없이 살펴야 하는 필요성도 이 때문이라하겠다.

3. 근대교육의 남녀관과 작용 원리 : 영역 분리 모델

　근대문학사에 대한 이러한 고찰과 아울러, 문학교육의 장에서 여성시가 차지하고 있는 비대칭적 위상이 지니는 교육적 문제에 대한 재고가 필요하다. 근대교육 이후 남녀의 교육 기회는 평등해졌으며, 그에 따라 '교실 구성원의 성비(性比)'는 '사회적 성비'에 조응한다. 그런데 교육 내용상의 성적 차이에 대한 고려는 이를 좇아가지 못하고 있는 실정이다.

　앞서 언급하였듯이, 문학교육의 대상들은 대체로 남성에 의해 쓰여진 문학이 주를 이루고 있다. 문제는 "여성은 남성과는 다른 고유하고 특수한 경험의 영역을 지닌다."19)는 점이다. 남성과 다른 고유하고 특수한 경험의 지평 속에 있는 여성들에게 남성문학 중심으로 교육한다는 것이 효율적인가, 정당한가? 교육 내용으로 설정되고 있는 남성문학은 성적 차이를 초월할 정도로, 인간의 성장을 위해 반드시 학습되어야 할 가치를 지닌 것인가? 이와 관련하여 게오르그 짐멜의 다음과 같은 지적을 참고할 필요가 있다.

> 남성과 여성의 성적 차이를 완전히 무의미하게 여기는 순전히 "인간적인" 문화가 존재할 수 있다는 믿음은, 그런 문화란 존재하지 않는다는 결론으로도 이어질 수 있는 같은 전제, 즉 순진하게도 "인간"과 "남성"을 같은 것으로 여기는 견해에 기반을 둔 것이다. 사실 지구상의 많은 언어들이 이들을 구별하지 않고 하나의 단어로 표현하고 있다. (중략) 어떻든 남성과 인간을 동일시하는 순진성 때문에 많은 분야에서, 변변치 못한 성과는 "여성적"이라고 무시되고 여성들의 훌륭한 업적은 "완전히 남성적"이라고 칭송되는 결과를 초래하였다는 점은 분명하다.20)

'남성'이 '인간'을 대체할 수 있는 것이 아니란 점은 이제 새로울 것이 없다. 하지만, '무가치한 것=여성적', '가치 있는 것=(아무리 여성에 의해 이루어진 것일지라도) 보편적(남성적)'이라는 편견21)의 재생산에서 현재의 문

---

19) 김현자 외, 『한국여성시학』, 깊은샘, 1997.

20) Oakes, Guy. ed(김희 역), 『게오르그 짐멜 : 여성문화와 남성문화』, 이화여자대학교출판부, 1984(1993), p.106.

21) 기존의 연구들은 1930년대 여성시가 그 이전의 '여류시'의 한계를 뛰어넘어 보편적인 차원을 획득하게 되었다고 하면서 모윤숙, 노천명 등의 문학 작품은 '여성 문학'이 아니라 '문학'이라고 평가하고 있다. 이러한 평가에서 알 수 있는 바는, '여성적' 차원을 넘어서는 보편적인 차원이 존재한다는 가정인데, 이 가정이 정말로 유효한지에 대해서는 재론될 필요가 있다고 하겠다. 즉, '여류시'라는 가치폄하적 용어는 존재하는 데 비하여, 그 보편적 차원에 도달하지 못한 '남성의 문학'을 가리키는 용어가 사용되지 않는다는 점은 은연중에 '남성성'이 지니는 특수성을 은폐시키는 효과를 거두고 있기 때문이다. 달리 말해, 남성에 의해 쓰여진 문학 작품이 보편적 문학성을 획득하지 못했을 경우, 그 원인을 '남성성'에 갇혀 있기 때문이라고 보는 경우는 드문 데 반해 여성 문학을 평가할 때는 '여성적' 차원에 머물러 있다는 평가를 자주 목격할 수 있다는 점이 문제적인 것이다. 이러한 서술방식을 보여주는 사례로는 김용직, 『한국현대시사2』 중 '두 여류 문학—모윤숙과 노천명' 및 권영민, 『한국현대문학사 상』 중 '1930년대 여성문학의 성장' 부분을 들

학교육이 완전히 자유롭다고는 할 수 없다. 이러한 편견이 현재까지도 산견된다고 할 수 있는 상황에서, 남성문학 중심의 문학교육 방식은 재고될 필요가 있다.

여성이 고유한 체험을 지니고 있다면 남성 또한 고유한 체험을 지니고 있을 것이다. 그렇기 때문에, 남성에 의해 쓰여진 문학 텍스트는 남성에게 더욱 효과적으로 이해될 것이며, 남성은 자연스럽게 학습할 수 있으며 그러함에 따라 남성은 남성답게 성장할 기회가 주어진다. 반면, 여성은 자연스럽게 학습할 수 없을 뿐만 아니라, 남성문학이 지니는 경험의 간극을 메우기 위한 더 많은 노력 속에서 학습해야 한다. 여성 학습자가 치르게 되는 정신적 고투가 긍정적인 면도 있겠지만, 반대로 여성 학습자는 자기 정체성 확립 과정상의 혼란22)을 겪게 될 것이며, 남성문학에 의해 표상된 '의사(疑似)－인간'화 될 가능성도 있다.

이 점은 보수적이라 치부되지만 암묵적으로는 실질적으로 잔존하는 선입견, '여자는 여자답게 남자는 남자답게 행동해야 한다.'로 보아도 문제적인 교육적 현상에 해당한다. 사회는 아직도 여성에게 '여성적'이라는 행위의 제약을 묵시적으로 요구하고 있다. 그러나 교육 현실은 이와 상반된다. 여성은 사회적으로 잔존하는 요구와는 어긋난 교육을 받고 있다.

사회의 요구, '남성은 남성답게, 여성은 여성답게'라는 성적 차이에 대한 요구는 동서양을 물론하고 유구한 것일 뿐만 아니라, 산업화를 통해 더욱 확고하게 자리잡은 '영역 분리 모델'23)에 의해 재생산되고 있는 것이다. 유교

수 있다.

22) Martin, J.R.(유현옥 역), 앞의 책. 마틴은 학습자의 성적 차이를 무시한 교육 방법이 낳는 불평등에 대한 예를 다음과 같이 들고 있다. "테니스를 처음 배우는 많은 여성들이 테니스를 처음 배우는 남성들보다 적절한 서브를 할 수 있게 되는 데 더 많은 어려움을 겪는다. 왜 그런가? 테니스의 서브모션은 공을 던지는 모션과 동일한데, 대부분의 여성들은 남성들보다 공을 던지는 경험을 훨씬 적게 가졌기 때문이다. (중략) 여성에게 적절한 서브를 가르치기 위해서는 여성들이 과거에 공 던지기에 대한 학습 경험의 기회가 적었다는 점을 고려하여 특별한 지도가 주어져야만 할 것이다." 물론 여기서 지적되고 있는 것은 성적 차이를 고려하지 못한 학습 방법상의 문제점이지만, 학습 내용이나 학습 결과에 의해 획득될 정체성 확립 과정상에도 많은 문제점이 내함되어 있다고 판단할 수 있다.

적 세계관에서 '남성은 지배·강건·존귀로서 규정하고 이해하는 데 반해 여성은 복종·유순·비천의 대칭형으로 규정하고 이해'하는데, 이러한 관점은 사회적 역할 분담의 근거로서 작용하여 왔다. 중요한 공적 영역은 남성이, 이보다 덜 중요한 사적 영역인 가정은 여성이 분담하여 역할을 맡게 하는 사회적 체계를 낳게 된 것이다.24) 서양 역시 남성과 여성에 대한 비대칭적 관점은 유구하며 사회적 영역 분담 체계의 근간으로서 작용하였다. 아리스토텔레스는 주인과 노예, 지배와 피지배의 정당성을 논증하기 위해 자연계에서는 영혼과 육체간의 우열 관계를, 인간계에서는 남성과 여성간의 우열관계를 증거로서 제시하고 있다. 남성과 여성의 관계를 그는 "자연적으로 우월한 자와 열등한 자의 관계, 즉 지배자와 피지배자의 관계"로 규정하고 있다.25)

이러한 관념은 산업화 근대화 시기를 통해 '영역 분리 모델'로서 확고해졌다. 산업화가 진행되던 19세기에 여권운동이 발생하자—이처럼 '영역 분리 모델'이 여권운동론에 대한 대타적 의식에 의해 확고화·정교화 되었다는 점 또한 매우 중요하다. '영역 분리 모델'은 여권 운동에 대한 남성중심주의의 방어 담론이었던 것이다.—남성에게 개방되어 있던 자유로운 지위와 권리로부터 여성들을 배제하기 위해 '영역 분리'를 정당화하는 담론은 정교화 되었다. 여성과 남성은 필수 불가결하게 구별되고 서로 상반되며 서로 교환될 수 없는 삶의 영역을 차지하고 있다는 입장이 정당화되었는데, 이러한 영역 분리 모델을 구성하는 세부 논리가 "시장/가정의 양분", "공사(公私)의 양분", "생산과 소비의 양분", "도덕적 이중성"이다. 이런 논리를 통해 남성은 권력과 시장이라는 공공 영역을 장악하는 반면 여자들은 가족을 위해 봉사하고 불우한 이웃을 돕는 자선행위에 참여하도록 기대되어 왔다.26) 또한

---

23) Oakes, Guy. ed(김희 역), 앞의 책, pp.49-55.
24) 박용옥, 『한국 여성 근대화의 역사적 맥락』, 지식산업사, 2001, pp.17-21.
25) 아리스토텔레스(나종일·천병희 역), 『정치학/시학』, 삼성출판사, 1990, pp.48-51.
26) 이 점은 한국의 근대화 과정에서도 유사하게 나타나고 있다. 즉, 개화자강운동기에 근대적 여성 담론의 최초의 형태는 여성의 "자선심"을 고취하는 담론이 지배적이었다. 이상

여자가 직업을 갖는다면 여러 가지 좋지 못한 결과들, 즉 남편과 가정과 어린이들에 대한 소홀, 여자답지 못해짐, 건강 악화, 적은 임금을 받게 되는 여성의 진출에 따른 잉여 노동력의 양산 및 평균 임금의 하락, 이에 따른 남성의 실업자화 및 가족 부양자의 상실 등이 잇따를 것이라는 공포심에 가까운 관념이 형성되었다.

사회적 '영역 분리 모델'이 교육의 원리에도 깊이 삼투되어 왔다는 점이 문제적이다. 서구의 근대화 시기의 주요 철학자인 루소의 교육철학은 이러한 삼투 작용을 가장 극명하게 보여주는 사례이다.[27] 루소는 "에밀이 남자이듯이 소피는 여자가 되어야만 한다. 다시 말해 소피는 물리적·도덕적 질서 속에서 그녀의 자리를 감당하기 위해 그녀의 생물학적 성의 특성에 적합한 모든 특성을 지니게 되어야만 한다"고 주장했다. 루소에게는 두 성(性)이 있어야 할 자리가 다르기 때문에 각 성(性)이 받게 되는 교육이 달라야만 한다는 것은 더 이상 논의의 여지가 없는 것이었다. 루소는 남성인 에밀에게는 시민으로서 공공영역에 나갈 수 있도록 '성장'시키기 위한 교육―자기를 희생하면서도 사회적 책임을 다하고, 선택의 기로에 있을 때 가정보다는 사회를 더 고려함으로써 공인(公人)으로서의 태도를 형성하는 교육―이 행해져야 하지만, 여성인 소피에게는 어머니로서 여성으로서 가정을 지킬 수 있도록 '주조'하기 위한 교육이 행해져야 한다고 주장했다. 소피는 '매혹적으로 보이도록 애교 능력을 발달'시켜야만 하듯이, 에밀은 '힘을 길러야만 하'는 의무가 뒤따른다.

우리의 근대교육 과정에서 여성에 대한 일반적 인식이나 태도에 대한 김기림의 다음과 같은 지적 또한 이와 유사하다.

실상 오늘의 자녀교육에 대한 父兄이나 敎師의 태도라고 하는 것은 매우 感傷的인 데가 있읍니다. 가정에서는 女兒들은 이윽고는 남의 집에 갈

경, 앞의 책 '제2장 여성의 근대적 자기표현의 역사와 의의', pp.37-47.
27) Martin, J.R.(유현옥 역), 앞의 책, '제3장 루소의 소피'.

사람, 부형과 이별할 사람으로 취급되어서 그 일은 피차에 자연 일종의 감
상을 가지고 서로 대하게 합니다. 그래서 많은 일이 그대로 그저 「애매하
게 諒解된 상태」에서 넘어가는 폐단이 많습니다. 또 오늘 중등 이상의 여
학교 교육이라고 하는 것이 한낱 持參金의 다른 형식이 되고만 경향이 있
는 것도 사실입니다. (중략)

　　대부분의 어린 여성들은 가정에서나 학교에서나 진지하게 취급되지 못
하는 경우가 많습니다. 인격이나 개성의 형성 또는 발휘라는 점은 남자의
경우처럼 깊이 追求되지 않고 마는 일이 보통이 아닐까요. 그들은 도리어
처음부터도 한 「포지션」, 즉 남의 집 며느리 될 사람, 아내 될 사람, 어머
니 될 사람으로서 취급됩니다. 말하자면 전체적인 인간이 아니고 기능적
인간으로 취급됩니다.(중략) 모든 남자 역시 남편 또는 아버지 될 운명을
가지고 있을 것이나 나는 아직도 어느 男學校에서도 남생도들이 남편으로
서 또 아버지로서의 교육을 받는다는 말을 들은 일은 없습니다.[28]

　루소의 교육철학과 김기림의 지적은 근대교육이 지니는 성적 차별성 즉,
'영역 분리 모델'에 입각한 교육 내용 및 방식을 공히 드러내고 있다. 문제
적인 것은 김기림이 지적하고 있듯이, 이러한 문제들이 "그저 「애매하게 諒
解된 상태」에서 넘"겨져 왔다는 점이다.

　이런 근대교육의 틀에 비추어 보면, 현재 이루어지고 있는 제도교육은 외
면적으로 상당한 변화, 특히 남녀에 대한 교육 내용의 동일화 측면에서의 발
전이 이루어졌다고 평가할 수 있다. 문학교육의 영역에서도 남녀에 대한 교
육 내용상에 차이가 있기보다는 오히려 동일하기 때문이다. 그러나, 이 동일
성은 '보편성'이라는 명분을 통해 무언가를 배제하는 효과를 발휘하고 있다
는 점에서 오히려 문제적인 것이다.

　동일화됨으로써 첫째는 여성이 여성으로서 교육될 기회가 상실되었으며
둘째로는 '영역 분리 모델'에 대한 대항 담론으로서의 여성적 자의식을 드러
낼 수 있는 담론들, 사회운동으로서의 여권운동과 사상적 연관성을 지닌 여

---

28) 김기림, 「女性과 現代文學」, 『여성』, 1940.9, 『김기림전집3』, 심설당, 1988, pp.138-39.

성주의적 문학 텍스트가 교육 내용에서 배제되는 결과가 빚어졌다고 할 수 있다. 여성은 문학교육의 교실에서 여성의 목소리를 듣거나 낼 수 있는 기회가 상실되고, 보편적 인간 교육과 동일시되고 있는 '의사-남성'적 교육—사회적으로 여성은 다시 여성으로 호출되어야 하기 때문에—에 노출되었다고 하겠다.

이러한 교육적 작용 원리에 의해, 한국 근대문학사에서 이어져 온 여성주의적 문학 텍스트가 실종되었다고 할 수 있으며, 그 대표적인 사례가 김명순으로부터 시작되는 여성문학의 배제이다. 여성은 여성의 체험을 내재한 문학 텍스트를 접할 기회가 극소화되고, '여성으로서 사회 속의 여성을 바라보고자 한 기획(企劃)의 역사에 대한 지식'을 얻지 못하고, 자신과 상당한 간극이 있는 남성의 경험에 대한, 상대적으로 더욱 어려운—정체성의 혼란 차원에서29)—학습 과정을 밟아 나가야만 하게 된 것이다. 그것의 정당성은 '문학사적 성과의 논리'에 의해 강화되고, 논란의 대상에서 배제됨으로써 여성 문학의 가치에 대한 독자적인 평가에 관여하지 못하게 되는 것이다.

문학교육에서의 이러한 여성의 소외가 여성에게만 문제적인 것은 아니다. 남성 또한 '인간'과 등치된 '남성'의 시각으로 인간을 이해하는, '반(半)인간화'의 한계에 갇혀버리게 되기 때문이다. 교육이 각 개인을 인간으로서 성장시키기 위한 계획적 활동이라면, '반-인간화'에 그쳐서는 안 된다. 게오르그 짐멜이 지적한 바와 같이, 모든 학습자는 '인간=남성'의 순진성에서, 그리고 '가치 있는 것=남성적, 가치 없는 것=여성적'이라는, 사회적 현실에 편재하는 편견에서 해방될 필요가 있다. 이러한 순진성과 편견을 적극적으로 논하고 교육하지 않은 채, 이미 이러한 문제점이 해소된 것처럼 다룬다면, 김기

---

29) 이 글에서 '여성이 학습 과정에서 어려움을 겪는다'는 말의 의미는, 여성의 학업 성취도 면에서의 어려움을 의미하는 것이 아니다. 최근 각급 학교나 각종 공적 시험에서 여성의 성취도는 놀라울 정도로 발전을 보여주고 있다. 즉, 여성의 학습 능력이 남성에 비해 부족하다는 것은 현실적으로 부정 증명되고 있지만, 여성에게 요구하는 사회적 정체성과 교육적 내용상의 모순이 여성 학습자에게 지속적으로 '정체성 혼란'이라는 문제를 일으키고 있다는 것이다. 이러한 문제가 여성에게 학습 과정상의 어려움을 일으키고 있음을 의미하는 것이다.

림이 일찍이 지적한 모순들을 잔존시키는 결과에 이를 것이다. 즉, 여성 학습자로 하여금 보편적 지식을 획득하게 할 수는 있으나, 그 끝에 가서는 남성과 달리 다시 가정에 갇혀버리는 모순을 해결하지 못할 수 있다.30)

4. 김명순의 시세계

앞서의 논의를 고려하면, 한국문학의 근대화과정에서 여성문학이 어떻게 발전하여 왔는가를 살펴볼 필요성이 자연스럽게 제기된다. 이후에서는 최초의 근대 여성문인이었던 김명순의 시세계를 고찰하고자 한다.

김명순(金明淳, 1896-1951)은『청춘』제11호(1917년) 현상문예응모에「의심의 소녀」가 당선되면서 문단 활동을 시작하여 시 24편, 수필 4편, 소설 2편이 수록된 창작집『生命의 果實』(한성도서주식회사, 1925)을 비롯, 50여 편의 시와 9편의 외국 번역시, 소설 6편 등을 발표하였다. 이처럼 상당 분량의 작품 성과를 보이고 있음에도 불구하고 '작품 없는 작가'라는 폄하적 대상이 된 까닭은, 그녀에 대한 본격적인 연구들이 공통적으로 지적하고 있는 바와 같이, 그녀에 대한 풍문(風聞)들 때문이다.31) 이 풍문들은 사실 여부와 관계없이 그녀를 문란한 남성편력자로 부각32)시켰는데, 실상 이것은 여성작가들

---

30) 이러한 문제가 사회적 쟁점이 이미 되고 있다는 점은 다음과 같은 자료를 통해 접할 수 있다. 교육이 새로운 사회 성원을 육성하는 기능을 지닌 것이라는 점에서, 새로운 사회의 요구를 적극적으로 고려하여 반영시키는 것은 당연한 것이며, 문학교육의 영역에서도 이러한 노력이 필요하다고 본다. 국회인권정책연구회 공동 주최,『21세기 가족의 전망과 호적제도 개선방안에 대한 토론회』자료집, 2002. 10. 23.

31) 김윤식, 앞의 글; 신달자,「1920년대 여류시 연구―김명순, 김원주, 나혜석을 중심으로」, 숙명여자대학교 대학원 석사학위논문, 1980 및 각주 5)의 연구 목록 참고. 이러한 풍문의 주된 기원으로는 김동인의「김연실전」, 전영택의「탄실과 그의 아들」,「내가 아는 김명순」 등이 지적되어 왔다.

32) 김윤식은 김동인의『김연실전』이『문장』지에 3회에 걸쳐 게재된 사회적 맥락, 즉 일제의 파쇼체제가 극에 달하던 시대에 소설이 취할 수 있었던 경향 중의 하나가 통속성이었으며, 이러한 요건에 맞는 것 중에 하나가 '연애 후일담'과 같은 것들이었다고 지적하고 있다. 실제로 신여성에 대한 '연애 후일담'은 신문이나 잡지 등의 매체에서 상업적인 논리로 지속적으로 창작되었다는 사실이 이와 관련된다. 김동인,『김연실전』, 정음사, 1975,

을 인간적 관점에서 바라보기보다는 이성적 호기심으로 바라보는 데 머문, 당대 남성 작가들의 몰지각을 단적으로 드러낸 것에 불과하다.33)

김명순에 대한 본격적인 연구는 신달자에 의해 시도되기 시작했는데, 그녀에 의하면 김명순의 시는 '풍자(諷刺)와 한(恨), 부재(不在)와 향수(鄕愁), 환몽(幻夢)과 방황(彷徨)의 세계'를 보여주고 있다고 설명된다. 김윤식은 그녀의 시가 오상순, 김형원, 김기진 등 당대 남성 시인들에 비해 '시의 구성, 언어 감도 및 전체적인 통제력에 있어서도 손색이 없는 아름다움을 풍겨주고 있다'고 평가하고 있다. 이러한 지적들은 그녀의 시적 완결성이나 내용의 다양성에 있어서 주목할 만한 점들이 있음을 암시해 준다. 그녀의 시작(詩作) 활동은 초기 근대 여성시의 최대의 가능태로서 재평가될 수 있으며, 이후 지속되는 여성시의 발전 과정을 조감하는 원점(原點)으로 규정할 수 있다.

그녀의 시들은 우선 과거 여성시의 면모를 계승하면서도 일신시키고 있다는 점, 근대 세계에 눈 뜬 여성으로서의 자의식을 적극적으로 드러내고 있다는 점, 1920년대 민족의 암울한 상황을 독특하게 형상화하고 있다는 점에서 문학사적 의미를 발견할 수 있다. 더욱이 그녀의 이러한 시적 경향은, 1920년대 한국 근대시를 대표하는 시인들인 김소월, 한용운, 이상화 등과 대비할 때 뚜렷한 차이점을 드러내고 있다.

1) 전통적 여성시의 근대적 혁신

김명순은 단편소설로서 등단하였지만 1920년 『창조』 7월호에 「조로(朝露)의 화몽(花夢)」을 발표하면서 시를 발표하기 시작한다. 주요한을 비롯하여 『창조』 동인들이 전대의 계몽주의 문학을 부정하면서 새로운 문학을 시

김윤식의 '해제'(pp.203-210).

33) 김윤식, 앞의 글, pp.106-7. 김명순과 직접적으로 관계가 있던 『창조』파는 "대부분이 서도(西道) 출신이고 또 미술학교 출신들이다. 패밀리 호텔을 거점으로 한 김동인, 김유방 등의 탐미적 댄디보이들이 여성 특히 여류문사 김명순에 대해, 방종과 연애를 방조했다고 보는 것은 충분히 납득되는 바 있을 것이다."

도하고자 한 바와 같이, 김명순 역시 '새로움'의 추구를 보이고 있다. 그것은
이 작품이 133행의 장시(長詩) 형태[34]를 취하고 있으면서 현대적 관점의 '시
극(詩劇)'을 보여주고 있다는 점에서 단적으로 드러난다. 「불노리」에 대해
'그 형태가 새로웠을 뿐 아니라, 그 구조도 한국시의 새로운 지평 타개에 기
여하고 있다'[35]는 평가는 김명순에게도 해당한다고 할 수 있다. 특히, 「불노
리」가 단일한 서정적 자아의 독백체 형식을 지니고 있음에 비해 「조로의 화
몽」은 다양한 시적 화자를 등장시켜 극적 구조를 이루면서도 일관된 주제
의식을 구현하고 있다는 점에서, 더욱 적극적인 형식적 실험 의식을 보여주
고 있다. 다소 길지만 「조로의 화몽」 전문을 인용하면 다음과 같다.

　　一.
　　彌實이는 단꿈을깨트리고 서어함에 두뺨에 고요히 구을려내려가는눈물
을 두주먹으로씻스며 白雪갓흔寢衣를몸에감은채 억개우에는 羊毛로두텁게
織造한흰쇼올을걸치고　十字架의草鞋를신고　後園의이슬매친잔쯰위로　蒼浪
히거러간다. 산듯싼득한 맨발의感覺－녀는 芭蕉그늘아래에서억개에걸첫든
것을잔쯰우에펴고안젓다.薔薇花의단香氣를　깁히깁히呼吸하며　幻想을그리
면서.
　　東편담아래두그루의薔薇花
　　어제오날半開하며
　　이슬을먹음어美의힌대로
　　희고붉게雅妍히피엿다.

---

34) 이숭원, 「초기 자유시 형성의 몇 가지 층위」, 김은전・김용직 외, 『한국현대시사의 쟁점』,
　　시와시학사, 1991. 이 글에서 이숭원은 이 시기의 시들이 장형화한 것은 '무언가 할 말이
　　많고 감정이 내부에서 용출하기' 때문이었을 것으로 보고 있는데, 김명순의 시가 장시(長
　　詩) 형식을 취하고 있음도 이에 준한다고 볼 수 있다. 또한 자유시의 단계로 진입하기 위
　　해서는 시가 노래로부터 분리되는 과정이 필요하며, 시가 개인의 자유로운 내적 호흡을
　　담아내기 위하여는 집단의식으로부터 분리되어 개체의 독자성을 확보함으로써 '우리의
　　노래'가 '나의 시'로 전환되어야 한다고 지적하면서 이러한 의식을 지닌 전문적인 시인의
　　등장을 기본 조건으로 지적하고 있다.
35) 김용직, 앞의 책(상), p.143.

아직世上을못본無垢한容姿
아침바람에더욱硏硏히
憧憬하는노래를하는것갓치
紫玉한香氣에몽롱히조을때

아아波濤의 潺潺한戲弄이들닌다
상령한물결에게
님이오실째를무르매
다만찰삭찰삭. 우수면서.

波路에멀늬사러지신님이여
只今은어느곳에―
今年에도五月節이도라와
萬物이嬉嬉하나이다. 마는

오오지난날의밋부신언약지난들
비록千萬代를
限업는永遠을아시는님이시니
감히져바리릿가. 마는

오오거문고의줄이끈어지나이다
나의눈물은다만
꼿에서꼿으로彷徨하는
胡蝶의마음을울미오니.

二.
白「오오 紅薔薇花야!나는동생을위하여 꿈을쑤엇소」
紅「무슨쑴?언니나도 언니를 위하여쑴을쑤엇소」
白「뎌어동생이結婚하는쑴」紅은더쌀애지며「언니는」 하고 상령히눈을
흘긴다.
白「동생은무슨쑴을쑤엇나?」뭇는대 紅은 悄然하여지며「뎌어아시지오?

藍胡蝶을? 그가」 하고감히말하지못하며 머밋머밋하는대 白장미는더궁금한 表情을짓는다. 紅은우스며,

紅「꿈이니노여지마시오네?언늬, 뎌어, 꿈에으응, 藍胡蝶아시지오? 언늬 우애생각이안나시오 내가아는나뷔들 中에 그中 華麗하게생긴이, 우왜, 내가더피거든온다고약속하고가신이말이오 그이가왓는대 제개는아니오고 더어, 언늬게로왓셔요 그리고저를돌려다도안보앗어요. 그럴동안에 언늬도져를돌려다도안보시고 아주得意수럽게微笑하시지오?」하고 세상에잇지안을일가치.

「호호호」

「호호호!」하고 웃다가 白장미가

「그래동생이노엿나?」하고 뭇는대 紅장미는

「설마!」하고 더욱소리쳐웃는다. 우슴쯔치고는

白「어대션지 아주참을수업는 슯흔노래가들리는구려-」 하고 한층더귀를 기우리매 紅장미는 冷悧하게

「언이그노래누가하는지 아시오? 더어海邊에절하듯이굽어진산이보이지오? 거기望洋草라는이가蒼白한얼굴을하여가지고 매일노래한다우 나는그의목소래만드러도 엇전지눈물이쏘다져요」

白「아-동생우리오날심심하니그를차자가볼가」하는대 紅은곳同意하엿다.

白 薔薇의精과紅薔薇의精은 前後하야나란히거러서 望洋草에게나라드러갓다.

望 洋草는아조 快活히우스며 그들을마졋다 잠간보기에는아주 悲歌를부르든이로는보이지안는다.

望「오-香그러우신白氏 情熱家이신紅氏-두분이잘오셧소 당신들은 젊고아름답기도하시오」하고 손을對하야欣然히嘆美한다.

白「望洋草씨 엇저면그런悲壯한노래를하심닛가? 그니약이를우리에게들려주시고 쏘!」

紅「노래도들려주세요」하고請한다

「픽惶悚합니다」하는 望洋草는 아주 寂寞에제친빗이보인다 紅薔薇는 귀속말로 白薔薇에게

紅「언늬 望洋草씨는 우서도웃는것갓지안코 우는것갓해요」

望 洋草는깁흔한숨을 지으며 눈물을 흘는다. 홍장미는 쏘백장미에게 쏙

새기를 한다.

　紅「언늬뎌이눈에서 피눈물쩌러지오」백장미는 새파랏케질늬여 망양초에게

　「우심닛가?」하고 웃는대 망양초 머리를숙이고붓그리며「엇젼지 눈물이흘늠니다그려 당신들을대하매 내가꼿을피엿든째를 회억하여지는구려」하고 소리업시운다. 홍장미는쏘한속새기로

　「언니나는뎌를이해할수가업소」

　白「내게좀머자라, 시를만이보면 알어진다」하고 위로한다. 백은다시 망양초에게

　「망양초형님 우리들을위하야 형님의노래의니약이나를들려주셧으면 소원이외다. 우리들은형님이 그 심히 슬허하는것을보매 참어발길이도라서지안는구려……」한다. 望洋草는 白장미와紅장미를 갓가히안치고그가절젊엇슬째에 淡紅色의꼿을피엿슬째 한옛적의니약이를始作하려한다. 아주感慨깁흔 듯이

　「내가꼿을피엿슬째 淡紅의웃는듯하든꼿을탐스럽게피엿슬째 하로는 藍胡蝶이와서 내꼿에머무르고 말하기를너는 天心爛漫히울고웃고「自己」를正直히表現한다하고 일러주며 後日에쏘올터이니 의海邊에서 기다리라고 하시지요?! 그래서져는 十年채하로와갓치 검은고를타며매일기다리지오 그럿치만 조곰도 그가 더듸오신다고 원망도 疑心도아니함니다 그러나 寂寂하닛가매일노래를합니다」하고 머리를숙이며 눈물을짓는다 白薔薇도紅薔薇도 緣故를 몰느면서 눈물을흘닌다.

　　波路로오실줄아럿든님이
　　山을넘어뒤도안도라보고
　　薔薇花핀곳을향하여
　　춤추며나라드니……

望洋草는 蒼白하엿다가 洽然히 合掌하고 天空을우르여기도한다.
홍장미는 全身의 血潮를쓰리며 백장미의게,
「언니 뎌기 藍胡蝶이산을넘어나를차져오나이다 속히도라가십시다.」

> 사랑하는이여
> 나의넓은花園에서
> 五色으로花環을지어
> 그대의結婚式에
> 禮物을드리러하오니
> 오히려不足하시면
> 당신의마음대로
> 色色의꽃을꺽거서
> 뜻대로쓰소서
> 그러나<u>나의花園</u>은
> <u>思想의花園</u>이오니
> 그대를위하여
> 洗練된것이오니
> 앗기지마소서.

彈實이는눈을번쩍썻다 며는이갓치幻想을그려본 것이다. 五月아참바람이 산들산들분다.
潺波를씌우고 微笑하는靑空 — 상쾌히管絃樂을아뢰는大地!!
不治의病에우는彈實의눈물……草葉에매친이슬이朝日의 光彩를밧에 珍珠갓치빗난다.(밑줄은 인용자)

위에서 보듯이 「조로의 화몽」은 액자소설처럼 액자 형식을 취한 시극(詩劇)이다. '현실—꿈—현실'의 구조를 바탕으로 '해설—시—대화—시—해설'의 구성을 통해 비극적 사랑의 이야기를 상징적으로 표현하고 있다.[36] 꿈에서 깨어난 주인공 탄실(彈實)은 후원(後園)을 거닐며 그 꿈에 대한 안타까움에 젖어 있다. 시적 형태로 진술된 부분은 그러한 안타까움을 표현하고 있다. '나의 눈물'은 그저 꽃에서 꽃으로 방황하는 나비의 마음을 울릴 뿐, 오지 않는 임에게 가 닿지 못하고 있다. 2장에서는 그러한 안타까움이 백장미

---

36) 정영자, 「김명순 연구(상)」, 『월간문학』, 1987.11, p.298.

(白薔薇)와 홍장미(紅薔薇) 간의 대화 및 망양초(望洋草)의 노래를 통해 반복, 강화되고 있다. 장미들과 망양초는 모두 동일하게 '남호접(藍胡蝶)'을 기다리는 존재로서, 임의 상실을 공유하고 있는 존재들이자 '나'의 분신들이다. 그런데, 마지막 부분의 '나의 화원(花園)은 / 사상(思想)의 화원(花園)'이라는 구절을 볼 때, '남호접'은 단순히 이성적 임만을 의미하는 것이 아니라, 신사상(新思想) 즉 새로운 세계의 주체를 상징하는 것이기도 함을 알 수 있다. 또한 '해로(海路)에 멀늬 사러지신 님이여'(1장)와 '이 해변(海邊)에서 기다리라'(2장), '망양초'라는 표현들은 모두 '나'가 바다를 향해 있음을 나타내는데, '바다'를 새로운 사상과 만날 수 있는 통로로서 설정하고 있다는 점에서는 최남선의 「海에게서 少年에게」와 공통적이다. 따라서 「조로의 화몽」은 단순한 연시(戀詩)가 아니라 근대 세계에 대한 열망을 표현한 작품이다.

이 시는 '망양초'라는 필명으로 발표되었다. 그런데 작품 안에 시인 자신의 이름인 '탄실'은 물론 필명인 '망양초'가 그대로 등장하고 있다는 점이 특징적이다. 이러한 방식은 당대의 시에서 보기 드문 형식적 파격이다. 이것은 그녀가 '주체의 감정의 비허구적 발화'[37]로서의 서정시의 장르적 본질을 전경화시키려 했기 때문이라고 해석할 수 있다. 작품의 외적 형식은 허구적 화자를 내포한 시극의 성격을 띠고 있다는 점에서, 외적 형식과 이러한 의도 간에는 모순이 있는 듯하다. 그러나 그것 역시 '나'의 임에 대한 열망을 강조하기 위한 방법적 장치란 점을 고려하면, 이 작품은 고도의 기법을 활용하여 서정시의 장르적 본질을 탐구하는 메타적 성격도 지닌 것임을 알 수 있다.

---

37) Hamburger, K.(장영태 역), 『문학의 논리』, 1957(2001), 홍익대학교출판부, pp.291-3. '서정적 자아를 진술주체'로 보고 있는 함부르거는 "체험은 꾸며진 것이라는 의미에서 <허구적>일 수 있다. 그러나 체험주체, 또 이와 더불어 진술주체, 즉 서정적 자아는 사실적인 자아로서만 발견될 수 있을 뿐, 결코 허구적인 자아로서 발견될 수 없다. 왜냐면 서정적 자아는 서정적인 진술의 구성적인 구조요소이기 때문"라고 하면서 서정시가 진술주체의 진정성에 기초하고 있음을 강조하고 있다. 이런 개념을 도출하는 데 기초가 된 체험시 Erlebnislyrik가 "18세기 이전의 전통적이며 사회적으로 특징되는 형식적 서정시와는 반대되는 개인적 감정과 문학적인 감정표현의 서정시"를 나타낸다고 지적하고 있는데, 김명순의 시에서 '실제 이름-필명-시적 자아'간의 동일성을 강조하고자 한 까닭도 이런 장르 의식이 전제된 것이라고 할 수 있다.

이런 점에서 '너는 천심난만(天心爛漫)히울고웃고「自己」를正直히表現한다'는 구절은 그녀가 생각하는 서정시의 형식적 본질 및 근대적 자아의 본질을 드러낸 것이라고 할 수 있다. 새로운 사상을 상징하는 '남호접'이 망양초를 아끼는 까닭을 밝힌 이 구절은 근대적 자아의 요건, 즉 집단적 자아가 아닌 독립된 개체로서의 자아로부터 감정이 정직히 표현되어야만 한다는 요건을 밝힌 것이며, 서정적 자유시는 이러한 자아에 기초하여야 한다는 점을 말하는 것이라 하겠다.

그녀가 이처럼 매우 복잡한 형식을 실험한 까닭은 다른 각도에서도 의미를 지닌다. 주요한의「불노리」와 그녀의「조로의 화몽」은 실상 모두가 '임의 상실'에 따른 비애감을 표현한 것이다. 그러나, 여기서 두 시인의 성적(性的) 차이를 고려한다면 다른 관점에서의 조명이 가능하다. 즉, 조선 시대까지 대체로 남성 문인들은 예외적인 경우를 제외하고는 개인의 별리(別離)의 슬픔 또는 개인적 임에 대한 그리움을 표현하는 경우는 드물었다. 설령 그러한 작품을 지었다 할지라도 그 의의는 스스로 강조하지 않는 경우가 많았다. 이에 반해, 수다한 연시(戀詩)는 여성 시인 또는 기녀(妓女)들에 의해 더 많이 창작되었다.

그런데, 주요한이 새로운 시를 실험하면서 내용상 도입한 것은 개인적 별리의 슬픔이다. 이것은 물론 국권상실이라는 시대적 배경을 전제한 것이기도 하지만, 그렇다고 하여 내용상의 변화가 지니는 충격이 감소하는 것은 아니다. '재도지기(載道之器) 또는 관도지기(貫道之器)'로서의 주자학적 문학관38)에 대체로 갇혀 있던 과거의 남성 문인과는 새로운 가치관을 지닌 남성 문인의 등장을 예증하고 있기 때문이다. 이런 점에서 주요한의「불노리」는 이미 내용상으로도 혁신적인 반향을 가져올 수 있었던 작품이다.

그러나, 여성 문인인 김명순의 입장에서 볼 때, 과거로부터 수다한 여성들이 창작한 연시(戀詩)와 유사한 내용의 시를, 형식상의 과감한 혁신 없이 쓴

---

38) 전형대 외,『한국고전시학사』, 기린원, 1988, pp.227-244.

다는 것은 무의미한 행위에 지나지 않는다고 하겠다. 「조로의 화몽」에서 그녀가 과감히 형식적 혁신을 추구한 까닭도 과거의 시와 내용상 유사성으로부터 오는 굴레를 벗어나기 위해서였음을 알 수 있다. 그녀의 이와 같은 실험 의식은 그러므로 전통적인 여성시의 근대적 혁신을 위한 시도라고 평가할 수 있다.

물론 이것은 그녀가 이 시기 서구시의 영향을 깊이 받고 있었다는 점에서도 그 원인을 찾을 수 있다. 1922년에 그녀가 『개벽』 10월호에 「表現派의 詩」라는 제목으로 표현파의 시 2편, 상징파의 시 2편, 후기인상파의 시 한편, 악마파의 시 4편 등 번역시 9편[39]을 발표하고 있기 때문이다. 이러한 서구 지향은 「조로의 화몽」 속의 배경 묘사 부분('白雪갓흔寢衣', '羊毛로두텁게 織造한흰쇼올', '十字架의草鞋' 등)이 지니는 서구적 취향과 밀접한 연관이 있을 것이며, 그렇기 때문에 '산듯싼득한 맨발의 感覺'이라는 상대적으로 낯설고 신선한 이미지 및 '백장미' '홍장미'와 같은 낯선 분신(分身)의 등장이 가능했다고 할 수 있다. 그러나, 이러한 외양과는 달리, 시의 내용에 해당하는 '꿈'은 여인의 비극이자 전통적인 여인의 한(恨)과 이어지고 있다. 결국, 「조로의 화몽」은 전통적인 소재인 한(恨)을 근대적 개념의 서정시 형식을 통해, 근대 사상에 대한 열망의 감정으로 확장시키면서 새롭게 형상화하려 한 최초의 근대적 여성시라는 문학사적 의미를 갖는다.

2) 인형 의식의 거부 : '비천한 여자'와 '새로운 아버지 찾기'

이러한 형식 실험기를 거치면서 근대시의 장르적 관습을 익힌 김명순은 적극적인 의미에서 전통적인 여성시와는 다른 시를 보여주고 있다. 적극적으로 다르다는 점은 김명순의 시가, '남성의 인형'으로서의 의미를 지니는 곱고 아름다운 여자 이미지를 과감히 거부하고, '비천한 여자' 이미지를 보

---

39) 『개벽』제28호 문예면, 1922.10, pp.50~54. 구체적으로는 프란츠 베르펠의 「웃음」, 헤르만 가작크의 「비극적운명」, 메테를링크의 「나는차젓다」, 구르몽의 「눈」, 호레이의 「酒場」, 포우의 「大鴉」, 「헬렌에게」, 보들레르의 「貧民의 死」, 「저주의 여인들」 등이다.

여주고 있기 때문이다.

　　눈을 감으면
　　밤도안이고 낫도안이고
　　남빗안개속에 죄약돌길위를
　　한처녀거지가 무엇을 찾는듯이
　　압흘바라보고 뒤를도라보고
　　새파랏케 질녀서뵈인다.

　　내머리를돌니면
　　분명이 생각나는 일이잇다
　　삼년전가을에 흐린아츰이엿다
　　나는학교에 가는 길가에서
　　나를향해오는 그림자를보앗다
　　그리고「어디를 가시요」하는
　　그분명한 음성도드럿다.

　　그러나 나는 멈추는그의발거름을
　　멈출틈도 업시 쏜살과가티
　　뎌의압흘 말업시거러갓다
　　그리고 내마음속에
　　겨우삼년길는 幻想의파란새를
　　그길넘어로 울면서노핫다.

　　하나 이명상(瞑想)의째에
　　무슨일로 옛서름아쏘오는가
　　사람에게 상량한내가 안이엿고
　　새를머물너둘 내가삼이안이엿다
　　가시덩클갓튼 이가슴속에서
　　옛서름아 다시내몸을 상치말나!

— 「分身」[40]

이 시는 무엇보다도 '처녀거지'라는 이미지를 활용하여 시적 자아의 내면을 드러내고 있다는 점이 주목된다. 시적 화자인 '나'와 '처녀거지' 사이의 대화 구조를 지니고 있다는 점은 「조로의 화몽」의 극적(劇的) 구성과 유사성을 보이고 있어서, 그녀가 초기 시작 과정에서 극적 구조를 적극적으로 활용하고 있음을 알 수 있다. 작품의 전체 구조 또한 [현실 → 꿈('눈을 감으면') → 현실('이 명상(冥想)의 째에)]의 구조를 지니고 있어서 「조로의 화몽」과 구조적 동일성을 지니고 있다.

그러나, 「조로의 화몽」에서의 '나'는 장미 또는 망양초라는 아름답고 환상적인 이미지를 지니고 있지만, 이 시에 와서는 '처녀거지'라는 비속하고 현실적인 이미지로 전환되고 있다. 그것은 「조로의 화몽」에서의 서구 취향 또는 서구적 형태의 자유시에 대한 모방적 단계를 지양하고 좀더 구체적인 실제 체험을 시적으로 형상화하기 시작했음을 의미한다. 즉, '처녀거지'는 '삼년전 가을에 흐린 아츰이엿다 / 나는 학교에 가는 길가에서 / 나를 향해 오는 그림자'로 표현되어 있는데, '나'의 그림자인 '처녀거지'는 '나'의 실제적인 체험에 기초하고 있음을 말해준다.

김명순은『생명의 과실』을 상재하면서 "이 短篇集을 誤解 밧아온 젊은 生命의 苦痛과 悲歎과 咀呪의 여름으로 世上에 내노음니다."고 머리말에 썼다. 이런 근거로 볼 때, 「分身」은 자신의 체험의 진실을 압축적으로 표현한 작품이다. 그녀의 삶의 단면을 보여주는 수필 「네 自身의 우혜」[41]가 이 지점에서 부각된다. "오-彈實아, 二十八年間의 네 생활이 쓰라리다고, 지루하고 억울하엿다고 생각지 안니? 외롭고 서른 탄실아!"로 시작되는 「네 自身의 우혜」는 자신의 삶이 "追放과 幽閉"의 연속이었다고 밝히고 있다. 김명순의 구체적 삶에 대한 기록은 분명하지 않다. 그렇지만, 그녀의 삶에 대한 기록들은 허구적이든 객관적이든, 악의적이든 동정적이든지 간에 공통적으로 출생부터 죽음에 이르기까지 순탄하지 않았음을 말해준다.[42] 그녀는 평양 부호의

---

40) 김명순, 『生命의 果實』, 한성도서주식회사, 1925. pp.11-13.
41) 김명순, 앞의 책, pp.69~77.

소실의 딸로 태어나 계모 슬하에서 자랐다. 김동인의 『김연실전』에서는 심지어 그녀가 진명학교에 나가게 된 까닭도 계모의 핍박으로부터 벗어나기 위한 자신의 선택 및 보기 싫은 존재인 의붓자식을 낮 동안이라도 보지 않을 수 있다는 계모의 계산된 양해의 산물이라고 말하고 있다. 그녀의 수필과 김동인의 소설을 참고하면, 실제로 그녀가 가족으로부터의 소외감을 극복하기 위해 학교에 나갔을 가능성이 크다. 그러나, 김동인의 소설에 나와 있듯이, 당시 여학교를 기생학교―여자가 학교에 다닌다는 것에 대한 불용(不容)의 관념에서 비롯한―라고 보는 편견이 지배적이었다는 점을 고려하면, 소실의 자식이라는 멍에를 벗을 수 없는 김명순의 학교 생활이 결코 행복한 것일 수 없었음을 알 수 있다. 그렇기 때문에 김명순은 자신의 생애가 쓰라리고 지루하고 억울한 것이었다고 저주하였다고 하겠다.

「分身」은 이러한 자기 체험 즉 가족으로부터의 소외감 및 여성―특히 소실의 여식―에 대한 당대 사회의 뿌리 깊은 편견이 주는 상처의 표현이라고 하겠다. '나'의 분신이 '처녀거지'로 형상화된 것은 필연적인 배경이 있었던 것이며, 그러한 배경에 의해 '나'의 내면은 '幻想의 파란새'를 기를 수도 없는, '가시덩클 갓튼' 곳이며, 끊임없이 '옛 서름'이 주는 '상처' 투성이의 공간으로 변해 버렸음을 증언하고 있다.

그런데, 김명순은 왜 이처럼 자신의 삶을 가감 없이 비천하게 형상화하고 있는 것일까? 이러한 경향은 김명순의 근대 지향적 의식 특히, 가부장제를 근간으로 하고 있는 봉건제도에 대한 부정 및 비판 의식과 연관된다. 그녀는 자기 내면 세계의 표현을 통해, 자신의 구체적인 정체성―여성, 소실의 자식―을 탐구하면서, '여성의 사회적 지위'에 대한 전통적인 관념 및 제도들에 대한 비판을 시도하고 있는 것이다. 즉, '왜 여자―소실의 여식―는 남자와 다르게 여겨지는가? 이러한 관념은 자연스러운 것인가? 이것을 조장하는 가

---

42) 허구적 자료인 김동인의 『김연실전』, 전영택의 「김탄실과 그 아들」, 「내가 아는 김명순」 및 상대적으로 객관적이며 동정적인 김상배 편, 『김탄실―나는 사랑한다』, 솔뫼, 1981. 및 李鈺洙 編, 『한국 근세여성사화』(상), 奎文閣, 1985.

부장적 사회 제도 및 유교적 남녀관은 정당한가?' 등을 문제삼고 있다.

> 뵈는듯 마는듯한 서름속에
> 잡히운목숨이 아즉남아서
> 오늘도 괴로움을 참앗다
> 적은적은것의 生命과가티
> 잡히운 몸이거든
> 이서름 이압품은 무엇이냐
> 禁斷의女人과 사랑하시든
> 옛날의 王子와가티
> 琉璃棺속에서 춤추면 살줄밋고
> 일하고 공부하고사랑하면
> 재미나게 살수잇다기에
> 밋업지안은 세상에사러왓섯다
> 지금이뵈는듯 마는듯한 서름속에
> 生葬되는 이답답함을 엇지하랴
> 미련한나! 미련한나!

— 「유리관 속에」[43]

「유리관 속에」 역시 삶에 지속적으로 따라붙는 어떤 서러움을 표출하고 있다. 그 서러움을 잊기 위해 王子와 같은 허구적 존재와의 사랑을 꿈꾸며, '일하고 공부'하려 하지만 그러나 그러한 꿈은 꿈일 수밖에 없다. 그것은 '나'가 '禁斷의 女人'이기 때문이다. 사회적으로 용납될 수 없는 비천한 존재인 '소실의 여식'이라는 이중적 질곡은 '나'에게서 꿈을 앗아가고 있다. 이 속에서 '나'는 '生葬'되는 듯한 답답함을 느낄 뿐이다. 봉건적 제도의 비인간성에서 비롯되는 '나'의 질곡은 그저 자신에 대한 자학(自虐)을 허락할 뿐이다.

더욱 안타까운 점은 잠시의 위안이 될 수도 있을 사랑의 진실이 김명순에게는 전혀 낭만적이지 않았다는 점이다. 그녀는 사랑을 찬미하지 않고 오히

---

43) 김명순, 앞의 책, pp.37-8.

려 저주하고 있다.

> 길바닥에, 구을느는 사랑아
> 주린이의 입에서 굴러나와
> 사람사람의 귀를흔들엇다
> 「사랑」이란 거짓말아.
>
> 처녀의가삼에서 피를쎕는아귀야
> 눈먼이의 손길에서 부서저
> 착한녀인들의 한을지엿다
> 「사랑」이란 거짓말아.
>
> 내가 밋업지안은 밋업지안은너를
> 엇던날은맛나지라고 긔도하고
> 엇던날은 맛나지지말나고 넘불한다
> 속히고 쏘속히는 단순한 거짓말아.
>
> 주린이의 입에서 굴너서
> 눈먼이의 손길에 부서지는것아
> 내마음에서 사라저라
> 오오 「사랑」이란 거짓말아!

— 「咀呪」[44]

「저주」는 사랑이 결코 달콤한 것이 아니라, 남성의 허기진 욕정에서 비롯한 거짓말에 불과한 것이며, 심지어는 처녀의 피를 뽑는 '아귀'에 가까운 것이라고 혹독하게 비판하고 있다. 특히 이 작품은 그녀의 첫 작품인 「의심의 소녀」의 주제와 상통한다는 점에서 주목할 만하다. 2.1.2에서 언급하였듯이, 봉건적 처첩제도의 모순을 비판적으로 형상화한 「의심의 소녀」는, 趙국장이

---

44) 김명순, 앞의 책, pp.9-10.

란 양반이 첩을 얻자 그 첩에게 남편의 사랑을 빼앗긴 24세의 젊은 부인이 단도로써 자결하고, 그에 따라 외할아버지 黃진사와 함께 정처 없는 漂浪의 삶에 오르게 된 어린 소녀 범네를 주인공으로 하고 있다. 이 작품에 대해 구사회를 비판한 신여성의 제1聲이자 여권 문제를 사회적 쟁점으로 부각시킨 첫 여성문학 작품45)이라고 한 평가는 「저주」에도 해당될 것이다.

그러나, 「의심의 소녀」가 근대적 소설로서 봉건 처첩제도의 모순을 형상화한 점은 높이 평가할 수 있으나, 그것은 주인공의 심리 묘사 없이 외면적으로만 형상화하고 있다. 이에 비해, 「저주」는 그러한 왜곡된 사랑에 대해 갈등하는 여인의 내면을, 절규에 가까운 어조로 표현하고 있다는 점에서 차이를 지닌다. 즉, 「저주」는 봉건적 의식에 사로잡혀 있는 남성의 비루한 애정관을 폭로하면서도 그러한 남성 중심적 사랑에 대해 '엇던 날은 맛나지라고 기도하고 엇던 날은 맛나지지말라'고 하는 내면의 갈등을 표현함으로써, 여성이 오랜 구습(舊習)에서 벗어나 새로운 사랑의 관계를 주체적으로 확립하는 과제가 지난함을 사실적으로 형상화하고 있다. 이 점은 동시대 여권운동의 대표적 기수로서 활동한 나혜석의 다음과 같은 시와도 대조적이다.

> 나는 人形이었네
> 아버지 딸인 人形으로
> 남편의 아내 人形으로
> 그네의 노리게이었네.
>
> 노라를 놓아라
> 순순히 놓아다고
> 높은 墻壁을 헐고
> 깊은 閨門을 열고
> 自由의 大氣中에
> 노라를 놓아라.

---

45) 정영자, 앞의 글, pp.259-60.

나는 사람이라네
남편의 아내되기 전에
子女의 어미되기 전에
첫째로 사람이라네.

나는 사람이로세
拘束이 이미 끊쳤도다
自由의 길이 열렸도다
天賦의 힘은 넘치네

아아 少女들이여
깨어서 뒤를 따라 오라
일어나 힘을 發하여라
새날의 光明이 비쳤네.

— 「노라」[46]

　「노라」처럼 봉건적 속박에서 벗어나 새로운 여성으로 태어난다는 것은, 「저주」가 말해주듯이 여성 자신에게 내면화된 뿌리 깊은 봉건적 의식 때문에 그렇게 용이한 것이 아니다. '人形 意識'[47]의 거부는 여성 내부에 인각(印刻)된 심리적 장애, 즉 '사랑의 거짓말'에 대한 오랜 노출의 경험 때문에 쉽게 성취할 수 없는 것이다. 이것을 형상화하고 있다는 점에서 시인으로서 김명순이 지니는 냉철함을 엿볼 수 있다.[48]

　이러한 냉철한 의식을 지녔던 김명순은 자신에게 깊은 상처를 안김으로써

---

46) 나혜석의 이 시는 「인형의 집」이란 표제로 『매일신보』(1921.4.3)에 게재되었다가 1922년 입센의 『인형의 집』을 번역한 梁白華의 역서 『노라』(영창서관, 1922.6.)의 序詩로 개제되었다.
47) 김윤식, 앞의 글.
48) 급진적 흑인 페미니스트인 벨 훅스가 고백하듯이, 여성이 가부장제를 부정하고 '남녀간 상호배려의 비전'을 지닌 페미니스트가 되고자 할 때, 가장 강력한 저항으로 다가오는 것은 바로 '가부장제를 내면화하고 있는 어머니의 목소리'이다. Bell Hooks(박정애 옮김), 『행복한 페미니즘』, 백년글사랑, 2002. p.12.

오랜 '서름'을 느끼게 하였을 뿐만 아니라, 여성에게 인형 의식을 강요함으로써 사랑의 속박을 있게 한 근원적 존재에 대한 발견과 부정을 시도한다. 그러한 근원적 존재는 다름 아니라 '朝鮮'이다.

> 조선아 내가너를 永訣할째
> 개천가에곡구러젓든지 들에피쏩앗든지
> 죽은 屍體에게라도 더학대해다구
> 그래도 不足하거든
> 이다음에 나갓튼 사람이나드래도
> 할수만잇는대로 虐待해보아라
> 그러면서로믜워하는 우리는영영작별된다
> 이사나운곳아 사나운곳아.
>
> — 「遺言」[49]

그녀에게 조국인 '朝鮮'은 '나갓튼 사람'에게, '죽은 屍體에게라도' 끝없이 虐待하는 폭력적 존재로 비춰지고 있다. 여기서 '조선'은 단순히 봉건시대의 '조선'만을 의미하는 것이 아니다. 근대화 초기 국면에 신여성으로서 새로운 도전을 시도한 신여성들에게도 넉넉한 마음을 베풀지 않는 '조선'을 의미한다. 즉, 「유리관 속에」에 표현되어 있듯이, 근대적 지식에 대한 열망으로 '일하고 공부하던' 김명순과 같은 신여성들에게마저 학대하는 '조선'으로서, 남성 중심주의적 사고 방식은 그대로 유지된 채 근대적 체계만을 받아들이려는 '조선'을 의미한다.

이러한 상황에서 김명순의 의식은 조국과의 결별을 지향한다. 이것은 인형 의식의 거부에서 그치지 않고 '새로운 아버지 찾기'를 의미하는 행위라 할 수 있다. 즉, 「의심의 소녀」에서의 趙국장과는 다른 의식과 세계관을 지닌, 자신을 학대하지 않는 '새로운 아버지 찾기'를 의미한다. 수필 「내 自身의 우혜」에서 고백하듯이, 지난 이십팔 년의 생활이 '추방과 유폐'만이 허락된 삶이었다

---

49) 김명순, 앞의 책, p.36.

면, 이제는 '이 도회 안에서는 네 쌍이 업다, 네 쌍이 없다, 집이 없다, 동모가 업다.'[50]는 처절한 인식 하에, 스스로 방랑의 길에 오르고자 한다.

3) 여성의 근대적 주체화 : '아버지 찾기'의 비(非)가부장적 상상력

김명순이 스스로 선택한 방랑의 길이 어떤 의미를 지니는지에 대해서는 다음과 같은 시가 말해 주고 있다.

> 길 길 주욱벗은길
> 音響과色彩의兩岸을 건너
> 주욱벗은길.
>
> 길 길 감도는 길.
> 山넘어 들지나
> 구비구비 감도는길.
>
> 길 길 적은 길
> 벽과 벽새이에
> 담과 담새이에
> 적은길 적은길.
>
> 길 길 幽玄境의길
> 서로아는령혼이 解放되여맞나는
> 幽玄境의길 머리위엣길.
>
> 길 길 주욱벗은길
> 音響과色彩의兩岸을傳하야
> 주욱벗은길 주욱벗은길.

— 「길」[51]

---

50) 김명순, 앞의 책, p.76.

그녀의 앞에 놓인 방랑의 길은 '주욱 뻗은 길'이라는 점에서 그 전망이 명확한 듯하다. 즉, '산 넘어 들 지나 벽과 벽 사이 담과 담 사이'를 지나 주욱 뻗은 길이기에 탄탄대로처럼 보인다. 그 길을 노래하는 호흡 또한 단단하면서도 거침이 없다. 이런 점에서 그녀의 방랑의 길은 새로운 정체성 획득을 위한 거침 없는 도전이자 기도(企圖)로서의 의미를 띤다. 더욱이, 그 길은 '음향과 색채의 양안(兩岸)'을 건너야 하는 길, 즉 가시적 세계에 속한 "인간의 다각적인 체험"52)을 거침 없이 받아들이겠다는 고행의 길이라는 점에서, 그리고 '서로 아는 령혼이 해방되어 맞나는 유현경(幽玄境)'의 길이라는 점에서 영웅의 길과 유사하다. 그녀는 모든 것이 서로 조화를 이루는 세계를 지향하고 있으며, 어떠한 벽이나 담도 뛰어넘고자 하는 강렬한 영웅적 의지를 표현하고 있다.53)

그녀가 이처럼 영웅적 모습을 취하고 있는 까닭은 수필 「내 自身의 우혜」에 피력되어 있듯이, 기존의 '조선'에서는 자기에게 의미 있는 것이 아무 것도 없다는 도저한 '無'의 인식을 지니고 있기 때문이다. 이러한 태도는 근대적 세계의 주체이고자 하는 열망의 표현이라고 하겠다. 아직 명확하게 실체화되지 않은 근대적 세계는 남녀에 대한 차별적 관점을 지닌 과거의 세계와 단절된 공간이며, 거기서는 자신이 '소실의 여식'이라는 한계가 사회적 결함으로 작용하지 않을 수 있는 공간이라는 확신에서, 이러한 영웅적 어조로 새로운 세계에 대한 도전을 형상화하고 있는 것이다.

이런 까닭에 그녀는 남성의 '인형'으로서의 의식에 갇힌 전통적인 여성적 정체성을 지양하고, 조국에 대해서도 남성과 동일한 위치에서 다음과 같이 발언할 수 있게 된다.

---

51) 김명순, 앞의 책, pp.3-4.
52) 정영자, 앞의 글, p.239.
53) 이 점과 관련하여 다음과 같은 연구가 주목을 요한다. "김명순이나 김원주 등의 시가 어떤 면에서는 남성 시인들보다 충동적이고, 이념적이며, 男聲韻—그렇게 표현할 수 있다면—을 갖춘 시작을 보여주었다." 최지현, 「한국근대시 정서체험의 텍스트조건 연구」, 서울대박사학위논문, 1997, pp.134-144.

귀여운 내수리
사람들의 머리를니자
산을기고 바라를헤여
골속에 숨은 내맘에오라.

맑아가는 내눈물과
식어가는 네한숨,
쏘구울느는 나무닙과
서른춤추는 가을나비,
그대가 세상에 업섯던들
자연의노래 무엇이새로우랴.

귀여운내수리 내수리
힘써서 압흐다는 말을말고
곱게참아 겟세마네를넘으면
극락의문은 자유로열니리라.

귀여운내수리 내수리
흘닌쌈과 피를다씻고
하늘웃고 쌍녹는곳에
골엔 노래흘니고 들앤꽃피자
그대가세상에 없섯던들
무엇으로 승리를바라랴.

그째까지조선의민중
너희는피쌈을 흘니면서
가티살길을 준비하고
너희의귀한 벗들을 마즈라.

— 「귀여운 내수리」[54]

---

54) 김명순, 앞의 책, pp.30-32. 이 작품과 「싸홈」을 정영자는 앞의 글에서 1920년대 여성에
   의해 쓰여진 저항적 민족주의 시라고 평가하고 있다.

이 시는 '조선' 여성으로 머물러 있을 때 지니는 사회적 패배 의식을 일소하고 있다. 그녀는 「유언」에서 '趙국장'과 같은 봉건적 인물의 온상인 과거의 '조선'을 부정함으로써 '새로운 아버지의 존재'를 확신하게 되었음을 알 수 있는데, 이 시는 그런 차원보다 더 나아가, "그 때까지 조선의 민중 / 너희는 피땀을 흘리면서 / 같이 살 길을 준비하고 / 너희의 귀한 벗들을 맞으라." 처럼, 스스로 새로운 아버지의 목소리를 내고 있다. 그녀는 '인형 의식'을 거부한 단순한 신여성이 아니라, 이제는 스스로 '새로운 아버지'의 위치에 오르고 있다.

이러한 상상력은 매우 낯선 것이다. 특히, 이러한 상상력과 목소리가 여성에 의해 이루어졌다는 점을 고려하면 더욱 낯선 것이다.55) 그것은 1920년대를 비롯하여 한국 현대시가 여성적 편향을 보였다56)는 점에서도 그렇다. 한국 현대시가 서구시와의 동질화를 지향하면서도 민족주의 의식의 현저한 역동성의 영향 하에 활용한 것은, '여성 콤플렉스female complex'에 기반한 여성적 이미지와 어조의 채택이었다. 그것은 한국 현대시가 민족적 위기, 즉 국가의 상실 하에서 이루어진 것이기 때문이다. 김윤식이 언급한 것처럼, 사회가 위기에 놓일 때 여성적인 것은 사회적 의미를 띠고 등장하게 된다. 신화적 의미망 속에서 어머니인 大地는 죽음을 내포한 것이기도 하지만, 동시에 새로운 탄생의 의미를 지닌 것이다.

여성성이 지니는 이러한 부활의 이미지를 활용한 것이 이상화의 「나의 寢室로」였으며, 대지의 여성성 및 부활의 이미지가 없다면 「빼앗긴 들에도 봄은 오는가」에서 '살찐 젓가슴과 가튼 부드러운 이 흙을'이라는 표현은 상상이 불가능한 것이다. 그러나, 이러한 시에서 부활시키고자 한 것은 무엇인가? 그것은 곧 잃어버린 아버지로서의 '국가'라 할 수 있다. 이처럼 '국가'를

---

55) 모윤숙의 『빛나는 地域』이 이와 유사한 어조를 취하고 있다고 할 수 있다. 그러나, 그녀의 시에서는 김명순의 시에서처럼 '조선'을 부정하려는 의식은 찾아볼 수 없다. 그녀의 시는 애초부터 「朝鮮의 딸」로서 부르는 '아버지 찾기'인 것이다.
56) 김윤식, 「한국시의 여성적 편향」, 『근대 한국문학 연구』, 일지사, 1973, pp.447-473.

남성적 이미지로서 바라보는 원형적 의식이 없다면, 한용운의 「님의 침묵」
이나 「나룻배와 行人」와 같은, 여성적 화자를 설정57)한 시 뿐만 아니라 김소
월의 여성적 어조의 시가 생산될 수 없었을 것이다.

　이처럼 한국 현대시사, 특히 김명순이 활동하였던 1920년대의 시들은 대부
분이 여성적 어조나 이미지를 적극적으로 활용하고 있다. 1920년대는 3·1운
동의 실패에 따른 사회적 위기 상황이었기 때문에 이러한 상상력은 더욱 적
실했을 것이다. 그러나, 이러한 상상력의 근거는 분명 가부장적 제도 및 사
고방식이다. 사회적 제도의 물질적 기반에 기초하여 이루어진 이러한 상상
력의 소산들과 비교할 때, 김명순의 「길」이나 「귀여운 내수리」 등은 낯선
것이다.

　「귀여운 내수리」 등을 가리켜, "이육사의 지나친 상징성과 윤동주의 지극
히 모호한 은유, 이상화의 범람하는 수식의 난발 속에 김명순의 저항시는 박
진감 있는 리듬과 직설적인 표현으로 독자들에게 쉽게 전달되는 특성을 가
진다. 따라서 민족적 저항시를 논의하는 한국근대문학사에서는 김명순의 저
항적 민족주의 시가 거론되어야 하리라고 본다."58)와 같은 평가를 내리는 것
은 최근에야 가능한 일이었는데, 김명순의 저항적 민족주의는 가부장적 제
도에 기반한 당대적 관점에서 보면, 어떠한 적절성도 없는 것이었으며 오히
려 시적 파탄에 이르는 것이었다고 평가 받았을 가능성이 높다.

　그런 까닭에, 초기 한국 현대시를 결산한 『조선시인선집』에서의 김명순
란에 이러한 시들은 제외되었다 하겠다. 당대의 고급한 독자 중의 한 사람이
라 할 수 있는 『조선시인선집』 편자에게도 비가부장적 상상력에 기반한 김
명순의 시들은 낯선 것이었고, 시적 울림이 없는 것으로 치부되었던 것이다.
민족의 암울한 상황에서 남성 시인이 여성적 이미지와 어조를 활용하여, 절
대적 존재인 국가의 회복, 잃어버린 아버지 찾기의 상상력을 발휘하는 것이

---

57) 김용직, 『한국근대시사(상)』, 학연사, 1983, p.436. 『님의 침묵』에 수록된 작품 중 20여편
　　을 대상으로 화자의 성별을 분석한 도표에 의하면, 24편이 여성 화자이다.
58) 정영자, 앞의 글, p.250.

가능했을 뿐만 아니라 감동을 획득할 수 있었을 것이지만, 김명순의 「유언」이나 「길」, 「귀여운 내수리」와 같이, 아버지를 부정하고 새로운 아버지 목소리를 내는 것은 전혀 받아들일 수 없었을 것이다. '여성이 쓴 시'라면, 당대의 유력한 남성 시인들이 활용한 여성적 이미지나 어조와 같이 애련한 태도나 곱고 아름다운 세계를 동경하는 목소리를 지닌 것, 즉 김명순의 「창궁」이나 「추억」, 「오월의 노래」가 제격이었다.

그러나, 김명순의 「길」이 보여주는 '유현경(幽玄境)의 길'은 여성 또한 남성처럼 영웅적 목소리를 지닐 수 있는 세계이자 '조국'에 대해 남성처럼 말할 수 있는 세계이다. 여성과 남성은 '서로 아는 영혼으로서 해방되어 만나는 세계'이다. 이것은 남녀에 대한 사회적 편견이 지양된, 여성과 남성이 화해하는 평등의 세계를 의미한다. 김명순의 궁극적인 시적 지향은 바로 이러한 성 평등의 이념에 있었으나 그것은 한국 근대문학사의 여러 가지 층위의 제도적 기제를 통해 거세되었다고 평가할 수 있다.

5. 가부장적 상상력 비판과 평등의 상상력 교육

지금까지 이 글에서는 근대문학사의 여성문학 주변화 논리 및 근대교육의 영역 분리 모델에 대한 검토 및 1920년대 김명순 시의 특징과 그것에 대한 한국 근대문학사 초기 국면의 작용 관계에 대한 분석을 시도하였다. 이를 통해 확인할 수 있는 바는, 근대문학사가 김명순 시의 다양한 성격 중 특정한 점을 배제 또는 부각시켜 왔다는 점이다. 이 배제의 논리는 근대문학기에도 지속된 남녀불평등관 또는 가부장적 논리에 연관되어 있음을 알 수 있다.

이것은 한 시기의 사실에만 국한된 것이 아니다. 김명순이 여성 근대문학의 최초 문인에 해당한다는 점에서, 그녀의 여성주의적 작품에 대한 근대문학사의 배제는 여성 문학의 발전 방향을 일정하게 제한한 상징적 사건으로 볼 수 있다. 특히, 『조선시인선집』이 김명순의 대표작을 선정하는 과정에서 암암리에 작용했던 여성문학에 대한 당대적 관점은 이후에 이어질 여성시의 방향에 일정한 영향을 미쳤다고 할 수 있다. 그것은 1930년대 여성시, 즉 모윤숙과 노천명의 시세계가 김명순이 추구한 여성주의적 경향을 뚜렷하게 계승하고 있지 않다는 점에서 알 수 있다.[59]

이런 점을 고려하면, 현대시교육 영역에서 여성시가 지니는 빈약한 교육적 위상은 재고될 필요가 있다. 첫째, 문학사적 평가를 높게 받고 있는 여성시가 남성시에 비해 과소하다는 문학사적 평가에 좌우되어, 여성시를 교육대상화하는 일에 소극적인 방식은 문제적이라고 판단된다. 여성시가 근대문학사에서 다소 빈약하게 창작된 이면에는 남녀불평등 관념이나 가부장적 논리가 존재한다. 이러한 관념이나 논리는 일종의 문제적 지배담론으로서 비판될 수 있기 때문이다.

또한 근대문학사에서 절대적 영향을 미쳤던 민족주의적 압력은 남성 시인의 상상력의 방향을 '여성적 편향'으로 이끌었으나, 그러한 여성적 편향이 사실은 가부장적 논리에 기반한 것인데 반해, 오히려 그것을 부정하면서도 남녀동등의 관점에서 민족주의적 상상력을 발휘한 여성시의 경향은 배제하는 모습을 보여주고 있다. 1920년대 남성시인들이 표면적으로 여성에 대한 편견을 지녔다고 할 수는 없으나, 그들의 상상력을 지배한 가부장적 논리는 당대적 관점에서 적절성을 확보, 감동의 수원(水源)으로 작용했을지라도 한편으로는 여성의 독자적 목소리, 특히 사회적 현실 속의 여성의 위치에 대해 자각하고 그것에 기초하여 사회적 평등을 주장한 목소리를 억압했다는 점은 숙고될 필요가 있다.

여성시는 따라서 민족주의적 압력에 의해 상상력의 편향을 보인 근대문학

---

59) 김용직, 「두 여류 시인, 모윤숙과 노천명」, 『한국현대시사2』, 한국문연, 1996. '본래 여류는 섬세한 감정으로 노래를 부르는 것이 그 특징일 것이다.'(p.278)라는 관점을 보이면서 김용직은 모윤숙이 여류답지 않게 직선적이며 잡담을 제하는 목소리를 가진 시인, 민족 지향성을 보인 시인으로 평가하고 있다. 그러나, 1930년대 당대의 비평가인 최재서는 모윤숙에 대해 고독과 동경을 중요한 모티브로 하고 있는 시인이라 했으며, 김기림은 센티 멘탈리즘의 유혹에 사로잡혀 있다고 평가하고 있다. 이에 비해 노천명은 '엄격하게 순결형 소녀의 세계에 국한'된 시인이라 평가하고 있다.

사, 최남선으로부터 비롯되는 근대적 주체에 대한 남녀 비대칭적 관점에 대한 비판의 자원으로서 적극적으로 활용될 필요가 있다. 이러한 비판의 의미는 페미니즘이 단순히 여성만을 위한 편향된 이념이 아니라, 김명순의 「길」이 보여주는 바와 같이, 모든 '영혼이 서로 和解'의 기회를 갖게 하고자 하는 이념이기 때문이다.60) 가부장제는 근본적으로 불평등의 관점을 취하고 있다는 점에서 페미니즘적 관점에서의 재고 및 수정이 필요한 것이다.

둘째, 김명순의 시와 당대 남성시를 대비시켜 읽는 교육적 경험 또한 현대시교육에 기여할 수 있다고 본다. 1920년대의 남성시는 가부장적 논리에 맹목적으로 동화되어 있기 때문에, '국가'라는 절대적 존재는 남성화 하고 이에 비해 미약한 존재인 '개인'은 여성화함으로써 주제를 구현하고 있다. 그러나, 이러한 논리를 부정하는 김명순의 시는 그것을 부정하고 다른 방향에 의해 민족주의적 저항시를 쓰고 있다. 이처럼 상상력의 작용에 남녀관의 차이, 성적 차이가 무관하지 않다는 점을 학습자로 하여금 깨닫게 함으로써, 시 감상의 깊이를 심화시킬 수 있을 것이다.

셋째, 여성시는 여성 학습자에게 여성 자신의 관점에서 여성의 사회적 지위 및 여성에 대한 사회적 편견을 바라보게 함으로써 자신의 성적 정체성을 뚜렷하게 인식하게 할 수 있다. 이것은 여성 학습자로 하여금 '인형 의식'의 한계에서 벗어나게 함으로써 독립적 주체로 성장하게 할 수 있다는 점에서 의의를 지닌다. 또한 남성 학습자는 여성을 '인형'으로 바라보는 왜곡된 관점을 지양하여 인간적으로 바라보게 할 수 있다는 점에서도 의의를 지닌다. 김명순이 문단 활동을 할 시기에, 그녀에 대해 보여준 남성 문인들의 그릇된 관점은 여성을 '인형'으로서 보았다는 점에 있다. 이것은 왜곡된 상상력을

---

60) 하버마스는 페미니즘 운동을 '해방의 잠재력'을 지닌 유일한 운동으로서 '가부장적 억압에 항거하는 투쟁과 도덕과 법률의 보편주의적 기본원리에 기반을 갖고 있는 부르주아적, 사회주의적 해방운동의 전통 속에 서 있는 운동'으로 평가하고 있다. 그는 페미니즘을, 의사소통 구조의 왜곡을 가져오는 억압적 원리들에 대해 지속적인 비판을 제공하는 지점이라고 적극적인 의미를 부여하고 있다. Habermas, J.(Thomas McCarty trans), *The Theory of Communicative Action 2*, Polity Press, 1987, pp.391~394.

발현하기도 하였는데, 그 예가 『김연실전』과 같은 것이라 하겠다.[61]

넷째, 여성시를 포함한 여성문학의 발전 과정에 대한 교육은 문학사 교육의 내용과 폭을 다변화할 수 있다는 의의를 지닌다. 지금까지 문학사 교육은 남성 문학 중심으로 이루어졌다. 이것은 미군정기 이후 제7차 교육과정기까지 크게 변함이 없는데, 여성문학과 남성문학 간의 특수성을 독립적으로 살피는 동시에 그 둘 사이의 역학 관계를 중심으로 문학사의 발전 과정을 살피는 교육적 경험은 학습자에게 문학사에 대한 새로운 흥미를 유발한다는 점에서 의미가 있다. 성적 차이를 고려하여 문학 작품 또는 문학사를 읽는 것은 학습자들의 실제적 삶의 세계에 접목될 수 있는 가능성이 매우 크다. 학습자들은 지속적으로 성적 정체성을 자문하는 과도기적 존재들이기 때문이다. 또한 새로운 남녀 관계에 의해 구성될 미래 사회[62]에서 그들 자신의 역할에 대해 고려하는 데 있어서 여성문학사 또는 여성시는 긍정적인 기여를 할 수 있다. 이처럼 학습자들의 성장 과정에 문학 작품이 밀접하게 연관된다는 특성에 주목할 경우, 문학 교육이 좀더 구체적으로 학습자들의 성장에 기여할 수 있을 것이다.

---

61) 김윤식은 제1기의 여성문인들인 김명순, 나혜석, 김원주 등이 비극적 결말을 보게 된 반면, 제2기 여성문인들인 모윤숙, 노천명 등이 상대적으로 안정된 기반 위에서 문학적 성취를 이루게 된 원인으로 제2기 문인들 주변에 있던 남성 문인들의 성숙한 태도를 지적하고 있다. 「여성과 문학」, p.115.

62) 이러한 단초를 최근의 사회적 쟁점에서 발견할 수 있다. 국회인권정책연구회 공동 주최, 『21세기 가족의 전망과 호적제도 개선방안에 대한 토론회』 자료집, 2002. 10. 23.

사이버 – 청소년문학의 문학교육적 의미

1. 사이버–청소년문학과 문학교육적 비평의 필요성

1990년대 이후 사이버공간(cyberspace)의 출현에 의해 문학적 활동의 패러다임은 급격한 변화를 겪고 있다. 문학교육 역시 이러한 변화로부터 심대한 영향을 받고 있다. 사이버공간에서 생산·소통되는 문학텍스트가 문학교육의 제재로 활용되기도 하며, 사이버공간 자체가 문학교실을 확장하거나 대체하는 역할을 하기도 한다.

이 글은 이러한 변화 중에서도 사이버공간의 출현에 의해 새로운 문학생산 주체로 떠오른 청소년들의 문학텍스트들[1]에 주목하고자 한다. 문학교육이 언제나 학습주체를 고려한 문학적 교육적 활동이라면, 사이버공간에 참여하는 청소년들의 문학적 활동에 주목하지 않을 수 없다. 그럼에도 불구하고 문학교육 논의에서 이들에 대한 성찰이 심화되지 못하고 있는 형국이다. 그간 주목할 만한 논의들[2]이 없었던 것은 아니지만, 이들의 이론적 추상적

---

1) 이 글은 이들 문학텍스트들의 생산공간인 '사이버공간'과 생산주체인 '청소년'을 강조한다는 취의에서 '사이버–청소년문학(텍스트)'이란 용어를 사용하고자 한다. 굳이 '작품'으로 명명하지 않는 것은, 이들이 많은 결함을 지니고 있다는 기존 연구들에 동의하기 때문이다. 다만, 이 글은 '그 결함을 지적하고 논의를 종결짓는 접근법'에 대해서는 거리를 두고자 한다.

차원을 보완하는 담론이 확대되지 않고 있다.

특히, 사이버-청소년문학텍스트에 대한 꼼꼼한 분석과 비평이 개진되지 않고 있다. 박인기(2001)는 "사이버 문학 자체의 성공, 또는 사이버 문학을 문학교육의 교실로 만들어 나가는 일이 성공하자면, 사이버 문학을 위한 비평이 제자리를 잡아야 한다."[3]고 지적했다. 이것은 문학교육 실천가들에게 선언적 명제로만 수용되어서는 안 되는 지적이라 하겠다. 즉, 일반적 비평과 구분되는 그 무엇, 잠정적으로 말해 文學敎育的 批評(practical criticism for literary education)의 정립을 지적하는 명제라 하겠다. 문학교육은 '성인의 완성된 문학'의 교육만이 아니라, '청소년의 진행형의 문학'에 대한 비평적 개입을 시도함으로써 '바람직한 문학의 창조'에 기여해야 하는 활동이기 때문이다. 학습자들에게 문학창작 활동을 권장하고, 새로운 문학적 주체를 형성하고자 하는 것이 문학교육의 목적 중 하나라면, 사이버-청소년문학과 같은 청소년문학에 대한 실천적 비평이 활발해질 필요가 있는 것이다.

이 글은 이와 같은 관점에서, 소위 '귀여니류'[4]로 통칭되는 '사이버-청소년서사텍스트들'을 대상으로 하여 실천적 비평을 전개하면서, '문학교육적 비평'의 방향을 찾고자 한다. 이것은 사이버공간(사이버-청소년문학)과 문학교실(문학교육)을 발전적으로 융합시킬 수 있는 방법의 탐구뿐만 아니라, '문학교육적 비평'의 정립에 기여할 수 있을 것이다. 이를 위해 ① 사이버-청소년문학에 대한 실천적 비평의 방법 탐색 ② 사이버-청소년문학의 위상

---

2) 박인기 외,『국어교육과 미디어텍스트』, 삼지원, 2000 ; '사이버공간의 문학교육'을 특집으로 다루었던 문학과교육연구회,『문학과교육』제15호, 2001 ; '청소년을 위한 문학생활화의 방법'을 특집으로 다루었던 한국문학교육학회,『문학교육학』제9호, 2002 ; 최병우 외,『다매체 문화와 사이버소설』, 푸른사상, 2002 ; 김외곤, 「사이버문학과 국어교육」,『국어교육학연구』제17집, 2003 ; 최지현, 「사이버언어공동체와 국어교육」,『국어교육학연구』제18집, 2003 ; 정현선,『다매체 시대의 국어교육과 문화교육』, 역락, 2004.
3) 박인기, 「사이버 문학과 문학교육」,『문학과교육』제15호, 문학과교육연구회, 2001, pp.22-23.
4) 강영변, 「왜 '귀여니 현상'에 주목하나」,『문화일보』, 2003.4.30. 1985년생 청소년(학생)작가인 귀여니(이윤세)가 2001-2년 Daum 카페 humonara에 연재한 「그놈은 멋있었다」나 「늑대의 유혹」이 폭발적 인기를 모으면서 이와 유사한 사이버서사텍스트들이 양산되었는데 '귀여니 류'란 용어는 이들을 통칭하는 신조어이다.

을 교육적으로 정립하기 위한 반성적 검토 ③ '귀여니류'의 사이버-청소년
서사텍스트의 기능체계와 가치구조 등을 규명하고자 한다.

2. 사이버-청소년문학에 대한 실천적 비평의 방법

사이버-청소년문학텍스트들에 대한 실천적 비평의 방법을 탐구하기 위
해 이 글은 사회기호학(social semiotics)[5]에 주목하고자 한다. 사회기호학은
'텍스트의 사회문화적 구조(물질적 토대와 문화맥락)-텍스트의 생산·수용
주체(speaking subjects)-텍스트' 간의 상호 역학 관계에 주목하며, 텍스트 생
산과정을 '꿈의 생산과정'과 유사하다고 보는 정신분석학적 특성을 지닌 기
호학이다. 이러한 관점은 사이버-청소년문학에 대해 전통적인 문학이론의
관점과 다른 접근법을 가능케 한다. 전통적 관점은 사이버-청소년문학텍스
트를 미숙한 습작물 또는 감각적인 유행물로 치부하는 경향이 강한데, 문학
교육의 관점에서 볼 때 이것은 풍부한 교육적 논의를 불가능하게 할 수 있
다. 미숙하다는 판단보다 더 중요한 것은, '사이버-청소년문학텍스트가 왜
그러한가'에 대한 이해이다. 그러해야만 문학생산 주체인 청소년의 정체성을
심도 있게 파악할 수 있고, 특히 문학창작 교육이 성인문학의 완성된 형식을
모방하게 하는 典範 중심의 틀에서 벗어나게 할 수 있다. 문학창작 교육은
반드시 모방만을 강조할 필요는 없다. 청소년 스스로의 방식으로 그들 자신
의 삶을 문학적으로 형상화하게 할 수 있는 방법 역시 강조하는 '균형적 시
각'이 요구되기 때문이다.

할러데이의 '체계-기능주의 언어이론(또는 비판적 언어이론)'[6]을 근간으

---

5) 사회기호학의 정립과 문학(문화)텍스트에 대한 적용은 Hodge, R. & Kress, G., *Social
Semiotics*, Cornell UP, 1988 ; Hodge. R, *Literature as Discourse : Textual Strategies in English and
History*, Polity Press, 1990 ; Fairclough, N., *Discourse and Social Change*, Polity Press, 1992 ;
Barker, C. & Galasiński, D., *Cultural Studies and Discourse Analysis*, SAGE Publications, 200
1 ; 졸고, 「텍스트 가치평가 활동을 위한 시교육 연구」, 서울대박사학위논문, 2006,
pp.28-35.

로 형성된 사회기호학은 '의미와 현실reality을 언어적으로 구성하고 소통하기 위한 사회적 행위물' 즉 텍스트와, 그것의 물질적 문화적 토대인 사회문화적 구조가 내재적 변증법적 관계를 지닌다고 본다. 텍스트 생산의 근본적 구성 원리는 '가치중립적 선험적 文法'이 아니라, '사회문화적 구조와 텍스트 생산자 간의 역학이 낳는 특수한 문법'이기 때문이다. 따라서 텍스트에 대한 분석과 기술은, 특정한 형식과 내용을 선택하게 만든 力學的 文法을 밝히는 데 초점을 둘 필요가 있다. 이것은 사회기호학이 모든 텍스트에 내재되어 있다고 보는 다음과 같은 세 가지 기능체계에 대한 분석을 통해 가능하다.[7]

첫째, 텍스트는 현실 세계에 대한 정보와 인식을 제공하는 관념적 기능체계(the ideational)를 지니고 있다. 관념적 기능체계는 텍스트 자신을 생산하는 사회적 행위의 구체적인 종류를 나타내는 경험적 기능체계(the experiential)와 일련의 사회적 행위들 간의 다양한 관계(인과관계, 시간적 선후관계, 공간적 인접관계 등)를 나타내는 논리적 기능체계(the logical)로 하위 구분된다. 텍스트는 이러한 관념적 기능체계를 통해 '지식과 신념의 형성'을 가능케 한다. 물론, 아주 단순한 정보에서부터 총체적인 세계관까지 그 지식과 신념의 질적 양적 편폭은 다양하다. 명사, 동사, 접속사, 조사 등과 같은 언어학적 단위들이 관념적 기능체계를 구성하는 기능소들이다.

둘째, 텍스트는 그것이 생산되는 상황에 참여하는 사람들의 사회적 관계

---

6) 무한한 선택항들로 구성되어 있는 언어체계에서 특정한 선택항을 선택하도록 하는 사회문화적 구조와 주체간의 역학작용을 강조하는 할러데이의 언어이론에 관해서는 Halliday, M.A.K., *Language as Social Semiotic : The Social interpretation of Language and Meaning*, Edward Arnold, 1978 ; Halliday, M.A.K. & Hasan, R., *Language, Context, and Text*, Oxford UP, 1985 ; Halliday, M.A.K., *An Introduction to Functional Grammar*(2nd edition), Edward Arnold, 1994.

7) Halliday, M.A.K.(1978), 앞의 책, pp.108-150. 할러데이는 '사회문화적 구조'를 '문화 맥락'과 '상황 맥락'으로 구체화하여 텍스트 분석에 활용한다. 상황 맥락이 좀더 직접적으로 텍스트 생산에 영향을 주는 것이라면, 문화 맥락은 거시적 장기적 차원의 장르적 관습과 연관된다. 할러데이는 상황 맥락을 '영역(field), 참여자(tenor), 언어양식(mode)'의 세 가지 개념들로 구성되어 있다고 보며, 또한 각각이 관념적 · 대인적 · 텍스트적 기능체계의 선택과 배제에 영향을 미친다고 본다.

와 역할, 태도 등을 드러내는 대인적 기능체계(the interpersonal)를 지니고 있다. 관념적 기능소가 현실 세계에 대한 정보와 판단을 제공함으로써 지식과 신념을 형성케 한다면, 대인적 기능체계는 '정체성 형성'과 '사회적 관계 형성'을 가능케 한다. 양태와 서법, 어미, 높임법, 인칭대명사, 어조 등의 언어학적 문학적 단위들이 대인적 기능체계를 구성하는 기능소들이다.

셋째, 텍스트는 텍스트가 생산되는 상황이 요구하는 사회적 기능을 수행할 수 있도록 자신을 특정한 유형의 텍스트로 구성하는 텍스트적 기능체계(the textual)를 지니고 있다. 이는 '상징적 조직화의 체계(the symbolic organization)'로서, 語順의 관습적 패턴과 스타일, 수사적 기법이나 문법, 장르 규범 등 일종의 약호체계(code)가 텍스트적 기능체계를 구성하는 기능소들이다. 앞서의 두 가지 기능체계는 텍스트적 기능체계에 의해 그 기능이 현실화되는바, 텍스트적 기능체계는 '바탕'적 기능체계이다.

구 분		기능소	사회적 기능
관념적 기능체계 (the ideational)	경험적 기능체계 (the experiential)	명사(시간, 장소, 사물), 동사 등	정보제공 기능, 지식과 신념의 형성 기능, 세계관 형성 기능
	논리적 기능체계 (the logical)	접속사, 조사 등	
대인적 기능체계(the interpersonal)		서법, 양태, 인칭대명사 (인물관계), 어조 등	정체성 형성 기능, 사회적 관계 형성 기능
텍스트적 기능체계(the textual)		어순, 수사법, 문법, 장르 규범 등	타기능의 바탕 기능, 약호체계 형성 기능

사회기호학적 텍스트 이론은 기존의 문학이론, 특히 구조주의 언어학에 기반한 문학이론과 비교할 때, 사이버-청소년문학텍스트 비평 방법으로서 몇 가지 장점을 지니고 있다. 첫째, '텍스트의 형식'에 대한 정태적 분석틀을 벗어나, '텍스트가 왜 그러한가, 그러한 텍스트는 사회변화에 어떠한 영향을 미치는가'에 대한 논의를 가능케 한다. 주지하듯, 소쉬르는 언어를 '소리(물

질적 차원)-의미(정신적 차원)'의 이원적 체계로 보았으며, 또한 사용주체나 맥락으로부터 '떼어내서' 연구할 수 있다고 보았다.8) 그러나, 할러데이는 '소리-문법-의미'라는 삼원적 체계로 본다. 여기서, 문법이란 텍스트 생산자의 개인적 성향 또는 先在하는 장르관습, 그렇다고 先驗的인 문법(langue)과 동일시될 수는 없는 것이다. 그것은 사회문화적 구조와 주체 간의 역학적 작용태이기 때문이다. 이 역학적 문법이 텍스트의 물질적 차원과 정신적 차원의 선택과 결합을 좌우하는바, 텍스트에 대한 분석은 '물질적 차원-역학적 차원-정신적 차원'의 삼원적 체계로 살펴야 한다.

둘째, 텍스트를 분석할 때 그것의 생산·수용 주체들을 배제하지 않음으로써 텍스트의 소통구조를 온전히 이해하게 해준다. 그것은 사회기호학이 '대인적 기능체계'의 선택과 배제 과정에 주목하기 때문이다. 일반적인 글쓰기 이론에서 주장하듯 텍스트의 형식과 내용은 상황(목적과 기능 그리고 예상독자의 성격)에 따라 달라질 수 있다. 때문에 논문과 연설문에서 사용되는 인칭대명사, 어조 등의 대인적 기능체계는 각각 다르게 선택된다. 이 점에서 알 수 있듯이, 텍스트 분석에서 '대인적 기능체계'의 선택과 배제 과정은 텍스트와 사회문화적 구조 간의 역학과 밀접한 연관이 있다. 문학텍스트에 대한 분석에 있어서도 이러한 관점을 취할 때, 문학텍스트의 소통구조에 대한 온전한 이해가 가능해진다는 점을 사회기호학은 말해준다.

셋째, 텍스트와 텍스트 생산·수용의 물질적 공간 간의 관계에 주목하게 함으로써, 사이버문학텍스트의 형식과 내용의 '선택 동기'를 설명해 줄 수 있다. 사이버문학과 기존의 문학이 다른 이유는 그것의 생산주체가 다르다는 점뿐만 아니라 그것이 생산되는 물질적 공간의 차이 때문이기도 하다. 따라서 '사이버문학이 왜 그러한가'를 이해하기 위해서는 필연적으로 그것의 물질적 토대를 살피지 않을 수 없다. 이런 점에서 사회기호학은, 텍스트를 탈맥락화하는 구조주의적 접근법 또는 내재적 비평과 외재적 비평의 구분을 가정하는 어떠한 접근법도 부적절하다는 점을 강조한다.

---

8) Saussure, F. de(최승언 옮김), 『일반언어학 강의』, 민음사, 1915(1990), pp.19-28.

또한 사회기호학은 텍스트 생산과정이 꿈-텍스트 생산과정과 유사하다고 본다. 텍스트 생산과정은 생산주체가 잠재적 선택항들로부터 특정한 항목을 선택함으로써 시작되지만, 그 과정은 사회문화적 구조의 역학 작용에 의해 변형(transformation)되기 때문이다. '꿈의 근본적 사고들'이 의식의 검열을 통과하기 위해 응축(condensation)과 전치(displacement)의 원리9)에 의해 변형되어 '꿈의 명시적 내용'이 되듯이, 지배적 가치구조에 모순적인 또는 일탈적인 가치구조를 표현하려는 텍스트들은 변형의 과정을 거친다. 응축이란 두 개 이상의 경험이나 사건(을 표상하는 기호)들이 하나의 기호로 압축되어 꿈 텍스트에 등장하는 현상을 말하며, 전치란 원형적 꿈 사고에서의 원래의 기호를 다른 기호가 대체하면서 꿈 텍스트에 등장하는 현상을 말한다. 때문에 꿈은 '흩트러진 모자이크 조각들'처럼 일정한 '분열성'을 지니고 있다.

이러한 변형은 텍스트 생산 주체의 '의식적이고도 자발적인 변형'만을 의미하지는 않는다. 의식에 의한 무의식의 억압은 꿈에서만 나타나는 것이 아니라 농담, 실수 행위, (의도적인 망각뿐만 아니라) 왜곡된 기억 등에서도 나타나기 때문이다. 이 중에서 실수 행위가 암시하듯이, 의식적인 텍스트를 구성하는 과정에서 생산 주체도 의식하지 못한 채 이루어지는 변형이 존재한다. 따라서 텍스트 생산 주체가 의식하지 못하면서도 텍스트 속에 무의식적으로 남겨버린 흔적들이 존재한다. 프로이트는 이와 관련하여 "의식적 텍스트에도 빈틈이 많다."고 하였다.10) 텍스트의 빈틈들 '사이에' 또는 응축과 전치를 통해 변형된 단어나 문장들이 가리키는 '저편에' 또다른 텍스트(死藏된 텍스트the buried text)가 존재하는바, 이것을 밝혀내는 것(excavation)이 필요한 것이다.11)

본고가 다루고자 하는 사이버-청소년서사텍스트는 특히 정신분석학적 관점이 더욱 요청된다. 그것은 청소년이라는 생산주체의 정체성12)에서 비롯

---

9) Freud, S.(김인순 옮김), 『꿈의 해석(상)』, 열린책들, 1900(1997), pp.365-402 ; Easthope, A.(이미선 옮김), 『무의식』, 한나래, 1999(2000).

10) Lemaire, A.(이미선 옮김), 『자크 라캉』, 문예출판사, 1970(1994), p.271.

11) Hodge. R.(1990), pp.116-127.

한다. 이들은 문화적 규범에 대한 의식적 무의식적 또는 의도적 비의도적 일탈 욕구를 지니고 있다고 볼 수 있는데, 이 점은 사이버-청소년서사텍스트에서도 여실히 드러난다. 따라서 그와 같은 욕구가 어떻게 '변형'되어 텍스트의 형식과 내용 속에 나타나는지 해명할 필요가 있으며, 정신분석학적 관점을 수용하고 있는 사회기호학적 텍스트 이론은 많은 시사점을 준다.

3. 사이버-청소년문학의 위상과 문학적 가치구조

앞서와 같은 비평 방법의 모색과 아울러, 사이버-청소년문학에 대한 적절한 실천적 비평을 전개하기 위해서는 청소년문학 또는 대중문학이, 근대사회 이후 정립된 문학적 가치구조[13] 내에서 차지하고 있는 위상을 반성적으로 검토할 필요가 있다. 이를 위해서는 먼저, 문학텍스트 생산·소통의 물질적 토대의 변화가 갖는 의미를 주목해야 한다.[14]

사이버공간(cyberspace)은 인터넷과 웹으로 구축된 '컴퓨터와 정보기억 장치들의 전지구적 상호연결에 의해 펼쳐지는 개방된 커뮤니케이션 공간'으로 정의된다.[15] 사이버공간은 새로운 문학·예술, 그리고 정치적 흐름이 형성되는 개인적 일상적 공간으로 정위되고 있다. P. 레비에 의하면 사이버문화는 '획일적 전체성 없는 보편성'을 본질로 지닌다. 사이버공간은 '중심의 의미가 부재하는 보편성, 무질서의 시스템, 미로와 같은 투명성'과 같은 역설적 특성을 지닌 공간으로서, 사회적 관계와 미학적 형태, 그리고 지식에 대한 근대적 문화와 다른 가치구조를 형성시키고 있다.

---

12) 특히 사이버문화와 청소년의 정체성 간의 관계에 대해서는 허혜경·김혜수 공저, 『청년발달심리학』, 학지사, 2002, 제10장,
13) Easthope, A.(임상훈 옮김), 『문학에서 문화연구로』, 1991(1994), 제1장.
14) 배식한, 『인터넷, 하이퍼텍스트 그리고 책의 종말』, 책세상, 2000, pp.29-41 ; 유현주, 『하이퍼텍스트 : 디지털미학의 키워드』, 연세대출판부, 2003, pp.61-83.
15) Lévy, P.(김동윤 외 옮김), 『사이버문화-뉴테크놀러지와 문화협력 그리고 커뮤니케이션』, 문예출판사, 1997(2000), pp.133-134.

문학 역시 사이버공간에 접속함으로써 문학적 가치구조에 변화가 발생하고 있다.[16] 그런데 사이버문학론에서 발견할 수 있는 주목할 만한 현상 중 하나는 사이버-청소년문학에 대한 무관심이다. 근대문학의 담론 공간에서 여성문학과 대중문학 그리고 아동문학과 청소년문학은 늘 주변부에 머물러 왔었는데,[17] 사이버문학론에서도 이런 현상은 지속되고 있는 것이다. '성인'의 사이버문학은 문학적 범주 판단의 심각한 대상으로 논의하면서도 '청소년'의 사이버문학은 논외로 치부하고 있는바, 이것은 문학에 대한 성인중심주의적 가치체계가 작용한 결과[18]라 할 수 있다.

사이버-청소년서사텍스트도 예외는 아니다. 사이버-청소년서사텍스트는 인터넷판 대중연애소설, 10대 청소년들의 고민과 감성을 표현한 텍스트로 규정된다. 대중문학 일반처럼 말초적인 감각에만 치중하여 문학성이 떨어지고, 맞춤법조차 제대로 지키지 못한다는 강한 비판을 받는다. 긍정적인 평가라고 해야 '비록 서투른 글이지만 10대의 감수성과 공감대를 형성하고 있다' 정도이다.[19] 하지만 이런 평가는 근대적인 문학적 가치구조의 관점을 그대로 답습한 평가행위이다. 구체적으로 말하면, 서사문학 전반에 대한 '(리얼리즘) 소설 중심적' 관점에 해당한다.[20] 이러한 관점이 역사적 우연성을 지닌 것임에 대해 반성하기 위해서는 두 가지 문제점에 대한 검토가 요청된다.

첫째, 서사문학 전반에서 소설의 위상에 대한 문제점이다. R. 스콜스 등 (1966)에 의하면, 소설이 지난 2세기 동안 서사문학의 지배적 형식으로 군림

---

16) 김재국, 『사이버리즘과 사이버소설』, 국학자료원, 2001 ; 김재국, 『디지털시대의 대중소설론』, 예림기획, 2002 ; 김종회·최혜실 공편, 『사이버문학의 이해』, 집문당, 2001 ; 김종회 편, 『사이버 문화, 하이퍼텍스트 문학』, 국학자료원, 2005.
17) 문학과교육연구회, 『문학과교육』제17호, 2001, p.7.
18) 사이버문학(판타지소설)에 대한 정과리의 논의가 대표적이라 할 수 있다. 그는 판타지소설을 즐기는 '이 아이들을 어찌할 것인가?'라고 개탄하고 있는데, 실제로 '이 아이들'이라 지칭된 대상들은 2-30대이다. 연령적으로는 성인에 속하는 그들의 텍스트를 마치 아이들이 생산한 것처럼 규정하는 관점은 아이들의 문학적 주권을 은연중 부정하는 태도라 할 수 있다. 정과리, 「이 아이들을 어찌할 것인가?—판타지 소설 붐을 중심으로」, 『문학교육학』제7호, 2001, pp.107-113.
19) 조채린, 「인터넷 연애소설의 현황과 전망」, 김종회 편, 앞의 책, pp.341-352.
20) Scholes, R. & Kellog, R.(임병권 옮김), 『서사의 본질』, 예림기획, 1966(2001), pp.11-28.

하면서 서사(narrative)의 다양한 형태들(신화, 민담, 서사시, 로망스, 전설, 알레고리, 고백록, 풍자)들이 관심의 대상에서 제외되어 왔다.[21] 특히 리얼리즘적 소설을 전범으로 내세우는 태도는 20세기 모더니즘 서사문학에 의해 결별되었음에도 불구하고 여전히 영향력을 발휘하여, 서사문학에 대한 특정한 전통을 수립하는 데 기여함으로써 문학관의 경직화를 가져왔다는 것이다.

더욱 중요한 점은 소설을 서사문학의 精華로 인정하는 관점이 근대의 세계관인 '진화론적 유추'에 근거하고 있다는 점이다. 즉, 서사문학의 역사는 신화로부터 소설로 단지 變化하여 온 것이 아니라 '완벽을 향해 나아가는 하나의 투쟁'으로서의 進化의 과정을 밟아온 것으로 기술하는 관점이다. 리얼리즘 소설이론의 성립에 중요한 기여를 한 G. 루카치의 소설관이 아마도 가장 대표적인 예가 될 것이다. 그에 의하면 소설은 '성숙한 남성의 형식'이다. 서사시가 규범적인 어린아이의 형식인데 반해 소설은 어른, 특히 남성의 문학이다. 또한 오락적 읽을거리로서의 대중소설은 소설의 외면적 특징을 모두 지니지만 본질적으로는 소설과 전혀 무관하다. 소설은 내면성이 지니는 고유한 가치를 알아보려는 모험의 형식인바, 대중소설처럼 이미 완성되고 성취된 인격체를 주인공으로 하지 않는다. 그것은 反사실적이기 때문이다. 소설의 주인공은 마치 자신의 왕국에 도달하지 못한 신처럼 마성적 존재로서의 문제적 개인이며, 존재와 당위 간의 괴리를 완전히 지양하지는 못하더라도 최대한 좁히기 위해 고투하는 성숙하고 모험적이며 진지한 인격체이다.[22] 이러한 소설관이 '소설=어른 / 대중문학·과거의 서사=어린아이'와 같은 비유적 등식을 확대하였다고 하겠다.

그러나 소설의 특성에 관한 루카치의 기술이 타당하다 할지라도 그것은 인식론적 타당성만을 지닐 뿐, 소설이 여타 서사보다 무조건적으로 우월하다는 가치론적 판단의 타당성까지 보장한다고 볼 수 없다. 서사적 행위의 동기나 목표는 반드시 리얼리즘 소설이 내세우는 '세계의 총체성 인식'으로 단

---

21) 우한용, 「서사의 위상과 서사교육의 지향」, 『서사교육론』, 동아시아, 2001, p.13.
22) Lukács, G.(반성완 역), 『소설의 이론』, 심설당, 1920(1998), pp.75-101.

일화될 수 없다. 더욱이 세계를 합리적 이성적으로 설명하기 어렵다는 인식
론적 전환이 발생하면서, 거대서사가 지녔던 통일성과 정합성보다는 분편화
된 이미지의 세계를 그리려는 경향이 서사문학에 확대되고 있다. 이런 변화
는 서사문학에서 소설에 과도하게 부여되었던 위상을 재정립하도록 하고 있
다.23) '소설은 다양한 서사의 세계에서 중심이 아닌 하위 장르의 하나다'라
고 바라보는 것이 서사문학에 대한 정당한 이해라는 관점이 자리잡아가고
있는 것이다. R. 스콜스 등이 강조하였듯이, 기록서사문학만 하여도 다음과
같은 유형과 충동으로 구성된 복합적 언어활동의 체계이기 때문이다.24)

유 형	충동 (동기)	특징 및 하위 장르
경험적 서사	역사적 충동	• 경험적 서사는 사실성(reality)에 대한 충성심을 동기로 함. 신화와는 다른 진실을 추구. • 역사적 충동은 초자연적 인과관계 대신에 인간과 자연의 힘에 의한 인과관계를 그리려 함. 傳記가 이에 해당.
	모방적 충동	• 모방적 충동은 어떤 인물의 성격의 원인을 그의 감각과 환경의 진실 에서 찾으려 함. 自敍傳이 이에 해당.
허구적 서사	낭만적 충동	• 허구적 서사는 이상적인 것에 대한 충성심을 동기로 함. 또다른 진 실을 추구하는 경험적 서사와 달리 허구적 서사는 청중을 즐겁게 하고 교훈을 줄 수 있는 미와 선을 목표로 함. • 낭만적 충동은 수사적 형식을 통해서 생각을 제시. 미학적 충동. 로 망스가 이에 해당.
	교훈적 충동	• 교훈적 충동은 지적이고 도덕적인 충동. 서사적 간결성을 추구. 寓 話가 이에 해당.

　　위와 같이 복합적 유형과 충동으로 구성되어 있는 서사문학에 대해 리얼
리즘적 기준을 보편적으로 적용하는 것은 타당하다고 할 수 없다. 리얼리즘
소설은 경험적 서사 중에서도 특히 역사적 충동이 지배적인 서사 유형이다.

---

23) 우한용, 앞의 글, pp.18-22.
24) Scholes, R. & Kellog, R.(임병권 옮김), 앞의 책, pp.22-26. 기록서사문학뿐만 아니라 구비
　　서사문학의 복합적 양상까지 고려한다면 서사문학 전반은 매우 복합적인 기준에 의해 그
　　가치를 평가해야 한다는 논리가 성립한다.

기타의 유형들은 각기 다른 서사행위의 목적과 동기를 지니고 있는바, 리얼리즘적 기준이 서사 행위의 궁극적 목표나 상태를 규정하는 유일한 가치 기준이 될 수는 없다.

둘째, 사이버—청소년문학에서 곧잘 나타나는 맞춤법 일탈 현상에 대한 부정적 관점의 기원을 살펴보자. 문학은 기본적으로 쓰기와 인쇄기술을 물질적 기반으로 한다. 이러한 물질적 기반은 자연스럽게 인쇄 과정 상의 통일을 요구하였다. 인쇄기계는 작가와 독자의 쌍방향적 의사소통까지 실현시켜 줄 수는 없었기에, 작가와 독자가 보편적인 맞춤법을 어느 정도 공유하고 있어야 했고, 서로 다른 글쇄판을 지닌 인쇄기계를 만들어낸다는 것 자체가 대량생산체제로서의 근대문명에 어울리지 않기 때문이다. 이런 까닭에 작가들 자신이 나서서 국어학자들에게 맞춤법의 통일을 요구하는 일이 근대문학사에서 발생했던 것인바,25) 어문일치 운동은 무엇보다도 근대문학의 물질적 기반에서 비롯한 현상이었다. 여기에 자국어에 대한 연구가 민족주의 이념과 결합하면서 언어의 통일과 독립은 민족 국가 수립의 필수적 전제로까지 격상되었기 때문에, 이에 대한 거부나 회피는 문명의 발전에 역행하는 것으로 여겨졌다.26) 따라서 맞춤법의 통일은 언어생활의 규범이나 가치 이상의 근대적 민족적 가치로 정립되었던 것이다.

그런데 이런 어문일치, 정확히는 '독립적(민족주의) 통일적 문자(인쇄기계)에 의한 언어생활'의 요구는 구비문학에서는 필수적 요건이라 할 수가 없다. 구어적 의사소통 상황에서 맞춤법에 신경을 쓴다는 일은 불필요하고 또 있

---

25) 이태준(임형택 해제), 『문장강화』, 창작과비평사, 1988, pp.155-157 및 pp.229-232. 작가들은 잡지사·신문사별로 다른 맞춤법의 불규칙 무정돈 때문에 불편을 겪었는데 이런 '물질적 이유 때문에도' 조선어학회가 '한글 통일안'을 발표하자 쌍수 들어 환영하였다. 심지어 그 통일안의 이론적 정합성을 논하는 것은 '배부른 자들의 현학 취미'라 비판하고 있다. 또한 이태준은 이미 이 때부터 느낌표나 물음표를 마구 활용한 '글쇄판적 조어법'에 대해 거부감을 표현하고 있다. 이런 사례들이 문자세대의 물질적 규범의식을 증거하는 것으로 볼 수 있다.
26) 김윤식, 『한국근대문학사와의 대화』, 새미, 2002, pp.267-289. 민족주의와 언어통일의 관계에 대해서는 Anderson, B.(윤형숙 역), 『상상의 공동체 : 민족주의의 기원과 전파』, 나남, 1991(2002).

을 수도 없다. 사이버공간에서의 글쓰기 역시 구어적 의사소통 상황과 매우 유사하다. 비록 문자를 활용하여 의사를 전달하고 있지만, 실시간적 쌍방향적이기 때문에 맞춤법의 오류는 즉각적인 상호확인을 통해 의미 전달력을 회복할 수 있다. 중요한 점은, 언어규범의 일탈이 물질적 토대인 사이버공간의 붕괴나 기계적 비효율성을 초래하지 않는다는 사실이다. 이런 기계적 유연성은 인쇄기계에 의한 근대문학의 공간에서는 찾을 수 없었던 특징들이다. 따라서, 사이버문학텍스트의 언어규범 일탈 현상에 대한 부정적 평가는 문어중심, 정확히는 인쇄기계적 세계 중심의 가치관에 해당한다.[27]

이처럼, 지금까지의 논의는 근대적인 문학적 가치구조의 역사적 물질적 우연성을 부각시킨다. 따라서 사이버-청소년문학에 대한 객관적인 분석과 평가를 위해서는 근대적인 문학적 가치구조를 벗어나 청소년문학 개념의 재규정 작업[28]이 좀더 정교화될 필요가 있다. 청소년문학을 성인문학의 축소판 또는 과도기적 단계로 설정하는 진화론적 관점이라든지, 근대적인 문학을 '문학사의 끝'으로 보는 관점에서 벗어날 필요가 있는 것이다. 그런 관점에 설 경우, 언제나 청소년문학은 미완성품으로 여겨질 수 있다. 오히려, 청소년문학의 독자적 단계성을 인정하면서 문화인류학적 관점에 설 필요가 있다. 즉, 그들의 텍스트는 왜 그러한 형식과 내용를 지니는가, 그것이 내포하고 있는 청소년의 고유한 가치구조는 무엇인가, 그리고 사이버공간의 어떠한 물질적 특성이 사이버-청소년문학의 형식과 내용에 영향을 미치고 있는가 등을 해명할 필요가 있다. 이것이 선결되어야만 文學敎育的 批評은, '청소년문학은 상대적으로 미숙하다'는 판단이 가져오는 담론의 비생산성을 극복할 수 있기 때문이다.

---

27) 사이버문학론에서 이러한 언어규범 일탈 행위에 대해 양가적 반응이 공존한다는 점은 일반적이다. 최병우 외, 앞의 책, p.190. "일탈적인 맞춤법과 조어법은 디지털적 사고의 한 가지 표현 방식이다. 이 방식은 전위적이고 참신하며 긴박감을 더해 주는 반면에 대중 독자들의 작품 이해에 방해가 될 수도 있다."
28) 김중신, 「청소년문학의 재개념화를 위한 고찰」, 『문학과교육』 제9호, 2002, pp.24-34.

4. 사이버-청소년서사텍스트의 기능체계와 가치구조

이후에서는 앞서의 논의들에 입각하여, 사이버공간의 대표적인 청소년작가들인 '귀여니, 앙마천사, 야.내.꺼.자.까, 러브리걸, 하얀여우' 등이 생산한 서사텍스트들[29]의 기능체계와 가치구조를 규명하고자 한다. 다만, 세 가지 기능체계 중 텍스트적 기능체계는 다른 두 기능체계의 '바탕'이란 점에 주목하여, '관념적 기능체계와 텍스트적 기능체계' 그리고 '대인적 기능체계와 텍스트적 기능체계'로 묶어서 논의하기로 한다.

1) 관념적 / 텍스트적 기능체계와 환상(phantasy) 중심의 가치구조

사이버-청소년서사텍스트의 관념적 기능체계(the ideational)는 청소년들의 사랑을 핵심적 소재로 하고 있다. 『그 놈은 멋있었다』에서는 한예원(여학생)·지은성·김한성 간의 사랑이, 『늑대의 유혹』에서는 정한경(여학생)·정태성·반해원 간의 사랑이, 『천사의 향기』에서는 류다이(여학생)·천린우·이래인 간의 사랑이 핵심이다. '사랑에 미쳤다'고 하기에 충분할 만큼 사랑 이외의 모든 (학교)생활은 철저히 무시되고 있어서 마치 비행청소년들의 일탈적 세계를 형상화한 것처럼 보인다.[30]

바로 이 점 때문에 사이버-청소년서사텍스트에 대한 오해와 불신이 반복된다. 하지만 이것은 ① 사랑과 성의식이 청소년의 정신구조 및 문화의 형성에서 차지하는 역할에 대한 오해[31] ② 성인의 연애소설과 청소년의 연애소

---

29) 이들은 2002년 Daum에서 실시한 투표에 의해 인터넷 대표작가로 선정되었는데, 이들의 서사텍스트들 중에서 이 글은 귀여니의 『그 놈은 멋있었다』(2001년 8월 인터넷 연재, 황매출판사에 의해 2002년 출판)와 『늑대의 유혹』(2002년 1월 인터넷 연재, 황매출판사에 의해 2002년 출판), 이들 다섯 명이 공동창작한 『천사의 향기』(2002년 5-9월 인터넷 연재, 반디출판사에 의해 2003년 출판)를 대상으로 한다.
30) 사이버-청소년서사텍스트들은 사랑을 통한 '정신적 갈등의 극복담'으로서의 성격을 지닌다. 또한, 이를 통해 문화의 새로운 가능성을 탐색하는 비판적 의식을, '그들 자신도 모르게' 형성한다. 본고의 목적 중 하나는 '그들 자신도 분명히 의식하지 못하는' 이러한 점들을 드러내는 데 있다.

설이 지니는 차이점에 대한 인식 부족에서 비롯한다. 이것을 넘어서기 위해서는 ① 왜 사이버-청소년서사텍스트의 텍스트적 기능체계(the textual)가 '농담'과 '환상적 삼각구조'를 특징으로 하는지 ② 그것이 사이버공간의 물질적 특성과 어떠한 연관이 있는지 인식할 필요가 있다. 궁극적으로 이러한 문제들은 대인적 기능체계(the interpersonal)와의 연관 속에서 더욱 구체적으로 해명될 수 있는데 대인적 기능체계에 대한 고찰은 다음항에서 전개하기로 한다.

가. 사랑과 성의식(sexuality)의 정신적 기능

사실, 이제 막 형성되기 시작한 사이버-청소년문학의 의미와 가치구조를 정당하게 평가하지 못하고 있는 것은 이들을 정신분석학적으로 해명하려는 노력이 없었기 때문이다. 마치 옛이야기의 의미와 가치가 정신분석학적 연구에 의해 정당하게 평가될 수 있었던 것[32]과 같이, 사이버-청소년서사텍스트에 대한 비평에서도 정신분석학이 요구된다. 즉 사이버-청소년서사텍스트는 옛이야기처럼, '이성의 힘만을 발달시키는 것이 아니라 무의식을 이해하고 그것에 천천히 익숙해지면서 환상의 형태로 해소해가는 心理劇'를 보여준다. 따라서, 이성의 잣대로 이들을 평가하는 행위는, '길이를 저울로 측정하려는 행위'처럼 부적절하다.

사이버-청소년서사텍스트들이 사랑을 관념적 기능체계로 선택하도록 하는 동기는 2차 성징기에 접어든 청소년기[33]의 특수한 정신적 에너지라 볼

---

31) S. 파이어스톤은 사랑이 '사생활'로 추방되고 문화 자체에서 주변적 대상으로 치부됨으로써 사랑에 대한 논리적 분석이 이루어진 적이 없다고 지적한다. 소설이나 형이상학에서 사랑의 묘사만이 이루어졌을 뿐 과학적 분석이 부재함으로써 기존 (남성)문화의 근본적 한계가 드러나지 못했다고 비판한다. Firestone, S.(김예숙 옮김), 『성의 변증법』, 풀빛, 1970(1983), pp.131-150.

32) Bettelheim, B.(김옥순·주옥 옮김), 『옛이야기의 매력1·2』, 시공주니어, 1975-6(1998).

33) '성장하다·성숙에 이른다'를 뜻하는 adolescere에서 유래한 청소년기(adolesence)의 개념은 시대와 사회, 문화에 따라 다양하게 정의된다. 특히 시작과 종결 시기는 문화권마다 다르다. 청소년기는 일종의 사회적 나이(social age)이기 때문이다. 최지현, 앞의 글 ; 허혜경·김혜수 공저, 앞의 책.

수 있다. 프로이트가 밝혔듯이, 인간의 성의식(sexuality)은 유아기(대략 6세 전)에 매우 활동적이었다가 아동기(6-12세 전후)의 잠복기를 거쳐 청소년기(대략 12세 이후)에 급격히 재등장한다.[34] 이 성의식은 정신구조[35]의 형성과 발달에 결정적인 역할을 한다. 그런데, 유아기의 성의식은 자가성애(auto-erotism)적이다. 따라서 각종의 신체 기관을 통해 무한한 쾌락을 추구 하는 성적 표현들을 하는바, 구강기·항문기·생식기로 구분된다. 여기서 문제가 되는 성의식은 生殖期의 성의식이다. 生殖器는 무관심의 대상이 될 수도 없지만 지나친 관심의 대상이 될 수도 없다. 무관심은 인간의 종족 유지를 불가능하게 할 수 있고, 반대로 지나친 관심은 문화의 파괴를 가져올 수도 있기 때문이다. 정신분석학이 단순한 심리학에 머물지 않고 '문화(문명)의 과학'이 되는 지점이 바로 여기다. 이러한 딜레마를 해소하기 위해, 정신이 개발한 것이 억압(repression)이다.

프로이트에 의하면 인간의 역사는 억압의 역사이다.[36] 그런데 억압은 결코 '본능으로부터의 도피'도 그것의 '완전한 거부'도 아니다. 억압은 도피와 거부의 중간에 있는, 거부의 예비 단계이다. 억압의 본질은 '어떤 것을 의식으로 진입하지 못하게 하여 의식과 거리를 두게 하는 데 있다.' 이런 과제를 효과적으로 수행하기 위해 억압은, 본능의 욕구를 직접적으로 만족시키는 방식 대신에 대체물을 통해 만족—이로써 자가성애적 단계를 벗어나 이성을

---

34) Freud, S.(김정일 옮김), 『성욕에 관한 세 편의 에세이』, 열린책들, 1905(1996), pp.225-382 ; Easthope, A.(이미선 옮김), 『무의식』, 한나래, 1999(2000), pp119-174.

35) 프로이트는 정신구조를 지형학적으로 설명하는데 있어서, 초기에는 무의식·전의식·의식 모형으로, 후기에는 이드·자아·초자아 모형으로 설명한다. Frued, S.(윤희기·박찬부 옮김), 「자아와 이드」, 『정신분석학의 근본 개념』, 열린책들, 1923(2003). 본고에서는 후기 모형보다는 전기 모형에 입각한다. 인간의 정신구조는 삼원적이긴 하지만 '처음부터' 삼원적인 것이 아니다. 의식(초자아)과 무의식(이드) 간의 역학적 산물로서 자아가 산출되는 것이지 '자아'가 정신구조의 한 구성요소로서 애초부터 존재한다고 해석할 수 없다. '자아'는 무의식과 의식간의 변형과 창조에 의한 생산물이다. '애초부터' 삼원적 구조라고 생각하면서 정신구조를 바라보면 무의식이 '자아'의 생산과정에서 차지하는 중요성이 배제될 위험성이 있다.

36) Freud, S.(김석희 옮김), 「문명 속의 불만」, 『문명 속의 불만』, 열린책들, 1929-30(1997) ; Marcuse, H.(김인환 역), 『에로스와 문명—프로이트 이론의 철학적 연구』, 나남, 1962(1989).

추구하려는 정신작용이 발생-하도록 하거나, '미래적 약속'을 제시함으로써 안달복달하는 본능의 심리를 유예시킨다. 이러한 약속의 체계가, 정신 세계의 새로운 원칙인 현실원칙이다. 따라서 현실원칙은 결코 쾌락원칙과 대립하는 것이 아니다. 현실원칙은 '유예된 쾌락원칙'일 뿐이다. 그래서 '억압된 모든 것은 반드시 (의식에) 되돌아 온다.' 오이디푸스 콤플렉스와 거세 공포로 설명되는, 생식기에 집중된 정신적 에너지의 승화 과정이 이에 해당한다.37) 유아는 오이디푸스 단계 이전에 지녔던 어머니와의 상상적 융합 관계(이중적 관계)을 통해 무한한 만족을 추구하면서 아버지에 대한 대립의식(갈등적 삼각 관계)을 지니게 되는데 이러한 본능적 갈등은 거세 공포에 의해 억압되고 성의식의 잠복기 동안 의식에 나타나지 않는다.

이런 관점에서 볼 때, 사이버-청소년서사텍스트의 사랑이란 억압된 성적 본능의 귀환에 의해 발생하는 현상이다. 그렇기 때문에 사이버-청소년서사텍스트에서의 사랑은 의식의 층위로 다시 귀환하여 정신에게 말을 거는 '무의식과의 대화'를 기록한 것이며, 또한 그렇기 때문에 '갈등적 삼각구조'를 흔적으로 지닌 채 대화를 벌인다. 중요한 점은, 여기서 작동하는 무의식은 청소년기 이전의 무의식과 구별되는 '말하는 무의식'이란 점이다. 유아기의 무의식은 육체적 표현에 그치거나 내면적 정신 세계에 갇힌 채 언어화되지 못했지만, 청소년기의 무의식은 언어적 표현 속에 자신을 은밀히 드러낸다. 무의식은 청소년기에 접어들어 '말할 수 있게 된다.' 때문에 오이디푸스 콤플렉스 단계에서와는 질적으로 다르게 성의식의 역동적 현상이 발생한다.

이 '반쯤은 영악한 정신'의 성의식 표출 방식이 사이버-청소년서사텍스트의 텍스트적 기능체계(the textual)의 특징을 결정한다. 즉 '농담의 기술'과 특수한 '환상적 삼각구조'를 근간으로, 은밀히 텍스트에 성의식이라는 정신적 에너지를 放流하는 텍스트적 기능체계를 취한다. 이제 구체적으로 사이버-청소년서사텍스트들의 텍스트적 기능체계의 특징을 분석함으로써 이러한

---

37) Freud, S.(김정일 옮김), 「오이디푸스 콤플렉스의 해소」, 앞의 책, pp.45-53.

정신적 역학 과정을 살펴보자. 다음은 사이버-청소년서사텍스트에 압도적
으로 나타나는 '농담의 기술'이 사용된 한 사례다.

나. '농담의 기술'과 텍스트적 기능체계

"미안해. ㅜ_ㅜ 고의가 아니여써. ㅜ_ㅜ"
"책임져! -_-"
"응? ㅠ.,ㅠ"
"내 입술에 입술 비빈 논은 니가 첨이야. -_-^ 책.임.져."
(a) "ㅋㅋㅋ 그 말을 믿으라구 하는 소리냐. 껠껠껠. >_<"
(b) 그놈이 키스를 한번도 안 해봤다니 차라리 울 엄마가 저녁 설거지를
한다면 믿을까(맨날 나 시킨다 - -).
"은성이 결혼할 애 아니면 손두 안 잡어. -_-^"
누가 말한 것일까? 그렇다 빌어먹을 출랑이었다. 결혼할 애 아니면 손두
안 잡는다고? 저 얼굴에? 저 성격에? 지은성은 아까 넘어진 그 폼 그대로
나를 응시하고 있었다. -_-^ 응시한다기보단 찢어죽일 듯 노려보고 있었
다.38) (밑줄은 인용자)

이 장면은 『그 놈은 멋있었다』의 두 남녀 주인공 한예원과 지은성의 세
번째 만남을 이야기한 것이다. 이 때부터 이들의 관계는 '운명적' 연인 관계
로 탈바꿈하는데, 세 번의 만남 모두 우연적이면서 희극적이다. 첫 번째는
한예원이 다니는 여학교의 '다모임' 게시판에서 이루어졌다. 상고의 4대천왕
(네 명의 킹카) 중 하나인 지은성은, 한예원이 다니는 도일여고생들을 상대
로 장난스런 비난글을 올리는데 이에 격분한 한예원이 겨우 '비굴한' 리플을
달면서('용감한' 리플에서 스스로 '비굴한' 리플로 선택하는 과정이 희극적)
이다. 이 때문에 한예원은 혹시 지은성이 자신을 찾아내 복수할까 두려워한
다. 이것이 계기가 되어 두 번째 우연적 만남이 이루어진다. 한예원이 개학
을 맞이하여 미용실에 갔을 때이다. '하필' 파머용 비닐 모자를 쓰고 있어서

---

38) 귀여니, 『그 놈은 멋있었다』, 황매, 2002, p.28.

꼼짝달싹 못할 상황에서 지은성과 그 친구들이 등장하여, 한예원이 바로 그 '겁없이' 리플 단 여학생임을 확인하고 혼내주려 한다. 간신히 '우연'의 도움으로 도망칠 수 있었지만 한예원은 개학 첫날부터 혹시 그들이 학교까지 쫓아올까봐 두려워한다. 그 두려움에 평소처럼 학교를 도망치기 위해 정문을 뛰어넘다가 지은성과 부딪혀 키스하게 되는데, 인용한 장면이 바로 그 장면이다.

유치한 듯한 이 장면을 재현하고 있는 언어들은 온통 웃음을 유발하(려)는 농담에 의해 구성되어 있다고 해도 과언이 아니다.[39] 특히 서술자의 목소리와 여주인공 한예원의 목소리가 겹쳐진 발화들(밑줄 친 발화들)은 대체로 웃음을 유발한다. 왜 이처럼 농담이 자주 활용되는 것일까? 첫째, 사이버공간의 물리적 특성에서 연유한다고 볼 수 있다.[40] 웃음을 유발하는 농담은 서사구조에 독자를 몰입시킨다는 점에서, 특히 사이버서사텍스트의 효과적인 기제 중 하나이다. '사이버공간에서의 독서'란 몰입이 전제되지 않으면 쉽사리 중단될 수 있는 한계를 지닌다. '시시하고 재미가 없으면' 독자가 접속을 끊고 독서를 중단할 수 있다. 때문에 농담이든 다른 서사기제이든 독자의 몰입을 가능케 할 수 있는 통속적 대중적 도식이 필요하다.

그러나 농담은 단순히 사이버공간의 물리적 한계를 극복하기 위한 서사기제로서 선택된 것만이 아니다. 농담은 무의식적 욕망을 안전하게 표출하는 기제이기에 사랑과 성의식을 형상화하는 사이버-청소년서사텍스트에서 곧잘 선택되고 있는 것이다. 농담들은 독자에게 웃음을 유발시켜, '검열적 기능'을 지닌 의식의 작용을 중지토록 함으로써 숨겨진 서술자·발화자의 무의식적 욕망을 보호해 준다. 독자는 讀音하면서 서술자·발화자로서의 '나'[41]

---

39) 분명 이 표현들에 대해 모든 독자가 웃는다고 할 수 없다. 심지어 10대들 사이에서도 '귀여니 류'에 대해 강한 거부반응을 보이는 학생들도 상당수이며 어른들은 말할 것도 없다. 오히려 언론이 귀여니 현상을 증폭시킨다고 불만을 토로하기도 한다. 배가락, 「귀여니 열풍, 왜 우리는 이것에 주목하는가」, 『오마이뉴스』, 2003. 5. 22.

40) 사이버공간에서의 유머의 지배적 경향과 한계에 대해서는 최병우 외, 앞의 책, pp.191-195.

41) 서사텍스트에서 '나'라는 인칭 대명사에는 네 가지 목소리가 중첩된다고 볼 수 있다. '나'가 포함된 문장의 주어인 인물의 목소리, '나'라는 주어를 서술하는 서술자의 목소리, 그

가 되기에, 독자 역시 '의식하지 못한 채' 자신의 무의식적 욕망을 잠시 느 낌으로써 쾌감에 빠져드는 것이다. 이런 특성은 특히 외설적 농담이나 풍자 적 농담보다 '순수한 농담'에서 더욱 뚜렷하게 드러난다.[42] 앞서 인용한 부 분에 등장하는 농담들은 이런 유형에 속한다. 혹여, (b)를 풍자적 의도를 내 포한 것이라 볼 수도 있지만 그런 판단은 탈맥락화할 때에만 타당하다. 그것 은 그저 웃음을 유발하기 위해 공식구처럼 활용된 표현일 뿐이다. 그렇다면 앞서 인용한 부분에는 어떤 욕망이 어디에 숨겨져 있는가? 이 점은 농담의 기술을 이해할 때 용이하게 발견된다.

농담 기술의 핵심은 꿈처럼 사고의 내용을 압축하는 데 있다. 압축은 '정 신적 절약 행위'이다. 즉 다층의 사고 내용 모두를 언어화하는 것이 아니라, 하나의 언어 또는 축약된 언어로 표현하려는 경향이다. 합성어를 만들거나 언어에 변형을 가하거나 동일어를 반복하거나 이중의미어를 사용하는 방식 이 모두 이에 해당한다. 인용된 부분에 사용되는 이모티콘(emoticon)들과 의 성어 의태어들이 그런 예이다.

그러나 농담을 표현할 때 반드시 언어에 변형이나 명시적 압축이 발생하 는 것은 아니다. 언어는 온전한 형태를 취하고 있지만 그럼에도 그 배면에는 압축된 사고 내용이 존재한다. 따라서 온전한 형태를 취한 듯한 언어들(a) 사 이 사이에서도 압축된 사고 내용들의 흔적을 찾을 수 있다.

리고 실제 작가의 목소리가 그것이다. 여기에 독자의 수용에 의해 텍스트가 실제적으로 존재한다는 점을 고려한다면 '나'는 네 가지 목소리를 실현시킨다. Rimmon-Kenan, S.(최 상규 역), 『소설의 시학』, 문학과지성사, 1983(1985), pp.129-156.

42) Freud, S.(임인주 옮김), 『농담과 무의식의 관계』, 1905(1997), p.122. 프로이트는 농담을 '무의미 속의 즐거움', '재담', '순수하거나 비의도적인 농담', '의도적인 농담'으로 구분 한다. 비판적 이성이 개입된 '의도적인 농담'은 성인의 농담의 주류로서 풍자가 대표적이 다. 다른 유형들은 아동이나 청소년들의 유치한 농담에서 더 잘 나타난다. 그런데 이런 유형들이 무의식과 농담의 연관성을 더 잘 보여준다고 프로이트는 지적한다.

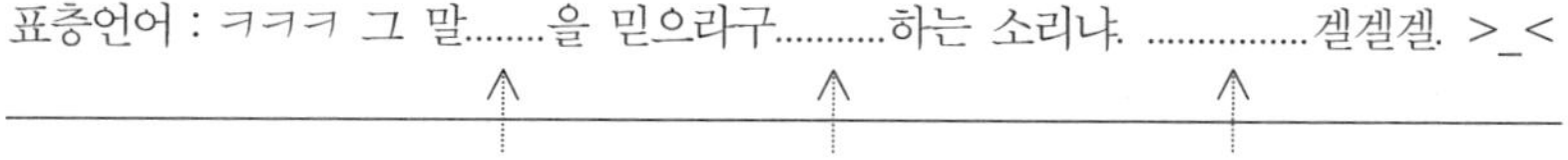

한예원의 발화는 무의식적 사고 내용이 압축되어 있다. 서사구조상 4대천왕 꽃미남 지은성은 한예원뿐만 아니라 (여성) 인물 및 독자 모두에게 지극한 욕망의 대상으로 설정된 의도적 구안물이다. 그러한 인물로부터 결혼을 요구 받음은 天福이다. 하지만 그런 천복에 여성화자가 즉각적인 응답을 할 수 없는 것이 현실43)이다. 그래서 한예원은 당황한 척한다. 하지만 당황하며 내뱉은 이 언어들은 무의식적 욕망을 감추면서도 암시하기 위해 농담적 표현을 취하고 있다. 이를 통해 욕망이 안전하게 방출될 수 있게 하기 위해서 말이다.

이처럼 웃음은 서술자(생산자)의 욕망을 감추면서도 언어들 사이에 흐르게 만든다. 이런 예들은 너무나도 많아서, 농담의 기술을 이해하고 사이버-청소년서사텍스트를 읽게 되면 얼굴이 붉어질 수밖에 없다. 바로 그것이, 성인들이 사이버-청소년서사텍스트를 평가절하하는 이유이기도 하다. 프로이트의 견해로 보면 성인들은 이미 무의식적 욕망을 '억압'하는 단계를 넘어서, 견고한 이성적 판단을 기초로 '거부'하는 주체들이기 때문이다. 사이버-청소년서사텍스트의 문학성을 평가절하하는 '판단'은 이 거부의 주체들의 불쾌감에 기초하고 있는 것이다. 그러한 거부의 주체가 독자일 수도 있기에 농담은 필수적으로 요구된다.

---

43) 성역할 고정관념에 의하면 여성은 사랑에 있어서 수동적이고 남성은 능동적이라고 한다. 이런 편견은 여성에게 '내숭'이라는 방어기제를, 남성에게는 지은성처럼 '책.임.져.'라고 힘주어 말하는 특성을 부여하고 있다. 이 장면에서 이렇게 남성 화자와 여성 화자의 언어 방식이 차이난다는 것은 이 서사텍스트의 생산주체가 그만큼 우리의 관습적 성정체성을 효과적으로 활용하는 주체란 사실을 말해 준다. 성역할 고정관념에 대해서는 방희정, 「성 고정관념」, 홍순정 외, 『여성심리학』, 교육과학사, 1998, pp.84-86.

다. '환상적 삼각구조'와 텍스트적 기능체계

한편, '말하는 무의식'과의 대화는 또다른 특징적인 텍스트적 기능체계를 지닌다. 그것은 '환상적 삼각구조'이다. 주지하듯, 오이디푸스 콤플렉스는 인간 경험에 내재하는 원형적 삼각구조이다. 그러한 삼각구조의 갈등을 극복해야만 인간은 자연으로부터 문화의 영역으로 넘어올 수 있다. 하지만 그러한 이행은 '거부'가 아니라 언제나 '억압'에 의해 이루어지기 때문에 완전한 극복일 수가 없다. 지속되는 삶의 과정에서 끊임없이 삼각구조의 갈등을 경험할 수밖에 없다. 이것은 성인들의 연애소설에서 곧잘 삼각구조가 차용된다는 사실에서도 드러난다. 그런데 사이버—청소년서사텍스트의 삼각구조와 성인들의 연애소설의 그것과는 중요한 차이가 존재한다. 이를 이해하기 위해 성인들의 연애소설의 특징을 살펴보자.

연애소설은 탐정소설과 함께 대중들에게 널리 읽히고 폭넓은 사랑을 받는 통속소설이자 대표적인 서사 유형의 하나이다. 연애소설은 과거의 애정소설과 달리 신여성을 주인공으로 한다. 1920년대 이후 모든 장편소설은 통속소설이거나 연애소설이었다. 그것은 소설이 연재되는 신문, 잡지의 경영상의 이유 때문이었다. 작가는 이러한 물질적 이유 때문에 연애소설을 쓰지 않을 수 없었다.[44] 그럼에도 항상 연애소설은 문학적 가치구조에서 주변적 대상으로 머물러 왔기 때문에 그 개념이나 특징이 제대로 밝혀지지 못하고 있다.[45] 김창식(1998)에 의하면 연애소설은 '① 사랑 또는 연애의 과정이 전면적으로 나타나야 한다 ② 연애 과정 자체를 이야기 전개의 중심축으로 만들기 위해 그 사랑을 방해하는 요소나 인물들이 반드시 나타나야 한다 ③ 소설 속의 사랑이 인간 간의 깊은 이해나 화합을 목표로 해야 한다 ④ 사랑에 관

---

44) 조동일, 「통속 연애소설의 기본형」, 『한국문학통사5(제3판)』, 지식산업사, 1994, pp.347-348. 연애소설이 소설의 물질적 기반으로서의 신문, 잡지와 연관된다는 사실은 사이버공간에서 연애소설이 지배적인 이유를 암시해 준다. 사이버공간은 상업적 이유는 아닐지라도 그만큼 통속적 관심을 유발할 때 그 지속성이 유지된다는 점 때문이다.

45) 김창식, 「연애소설의 개념」, 대중문학연구회 편, 『연애소설이란 무엇인가?』, 국학자료원, 1998, pp.9-27.

한 작가의 생각이 분명하고 진지하게 표명되어야 한다'는 요건을 갖추고 있어야 한다.

여기서 두 번째 요건은, 이야기의 장편화·흥미 제고를 위해, 연애소설이 로망스나 멜로드라마의 도식들(formulae)을 적극적으로 활용46)하는 양상을 의미한다. 로망스는 모험이나 미스테리 요소들을 활용하여 두 연인간의 사랑을 공고히 하는 하부 서사구조를 지니며 또한 도덕적 당위를 통해 계급 차이 등의 사회적·심리적 장애를 극복하는 하부 서사구조를 지닌다. 이에 비해 멜로드라마는 로망스의 특성을 포함하고 있으면서도 도덕적 당위에 주된 관심을 둔다는 점에서 차이가 난다. 그를 통해서 도덕적 당위가 가능한 '이 세계'가 정당한 세계임을 입증하는 이데올로기적 기능을 수행한다. 사회적 편견을 극복하고 남녀 간의 사랑을 성취하는 서사구조를 지닌 TV 드라마가 '공중파'라는 국가적 물질을 통해 전달되는 이유도 이 때문이다.

그렇다면 사이버-청소년서사텍스트들은 성인 연애소설과 어떤 차이를 지니는가? 성인의 연애소설에서는 타락한 사랑의 유형으로서 육욕적 사랑의 방식이 부정적 선택항으로 곧잘 제시된다. 예를 들어, 박계주의 『순애보』에는 두 가지 사랑의 유형이 제시된다. 주인공인 최문선과 윤명희 간의 아가페적 사랑이 있는가 하면 이철진과 신옥련 간의 그리고 신옥련과 이명석 간의 육욕적 사랑의 유형이 제시된다. 이렇게 정상적 도덕적 사랑의 유형과 비도덕적 비정상적 사랑의 유형을 동시에 제시함으로써, 독자로 하여금 정상적인 사랑의 유형을 선택하도록 요구하는 서사구조를 취한다. 90년대 대표적인 연애소설인 양귀자의 『천년의 사랑』에도 오인희와 김진우의 사랑은 통속적 세속적인 반면, 오인희에 대한 성하상의 사랑은 영원한 사랑의 모형에 해당한다.47) 심지어 사이버공간에서 생산된 대표적인 성인 연애소설들인 「러브 스토리」(곽동훈), 「정열」(송경아), 『나는 타히티로 간다』(심재철) 등도 모

---

46) 최미진, 「1930년대 후반 한국 연애소설의 가능성과 한계—박계주의 『순애보』를 중심으로」, 대중문학연구회 편, 앞의 책, pp.116-117.
47) 이은자, 「양귀자의 『천년의 사랑』론」, 대중문화연구회 편, 앞의 책, p.186.

두 대립적 유형의 사랑 중 하나를 선택하도록 요구하는 구조를 지닌다.[48] 이 선택은 타락한 사랑의 부정과 숭고한 사랑의 강화라는 효과를 거둔다.

이와 달리, 사이버-청소년서사텍스트는 대립적 선택 구조를 취하지 않는다. 갈등적 삼각구조가 나타나지만 결코 부정적이고 타락한 사랑의 유형은 없다. 다만 사랑의 실현(사랑)과 중단(우정·우애 등)으로의 '분화'만이 이루어질 뿐이다. 이러한 분화는 '발견으로서의 분화' 유형과 '확인으로서의 분화' 유형으로 구분될 수 있는데, 먼저 '발견으로서의 분화' 유형은 『그 놈은 멋있었다』가 대표적이다.

『그 놈은 멋있었다』에는 지은성-한예원-김한성 간의 중심적 삼각구조와 한예원-지은성-김효빈 등 다수의 부수적 삼각구조가 나온다. 그러나 중심적이든 부수적이든 어떠한 삼각구조도 도덕적으로 타락한 유형이라 말할 수 없다. 다만 사랑을 실현하기 위해 이런저런 질투와 갈등이 있을 뿐이고, 이런 과정을 거쳐 핵심적인 인물들의 소망을 실현한 한 개의 사랑만이 성취된다. 그럼에도 갈등과 질투의 과정에서 대립했던 인물들과의 관계가 단절되지는 않는다. 예를 들어 지은성-한예원-김한성 간의 삼각구조에서 지은성-한예원 간의 관계만이 사랑으로 실현되지만, 김한성이 완전히 배제되지 않는다. 오히려 김한성은 사랑의 삼각형을 구성하는 우정의 한 축으로 유지된다. 이렇게 삼각구조는 사랑의 축을 발견함으로써 다른 것을 우정의 축으로 분화하면서도 서로가 공존할 수 있도록 한다. 분화와 포괄은 가장 현실적이면서도 가장 화해로운 관계의 원리로 떠오르는 것이다.

『늑대의 유혹』은 '확인으로서의 분화' 유형을 취하고 있다. 정태성-정한경-반해원의 중심적 삼각구조를 비롯하여 정한경-반해원-김혜정 등의 삼각구조가 나타나지만 결국에는 사랑과 남매애로 분화된다. 이런 분화는 정한경과 정태성이 이복남매란 사실이 모든 인물들 사이에서 '확인'되면서 이루어진다. 이성적 사랑은 남매간에 불가능하다는 문화적 규범을 받아들이

---

48) 김재국, 「가상공간의 사랑법과 연애소설」, 『디지털시대의 대중소설론』, 예림기획, 2002, pp.39-55.

고 확인시켜 정태성과 정한경 간의 관계를 분화시키는 것이다. 이런 서사구
조는 정태성이 가족이라는 사실이 확인됨과 동시에 죽음을 맞이함으로써 삼
각구조를 해체하는 것처럼 보인다. 하지만 정태성이 지극한 남매애를 바탕
으로 반해원에게 누이를 부탁하는 것으로 설정함으로써, 죽음을 넘어선 상
상적 삼각구조는 지속된다. 중요한 점은 이것이 실패한 정태성-정한경의
사랑을 버리지 않기 위해 도입된 의도적 설정으로 해석할 수 있다는 점이다.
이처럼 '확인으로서의 분화' 유형도, 실패한 사랑까지 긍정적 가치의 관계로
변용함으로써 삼각구조의 한 축으로 포괄한다.

　두 유형에서처럼 사이버-청소년서사텍스트에서 남녀관계는 운명적 대상
을 발견하거나 사랑이 가능한 범위의 확인이 이루어짐으로써 분화구조를 취
한다. 그러한 분화는 언제나 인물들의 내재적 선택에 의해 이루어진다. 그러
면서도 결코 삼각구조의 다른 축이 무가치·무의미하다고 규정하지 않는다.
다른 축은 안정적인 삼각형 형태를 유지하기 위한 하나의 정신적 에너지로
포용된다. 이런 점에서 도덕적 선택을 통해 한 축을 부정하고 거부할 것을
요구하는 성인 연애소설과 큰 차이점을 보여준다. 이러한 차이를 도식화하
면 아래와 같다.

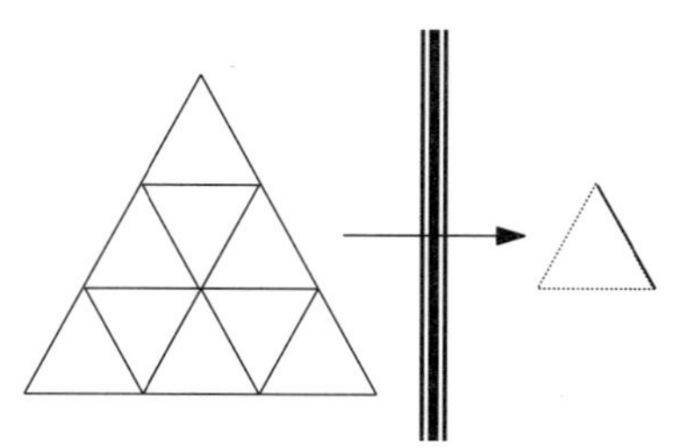

도덕적 규범
시작(타락 / 순수) → 결말(순수)
[성인 연애소설의 삼각구조와 서사구조]

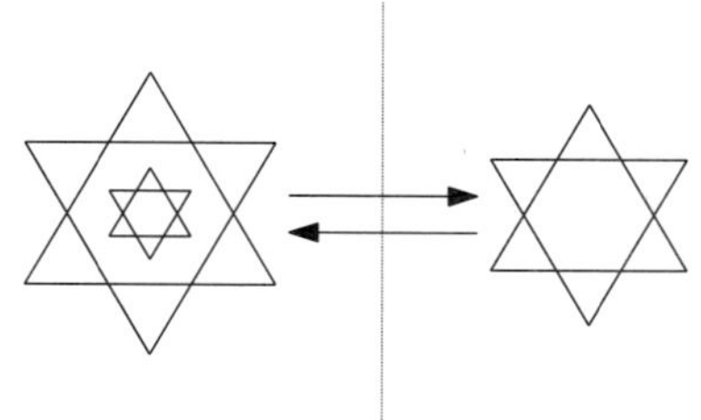

내재적 선택
시작(사랑들) ↔ 결말(사랑…우정)
[청소년 연애소설의 삼각구조와 서사구조]

　그림에서처럼, 성인 연애소설의 삼각구조는 결말에 가서 도덕적 규범이

용납하는 단 하나의 축만이 허용되는 '붕괴된 삼각형'으로 변용된다. 하지만 사이버―청소년서사텍스트의 삼각구조는 '분화'될 뿐 결코 삼각구조가 파괴되지 않는다. 분화와 동시에 포괄의 기제를 지니고 있기 때문이다. 그리고 그런 삼각구조는 한 두개가 아니다. 여러 인물들 사이의 삼각구조가 모두 이런 식으로 유지된다. 여러 개의 삼각구조들이 겹쳐지면서 마치 '별이 텍스트 속에서 빛나는 듯'하다. 때문에 시작과 결말은 유사성을 지닌다. 분화하면서도 버리지 않는 삼각구조이기 때문에 시작과 결말은 분화되면서도 서로 결별하지 않는다. 한마디로, 사이버―청소년서사텍스트에는 성의식과 문화가 그리고 시작과 끝이 화해하는 구조를 지니고 있는 것이다.

라. 유토피아(의식)에 대한 환상(무의식)의 비판적 기능

그렇다면 사이버―청소년서사텍스트에서 나타나는 이러한 삼각구조가 지니는 사회문화적 의미는 무엇인가? 이런 현상을, 비도덕적 사랑을 모르는 '순수의 시대'로 규정하는 것은 사이버―청소년서사텍스트의 가치구조가 지니는 사회문화적 기능을 간과하는 오류다. 사이버―청소년서사텍스트는 도덕에 무지한 것이 아니다. 오히려 도덕과 현실원칙의 한계를 비판하는, 결코 단순하지 않은 경향성을 지닌다. 그것은 '분화시키면서도 버리지 않는' 삼각구조의 정신적 에너지의 특성에서 연유한다. 이 정신적 에너지는 정신구조의 지배적 원칙이 쾌락원칙에서 현실원칙으로 대체되는 과정 중에서도, 결코 현실원칙을 따르지 않는 정신활동의 보존과 밀접한 연관이 있다. 그것이 바로 환상(phantasy)[49]을 만들어내는 상상력이다. 그리고 이것은 현실원칙이 정신구조의 지배적 권좌를 차지하면서 제시한 유토피아(utopia)적 가치구조와

---

49) 환상은 '등치적 리얼리티로부터의 일탈, 즉 대상의 변형'으로 정의된다. Hume, K.(한창엽 역), 『환상과 미메시스』, 푸른나무, 1984(2000), pp.55-62 및 7장. 흄도 지적하듯이 환상은 미메시스와 함께 모든 문학의 양대 충동이었으나, 기존 문학이론에서 그것은 미메시스(리얼리티)에 비해 열등한 것으로 치부되어 왔다. 환상이 가장 빈번하게 나타나는 로망스가 리얼리즘의 대두와 함께 열등한 문학으로 평가된 것도 리얼리즘의 승리 때문이다. 하지만 환상은 결코 주변문학일 수가 없다.

환상적 가치구조 간의 차이[50]를 고려할 것을 요구한다.

　본능은 그 자체 만족을 목적으로 하는 내적 욕동이다.[51] 본능은 크게 성적 본능과 자기보존 본능으로 대별된다. 본능이 지배하는 유아의 정신구조는 따라서 쾌락원칙이 지배하는 세계이다. 그런데 성적 본능은 모순적이다. 그것은 쾌락의 감정만을 낳는 것이 아니라 신체적 정신적 긴장의 감정도 유발한다. 그 자체로도 쾌락원칙에 위배된다.[52] 또한 성적 본능은 외적 세계와 부딪힐 때 자신의 목적을 성취할 수 없음을 깨닫는다. 오이디푸스 콤플렉스와 같은 사례가 대표적이다. 따라서 이 좌절의 경험은 정신구조에 새로운 원칙을 도입할 것을 요구하는바 그것이 억압을 기초로 한 현실원칙이다. 현실원칙은 본능을 억압하여 무의식에 보호하면서 정신구조를 '생각하는 주체'로 변용한다. '생각하는 주체'는 현실원칙에 따라 즉각적 만족의 추구에서 만족의 유예를 인내한다. 그러한 인내를 합리화하기 위해 현실원칙이 제시한 유토피아의 논리를 따른다.

　그러나 유토피아란 참다운 만족의 가능성을 '인간 없는 대지'로 추방하고 유예하는 것에 불과하다. 유토피아는 억압을 요구하는 문화와 문명의 가장 효과적인 합리화 전략이다.[53] 그것은 결코 진정한 만족을 주지 않고 끝없이 유예할 뿐이다. 현실원칙은 '억압적 개인'을 형성할 뿐만 아니라 '억압적 문명'을 형성하며, 또한 '개인의 문명에의 예속'을 합리화한다. 더욱 중요한 점은 모든 억압을 합리화함으로써 '과잉 억압'과 '기본 억압' 간의 분별을 불가능하게 할 수도 있다는 점이다. 분명, 문명은 본능의 억압을 필요로 한다. 그것은 어쩔 수 없다. 하지만 어디까지의 억압이 기본적으로 정당화될 수 있는지 반성적 검열이 필요하다. 무의식만이 검열되어야 하는 것이 아니라 의식 또한 검열 받아야 한다. 그런데 유토피아는 문명에 필요한 기본 억압과

50) Marcuse, H.(김인환 역), 앞의 책, 제7장 ; Mannheim, K.(임석진 옮김), 『이데올로기와 유토피아』, 청아출판사, 1952(1991), 제4장.
51) Freud, S.(윤희기 · 박찬부 옮김), 「본능과 그 변화」, 앞의 책, pp.106-107.
52) Freud, S.(박찬부 옮김), 『쾌락원칙을 넘어서』, 열린책들, 1920(1997), pp.9-15.
53) Marcuse, H.(김인환 역), 앞의 책, pp.130-135.

'특정한 지배체계의 과잉억압'을 분별하지 못하게 함으로써 의식도 검열이 필요하다는 사실을 은폐시킬 수 있다. 물론 유토피아도 과잉억압에 대한 비판적 기능을 수행할 수도 있다. 하지만 유토피아에 의한 비판이 합리적 이성에 기초한 비판의 형식이라면, 유토피아마저 비판의 대상으로 하는 환상은 더욱 근본적인 비판이라 할 수 있다. 이런 점은 유토피아를 내건 비판적 이데올로기들이 하나의 지배적 이데올로기로 변질되는 역사적 선례에서도 충분히 입증된다. 조지 오웰의 『동물농장』과 같은 환상적 서사구조가 대표적인 예이다. 오로지 완전한 비판은 환상에 의거한 비판이다.

이처럼 완전한 비판의 가능성을 제시하는 것이 바로 환상이다. 전체적 정신구조 안에서 결정적인 기능을 하는 환상은, 무의식의 가장 깊은 층과 의식의 가장 높은 생산물(예술)을 연결시키고 꿈과 현실을 연결시키기 때문이다. 환상은 집합적이고 개인적인 기억의, 영구적이지만 억압되어 있는 理想, 금기된 자유의 이미지와 같은 인류의 원형을 보존한다. 그런데 환상은 비현실적이란 이유로 이성이나 의식에 의해 항상 비판되고 무시받아 왔다. 이성은 불쾌하지만 유용하고 정확한 반면 환상은 유쾌하지만 쓸모없고, 진실되지 못한, 단순한 놀이와 백일몽에 지나지 않는다는 식으로 말이다. 이러한 이성으로 무장한 현실원칙은 '생각하는 주체'이자 '자아'를 통해 유용하고 유용하지 않은 것, 좋고 나쁜 것을 결정하는 역할을 하면서 억압을 합리화한다. 그리고 이것을 통해, 마치 성인 연애소설의 서사구조처럼 나쁜 것을 '의도적'으로 설정하고 그것을 버리도록 요구한다.

그러나 상상력에 의한 환상은 잃어버린 조화를 다시 회복시킨다. '억압된 자들의 귀환'을 허락하면서 환상은, 이성에 의해 유토피아에 추방된 개인·욕망·쾌락을 전체·현실·이성과 조화시킴으로써, 그러한 조화를 파괴하는 이성에 대해 비판하고 '유토피아의 현재화'를 요구한다. 바로 이러한 환상의 기능성을 활용하고 있는 것이 사이버-청소년서사텍스트의 '분리하면서도 버리지 않는' 삼각구조의 서사들이다.

이런 특성이 가장 뚜렷하게 나타나는 사이버-청소년서사텍스트가 『천사의 향기』인데, 기이하게도 이 서사텍스트는 사이버공간에서 가장 인기 있는 청소년 작가들로 선정된 5명이 공동 창작한 것이란 점이다. 공동 창작은 사이버공간과 기존의 문학적 생산공간과의 차별을 뚜렷하게 드러내는 사례 중 하나[54]라고 많은 논자들이 지적하고 있다. 그런데 사이버공간적 특성을 지닌 공동 작업의 문학적 글쓰기가 환상의 서사구조를 취하고 있다는 점은 특기할 만하다. 이런 사실은 환상이 인간의 원형적 사고와 연결된다는 마르쿠제의 해석을 더욱 강하게 뒷받침해 주기 때문이다.

『천사의 향기』는 천린우라는 학생이 전학 온 이후 천린우-이래인-유다이(여학생)를 중심으로 벌어지는 사건을 내용으로 하고 있다. 천린우의 등장은 이래인-유다이 간의 안정적이던 二者的 관계의 파괴를 가져온다. 안정적이며 과거에 속하던 이자적 관계는 불안정적이며 현재적이며 미래로 이어지는 삼각구조로 변환된다. 이런 二者的 관계가 삼각구조로 변화하는 데 있어서 이래인의 죽음은 결정적 계기로 작용한다. 이래인은 천린우에 대한 집단폭행을 막으려다 천린우를 대신하여 죽게 되는데, 기이하게도 이 죽음으로 생긴 부재는 거꾸로 사랑의 삼각구조를 형성하면서, 유다이에게 '천린우냐 이래인이냐' 하는 삼각구조적 고민을 낳는다. 이래인이 죽기 전까지 유다이는 결코 천린우에 호감조차 보이지 않았다. 하지만 죽으면서까지 천린우를 감싸던 이래인의 죽음과, 자신을 대신해 죽게 된 이래인에 대한 지극한 사랑을 보여주는 천린우 때문에 유다이는 흔들린다. 이로써 안정적이던 이자 관계는 불안정적인 삼각구조로 전환된다. 그런데 이들 간의 삼각구조에서는 결코 갈등이 나타나지 않는다. 죽은 이래인과 천린우가 싸울 수가 없기 때문이다. 더욱이 영혼으로 떠도는 이래인은 천린우와 유다이를 맺어주기

---

54) 『디지털 구보 2001』을 비롯하여 사이버공간에서는 현실공간에 잘 이루어지지 않았던 집단적 공동창작 방식이 실험적으로 시도되었다. 이런 실험들은 저자 개념에 지배받던 현실공간의 문화를 의도적으로 파괴하면서 공존과 상호작용을 강조하는 가상공동체를 대안문화로 격상시키는 효과를 발휘한다. 이것 자체도 일종의 '버리지 않고 공존하기'의 한 표상이라 하겠다. 사이버공간에서의 공동창작의 현황과 의미에 관해서는 유현주, 앞의 책, pp.91-95.

위해 수많은 꾀를 낸다. 죽은 이래인이 사라지지 않고 서사의 전개 과정 내내 핵심적인 존재로 재등장하여 행복한 결말을 도출하려 적극적 관여를 한다. 이처럼 이 서사텍스트는 현실 세계와 비현실 세계의 소통과 화해를 추구한다는 점에서 환상적이다.

여기서 이러한 환상적 삼각구조는 실패 또는 중단된 사랑을 현재의 사랑 속에 포괄하고 미래를 정당화하기 위해 도입된 서사기제란 점이 중요하다. 『늑대의 유혹』에서도 중요하게 작용했던 죽음이, 실패한 사랑을 남매애로 승화시키는 작용을 하듯이 『천사의 향기』에서 이래인의 죽임은 유다이-이래인의 과거의 사랑을 미화하면서도 천린우-유다이 간의 현재의 사랑을 강화시키는 작용을 하는 것이다. 이런 서사구조는 과거와 현재를 화해시키고 죽음과 삶, 비현실과 현실을 화해시킨다. 또한 동시에 다른 삼각구조들도 안정적인 삼각구조로 변용시키는 작용을 한다. 천린우-유다이-이래인의 삼각구조가 분화와 포괄의 삼각구조로 정립하자 이에 영향 받아 이래인-천린우-한채은의 삼각구조도 분화와 포괄의 삼각구조로 변용되기 때문이다.

이처럼 환상은 사이버-청소년서사텍스트에서 '모든 것들 사이의 화해'를 실현하는 데 있어서 핵심적인 서사기제로 활용되고 있다. 그런데 이러한 환상은 무의식으로부터 기원한다는 점, '획일적 전체성이 없는 보편성'이라는 사이버공간의 물질적 특성과 유사하다는 점에서, 지배적 가치구조와 대비되는 특수성을 지닌다.

첫째, 의식만이 조화롭고 무의식은 무질서하다는 생각은 편견임을 부각시킨다. 그것은 의식이 지배권을 행사하기 위해 만들어낸 편견에 불과하다. 무의식은 독특한 조직 원리로 구성된 정신 세계이다. 무의식에는 否定도 없고 의심도 없으며 또 확신도 없다.[55] 본능으로 가득찬 무의식의 세계는 서로 대등한 관계를 유지하면서 병존하고 서로간에 아무런 갈등이나 충돌도 내보이지 않는다. 목적이 서로 양립할 수 없는 듯 보이는 두 개의 본능이 동시에

---

55) Freud, S.(윤희기 · 박찬부 옮김), 「무의식에 관하여」, 앞의 책, pp.189-194.

발생하더라도 그 두 충동적 본능은 상대방을 지우거나 그 힘을 약화시키지 않은 채, 함께 협력하여 서로가 공유하는 공통 목표를 찾아 타협한다. 마치 사이버-청소년서사텍스트에서 사랑 이외의 관계를 문화적 가치가 있는 것으로 변용하여 포괄하는 것과 유사하다.

이것은 否定하고 의심하며 자기 확신에 사로잡힌 의식의 세계에서는 찾아볼 수 없다. 의식이 추구하는 화해는 가짜 화해이다. 그것은 유토피아가 근본적인 사회 비판력이 없듯이, 근본적인 화해의 상을 보여주는 것이 아니다. 마치 성인 연애소설에 나오듯이, 의식이 긍정하지 못하는 것은 부도덕한 것으로 추악화하고 버릴 것을 요구하기 때문이다. 의식은 본능을 부도덕한 것으로 동일시할 뿐 그것을 문화와 화해시킬 승화의 능력을 결여한 채, 그 결여를 감추기 위해 억압하려만 한다. 따라서, 의식은 무의식으로부터 본능을 승화시키고 문화와 화해시키는 능력을 배워야 한다. 그럼에도 의식은 무의식을 무질서와 심지어는 부도덕한 본능의 세계로만 폄시할 뿐이다. 무의식은 본능으로 가득 차 있지만 그것에 좌우되지 않고 그것을 승화시킬 수 있는 조직 원리를 지닌 세계이다. 무의식의 세계는 본능들이라는 위험한 요소들을 화해시킬 수 있는 더욱 고차원적인 조직 원리를 지닌 세계란 점에서 의식의 세계보다 더 가치 있다.

둘째, 모든 것을 화해시키는 환상의 텍스트적 기능체계를 지닌 사이버-청소년서사텍스트는 '획일적 전체성이 없는 보편'의 세계인 사이버공간56)의 문화적 가능성을 구체화한다. 이를 통해 전체주의적 획일성을 전제하는 문자문화의 한계를 비판한다. 문자문화의 대표인 책은 위계적 억압적인바, 선조적 원리에 의해 사고의 다양성과 폭넓은 연상의 세계를 지운다.57) 이와 대비되는 하이퍼텍스트는 비선조적이며 무한한 사고의 형상을 최대한 반영하고자 한다. 모든 생각들을 받아들이고 연결시키고 시작과 끝의 특정한 지점을 지움으로써 끝없는 뫼비우스의 띠처럼 연결시킨다. 모든 것을 화해시키

---

56) Lévy, P.(김동윤 외 옮김), 앞의 책, pp.158-172.
57) 배식한, 앞의 책, pp.32-35.

려는 가치구조를 지닌 사이버-청소년서사텍스트는, 자신이 하이퍼텍스트로 나아가는 과도기적 글쓰기의 성격을 지닌다는 점을 보여주면서, 텍스트의 물질성의 가장 바람직한 상태를 책에서 하이퍼텍스트로 전환시키고 있다. 중요한 점은, 하이퍼텍스트성을 지향하면서도 문자문화의 물리적 특성을 버리지 않고 사이버공간의 물리적 특성과 화해시키려 한다는 점이다. 획일적 언어규범만을 강조하는 것도 아니고 그렇다고 일탈적 언어에 완전히 경사되지 않는 특성을 보여주기 때문이다. 이러한 기능체계를 적극적으로 활용함으로써 사이버-청소년서사텍스트는, 자신들을 문화적 문학적 가치구조의 주변으로 한정하려는 문자문화의 한계를 비판하고 역사화하는 것이다.

2) 대인적 / 텍스트적 기능체계와 친밀성(intimacy) 중심의 가치구조

지금까지의 분석은 사이버-청소년서사텍스트의 관념적 기능체계와 텍스트적 기능체계에 한정되어 있었다. 이제는 대인적 기능체계(the interpersonal)를 분석함으로써 사이버-청소년서사텍스트의 기능체계와 가치구조 전체를 좀더 입체적으로 드러내고자 한다.

가. 사이버공간의 서사문화와 대인적 기능체계

사이버공간은 현실세계의 사회적 관계를 그대로 반영하지 않는다. 그럴 수도 없다. 그것은 사이버공간이 가상성과 익명성에 기초한 공간이기 때문이다. 사이버공간에 접속하여 상호작용적 활동을 펼칠 때 개인들은 자신을 직접적으로 드러낼 수가 없다. 자신을 대리하는 기호들인 ID나 Avatar만이 진입할 수 있기 때문이다. 그런데 이러한 기호들은 실제 행위자를 완전히 재현할 수가 없다. 가상성과 익명성은 이름을 숨기기 때문에 발생하는 것이 아니라, 신체를 디지털화하면서도 그것을 완전히 재현할 수 없는 ID와 Avatar만을 허용하는 사이버공간의 물리적 특성 때문에 발생하는 것이다. 물론 기술적 진보가 더욱 극단화된 상태, 즉 화상 통신이 더욱 쉽사리 이루어지는

상태를 가정해 볼 수도 있다. 하지만 그런 상태가 도래하면 사이버공간은 사라진다는 역설을 지닌다.58)

언어에서 대인적 기능체계는 다른 요소들보다도 텍스트 참여자들 사이의 사회적 관계를 가장 직접적으로 반영한다. 때문에 가상성과 익명성이 사회적 관계를 변화시킬 수 있다면 언어의 대인적 기능체계에도 자연스럽게 변화가 발생한다. 이런 변화는 특히 언어 규범과 언어 윤리의 차원과 관련하여 사이버공간에서의 글쓰기의 문제점을 비판한 언어학적 고찰들에 의해 지적되어 왔다.59) 익명성은 자신의 생각을 솔직하게 표현할 수 있게 해 주는 생산성이 있지만 격하(flaming) 현상을 유발함으로써 상대방을 격하할 뿐만 아니라 '언어'와 '사용자' 그 자체도 격하되는 문제점을 유발한다. 네티켓(netiquette) 또는 인터넷 실명제 논의가 생긴 것도 부정적 방향에서의 대인적 기능체계의 변화를 지양하려는 모색의 소산들이다.

사이버서사텍스트 역시 이러한 부정적인 양상들을 지니고 있다. 하지만 그런 특징들은 언어 생활의 실제상을 가감 없이 재현한다는 점에서, 기존 문학텍스트가 지녔던 비사실성·규범 지향성을 폭로하는 기능도 한다. 예를 들어, 여성이 고운 말만 하는 것처럼 형상화하는 경향은 기존 문학텍스트에 지배적이다. 이에 비해 사이버서사텍스트는 그것을 가식에 불과하다고 폭로한다. 사이버-청소년서사텍스트는 좀더 노골적이기까지 한데, 서슴없이 욕설을 내뱉고 남성 인물에 대해 공격적인 태도를 보여주는 여학생들을 그대로 보여준다. 이들을 텍스트 속에서 마주칠 때 독자들은 거부감을 보이기 십

---

58) 화상통신은 '신체의 가상화'의 가능성, 즉 한 개인이 자신의 단일적 신체성의 한계를 극복하고 '동시에 여기저기' 출현할 수 있는 가능성과 대립한다. 이런 점에서 화상통신은 가상공간의 가능성과 오히려 대립하는 측면이 있다. 이에 대해서는 Lévy, P.(전재연 옮김),『디지털 시대의 가상현실』, 궁리, 1995(2002), pp.37~47.

59) 김정자,「전자게시판 글쓰기에 대한 연구」,『국어교육연구』제11집, 서울대국어교육연구소, 2003 ; 한성일,「컴퓨터 대화방의 표현 양상과 국어교육적 방안」, 같은 책. 김정자는 전자게시판 글쓰기의 문제점을 언어 규범과 윤리 차원, 텍스트 차원(제목과 본문이 부조화한 경우 등), 상호작용 차원(감정적 경사), 정보 윤리 차원(펌질 등)에서의 문제점을 지적하고 있고 한성일은 익명성이 가져오는 격하 현상·대화격률의 일탈 현상·입말과 글말의 혼합·통신언어의 언어규범 일탈성·일상언어적 특성의 강화 등을 지적하고 있다.

상이다. 그 때문에 사이버-청소년서사텍스트가 또하나의 오해와 불신을 받으며 저평가되는 것이다. 그러나 이 문제는 그리 단순한 문제가 아니라, 사이버-청소년서사텍스트의 근본적인 생산 동기와 직결되는 매우 중요한 문제로서 주의깊은 분석이 요청된다.

서사텍스트는 기본적으로 서술자에 의해 중개되는 허구적 서사물이다. 다른 텍스트와 서사텍스트를 구별해 주는 특징들 중 하나는 그것의 필수적 원천인 서술자와 관련되어 있다. 그런데 독자는 서사물을 읽으면서 그 서사물이 재현하고 있는 허구적 세계의 전모를 알 수가 없다. 서술자가 중개해 주는 주는 것만 알 수 있을 뿐이다. 이런 점에서 서술자는 서사텍스트의 가치를 결정하는 매우 중요한 서사적 기능소이다.60) 때문에 서술자들은 전형적으로 그들의 청자(독자)에게 신뢰를 받고자 노력하는 모습을 보여 왔다. 이것이 기존의 서사텍스트에서 서술자와 실제 독자 간의 관계의 핵심이었다.

문학적 가치와 권위는 실상, 어떤 실제 작가의 고매한 인격에서 나온다고 볼 수 없다. 그러한 가치와 권위의 근본적 기원은 서술자에게서 유발되는 것이다. 아무리 고매한 인격의 실제 작가라 할지라도 그가 생산한 텍스트의 서술자가 복합적 능력이 부재하다면 문학적 가치와 권위는 발생할 수가 없다. 따라서 서술자들은 배우는 자 또는 소비자의 역할을 부여 받은 청자들과의 관계 속에서 '말할 수 있는 권위, 즉 알고 있는 자 또는 즐거움을 주는 자, 생산해 내는 자의 역할을 맡을 권위를 요구'할 뿐만 아니라 독자에게 '요구되어' 왔다.61)

이러한 서사 문화는, 서술자는 독자를 능가할 수 있는 인격과 능력을 지닌 존재여야 한다고 규정했으며, 마치 어른이 아이에게 말을 해주는 듯한 관

---

60) 물론 서사론에서 서사를 중개해 주는 서사적 기능소는 '내포 작가' '화자' '초점화자' 등으로 세분될 수 있고 그들이 동일하다고 여겨지지도 않는다. 다만 여기서는 중개자의 역할을 수행하는 모든 서사적 기능소를 포괄하여 '서술자'로 통칭하고자 한다. 이에 대해서는 Rimmon-Kenan, S.(최상규 역), 앞의 책, 5·6장 ; Bal, M.(한용환·강덕화 옮김), 『서사란 무엇인가』, 문예출판사, 1980(1990).

61) Toolan, M.J.(김병욱·오연희 공역), 『서사론』, 형설출판사, 1988(1995), pp.21-22. 툴란의 서사론은 특히 할러데이의 언어이론을 서사론에 적용한 논의란 점에서 주목할 만하다.

계를 창조하여 왔다. 예를 들어, 한국 근대서사문학의 비조라 할 수 있는 이광수의 『무정』 이후 형성된 (굳이 교훈적 계몽주의적이 아니더라도) 서사 문화만 살펴도 이런 특징을 쉽게 알아낼 수 있다. 이런 서사 문화에서 서사텍스트 속의 서술자는 늘 다른 인물들에 비해 지적인 면에서나 도덕적인 표준에서 훨씬 더 우위에 있었다.[62]

사이버-청소년서사텍스트는 이와 구별되는 서사문화를 구성한다. 기존 서사문화가 작가에게 권위와 함께 책임을 요구했다면 사이버공간은 그러한 위계적 도덕적 관계를 지향하지 않는다. 그것은 사이버-청소년서사텍스트의 역사 그 자체로부터 연원한다.[63] 사이버공간에서 청소년은 판타지나 팬픽(Fanfiction) 등으로 대표되는 웹노블(web-novel)과 게임 시나리오, 게시판 문학 등을 창작하고 감상하는 서사문화를 발전시켜 왔다. 청소년에 의해 주도되고 독립성까지 지니는 이러한 서사문화는 '재미를 추구하는' 언어 문화 행위의 특성을 뚜렷하게 지녔다. 그렇다고 대중문학과 완전히 동일시할 수도 없다. 기존의 대중문학은 평등권과 소비능력을 지닌 대중들의 기호에 부응하기 위해 생산된 문화 상품의 성격을 강하게 지녔다. 따라서 작품의 예술성을 따지기보다는 소비자로서의 독자의 기호를 우선 고려했고 그들의 풍부해진 여가를 채울 수 있는 내용과 형식으로 자신을 재구성했다.[64] 대중문학에서 '진정한 생산자'는 소비자였고 생산자는 그저 '위임 받은, 문학적 재능을 지닌 존재'에 불과했다.

하지만 사이버-청소년서사텍스트는 상품으로서의 성격을 지녔다고 볼 수가 없다. 사이버공동체에서의 상호작용을 위해서 서사텍스트를 생산하고 있을 뿐, 상품으로서의 가치를 고려하여 생산하고 있는 것은 아니다.[65] 때문

---

62) Rimmon-Kenan, S.(최상규 역), 앞의 책, p.130. 심지어 인격적 불완전성이나 변절이 실제 작가에게는 허용될 수 있다 할지라도 그러한 실제 작가보다 서술자는 항상 고매해야 한다고 여겨졌다.

63) 최지현, 「인터넷에서의 청소년 문학 생활화 방안」, 『문학교육학』제9호, 2002, pp.85-93.

64) 임성래, 「대중문학을 어떻게 이해할 것인가」, 대중문학연구회 편, 『대중문학이란 무엇인가?』, 평민사, 1995 참고.

65) 물론 귀여니 류의 서사텍스트가 7-80년대의 '하이틴문학'의 운명처럼 상품화되어 전달되

에 대중문학에서처럼 독자와 생산자 사이의 역전적인 위계적 관계도 성립될 수가 없다. 물론 독자의 영향을 받지 않는 것은 아니다. 독자가 재미없다고 외면해 버리면 그런 서사텍스트는 사이버공간에서 존재 가치를 상실하기 때문이다. 그러나 사이버공간에서 작가와 독자의 역할은 쉽사리 바뀐다. 비난하고 외면하던 독자는 어느새 작가의 위치에 서게 되며 이런 과정은 연쇄적으로 이루어진다. 이런 이유로 사이버공간에서 진정한 생산자는 작독자wreader적 존재라 할 수 있다.66) 특히 게시판 문학의 릴레이소설이나 유머서사는 대표적인 사례이다. 이러한 사이버공간의 특수성에서 연원하는 사이버 서사문화는, '말할 수 있는 권위'를 얻기 위해 고매한 인격체적 기능을 수행하던 서술자의 역할을 무효화한다. 이와 달리 사이버-청소년서사텍스트는 作讀者로서 사이버공간의 상호작용을 활성화할 수 있는 서술자만을 요청한다.

이처럼 상호작용성을 극대화할 수 있는 서사적 실천만을 요구하는 사이버공간의 물질성은 무엇보다도 평등한 대인적 기능체계의 발달을 가져왔다. 동시에, 평등한 대인적 기능체계가 자연스럽게 선택될 수 있는 소통공간을 강하게 형성하는바 첫째, 평등한 대인적 기능체계에 대해 규범적 시각에서 개입할 수 있는 어떠한 인격적 존재도 거부하는 경향을 보여주며, 둘째 평등한 관계의 소통 참여자들 사이의 공감대를 쉽게 얻을 수 있는 사건들을 주요한 서사대상으로 부각시킨다.

이런 경향성은 그들의 '버릇 없지만 일상적인' 대인적 기능체계 사용방식을 그대로 재현하기 위해, '어른 없는 세계'를 주요한 서사대상으로 선택한다. 여기서 사이버-청소년서사텍스트의 대인적 기능체계와 관련한 매우 중요한 문제가 떠오른다. 즉 '어른의 추방'을 의미하는 '깨진 거울'67)의 상징적

고 있는 것을 근거로, 사이버공간에서의 문학이 사행심으로 얼룩져 있다고 볼 수도 있다. 한마디로 온라인에서의 주목을 바탕으로 오프라인에서 '떠보려는' 심리가 작용하고 있다고 평가할 수도 있다. 하지만 그것은 지나친 과장이다. 근본적으로는 청소년에게 문학텍스트 생산권을 주지 않으려는 반발심리가 은연중 깔려 있다고 판단된다.

66) 유현주, 앞의 책, pp.30~31.
67) 이 용어는 Frued, S(김정일 옮김), 「가족로맨스」, 『성욕에 관한 세 편의 에세에』, 열린책들, 1909(1996)와 Lacan, J(민승기·이미선·권택영 옮김), 「정신분석 경험에서 드러난 주

기능이 그것이다.

나. '깨진 거울'과 가족로맨스

구 분	주요 인물	부모 부재의 원인
『그 놈은 멋있었다』	지은성	• 아버지(지성한) 부재―에이즈로 죽음. 가정에 소홀. 이혼. 복잡한 여자 관계. 에이즈로 죽은 아버지 때문에 지은성은 유치원 시절부터 따돌림을 당함. 아버지를 증오.
『늑대의 유혹』	정한경 정태성 (반해원)	• 아버지(정태훈) 부재―조부모의 반대로 아버지는 민가연(정태성의 친어머니)와 이별하고 김신경(정한경의 친어머니)와 계약결혼하게 됨. 한경이가 7살 되던 해 부모 이혼. 그 사이 정태성은 친어머니가 사망하고 외할머니와 홀로 삶. 정한경은 고3 전까지 혼자 지내다 재혼한 부모에게 감. 둘 다 아버지를 몹시 그리워 함. 반해원의 가족에 대한 정보는 전무.
『천사의 향기』	천린우	• 친부모 모두 부재―아버지가 러시아 유학중 사귄 러시아 여인과 결혼. 한국에서 생활 중 어머니가 강도강간범에게 유린됨. 그 사건 후 아버지는 어머니를 상습적으로 폭행함. 견디다 못해 어머니는 천린우 앞에서 자살함. 천린우는 할머니와 외롭게 혼자 삶. 어머니의 자살 장면으로 인한 정신적 외상(trauma) 때문에 여성 혐오. 학교 부적응. 외톨이.

　이런 설정 자체는 대단히 통속적이면서도 선정적이다. 특히 『그 놈은 멋있었다』에서 아버지가 에이즈에 걸려 죽었다든지, 『천사의 향기』에서처럼 외국인 어머니와 한국인 아버지를 부모로 설정하는 방식 자체는 대중소설에서 흔히 나타나는 '저널리즘적 기민성'과 유사하다. 이러한 특성은 사이버공간에서의 흥미 제고를 위한 표면적 서사기제란 점에서 사이버공간의 물질적 속성에서 연원한 것이라 볼 수 있다. 하지만 '부모 부재'를 공통적으로 지니

체기능 형성모형으로서의 거울단계」, 『자크 라깡의 욕망 이론』, 문예출판사, 1966(1994)를 결합하여 재구성한 것이다. '깨진 거울'은 주체 성장에 있어서 기본적으로 동일시되어야 할 거울과 같은 존재로서의 아버지의 파탄을 의미한다. 이것은 사이버-청소년서사텍스트의 대인적 기능체계의 핵심에 해당한다.

고 있다는 사실은, 사이버-청소년서사텍스트가 단순히 연애소설만이 아니라 성장소설로서의 특징도 지닌다는 점을 시사한다.

그런데 과연 누가 성장하는가? 남성 주체의 성장인가 여성 주체의 성장인가? 또한 성장한 주체는 기존의 가치구조에 대해 어떠한 관계를 지니는가? 대립적인가 아니면 대안적 가치구조를 제시하는가? 그리고 기존의 성장소설과 사이버-청소년서사텍스트의 공통점과 차이점은 무엇인가? 결국 이 문제는 사이버-청소년서사텍스트의 또다른 가치구조를 규명하는 중요한 문제로 부각된다.

프로이트에 의하면 개인 및 사회의 발전은 양세대 간의 반목(독립을 위한 반복)을 통해 이루어지며, 이 과정에서 독립이 제대로 이루어지지 못했을 때 노이로제 상태가 된다.[68] 여기서 성장의 전제가 부모와의 갈등이란 점이 주목을 요한다. 갈등이란 일면적으로 대립만을 의미하는 정신적 과정이 결코 아니다. 부모와의 갈등 심리 뒤에는 부모와의 강한 동일시가 전제되어 있다. 갈등은 동일시가 전제되지 않으면 발생될 수가 없다. 그 동일시는 바로 오이디푸스 콤플렉스의 결과로 유발되는 정신적 현상이다.[69] 이 과정에서 아버지는 자기가 '되고' 싶어하는 대상으로 설정되는 동시에 자기가 '갖고' 싶어하는 대상이 된다.

이것은 부모가 성장할 주체의 미래적 '위치'이면서 동시에 그런 성장을 위한 자료로서의 '사물'로도 여겨진다는 의미이다. 특히 '사물로서 여겨진다'는 점은 어린아이에게 무한한 상상력을 자극하는 심리적 동인이 된다. 어린아이가 사물(장난감)을 '가지고 놀며' 성장하듯이, 사물과 동일시된 부모를 가지고 노는 상상 놀이를 통해 성장한다는 것, 이것이 '가족로맨스'라는 '환

---

68) Frued, S.(김정일 옮김), 「가족로맨스」, 앞의 책, p.57. 프로이트가 어린아이의 심리적 과정을 가족 '로맨스'라고 정의한 점은 문학적 관점에서 볼 때 이 과정이 환상에 의해 지배되는 로맨스와 유사성이 강하다는 점을 말해준다. 따라서 사이버-청소년서사텍스트 역시 리얼리즘적 관점이 아니라 '옛이야기'나 '로망스' 같은 환상문학적 관점에서 이해되고 평가되어야 한다는 점을 강하게 뒷받침해준다.

69) Frued, S.(김석희 옮김), 「집단심리학과 자아 분석」, 『문명 속의 불만』, 열린책들, 1921 (1997), pp.120-127.

상적 심리극'으로서의 성장 서사의 근원적 모형의 결정적인 바탕이 된다. 가족로맨스 속에서 어린아이는 사물로서의 부모를 자기 뜻대로 상상하기 시작한다. 이 상상은 몹시도 변덕스럽기까지 해서, 어떤 때는 부모를 巨物로 상상하기도 하고 때로는 심지어 不貞한 존재로 상상하기도 한다. 이런 과정은 여자 아이에게도 똑같이 일어난다. 누구나 겪었을 이 상상 놀이는 그러나 의식에 기억되지 않기 때문에 성인이 된 후에는 그것을 '모른다'.70)

이와 같은 정신분석학적 견해를 고려하면, 사이버-청소년서사텍스트에서 '부모 부재'의 서사적 상황 설정은 '환상적 성장소설의 기제'라고 할 수 있다. 사이버-청소년서사텍스트의 연애소설적 측면을 논할 때 드러났던 환상성이 여기서도 나타나는 것이다. 그것은 가족 해체의 사회적 실재를 반영하는 특성이기도 하지만, 가족로맨스의 어린아이가 '사물'로서의 부모에 대해 가한 다양한 상상적 변용이라고도 볼 수 있다. 그렇다면 왜 이러한 상상적 변용이 나타난 것이며 그것이 함축하고 있는 사회문화적 의미는 무엇인가?

다. '환상적 성장소설'과 '친밀성(intimacy)'의 민주주의적 함의

이러한 '환상적 성장소설'을 통해 사이버-청소년서사텍스트는 친밀성(intimacy) 중심의 가치구조를 대안적 가치구조로 내세우고 있다. 친밀성이란 바로 규범적·제도적·경제적 원리에 의한 사회적 관계와 대립되는 '순수한 관계'와 사랑의 동력71)이다. 이런 친밀성은 가족 특히 여성에 의해 발전되어 온 조형적plastic 특성의 인간성이다. 그러나 이것은 반드시 여성에게만 나타

---

70) 심지어 어린아이는 아버지 살해의 끔찍한 상상도 한다는 사실을 프로이트는 인류학적 자료에 대한 정신분석학적 고찰을 통해 규명해내기도 했다. 그 대표적인 예가 親父 殺害와 神格化에 관한 신화적 종교적 제의들이다. 원시사회에서 가부장의 독점적 지위를 파괴하기 위해 아버지를 살해했지만 그것에 대한 죄의식으로 아버지를 신격화함으로써 유일신으로 옹립하는 것이 그 예이다. 그리고 이 과정은 多神論(모권제의 종교적 상상력)과 一神論(부권제의 종교적 상상력)의 구분 기준이 되기도 한다는 점에서 중요하다. 이에 대해서는 Marcuse, H.(김인환 역), 앞의 책, pp.64-70.

71) Giddens, A(황정미·배은경), 『현대사회의 성·사랑·에로티시즘-친밀성의 구조변동』, 1992(1995), 새물결, 제4장 참고.

나는 특성이 아니다. 친밀성이 나타날 수 있는 '그런 위치'에 인간이 놓이면 성차를 초월하여 나타날 수 있는 특성이다. 근대사회는 공적 영역과 사적 영역의 분리를 심화시켰을 뿐만 아니라 공적 영역에 의한 사적 영역의 식민화를 가져왔다.[72] 이는 곧 친밀성의 억압을 가져왔으며 바로 이 지점에서 근대 문화 및 민주주의의 한계이자 모순이 폭로된다. 친밀성은 진정한 민주주의의 새로운 가치구조로 내세워지는바 이런 가치구조가 사이버-청소년서사텍스트에 나타난다는 점은 주목을 요한다. 이런 점들을 이해하기 위해서는 우선 사이버-청소년서사텍스트가 지니는 기존의 성장소설과의 차이점을 주목할 필요가 있다.

기존의 성장소설 개념은 주인공의 변화 양상이 미숙에서 성숙으로, 불완전에서 완전으로, 결핍에서 충족으로 변화하는 과정을 담고 있는 서사 유형으로 규정된다. 이러한 규정은 무엇보다도 서구적 근대성으로부터 비롯되었다.[73] 성장소설이 서구의 근대화 과정 속에서 자아의 정체성을 정립하려는 근대적 주체의 욕망으로부터 비롯한 것이기 때문이다.

근대적 주체는 주체의 정의, 주체의 훈육, 주체의 동일화라는 세 가지 생산 양식의 성분에 의해 생산된다.[74] 첫째, 주체 내지 인간에 관한 적절한 정의의 생산, 즉 타자화를 통한 경계구획 및 이를 통해 근대가 허용하는 질서의 공간을 구획하는 생산 과정이 필요하다. 둘째, 정의된 주체의 범위 안에서 통제가능한 신체의 생산, 즉 적절하게 정의된 이성과 도덕의 경계 안에서 사람들의 일상적인 활동을 통제하고 이용하는 신체적 형식을 확보하고 개개인을 그러한 형식에 따라 '스스로' 실천하는 주체들로 생산하는 과정이 필요하다. 이 신체적 형식의 확보와 통제는 그 어느 역사적 시기보다도 매우 치

---

72) Habermas, J(Thomas McCarty trans), *The Theory of Communicative Action 2*, Polity Press, 1987, 제6장 ; 김재현, 「하버마스의 공론영역의 양면성」, 이진우 엮음, 『하버마스의 비판적 사회이론』, 문예출판사, 1996.
73) 최현주, 『한국 현대 성장소설의 세계』, 박이정, 2002, 제2장.
74) 이진경, 『맑스주의와 근대성 : 주체 생산의 역사 이론을 위하여』, 문화과학사, 1997, pp.150-172.

밀하게 이루어졌고 중대하게 처리되었다.[75] 셋째, 규정되고 훈육된 주체성이나 인간성을 자기화하는 과정으로서의 주체의 동일화가 필요하다. 이런 생산 양식은 소위 내면화를 통해 '자율적' 주체인양 생각하게 함으로써, 주체로 정립된 개개인이 강제적 통제를 받고 있다는 느낌의 소멸을 낳는다. 이와 같은 세 가지 생산 기제들에 의해 근대적 주체가 성립되었던바, 주인공이 근대적 시민사회의 구성원으로 진입하기 위한 문화적 교양과 주체 정립의 시련을 겪는 과정으로 규정되는 성장소설은 근대적 주체의 문화적 기제이기도 하다. 또는 근대적 주체가 형성되는 과정의 내면적 과정을 스스로 고백하는 고백담이자, 스스로 결행한 듯한 주체화 욕망의 발전담이기도 하다. 교양·형성·입사·발전소설 등 성장소설의 다양한 별칭들이 존재하는 까닭도 '성장'이라는 과정 자체가 지니는 의미론적 다양성에서 비롯한다.

　한국의 성장소설 역시 이러한 주체의 정립 과정, 근대적 주체로서의 교양과 가치의 내면화 과정을 보여준다. 그러나 반드시 이러한 개념으로 설명될 수 없는 특수성을 지닌다. 서구적 성장소설은 특히 독일적 근대 공간이라는 특수 공간에서 비롯한 것이기 때문에 한국의 근대화 과정을 설명할 수가 없다.[76] 한국의 성장소설의 기반인 한국적 근대화 과정은 물질적 특수성을 지니고 있기 때문이다. 그것은 한국소설사에 있어서 지배적 모티브로 작용해 온 父權 不在의 상황이 한국의 성장소설의 출발점으로 반복적으로 나타난다는 점이다.[77] 한국 서사문학에서 부권 부재는 신화 및 고소설에서부터 나타나는

---

75) 순종하는 신체를 만들어내는 근대적 훈육 기술은 ① 분할하고자 하는 신체에 대응하여 공간을 개별적으로 감시 및 통제 가능한 단위(학교, 공장 등)로 분할하는 기술 ② 보편적 (학교, 공장 등) 시간표와 같은 기제를 통해 이루어지는 시간의 분할과 이에 의한 활동의 통제 ③ 공간적 배치와 시간적 통제에 의해 일련의 발달 단계(교육에서의 위계화 학교급화 등)를 연속적 계열로 제시할 수 있는 발달의 조직화 ④ 앞서의 세 가지 기제를 통해 자연스럽게 형성되는 영역적 힘들의 조립 기술(근대적 명령체계 등)에 의해 구성된다. Foucault, M(오생근 역), 『감시와 처벌』, 1975(1994), pp.203-253.

76) 김병익, 「성장소설의 문화적 의미」, 『세계의문학』, 1981. 여름호 ; 김윤식, 「교양소설의 본질-루카치의 소설론 비판」, 『한국현대소설비판』, 일지사, 1981 ; 「부성원리의 형식」, 『운명과 형식』, 솔, 1992 ; 황국명, 「한국 현대 성장소설의 정치적 환상 연구」, 『한국문학논총』제25집, 1999.

데, 여기서 부권 부재 상황은 아버지 죽이기와 아버지 찾기가 중첩되는 양상으로 드러난다. 실상 아버지 찾기가 대부분이라 할 수 있다. 성장할 주체의 자기정체성 확립을 위해 자기 동일시의 대상으로서 아버지에 대한 존경과 부정의 양가감정이 병치되지만, 궁극적으로는 아버지와의 갈등을 넘어선 화해의 과정이 그려지고 있는 것이다.

근대소설에서 김남천의 「무자리」로부터 김원일의 『어둠의 혼』, 김소진의 「자전거 도둑」, 「개흘레꾼」 등이 이에 속한다. 이와 같은 유형이 나타날 수밖에 없는 것은 한국의 근대화 과정에서 외재적 요인에 의한 '아버지 타살'이 역사적으로 이루어져 왔기 때문이다. 국가의 상실이라는 식민지적 상황은 그 자체로 부권 부재를 유발했으며 좌우 대립과 독재에 대한 저항의 과정에서 아버지는 무력한 존재나 모멸적 존재―아마도 가장 극단적인 모멸과 화해의 과정은 김소진의 「개흘레꾼」이라 볼 수 있다―로 여겨졌지만 끝내는 아들에 의해 화해되고 용서되는 과정, 즉 아버지 찾기로 귀결된다. 그렇지 않으면 성장은 불가능하기 때문이다. 성장이란 기본적으로 아버지와 갈등하더라도 그 자리에 가야만 종결된다는 점에서, 부재하는 아버지와의 화해는 필연적으로 요구되는 서사구조라 하겠다. 이런 점에서 한국의 성장소설은 '외재적' 요인에 의해 타살된 아버지를 찾음으로써 성장의 과정이 종결되는 특수성을 지닌다.

기존 성장소설에 대한 이와 같은 논의를 요약하자면 첫째, 한국 성장소설에 있어서 아버지는 외재적 요인에 의해 타살됨으로써 주체 성장의 동일시 과정을 특수하게 규정하였다는 점 둘째, 성장소설 일반은 근대적 가치구조를 내면화함으로써 주체로 정립하는 과정이자 성인으로서의 지위를 획득하는 과정을 형상화한 서사 유형이란 점이다.

그런데 성장소설적 특성을 지닌 사이버―청소년서사텍스트는 이러한 특성을 지니지 않고 있다. 첫째, 아버지 부재는 이와 다른 원인을 지니고 있으

---

77) 최현주, 앞의 책, pp.70-72.

며 또한 그 성장의 핵심 과정인 아버지와의 화해도 나타나지 않는다. 기존 성장소설에서는 치욕적 직업을 가진 '개흘레꾼' 아버지에 대해서도 화해하지만, 사이버-청소년서사텍스트에서 아버지는 철저하게 잊혀지는 극단적 유형이 나타나기도 한다. 둘째, 서사의 종결은 사랑의 완성과 함께 독자적인 가정의 구성원으로서의 지위를 획득하는 과정으로 끝난다. 그러나 아버지(부모)와의 화해가 뚜렷하지 않기 때문에 그들의 역할을 대신한다는 의식은 나타나지 않는다. 끝까지 기존 부모와의 관계는 불분명한 채로 처리된다.

이 두 가지 특징은 『그 놈은 멋있었다』의 지은성에게서 뚜렷이 나타난다. 그는 자신의 삶을 유치원 시절부터 왜곡시켜 왔던 근원인, 부도덕한 아버지와의 대결 의식이 전혀 없다. 철저하게 그를 부정하고 비밀로 감추려 할 뿐이다. 아버지가 에이즈에 걸렸다는 사실은 유치원에서 치러진 일곱 살째 생일파티를 비극으로 끝나게 한다. 이후 어떠한 친구도 그에게 접촉하려 하지 않는다. 아버지는 치욕적 존재로 여겨지며 그런 아버지는 다른 사람들과의 관계를 지속적으로 단절시키는 원인으로 작용한다. 오히려 아버지는 지은성으로 하여금 엉뚱한 결심을 하게 만들었을 뿐이다. 즉, 누가 되었든 자신을 처음으로 만진 여자와 결혼한다는 결심이 그것이다. 한예원이 바로 그 여자로 나타난다. 그런데 한예원과의 관계가 순탄하게 진행되지 못하는 원인이 또다시 아버지로부터 발생한다. 지은성을 차지하려던 김효빈은 술에 만취한 지은성을 희롱함으로써 자신의 남자로 만들려 하는데, 이 과정에서 지은성은 '자기가 에이즈에 걸렸다. 아버지가 에이즈로 죽었다'는 사실을 폭로하면서 위기를 모면한다. 결정적 정보를 알게 된 김효빈은 그것을 빌미로 지은성을 협박하면서 한예원과의 관계를 끝내라고 요구한다. 이로 인해 한예원과의 관계가 위기를 맞이한다. 이처럼 지은성에게 있어서 아버지는 철저하게 자신의 삶을 왜곡시키고 가로막는 부정적 존재로 형상화된다. 돌이킬 수 없는 운명처럼 그를 옥죄는 아버지를, 그는 잊으려만 할 뿐이다. 그리고 자신뿐만 아니라 어느 누구도 아버지와 자신의 관계를 알지 않기를 바란다. 이런 심리적 혼돈 속에서 유일한 구원의 손길로 등장한 존재가 한예원이며 그녀에 의해 그는 정상적인 삶을 회복한다.

셋째, 사랑의 짝인 여성의 역할은 절대적인 구원의 존재로 격상된다. 그리고 이 구원자의 자리는 반드시 여성이어야만 한다. 이 점은 매우 결정적이어서 두 가지 유형의 죽음을 제시한다. 첫째 유형은 구원자로서의 여성과의 사랑을 실현하지 못한 자가 맞이하는 죽임이고, 둘째 유형은 구원자로서의 여성의 '자리'를 대신하려던 남성이 맞이하는 죽임이다. 전자의 유형의 죽음은 『늑대의 유혹』에서의 정태성의 죽음이다. 삼각구조를 논하면서 언급했듯이, 그와 그의 이복누이인 정한경은 가족이라는 사실의 '확인'에 의해 사랑을 실현할 수 없게 된다. 정태성은 그 자리를 반해원에게 양보한다. 그러한 후, 정태성은 다시 찾은 가족, 즉 자기를 낳아준 친어머니와 아버지의 결혼을 허락하지 않았던 할머니에게 돌아간다. 그 歸家는 정한경과의 관계가 사랑으로 발전하지 않도록 하기 위해 정태성 스스로가 결행한 것인데, 그런 귀가 후에 주어진 운명은 죽음이었다. 이것은 '구원자'로서의 여성과의 사랑만이 구원이 될 수 있음을 의미한다.

두 번째 유형은 『천사의 향기』의 이래인의 죽음이다. 천린우는 어머니의 비극적인 죽음과 그것의 한 원인이 된 아버지의 몰인정하고 무자비한 폭력으로 인해 여성혐오증, 대인기피증을 지닌 존재였다. 천린우가 학교에 등장하자 이래인은 특별한 부탁(담임교사로부터 천린우를 잘 보살펴 달라는 부탁)을 제안받고 그에게 다가간다. 그런데 이래인은 여성적 특성이 강한 남학생이었다. 여학생들의 인기도 독차지하지만 남학생들도 모두 귀여워하는 존재인데, 그럴 수 있었던 것이 그의 여자보다도 더 하얀 피부와 곱상한 외모, 따뜻한 마음 때문이었다. 이런 양성적 특성은 오히려 그에게 비극적 운명을 가져다 준다. 류다이의 구애를 '남자답게' 받아주지 못하는 소심함으로 인해 죽기 전까지 류다이에게 '사랑한다'는 말을 하지 못한다. 그저 '친구'로서의 관계만을 유지한다. 또한 양성적 특성은 천린우의 혼돈스런 삶을 완전히 구원하는 역할을 끝까지 수행하지 못하게 만든다. 천린우를 보살피려는 그의 작전이 성공하여 천린우가 그에게 '연정'으로까지 비약된 신뢰를 품으며 다가오는 순간, 죽음을 맞이하기 때문이다. 그가 죽는 장면은, 마치 연인처럼 천린우의 집에 함께 가서 음식을 해주려는 장면에서, 천린우에 앙심을 품고 있던 폭력학생들이 나타나 그를 폭행하던 과정에서 벌어진다. 이렇게 죽게 된 이래인은 '여성의 목소리'를 지닌 천사가 되어 끝까지 천린우를 구원하고자 하며, 현실적 공간에서의 구원자로서 류다이가 서도록 노력한다. 이와 같은 죽음은 류다이-이래인의 관계에서는 '실패한 사랑의 미화'라는 의미를 지니지만 천린우-이래인 간의 관계에서는, 이래인이 여성이 아니면서도 그를 구원하려 했기 때문에 발생되었다고 해석될 수 있다.

이런 두 가지 유형의 죽음에 의해서도 확인되듯이 사이버-청소년서사텍스트에서 여성의 구원자로서의 역할은 절대적이다. 결국 이성적 사랑의 대상을 남성 주인공이 발견함으로써 구원이 이루어지는 이러한 구조는 성장소설로서의 사이버-청소년서사텍스트의 특수성을 규정해준다. 기존의 한국 성장소설들이 남성 주체의 성장소설이었다[78]는 점, 그리고 그것은 오로지 아버지와의 관계라는 同性 간의 관계 회복을 통한 주체의 성장 과정을 그려내면서 여성과의 관계 또는 여성의 역할을 배제하고 있다[79]는 점을 부각시

---

78) 여성 성장소설과 사이버-청소년서사텍스트의 비교는 여기서 상론하지 않는다. 대개 여성 성장소설은 여성의 성장을 억압하는 가부장적 자본주의 구조의 모순을 비판하는 리얼리즘적 경향이 강하기 때문이다. 그리고 성인기 이전의 남성 주체의 성장과정을 형상화하고 있는 남성 성장소설과 달리, 여성 성장소설은 성인기 이후의 여성 주체들을 주로 다루고 있는데, 성장 과정 중인 남성에 대한, 역시 성장 과정 중인 여성의 역할을 형상화하지 못하고 있기 때문이다. 대개 모성적 보호자로서의 어머니가 부재하는 아버지를 대신하여 그 자리를 계승하도록 '아들'을 독려하는 역할에 한정되고 있고 또 그 과정에서 오히려 여성(딸)의 성장의 방해자로 기능하는 모습을 보여준다. 이런 점들은 기존의 여성 성장소설의 '여성적이면서도 反여성적'인 한계를 노정한다. 여성 성장소설의 개념에 대한 논의는 Felski, R., Beyond Feminist Aesthics, Harvard UP, 1989, pp.122-153. 한국 여성 성장소설에 대해서는 김미현, 『한국여성소설과 페미니즘』, 신구문화사, 1996, 제4-5장.

79) 여성문학연구자들이 주장하듯이, 성장소설이 아니더라도 남성서사문학의 대표작들에서 여성의 역할은 매우 소극적이고 왜곡된 역할을 부여받아 왔다. 최인훈의 『광장』은 물론이고 다른 많은 걸작들이 이런 양상을 보여왔다. 이 점에 대해서는 이상경, 『한국근대여성문학사』, 소명, 2002, pp.305-361 참고. 그리고 성장소설에서도 '어머니'의 아들에 대한 역할은 매우 소극적이었다. 예를 들어, 김원일의 「어둠의 혼」에서도 나타나듯이 어머니는 정신적 성장을 가능케 하는 존재라기보다는 가난의 비극을 절실하게 대변하는 수동적 위치에 불과한 것으로 설정되고는 했다. 이런 점에서 남성 성장소설은 도식적 상상

켜 준다. 사이버-청소년서사텍스트는 남성의 성장 과정을 형상화하고 있지만 그것의 핵심 계기가 아버지가 아니라 여성이란 점을 말해주는 것이다.

이것은 父性이 표상하는 가치체계의 부정을 의미한다고 할 수 있다. J. 라깡이 언급했듯이 아버지와 父性이란 언어이며 법이며 금지의 상징계를 의미한다.[80] 그러한 상징계는 법이기에 엄격하다. 그리고 그 법이 지탱하는 것은 공적 영역이다. 따라서 남성의 성장소설이란 사실, 공적 영역으로의 진입을 위한 입사담에 해당하고 이 과정에서 사적 영역을 대표하는 여성과의 관계는 자연스럽게 배제되어 왔다고 하겠다. 달리 말해 남성의 성장은 육체적으로는 여성의 영역인 사적 영역에서 이루어지지만, 정신적으로는 결코 사적 영역에서의 가치에 의해서 이루어질 수 없다는, 사적 영역을 부정하는 논리에 해당한다.

그런데 바로 그 사적 영역에서 강조되는 사회적 관계의 가치가 바로 친밀성(intimacy)이다.[81] '평등한 두 사람 사이에 지속적인 협상을 통해 형성되는 인격적 관계'로서의 친밀성은 여성이 공적 영역에의 진입을 금지당하고 사적 영역에 갇힘으로써 오히려 발전시킨 인간적 특성이다. 그러한 친밀성이 낳는 관계는 '순수한 관계'로서, 경제적 만족의 극대화가 아니라 정서적 만족을 추구하는 세상을 지향한다. 역사적으로 보면 친밀성은 낭만적 사랑의 개념과 밀접한 연관이 있다. 그러나 낭만적 사랑은 열정적 사랑의 투사적 동일시에 해당하고 그것은 친밀성에 의존해서 지속되는 관계의 발전을 방해하는 것이기도 하다. 극단적으로 보면 낭만적 사랑은 인간 관계를 운명화하기에 파괴한다. 그러므로 자기자신을 타자에게 열어보이기, 즉 A. 기든스가 말하는 '합류적 사랑(confluent love)'[82]으로 변환될 필요가 있는 사랑이다. 합류

력을 지니고 있다. 이에 대해서는 최현주, 앞의 책.

80) Evans, D(김종주 외 옮김), 『라깡 정신분석 사전』, 인간사랑, 1996(1998).

81) Giddens, A(황정미·배은경), 앞의 책, pp.27-30 및 pp.167-172. 사랑할 그 누군가를 발견하는 데 사로잡힌 '중독적 관계'와 달리 '친밀한 관계'는 '자아의 발전을 최우선으로 함·단계적으로 발전하는 관계·관계 내에서 균형과 상호성·솔직함·타협과 협상·항상 변화하는 관계·편안함과 만족의 순환' 등을 지닌다고 규정한다.

82) Giddens, A(황정미·배은경), 앞의 책, pp.115-119.

적 사랑은 능동적이고 우발적인 사랑이며, 그래서 낭만적 사랑이 가진 '영원한', '하나뿐이며 유일한' 특성과 구별되는, 친밀성에 가장 가까운 관계를 내포한다.

사이버-청소년서사텍스트에서의 사랑이란 바로 합류적 사랑이라 할 수 있다. 두 사람의 만남이 우발적이며 여성의 역할이 능동적이기 때문이다. 그리고 이들 간의 관계 유지는 지속적인 협상과 타협(질투가 계속적으로 개입하므로), 상호 배려 및 중독적이지 않는 타자에 대한 관계·사랑에 빠진 듯하면서도 초연함 등의 특성을 지니고 있기 때문이다. 예를 들어 지은성은 황폐한 삶에서 자신을 구원한 한예원에 대해 완전한 낭만적 맹목성을 보이지 않으며 한예원 역시 지은성에 대해 그런 모습을 보인다. 다른 인물들도 마찬가지이며 천린우와 류다이 역시 그렇다. 이러한 모습들은 낭만적(순수한) 사랑과 계약적(비순수한) 사랑 - 예를 들어, 정태성의 비극의 원인이 된 친어머니와 아버지의 관계 - 간의 대립 구도를 해체하고 합류적 사랑의 새로운 모형을 제시한다.

그런데 이러한 친밀성이 단순히 사적인 관계의 재구성 원리로 끝나지 않는다는 점이다. A. 기든스가 말했듯이, 친밀성의 가능성은 바로 민주주의의 약속을 의미하기 때문이다.[83] 기존의 정치적 민주주의는, 정치적 권리와 의무가 전통이나 재산상의 특권에 연결되지 않고 자율적 개인들 간의 암묵적 계약에 의해 구성되고 유지되어야 한다는 의미를 지닌다. 핵심적 원칙으로서의 이러한 자율성을 뒷받침하는 조건은 첫째, 의사결정에 관한 동등한 영향력으로서의 평등 둘째, 그러한 의사결정을 위한 공개적인 논쟁의 장의 성립과 유지 셋째, 공(개)적인 설명가능성에 의해 형성되는 신뢰 등이다. 하지만 이러한 민주주의적 이상은 언제나 사적 영역의 비민주성을 방치하여 왔다고 비판할 수 있다. 사적 영역의 비민주성이란 바로 여성과 아이에 대한 성인-남성의 우월성을 의미한다. 이처럼 사적 영역의 비민주성을 방치한

---

83) Giddens, A(황정미·배은경), 앞의 책, pp.291-305.

채, 오로지 정치적 공적 영역의 민주주의만을 민주주의의 가능성의 전부로 여길 때는 사회적 발전이 지체된다는 점이 중요하다. 더욱이 현재의 사회적 변동의 핵심은 사적 영역까지의 완전한 민주주의를 요구한다는 사실이다. 이런 거대하면서도 일상적 영역에서 근본적으로 이루어지는 변동에 대한 지각생이 바로 남성이라고 기든스는 지적한다.

사이버-청소년서사텍스트에 등장하는 아버지 부재의 남성 인물들은 그 '마지막 지각생'이라고 할 수 있다. 그들이 표상하는 남성성은 아버지로부터 물려받은 치욕적 유산(천린우와 지은성) 또는 비극적 운명(정태성의 경우) 때문에 불완전하고 폭력적인 삶에서 헤매인다. 이들 세 인물은 모두 학교에서 첫째가는 싸움꾼들이다. 물론 이것은 청소년문학에서 빈번히 나타나는 폭력지향성의 영향 때문이기도 하지만, 이것이 마냥 찬양되지는 않고 항상 심리적 불완전성을 지닌 남성의 표상으로 등장한다는 점이다. 그것은 구원자로서의 여성에 의해 순치되어야 할 미숙성으로 묘사된다. 여성에 의해 구원된 남성들은 모두가 친숙성을 지닌 인간으로 변모된다. 그들은 그것을 아버지와의 가족로맨스로부터 또는 학교로부터 성취해 낸 것이 아니라, 여성과의 사랑의 경험을 통해 또는 여성의 손길에 의해, 즉 사적 영역에서의 경험을 통해 성취해 낸다. 이 과정에서 오히려 남성 주인공들은 수동적이면서 조형적(plastic)인 내면성을 보여준다. 즉 수동적이기에 변화될 수 있는 가능성을 지닌 존재로 형상화되지, 능동적이기에 자기확신 속에 빠진 불변적 내면성을 지닌 존재로 형상화되지 않는다. 한마디로 그들은 일상에 대한 폭력적 중독자로부터 일상에서의 민주주의적 존재로 변모하게 되고 그 가능성을 여성 주인공으로부터 수혈 받는바, 친밀성의 가능성을 확대하는 기능을 한다.

지금까지 분석한 사이버-청소년서사텍스트의 대인적 기능체계는, '깨진 거울'로서의 특성을 보여주면서 그것을 극복하고 성장하는 데 있어서 사적 영역으로부터 기원하는 친밀성의 가치구조를 강조하고 있다. 이것은 아버지에 대한 갈등과 화해 중심의 父性의 원리에 기초한 기존 성장소설과 변별되는 특성을 보여준다. 부성의 원리 중심의 성장소설은 공적 영역과 사적 영역의 구분을 낳은 근대적 민주주의의 한계, 즉 사적 영역의 비민주성을 외면한 채 이루어지는 공적 영역의 민주주의를, 민주주의의 전부인양 강조하는 한계를 지니고 있다. 하지만, 사적 영역에서의 인간 관계의 중요한 원리인 친밀성을, 남성 주체의 성장 과정의 핵심적인 자원으로 강조하는 사이버-청소년서사텍스트는 민주주의의 가능성을 좀더 확대한다는 점에서 중요한 사회적 가치를 지닌다.

5. 문학교육적 비평의 정립을 위하여

지금까지 이 글은 사회기호학적 방법론에 입각하여, 사이버-청소년서사텍스트에 대한 文學敎育的 批評을 전개하였다. 특히, '사이버-청소년서사텍스트는 왜 그러한가'에 대한 이해 및 '사이버-청소년서사텍스트의 가치구조가 지니는 잠재적 가능성'에 대한 긍정적 논의에 집중하였다. 물론, 전통적인 문학이론과 비평의 관점에서 볼 때 사이버-청소년서사텍스트는 '문학적 결함'을 지니고 있다. 그러나 문학교육에서 중요한 것은 그 결함을 발견하고 지적하는 데 있지 않다. 새로운 문학창작 주체를 형성하고자 하는 문학교육에서는 학습자의 문학적 가능성에 더욱 주목해야 하기 때문이다.

공식적 문학교육뿐만 아니라 사이버공간과 같은 자율적 글쓰기 공간을 통해 청소년문학텍스트들은 더욱 증가할 것이다. 이와 같은 실제적 토대의 변화는 文學敎育的 批評의 담론을 요구하고 있다. 그것은 기존의 문학비평 담론과 동일한 성격과 기능을 지닐 수가 없다. 앞서의 논의에서 드러나듯, 청소년문학텍스트들은 '문학'이기에 앞서 '문학이려는 텍스트'이기 때문이다. 문학교육적 비평은 '문학이려는 텍스트'에 대해, 기존의 비평 담론들처럼 그것의 문학성만을 평가하는 데서 그칠 수가 없다. 청소년의 정체성에 대한 인류학적 이해가 요구되며 그에 바탕하여 문학창작의 의지와 능력을 북돋아야 하기 때문이다.

다분히 試論的 성격을 지닌 본고를 마무리하면서, 문학교육적 비평 담론의 질서에 대해 다음과 같은 몇 가지를 언급하고자 한다.

첫째, 문학교육적 비평은 '청소년의 자발적인' 문학텍스트들을 주요한 대상으로 삼을 필요가 있다. 김중신(2002 : 24-34)이 논의하였듯이, '백일장용 문학텍스트'와 '사이버-청소년문학텍스트'는 그 자발성에서 구분될 수 있다. 또한 '성인에 의한' 청소년문학과 '청소년 자신의' 청소년문학 역시 구분될 필요가 있다. 이 중에서 문학교육적 비평은 '청소년의 자발적인' 문학텍스트에 주목할 필요가 있으며, 사이버공간은 그러한 대상을 생산하는 가장 중요한 물질적 토대란 점에서 중요성을 지닌다. 어쩌면 21세기 문학은 바로 이 점, 즉 문학생산 주체로서의 청소년의 자율적 등장에 의해 과거의 문학과 구분될 수 있을 것이다.

둘째, 문학교육적 비평은 '완성된 문학'이라는 관점을 지양할 필요가 있다. R. 스콜즈 등(1966 : 12-28)이 지적하였듯이, 과거의 문학 중에서 일부를 모델로 하여 특정한 '문학적 전통'을 수립하는 방식은 문학의 가능성을 확대하지 못할 수 있다. 문학은 '문자시대의 전유물'이 아니다. 따라서 문학은 그 생산·소통의 물질적 토대와 사회문화적 가치구조의 변화에 따라 달라질 수 있다. 청소년들은 그러한 변화에 좀더 쉽게 다가가는 존재들이라 하겠다. 때문에 그들의 자발적 문학텍스트들은 '문학적 영역'을 확대하는 것으로 여겨질 필요가 있다. '수립된 문학적 전통'을 기준으로 '미숙하다'는 평가보다는, '왜 그러한가 그리고 그것의 가능성은 무엇인가'를 해석하고 논의하는 기능을 문학교육적 비평은 지녀야 한다.

셋째, 문학교육적 비평은 근대적인 '문학적 가치구조'에 대해 그것의 역사적 우연성을 주목할 필요가 있다. 문학을 정의하고 범주화하는 데 있어서, 근대문학만을 대상으로 삼을 필요가 없는 것이다. 오히려 '아직 존재하지 않는 문학'에 대한 상상을 강조해야 하며, 그러한 상상의 책임감과 권한을 학습자들에게 강하게 요구하고 부여해야 한다. '이렇게 쓰는 것이 문학창작의 바른 길이다'라는 관점이 아니라, '새로운 문학을 창작해야 하는 것은 너희들(학습자들)의 사회적 책무다, 그런데 우리(교사들)는 그 새로운 문학에 대해 알지 못한다, 하지만 문학은 필연적으로 요구되는 활동이다'라는 관점, 즉 '문학적 책임의 이양모형'에 입각한 문학교육적 공간을 확장해야 한다고 판단된다.

1. 자 료

<여성시>

강은교, 『풀잎』, 민음사, 1974.

고정희, 『지리산의 봄』, 문학과지성사, 1987.

고정희, 『모든 사라지는 것들은 뒤에 여백을 남긴다』, 창작과비평사, 1992.

김명순, 『생명의 과실』, 한성도서주식회사 1925.

김선우, 『내 혀가 입 속에 갇혀 있길 거부한다면』, 창작과비평사, 2000.

김승희, 『왼손을 위한 협주곡』(개정판), 민음사, 1983(2001).

김승희, 『달걀 속의 생』, 문학과사상사, 1989.

김승희, 『누가 나의 슬픔을 놀아주랴』, 미래사, 1991.

김승희 편, 『남자들은 모른다』, 마음산책, 2001.

김언희, 『트렁크』, 세계사, 1995.

김정란, 『다시 시작하는 나비』, 문학과지성사, 1989.

김정란, 『매혹 혹은 겹침』, 세계사, 1992.

김혜순, 『또 다른 별에서』, 문학과지성사, 1981.

김혜순, 『아버지가 세운 허수아비』, 문학과지성사, 1985.

김혜순, 『우리들의 음화』, 문학과지성사, 1990.

김혜순, 『나의 우파니샤드, 서울』, 문학과지성사, 1994.

김혜순, 『달력 공장 공장장님 보세요』, 문학과지성사, 2000.

노혜경, 『뜯어먹기 좋은 빵』, 세계사, 1999.

박서원, 『난간 위의 고양이』, 세계사, 1995.

박서원, 『이 완벽한 세계』, 세계사, 1997.

신현림, 『지루한 세상에 불타는 구두를 던져라』, 세계사, 1994.

최승자, 『이 시대의 사랑』, 문학과지성사, 1981.

최승자, 『즐거운 일기』, 문학과지성사, 1984.

최승자, 『기억의 집』, 문학과지성사, 1989.

최영미, 『서른, 잔치는 끝났다』, 창작과비평사, 1994.
최영미, 『꿈의 페달을 밟고』, 창작과비평사, 1998.
허수경, 『슬픔만한 거름이 어디 있으랴』, 실천문학사, 1988.
허수경, 『혼자 가는 먼 집』, 문학과지성사, 1992.
황인숙, 『새는 하늘을 자유롭게 풀어놓고』, 문학과지성사, 1988.
황인숙, 『슬픔이 나를 깨운다』, 문학과지성사, 1990.

<사이버시>
서정학, 『모험의 왕과 코코넛의 귀족들』, 문학과지성사, 1998.
성기완, 『쇼핑 갔다 오십니까?』, 문학과지성사, 1998.
이원, 『그들이 지구를 지배했을 때』, 문학과지성사, 1996.
이원, 『야후!의 강물에 천 개의 달이 뜬다』, 문학과지성사, 2001.
정한용, 『슬픈 산타페』, 세계사, 1994.

<기타>
김수영, 『김수영전집1 · 2』, 민음사, 1981.
백무산, 『만국의 노동자여』, 청사, 1988.
신경림, 『농무』, 창작과비평사, 1975.
이상(이승훈 편), 『이상문학전집1』, 문학사상사, 1989.
임화, 『현해탄』, 동광당서점, 1938.
귀여니, 『그 놈은 멋있었다』(2001년 8월 인터넷 연재) 황매출판사, 2002.
귀여니, 『늑대의 유혹』(2002년 1월 인터넷 연재), 황매출판사, 2002.
귀여니 외, 『천사의 향기』(2002년 5-9월 인터넷 연재), 반디출판사, 2003.

2. 논 저

강승남, 「소설의 가치 탐구 수업 방안 연구」, 서울대석사학위논문, 1991.
고영근, 『텍스트이론－언어문학통합론의 이론과 실제』, 아르케, 1999.
고정희, 「한국여성문학의 흐름」, 『열린 사회 자율적 여성(또 하나의 문화2)』, 평민
　　　　사, 1986.
구모룡, 「한국 근대 문학유기론의 담론분석적 연구」, 부산대박사학위논문, 1992.

구인환 외, 『문학교육론(제3판)』, 삼지원, 1998.

금교영, 『막스 쉘러의 가치철학―가치의 현상학』, 이문출판사, 1995.

길병휘, 『가치와 사실』, 서광사, 1996.

김경수 외, 『페미니즘과 문학비평』, 고려원, 1994.

김경용, 『기호학이란 무엇인가』, 민음사, 1994

김대행, 「매체언어교육론서설」, 『국어교육』97집, 한국국어교육연구회, 1998.

김동식, 『프래그머티즘』, 아카넷, 2002.

김동환, 「비평적 에세이 쓰기」, 『문학과교육』제7호, 문학과교육연구회, 1999.

김문환, 『근대미학연구(1)』, 서울대출판부, 1986.

김미경·이영숙, 「현대시에 나타난 성차별언어」, 『여성해방문학』제3호, 또하나의
    문화, 1987.

김미현, 『한국 여성소설과 페미니즘』, 신구문화사, 1996.

김미혜, 「비판적 읽기교육의 내용연구」, 서울대석사학위논문, 2000.

김병익, 「성장소설의 문화적 의미」, 『세계의문학』(여름호), 1981.

김봉순, 『국어교육과 텍스트구조』, 서울대출판부, 2002.

김선희, 『사이버시대의 인격과 몸』, 아카넷, 2004.

김성진, 「비평 활동 교육의 내용 연구」, 서울대박사학위논문, 2004.

김수복, 「시와 정서의 교육적 기능 : 교과서 수록 시에 대하여」, 박붕배 외, 『광복
    40년의 교과서①―시』, 나랏말쓰미, 1987.

김양희, 「매체의 변화에 따른 시 변화 양상 연구」, 한양대박사학위논문, 2002.

김열규 외 공역, 『페미니즘과 문학』, 문예출판사, 1981(1988).

김영희, 「여성, 민족 그리고 문학에 관한 몇 가지 단상」, 『여성문학연구』, 한국여성
    문학회, 2003.

김영희, 『비평의 객관성과 실천적 지평』, 창작과비평사, 1993.

김외곤, 「사이버문학과 국어교육」, 『국어교육학연구』제17집, 2003.

김욱동 편, 『포스트모더니즘과 포스트구조주의』, 현암사, 1991.

김유중, 『한국 모더니즘 문학의 세계관과 역사의식』, 태학사, 1996.

김윤식, 「교양소설의 본질―루카치의 소설론 비판」, 『한국현대소설비판』, 일지사,
    1981.

김윤식, 「부성원리의 형식」, 『운명과 형식』, 솔, 1992.

김윤식, 「여성과 문학」, 『아세아여성연구』7집, 숙명여자대학교, 1968.

김윤식, 「한국시의 여성적 편향」, 『근대한국문학연구』, 일지사, 1973.

김윤식, 『한국근대문학사와의 대화』, 새미, 2002.
김은전 외, 『한국 현대 시사의 쟁점』, 시와시학사, 1996.
김재국, 『디지털시대의 대중소설론』, 예림기획, 2002.
김재국, 『사이버리즘과 사이버소설』, 국학자료원, 2001.
김정우, 「시 해석 교육 내용 연구」, 서울대박사학위논문, 2004.
김종회 편, 『사이버 문화, 하이퍼텍스트 문학(이론편)』, 국학자료원, 2005.
김종회 편, 『사이버 문화, 하이퍼텍스트 문학(작품편)』, 국학자료원, 2005.
김종회, 「사이버 문학의 시대적 성격과 세계관」, 『한국문학논총』제32집, 2002.
김종회·최혜실 공편, 『사이버문학의 이해』, 집문당, 2001.
김준오 편, 『한국 현대시와 패러디』, 현대미학사, 1996.
김준오, 『문학사와 장르』, 문학과지성사, 2000.
김준오, 『시론』(제3판), 삼지원, 1994.
김중신 외, 『문학교육학』제9호, 한국문학교육학회, 2002.
김중신, 『소설감상방법론 연구』, 서울대출판부, 1995.
김진기 외, 『사이버소설의 미적 구조와 세계관 연구』, 박이정, 2004.
김창식 외, 『연애소설이란 무엇인가?』, 국학자료원, 1998.
김창원, 『시교육과 텍스트 해석』, 서울대출판부, 1995.
김학동 편저, 『김기림전집2 : 詩論』, 심설당, 1988.
김현자 외, 『한국여성시학』, 깊은샘, 1997.
김현자, 『한국시의 감각과 미적 거리』, 문학과지성사, 1997.
김현자·이은정, 「한국현대여성문학사-시」, 『한국시학연구5』, 2001.
김혜정, 「텍스트 이해의 과정과 전략에 관한 연구」, 서울대박사학위논문, 2002.
남궁달화, 『가치교육론』, 문음사, 1997.
남민우, 「기교주의 논쟁에 대한 문학소통이론적 연구」, 서울대석사학위논문, 1998.
남민우, 「여성시의 문학교육적 의미 연구」, 『문학교육학』 제11호, 2003.
남민우, 「일제 강점기 시의 교육 쟁점과 방법」, 『한국시학연구』 제13호, 2005.
남민우, 「임화 시의 문학교육적 의미 연구」, 『문학교육학』 제12호, 2003.
남민우, 「창의성 신장을 위한 시교육과정 연구」, 『문학교육학』 제15호, 2004.
남민우, 「텍스트 가치평가 활동을 위한 시교육 연구」, 서울대박사학위논문, 2006.
남민우, 「현대시교육과 성장시」, 『국어교육학연구』 제16집, 2003.
맹문재, 「일제 강점기의 여성지에 나타난 여성미용 고찰」, 『한국여성학』제19권3호,
    2003.

맹문재,『한국 민중시 문학사』, 박이정, 2001.

맹문재·김남석 공편,『페미니즘과 에로티시즘』, 월인, 2002.

민채원·김소연,「중학생이 즐겨 읽는 로맨스 소설 분석」,『열린 사회 자율적 여성
         (또하나의 문화2호, 1986)』, 또 하나의 문화, 1995.

민현식,「국어의 性別語(genderlect) 연구사」,『사회언어학』4권2호, 1996.

민현식,「국어의 여성어 연구」,『아세아여성연구』34, 숙명여대 아세아여성문제연구
         소, 1995.

박기범,「제7차 교육과정에 따른 문학 교과서의 내용 분석 연구」,『문학교육학』제
         11호, 2003.

박순영,「개인」,『우리말 철학사전3』, 지식산업사, 2003.

박아청,『아이텐티티 탐색Ⅱ』, 중앙적성출판사, 1995.

박용옥,『한국여성근대화의 역사적 맥락』, 지식산업사, 2001.

박용헌,『가치교육의 변천과 가치의식』, 서울대출판부, 2002.

박이문,『예술철학』, 문학과지성사, 1983.

박인기 외,『국어교육과 미디어텍스트』, 삼지원, 2000.

박인기,「사이버공간의 문학교육」,『문학과교육』제15호, 문학과교육연구회, 2001.

박일형,「함께 읽고 새로 써본 씩쑤의 '메두사의 웃음'」,『여자로 말하기, 몸으로
         글쓰기(또하나의 문화9호)』, 또하나의문화, 1992.

박현수,「김수영의 신화」,『시인세계』제14호, 2005.

박현정,「고정희 시 연구」, 이화여대석사학위논문, 2001.

방희정,「성 고정관념」, 홍순정 외,『여성심리학』, 교육과학사, 1998.

배식한,『인터넷, 하이퍼텍스트 그리고 책의 종말』, 책세상, 2000.

백욱인,「사이버공간과 사회문화적 정체성」,『과학사상』, 2001.가을.

서준섭,『한국모더니즘문학연구』, 일지사, 1988.

소광희 외,『현대의 학문체계』, 민음사, 1994.

송 무,『영문학에 대한 반성』, 민음사, 1997.

송 욱,『님의 침묵 전편 해설』, 일조각, 1974.

송명희,「고정희의 페미니즘시」,『비평문학』제9호, 한국비평문학회, 1995.

신현숙,「시의 종결 형식을 통해 본 남성과 여성의 문체」, 박갑수 편저,『국어문체
         론』, 대한교과서주식회사, 1994.

오세영,『김소월, 그 삶과 문학』, 서울대출판부, 2000.

우한용,「문학교육과 도덕성 발달의 의미망」,『문학교육학』제14호, 2004.

우한용, 「서사의 위상과 서사교육의 지향」, 『서사교육론』, 동아시아, 2001.

우한용, 『문학교육과 문화론』, 서울대출판부, 1997.

유종호, 「평가와 지적 유행」, 『시인세계』14호, 문학과세계사, 2005.

유현주, 『하이퍼텍스트 : 디지털미학의 키워드』, 연세대출판부, 2003.

윤여탁 외, 『시와 함께 읽는 시론』, 태학사, 2002.

윤여탁, 「감상」, 서울대국어교육연구소, 『국어교육학사전』, 대교출판, 1999.

윤여탁, 「교재 구성을 위한 현대시 정전」, 『리얼리즘의 시정신과 시교육』, 소명출
　　　　판, 2003.

윤여탁, 『시교육론Ⅱ』, 서울대출판부, 1998.

윤효녕 외, 『주체 개념 비판』, 서울대출판부, 1999.

이대희, 『가치론의 문제와 역사』, 정림사, 2001.

이명원, 「윤동주와 청춘의 비애」, 『시인세계』제14호, 2005.

이상경, 『한국근대여성문학사론』, 소명출판, 2002.

이선이 편, 『사이버문학론』, 월인, 2001.

이숭원, 『서정시의 힘과 아름다움』, 새미, 1997.

이승훈, 『시론』, 고려원, 1990.

이승훈, 『한국모더니즘 시사』, 문예출판사, 2000.

이은희, 『텍스트언어학과 국어교육』, 서울대출판부, 2000.

이익환, 『의미론개설』, 한신문화사, 1985.

이지훈, 「사이버공간을 보충하는 미학적 공간」, 『철학과현실』제60권, 2004.

이진경, 『맑스주의와 근대성 : 주체생산의 역사이론을 위하여』, 문화과학사, 1997.

이진우 엮음, 『하버마스의 비판적 사회이론』, 문예출판사, 1996.

이태준(임형택 해제), 『문장강화』, 창작과비평사, 1947(1988).

이혜순 외, 『한국 고전여성문학의 세계(한시편)』, 이화여대출판부, 1998.

이혜원, 「디지털 시대와 시의 대응 방식」, 『어문학』제86호, 한국어문학회, 2004.

임경순, 「비평교육에 대한 일고찰」, 『선청어문』제25집, 서울대국어교육과, 1997

장상호, 『Polanyi : 인격적 지식의 확장』, 교육과학사, 1994.

장휘숙, 『여성심리학』, 박영사, 1996.

정과리, 「이 아이들을 어찌할 것인가?」, 『문학교육학』제7호, 2001.

정끝별, 「여성성의 발견과 '여성적 글쓰기'」, 명지대인문과학연구소 편, 『문학 속의
　　　　여성』, 월인, 2002.

정영자, 『한국 페미니즘문학연구』, 좋은날, 1999.

정영자, 『한국여성시인연구』, 평민사, 1996.

정재찬, 『문학교육의 사회학을 위하여』, 역락, 2003.

정재찬, 『문학교육의 현상과 인식』, 역락, 2004.

정재찬, 「현대시 교육의 지배적 담론에 관한 연구」, 서울대박사학위논문, 1996.

정재찬, 「문학교육과 도덕적 상상력」, 『문학교육학』제14호, 2004.

정진경, 「창작동화에 나타난 고정관념과 차별의 문제」, 『여성해방의 문학(또 하나의 문화 3호, 1987)』, 또 하나의 문화, 1995.

정창권, 『한국고전여성소설의 재발견』, 지식산업사, 2002.

정현선, 『다매체 시대의 국어교육과 문화교육』, 역락, 2004.

조 형, 「인간해방운동의 구조-성과 계급」, 『열린 사회 자율적 여성』, 또하나의문화, 1986.

조동일, 「통속 연애소설의 기본형」, 『한국문학통사5(제3판)』, 지식산업사, 1994.

조순경 엮음, 『노동과 페미니즘』, 이화여대출판부, 2000.

최경희, 「문학 경험이 아동의 가치 형성에 미치는 영향」, 『문학교육학』제14호, 2004.

최동호·이성우, 「디지털 시대의 새로운 문학 환경과 글쓰기 방법론 연구」, 『한국시학연구』제9호, 한국시학회, 2003.

최병우 외, 『다매체 문화와 사이버소설』, 푸른사상, 2002.

최지현, 「사이버언어공동체와 국어교육」, 『국어교육학연구』제18집, 2003.

최지현, 「인터넷에서의 청소년 문학 생활화 방안」, 『문학교육학』제9호, 2002.

최지현, 「한국 현대시교육의 담론분석」, 서울대석사학위논문, 1994.

최지현, 「한국근대시 정서체험의 텍스트적 조건 연구」, 서울대대학원 박사학위논문, 1997.

최지현, 「현대시교육론의 반성과 전망」, 김은전 외, 『현대시교육론』, 시와시학사, 1996.

최현섭 외, 『국어교육학개론』(제2판), 삼지원, 2003.

최현주, 『한국 현대 성장소설의 세계』, 박이정, 2002.

한자경, 「하버마스의 의사소통적 합리성」, 이진우 엮음, 『하버마스의 비판적 사회이론』, 문예출판사, 1996.

허혜경·김혜수 공저, 『청년발달심리학』, 학지사, 2002.

홍성태, 「사이버리즘의 시대-탈육화, 가상현실기술, 그리고 사이버자본주의」, 『문화과학』제26호, 2001.

홍순정 외, 『여성심리학』, 교육과학사, 1997.

황국명, 「한국 현대 성장소설의 정치적 환상 연구」, 『한국문학논총』제25집, 1999.

Abrams, M.H., *The Mirror and the Lamp*, Oxford Univ. Press, 1953.

Althusser, L.(이진수 옮김), 『레닌과 철학』, 백의, 1971(1991).

Anderson, B.(윤형숙 역), 『상상의 공동체―민족주의의 기원과 전파에 대한 성찰』(개정판), 1991(2002).

Aristotle(나종일 · 천병희 역), 『정치학 · 시학』, 삼성출판사, 1990.

Bakhtin, M(전승희 외 옮김), 『장편소설과 민중언어』, 창작과비평사, 1975(1988).

Bakhtin, M.M. & Vološinov, V.N.(송기한 역), 『마르크스주의와 언어철학』, 한겨레, 1929(1988).

Bal, M.(한용환 · 강덕화 옮김), 『서사란 무엇인가』, 문예출판사, 1980(1990).

Barker, C. & Galasiński, D., *Cultural Studies and Discourse Analysis*, SAGE Publications, 2001.

Baudrillard, J.(하태환 옮김), 『시뮬라시옹』, 민음사, 1981(2001).

Beardsley, M.C., *Aesthetics : Problems in the Philosphy of Criticism*, Harcourt Brace, 1958.

Beaugrande, R. de & Dressler, W.(김태옥 · 이현호 공역), 『텍스트언어학 입문』, 한신문화사, 1981(1995).

Benjamin, W.(반성완 편역), 『발터 벤야민의 문예이론』, 민음사, 1983.

Bettelheim, B.(김옥순 · 주옥 옮김), 『옛이야기의 매력1 · 2』, 시공주니어, 1975-6(1998).

Bowie, M.(이종인 옮김), 『라캉』, 시공사, 1991(1999).

Breger, L.(홍강의 · 이영식 옮김), 『인간발달의 통합적 이해』, 이화여대출판부, 1974(1998).

Brinker, K.(이성만 옮김), 『텍스트언어학의 이해』, 한국문화사, 1992(1994).

Bronfenbrenner, U.(이영 역), 『인간발달생태학』, 교육과학사, 1979(1995).

Buckingham, D.(정현선 옮김), 『전자매체 시대의 아이들』, 우리교육, 2004.

Bürger, P.(최성만 역), 『전위예술의 새로운 이해』, 심설당, 1974(1986).

Cameron, D.(이기우 옮김), 『페미니즘과 언어 이론』, 한국문화사, 1985(1995).

Cixous, H.(박혜영 옮김), 『메두사의 웃음/출구』, 동문선, 1975(2004).

Connor, Steven., *Theory and Cultural Value*, Blackwell, 1992.

Davis, C.(김성호 옮김), 『엠마누엘 레비나스―타자를 향한 욕망』, 다산글방, 1996(2001).

Deleuze, G(신범순 · 조영복 옮김), 『니체, 철학의 주사위』, 인간사랑, 1962(1993).

Deleuze, G. & Guattari, F.(김재인 옮김), 『천 개의 고원』, 새물결, 1980(2001).

Derrida, J.(김보현 편역), 「차연」(1968), 『해체』, 문예출판사, 1996.

Dewey, J.(이홍우 역), 『민주주의와 교육』, 교육과학사, 1916(1987).

Dickie, G.(오병남·황유경 옮김), 『미학입문』, 서광사, 1971(1983).

Eagleton, T.(김명환 외 공역), 『문학이론입문』, 창작과비평사, 1983(1986).

Eagleton, T., *Criticism and Ideology : A Study in Marxist Literary Theory*, Verso, 1978.

Eames, S.M.(조성술 외 옮김), 『실용주의』, 전남대학교출판부, 1977(1999).

Easthope, A.(박인기 역), 『시와 담론』, 지식산업사, 1983(1994).

Easthope, A.(이미선 옮김), 『무의식』, 한나래, 1999(2000).

Easthope, A.(임상훈 옮김), 『문학에서 문화연구로』, 현대미학사, 1991(1994).

Ellis, J.M.(이승훈 옮김), 『문학의 이론』, 대방출판사, 1974(1982).

Estés, C.P.(손영미 옮김), 『늑대와 함께 달리는 여인들』, 고려원, 1994.

Evans, D(김종주 외 옮김), 『라깡 정신분석 사전』, 인간사랑, 1996(1998).

Fairclough, N., *Discourse and Social Change*, Polity Press, 1992.

Fekete, John. eds, *Life after Postmodernism—Essays on Value and Culture*, Macmillan Education, 1988.

Felski, R., *Beyond Feminist Aesthics*, Harvard UP, 1989.

Ferry, Luc.(방미경 옮김), 『미학적 인간』, 고려원, 1990(1994).

Firestone, S.(김예숙 역), 『성의 변증법』, 풀빛, 1970(1983).

Firestone, S.(김예숙 옮김), 『성의 변증법』, 풀빛, 1970(1983).

Flusser, V.(윤종석 옮김), 『디지털 시대의 글쓰기』, 문예출판사, 1992(1998).

Foucault, M(오생근 역), 『감시와 처벌』, 1975(1994).

Foucault, M.(김현 편역), 「저자란 무엇인가?」, 『미셸 푸코의 문학비평』, 문학과지성사, 1989.

Foucault, M.(이규현 역), 『성의 역사1』, 나남출판사, 1976(1990).

Foucault, M.(이정우 옮김), 『담론의 질서』, 새길, 1993.

Fraenkel, J.R.(송용의 역), 『가치 탐구수업을 어떻게 할 것인가?』, 교육과학사, 1985.

Freud, S.(김석희 옮김), 『문명 속의 불만』, 열린책들, 1929-30(1997).

Freud, S.(김인순 옮김), 『꿈의 해석(상)』, 열린책들, 1900(1997).

Freud, S.(김정일 옮김), 『성욕에 관한 세 편의 에세이』, 열린책들, 1905(1996).

Freud, S.(윤희기·박찬부 옮김), 『정신분석학의 근본 개념』, 열린책들, 1911-36(2003).

Freud, S.(임인주 옮김), 『농담과 무의식의 관계』, 1905(1997).

Frye, N.(임철규 옮김),『비평의 해부』, 한길사, 1957(2000).

Gibson, W.(김창규 옮김), 『뉴로맨서』, 황금가지, 1984(2005).

Giddens, A(황정미 · 배은경), 『현대사회의 성 · 사랑 · 에로티시즘』, 새물결, 1992(1995).

Gilbert, S.(김성곤 옮김), 「문학의 부권」, 김용권 외 공역, 『현대문학비평론』, 한신문화사, 1994.

Giroux, H.A, "Rethinking the Boundaries of Educational Discourse : Modernism, Postmodernism, and Feminism" in Myrsiades, K. & Myrsiades, L.S. eds, *Margins in the Classroom : Teaching Literature*, Univ. of Minnesota Press, 1994.

Habermas, J(trans by McCarty, T.), The Theory of Communicative Action2, Polity Press, 1987.

Habermas, J.(trans by McCarthy, T.), *Communication and the Evolution of Society*, Becon Press, 1979.

Habermas, J..(서규환 외 역), 『소통활동이론1』, 의암출판, 1981(1995).

Halliday, M.A.K. & Hasan, R., *Language, Context, and Text*, Oxford UP, 1985.

Halliday, M.A.K.(Webster, J. ed), "The Linguistic Study of Literary Texts(1964)", *Linguistic Studies of Text and Discourse*, Continuum, 2002.

Halliday, M.A.K., *An Introduction to Functional Grammar*(2nd edition), Edward Arnold, 1994.

Halliday, M.A.K., *Language as Social Semiotic : The Social interpretation of Language and Meaning*, Edward Arnold, 1978.

Haraway, D.(임옥희 번역), 「사이보그를 위한 선언문」(1992), 홍성태 엮음, 『사이보그, 사이버컬처』, 문화과학사, 1997.

Hart, J. G. & Embree, L. eds, *Phenomenology of Values and Valuing*, Kluwer Academic Publishers, 1997.

Haydon, G., *Teaching about Values : A New Approach*, Cassell, 1997.

Hayward, S.(이영기 옮김), 『영화 사전』, 한나래, 1996(1997).

Heim, M.(여명숙 옮김), 『가상현실의 철학적 의미』, 책세상, 1993(1997).

Hernadi, P. ed(최상규 옮김), 『비평이란 무엇인가』, 예림기획, 1978(1998).

Hessen(진교훈 역), 『가치론』, 서광사, 1959(1992).

Hodge, R. & Kress, G., *Social Semiotics*, Cornell UP, 1988.

Hodge. R, *Literature as Discourse : Textual Strategies in English and History*, Polity Press, 1990.

Hooks, B.(박정애 옮김), 『행복한 페미니즘』, 백년글사랑, 2002.

Hume, K.(한창엽 역), 『환상과 미메시스』, 푸른나무, 1984(2000).

Irigaray, L.(이은민 옮김), 『하나이지 않은 성』, 동문선, 1977(2000).

Johnson, M.(노양진 옮김), 『마음 속의 몸』, 철학과현실사, 1987(2000).

Jonas, H.(이진우 옮김), 『책임의 원칙 : 기술 시대의 생태학적 윤리』, 서광사, 1984(1994).

Kant, I(이석윤 역), 『판단력비판』, 박영사, 1790(1974).

Kermode, F., "Institutional Control of Interpretation", *The Art of Telling*, Harvard Univ. Press, 1983.

Kohlberg, L.(김민남 외 옮김), 『도덕발달의 철학』, 교육과학사, 1981(2000).

Kristeva, J.(김성곤 옮김), 「여성의 시간」(1979), 김용권 외 공역, 『현대문학비평론』, 한신문화사, 1994.

Kristeva, J.(김인환 옮김), 『시적 언어의 혁명』, 동문선, 1974(2000).

Kristeva, J.(eds by L.S. Roudiez), *Desire in Language : A Semiotic Approach to Literature and Art*, Columbia Univ. Press, 1980.

Lacan, J(민승기·이미선·권택영 옮김), 『자크 라깡의 욕망 이론』, 문예출판사, 1966(1994).

Lamping, D.(장영태 역), 『서정시 : 이론과 역사』, 문학과지성사, 1994.

Landow, G.P.(여국현 외 옮김), 『하이퍼텍스트 2.0』, 문화과학사, 1997(2001).

Lemaire, A.(이미선 옮김), 『자크 라캉』, 문예출판사, 1970(1994).

Lemke, J.L., *Textual Politics : Discourse and Social Dynamics*, Taylor & Francis, 1995.

Levinas, E.(trans by Lingis, A.), *Totality and Infinity*, Duquesne UP, 1969.

Lévy, P.(김동윤 외 옮김), 『사이버문화』, 문예출판사, 1997(2000).

Lévy, P.(전재연 옮김), 『디지털 시대의 가상현실』, 궁리, 1995(2002).

Lukács, G.(반성완 역), 『소설의 이론』, 심설당, 1920(1998).

Mailloux, S(여홍상 역), 「해석」, Lentricchia, F & Mclaughlin, T. eds(정정호 외 공역), 『문학연구를 위한 비평용어』, 한신문화사, 1990(1996).

Mannheim, K.(임석진 옮김), 『이데올로기와 유토피아』, 청아출판사, 1952(1991).

Marcuse, H.(김인환 역), 『에로스와 문명』, 나남, 1962(1989).

McLaren, P., *Life in School : An Introduction to Critical Pedagogy in the Foundations of Education*, Longman, 1994.

McLuhan, M.(김성기·이한우 옮김), 『미디어의 이해』, 민음사, 1964(2002).

Michie, H.(김경수 옮김), 『페미니스트 시학―여성의 비유와 여성의 신체』, 고려원, 1987(1992).

Mohanty, Satya P., "Can Our Values Be Objective? On Ethics, Aesthetics, and Progressive Politics", *New Literary History V.32 N.4*, 2001.

Moi, Toril., *Sexual/Textual Politics : Feminist Literary Theory*, Routledge, 1990.

Morris, Pam(강희원 옮김), 『문학과 페미니즘』, 문예출판사, 1993(1997).

Nietzsche, F.(최승자 옮김), 『짜라투스트라는 이렇게 말했다』, 청하, 1883-85(1984).

Oliver, K.(박재열 옮김), 『크리스테바 읽기』, 시와반시, 1993(1997).

Olsen, S.H(최상규 옮김), 『문학 이해의 구조』, 예림기획, 1978(1999).

Ong, W.J.(이기우·임명진 옮김), 『구술문화와 문자문화』, 문예출판사, 1982(1996).

Patton, P.(백민정 옮김), 『들뢰즈와 정치 : <앙티외디푸스>와 <천의 고원들>의 정치철학』, 태학사, 2005.

Renate, K., "The Politics of CyberFeminism", in Hawthorne, S. & Renate, K. eds, *CyberFeminism, Spinnifex* Press, 1999.

Rescher, N., *Introduction to Value Theory*, University Press of America, 1982.

Rich, A.C.(김인성 옮김), 『더 이상 어머니는 없다 : 모성의 신화에 대한 반성』, 평민사, 1976(1996).

Richards, I. A., *Practical Criticism : A Study of Literary Judgment*, Routledge & Kegan Paul LTD, 1929(1952).

Ricoeur, P(윤철호 옮김), 『해석학과 인문사회과학 : 언어, 행동 그리고 해석에 관한 논고』, 서광사, 1981(2003).

Rifkin, J.(전영택 외 옮김), 『바이오테크 시대』, 민음사, 1998(1999).

Rimmon-Kenan, S.(최상규 역), 『소설의 시학』, 문학과지성사, 1983(1985).

Rokeach, M., *The Nature of Human Values*, The Free Press, 1973.

Rorty, R.(김동식·이유선 옮김), 『우연성, 아이러니, 연대성』, 민음사, 1989(1996).

Rorty, R.(박지수 옮김), 『철학 그리고 자연의 거울』, 까치, 1979(1998).

Saussure, F. de(최승언 옮김), 『일반언어학 강의』, 민음사, 1915(1990).

Scheler, M(이을상·금교영 역), 『윤리학에 있어서의 형식주의와 실질적 가치 윤리학』, 서광사, 1916(1998).

Scholes, R. & Kellog, R.(임병권 옮김), 『서사의 본질』, 예림기획, 1966(2001).

Scholes, Robert., *Semiotics and Interpretation*, Yale UP, 1982.

Showalter, E.(신경숙 외 옮김), 『페미니스트 비평과 여성문학』, 이화여대출판부, 1985(2004).

Showalter, E., *A Literature of Their Own*, Princeton Univ. Press, 1977.

Singer, P.(황경식 · 김성동 옮김), 『실천윤리학(2판)』, 철학과현실사, 1993(1997).

Smith, B.H., *Contingencies of Value : Alternative Perspectives for Critical Theory*, Harvard UP, 1988.

Springer, C.(정준영 옮김), 『사이버 에로스』, 한나래, 1996(1998).

Sterba, J.P.(배석원 옮김), 『윤리학에 대한 3가지 도전-환경주의 · 여성주의 · 문화다원주의』, 서광사, 2001(2001).

Stolnitz, J.(오병남 옮김), 『미학과 비평철학』, 이론과실천, 1960(1991).

Strelka. J., *Problems of Literary Evaluation*, The Pennsylvania State UP, 1969.

Todorov, T.(최현무 옮김), 『바흐찐 : 문학사회학과 대화이론』, 까치, 1981(1987).

Tong, R.P.(이소영 역), 『페미니즘 사상』, 한신문화사, 1998(2000).

Toolan, M.J.(김병욱 · 오연희 공역), 『서사론』, 형설출판사, 1988(1995).

Touraine, A.(정수복 외 옮김), 『현대성 비판』, 문예출판사, 1992(1995).

Tuttle, L.(유혜현 외 옮김), 『페미니즘 사전』, 동문선, 1986(1999).

Wellek, R. & Warren, A.(김병철 역), 『문학의 이론(제3판)』, 을유문화사, 1963(1982).

Wellek, R.(조광희 역), 「쟝르 이론 · 서정시 · 체험」(1970), 김현 편, 『쟝르의 이론』, 문학과지성사, 1987.

Welsch, Wolfgang(심혜련 옮김), 『미학의 경계를 넘어』, 향연, 1996(2005).

Widdowson, H.G.(최상규 옮김), 『문체학과 문학교육』, 예림기획, 1975(1999).

Williams, R(이일환 역), 『이념과 문학』, 문학과지성사, 1977(1982).

Wimsatt, W.K., Jr., *The Verbal Icon*, UP of Kentucky, 1954.

Wright, E.(박찬부 외 옮김), 『페미니즘과 정신분석학 사전』, 한신문화사, 1992(1997).

찾아보기

ㄱ

ㄴ

ㄷ

ㄹ

ㅁ

ㅂ

ㅅ

Cyber
Feminine
Evaluation

Cyber
Feminine
Evaluation

ㅎ